12시의 신데렐라

백우시 장편 소설

12시의 신데렐라

feel premium edition

1

목

차

프롤로그

텅 빈 신부 대기실.

버려진 웨딩드레스.

충직한 비서는 결혼식을 앞두고 신랑에게 있을 수 없는 말을 전했다.

"신부님이…… 사라지셨습니다."

신데렐라 이야기는 그렇게 신데렐라의 실종과 함께 시작되었다.

신의 은총을 양손에 쥐고 있는 것들이란 다 저런 걸까.

턱시도를 차려입은 신랑은 지나치게 잘생겼고, 위험했다.

정중한 마스크 위로 내리뜬 표정은 한없이 오만했고, 꺾일 줄 모르는 콧대는 우아한 유전적 면모를 거침없이 표출하고 있었다. 화려한 골드가 믹스 매치 된 블랙 자카드 슈트는 그저 완성된 그를 장식하는 액세서리에 불과했다.

깔끔하게 정돈된 포마드 머리.

그러나 그 모든 조화의 결론은 역시 저 눈빛이겠지.

이마를 드러내는 바람에 숨길 수 없는 야성은 더욱 짙게 발산된다. 군림하고 있다는 듯 그는 사람들을 향해 거만한 눈빛을 무도한 검처럼 휘둘렀다.

시선을 잡아 두는 매력이 무섭도록 당당하다. 사람들이 자신을 주목하는 순간, 그는 놓치지 않고 그들의 눈길을 자기 안에 틀어박아 버렸다. 욕심까지 많은 남자였다.

신부가 실종되기 20분 전, 또 다른 남자가 예식장 로비로 걸어 들어왔다.

남자는 축축하게 젖은 손을 바지춤에 문지르고 신랑을 훔쳐봤다. 신랑은 부유하게 차려입은 자신의 하객들을 상대하고 있었다.

"과연 한신그룹입니다. 예식비가 수백억에 하객만 이천 명이라뇨."

"촌스럽게 왜 이러십니까, 김 총재. 재벌의 통 큰 한 끼 대접이겠죠, 뭐. 하하."

뉴스 헤드라인을 오르내리던 재계 서열 1위 한신그룹 후계자의 결혼식. 예식장에는 평소에 모이기 힘든 인사들이 대거 참석했다. 금강원장, A신문사 사주, 차기 대권 주자라는 김판수 여당 총재. 병석에 누워 있던 연우그룹 명예회장까지.

한쪽 자리에 축의금은 정중히 사양하겠다는 문구가 돋보였다.

그때였다.

— 앵무새. 앵무새.

옷깃 사이에 감춰 둔 유선이 뜨겁게 달아올랐다. 신랑을 염탐하던 그는 이어 마이크에 손을 갖다 댔다.

"듣고 있다. 앵무새."

남자가 답하자 곧바로 서두르라는 지시가 귓구멍을 파고들었다. 남자가 이어 마이크에 대고 속삭였다.

"경비가 예상했던 것보다 훨씬 삼엄한데."

— 괜찮아. 우리의 목적은 신랑이 아니잖아.

상대의 말에 의미심장하게 비웃듯 남자가 대답했다.

"그래……."

우리들의 목표는 한신그룹 왕자와 결혼하게 될 오늘의 주인공.

"아름다운 '신부' 지."

남자는 신부 대기실이 있는 복도로 침입했다. 다행히 보안 요원은 보이지 않았다. 그리고 신부 대기실. 약간 벌어진 대기실 문틈으로 얼굴을 비집는 짧은 동안, 그의 가슴은 흥분으로 붉게 물들었다.

제일 처음 눈에 들어온 것은 눈부시게 하얀 옆모습이었다.

백금 같은 조명이 신부 위로 황홀하게 부서져 내리고 있었다. 환하게 드러나 있는 어깨선 위로 탐나는 쇄골과 그 아래로 몸을 감싼 순결한 웨딩드레스. 하늘거리는 시폰 소재를 여러 겹 덧댄 치마는 특별히 풍성한 볼륨감을 자랑했다. 마치 꽃잎을 쓸어 모은 듯이, 치마 밑단에 입체적인 꽃잎 수천 개를 달아 신부가 걸을 때 꽃길을 걷는 듯이 보이게 했다.

신부의 얼굴을 확인하고 싶었지만 면사포로 가려져 있었다. 그때, 어깨를 들썩인 신부가 면사포를 팔로 걷었다. 매끈한 목선이 드러나고, 그 아름다움에 남자는 홀린 듯이 문을 비집고 열었다. 인기척에 놀란 신부가 순간 이쪽을 돌아보았다. 두 시선이 멈춘 듯 얽혔다.

— 이봐. 뭐야. 신부야? 어때?

이어폰에서 목소리가 터질 듯이 울려 댔지만, 남자는 대답하지 못했다. 신부를 본 남자가 그 자리에서 굳어 버린 탓이었다.

"거기, 누구시죠?"

문밖의 직원이 남자를 발견하고 다가왔다. 남자는 서둘러 도망치듯 빠져나왔다. 집요하게 쫓아온 직원이 복도 한편에서 그를 막아섰다.

"죄송합니다만. 신분증 좀 확인해도 될까요?"

"아아. 미안해요. 조용히 나가겠습니다."

남자는 미꾸라지처럼 빠져나가려 했으나 하객들이 북적이는 홀 중간에서 다시 잡혔다. 경호 팀 대장으로 보이는 남자까지 합세해 그를 에워쌌다.

"초대장 없으시죠?"

"……."

"어디 언론사에서 염탐 나왔어요?"

남자가 난감해하는 걸 알아채고 경호 팀 대장이 비릿하게 입술을 끌어모았다. 그는 한눈에 남자의 정체를 알아보았다.

"따로 인터뷰하겠다고 공문 보냈는데 그 언론사는 못 받았습니까? 이렇게 쥐새끼처럼 숨어들까 봐 구구절절 당부까지 한 건데."

남자는 일순 굳었다가 서둘러 해명했다.

"이쪽 일이 그렇잖아요. 위에서 까라면 까야지."

"소송 따윈 무섭지 않다 이겁니까? 거기 국장은 목이 두 개쯤은 된답디까? 겁대가리 없이. 여기 참석한 내빈들이 어떤 분들인지 모르나? 카메라 반납하고 꺼져요. 일 키우기 전에."

"거 먹고 살자고 하는 짓인데. 야박하네. 좋은 게 좋은 거라고, 아는 사람끼리 좀 봐주고 삽시다."

하지만 경호 대장은 꿈쩍도 하지 않았다. 눈짓으로 부하들에게 무력행사를 명령했다.

"어허. 아무것도 안 찍었다니까? 조용히 나간다고. 거, 사람을 뭐로 보고. 아, 잠깐, 카메라 렌즈 조심해! 그게 얼마짜린데. 밀치지 말고!"

고성이 오가고 소란이 크게 일었다. 10분쯤 실랑이를 했을까. 사람들의 불쾌한 눈총이 그들에게 집중되었다. 그중에는 하객들을 응대하던 신랑도 있었다. 대 한신그룹 총수의 하나뿐인 외손자.

진주양.

그도 하객들 틈에 섞여 뚫어지게 이쪽을 응시하고 있었다. 허공에서 만난 진주양과 눈길이 얽혔다. 일순간이었다. 과열된 실랑이로 흥분해 두방망이질 쳐 대던 심장이 거짓말처럼 멎었다.

뻣뻣하게 굳어져 내린 몸이 꿈쩍도 하지 않았다. 그저 주시해 올 뿐인데, 보이지 않는 손에 의해 단숨에 멱이 잡혀 졸린 느낌이었다.

질식감은 길게 가지 않았다.

하객에게 무어라 양해를 구하는 듯하더니 이내, 무거운 걸음을 뗀 신랑이 이쪽으로 직접 걸어왔기 때문에.

"무슨 일입니까."

입술 새로 흘러나온 그의 음성은 무척 낮고 음정에 변화가 미미했다. 그래서 더 위협적으로 귀에 꽂혔다.

비단, 혼자만 받은 느낌은 아닌지 잔뜩 긴장한 경호 대장이 허리를 꼿꼿하게 세웠다. 신랑이 요구한 바를 짤막하게 요약했다.

"삼류 매거진 같은데, 신부 대기실에서 얼쩡거리는 걸 잡았습니다."

기자는 사색이 되어 침을 삼켰다.

진주양은 표정에 변화가 극도로 적었다. 인간이 인간을 보는 눈에 섬뜩한 구석이 있었다. 파충류의 그것같이 감정이 읽히지 않는 눈동자에 담겨 훑어 내려지고 있는데 간이 졸아들었다. 두 사람의 시선이 일직선으로 맞아떨어졌고 마침내, 쇳소리처럼 주양이 느리게 음절을 박아 넣었다.

"카메라."

경호 대장이 기자에게서 강탈하듯 빼앗은 카메라를 주양에게 갖다 바쳤다. 주양은 버튼을 눌러 카메라에 저장된 사진들을 훑었다. 참석한 주요 인사의 면면을 몇 개 건진 게 전부였다. 여상히 내용물 확인을 끝낸 진주양은 그 안에서 메모리 칩을 빼고 간단히 돌려주었다.

"보내 드리세요."

주양이 내는 어조는 뜻밖에도 무척 정중했다. 재벌 특유의 고압적인 경고나 권력 행사는 일절 돌아오지 않았다. 믿기지 않아 기자가 물었다.

"그, 그냥 이대로 가라고요?"

일순 진주양의 날 선 시선이 그를 찌르듯 파고들었다.

그 눈빛. 어땠을까…… 그의 안구 뒤편을 섬뜩하게 더듬어 내리는 것 같던 본심의 한 조각.

왜 그런 걸 묻느냐는 듯, 이대로 보내 주면 안 될 까닭이라도 있냐는 의심을 받기 직전이었다.

"이사님. 큰일 났습니다!"

신부 대기실이 있는 쪽이었다. 헐레벌떡 복도에서 달려온 직원이 무언가 소리치려다, 하객들을 의식하고 얼른 멈췄다.

"그게, 그게……."

직원이 사색이 되어 말끝을 흐렸다.

"……신부님이 사라지셨습니다."

그때 그들 위로 떨어진 것은 단순한 고요가 아니었다. 분간할 수 없는 혼돈이었고, 패닉 이상의 공포였다. 배는 부서졌고 그 난파선에 탑승한 선원들은 예식장을 잠식한 이 고요에 어떤 도움도 되지 못하리란 걸 예감했다.

문득, 기자는 대기실에 홀로 있던 신부를 떠올렸다. 신부는 분명 아름다웠다. 보호본능을 일으키는 연약하고 가녀린 몸 선. 하지만 어딘지 단호하게도 보였던 것은, 신부가 이런 결말을 예고했기 때문이었을까. 대기실에 들어가려던 순간 신부가 그를 돌아봤고, 신부를 보고 그는 단숨에 굳었다.

은은한 샹들리에 불빛…… 여자의 얼굴에 드리워진 하얀 면사포는 순백했고, 조그만 턱선을 타고 얼룩지던 눈물은 더없이 슬프고 가련하게 느껴졌다.

대한민국 모든 여자들이 부러워하는 결혼.

결혼을 앞두고 세상에서 가장 행복해야 할 신부는…… 울고 있었다.

촤아악—

자동차가 빗물을 튀기고 지나갔다. 장 경감은 아스팔트 도로를 쓸고 가는 비바람을 지켜봤다. 먹구름은 침입자처럼 한낮의 쾌활함을 지워 버리고, 거리를 우중충하게 뒤덮었다. 완벽한 조용함. 그는 잿빛 거리가 풍기는 우울함을 즐겼다.

"신부가 사라졌는데, 결혼식은 어떻게 됐지?"

담배를 조용히 태우며 장 경감이 묻자 옆에 서 있던 여조수 수진이 서둘러

답했다.

"하객들 다 모였는데 쪽팔릴 수 없잖아요. 대타 구해서 면사포 씌웠대요."

"진짜 신부는 감쪽같이 증발하고……?"

한신그룹에게 연락이 온 것이 어제 아침이었다. 결혼식은 그 이틀 전이었고.

진짜 신부는 사라지고 가짜 신부와 결혼을 하다니. 장 경감은 무정한 눈초리로 도로를 쓸어 담았다.

【실종 3일째】

신부는 예식장에서 실종된 뒤, 감감무소식이었다. 그들이 서 있는 곳은 예식이 치러진 대한민국 최고라는 한신호텔 1층 로비 입구였다. 차단기가 올라가고, 그들이 잠깐 서 있던 10분 동안 자동차 행렬이 쉼 없이 호텔 입구를 들락거렸다.

그가 담배 연기를 흐렸다.

"구두 한 짝이라……."

신부가 사라지면서 떨구고 간 구두 한 짝.

장 경감은 짜릿하게 입 끝을 올렸다.

"지가 신데렐라야? 유리 구두 한 짝만 남기고 사라지게."

신발로 담배를 으스러뜨렸다. 오랜만에 구미를 당기는 큰 사건이었다.

"그래서, 신랑은 지금 어디에 있다고?"

"백운당에서 기다리고 있답니다."

수진이 손목을 들췄다.

"정확히 20분 지각이에요."

편백나무로 지어 살색 빛이 도는 한옥은 현대식이었다. 창살의 기하학적인 무늬는 규칙적이면서 정교했고, 기둥 곳곳에 달린 유럽풍의 등은 개방적인 고풍스러움을 풍겼다. 고루하지 않은 품격과 천박하지 않은 세련미가 동시에 공존하는 곳이었다.

백운당.

혹자는 그곳을 한식당이라고도 하고, 누군가는 그곳을 고급 요정이라고 불렀다. 하지만 더 정확하게 백운당은, 대한민국 밀실 정치의 1번지였다.

거대한 한옥 요정으로 들어서면 그 권력의 꽃을 실감하게 된다. 자동차 100여 대도 수용 가능한 넓은 주차장. 궁궐 못지않게 미로처럼 이어지는 기와집들과 백운당 중앙에 자리한 연못. 황홀경에 빠져들게 하는 조경이 입구부터 보는 이들을 압도한다. 조선 시대 세도가의 아흔아홉 칸 대궐이 이러했을까. 개량 한복을 입은 서빙 직원들이 바삐 수라상을 나르고, 객실 곳곳에선 가야금과 악기 소리, 기생들의 웃음소리가 넘쳐 났다.

복층으로 된 한옥의 난간 객실에선 어느 대기업의 술 상무가 머리에 넥타이를 동여매고 바이어 앞에서 한판 술상을 벌이고 있었다. 21세기 대한민국에서 이런 곳이 버젓이 장사를 하고 있다니. 믿기 어려운 일이었다. 하지만 그 누구도 거스르려 손 하나 까딱하지 못하는 곳.

그게 바로 백운당이었다.

그리고 그곳을 지배하는 자.

"최혜란. 사라진 신부의 어머니이자 현 백운당 사장입니다."

직원의 안내를 받아 별채로 가면서 수진이 말했다.

"전 백운당 대표인 신정태와는 재혼으로 결혼할 당시 신정태에겐 이미 딸이 있었고, 최혜란이 바로 그 딸의 가정 교사였다고 합니다."

별채는 백운당 깊숙이 숨겨져 있었다. 다른 곳과 달리 길목은 수풀이 우거지고, 고동색 나무 데크 계단이 길게 이어졌다.

"최혜란 역시 두 딸을 둔 과부였는데, 아마 가정 교사로 들락거리다가 두 사람의 마음이 맞았던 것 같습니다. 한 1년 살았나. 신정태가 등산 중 추락사하고, 최혜란이 백운당을 이어받아 여기까지 성장시켰습니다. 보시다시피 사업

수완이 보통이 아닙니다."

"딸자식은 지금 황천길을 건넜는지 요단강 매표소 앞에서 표 끊고 대기하고 있는지도 모르는 판국에, 장사를 한다? 대단한 배짱이시구만."

장 경감이 칫, 비웃었다. 수진도 어깨를 으쓱하며 말했다.

"백운당이 정재계에서 힘 좀 쓴다는 양반들 드나드는 요정이라지만 일개 요식업체가, 그것도 한신그룹과 사돈 맺은 걸 보면…… 이 여자 치맛바람이 어느 정돈지 예측 가능하죠."

드디어 별채가 나왔다. 문지방을 건너려 했을까. 불현듯 장 경감의 다리가 제자리에 붙었다. 그의 귓가로 수진의 목소리가 흘러들어 왔다.

"게다가 진주양 이사…… 유명하지 않습니까. 여자 보는 눈 까다롭기로. 백운당 딸하고 염문설 터지기 전까지 그 흔한 여배우랑 스캔들 한 번 없었는걸요."

브리핑을 끝낸 수진이 장 경감을 따라 시선을 옮겼다. 너른 중정 끝에 당당한 풍채를 자랑하는 단독 기와집이 놓여 있었다. 한옥에 '태화전'이라는 현판이 걸려 있었다. 고동색 한옥은 앞서 봐 왔던 집채들과는 다른 위엄을 풍겼다. 원래는 들문에 가려져 있어야 할 대청인데, 그 문짝들을 완전히 위로 들어 젖혀 내부가 훤히 들여다보였다.

하지만 장 경감이 시선을 박아 놓은 곳은 집채가 아니었다.

결코 만만찮은 권위를 내보이는 기와집에 한 남자가 그림처럼 앉아 있었다. 언제부터 기다렸는지 알 수 없지만 테이블의 찻잔은 차갑게 식어 있었다. 오로지 그곳만 시간의 흐름이 멈춘 것처럼, 그는 한 점 흐트러짐이 없었다.

무겁고 습한 냄새가 가득 차올랐다.

타다다닥.

빗줄기가 서까래를 타고 기와집을 차갑게 적셨다. 책상다리를 하고 앉은 남자는 꼿꼿하게 허리를 세우고 오직 앞만 보고 있었다. 표정 없는 남자의 옆으로 가는 빗발이 거슬러 올라간다.

"저 사람이 실종된 신 씨의 남편, 진……."

쉿. 수진의 말을 막으며 장 경감이 검지를 입술에 붙였다. 말해 주지 않아도 알 수 있었다. VIP 중에도 귀빈들만 들인다는 별채. 30대를 갓 넘긴 주제에 주인인 양 명당을 떡하니 혼자 차지하고 있는 남자.

퍼부어지는 빗물이, 끈적끈적한 습기가, 시간 감각을 마비시킨다……

진주양은 어둡게 잠겨 비 내리는 정원의 전경을 응시하고, 장 경감은 밖에서 비를 맞아 가며 반대로 안에 있는 주양을 눈에 담았다. 저 남자가 그 유명한 '한신의 황태자'인가.

"어떤 남자야? 진 이사란 남자."

장 경감이 외투 옷깃을 추켜올리자, 그런 걸 꼭 물어야 아느냐는 듯 수진이 남자를 황홀하게 감상했다.

"하늘을 우러러 한 점 부끄럼 없는 남자죠. 다 갖춘 사람이에요. 신데렐라의 동화 속 왕자님처럼. 매너 철저하고, 업무 실수로 부하 직원들한테 큰 소리 한 번 낸 적 없고, 여직원들 사이에서도 젠틀하기로 아주 유명합니다. 완전 신사라고 하던데요. 돈 많고 잘생겼는데 성격까지 좋아. 얼굴값 한다는 소리, 저 남자한테는 모욕이죠."

장 경감은 흥미롭게 보며 턱을 쓸었다.

젠틀하고 매사 깔끔한 성격.

강력계 형사 생활만 15년. 퇴직한 뒤의 흥신소 운영까지 합하면, 사람 상대한 경력만 20년이었다. 그런 그가 확신할 수 있는 것은 털어서 먼지 안 나는 인간 없었다는 것이다.

"운치가 참 좋습니다. 한창 달콤한 신혼을 즐기고 계셨을 텐데. 유감입니다."

장 경감이 말했다. 그들은 만나자마자 좀 더 깊숙한 안채로 자리를 옮겼다. 밀실에 테이블 하나를 가운데 두고 마주 보고 앉았다. 창밖으로 나뭇잎이 파르르 고개를 떨구고 대고 있었다. 방 안에는 온통 땅을 파헤쳐 댈 것처럼 퍼부어지는 빗소리뿐이었다.

"권력이 좋긴 좋나 보더군요. 청장님께 3년 만에 안부 전화 받고 놀랐습니다. 조용히 부탁하실 일이 있으시다고요?"

장 경감이 계속해서 말을 걸었지만 남자는 아까부터 가타부타 말이 없었다. 장 경감은 그 특유의 분위기를 비웃었다. 어린 새끼가 가오 잡기는.

그러나 속마음과 달리 장 경감은 굽실굽실 허리 숙이며 두 손으로 명함을 내밀었다.

"저희 회사 모토입니다. 바람나서 도망간 마누라, 보증 서 줬더니 토낀 친구, 길 잃은 개새끼까지. 돈만 주면 다 찾아 줍니다."

경찰이 견찰이 된 지 오래. 공권력은 더 이상 믿을 만한 게 못 되었다. 그러니 자신에게 신부를 찾아 달라 부탁하러 온 것이 확실했다. 아쉬운 소리 들을 생각에 장 경감이 거드름을 피웠다.

"저야 사양할 까닭이 없습니다만, 기껏 특수 팀까지 꾸려 놓으시고 번거롭게 저희 삼류 흥신소까지 참여시키는 이유가⋯⋯."

"이름 장영범. 지구대 순경으로 시작해 단 1년 만에 강력계로 차출. 실종 수사에 뛰어난 기량을 선보여, 경찰대 엘리트 코스를 밟지 않은 형사로서는 이례적으로 30대에 전담 팀을 꾸림."

침묵하던 남자가 장 경감의 말을 빠르게 채 갔다. 허리를 숙인 채 남자를 올려다봤다. 두 눈길이 불꽃처럼 부딪쳤다.

"열여덟 건의 굵직한 실종 사건을 해결했고, 실종팀을 맡았던 5년간, 실제로 담당 지역의 범죄가 급감함. 현재까지도 실종 수사에서만큼은 독보적인 존재이다."

주양이 읊는 내용은 모두 다 장 경감에 대한 자랑뿐이었다. 이거 참. 난처한 기분에 장 경감이 숙였던 허리를 서서히 폈다. 어깨가 넓어지려는데 주양의 음성이 차갑게 끊어 냈다.

"그러나 경찰대 엘리트 출신이 아닌 점 때문에, 번번이 승진 경쟁에서 밀림."

멈칫.

"5년 전, 보복 범죄로 아들이 유괴를 당함. 범인을 체포했으나 아이는 뇌사 상태. 아내와 갈등을 빚고 이혼. 병원비를 벌기 위해 시작한 나이트클럽 포주 노릇이 걸려, 불명예 퇴직."

굳은 얼굴을 훑어 내리며 주양이 느리게 음절음절 박아 넣었다.

"그 뒤로는, 삼류 흥신소를 운영하고 있다."

장 경감이 주먹을 꽉 움켜쥐었다.

주양은 대수롭지 않은 모습이었다. 장 경감은 한마디 대꾸도 못 하는 꼴이 우스웠다. 굴욕으로 떠는 그를 주양이 느리게 훑었다. 카메라에 담듯 엉겨 오는 검은 시선이 뚫어질 것 같았다. 눈빛은 어딘가 교활한 데가 있었다. 마치 그런 반응을 노리고 있었다는 듯. 기분 나쁜 예감이 장 경감의 전신을 덮쳐 왔다.

뭐야. 이 남자.

"청장이 대한민국에서 사람 찾는 기술로는 따라올 자가 없다고, 제 손으로 파면시킨 사람 직접 추천한 거니 오죽하겠습니까만."

"……."

"그런 건 차치하고."

장 경감의 앞으로 서류 뭉치가 던져졌다. 서류철에서 흘러나온 사진이 테이블에 넓게 흩어졌다.

"저는 뭐든 확실한 사람들을 선호합니다. 특출난 재주에 큰돈 앞에서 겸손해질 수밖에 없는 절박한 이유까지."

장 경감은 사진을 주섬주섬 주웠다. 그의 손이 부들부들 떨리고 있었다.

"아이 몸에 달린 기계 장치, 그거 떼어 내는 날 오지 않게 해야 하잖습니까, 열심히 돈 벌어야죠."

아이가 찍힌 사진이었다. 뇌의 30퍼센트를 손실해, 현재 호흡기를 달지 않으면 죽는 거나 마찬가지인 자신의 아이.

"이게 무슨……."

사색이 된 장 경감을 예리하게 주시하며, 주양의 그 뱀 같은 혀에서 굴려져 나오는 말들은 따가웠다.

"하나같이 그래요. 이런 자리에 앉아 있으면 벽에도 듣는 귀가 있죠. 꾸려 놓은 살림살이가 늘어나다 보면 온갖 시답잖은 소리들이 새어 나가지 않겠습니까?"

"그래서 그게 저와 무슨 상관이라는 겁니까."

분노를 간신히 사려 씹는 목소리에 주양이 조용히 웃었다.

"저는 이 일의 적임자로 장 경감님이 마땅하다 판단을 내렸습니다. 제 기대에 부응해 주셨으면 합니다."

주양은 옆의 좌식 의자에 놓았던 것을 테이블에 올려놓았다. 검은 가방은 묵직한 소리를 내며 주저앉았다. 그는 007가방을 열어 앞면을 돌려 보여 줬다. 오만 원권 지폐가 가방에 가득 쌓여 있었다.

"약은 약사에게. 진료는 의사에게."

"……."

"착수금입니다. 약소합니다. 대충 주유비 정도라고 생각해 주세요."

장 경감이 눈앞의 현금을 의심하듯 주양을 봤다. 그러나 그는 전혀 웃지 않고 있었다. 장난 따원 칠 줄 모른다는 무미건조한 민낯이었다. 주유비라고? 전혀 약소하지가 않았다. 돈 억을 눈 하나 깜짝하지 않고 경비로 쓰라고 투척하는 게 바로 재벌인가 싶었다.

장 경감은 오만 원권 지폐 다발을 떨리는 손으로 쥐었다. 채찍 다음엔 당근이라 이건가. 수진의 말대로 과연 젠틀했다. 일 처리 하나는 기가 막히게 매끄럽게 진행한다. 보모 손에 오냐오냐 키워진 재벌 3세 도련님인 줄 알았는데. 사람 어르고 달래는 솜씨가 수준급이다.

장 경감이 조용히 돈을 내려놓았다.

"역시 스케일이 남다르십니다. 의뢰인 사정이야 개인의 프라이버시니 물을 필요도 없죠."

진주양의 눈빛이 만족스럽게 짙어졌다. 하지만 돈이 든 브리프케이스는 말과 반대로 장 경감의 손에 탁, 닫혔다.

"근데 제가…… 구린 돈 받아서 인생 망친 케이스 아닙니까? 액수가 벅차네요. ……목숨, 걸어야 하는 겁니까?"

장 경감의 말에 진주양이 희미하게 웃었다. 처음이었다. 남자가 감정을 드러낸 것은. 장 경감은 찬찬히 주양의 얼굴을 살폈다. 그의 눈동자는 까마득히 깊은 심해처럼 어두웠고, 불을 비춰도 어느 것 하나 발견할 수 없을 것 같았다. 까다로운 취향의 손님의 모습에서 단 하나 깨달을 수 있었다. 이 남자가 부탁할 것은 신부를 찾아 달라는 게 아니었다.

그보다 좀 더 위험하고 내밀한…….

"제가 바라는 건 딱 하나입니다. 수첩에 적을 필요도 없어요. 외우기 아주 쉬워요."

깍지 껴 교차시킨 손을 입가에 붙이고 장 경감을 응시해 오는 그의 눈동자는, 어딘가 은밀하고 위험했다.

"경찰이, 신부를 찾지 못하게 해 줘요."

심장이 불길하게 뛰었다. 장 경감이 혼란스러워서 차마 말을 잇지 못하자, 주양이 창가에 있던 난으로 손을 뻗었다. 간신히 움터 낸 한 떨기의 꽃을 그는 한 손으로 감싸 쥐었다.

"찾지 못하게. 절대로."

마른 꽃줄기가 툭, 힘없이 부러졌다.

영원은 소리에 집중했다. 빗소리였다. 밖에서 비가 내리는 게 분명했다. 방은 어두웠고, 공기는 아주 습했다. 마른 눈꺼풀을 힘겹게 밀어 올리자 여인의 늙은 목소리가 곧바로 귓등을 쳤다.

"경찰이 이사님 회사까지 찾아갔답니다. 도망친 신부를 찾겠다고."

"……."

"어머님이 계신 백운당도 예외는 아니고요."

노 집사는 흔들의자에 앉아서 뜨개를 뜨고 있었다.

"참 대단하신 분 같습니다. 불가능마저 가능하게 만드는 그분의 재주."

노 집사가 하던 걸 내려놓고 그녀를 보았다. 영원은 어느새 밥 먹던 것을 잊고 또다시 멍해져 있었다. 노 집사는 한숨을 내쉬고 상을 치웠다.

"평생 아가씨를 이곳에 가둬 두실 수 있는 분이세요."

"……"

"그만 복종하세요."

복종하세요. 복종하세요. 복종하세요. 복종. 복종. 복종. 복. 복. 복. ㅂ……
영원은 엄지 끝으로 이음새를 미친 듯이 긁었다. 이전에도 몇 번 꿰맨 자국들은 울퉁불퉁 흉하게 아물어 마치 악보 오선지같이 손목을 가로지르고 있었다.

노 집사가 이상한 기분에 돌아보았다. 침대에 앉아 있던 영원이 감쪽같이 사라졌다. 서둘러 창가로 시선을 돌렸다. 영원이 손에 들고 있는 것을 보고 노 집사가 뜨개바늘을 바닥에 놓쳤다.

창가 쪽 화분이 하나 사라졌다. 영원은 쥐고 있던 화분 조각의 거친 표면을 매만졌다. 창밖을 보았다.

자살하기 딱 좋은 날이다.

"노 집사. 나를 불쌍히 여겨."

치켜든 유리 조각을 손목에 힘껏 푹, 꽂았다.

까아아악—!

절규가 방 안 공기를 찢어발겼다. 피를 흘리며 영원은 볏단처럼 옆으로 쓰러졌다. 천장이 어지럽게 흐트러졌고, 그녀의 관자놀이로 눈물이 죽 미끄러졌다.

부디,

나를 가여히 여겨…….

'나 그 사람하고 결혼할 거야.'

여자의 상냥함엔 배려가 없었다. 일방적이고 통보되어 오기까지 하는 상냥함엔 언제나 무슨 일이 있어도 자기 신념을 따르겠다는 아집이 묻어 있었다. 남의 기분 따위와 상관없이, 상냥함이란 가면을 두르고 상대의 살점을 도려냈다.

그 사람을 좋아한 것은 '내가' 먼저였다.

처음에 좋아한다고 고백한 것도, 그가 주는 쾌락에 선선히 옷을 벗어 준 것도 오롯이 '나'였다. 그가 무슨 생각을 하며 나와 몸을 섞는지, 나를 사랑하긴 하는 건지, 두렵지 않았다.

'너 어떻게 이럴 수가 있어! 내 남자한테 어떻게 그럴 수가 있어!'

증오와 고통이 범벅되어 내게 저주를 퍼붓는 여자를 보며 안심되었다.

이런 꼴을 보고도 설마 또 저 남자와 결혼을 하겠다고 하진 않겠지.

넌 몰랐겠지만 비극은 훨씬 이전부터 시작되었어.

네가 내 언니가 되었을 때부터.

내가 짝사랑하던 남자를 네가 집에 데리고 왔을 때부터, 어쩌면 우리는 피할 수 없는 비극을 맞이한 건지도 모르겠다.

필연적으로 너는 내 모든 것을 **빼앗아** 갔고,

나는 너의 모든 것을 **빼앗고** 싶었다.

영원은 조용히 눈을 떴다. 의식이 밀려오는 동시에 요오드 냄새가 코를 강렬하게 후벼 팠다. 등줄기에 닿는 차가운 스텐의 감촉. 그녀는 수술대 위였다.

"오빠. 나 임신했어."

"진짜?"

자해한 팔목은 이미 봉합이 끝났고, 간호사와 의사가 남아 수술방 뒷정리 중이었다. 기뻐하는 의사 목소리 뒤로 간호사의 볼멘소리가 뒤섞였다.

"임신 순번 올해 내 차례도 아닌데, 덜컥 애를 뱄으니. 선배들 얼마나 갈굴 거야."

"순번? 괜찮아. 원장님께 말씀드리면 너 당직이고 다 빼 주실 거야."

영원은 간신히 의식을 차려 주변을 둘러보았다. 그들은 영원이 꼼짝없이 기절해 있는 줄 알고 전혀 이쪽을 신경 쓰지 않았다. 본능적으로 기회가 왔다는 생각에 숨이 가빠졌다. 지금이다. 여기서 탈출하려면 지금뿐이야……!

시선에 피 묻은 메스가 들어왔다. 슬금슬금 메스 쪽으로 손을 뻗었다.

"아이. 그래도 배불러서 웨딩드레스 입긴 싫은데."

손끝에 간신히 스칠 뿐 메스가 더 멀어졌다. 영원은 어깨를 조금 더 아래로 늘어트렸다. 아직 마취에서 깨지 않은 팔이 파들거렸다. 조금만. 조금만 더……. 그때 그들이 뒤로 돌았다. 조금만 더……! 영원이 손을 뻗었다. 절묘한 타이밍, 메스가 그녀의 손아귀에 떨어졌다. 손바닥 아래에 메스를 숨기고 영원은 얼른 눈을 감았다. 호기심 어린 시선이 그녀의 몸에 꽂혔다.

"근데 여긴 어디야? 원장님이 직접 왕진까지 오셔서 집도하는 걸 보니 거물도 그냥 거물이 아닌가 본데."

"쉿, 그 입 조심해."

못 말리겠다는 듯 의사가 뒤통수를 거칠게 긁었다.

"여기가 5호실이란 곳인데, 가끔 여기 있는 인간들이 긴급하게 수술 필요할 때가 있어. 그때마다 나랑 원장님이 와서 수술을 해 줘."

그가 주변을 살피더니 설명했다. 대학병원 못지않게 장비들이 구비된 수술실은 위기 상황에 자체적으로 해결할 수 있게 모든 게 준비되어 있었다.

"나도 여기 다닌 지 2년 안 돼. 근데, 확실히 뒤가 구려. 병원에서 1년 내내 구르는 것보다, 여기 한 번 왕진 올 때 받는 떡값이 더 쏠쏠해."

영원은 손을 힘껏 쥐었다. 메스가 살점을 가르고 피를 내었다. 다 알고 있었다. 다 알면서…… 섬뜩한 감각이 몸을 지배하면서 마취를 날카롭게 풀었다.

'복종하세요.'

'복종하세요.'

'복종하세요.'

맥동하듯 곳곳의 세포들이 아우성쳤다. 그리고 마침내 마지막 복종의 단어가 머릿속을 지배했고, 영원은 폭발했다. 몸에 덮여 있던 수술 천을 그대로 들췄다. 그들이 비명을 질렀다. 폭주한 아드레날린에 머릿속이 산산이 부서져 휘발되고 있다. 영원은 갈퀴처럼 빠르게 여자의 머리카락을 낚아챘다.

아앗!

머리카락이 움켜쥐어진 여자가 종이 인형처럼 찢어질 듯 휘청거렸다. 반대쪽 손이 메스를 단 채 간호사의 생명을 위협했다.

"가만히 있어!"

날카로운 칼날이 간호사의 목줄기를 겨누었다. 의사가 투항한다는 표시를 하며 덜덜 떨었다.

"조, 조심해 줘요. 배에 아기가 있어요!"

"닥쳐! 이년도 죽이고 나도 그어 버리면 그만이야!"

분노를 참지 못한 손이 덜덜 떨렸다. 칼날이 간호사의 목덜미를 스쳤고, 약한 살갗이 찢어지면서 피가 솟았다.

"아아! 제발, 제발 살려 주세요."

"살려 줘? 살려 달라고! 내가 그렇게 나가고 싶다고, 가족에게 연락 한 번 하게 해 달라고, 애원할 땐 눈 하나 깜짝 안 하더니. 네 애새끼 밴 여자는 걱정되나 보지? 네가 의사야!"

"지…… 진정하세요. 신영원 씨. 이러면 그쪽만 더 곤란해질 겁니다."

"여기서 더 곤란해질 일이 뭐가 있겠어. 이 병신 같은 데서 갇혀 죽어 가는 것보다 더 끔찍할 일이 뭐가 있어. 난 미치지 않았어…… 미치지 않았다고!"

영원이 히스테릭하게 아무거나 발로 찼다.

쿠당탕—!

"오빠! 오빠! 살려 줘!"

목젖을 압박하는 완력에 여자가 숨을 허덕거렸다. 의사가 손을 비벼 댔다.

"부탁이에요. 원한다면 여기서 나갈 수 있게 도와줄 수 있어요!"

멀쩡한 사람이 감금되어 있는데 그깟 돈 몇 푼에 의사로서의 영혼까지 팔다니. 영원은 억울했지만 여기서 나가는 게 먼저였다.

"좋아. 네가 어떻게 하느냐에 따라 달라지는 거야. 알겠어?!"

의사를 굴복시킨 후 영원은 턱짓했다. 의사에게 수술복을 벗으라고 지시했다. 그리고 다음엔 스스로 기계에 손을 묶도록 명령했다.

"호, 혼자는 못 묶어요. 그 사람을 보내 줘요."

"어디서 개수작이야. 한쪽 팔이라도 묶으면 되잖아! 의사들은 올이 안 풀리게 하는 특별한 방법을 안다지?"

그가 플라스틱 수술용 실로 손목을 칭칭 묶었다. 간호사 역시 마찬가지였다. 의사가 벗어 준 수술복으로 갈아입는 동안 묶어 놓았던 간호사를 수술방 입구까지 끌고 갔다. 마스크로 얼굴을 가렸다.

"억울해하지 마. 돈 받아 처먹고 범죄를 묵인하는 너희들! 그 괴물하고 다를 거 없어."

한쪽 팔이 묶인 채 의사가 덜덜 떨며 몸을 움츠렸다.

"무사히 나가게 해 주면 이 여자는 안전해. 그 전에 입 뻥끗하면 여자랑 네 아이 다 죽는 거야. 잘 생각해. 난 여기서 죽어도 아쉬울 거 하나 없어."

영원은 의사를 납득시키고 조용히 수술실을 빠져나왔다. 간호사를 앞세웠다. 등에 메스를 대고 바싹 붙이자 여자가 쫄았다.

좋은 징조였다.

그러나 문을 나서자마자, 난관에 봉착했다.

입구에서부터 검은 양복을 입은 경호원들이 쭈르륵 늘어져 있었다. 그들이 매의 눈으로 두 사람을 응시했다. 간호사가 덜덜 떨었고 영원은 경고하듯 메스를 등에 밀어붙였다. 간호사가 앞으로 걸어 나갔다. 둘을 신중히 보던 경호원들은 수술복에 의심을 접은 듯 고개를 다른 곳으로 돌렸다. 무사히 빠져나가려나 싶은 순간이었다.

"잠깐만요."

영원이 굳었다. 경호원 하나가 뒤에서 다가왔다.

"환자는 도대체 언제 나오는 겁니까?"

영원이 등짝을 찔렀다. 간호사가 억지웃음을 짓고 돌아보았다.

"아, 아직 수술이 덜 끝났어요. 뒷정리하고 곧 방으로 옮길 겁니다."

검은 양복의 남자는 의심스러운 눈초리를 풀지 못했다. 간호사를 훑던 시선이 영원에게로 미끄러져 왔다. 그가 한 발 영원 앞에 섰다.

영원은 얼른 마스크로 반이나 가려진 얼굴을 숙였다. 그녀의 얼굴을 아는 자였다.

눈을 마주치면 안 된다. 절대 눈을 마주치면 안 돼.

영원은 간호사의 등을 쿡, 찔러 재촉했다. 간호사가 경기하듯 떨면서 앞으로 걸어 나갔다. 고개를 갸웃한 남자가 영원을 보내 주었다. 그녀는 간호사에게 바짝 붙어 복도를 빠져나왔다. 무사히 복도 귀퉁이를 도는 그때였다. 수술실에서 뛰쳐나온 의사가 팬티 바람으로 소리쳤다.

"저 여자 잡아요!"

검은 양복 남자들이 일제히 영원을 돌아보았다. 영원은 간호사를 밀치고 엘리베이터로 달렸다. 타려는 사람들을 제치고 버튼에 미친 듯이 힘을 퍼부었다. 검은 양복의 남자들이 달려들었지만, 엘리베이터 문은 간발의 차로 눈앞에서 닫혔다.

영원은 건물 주차장을 통해 빠져나왔다. 딱 한 대 있던 택시를 향해 달렸다.

"잡아!"

남자들의 거친 구두 굽 소리가 소 떼의 그것처럼 몰아쳤다. 영원은 택시를 타고 무작정 달리라고 소리 질렀다. 남자들이 손을 뻗었다. 아슬아슬하게 잡으려는 듯, 미끄러운 차 트렁크는 그대로 그들을 스쳤다. 1, 50, 100미터, 1킬로미터, 뛰쳐나온 의사와 검은 양복 남자들이 그녀를 잡으려고 안간힘을 썼지만 백미러에서 점차 작은 점이 되었다.

영원의 입가에 서늘한 웃음이 번졌다.

드디어.

드디어……

차창을 뚫고 은혜와도 같은 빛이 쏟아졌다.

영원은 도망쳐 나왔음에 환희했다.

도로를 달리던 택시가 불현듯 멈춰 섰다. 차비가 없다는 걸 안 택시 기사는 영원을 황량한 길에 내려놓고 먼지를 날리며 떠났다.

부르릉—

논과 밭, 그리고 폐공장밖에 없는 주변. 그녀는 파주 외곽에 있는 외딴 곳에 갇혔었고, 더 가 봤자 산길과 풀밭밖에 안 나왔다.

국도를 따라 맨발로 도망을 치다가 폐공장 하나를 발견했다. 영원은 갈증과 허기에 허덕이다가 그곳에 숨어들었다. 축축하고 더러운 물이 고여 있는 공장은 어두웠다. 영원은 기계 뒤에 숨어들었다. 그러다 긴장이 풀린 것인지, 남아 있던 마취 기운이 돌았다. 그녀는 한 손에 메스를 꽉 쥐었다. 혀가 멋대로 돌아가고 뭉근해지더니 깜박 잠이 들었다. 그녀가 깨어난 것은 저녁 어스름이 져 가던 즈음, 공장에 짓쳐 든 무거운 발소리에 눈이 떠졌다.

터벅…… 터벅…… 터벅…….

남자 그림자였다. 깨진 창문 밖으로 사람이 어른거렸다. 영원은 목숨 줄처럼 메스를 품에 꼭 안았다.

이 시각,

이곳에,

올 사람은 뻔했다.

두근두근두근두근.

심박수가 폭발했고, 그녀의 홍채가 넓게 퍼지듯 확장되었다.

마침내, 드르륵 문이 열렸다.

딸꾹. 딸꾹.

술병을 쥔 노숙자가 비틀거렸다. 노숙자는 잘 곳을 살피려는 듯 깨끗한 박스들을 뒤적이고 있었다. 영원은 가만히 정면을 보았다. 노숙자를 쳐다보다가 멍하니 기계에 기대었다.

그 남자가 아니다.

그래. 아무리 그 남자라 해도 반나절도 안 돼서 그녀를 찾아내는 것은 무리다. 택시 기사가 내려 준 곳에서 한참 떨어진 공장이었다. 외진 도로라 CCTV도 없다.

'넌, 날, 절대 못 찾아.'

영원은 지금쯤 그녀를 찾아 근방을 이 잡듯 뒤지고 있을 '그 남자'를 떠올렸다. 정의의 여신이 그녀의 손을 들어 주는 게 명백해지자, 서늘한 쾌감이 등골을 짜릿하게 치고 올라왔다.

'다시는 잡지 못하게 해 주지. 꼭꼭 숨어서…….'

더 깊은 곳으로 숨기 위해 자리를 뜨려는데, 바닥에 있는 비닐이 밟혔다. 바스락. 노숙자와 눈이 마주쳤다. 의아했었다. 삶의 결정적인 순간마다 정의의 여신은 그녀의 편이 아니었다. 그리고 그것은 지금도 마찬가지다.

반쯤 풀어져 있던 노숙자의 눈길이 영원의 풀어 헤친 긴 머리와 젖은 목덜미. 그리고 가슴에서 멈췄다. 영원은 본능적으로 병원에서부터 가져온 메스를 틀어쥐었다. 눈빛이 핥듯이 음란해진다.

사내의 눈에 깃든 굶주림이 욕정이라는 걸 읽는 건 어렵지 않았다.

그 순간, 환멸스러운 웃음이 흘렀다. 이율배반적이게도 이 순간, 그녀를 지옥에 가둔 그 남자가 간절해졌다.

노숙자가 짐승처럼 영원에게 달려들었다. 굶주린 개처럼 덤벼드는 노숙자를 밀치고 영원은 건물을 빠져나왔다.

아아……! 하아……!

쫓고 쫓기는 추격전이었다. 시멘트 바닥에 쓸린 맨발이 피투성이가 되었다. 핏기 없는 입술에선 공포에 질린 숨이 이어졌다.

어두컴컴한 공장가. 도와줄 사람은 아무도 없었다. 이렇게 죽을 순 없어. 이렇게 죽을 순 없어! 난 해야 할 일이 있어……! 쩔뚝거리며 다친 다리를 질질 끌고 도망쳤다.

찢어진 발가락에 모래알이 껴들어 갔다. 논길을 달리다가 돌부리에 걸려 넘어졌다. 도망치지 못하고 앉은 채 뒤로 물러났다.

"오, 오지 마."

어느새 노숙자가 지척에서 다가왔다. 노숙자의 눈빛은 오롯이 탐욕적으로 영원을 향해 번들거리고 있었다.

"하느님은 찾고 있나? 이봐, 아가씨. 그분은 세상에 존재하지 않는다네."

그 말에 비명처럼 영원이 울부짖었다.

"오지 마!"

노숙자가 영원에게 달려들었다. 싫어! 영원이 완강히 저항했다. 그녀의 위를 점령한 노숙자가 영원의 옷을 찢으려 했다. 까칠한 손이 옷 속을 파고들었다. 흰 피부를 쓸어내렸다. 노숙자가 자신의 재킷을 잡아당겼다. 단추가 터지듯이 뜯어지면서 앞섶이 벌어졌다.

아아악! 영원이 팔을 휘두른 순간, 거짓말처럼 노숙자가 굳었다. 영원이 질겁하면서 엉덩이 걸음으로 물러났다.

"헉…… 헉……."

엎드려 있던 노숙자가 전율하듯 등줄기를 꿈틀대더니 일어났다. 노숙자의 심장에 단단한 메스가 꽂혀 있었다. 믿기지 않는 듯, 자신의 가슴을 더듬더듬 만지던 노숙자가 영원을 봤다. 동태 눈깔처럼 영혼 없는 눈동자는 경직되어 있었다.

그는 종이 박스처럼 그대로 푹, 앞으로 고꾸라졌다.

영원이 머리를 감싸 쥐었다.

"아아악!"

그것과 동시에 검은 차들이 그녀를 에워싸듯 포위했다.

끼이익—

양 사이드, 사방에서 섬광처럼 뻗어 난 헤드라이트가 맞물리며 그녀를 가두었다. 열댓 개의 둔탁한 구두 굽 소리가 짓쳐 든 어둠을 깨부수었다.

그리고 오직 하나.

뚜벅. 뚜벅.

죽음 같은 그 묵직한 울림. 몇 번을 들어도 구별할 수 있다.

정교한 검은 구두는 영원 앞에 멈춰 섰다.

남자가 손을 내밀자 비서가 길고 유려한 담배를 꺼내 그의 입에 물려 주었다. 불씨가 튀었고 라이터가 발화했다. 불꽃이 바람에 까불거리며 남자의 옆선을 붉게 물들였다.

"택시 번호를 추적해 기사를 족치니까, 간단히 이 근방이라고 실토했습니다."

주양은 비서의 말을 잠자코 들었다.

밤 어둠을 뭉근하게 휘감는 알싸한 담배 향. 침묵에 젖어 있다. 그저 아득하고 긴 마주침이었다. 고요하게 내리뜬 주양의 눈동자가 갈피를 잃고 멍해진 영원의 얼굴 위에 머물렀다. 기도를 막는 쓰디쓴 담배 연기는 피 묻은 그녀의 뺨을 훑어 내리며, 넓게 퍼졌다. 영원은 말하는 법을 잊어버린 듯, 끔찍하게 눈만 커다래진 채 주저앉아 있었다.

노숙자의 가슴에서 꾸역꾸역 검은 피가 비어져 나왔다. 핏물은 시멘트 바닥을 적시고 미지근하게 굽이쳐 논두렁으로 흘러들어 갔다. 엎드린 노숙자는 반응이 없었다. 수행원이 노숙자의 경동맥에 손을 갖다 대었다.

"이미 죽은 것 같습니다."

주양은 메마른 입술로 한 번 담배를 깊게 빨고, 영원을 더듬듯 짙게 응시해 올 뿐이었다. 그 순간 영원의 까만 눈동자에 명백한 공포가 차올랐다. 주양이 뜨겁게 불씨를 품은 담배를 노숙자의 얼굴에 떨어트렸다. 천벌받아 마땅하게도, 죽은 노숙자의 머리를 그가 천천히 구둣발로 누르듯 지르밟았다. 영원에게서 눈길을 떼지 않은 채였다.

치이이익—!

불씨를 비벼 끄자, 살이 타들어 가면서 고기 굽는 냄새가 났다. 영원의 떨림이 거세어졌다. 사람을 아무렇지도 않게 짓밟는 그를 보며 이젠 놀랍지도 않았다. 어째서 한 인간이 저런 모습을 할 수 있게 되었는지, 그녀는 알고 있었다.

더 이상 무엇을 할 수 있을까. 무엇을.

영원은 자포자기된 심정으로 허탈함을 삼켰다. 이내, 눈물이 뺨을 갈랐다.

"……내가 말했던가?"

사약을 씹어 삼키듯, 순진하게 이 남자에게 빠졌던 지난날을 후회했다.

"당신을 사랑한다고."

"신영원?"

장 경감이 의아하게 말끝을 쳐올렸다. 가족 기록을 뒤지던 그는 종이 앞뒤를 살폈다.

"이런 여자가 있었나?"

그의 물음에 커피를 마시던 수진이 대답했다.

"신부…… 아, 그러니까 실종된 신부 신해수 씨의 여동생이에요. 그 집 셋째 딸이죠. 신영원."

진주양은 신영원의 언니인 신해수와 결혼했다. 하지만 신해수는 식전에 돌연 결혼식장에서 사라졌고 경찰은 예식장에 있었던 백운당 사람들에 대해 참고인 자격으로 조사를 실시했다. 그들의 모친인 백운당 사장 최혜란부터 첫째 딸까지. 하지만 셋째 딸은 없었다.

그가 펜촉으로 여자의 얼굴을 의문스럽게 두드렸다. 머리카락으로 얼굴의 반을 가리고 있는 여자는 다소 음침했다.

"신영원은 왜 경찰 참고인 명단에서 빠진 거지?"

"할 수 있을 리가 없죠."

장 경감이 의아하게 보자 수진이 답했다.

"거기 적혀 있잖아요."

아……, 그는 하단의 병원과 법원 기록을 그제야 발견했다. 뚜렷하게 적혀 있는 단어에 멈칫했다. 금치산자…….

"병원에 입원 중이에요."

수진의 목소리는 메마르고 딱딱했다.

"정신병원이요."

【실종 5일째】

환각처럼 피어오르는 담배 연기 위로 늙은 무당의 표정이 꿈결 같았다. 녹취 음성을 담으며 레코더가 느릿느릿 돌아갔다.

"신이 노한 게야. 이 마을에 곧 재앙이 닥칠 거야."

칠십 먹었다는 늙은 무당은 마을에서 태어나서, 이날 이때껏 떠나 본 적이 없다고 했다. 백내장이 낀 오른눈이 기괴했지만, 무엇 때문인지 무당은 온몸으로 두려움을 내뿜고 있었다.

"저 나무가…… 이 마을 터주인데, 작년에 벼락을 맞았어."

"……."

"1년만 더 있으면 딱 천 년을 채웠을 텐데."

"……."

"그걸 못 채우고 벼락 맞아 두 동강 났다고."

백운당이 위치한 마을 언덕배기, 불길처럼 번져 가는 노을이 야성적이었다. 그 옆으로 노랗고 빨간 천들이 여인네의 머리카락처럼 흩날렸다. 굽이치듯 가지가 뻗친 당산나무는 검은 그림자처럼 우뚝 서 있었다. 과거에 마을의 두려움이자 수호의 대상이었던 나무가 벼락을 맞았다. 거대한 당산나무는 찢어진 종잇장처럼 두 갈래가 되어 한 쪽 줄기가 바닥에 힘없이 늘어져 있었다.

"천 년을 기다렸는데. 천 년을."

무당이 생각의 끝자락을 더듬으며, 나무를 불길하게 주시했다.

"백운당에 대해 이상한 소문 들은 게 없나요?"

수진의 물음에 질게 찢어진 무당의 눈이 음습하게 젖어 들었다.

"없이."

아직 잃지 않은 신력이 날 선 듯 다가왔다.

"아아. 원래 폭풍 전야가 더 조용한 법이지."

수진이 녹취를 마치고 자동차로 돌아왔을 때, 장 경감은 휴대폰을 붙잡고 있었다. 발 아래에는 이미 여러 개의 꽁초가 흩어져 있었다.

"아, 예. 그럼요. 다음 주까지 밀린 병원비는 납부할게요. 아는데, 제가 사정이 여의치 않아서. ……아니, 그런 법이 어딨습니까. 그럼 눈도 못 뜨는 애를 바깥으로 내쫓는다는 거야?! 뭐야? 야, 이 새끼야! 넌 딸린 처자식도 없냐!"

전화를 끊은 장 경감이 애꿎은 휴대폰을 집어 던지려다 수진과 눈이 마주쳤다. 괜히 민망해서 그는 산뜻하게 머리칼을 뒤로 넘겼다.

"어, 다 끝냈어?"

"원무과에서 또 병원비 독촉 전화 왔습니까?"

한심하다는 눈빛을 한 수진이 봉고에 올랐다.

"그러니까 한신그룹 의뢰 받자니까요? 찬밥 더운밥 가릴 처지가 아니에요, 우리가. 애 병원비는 마련해야 할 거 아녜요. 뭐가 문제데요. 소장님도 미련 남으니까 여기까지 찾아온 거 아닙니까. 남자가 말이야. 한 방이 없어, 한 방이……! 아무리 젠틀한 사람이라지만 재벌이라구요. 이런 식으로 자기 뒤 캐고 다니는 거 그 남자가 알면, 분명 뒤탈 있을 겁니다."

장 경감은 그날 주양의 위험한 제안을 단칼에 거절했다. 아니. 솔직히 말해 단칼은 아니었다.

'시간을……, 생각할 시간을 주시죠.'

장 경감의 관자놀이로 식은땀이 흘렀다. 경찰이 신부를 찾지 못하게 해 달라니. 그는 침을 꿀걱 삼켰다. 시간을 달라고 했지만 사실 하고 싶지는 않았다. 그저 그 남자의 면전 앞에서 못 하겠다는 말이 목구멍에 걸렸다. 그리고 지금, 아직까지도 뚜렷한 답변을 주지 못한 상태다. 막연히 의뢰를 받아들이기엔 부탁하는 내용이 몹시 수상쩍었고, 놓치기엔 목구멍이 포도청이라……. 너무나도 아까운 액수였다. 평생을 땅을 치고 후회할 것이다. 그러나 별채 객실을 빠져나오기 직전, 진주양의 모습이 잊혀지질 않았다.

'그럼 저는 이만 일어나겠습니다.'

장 경감이 미닫이문을 열고 나가려는데 등 뒤에서 불현듯 주양의 음성이 읊조려졌다.

'45분입니다.'

'……'

'제가 경감님 기다리는 데 허비한 시간.'

진주양이 무슨 소리를 하는지 깨닫고 그는 과장되게 뒷머리를 쓸었다. 수진과 한신호텔을 살피고 오느라 약속 시간에 늦었다.

'이거, 결례를 범했습니다. 원래 작업 특성상 현장 조사를 먼저 하는 게 관례……'

'경감님 덕분에 오랜만에 쉬어 봤습니다.'

장 경감은 멍해졌다.

'하지만. 그건 그거고. 저에 대해 잘 모르셔서 이런 우를 범하신 것 같은데……'

주양이 눈길을 들었다. 인간미 없는 눈동자가 소름 끼치게 장 경감에게 박았다.

'다음부터는 시간 약속.'

높낮이 없는 목소리가 또박또박 경고를 새겨 놓는다.

'깔끔하게 지켜 주세요.'

장 경감은 뻣뻣해졌다. 큰 소리 한 번 안 내고 고저 없이 경고하는 남자의 태도가 무서웠다. 열 살도 넘게 어린 놈한테 그런 기분을 느낀 것이 치욕스러웠다. 뜨끔해진 명치를 쓸며 장 경감은 수진을 보았다. 그저 웃음만 났다.

"젠틀?"

"……."

"그래, 젠틀을 온몸에 갑옷처럼 휘감고 있긴 하더라."

"……."

"찔러도 피 한 방울 안 나올 것 같은 새끼."

그림자도 밟아선 안 되는 부류가 있다.

살인자.

권력자.

진주양은 권력과 살기, 그 두 가지를 다 가진 자였다.

막연히 의뢰를 받아들일 수 없는 이유. 이것으로 설명이 가능하겠는가.

백운당은 산으로 둘러싸인 요새였다. 그 아래에는 한적한 시골 마을이 있었다. 장 경감이 수진과 낮에 도착했을 때 마을은 김매기가 한창이었다. 챙 모자에 수건을 두른 동네 아낙들이 파릇한 논에 자란 잡초를 뽑고 있었다.

최혜란 사장의 본가는 아랫마을과 인접하면서 백운당 뒤편인 아주 뫃 좋은 자리였다. 마을의 지주이자 가장 부유한 가정집이 최 사장의 댁이라는 것쯤은 동네 사람한테 물어물어 알 수 있었다. 개량 한복 유니폼을 입은 직원들은 외지인에게 쉬쉬했다. 진술들은 동네 주민들로부터 겨우 얻을 수 있었다.

"확실히 소장님 말대로 수상하긴 합니다. 이 바닥 생활 오래 하다 보면 촉이라는 게 있잖아요."

차 안에 앉아 수진이 녹음기를 눌렀다. 아줌마들의 수다였다.

「한신그룹 사돈집에 줄 대려고 찾아오는 사람이 하루에도 수십이 넘어. 뉴스에서나 보는 정치인이고 굴지의 대기업 마나님들까지 우르르 행차하시는데, 언제는 기생집이라고 무시하더니 굽실대는 꼴이 가관이었지 아마.」

「딸 장사 한번 기가 막히게 했지. 팔자 핀 것 좀 봐. 최혜란이가 저렇게 클 줄 누가 알았겠어?」

「유부남 후려서 거기 조강지처 밀어내고 들어앉은 여자잖아. 이 동네 유지 랍시고 이젠 지가 상전이 따로 없어. 참, 해수 얘기가 듣고 싶다 했나? 왜에? 둘이 뭔 문제 있어? 그럴 리가 없는데. 젊은 애들이 얼마나 사이가 좋았는데.」

「그럼. 해수가 오죽 예쁜가. 그 잘난 재벌가 양반도 미인 앞에선 몸이 달아 어쩔 수 없던 게지. 결혼식 전날까지도 처가 문이 닳도록 뻔질나게 드나드는데 신랑 될 남자하고 해수랑 팔짱 끼고 산책하는 거 볼 때마다 얼마나 보기 좋았게. 둘이 사이좋았다는 건 여기 사람들 다 안다.」

「서울서 온 양반이 매일같이 해수하고 마을을 산책했지. 선남선녀가 얼마나 보기가 좋던지. 매일 붙어 다녔는데…….」

뜻밖에도 신해수와 진주양의 사이가 너무도 좋았다는 칭찬 일색이었다. 장 경감은 관자놀이를 짚었다. 이렇게 사이가 좋았던 연인이 왜 한 명은 결혼식 직전 사라지고, 한 명은 사라진 연인을 찾지 못하게 해 달라고 했을까. 이래서 는 아무것도 나오질 않는다. 역시 헛다리인지도 모른다. 진주양이 신부인 신해 수를 찾지 못하게 해 달라는 것도 그녀에게 어떤 사정이 있어서인지도 모른다. 남녀 관계엔 제삼자가 알 수 없는 변수가 많다.

그 뒤로는 아줌마들의 시답잖은 수다가 지겹게 이어졌다. 흘려듣듯 집중하 던 그때였다. 문득 장 경감이 수진을 팔목을 붙잡았다.

"잠깐."

수진이 눈치껏 녹음기를 되감기 했다. 동네 여편네들의 무성의한 음성이 흘 렀다.

「걔가 좀 이상한 애인기라……. 제 언니, 해수 남편 될 사람은 그리 쫓아댕 겼제.」

외부 소리까지 같이 녹음된 목소리는 음질이 현저히 낮았다. 장 경감은 더욱 더 소리에 집중했다.

「그것 때문에 집도 나갔다니까. 가출해서 한동안 걔 찾는다고 집안이 발칵 뒤집어졌었지. 어디 감히 형부 될 남자를. 남사스러워서. 그 집안 사람들 붙잡고 물어봐야 소용없을걸. 그걸 어떻게 말하누.」

「걔가 해수랑 비교가 많이 되긴 했어. 좀…… 못났잖아. 많이. 하다하다 남자까지. 걔가 짝사랑하다 미쳐서 기어이 지금 정신병원에 갔지, 아마?」

「걔가 양혜랑 말 섞는 것 봤을 때 알아봤어야 했어. 왜, 꽃 달고 다니는 양재 슈퍼 집 손녀딸. 확실히, 미친년들은 미친년들끼리 통하는 게 있다니까.」

장 경감이 미간을 찌푸렸다. 여자들은 아까부터 누군지는 밝히지 않은 채 '걔'라는 말만 되풀이하고 있었다.

「그래도 서울서 온 그 양반은 해수밖에 몰랐지.」

「둘이 얼마나 사이가 좋은지. 눈꼴셔서. 껌딱지처럼 맨날 붙어 다녔다니까. 그러니까 걔가 더 미쳐서 그 지경이 됐지. 그나저나 걔 이름이 뭐였더라. 신…… 신……혜원?」

「아니야. 신…… 신……영.」

음성은 그것이 끝이었다. 그리고 구형 스타렉스에서 연기가 치솟았다.

뭐야, 저거! 장 경감과 수진이 동시에 밖으로 뛰쳐나갔다.

"에라이! 망할 놈의 똥차!"

수진은 스타렉스 바퀴를 차면서 욕을 했다. 덜덜거리더니 결국 엔진이 나가 버리고 말았다. 견인차를 불렀지만 기사가 길치인지 위치를 찾지 못했다. 수진이 큰길로 기사를 마중 나간 동안 장 경감은 생수를 사러 동네 슈퍼로 향했다. 주인으로 보이는 할멈이 가게를 뛰쳐나오더니 누군가를 찾아 댔다.

"아휴! 이 망할 지지배는 시간이 몇 신데 아직도 깜깜무소식이여! 싸돌아댕기다 또 어떤 놈한테 험한 꼴 당하려고!"

할멈은 장 경감을 지나쳐 다급하게 마을 안으로 사라졌다. 할멈이 올 때까지 기다려야 하나 곤혹스러운 그때였다. 귀에 익은 목소리가 서늘하게 등에 닿았다.

"골치 아프겠어. 탐문은 펼치겠지만 낮말은 쥐도 듣는 법이야. 이대로 시간

질질 끌다 기사라도 터지면……."

"왜 초장부터 초를 칩니까. 가뜩이나 그것 때문에 현 과장 날 서서 우릴 얼마나 들볶는데."

젊은 남자 둘이 그를 향해 걸어오고 있었다. '한신그룹 신부 실종 사건' 담당 형사들이었다. 염병! 장 경감은 재빠른 몸놀림으로 슈퍼 안 매대 뒤에 숨었다. 그와 안면식이 있는 형사들이었다. 흥신소 사람이 주변을 얼쩡거리는 걸 알면 의심할 것이다.

"여기요. 여기 아무도 없어요?"

젊은 형사들은 주인이 없는 걸 확인하고 슈퍼 파라솔에 엉덩이를 붙였다. 장 경감은 몸을 낮추고 그들이 떠나길 기다렸다. 엿듣고 있는 줄도 모르고 신참 형사가 땀에 젖은 양말을 털어 내며 말했다.

"결혼 직전에 신부가 도망을 쳤으니 한신의 황태자께서 체면이 말이 아니겠습니다. 결혼하기 싫어서 제 발로 걸어 나간 모습이 CCTV에 제대로 찍혔는데, 어쩌겠어요?"

"동화 속 왕자님이라며. 대한민국 최고 신랑감을 두고 어딜?"

"남녀 사이는 누구도 모르는 법이죠. 다른 남자 있는 걸까요?"

"글쎄. 원래 남의 떡이 더 커 보이는 법이니까. 근데, 현 과장은 아침 댓바람부터 어딜 간 거냐."

들려오는 익숙한 성에 장 경감은 멈칫했다.

"현 과장님은 잠깐 파주 쪽에 내려가셨어요."

"파주?"

"아, 왜, 있잖습니까. 정신병원에 있다는 셋째 딸."

현 과장. 현기영 과장. 그는 '한신그룹 신부 실종 사건'을 지휘하고 있는 수사팀 책임자였다. 그들은 동기이자 한때 라이벌이었다. 재벌가 사건에 수사팀 지휘까지 맡게 되었으니 아주 날아다니겠어, 현기영. 정신병원엘 갔다고? 해결하겠다는 의지가 아주 대단하시구만? 이번 일을 계기로 재벌가 눈에 단단히 들고 싶은가 보지? 그럼, 그래야지. 단 한 명의 참고인도 놓쳐선 안 되지. 설령 그게 정신병자라도 말이야.

그러면서 장 경감은 쓴웃음을 터트렸다.

그래. 열심히 땅이나 파라. 너의 그 동아줄이 되어 줄 재벌 후계자께선 경찰이 신부를 절대로 못 찾게 해 달라고 내게 친히 부탁까지 해 오셨으니. 근데 저 새끼들은 언제 가는 거야? 하는데 때마침 그들의 무전이 울렸다. 오늘은 이만 철수한다는 내용이었다.

신참 형사가 다 피운 담배를 발로 비벼 끄며 중얼거렸다.

"근데…… 그 신랑 말입니다."

고참이 신참을 돌아봤다.

"신랑? 신랑이 왜."

"만나 보셨어요?"

"하하. 야, 우리가 그 지체 높으신 양반을 어떻게 봐? 청장님 말고는 담당 지휘관인 현 과장도 아직 못 만났대."

"이상하지 않습니까?"

장 경감의 가슴을 서늘하게 쓸어내리는 물음이었다. 하지만 그 참뜻을 이해하지 못했는지 고참이 짜증을 부렸다.

"도대체 뭐가?"

"남편이잖아요. 남편인데."

바람이 한 차례 불었다. 스산하고 서늘한 바람이 마주 보고 있는 두 형사들을 훑고 지나갔다. 어린 형사의 눈동자에 이는 기묘한 떨림까지 읽을 수 있을 만큼 커다란 정적이었다.

"자기 신부가 실종됐는데 5일이 되는 동안, 한 번을 서로 안 찾아왔어요."

장 경감은 눈을 감았다.

'경찰이, 신부를 찾지 못하게 해 줘요.'

그렇게 의뢰하던 진주양의 날 선 얼굴이 또렷하게 박혔다. 심장이 두근거렸다. 아무것도 수상한 점이 없는데. 자꾸 불어나는 의심의 뿌리가 심장 저변까지 손을 뻗었다. 사랑하는 신부가 사라진 지금, 그 남자는 어디에 있을까?

형사들이 떠나고 슈퍼 평상에 앉아 기다리는데 뭔가가 부스럭했다. 자판기 뒤에서였다. 그의 눈에 하얀 각목이 들어왔다. 아니, 희고 고운 다리였다. 새까맣게 지저분해진 맨발을 한 여자가 쭈그려 앉아 있었다. 스무 살을 갓 넘긴 것 같은 그녀는 품에 무언가를 꼭 안고 있었다. 청순한 하늘색 원피스는 어쩔 줄 못해 무릎 위로 껑충 올라가 있었고, 흰 허벅지를 탐스럽게 그대로 내보이고 있다. 이런 외딴 시골에 어울리지 않게 젊고 꽤 예쁘장했다. 급히 누군가를 찾으러 가던 슈퍼 할멈이 뇌리에 스쳤다. 그의 눈길이 여자의 귓등에 안착했다. 꽃을 귀에 꽂고 있는 여자를 보던 장 경감의 시선이 문득 슈퍼 간판으로 미끄러져 올라갔다.

양재슈퍼.

'걔가 양혜랑 말 섞는 것 봤을 때 알아봤어야 했어. 왜, 꽃 달고 다니는 양재 슈퍼 집 손녀딸. 확실히, 미친년들은 미친년들끼리 통하는 게 있다니까.'

동네 여자들이 떠들어 대던 슈퍼집 손녀이자, 이 구역의 미친년이었다.

"아저씨. 거기 있지 마요. 이리 와요. 거기 있으면 나까지 들킨단 말이야!"

양혜가 장 경감의 옷을 꾸깃 잡아끌었다. 생긴 것답지 않게 절박한 손아귀 힘이었다. 장 경감은 의도치 않게 그녀의 등 뒤에 앉은 모양새가 되었다.

그녀는 드넓게 펼쳐진 들판을 두렵게 응시하고 있었다.

"도대체 여기서 뭘 하고 있는 거냐?"

그렇게 물으며 그는 저도 모르게 양혜의 시선을 좇았다. 해 질 녘, 저물어 가는 마을은 불길하고 고요한 냄새를 품었다. 바람 한 점 없이 핏빛으로 물들고 있었다. 기묘한 위화감이었다. 낡은 전신주에 매달린 전깃줄들이 느슨해져서 미약하게 삐걱대었다.

그리고 바람이 불었다.

천천히 주먹 쥔 손아귀의 힘을 풀어 내듯이, 바람은 축축하고 그을어 가는 것처럼 들판을 쓸어 갔다. 몸에 몸을 잇듯 긴 풀들은 옆으로 몸을 뉘었다. 머리카락이 휘날렸고, 바람이 살갗 위로 솟구친 땀을 서늘하게 식혀 주었다. 그것을 보던 양혜가 입을 달싹였다. 그녀의 윗입술과 아랫입술이 짧게 부딪혔다.

"그날도 그 남자와…… 함께였어."

장 경감의 눈길이 양혜에게 옮겨붙었다. 물결치는 들판을 쳐다보는 양혜의 초점이 혼몽했다.

"그리고 언니는 당했지."

"당해?"

"짐승 같은 놈이 언니를. 그때 나는 너무 무서워서…… 여기 꼭꼭 숨어 있었어."

"……."

"언니가…… 영원 언니가……."

장 경감은 '영원'이란 말에 흠칫했다.

"영원? 정신병원에 있다는 신영원 말하는 거야?"

신영원이 남자한테 성폭행을 당했다는 거야, 지금?

"아아……. 언니는 이제는 자기 스스로도 멈출 수가 없었던 거야. 붉은 태양은 사람을 미치게 해서…… 내가 그렇게 반대를 했는데도. 그에게 미쳐 버린 나머지…… 말해 버린 거야."

그녀의 말은 두서가 없었다. 장 경감은 마음이 급해졌다.

"신영원이…… 뭘 말했다는 거지?"

이해할 수 없는 말이었다.

"또 그 남자는 누구고?"

양혜가 정신을 잃을 것처럼 흐리멍덩해졌다.

"이봐!"

어깨를 잡아 흔드는 힘에 그녀가 품에 안고 있던 것들이 후드득, 떨어졌다. 남녀 한 쌍의 바비 인형이었다. 양혜는 가는 손끝으로 여자 인형을 집어 들었다. 그녀의 손가락이 인형의 긴 머리카락을 쓸어내렸다.

"사랑해."

갑자기 쇳소리처럼 발음되어 나온 말에 장 경감의 가슴이 조여들었다.

"사랑해. 사랑해. 사랑해."

무한히 사랑한다고 속삭인 그녀는 남자와 여자 인형을 서로 마주 보게 했다. 구애의 언어는 여자 인형이 남자 인형의 귀에 속삭이는 고백이었다. 남자와 여자 인형이 밀착되었다. 두 얼굴이 가깝다.

"언니가 사랑한다고 하면, 붉은 태양은 그럴 때마다 언니를 짐승처럼……."

남자 인형의 고개가 여자 인형에게로 수그려졌다.

찔린 듯이 빨갛게 하늘에 번지는 노을. 까— 까— 까— 까— 까마귀가 짐스럽게 울어 대는 순간, 장 경감은 붉어진 들판으로 고개를 돌렸다. 사랑해…… 그 속삭임이 그의 귓가에까지 와 닿는 착각이 일었다. 장 경감은 양혜가 줄곧 응시하고 있었던 들판을 바라봤다. 차차 퍼즐이 맞춰지고 머릿속이 맑게 개어 갔다. 방금 전까지만 해도 아무것도 없었는데, 이젠 장 경감의 눈에도 '그것'이 보였다. 양혜의 말대로 정말로 있었다.

잔상처럼 '그들은' 들판 위에 서 있었다.

'사랑해.'

여자가 남자에게 고백을 했다.

'당신도 날 사랑하지?'

남자는 어떤 표정을 짓고 있는지 가늠할 수 없었다. 누가 상상이나 했겠는가. 남자에게 그런 면이 있었을 거라고. 백 마디 말 대신 남자는 단 한 번의 행동으로 마음을 보여 주었다. 여자의 미끈한 뺨을 쓸어내리던 남자가 고개를 내렸다. 그의 입술이 여자의 입술 위에 내려졌다.

느릿한 숨결. 붉은 혀가 유린하듯 여자의 안을 파고들었다. 두 사람이 엉켰다.

숨 막히는 적요가 장 경감을 에워쌌다.

이윽고, 거짓말처럼 바람이 멎었다.

"이거 냉각수 고장이네. 아직 쓸 만하니까 폐차 말고 그냥 보험 처리 하세요."

견인차 기사가 엔진을 살펴더니 혀를 찼다.

"어떡할 거예요?"

수진이 장 경감에게 물었다. 그는 계속해서 멍하니 앉아 있었다.

"소장님. ……소장님!"

장 경감이 평상을 박차고 일어났다. 그는 수진과 기사를 지나쳐 견인차로 걸어갔다. 멋대로 견인차 운전석에 올라탔다.

"형씨. 잠깐 차 좀 빌립시다."

"예?"

장 경감은 꽂혀 있던 차 키를 돌렸다.

"어머! 소장님!"

수진이 소리치며 쫓아왔지만 작은 점이 되었다. 아무것도 들리지 않았다. 내비에 파주 정신병원을 찍었다. 딱 한 군데가 나왔다.

하늘정신병원.

도착했을 때는 저녁 8시가 다 되었다. 그는 병원 리셉션 데스크로 뛰어갔다. 무엇을 도와드릴까요? 직원이 물어 왔으나 입도 뻥끗할 수 없었다. 장 경감은 멀리 보이는 익숙한 얼굴에 굳어 버렸다.

검은 무리가 병원 1층 로비로 진군해 오고 있었다. 각진 어깨와 검은 정장, 권위적인 모습으로 사람들을 위협하며 그들은 무소의 뿔처럼 한 곳으로 몰려갔다. 그들의 위세에 엘리베이터 근처에 있던 사람들이 움찔하며 피했다.

무리의 선두에 있는 남자는 진주양이었다. 그들은 병원 관계자용 엘리베이터에 몸을 실었다. 엘리베이터 문이 닫혀 가는 아주 짧은 순간, 찔려도 피 한 방울 안 나올 것 같은 진주양의 견고한 얼굴이 또렷하게 장 경감에게 각인되었다.

'자기 신부가 실종됐는데 5일이 되는 동안, 한 번을 서로 안 찾아왔어요.'
'남편이잖아. 남편인데……'
'걔가 좀 이상한 애인기라……. 제 언니, 해수 남편 될 사람은 그리 쫓아댕겼제.'
'그것 때문에 집도 나갔다니까. 가출을 해서 한동안 걔 찾는다고 집안이 발칵 뒤집어졌었지.'
'짝사랑하다 미쳐서 기어이 지금 정신병원에 갔지, 아마?'
'붉은 태양은 사람을 미치게 해서……'

붉은 태양……
붉을 주(朱), 볕 양(陽)

주양.

나쁜 예감은 언제나 틀린 적이 없다.
'언니가 사랑한다고 하면, 붉은 태양은 그럴 때마다 언니를 짐승처럼……'
진주양이 신영원을, 입술을,
'집어삼켰어.'
사랑의 비밀은 일방적이 아닌 쌍방향이었다.

<u>1</u>

넌 누더기 입은 하녀야.
그래서 '신데렐라' 라고 부른다.

— 영화 신데렐라 中에서

【5년 전】

털썩—

발치에 빨랫감이 던져졌다.

"농땡이 피우지 말고, 깨끗이 빨아 놔. 핏물 남기면 굶을 줄 알고."

계모가 던져 놓고 간 이불을 영원은 익숙하게 주섬주섬 집어 들었다. 딸들의 생리혈이 묻은 이불이었다. 마당으로 나가자 하얗게 입김이 일었다. 계모는 찬

물에 빨아야 피가 더 잘 빠진다며 한겨울 마당에서 이불 빨래를 시켰다.

영원 22세.

그들의 '하녀'였다.

허드렛일은 일상이었고, 손이 부르트도록 집안일을 했지만 아프고 힘들다고 운 적은 없었다. 그런 여유조차 영원에겐 사치였다. 어느 겨울이었다. 마당에서 언 이불을 빨고 있던 영원은 문득, 뺨에 닿는 차가운 느낌에 눈꺼풀을 들어 올렸다. 하늘에서 눈이 기척도 없이 내리고 있었다. 희디흰, 깨끗한 눈이었다. 산더미처럼 빨래를 쌓아 놓은 그녀의 비참한 삶과는 상관없이 눈은 평화롭고 적요했다. 한 번도 두려웠던 적이 없었는데. 그 겨울 예상치 못하게도, 마음을 청결하게 해 주는 백색 결정, 그 깨끗한 눈을 보다가 문득, 영원은 죽어야겠다고 결심했다.

어느 동화에서나 그러하듯, 계모는 처음엔 다 착하고 상냥하다.

친모가 병에 걸리고, 아버지가 계모와 두 딸을 백운당에 데려왔다. 영원이 다섯 살 때였다. 혜란은 처음엔 아픈 엄마를 대신해 돌봐 줄 영원의 가정 교사였다. 일찍이 남편을 잃은 과부로, 혜란은 청상이 되기엔 너무나도 젊고 싱그러웠다.

"네가 영원이구나. 반갑다. 우리 앞으로 잘 지내보자."

아름다움이 불길해 보이긴 처음이었다. 2년 후, 엄마가 돌아가시자마자 아버지는 계모와 재혼했다. 여름휴가처럼 짧고 행복한 시기였다. 죽은 친모를 잊을 만큼. 첫 만남에 느낀 불길함을 비웃듯 계모는 어머니의 빈자리를 완벽하게 채워 주었고 영원은 계모를 사랑했다. 잠시나마. 행복했던 유년의 마지막이었다. 얼마 안 가 아버지가 실족사로 돌아가셨다. 백운당의 모든 전권과 사장 자리를 꿰찬 계모는 서서히 본색을 드러냈다.

어느 동화에서나 그러하듯 계모는 의붓딸을 미워한다.

영원 17세.

계모는 너른 사장실 책상 앞에서 뒤돌아서 있었다. 영원은 그 뒷모습을 두렵게 바라보고 있었다. 그녀가 영원에게 등을 보일 때, 그것은 하나의 의식이었다. 날카롭게 뻗은 손가락에서 굵은 옥가락지를 하나씩 하나씩 빼내며 생각에 잠기는 것. 영원을 벌세우듯 세워 놓고 가만히 고민하는 것. 움켜쥔 주먹 아래, 손바닥이 땀으로 축축했다.

"동튼 후엔 밖에 돌아다니지 말라 했을 텐데. 일부러 그러는 거니. 너."

무정한 음성을 내뱉은 계모가 영원을 돌아봤다. 기다란 머리카락으로 가려진 의붓딸의 얼굴을 응시했다.

"네가 그 거지꼴로 돌아다니면 직원들이 나를 뭐라고 생각하겠니."

영원의 얼굴 군데군데에 폭력의 흔적이 남아 있었다. 피딱지가 앉거나 멍투성이였다.

"그, 그럴 의도는 없었어요. 어머니."

"실수가 두세 번 반복되면 의도가 되는 거야. 누가 보면, 내가 딸을 두들겨 패기라도 하는 줄 알겠어. 넌 이 어미가 그런 계모가 되기를 바라니?"

말을 끊어 내는 계모의 목소리가 몹시 상냥해서 때가 왔음을 직감했다. 사장실은 백운당에서 최고로 방음이 잘된 곳이었다. 사람 하나 죽어 나가도 모를 폐쇄성 짙은 공간.

보안도 아니고 방음이 잘된 데는 따로 목적이 있었다.

"넌 참 이상한 버릇 있어. 왜 얘기할 때 사람 눈을 안 보지?"

"……."

"너도 내가 재취라고 무시하는 거야? ……응? 그래!"

계모의 언성이 높아졌다. 놀라서 올려다봤다가 손바닥이 곧장 영원의 뺨을 그대로 후려 왔다.

짜아악—!

질끈, 눈을 감았다. 휘청거리던 찰나, 다시 다른 쪽 뺨을 쓸고 지나갔다. 짜악—! 닥치는 대로 후려쳐진다.

짜아악─! 짜아악─!

바스러지는 볏단처럼 영원의 마른 몸뚱이가 바닥에 엎어졌다.

투, 두둑.

영원이 바닥에 엎어져 고개를 들었다. 검은 핏덩이가 나무 바닥에 엉겨 붙었다. 코피였다.

헉. 헉. 헉.

"일어나."

계모가 명령했다. 영원은 비틀거리는 몸으로 일어섰다.

이미 만신창이였다.

"봐, 똑바로."

억센 손아귀가 영원의 앞머리를 틀어잡았다. 공포에 질린 검은 눈동자에 집어삼킬 듯, 흉포한 얼굴이 가깝게 맞대어진다.

"날 봐."

사장실 방음의 목적은 여기에 있었다. 이 방을, 우리 가족은 체벌방으로 불렀다.

"이 집에서 내 말은 곧 법이야. 말을 듣지 않는 아이는 혼나야 해. 또다시 그 꼴로 돌아다닐래, 안 돌아다닐래."

처음엔 이해할 수 없었고 진실을 깨달았을 땐 치욕스러웠다. 이후 죽고 싶을 때마다 어떻게든 살아남아야 한다는 생각뿐이었다. 그리고 이제 사는 것보다…… 맞는 것이 더 쉬워졌다.

방울방울 맺혔던 물기가 이내, 영원의 뺨을 가르고 추락했다.

"제, 제가 사람들한테 보이는 게 싫으면, 저를, 가둬 두면 되잖아요."

겁에 질려 달달 떨면서도 굴복하지 않는 모습에, 계모가 미묘한 눈빛이 되었다. 슬프게도.

"이래서 내가 널 예뻐해."

"……."

"나를 아주, 더러운 년으로 만들거든."

계모가 영원의 머리채를 힘껏 붙잡았다. 짐짝처럼 질질 끌려갔다.

온갖 허드렛일과 구박과 학대를 견뎌 내며 영원은 악착같이 살아남았다. 그러나 과연 살아남을 필요가 있었을까 싶을 만큼 결과는 무참하다. 제정신이 아닌 사람들 사이에서 버티려면 똑같이 미쳐 버리는 수밖에 없었다. 백운당 아가씨로 자란 밝고 에뻤던 소녀는 죽었다. 영원은 점차 어두워졌고, 세상은 피로 얼룩져 보였으며, 인간을 향한 경계와 공포심으로 가득했다. 눈을 직접 마주치는 것이 두려웠다. 영원은 사람들의 시선을 피해 긴 머리카락으로 얼굴을 가렸다. 남루한 옷, 길게 산발된 머리카락, 귀신처럼 얼굴을 가리고 있는 우중충함. 그 머리카락 사이로 부릅뜬 독기 어린 눈동자.

아랫마을 아이들은 그녀에게 돌을 집어 던졌다.

'죽어라! 귀신은 죽어라! 웩, 완전 혐오스러워!'

인간은 치사한 종자들이라 멍청하게 굴수록 야비한 이빨을 드러냈다. 영원은 이용당하지 않기 위해 사람들을 괴팍하게 배척했다. 아무도 접근할 수 없게. 자신에게.

'망할 애새끼들! 죽어 볼래!'

'으아악! 귀신이 폭주한다!'

알고 있다. 그녀가 다른 사람들에게 어떻게 불리는지. 백운당에는 괴물이 산다지. 하나는 '말을 하는 꽃'이고, 다른 하나는 '얼굴이 없는 귀신'이었다. '얼굴 없는 귀신'은 재투성이 백운당 셋째 딸 영원을 가리켰다. '말을 하는 꽃'은……

계모에게 맞고 다락방에 갇혔다 나온 지 3일째 되던 날, 아랫마을 논길에서 해수를 마주쳤다. 명문 여고를 다니는 해수는 일대 고교에서 퀸으로 통했다. 그녀를 집까지 따라오는 남학생들은 자주 흔히 보는 광경이었다.

"이번 주말에 뭐 할 거야? 시내 나가서 우리 놀래?"

해수는 언제나 우아하며, 고매한 성정으로 남자애들을 차단했다.

"가족들하고 고아원 봉사 활동 갈 거예요."

물론 거짓말이지만.

"언니랑 여동생이 있다고 했지? 여동생이 동갑이라고 했나? 쌍둥이야? 일란성? 이란성?"

그때 마주 오던 영원을 발견한 해수가 멈췄다. 남자애는 쉴 새 없이 떠들어 댔다.

"네 동생, 내 친구 좀 소개시켜 줘라. 자매니까 해수 너랑 많이 닮았겠지?"

곧 해수가 듣고 있지 않다는 걸 알고 남학생이 시선을 옮겼다. 눈앞에 있는 영원을 발견하고 그는 제자리에서 굳었다.

양산을 쓴 해수가 조심스레 영원에게 다가왔다. 꽃 자수가 입혀져 있는 사랑스러운 양산 아래에 감춰져 있는 얼굴선은 아름다웠다.

"……오늘, 나온 거야?"

죄책감이 뒤엉킨 아름다운 미성. 영원은 대답하지 않았다.

"미안해. 엄마를 막아 보려 했는데, 나도 어쩔 수가 없었어."

"누구야, 이 여자?"

남학생이 끼어들었다. 하지만 해수는 그를 철저히 무시했다.

"몸 아직 안 나았을 텐데 막 돌아다녀도 돼?"

"해수야. 아는…… 여자야?"

"노 집사가 밥은 챙겨 줬고?"

"해수야. 이런 여자하고 말 섞지 마."

"그렇게 말하지 말아요, 내 여동생이에요!"

해수가 그렇게 외쳤을 때 파래지던 남자애의 표정을 봤어야 했는데. 나를 배려한답시고 그 애가 하는 모든 일이 내겐 상처가 되었다.

"선배, 이만 집에 가 주세요."

신해수의 상냥함엔 배려가 없었다. 여동생. 그 말에 남자애는 뒷걸음쳤다. 일그러진 눈가가 명백한 혐오감을 담고 영원을 보았다. 눈에 깃든 구역감, 경멸, 경악. 해수를 따라다니는 남자들을 보는 것만큼이나 익숙한 취급이었다.

'말을 하는 꽃'은 계모가 데리고 온 아리따운 둘째 딸이자 영원의 새언니 해수를 일컫는 말이었다. 꽃으로 불리는 자매와 귀신으로 취급당하는 다른 자매라니. 남자들은 해수의 아름다운 얼굴과 꾀꼬리 같은 몸매, 그보다 더 사려 깊은 마음에 매료되었다. 신해수라는 여자가 빛날수록 영원은 그 옆에 짱돌처럼 박힌 해수의 유일한 어둠이 되어 갔다. 열일곱 살. 동갑내기 자매란 그렇다. 한쪽이 잘날수록 다른 한쪽은 비참해진다. 신해수가 빛날수록 그녀의 미덕을 드높이기 위해 존재해야 하는 사람처럼 영원은 항상 비교 대상에 놓였다.

'같은 자매인데 어쩜 이렇게 다른지. 아무리 '의붓'이라도 그렇지.'

'해수는 상냥하기도 하지. 영원이 쟤 어떻게 된 애가 저렇게 못돼 처먹었나 몰라?'

'해수는 결혼해도 사랑받고 살 관상이야. 어이구. 도대체 신영원 쟤 누가 데려갈지 걱정이다. 평생 시집도 못 가고 집안의 애물단지로 전락하겠지.'

'신해수한테 동생이 있다고? 엑? 쟤가 동생이라고? 하늘도 무심하시지.'

예쁜 자매 밑에서 주눅이 들어 사는 동생의 삶은 그렇게 특별하지도, 특수하지도 않기에 누구에게 제대로 위로받지도 못한다.

"저기, 아까 동생 소개시켜 달란 말은 취소할게."

"왜요? 내 동생이 어디가 어때서요?"

영원은 해수의 어깨를 밀치고 지나갔다.

"영원아! 조금 있으면 저녁 될 텐데 어디 가려고?"

뒤에서 부르는 소리가 들렸지만 필사적으로 뛰었다. 이대로 신해수랑 있다간 숨이 막혀 죽어 버릴 것 같았다.

숨이 막혔다. 숨이 막혔다. 숨이 막혔다. 숨이 막혔다. 숨이 막혔다. 숨이 막혔다. 숨이 막혔다. 숨이 막혔다.

숨이…… 막혔다.

신해수는 신영원을 항상 걱정해 준다. 그리고 그녀의 상냥함은 늘 영원을 비참하게 했다. 영원은 그녀의 상냥함이 어디서 기인하는지 알기 때문이었다.

동정.

신해수가 나를 동정할수록 나는 더욱 비루한 인간으로 헤집어진다.

그래서 신해수의 상냥함엔 배려가 없었다.

스물두 살이 되어도 변하는 건 없다. 영원은 여전히 그들의 하녀로, 계모의 샌드백으로, 그 딸들의 생리혈이 묻은 이불까지 빨아 주는 삶을 이어 가고 있었다.

하지만 그날은 좀 특별했다. 마당에서 이불 빨래를 하는데 콧잔등에 기척도 없이 작은 것이 내려앉았다.

첫눈은 그렇게 불시에 영원의 일상을 파고들었다.

사가와 담벼락 하나를 사이에 두고 붙어 있는 백운당은 밤에도 성황이었다. 땅. 띠링— 땅땅. 가야금과 비파의 줄 타는 소리에 이어 손님들을 접대하는 기생들의 경박한 웃음소리가 중정 밖까지 새어 나왔다. 그 화려함에 어울리지 않게 영원은 거지 같은 허름한 차림이었다. 숱을 치지 않아 두터워진 더벅머리로 걸인처럼 기와집들을 지나치는데 기생들이 그녀가 가는 방향으로 앞질러 갔다.

"한신그룹 손자라며? 대산물산 김 회장이 요즘 자주 데리고 오는 그 남자."

"스물여덟 살인데, 미국 와튼 스쿨에서 경영자 과정 따고 이제부터 일선에 참가하게 됐대. 김 회장이 사위 삼고 싶어서 아주 혀 안의 사탕처럼 알뜰살뜰 모시는데, 못 봐 주겠더라."

"아, 그 막내딸?"

"뚱쟁이들 신바람 나게 생겼어."

"그 정도야?"

"손자가 있다고 했지 그런 완전체일 줄 누가 알았나. 한신가라고 하면, 코 옆에 털 달린 점 있어도 재벌가 딸들이 줄을 설 텐데. 외모의 문제가 아냐. 아우라가……!"

"다른 재벌 3세들하곤 차원이 다르다며?"

"왜 한신, 한신 하는지 알겠더라. 품격이, 클래스가 달라."

"그래 봐야 가운데 달린 놈들 본질이야 다 거기서 거기지 뭘, 새삼."

하하하. 모두가 행복한 크리스마스이브의 밤, 영원은 죽음을 결심했다.

퍼렇게 멍든 목덜미…… 초점을 잃은 눈동자. 흐르는 코피를 닦을 생각도 안 한 채, 광적으로 흙을 파는 데 집중했다. 문드러진 손톱에서 피가 흘렀지만 개의치 않았다. 언 땅을 파헤치고 파헤쳤다.

“허억…… 허억…….”

계모의 폭력이 극에 달했고, 괴로움은 더 이상 이 생을 지속할 수 없다는 극단으로 영원을 몰아갔다. 매일같이 고스란히 계모의 분노가 퍼부어진 몸은 피멍이 군데군데 피어 있었다. 계모는 이제 사람들이 볼 수 있는 곳은 때리지 않았다. 대신 안 보이는 곳을 사정없이 공략했다. 머리를 찧으면서 코 속이 찢어진 걸까. 코피가 멈추질 않았다.

저금통이 흙 속에서 차츰 모습을 드러내었다. ‘살기 위해서’ 모은 돈이었지만 ‘죽기 위해’ 쓰게 되었다. 철제 저금통에 동전 소리가 짤그랑거렸다. 계모 몰래 조금씩 모아 둔, 푼돈들이었다. 채 십만 원이 못 된다.

하지만 농약을 사기엔 충분했다.

“아이참. 회장님! 의원님! 좀 더 놀다 가셔요!”

별채에서 거나하게 취한 손님들이 기생들의 부축을 받으며 비틀거리며 나왔다. 영원은 조경수 뒤에 숨었다. 그들이 멀리 사라지고 소란이 잦아들었을 쯤, 아직 떠나지 않은 손님이 계단을 내려오고 있었다. 손에 든 철제함이 덜덜 떨렸다. 계모에게 여기 있는 것을 들키면 죽는다. 마지막까지 계모 손에 죽기는 싫었다. 영원은 손님이 어서 지나기만을 기다렸다. 무관심하게 지나쳐 주기를.

느긋하고 자애로운 발소리였다. 저벅. 저벅. 뛰는 법을 모르는, 전형적인 권력의 먹이 사슬 최상층에 있는 자들의 걸음 소리였다. 그들은 한없이 느긋했고, 지극히 자애로웠다. 그리고 한 인간의 삶을 송두리째 뽑아냈다.

“사장님. 가신 줄 알았어요.”

그때, 뒤늦게 쫓아온 기생 하나가 남자에게 접근했다. 조경수 아래에 바싹 엎드렸다. 수풀이 작은 몸뚱이를 충분히 가려 주었다.

"일행분들 벌써 떠나셨지 뭐예요. 정말 뭐가 그렇게들 급하신지. 이제 저녁 8시인데. 집에 가서 뭐 하세요? 크리스마스이브를 혼자 보내기 아깝지 않으세요?"

"……."

"의원님께서 오늘 밤 잘 모시라고 보너스까지 찔러주시고 가셨는데."

영원을 발견하지 못한 기생이 눈꼬리를 접으며 저고리 사이에서 흰 봉투를 꺼내 보였다.

"신신당부하셨어요. 사장님 잘 모셔야 된다고요."

"……."

"이대로 가시면 제가 혼나요."

기생이 남자에게 몸을 밀착하며 지분댔다. 은근한 유혹이었다. 돈맛을 본 기생들 중 간혹 대놓고 스폰을 요구하는 애들이 있었다. 여자들이 일반 취업을 포기하고 이곳을 선택하는 이유는 오롯이 돈과 야망 때문이었다.

현저히 느려진 남자의 발걸음이 멈췄다. 조경수 아래에 엎드려 있던 영원은 식겁했다. 그녀 바로 앞에서였다.

그때 남자가 말했다.

"아직 아닙니다."

"예? 뭐가요?"

"아직 사장이 아닙니다."

기생이 입을 가리고 와하하 웃었다.

"어머, 숫기 너무 없으시다. 회장 손자면 자기 거나 마찬가지. 에이. 어차피 나중에 사장 명찰 받으실 거면서."

"하지만 아직은 아니죠."

완고한 어조에 해사하게 웃음꽃을 피우고 있던 기생이 애매하게 입가를 굳혔다. 남자는 단어를 되씹었다.

"아직은."

충족되지 않은 야망이 그의 입술 사이에서 무겁게 가라앉았다.

놓치기 아까운 거물인가. 기생이 남자에게 꽤 인내심 갖고 달라붙었다.

"혹시, 제가 술을 따르는 여자라 눈에 차지 않으신 건가요? 말이 통하지 않는 게 걱정이시라면 염려 마세요. 저 잘할 수 있어요."

비뚜름하게 남자가 입술을 추켜올렸다.

"걱정하는 얼굴로 보입니까?"

기생이라고 부르지만 외국어를 능숙하게 하는 엘리트들이었다. 백운당은 일류를 지향하며, 찾아오는 손님들 또한 기본적으로 상당한 교양 수준의 소지자들이었다. 그들과 말 상대가 가능할 정도의 지성을 갖춘 명문대 스펙은 기본이었다. 잠깐 노는 데 파트너로 안성맞춤일 만큼.

남자도 그걸 잘 알 터였다. 기생의 얼굴이 단박에 화사해졌다.

"그럼……."

몰이하듯 남자는 조경수로 기생을 밀어 넣었다.

"아……!"

기생이 나무에 등허리를 부딪쳤다. 영원은 입을 틀어막았다. 비명이 터지려 했다. 까슬한 한복 치맛단이 뺨을 간질일 정도로 그들과 가까웠다. 바로 나무 기둥 하나 간격이었다.

손을 얹은 남자가 기생과 눈을 얽었다.

"말해야 할 때를 빼고 난 말하는 걸 별로 좋아하지 않습니다."

예상했던 대로 그는 굳이 여자의 유혹을 거부하지 않았다. 두 남녀가 은밀한 나무 아래로 들어가 가지처럼 자연스럽게 얽혔다. 지겹도록 봐 온 꼴이라 민망하지도 않았다. 둘이 빨리 용건을 마치고 사라져 줬으면 했다. 영원은 성애의 장면을 지켜보다가 농약을 내려다봤다. 어차피 저들은 정신이 팔려 있으니, 얼마 안 가 떠날 것이었다. 여기서 끝내야 했다. 지금 해치워야 했다. 마음먹은 지금.

주저하다가 죽음이 두려워지면, 다시 긴 어둠 속에서 살아야 한다. 계모의 학대를 견디며. 그건 무의미한 일이었다.

팔이 수전증 환자처럼 떨렸다. 어차피 농약만 먹어 버리면, 끝이다. 저들에게 발각이 되어도 살아날 가망이 없다. 그땐, 계모의 폭력도 닿지 못하는 곳으로 이미 떠나 있을 것이었다. 그러니까 지금 해야 한다.

뚜껑을 열고 농약을 입에 털어 넣으려는 그때였다. 정수리에 섬뜩한 위화감이 흘러들었다. 무심결에 옆을 살피다가 눈이 마주쳤다.

굳었다. 남자가 기생 어깨 너머로 영원을 응시하고 있었다. 키스를 하면서.

가만히 서 있는데 전속력으로 버스가 돌진해 오는 기분이었다.

남자의 눈이 그녀의 손과 그 손에 들린 '그라목손'이라고 쓰인 농약통을 빠르게 훑었다. 마시려고 벌린 입술을, 자살 시도를 발각당해 새파래진 얼굴을, 찬찬히 훑었다.

영원은 힘이 풀려 농약을 놓쳤다. 눈밭에 쏟아진 농약은 냄새만으로 어지러워지는 악취를 풍겼다. 식도와 내장을 불로 지지듯 녹이는 독한 악취에 머리가 어지러웠다.

하지만 그리 어지러운 게 냄새 때문인지. 남자의 시선 때문인지 분간할 수 없었다.

현실감이 돌아온 건 끼어든 신음 소리 탓이었다.

아아……! 남자의 애무를 받던 기생이 화음을 넣듯 신음했다.

남자의 시선은 몹시 위험했다. 머리털이 쭈뼛 섰다. 도망쳐야 한다. 그 생각에 머릿속으로 경고등이 빨갛게 찢어지는 소리를 내었다. 간신히 바닥에 흩어진 이성을 주워 담고 달아나려는데, 그가 영원에게 손을 뻗었다. 윽. 머리카락이 세게 움켜잡혀 얼굴이 끌려갔다. 그는 그들 앞에 영원을 끌어다 놓고 행위를 지켜보게 했다.

듣도 보도 못한 일에 영원은 경악을 금치 못했다.

"싫……!"

소리를 듣고 기생이 눈을 뜨려 했다. 그가 여자의 눈을 손바닥으로 덮었다. 기생이 몸을 뒤틀며 신음했다.

그가 영원을 내려다봤다. 직선으로 박히는 눈동자.

쿵. 심장이 추락했다.

충격적이며 대단히 부도덕한 남자는 다른 여자와 혀를 섞으면서 눈빛으로 영원을 만졌다. 그녀의 눈, 코, 입술 언저리를 확인하며 만져 댔고, 생채기가 터진 입술을 핥았다.

실제 접촉한 게 아닌데도 아득한 기분에 옴짝달싹할 수 없다.

남자는 느긋한 눈빛과 달리 안면은 전혀 웃고 있지 않았다.

히스테릭한 집단 난교 속에 갇혀 있는 배덕감이 영원을 몰락시켰다.

잘생긴 마스크, 값비싼 옷과 구두, 대담한 성적 욕망까지.

남자가 발하는 섹슈얼한 향수가 공포심을 불러일으켰다.

그는 신사의 탈을 쓰고, 헐벗은 영혼들을 기만하기 위해 휘둘러지는 '폭력' 같았다.

영원은 그 남자를 만났다.

……삶의 벼랑 끝에서.

그게 그들의 첫 만남이었다.

"하악…… 하악."

식은땀이 베갯잇을 적셨다. 소스라치게 놀라서 깬 영원은 탁상시계를 들여다봤다. 새벽 2시. 한참 잠을 잘 시간이었다. 또다. 또 그 꿈이다. 영원은 이불을 젖히고 일어나 신음을 했다.

그날 자살에 실패한 영원은 아무 일 없던 것처럼 집으로 돌아와 잠에 빠져들었다. 자살 충동은 더 강렬한 경험에 깨끗이 잊혀졌다. 그때부터였다. 그날 일이 매일 밤 악몽으로 되살아났다. 야릇한 악몽의 주인은 매번 한 사람이었다.

영원은 꾸물꾸물 침대 옆 서랍을 열어 단추를 꺼내 보았다. 입막음 값으로 남자가 남긴 뇌물을 스탠드 불빛에 비춰 보았다. 맞춤 제작된 골든 버튼이었다.

JY……

황금빛으로 찬란하게 빛나는 것에는 이니셜이 새겨져 있었다.

진주양.

정신을 차렸을 때, 어느새 기생은 사라지고 남자는 혼자 남아 앞에 서 있었다.

느긋한 눈빛과 달리 안면은 전혀 웃고 있지 않았다. 영원은 남자에게서 눈을 떼지 못했다. 무기질같이 감정이 없는 얼굴. 콧날과 턱선을 이루는 조각 같은 날카로움은 영하 10도의 추위와 더불어 서늘함을 더했다. 눈 속에서, 폭력의 흔적이 짙게 남은 영원의 몰골은 남루했다. 삶의 의지가 흐릿한 영원을 응시하던 그가 코트 소매에서 무언가를 떼어 내 던졌다. 금속성의 물체가 저금통에 짤랑! 하고 떨어졌다.

비뚜름하게 남자가 입술을 추켜올렸다.

금으로 만든 단추였다.

그는 재미있는 구경 잘했다는 듯, 금덩이를 적선했다. 위로가 아닌 돈을 적선했다. 불쌍히 여겨서가 아니었다. 영원을 죽음 직전까지 끌고 간 긴 학대의 고통과 불행이 그에게 관람 행위일 뿐이었다.

누구보다 많은 것을 가졌지만, 심지어 누더기를 걸친 영원보다 영혼이 더 궁핍해 보이는 남자…….

가진 게 없는 영원도 아는 감정을, 타인을 가엾이 여기는 동정심을, 조금도 모르는 사람 같았다.

송두리째 영혼까지 사로잡혀, 영원은 그날 시선을 붙잡힌 채 다시는 남자에게서 눈을 떼지 못하리란 걸 예감했다.

남자는 영원의 뇌수에 가득 차올라 끝내 숙주의 몸을 점령했다. 숨이 콱, 막혔다. 벌써 4년 전 일이었다.

영원은 지금 스물여섯 살이다.

"주양."

불러 보지 못한 이름이 매번 혀 안에서 삭아 갔다.

결국 새벽 내내 잠 못 이루다가 백운당으로 출근했다. 다 큰 딸을 집안일만 시키는 것을 이상하게 여기는 사람들 시선을 의식했는지, 계모는 영원에게 번 듯한 직장을 만들어 주었다. 백운당에서 종업원으로 일하게 했다. 낮에는 식당 일을, 밤에는 집안일을 다 하는 조건으로. 물론, 정식으로 월급을 주지도 않는 노예 생활은 변함이 없었지만 영원은 괜찮았다. 그녀가 가게에 나가는 목적은 오롯이 한 가지였다.

봄도 오고 장독을 닦을 시기가 되었다. 천 개나 되는 장독대를 일일이 닦는 일은 노동이었다. 백운당 숙수는 직접 장을 담가서 요리에 썼고, 그 맛이 일품 이라 입맛 까다로운 손님들은 더욱 이곳을 찾았다.

"여름에 선탠 걱정은 안 해도 되겠다. 매일같이 뙤약볕에 이 짓을 하고 있으 니."

장독을 문지르고 있던 동료1이 반 시간도 안 돼서 볼멘소리를 터트렸다. 그 러자 다른 애들도 기다렸다는 듯 하나둘씩 널브러졌다.

"국악 팀이나 기생들은 얼마나 좋을까? 겨울엔 따뜻한 온돌방에서 엉덩이 지지고, 여름엔 에어컨 빵빵한 실내에서 몸 식히고, 손님들한테 예쁜 짓 해 가 면서 팁도 받고, 음식도 얻어먹고."

"급이 다르지. 걔네들 한복 한 벌에 얼마짜린데. 우리가 입는 천 쪼가리 개 량 한복하고 똑같겠냐?"

그들 중 하나가 유니폼으로 지급받는 개량 한복 치맛단을 성의 없이 들췄다. 한국적인 멋을 더하기 위해 직원들은 전체 다 개량 한복을 갖춰 입었다. 하지 만 일을 하기엔 불편한 감이 많다. 무엇보다 백운당의 간판스타들인 기생들은 일반 직원들을 무시했다.

"똑같은 직원 주제에, 우리가 청소부라고 지들 따까리 취급 할 때면 완전 재 수 없어."

동료1이 입을 댓 발 내밀었다. 고개를 딴 곳으로 돌리다가 태평하게 립글로스를 바르고 있는 영원을 발견하고는 미간을 구겼다. 10분 전에도 거울 보고 있는 걸 봤는데 아직도 그 상태다. 동료1은 수건을 장독 위에 패대기치고 영원에게 소리친다.

"키스할 남자 친구도 없는 주제에 입술은……. 그만 처바르고 일해!"

영원은 아랑곳 않고 거울을 봤다. 립글로스를 입술 선을 따라 신중하게 발랐다.

"이게! 사람 말을 콧구녕으로 처들었나!"

앗! 입술 삐뚤어졌다. 동갑인데 영원이 하는 일에 사사건건 시비를 걸어 댔다. 급기야 거울을 빼앗으려고 하는 동료1을 영원이 밀쳤다.

"아악!"

넘어진 채 노려보는 동료1에게 영원이 더듬으며 물었다.

"그러는 너는 키, 키스해 봤냐?"

동료1이 당황했다.

"와…… 살다 살다 백운당 최고 추녀 신영원한테까지 무시받고. 키스가 별 거 있어? 마우스 투 더 마우스. 텅 투 더 텅. 끝이지."

역시 그럴 줄 알았다. 영원은 비웃었다.

"네가 진짜 키스에 대해 알 리가 없지."

"됐고! 머리나 묶어! 너 때문에 주위 산만해서 미치겠으니까!"

머리카락을 귀신 산발하고 다니는 영원은 불길해 보이기까지 했다. 진짜 귀신이 나타났다가 혼비백산해서 도망칠 거라고 동료1이 욕설을 내뱉었다. 그녀가 멍한 얼굴로 무시로 일관하자 더 분통을 터트려 댔다.

"어우. 참자, 참아. 염장 지르는 저것도 능력이지. 해수는 대체 저깟 계집애가 뭐가 불쌍하다고 끼고도는 거야? 착한 게 죄지."

해수와 비교하는 이야기에 영원이 발끈했다. 해수는 남녀노소 가릴 것 없이 백운당 직원들에게 선망의 대상이었다. 백운당의 해어화. 그리고 영원은 백운당의 귀신. 풀어 헤친 머리카락 사이로 동료를 노려봤다. 눈빛이 공포 영화 '링'의 사다코를 닮아서 동료1이 졸았다. 고개를 돌리고 딴 동료들한테 험담한다.

"사장 딸이라지만 혼자만 너무 특혜 아니야? 음식에 머리카락이라도 들어가면 어쩌려고 사장님은 쟬 방치하는 거야?"

"머리만 묶게 하면 죽는다고 게거품을 무니까 그러지. 사장 성격 몰라? 얄짤 없는 사장이 두 손 두 발 다 든 거면 말 다 했지. 그나마 서빙이나 주방 팀이 아니라, 음식에 머리카락 들어갈 일 없어 주의하는 걸로 넘어가는 거지."

"그래도. 손님 컴플레인 들어오면 우리 점수까지 깎인다구."

모든 여직원이 머리를 망에 넣게 되어 있지만, 영원만은 규칙을 지키지 않고 있었다. 사장 딸의 특권이라면 특권일까. 영원은 남에게 자기 민낯을 보이는 것을 극도로 피했다. 계모만큼도 머리는 터치하지 못했다. 머리를 묶으면 얼굴이 드러날 테고, 드러난 민낯에 사람들은 더욱 혐오감을 감추지 못할 것이다. 영원의 얼굴을 제일 혐오하는 사람이 계모였다.

"늦바람이 들었는지 요즘은 깔끔하잖아. 머리도 빗고, 옷도 최대한 깨끗한 걸로 다려서 입고, 그래 봐야 여전히 귀신 같은 꼴이지만."

뭐라고 떠들어 대건 신경 쓰지 않았다. 영원은 립글로스를 열심히 덧칠했다. 항상 입술은 촉촉함을 유지해야 한다는 것을 4년 전에 깨우쳤다. 언제 키스를 하게 될지 모르니까 말이다.

돌연 정원이 소란스러워졌다. 멀리서 단체 손님들이 잔디가 깔린 정원을 가로지르고 있었다. 고위급 정치 인사들의 차림새였다.

"오늘이었나? 일본 타니구치 총리 내한이."

"사장이 한 달 전부터 주방을 아주 들들 볶아 댔잖아. 총리 입맛에 맞게 요리 개발한다고. 백운당에서 응접하게 된 것도 진 이사 뜻이래."

옆에서 뭐라고 떠들어 대도 심드렁하기만 했던 영원이 '진 이사'라는 말에 거울을 내리고 빠르게 사람들 사이를 파헤쳐 봤다. 총리 옆에서 걷는 주양을 발견하고 굳어서는 망부석이 되었다. 그는 오늘도 나폴리 장인의 손끝에서 탄생한 고급 슈트를 단단한 몸체에 휘감고, 저주스러울 만큼 섹시한 모습이었다. 핑크빛 설렘이나 뭉글뭉글한 감정과는 다른, 마약 같고 늪 같고 죽음 직전의 공포 같은 그런 격렬함이 영원을 침공했다. 죽음의 순간에 사람은 카타르시스를 느낀다지. 그를 볼 때면 죽을 것같이 숨이 막히고 혈관이 조여들었다.

"어째 한신그룹은 진 이사 혼자 다 운영하는 것 같아? 회장은 신문 지면에서나 보이지 코빼기도 안 비치고. 보통 수장이 나서서 접대해야 하는 거 아냐?"

"항암 치료 받는다는 소문이 있어. 얼굴색만 나빠도 주가가 널을 뛰는데, 기자들한테 재밌는 구경 시킬 순 없지. 그리고 총리가 진주양이랑 개인적으로 만나길 원했다나 봐. 친분이 있대."

"저번에는 석유 부자 하마드 슐리만까지 데려오더니, 이젠 총리도 직접 접대하네?"

"소문이 사실인 거지. 암암리에선 이미 진주양을 후계자로 점찍었다고 파다해. 그렇지 않고서야 멀쩡한 아들 놔두고 손자한테 거물들을 맡길 이유가 없지."

4년이 흐른 지금, 유학에서 막 돌아온 햇병아리로 취급받던 주양의 위상도 달라졌다. 무늬만 후계자인 숙부를 위협하는 한신그룹의 차기 주자로 올라섰다. 대한민국에서 그를 무시할 수 있는 정재계 인사들은 없었다. 백운당은 그 밀실 정치의 주요 무대로 주양은 백운당의 VVIP가 되었다. 4년째 단골이지만, 그는 한 번도 영원에게 눈길을 준 적이 없다.

그녀가 가게에 나오는 목적은 오롯이 한 가지뿐이었다.

시작을 알 수 없는 언젠가부터 그만을 쫓게 되었고, 그만을 바라보게 되었다.

"별실 테이블 오늘 내, 내가 치울게."

대뜸 영원이 나서자 동료1이 빈정대었다.

"웬일이래? 몸 아프단 핑계로 매번 내빼는 애가."

"그러니까 오, 오늘은 내가 한다고. 너희들은 쉬어."

아무런 희망도 변화도 없이, 죽기 위해 흘러만 가는 삶에 그는 유일하게 살아가는 이유를 느끼게 했다. 남자는 가게에 나와야 멀리서라도 볼 수 있었다. 그래 봐야 한 달에 두어 번 꼴이지만. 이 순간을 위해 영원은 힘든 것을 참을 수 있었다. 그가 식사하고 나간 뒤 그의 그릇을 치울 생각을 하니 기분이 좋아졌다. 그가 쓴 수저와 젓가락을 몰래 만져 보는 게 낙이었다. 영원이 혼자 키득 거리니까 동료들이 섬뜩한지 미친년 또 시작이라며 혀를 찼다.

정찬이 끝나고 영원은 테이블을 혼자 치웠다. 그가 쓴 집기들을 정성스럽게 만지면서 시간을 음미하는데 동료1이 눈치 없이 빨리 돌아왔다.

"아직도 안 끝났어? 하여튼 굼벵이처럼 느려 터져 가지고. 테이블이 여기 하나뿐인 줄 알아?"

"그래서 이 큰 방을 혼자 치우잖아. 다른 애들은 안 오고 왜 너 혼자야?"

"누각에 총리대신 구경 갔지."

"누각? 거기는 병창(竝唱) 할 때만 쓰지 않아? 누, 누가 연주라도 해?"

"응. 해수가."

핏기가 손가락에서 시작해 심장부까지 싸악 가셨다.

"총리가 국악에 관심이 많은가 봐. 진 이사가 추천해서 해수가 높으신 양반 앞에서 대단하게도 거문고 연주하고 있어."

"진…… 이사가?"

"남자들이란 하나같이 어쩜, 쯔쯧. 평생 얼굴 뜯어먹고 살 것도 아닌데, 예쁘고 어리다면 그저……."

설명은 끝까지 이어지지 않았다. 숟가락을 떨구고 이미 영원이 바깥으로 뛰쳐나갔기 때문이다.

영원은 계모의 야심을 알고 있었다. 계모의 야망의 끝은 해수를 재벌 집 마나님으로 들어앉히는 것이었다. 해수가 최고로 존귀한 여자가 되게 하는 것. 극소수 귀빈들에 한해서라지만 계모는 기생집 딸년이란 것을 동네방네 소문낼 일 있냐고, 해수가 손님들 앞에서 연주하는 것을 극도로 싫어했다. 그런 계모가 유일하게 해수를 손님들 앞에 연주시키는 때가 있었다. 바로 오늘 같은 날.

영원이 도착했을 때 이미 연주가 한창이었다. 오늘따라 연못 위 백련은 더욱 흐드러지게 피어 있었고 희디흰 꽃들에 둘러싸인 누각은 한 폭의 장관을 연출했다.

제일 먼저 전해져 온 건 귀를 끌어 내리는 중후한 울림이었다. 마음까지 눌러 밀어 내리는 음정은 고요하고 그 슬픈 가락을 닮아 있었다. 봄날에, 누각 위에 앉아 꽃같이 화사한 한복을 차려입고 거문고를 연주하는 해수는 아름다웠다. 무지개를 타고 내려온 선녀가 저러했을까. 보는 사람으로 하여금 눈을 뗄 수 없게 만들었다.

일본 총리가 정종을 기울이며 감탄을 했다. 그 옆에 주양이 앉아 있었다. 한신가의 후계자. 외모, 인성, 능력. 게다가 여성 편력 전무한 젠틀맨. 모든 면에서 퍼펙트한 남자는 미혼인 재벌가 딸들에게 1순위로 꼽히는 신랑감이었다. 계모마저 그를 탐낼 정도로.

미모가 출중한 해수는 계모에게 큰 재벌가의 사돈이 되는 야망을 꿈꾸게 했다.

'해수가 마음만 먹으면 재벌가 입성은 일도 아니야……'

푸른 나뭇결이었다. 따뜻한 초봄, 언젠가 지나가듯 말한 매향이의 목소리가 바람결에 실려왔다.

'진 이사라고 별수 있겠어? 예쁘고 여우 같은 년한테 홀딱 빠지겠지.'

햇살을 피하기 위해 전모를 머리에 쓴 해수는 오늘따라 더욱 희고 고왔다. 엉덩이까지 내려오는 풍성한 흰 너울이 그녀를 면사 쓴 순백의 신부로 보이게 했다. 그린 듯 가지런한 눈썹과 연한 다갈색 눈동자. 오똑한 콧날. 그리고 앵두 같은 입술……

문득, 해수와 주양의 시선이 허공에서 얽혔다.

'모름지기 대어를 낚으려면 오래오래 때를 달여야 해. 낚시란 시간과 정성의 싸움이지. 난 알아. 아닌 척 내숭 떨지만 그 계집애…… 언젠가 저 진 이사, 날름 집어삼킬 거야.'

영원의 심장이 미친 듯이 뛰었다. 주양의 무심했던 눈이 이례적으로 아름다운 해수에게 오래도록 박혔다. 옆에 있는 총리는 안중에도 없다는 듯, 두 사람은 그렇게 서로를 응시했다.

솔직할 정도로 대담하게 몰두해 오는 남자다.

누군가를 사랑할 때도 저런 집중력을 발휘할까?

저 남자에게 사랑받는 여자는 어떤 기분일까.

마음을 빼앗긴 채, 감춘다고 해도 감출 수 없는 마음에, 꾹 누르고 있던 말이, 내내 입 안에서 맴돌았던 말이, 영원은 풍선처럼 부풀어 터질 것 같았다.

하고 싶은 말이 있었다. 줄곧.

나는 너를……

아니.

나는 당신을…….

영원은 해수를 보는 주양을 바라보다가 천천히 건물을 돌아 나왔다. 차마 꺼낼 수 없는 말에 눈물이 뺨을 적셨다.

어릴 적 읽었던 동화에서 왕자를 차지한 것은 재투성이 신데렐라였다. 하지만 현실에서 재투성이 신데렐라가 왕자와 사랑에 빠질 확률은 8,145,060분의 1.

로또에 당첨될 확률과 같고, 샤워하다가 뒤로 자빠져 머리를 찧어 죽을 801,923분의 1 확률보다 열 배는 어렵다. 4,289,652분의 1로 벼락 맞는 죽음을 두 번이나 반복해야 가능한 숫자.

현실은 동화가 아니다. 현실의 신데렐라는 그냥 평생을 재를 뒤집어쓴 채 허드렛일을 하다 병에 걸려 죽을 뿐이다.

"우욱…… 욱…….''

영원은 바닥에 주저앉았다. 패배감에 턱이 달달 떨려 왔다. 구역질이 났다.

자매라는 건 축복인 동시에 저주였다. 제일 먼저 축하해 주다가도 누구보다 배 아파하며 상상할 수 없는 고통을 주는 관계. 자신보다 더 월등한 자매를 매일, 매시, 매분, 매초, 누구보다 가까이서 지켜봐야 하는 삶은 지옥이었다. 누구도 이해하지 못할 것이다.

'심보가 그러니까 아무도 너를 사랑하지 않는 거야. 피해자 코스프레를 하

면 자존심이 덜 다치니. 그저 너는 자매의 그늘에 짓눌려, 열등감에 몸부림치는 한심한 여자일 뿐이야…….'

사람들은 어째서 저런 해수를 미워할 수 있냐고 놀라워했다. 그러면서 영원에게서 잘못을 찾았다. 지적하지 않아도 누구보다 스스로의 부족함을 잘 알고 있었다. 심장이 문드러질 만큼. 그러나 용서하고 싶고, 인정하고 싶어질 때마다 해수는 영원의 것을 하나씩 앗아 갔다. 신해수의 상냥함엔 배려가 없었다. 사랑을 받을 수도, 꿈꿔서도 안 된다. 매 순간, 진저리 나도록 신해수는 확실히 깨닫게 해 줬다.

지금처럼.

"흐으. 으……하……, 하아……."

얼굴도 예쁜데 마음씨도 상냥하고, 똑똑하고, 모두가 그 애를 칭찬했다. 해수는 모든 사람한테 사랑받았다. 그러니 모두가 사랑하는 그 애를 죽이고 싶을 만큼 질투하는 사람이 한 명쯤은 있어도 되는 게 아니겠냐고. 영원은 어제보다 오늘을, 오늘보다 내일에 더, 해수를 마음껏 미워하도록 스스로를 놔두기로 했다.

기와집 구석에서 울다가 영원은 핼쑥하게 일어섰다. 중간에 일하다 말고 나왔으니 동료가 매니저한테 꼰질렀을 것이다. 매니저는 계모의 충성스러운 개였다. 일자리를 잘릴 수 없어 수돗가에서 눈물로 얼룩진 얼굴을 닦았다. 립글로스를 바르며 걸음을 서두르는 그때였다.

귀에 익은 목소리가 발길을 붙잡았다.

"지금 우리 회사가 보유한 대산물산 지분율이 어떻게 됩니까. 국민연금 쪽도 손을 떼려는 조짐이 보입니다. 더 이상 시간 끌 필요가 없습니다."

전화로 상대에게 지시하며 남자가 짜증스럽게 넥타이를 느슨하게 당겼다.

"주식 매각하세요."

안락한 정오 햇살이 목젖을 간질였다. 숨 막히는 운명처럼, 영원은 눈앞에 있는 주양을 어떤 형용사로 해석해야 하는지, 아득해졌다. 전화를 끊고 진주양은 식은땀이 맺힌 이마를 손으로 덮었다. 그가 건물 벽에 기대어 서는 게 보였다. 숨이 조금 거칠었다. 치받아 오는 숨을 고르고 있는 게 힘겨워 보였다.

어딘가 아파 보여 영원은 그를 아슬아슬하게 지켜보았다. 비틀거린 그가 불식간에 쓰러지는 걸 보고서도 곧바로 다가가지 않았다. 영화의 한 장면을 바라보듯이 수수방관했다. 4년 전 이후로 반경 1미터 이내로 그와 가까워진 적이 없다. 그가 깨어나서 가만히 바라보고 선 모습을 보면 뭐라고 말해야 하지?

깨어나서 영원을 봐야 할 그는 여전히 잔디에 쓰러져 있었다. 누추한 장소에서는 신발도 벗어 보지 않았을 남자였다. 평소 그가 고집하던 완벽성은 칼같은 옷매무새에서부터 나왔다. 형편없이 구겨진 나폴리 정장이 그가 지금 정신적으로 얼마나 흐트러졌는지 보여 주었다.

영원이 깜짝 놀라서 그제야 그에게 달려갔다. 그를 흔들어 깨웠다.

"이, 이봐. 괜찮아?"

시체같이 팔이 늘어졌다. 파리한 안색. 숨을 쉬지 않고 있었다. 손은 허공을 헤매었다. 현실 자각이 흐릿해졌다 돌아왔다.

덜컥, 겁이 났다.

"이, 일어나. 주…… 죽지 마. 죽지 마!"

머리가 유아기로 퇴행해 버렸다. 끝없이 아득해졌다.

"왜 그래……. 눈 떠 봐!"

영원은 어렵게 평정심을 되찾았다. 이런 걸 본 적이 있었다. TV에서였다.

호흡 곤란. 호흡 곤란.

비상한 기억력으로 영원은 응급 처치 방법을 떠올렸다. 사진기로 찍은 듯 영상이 순차적으로 나열되었다. 영원은 옷을 풀었다. 타이를 아래까지 끌어 내리고, 흉부를 압박하고 있는 셔츠를 풀어 헤쳤다. 숨 쉬기 편한 환경을 만든 다음, 턱을 바로 세워 기도를 열었다. 그의 가슴을 몇 번 누르고 영원은 그대로 인공호흡을 했다. 들숨과 날숨이 한데 섞였다. 정성을 다해 숨을 불어 넣었다. 영원의 숨이 그의 숨이 되었고, 그의 숨이 영원에게로 옮겨 왔다. 애정 어린 키스 같았다.

그가 안정을 찾았을 즈음 영원은 여운에 취해 멍하니 앉아 있었다.

Rrrrr— Rrrrr—

주양의 휴대 전화가 울려 댔다. 받으면 누구냐고 물을 것 같아 건드리지도 않는데 누군가 이쪽으로 오고 있었다.

"소리가 이 근처에서 들리는데?"

그가 돌아오지 않으니 수행원들이 나선 것이다. 잘못을 저지른 것도 아닌데 영원은 도망쳐 버렸다. 힘 풀린 다리를 움직여 그곳을 벗어났다.

'아, 내 신발.'

흘리고 온 구두 한 짝을 주워 가려 했지만 사람들이 이미 잔뜩 와 있었다. 돌아갈 수 없었다. 영원은 안절부절못하다가 건물 뒤편으로 도망쳤다.

다음 날 아침이 되었다. 영원은 한숨도 자지 못해 다크서클이 턱 밑까지 내려왔다.

'그는 어떻게 되었을까? 대한민국 최고 의료진이 주치의인데 살았겠지? 그와 키스를 했다…… 어쨌든 그건 키스였어…….'

이대로 그가 다른 여자와 결혼한대도 덜 아플 것 같았다. 어차피 그와의 인연은 몰래 훔쳐보는 것 이상으로 진전될 수 없다는 것쯤은 알고 있으니까. 일방적인 짝사랑이었다.

문을 열고 들어간 직원실은 무언가로 들썩이고 있었다. 개량 한복 저고리에 팔을 끼워 넣는데 말소리가 들렸다.

"어제 왕자가 우리 음식 먹고 쓰러졌대."

"설마 후계 구도를 둔 친족 간의 독살?"

"미쳤냐. 지금이 어느 시대인데. 새로 온 주방 스탭 실수래. 피해야 할 재료를 넣었대. 급성 알레르기 쇼크로 죽을 뻔한 거야."

"살았대?"

"어. 근데 문제는 그게 아니야."

다들 아닌 척하고 있지만 귀는 그 이야기에 집중하고 있었다.

"지금 왕자가 사람을 찾고 있대. 어제, 오후에 2~3시쯤 혼교정을 지나갔던 여직원 중에 구두 한 짝을 분실한 여자래."

털썩.

영원은 그대로 저고리를 놓쳤다. 사람들의 시선이 영원에게로 몰렸다. 등줄기로 서늘한 식은땀이 흘렀다.

"하여튼 신영원 산통 깨는 데 재주는. 뭐야, 그래서?"

다들 다시 이야기에 집중했다.

"죽을 뻔한 상태에서 쓰러졌어. 근데 구두를 잃어버린 여자를 찾고 있어. 이게 뭐겠어?"

다들 합창했다. 뭔데!

"신데렐라의 유리 구두지!"

"신데렐라?"

"왕자가 생명의 은인을 찾고 있는 거야!"

와…… 로맨스 소설 같다! 다들 눈이 별처럼 빛났다. 영원은 로커 아래 칸을 봤다. 어제 잃어버리고 처량한 외기러기 신세가 된 자신의 신발 한 짝이 덩그러니 놓여 있었다. 영원은 로커 문을 쾅! 닫았다. 누가 볼까 자물쇠로 꼭꼭 잠그니 현실감이 밀려왔다.

아…… 나 이제 어떡하지?

시원한 에어컨이 나오는 방이었다.

사각— 사각—

사인을 휘갈기다 만년필 끝이 툭, 부서졌다. 주양은 잉크가 흥건하게 번진 손끝을 응시했다. 지워지지 않는 얼룩을 보다 그가 입을 열었다.

"구두 주인, 찾았습니까?"

방에는 주양 혼자가 아니었다. 기척도 내지 않고 책상 옆에 서 있던 양 비서가 그의 물음에 답했다.

"아직 찾지 못했습니다."

"내가 어려운 일을 부탁한 겁니까? 아님 당신이 무능한 겁니까."

구두 주인이 나타나지 않는다는 앵무새 같은 대답은 그가 원하는 게 아니었다. 양 비서가 묵묵하게 눈을 내리깔았다.

"더 신경 쓰도록 하겠습니다. 대신, 백운당에서 있었던 불미스러운 일의 배후를 알아냈습니다."

식당에서 죽다 살아나고 며칠이 흘렀다. 비서실은 분명 단순 조리 실수는 아닌 것으로 추정, 배후를 추적했다.

"대산물산이 의심스럽습니다."

"근거는?"

"진두영 사장…… 아니, 숙부님께서 대산물산과 접촉한 정황을 포착했습니다."

만년필을 쥔 주양의 손에 힘이 들어갔다. 책상에 힘주어 누른 만년필 끝이 우두둑, 부러졌다. 터져 나온 검은 물이 서류를 뒤덮었다. 주양이 조용히 굳은 표정의 양 비서를 올려다보았다. 대산물산이 지금의 파산 지경에 이르는 데 주양이 많은 개입을 했다. 김 회장은 그에게 유감이 많을 수 있다. 하지만 숙부라니.

"지금 내 가족을 의심, 하는 겁니까?"

"……."

"말을 하는 건 상관이 없지만, 그 말엔 책임을 져야 할 겁니다."

주양은 물수건으로 손을 닦고 곧장 옷걸이로 갔다. 시계가 오후 3시 정각이 되었다. 기다렸다는 듯 내선 전화가 삐익— 울렸다. 여비서의 목소리였다.

— 숙부님께서 오셨습니다.

기가 막힌 타이밍이었다. 고개 숙인 양 비서를 지나 문 앞에 섰다. 주양이 말했다.

"하지만, 잘했습니다."

뜻밖의 칭찬에 양 비서가 고개를 들었다.

"조리 실수라니. 확실히 삼류 드라마에서나 있을 법한 허접한 방식이었어요. 김 회장은 교활한 노인네입니다. 나도 그렇게 배후가 뻔할 거라 생각하진 않았습니다. 하필 숙부라는 게 애석한 일이지만, 일단 냄새가 난다면 폐기 처분부터 하고 봐야죠."

그렇게 내뱉는 목소리엔 한 점의 연민도 깃들어 있지 않았다.

"설령 그게 피를 나눈 혈육이라 해도."

문을 열었다. 숙부 진두영이 모습을 드러냈다. 40대인 나이가 무색하게 하얗고 유순한 얼굴이었다. 백면서생 같은 얼굴을 보는 순간 모든 것이 확실해졌다.

"미안. 괜히 네 시간만 뺏는 게 아닌지 모르겠어. 아내가 오늘은 기필코 널 꼭 봐야겠다고 하지 뭐야."

병마에 사로잡힌 듯, 진두영의 눈동자는 소실점을 잃고 방황했다. 애써 웃고 있지만 주양과의 대면을 몹시 불편해하는 모습이었다. 죄책감이 뒤엉킨 얼굴은 대놓고 자신이 범인이라고 써 붙이고 있었다.

"어린 동생이 첫 데뷔 무대를 갖는다는데, 사촌 오빠가 돼서 당연히 봐 줘야죠."

주양은 말했다. 분노하지도, 그러나 용서하지도 않는 목소리였다.

쉬쉬하지만 그룹 내에서도 주도권을 두고 경쟁을 벌이는 그들이었다. 진 회장의 아들과 손자. 주양은 진 회장의 첫째 아들 소생이었고, 진두영은 진 회장이 바깥에서 낳아 온 둘째 아들이었다. 숙부라고 하지만 고작 열 살 차밖에 안 나는 젊은 숙부였다. 그리고 너무나 큰 조카였다. 숙부와 조카의 나이 차가 열

살밖에 안 나는 애매한 구도는 진 회장의 여성 편력이 빚어 낸 비극이었다. 주양의 부친이 일찍 죽은 이상 진두영은 공식적으로 진 회장의 유일한 아들이자, 한신의 후계자였다.

아직까지는.

플래시가 터졌다. 공연은 끝났지만 2층 홀을 떠나지 못한 상류층 인사들을 기자들이 마구 찍어 댔다. 예술의전당 오페라하우스. 발레극 '신데렐라'가 성황리에 막을 내렸다. 진두영의 큰딸은 올해 열두 살로 국립발레단 소속 아카데미를 다녔다. 겨우 초등학생이 예술의전당 오페라하우스에서 발레극을 하는 건 서민 수준으론 꿈도 못 꿀 사교육이었다.

"조카님. 오늘 와 주셔서 감사해요."

아이보리 투피스에 진주 목걸이를 걸친 여자는 완벽한 재벌가 여성이었다. 한신 진 회장의 며느리이자, 주양이 숙모라고 부르는 여자였다.

"여주인공이 아니어서 아쉬우셨겠어요."

주양의 관람 후기에 그녀가 애써 실망을 감췄다.

"경쟁이 치열했어요. 아카데미 단장이야 당연히 우리 애를 여주인공으로 점찍었지만, 알잖아요. 없는 것들이 피해 의식 강한 거. 조금만 한신가가 혜택받는 거 같으면, 지들 밥그릇 뺏는다고 빽빽댈 텐데. 애들 연극으로 재계 서열 구분 짓고 싶지도 않았고. 매스컴이 좀 시끄러워요? 과감히 여주인공을 양보했죠."

"……."

"그렇지만 한신가 사람이 남 들러리나 서는 조역을 맡을 순 없지 않겠어요? 그래서 왕자 역을 맡기로 했어요."

중요한 건 그게 아니었다. 여자는 핵심을 짚었다.

"남자 역할이지만 '주인공'이잖아요."

주인공.

그거면 된다.

똑같이 분류되는 재벌 중에 특히 '한신'은 좀 더 스페셜하고 비범해야 한다.

"그런 차이를 알기에 아이들은 너무 순수하죠."

적당히 경청하는 척하며 주양은 사촌에게로 눈길을 내렸다. 관객들의 관심과 사랑을 독차지하는 여주인공을 맡지 못한 어린 사촌은 발레극을 끝낸 지금도 뾰로통해 있다. 여주인공을 맡은 친구의 티아라가 아까부터 사촌의 시선을 끈질기게 붙잡고 있었다. 어린 사촌이 눈을 암상스럽게 떴다. 왕관을 손에 넣고 싶어서, 바득바득 이를 가는 모습은 주양을 숨죽게 했다. 신데렐라가 피날레에 왕자에게 하사받는 왕관. 왕비를 상징하는 티아라는 욕망의 결정이었다. 여주인공을 빼앗긴 질투심이 왕관을 향한 욕심으로 번졌다.

그때, 여주인공 아이가 달려와서 주양에게 부딪혔다.

"앗……!"

교육을 잘 받은 아이는 곧바로 사과했다.

"죄송합니다."

아이가 공손히 인사하고 떠나고, 주양은 손바닥을 폈다. 아이의 가방에 있어야 할 왕관이 그의 손바닥 위에 놓여 있었다. 몸끼리 스칠 때 갈취했다. 착한 아이는 왕관을 도둑맞은 것도 모르고 멀어졌다.

"참, 요즘 보경이 소식 들으셨어요?"

진 회장의 며느리가 눈치를 살피다 금기어를 내뱉었다.

"대산물산 그렇게 되고, 많이 쪼들리나 봐요."

김보경은 대산물산 김 회장의 하나밖에 없는 딸이었다. 학예회에 굳이 왜 그를 참관시켰나 했더니 아쉬운 부탁을 하기 위함이었다.

"거절할 수가 있어야죠. ……보경이랑 저 여고 동문인 거 아시죠. 한 번 뵙게 해 달라고 통사정을 하는데, 제 입장도 있고. 아시잖아요. 보경이가 조카님 많이 흠모한 거."

"……"

"난처하겠지만 돕는 셈치고 보경이 좀 만나 줘요. 자금줄을 조카님이 틀어쥐고 있다면서요?"

만나는 건 어렵지 않았다. 매년 불우 이웃 성금이다 뭐다 오천억씩 적선도

하는데, 뭐가 어려운 얘기일까마는. 주양은 무료하게 들으면서 왕관을 카펫 위에 던졌다. 훔친 왕관이 어린 사촌의 발 앞까지 굴러갔다. 왕관을 발견한 사촌의 눈이 커다래졌다. 덫을 문 먹잇감을 보는 주양의 눈동자가 짙어졌다. 사촌이 주변을 두리번거렸다. 보는 사람은 아무도 없다. 주인을 잃어버린 티아라. 잠깐의 갈등. 탐욕이 깃든 눈동자로 왕관을 주운 사촌은, 옷자락 안에 죄악을 감췄다.

주양은 잔혹하게 그것을 바라보았다.

"어설픈 자들의 공통점이 뭔지 압니까?"

집요하게 그를 설득하던 여자가 갑작스러운 물음에 의아하게 보았다.

"예?"

"어설프게 욕심부리다가, 언젠가 들통이 나죠."

이해하지 못한 여자가 어색하게 웃었다. 죄를 짓고 사는 사람이 있고, 죄를 짓고 살지 못하는 인간이 있다. 주양이 전자라면 진두영은 그 후자였다. 죄를 지으려면, 죄책감을 느껴선 안 되었다. 죄책감은 또 다른 이름의 증거였다.

"김보경 씨 한 번 만나 보죠."

"……."

"백운당에 자리 만들어 보겠습니다."

여자가 겨우 안심한 얼굴을 해 보였다. 하지만 그것도 잠시였다. 비명이 계단 쪽에서 터졌다.

까아아악—!

계집아이의 비명 소리였다.

진 회장의 며느리가 사색이 되어서 달려갔다.

"딸이에요. 딸의 목소리예요!"

사촌은 계단 위에서 부들부들 떨고 있었다. 그리고 그 계단 아래에, 여주인공을 맡았던 아이가 넘어져 있었다. 굴러떨어진 아이는 무릎이 까져서 울어 제꼈다.

"계단에서 사람을 밀치는 게 얼마나 위험한 일인지 몰라? 도대체 왜 그런 거니! 머리라도 깨졌으면 어쩔 뻔했어!"

사촌은 순간 자신이 무슨 짓을 했는지 몰라 얼어붙어 있었다. 친구가 자기 엄마에게 일렀다.

"얘가 내 왕관을 훔쳤어요!"

사촌의 손에는 티아라가 들려 있었다. 사촌이 곧바로 항변했다.

"아니야! 내, 내 거야. 훔친 게 아니야!"

"거짓말! 분명 아까지만 해도 내가 가방에 넣어 놨는데 없어졌어! 네가 가져간 거잖아!"

"아니야. 내 거야. 내 거야! 으허헝."

사람들의 눈길이 취조관처럼 경멸스럽게 모녀를 감시했다. 진 회장의 며느리는 딸이 도둑질을 한 모욕적인 상황에 파르르 뺨을 경련했다.

주양은 소동을 지켜보다 유유히 오페라하우스를 빠져나왔다. 도중에 진두영과 마주쳤지만 어깨는 간단히 스쳤다. 딸은 아버지를 닮는다던가. 어설픈 자들은 밥을 숟가락으로 떠먹여 줘도 어설플 뿐이었다. 뒤에서 수작을 부린 게 괘씸하지만 이 정도로 넘어가기로 했다.

휴대폰을 꺼내자 메시지가 떠 있었다.

[구두 주인 찾았습니다.]

양 비서에게 전화를 걸었다.

"거기가 어딥니까."

구두는 짜 맞춘 것처럼 신해수의 발에 딱 맞았다. 최혜란 사장은 은근히 바람을 잡았다.

"해수 너 나한테 아무 말도 안 했잖니."

구두 주인은 뜻밖의 인물이었다. 여사장은 애써 경박한 기쁨을 억누르며 품위를 지켰다.

"이사님을 구한 게 우리 해수인가 봅니다."

반신반의했지만 소문은 드라마틱한 설정에 힘입어 백운당 전체에 퍼졌다. 백운당 직원만 일흔여 명이고, 여직원이 90프로를 차지하는 곳에서 '신데렐라의 유리 구두'는 각박한 현실을 잠시 잊기에 매력적인 사건이었다. 한신의 왕자를 구해 준 여자의 구두래. 근데, 그 여자가 안 나타난다는 거야. 다들 밑져야 본전이라 치며 한 번씩 구두를 신어 보았다. 주방 팀, 서빙 팀, 국악 팀에 손님들 접대를 맡는 백운당의 꽃 기생들까지 한 번씩 구두를 신어 봤고, 거쳐 갔다.

그럼에도 구두가 맞는 사람은 없었다.

당연했다.

신해수의, 신해수에 의한, 신해수를 위한 구두였으니까.

그녀의 딸은 침착하게 설명했다.

"아무도 안 맞는 게 당연해요. 오직 제 발을 위해서 맞춤 제작한 구두니. 제가 약간 평발이거든요."

해수는 은근하게 속삭이며 주양을 떠보았다. 감탄이든, 의심이든 무언가를 기대했는데 남자의 반응은 심심했다.

"그렇군요."

해수의 기대감을 비웃듯, 뱀처럼 교활한 모습으로 맞장구쳐 준다.

"그게 다인가요?"

"더 무엇을 기대한 겁니까?"

그러나 가슴을 서늘하게 파고드는 눈초리는 네가 뭘 하려는지 알고 있으며, 나와 어떤 줄다리기를 하고 싶어 하는지도 알며, 심지어는 별로 신경 쓰지 않는다고 경고하고 있었다. 귀족적인 우월함에 숨이 막혔다. 느긋한 남자를 못 당하겠다 싶어 해수는 몸을 늘어트렸다.

"역시 안 속으시는군요."

"내가 사람을 잘못 본 건가. 신해수란 사람은 자존감이 높은 여성 아니었나. 결국에 탄로날 거짓말을 하는 의도를 모르겠군요."

"완전히 거짓말은 아니에요. 제 구두는 맞아요."

"……."

"제 구두는 맞지만, 공교롭게도 그때 진 이사님을 구한 건 제가 아닐 뿐이죠."

"얘, 해수야!"

최혜란이 솔직하다 못해 천금 같은 기회를 제 발로 차 버리는 딸을 저지하려 했다.

"아니요. 어머니. 제가 아니에요. 그러니까 더 이상 이런 추잡한 연극 그만 하죠."

거짓말이 탄로난 최혜란의 민망함은 혼자의 몫이었다. 최혜란이 다 된 밥에 재를 뿌린 제 딸을 애써 미소 짓고 보다가 거실을 떠났다.

"죄송해요. 속이려는 의도는 없으셨을 거예요. 딸에 대한 사랑이 가끔 도가 지나쳐서 문제지."

"구두 주인은 맞지만 날 구한 건 그쪽이 아니다, 그럼 누가 그 구두를 신은 겁니까."

"이 구두, 제가 한 달 전에 버렸거든요."

"……."

"몇 번 안 신은 새 신발에 메이커니까, 아마 누가 주워서 신었을 수도 있어요."

신발이 벗겨진 것도 신발이 맞지 않았기 때문이다.

"신발이 벗겨지는 게 흔한 일은 아니죠."

주양은 조용히 수긍했다. 충분히 납득 가는 말이었다.

"구두 주인을 왜 그렇게 찾고 싶어 하세요?"

"반대로 묻고 싶군요. 그럼 도움을 받고 입 씻는 게 옳은 겁니까?"

"언짢게…… 들리셨나요?"

"도움받는 걸 당연시 여기는 것도 일종의 나태함이죠. 그런 나태함을 경멸합니다. 거저먹는 건 제 방식이 아니에요."

"주관이 뚜렷하시네요."

판에 박힌 칭송에 주양은 조소를 머금었다. 그가 테이블 위에 있는 차가 녹차가 아니라 커피라 해도 맞장구칠 기세였다. 속마음을 꿰뚫고 있는 그는 신랄한 어조로 해수의 생각을 그대로 읽어 내었다.

"뚜렷하다기보다는 무척 피곤한 성격이죠. 남한테 빚지는 것도, 밑지는 것도 용납 못 하는."

신해수가 당황했다. 딱딱해지는 기색을 비쳤지만 백운당 차기 사장답게 가면을 덧씌운다. 표정 하나 흐트러트리지 않고 웃음을 유지했다.

"양심적이신 거죠. 이사님같이 셈법 정확한 분이 요직에 열 명만 있어도, 세상이 좀 덜 파렴치할 텐데."

말하는 족족 상대를 추켜세워 주는 여자는 만만치 않았다. 주양은 녹차를 마시며, 신해수를 보았다. 단아한 분위기에 아름다운 얼굴. 게다가 사람을 상대해야 하는 집안답게 상대의 기분을 맞출 줄 아는 화술까지. 자신의 이야기를 저토록 잘 경청해 주는 데다가 은연중 위신까지 세워 주니, 남자들 마음이 흔들리지 않을 재간이 없다. 게다가 남자라면 한 번쯤은 품고 싶어지는 얼굴이었다. 가늘고 섬세하며, 은근히 전해지는 청순함. 남자에게 자신이 꽃 같은 여자라고 온몸으로 말하는 여자였다. 하지만 저 정도 분위기는 화류계에 가면 널렸다. 여자다움은 그에게 무기가 되지 못한다. 오히려 그쪽 여자들이 욕망에 충실하다는 점에서 훨씬 진솔했다. 얌전 빼는 모습을 참아 주는 건 다른 재벌가 규수들로도 충분했다.

"구두 주인을 다시 수소문해 볼까요."

최 사장의 사가를 나오는데 양 비서가 물었다. 주양은 간략하게 손짓으로 됐다는 제스처를 취했다.

"할 도리는 다 했다고 생각합니다. 이 정도 찾아다녔으면 어디 가서 날로 먹었단 소리는 안 듣겠죠."

피로해 보이는 그를 비서가 눈치채고 기민하게 자리를 비켜 주었다.

"차 대기시켜 놓겠습니다."

일주일을 넘게 기다렸다. 한가해서가 아니었다. 목숨을 구했다는 이유로 많은 것을 약속해 줄 수 있었다. 그러나 곧바로 금전적인 요구를 해 올 거라던 예측은 빗나갔다. 구두 주인은 그 어떤 사례도 바라지 않았고, 정체마저 드러내고 싶지 않아 했다. 신비에 싸인 구두 주인은 아무 의미가 없을지라도 동정 하나하나가 그의 의구심을 불러일으켰다.

없는 욕망도 만들어 내는 게 인간이다. 보답을 바라지 않는 선행이라.

천치가 아니고서야……

그날을 더듬었다. 흐릿한 기억이 깜박깜박 점멸했다. 몸이 딱딱하고 차갑게 식어 가고, 어느새 그는 며칠 전 그 장소에 누워 있었다. 죽음은 턱밑까지 추격해 왔고, 그의 바짓단을 저승으로 끌어당기고 있었다. 삶에 각별함을 느낀 적은 없지만 죽음을 기다린 적도 없다. 죽음은 영혼이 없는 그조차도 슬프게 만들었다. 허무한 죽음에 걷잡을 수 없는 화가 치밀었다. 그러나 소용없는 짓이었다. 그는 죽어 가고 있었다.

향기였다. 그의 의식을 깨운 건.

'눈 떠.'

입술에 닿았던 립글로스 향기.

'제발, 제발 숨 쉬어……'

간단하게 삶을 포기하려는 그를 누군가가 붙잡았다.

'죽지 마.'

처연한 슬픔이 그의 뺨에 떨어졌다. 눈물이었다.

'죽지 마. 제발.'

방해받지 않는 조용한 죽음을 원하는 걸 비웃기라도 하듯, 그를 포기하지 않았다. 그는 타인이 주는 선물을 맞을 자격이 안 되는 부류였다. 제 뱃속 채우는 것밖에 모르는 인간이었고, 눈물은 투자에 막대한 손실을 보았을 때 목구멍 뒤로 쓴물을 삼키는 것보다 하찮게 여겼다. 돈 벌 궁리만 해 온 인생에 눈물 흘려 줄 사람은 손에 꼽을 정도다.

그 순간 무엇 때문이라고 할 수 없는 만감이 교차했다.

'죽지 마.'

여자는 진심으로 기도하며 감정을 폭발시켰다.

'죽지 마.'

환각과 환청이 양 사이드에서 스테레오로 고막을 밟아 댔다.

'눈을 떠.'

그리고 마침내, 그는 눈을 떴다.

감미로운 봄밤, 벚나무들은 새까만 밤하늘을 머리에 이고 있었다. 가로등 불빛을 흡수한 벚꽃들은 낮에 보는 것과 다른 보랏빛이었다. 정신 착란을 불러일으키는, 형광 물질에 오염된 것 같은 야한 색채감을 뚝뚝 떨어트려 댔다. 기묘한 봄밤, 양 비서인 줄 알고 본 대문에 검은 그림자가 서 있었다. 놀란 건 검은 그림자도 마찬가지였다. 막 퇴근하고 돌아온 듯, 피곤이 찌든 얼굴이 정원에 스며든 낯선 손님을 보고 흠칫했다.

별들은 총총 밤하늘을 수놓았고, 신비로운 가야금 연주음이 멀리 백운당에서 실려 왔다.

수억 만발의 벚꽃이 흐드러졌다.

이내, 그들 머리에 꽃비가 쏟아졌다.

핑크빛 파편이 그와 그녀를 중심으로 날아다녔다.

재투성이 하녀가 멍하니 그를 쳐다봤다.

그래서 그도 그녀를 쳐다봤다.

주양이 미동도 않고 영원을 응시했다. 꿰어 맞춘 듯, 투사해 오는 그의 시선을 피할 수가 없었다.

뇌가 얼얼해지는 충격이었다. 매일같이 지겹도록 오가는 정원에 주양이 서 있는 걸 보고 넋을 빼고 말았다. 집을 잘못 들어왔나 잠시 식겁했다. 번지수를 확인하고 싶었지만 멍청한 꼬락서니로 서 있을 뿐이었다.

그때였다.

"이사님. 밤이 늦었습니다."

누군가가 영원의 등 뒤를 막아섰다. 양 비서였다. 차를 준비시켜 놓은 충복은 영원을, 그리고 주양을 끊어 놓았다.

"내일 일정이 빡빡합니다. 새벽에 일찍 준비하려면 지금 출발하셔야 합니다."

주양은 거짓말처럼 그런 적 없다는 듯 영원에게서 시선을 거두었다. 충복의 오지랖에 주양은 더 이상 시간을 허비하지 않을 수 있었고, 영원은 그의 관심을 빼앗겼다.

주양이 걸음을 떼었다. 영원은 대문을 가로막고 있었다. 엄연히 말하면 그녀가 아니라 대문을 지나려는 거지만, 어쨌든 그가 천천히 그녀에게 다가오고 있었는데 그가 접근해 올수록 그녀는 곤두섰다. 마침내 그가 앞까지 다다른 순간 영원이 먼저 참지 못하고 용수철처럼 퉁겨져 나갔다. 후다닥— 집 안으로 도망쳤다.

쾅—!

현관문에 기대어 거친 숨을 몰아쉬었다.

진정으로 위험했다. 그가 구두 주인을 아직도 찾고 있다는 건 알았다. 안 나타나면 그만둘 거라 생각했는데. 직원들이 너 나 할 것 없이 다 한 번씩 신어 볼 때마다 유혹이 없던 것도 아니지만, 거울에 비친 얼굴은 남은 미련의 한 톨도 쥐어짜 갔다. 스스로도 보기 싫은 얼굴은 악몽 그 자체였다. 백운당의 귀신이 인공호흡을 했다고 하면 진주양의 그 젠틀한 미소도 엄청 썩어 들어가겠지. 그녀를 경멸하는 얼굴을 보일까 봐 무서웠다.

영원은 비상등이 꺼진 어두운 현관에서 숨죽이고 기다렸다. 잠시 뒤, 멀어지는 자동차 엔진 소리가 문 너머에서 들렸다.

이제 그도 신발 주인을 찾지 않을 거다. 다시 잊혀지고 완벽한 타인이 되겠지. 바라던 바인데 가슴이 헛헛한 것은 왜일까.

시간이 흐르고 일상을 되찾아 갔다. 영원은 동전 줍기로 하루 일과를 시작했다. 제일 먼저 출근하는 건 누가 채 가기 전에 백운당 흙바닥 전체를 샅샅이 뒤지기 위함이었다. 점심쯤엔 모은 동전들을 숨기기 위해 귀빈들만 모신다는 별채 청소를 하러 갔다.

아니, 청소를 자처했다.

'남들 다 하기 싫다는 청소를 왜 굳이 마다 않는 건데?'
'솔직히 말해 봐. 너 그 안에 꿀단지 숨겨 놨지.'

혼자만이 간직하는 비밀이 있다는 것은 흥분되는 일이었다. 백운당 별채는 보안을 위해 청소를 용역에 맡기지 않고 내부 직원으로 꾸려 놓았기에 '보물'을 숨겨 놓기 가장 알맞은 장소였다. 때문에 장식용 문갑 안에 돈을 숨겨 놓았다. 다른 누구도 알지 못하는 자신의 민낯, 혹은 은밀한 쾌락을 탐하듯 그녀의 귀여운 돈들이 잘 있나 안부 확인했다.

'그동안 이쁜이들이 얼마나 모였을까?'

사랑스러운 돈들은 마지막에 봤던 그 자리 그대로 퍼석하게 저금통 밑바닥에 가라앉아 있었다. 영원에게 위안을 주는 것은 이 '보물'뿐이었다. 술에 취한 손님들이 지갑에서 만 원, 오만 원짜리를 떨어트리는 날은 횡재하는 날이었다. 바쁘게 마당을 오고 가는 직원들도 동전을 떨어트려 준다. 백운당 바닥을 쥐잡듯이 훑고 다니면 하루에 천 원은 주울 수 있었다.

'조금만 더 모으면 성형을 할 수 있어.'

이 괴상망측한 눈을 뜯어고칠 수만 있다면. 그에게 좀 더 당당히 내 모습을 드러낼 수 있었을 텐데. 분노로 폐 안쪽이 뜨거워지는 느낌에 저절로 이가 물렸다. 저금통을 다시 고이 숨겨 놓고 가려는 그때였다.

쨍그랑―!

집기 부서지는 소리가 허공을 그었다. 영원은 옆방으로 급히 고개를 돌렸다.

"살려 줘요."

한 여자가 가려는 남자의 바짓가랑이를 붙잡았다. 여자의 앞섶은 거의 풀어 헤쳐져 있었다.

"그럴 수는 없는 거잖아요. 증조할아버지 대부터 삼대째 물려 내려온 회사예요. 허무하게 무너트릴 순 없어요."

영원은 옆방 창호지에 눈을 갖다 댔다. 구멍 속의 작은 세상을 훔쳐보았다.

"권한 밖의 일이라고 하지 마세요. 아직 이사밖에 안 된다구요? 한신그룹은 사장보다 이사 파워가 더 센 거, 모르는 사람도 있나요? 그렇게 충분히 하실 수 있는 분이잖아요. 또 그렇게 해 왔구요."

"……."

"부탁해요. 제발 어음 풀어지는 것만은 막아 줘요."

여자는 대산물산 막내딸이었다. 김 회장이 애지중지하다 못해 너무 아껴서 시집도 안 보낼 정도라던. 대산물산이 파산한다더니 지금 저러고 있는 건가?

"무엇이든 다 드릴게요. 제 몸이라도."

막장 드라마 속 대사만큼이나 자극적이었다. 영원은 뒷모습의 남자를 봤다. 아마, 저 남자가 회사를 회생시킬 수 있는 힘을 가진 사람인 모양이었다. 자아…… 이봐, 아저씨, 당신은 뭐라고 말할 거지?

"저는 보경 씨 신체에 용건이 없습니다."

뒤이어 나온 남자의 목소리가 귀에 익었다. 매듭짓는 단호한 목소리에 영원은 멈칫했다. 당황하지 않을 수 없었다.

"제가…… 매력이 없단 소린가요?"

남자는 웃는 듯 알 수 없는 표정을 지었다. 사람들은 그를 특별하게 만드는 게 저 선을 지킬 줄 아는 절제된 태도라고 하지만, 영원은 반대다. 그는 침착하지 않았다. 그런 것은 화려한 포장에 지나지 않고, 그는 오히려 신경질적이다. 마음에 들지 않는 것은 무슨 수를 써서라도 짓밟아 버려야 직성이 풀리는 성미는 포식 동물을 닮았다.

그럼에도 포악한 발톱을 삼키고 저렇게 지독하게 점잖은 선비처럼 말하다니.

"그룹 전체 채권의 값어치와 맞바꿔, 걸맞을 만한 것이라 할 순 없지요."

진주양…….

그 목소리를 듣자 격침당한 듯 심장이 뛰었다.

주양의 목소리는 영원을 항상 떨리게 했다. 비참함과 함께 닭똥 같은 눈물을 뚝뚝 떨구던 대산 딸은, 주양이 자기 말을 들어줄 기미를 안 보이자 곧바로 표정을 바꿔 기어이 내뱉고 말았다.

"내가 여기서 옷을 풀어 헤친 채 소리 지른다면, 곤란한 건 누구일까요?"

"……."

"난잡한 재벌 3세들. 이런 찌라시쯤 새 나간다고 아무것도 아니야. 하지만 당신은 달라. 당신은 안 돼. 당신이기 때문에 나는 추잡해질 수 있고."

비열한 어조로 대산 딸이 빠르게 지껄였다.

"당신의 그 고상한 평판에도 흠이 가겠지."

이 싸움에서 우세가 누구인지 정확하게 판단한 사람의 여유였다. 방 안에 있는 것은 벗겨진 대산 딸과 하루 종일 여자와 함께 있던 주양뿐이었다. 사람이 달려오면 여기서 무슨 일이 있었는지는 말해 입 아픈 일이었다.

아무리 그가 예의가 바른 사람이라도 이런 식의 막무가내는 어쩔 도리가 없겠지. 장지문 뒤에 숨어 몰래 엿보는 영원의 검은자가 흥미진진하게 두 사람을 빠르게 오갔다. 주양이 천천히 대산 딸을 돌아봤다.

"이 집 오이냉국이 그렇게 시원하다고 하더군요."

놀랍게도 주양은 미소를 잃지 않고 있었다.

"나가면서 한 접시 주문하죠. 드시고 가세요."

끝까지 예의를 지키는 주양이 환멸스러운지 대산 딸이 그의 등에 대고 소리쳤다.

"매정한 자식!"

여자가 집어 던진 물컵이 진주양의 등을 맞고 떨어졌다.

"지금 나더러 냉수 먹고 속 차리라고?"

"……."

"나라고 뭐 하고 싶어서 하는 줄 알아? 아버지가 시키지만 않았으면 나도 구질구질하게 안 굴어!"

물에 젖은 주양의 양복이 뚝뚝 물을 떨궜다. 등 뒤로 손을 뻗은 그는 찝찝한 자신의 등을 더듬었다. 칠판에 대고 손톱을 긁는 듯한 예리한 감각이 공기에 돌았다.

그가 서서히 뒤돌아 대산 딸을 보았다. 순간 송곳처럼 차가운 두려움이 여자의 얼굴을 뒤덮었다.

주양은 젖은 양복 재킷을 천천히 벗어 의자에 걸쳐 놓았다. 그가 마지막으로 넥타이를 비틀어 잡아 풀었다. 빠르고 정확하게. 그의 움직임은 날렵했다.

"난 말입니다. 멍청한 인간에겐 무식한 방법이 마땅하다 생각해요."

"……."

"무슨 의미인지 알아들어요?"

"……."

"너처럼 분수를 모르는 애들, 어떻게 입 다물게 하는지. 아주 잘 안다 이겁니다."

거친 숨을 들썩이던 대산 딸이 그를 노려봤다. 그녀 안에 다시 살아난 것은 포기가 아닌 치욕에 대한 앙갚음이었다.

그녀가 다시 물컵을 치켜들었다. 하지만 갈고리 같은 손가락이 더 빠르게 대산 딸의 머리칼을 움켜쥐었다.

"아……!"

두피에서 찢어져 나갈 듯 여자의 머리채가 힘주어 당겨졌다. 벽에 밀쳐진 여자가 헉, 숨을 들이켰다. 팽팽하게 목에 감긴 넥타이가 여자의 목젖을 눌렀다.

"지, 진주양 씨."

형광등 불빛에 반사된 주양의 검은 눈동자가 이채로 번뜩였다. 한순간에 돌변한 그에 대산 딸은 얼어붙었다.

"구걸하러 온 주제에 눈을 똑바로 뜨네. 건방지게."

처음으로 그의 본성을 대면한 여자가 사색이 되었다.

"날 독대하려면 네 아비가 직접 내 앞에 머리라도 조아려도 모자라. 근데 딸을 대신 보내? 아직 배가 덜 고팠나 보지. 차라리 오자마자 내 발바닥이라도 핥지 그랬어. 그럼 성의는 높이 사, 한 번 박아는 줬을 텐데."

"지금 무슨……."

조금의 자비심도 없이 그가 넥타이에 더 힘을 주었다. 어……억, 벽에 부딪혀 목이 졸리는 여자가 눈을 뒤집어 깠다.

"내가 좋은 사람으로 보입니까?"

"흐으윽."

"나를 인색한 사람으로 만들지 맙시다."

"……."

"빚지는 장사를 하는 장사꾼은 없습니다. 나는 자선 사업가가 아니란 소립니다."

그가 여자의 귓불을 엄지로 문질렀다. 손끝이 여자의 귓불에 걸린 십자가 귀걸이를 만졌다. 살점째로 뜯어낼 듯 긁어내리는 손톱에 여자가 겁을 집어먹었다.

"미, 미안해요. 하지 말아요. 내가 잘못했어요."

"배움이 빠르군요. 좋아요. 한 번은 봐드리죠."

더 이상 아무 짓도 못 했다. 전의를 상실한 여자가 털썩, 주저앉았다. 완벽하게 상대를 굴복시킨 그가 타이를 반듯하게 맸다. 그가 아무 일 없었다는 듯 돌아서서 걸음을 떼었다. 그쯤이었다. 불현듯 멈춰 선 그가 문 앞에서 꼼짝도 하지 않은 것은.

영원은 바짝 긴장해 숨죽였다.

무표정한 등이 고요했다. 그것은 본능이었다. 영원은 오랜 학대로 발달한 기민한 육감으로 도망쳐야 한다는 걸 깨달았다. 주춤주춤 뒷걸음질 치다 종아리가 테이블을 건드렸다.

아……!

옆방에서 부스럭대는 쥐새끼의 기척.

이어지는 빠른 발걸음 소리. 미닫이문이 양쪽으로 넓게 열리면서 쥐새끼처럼 숨어 있던 영원이 드러났다.

"까아아악—!"

곧 대산 딸의 찢어지는 비명이 별채를 뒤흔들었고, 파랗게 질린 영원의 얼굴이 검게 죽어 버렸다.

한 발, 두 발, 저도 모르게 뒷걸음질 치다 주양에게 팔목을 틀어잡혔다. 그가 영원을 코앞으로 끌어당겼다. 가까이서 맞닥뜨려진 눈동자가 칼로 새겨지듯 겹쳐진다.

시선은 차가웠고, 날아와 단번에 꽂혔다.

파편처럼…….

"너 별채 출입 금지 당했다며?"

"……."

"대체 뭔 뻘짓을 하면 청소마저 쫓겨나?"

영원을 대신해 오늘부터 별채를 맡게 된 동료1이 닦달했다. 영원은 마당 쓸기를 그만두었다. 동료1을 피해 건물을 돌아 나오니 입구에 여종업원들이 난리가 나 있었다.

"아…… 오늘도 진사마께서는 얼굴에서 광채가 나는구나."

"나 잠깐 눈 마주친 것 같아!"

"당장 산부인과 가자. 눈빛만 마주쳐도 임신시킬 눈이야."

가게로 들어서고 있는 진주양이 보였다. 그는 오늘도 나폴리 슈트를 휘감고, 부정할 수 없는 신사의 얼굴을 하고 있다.

"너 그거 들었어? 직원 하나가 음식을 잘못 서빙해서 왕자 옷에 물잔을 엎었는데, 직원에게 불이익이 가지 않도록 매니저에게 부탁까지 하고 갔대."

"진 이사 미담이 뭐 한두 개니? 새삼스레."

"또 언제는……."

모두 다 저 남자의 진짜 민낯을 모르고 깜박 속고 있다.

그날 영원은 보았다.

그의 옷에 물컵을 집어 던진 대산물산 딸이 어떻게 잘근잘근 목이 졸렸는지를.

다행히 사태는 비명을 듣고 달려온 계모에 의해 수습되었다. 일은 그저 영원이 손님의 심기를 거스른 것으로 마무리되었다. 누구도 그 안에서 벌어졌던 일을 언급하려 들지 않았다. 대산물산 딸과 진주양, 영원, 세 사람만의 비밀이었다. 딱히 그가 비밀로 해 달라고 한 것도 아니었는데 입단속을 해야 목숨 부지할 거 같았다.

주양과 몇 번 코앞에서 맞닥뜨린 적도 있지만 원래 그랬듯, 그는 일개 직원에게 눈길을 두지 않았다. 분명 들켜선 안 되는 걸 보았다고 생각했는데 반응은 실로 미적지근했다. 오히려 그날 이후로 영원이 더욱 그를 신경 쓰고, 불편해서 피하고 있다.

그날 영원을 똑바로 겨누었던 주양의 눈빛.

형용할 수 없는 공포감이 전신을 뒤덮었다.

죽임당할 줄 알았다.

"근데 그 대산물산 딸내미가 진주양한테 들이댔다가 까였다며?"

우뚝. 마당을 쓸다가 영원은 걸음을 멈췄다.

"그래도 재벌가 체면이 있지 어떻게 대놓고 몸 로비를 해, 하길?"

직원들이 수다를 떨고 있었다. 별채에서 난동이 있은 후 사흘 하고 다시 사흘이 흘렀다. 모든 것은 제자리를 찾아 갔다. 별채에서의 일은 잘 마무리되었다. 그렇게 생각했다.

"너희들이 그걸 어떻게 알아?"

영원이 대뜸 다가가 캐묻자 서빙 직원들이 낄낄거렸다. 직원 하나가 비웃음을 머금은 입술을 서늘하게 끌어당긴다.

"지금 증권가에 다 퍼졌어. 얼마 전에 파산한 D물산 딸하고, 은행가 장손 J씨가 김보경하고 진주양밖에 더 있니."

"……."

"그 찌라시에 나오는 모 고급 한정식집이 설마…… 우리 백운당은 아니겠지?"

"……."

"뭐야. 진짜야?"

별채에서 있었던 일을 아는 사람은 영원뿐이었다. 개인의 의지 따윈 묻지도 않고 지독한 현실이 사정없이 얼굴 앞에 까발려졌다. 인터넷을 켰다. 찌라시가 이미 어마어마하게 돌고 있었다.

[D물산 K양은 얼마 전, 고급 한식당에서 J씨와 점식 약속을 했다. 평소 그녀와 데면데면하게 알고 지냈던 J씨는 K양의 부탁에 점심을 먹으러 갔다가, 무척 곤란한 상황에 처하고 말았다. K양이 다짜고짜 옷을 벗은 것. 집안 문제를 해결해 주지 않으면 소리를 지르겠다는 K양의 협박에 J씨는 성추행범이 될 뻔했다.]

내가 한 게 아닌데…….

내가 소문낸 게 아닌데. 괜찮겠……지?

괜찮지 않았다. 그날 문제가 터졌다. 찌라시의 여주인공인 대산물산 딸 K양이 낮에 가게로 영원을 찾아왔다.

짜악―!

곧장 뺨부터 후려갈겨졌다. 엄청난 소리에 모두가 굳었다. 조금도 예기치 못했다. 영원은 따귀를 맞고 멍해져 있는데, 그래도 분이 안 풀리는 듯 다시 반격이 날아왔다. 짜악―! 파열음이 귀청을 때렸고, 90도가 돌아간 왼뺨이 붉게 달아올랐다. 쓸 데라고는 관리받을 때 말고 없을 손에 옆얼굴이 나가떨어질 것 같다.

"거기가 어디라고…… 네까짓 게 감히……."

수치스러운 기억을 떠올린 K양, 김보경이 몸을 벌벌 떨었다. 별채에서 있었던 일을 아는 사람은 찌라시 당사자들 빼고 영원뿐이었다. 김보경은 영원이 증권가에 정보를 돈 주고 팔았다고 완벽하게 오해하고 있었다.

"이따위 음식점 내가 어떻게 못 할 거 같지?"

망했어도 재벌이다. 그녀가 영원의 멱살을 잡아 들었다.

"백운당. 포클레인으로 다 밀어 버릴 거야."

죽일 것처럼 영원을 향해 눈을 부라리고서였다.

"그 전에 너부터 좀 씹자."

영원은 패대기쳐졌다. 김보경이 돌아 나갔다. 사장실이 있는 쪽이었다. 계모를 만나서 담판을 지으려는 거다. 계모가 알면 죽은 목숨이다.

"자, 잠깐만. 내 얘기 좀 들어 봐!"

다급하게 손을 뻗었다가 그만 문턱에 발이 걸렸다. 영원은 그녀를 떠밀고 말았다.

아아아악―!

외마디 비명과 함께 김보경이 돌계단을 굴렀다.

계모가 고소장을 갈가리 찢어발겼다. 종내 영원의 면전에 집어 던졌다.

"도대체 너란 애는…… 하루도 조용할 날이 없어!"

김보경은 상해죄로 백운당을 고소했다.

"분명히 말해 두는데, 어물쩍 넘어갈 생각이라면 꿈 깨."

김 회장과 막역한 사이인 계모는 불을 뿜어 댔다.

"합의받아 와야 할 거야. 이 집에서 쫓겨나고 싶지 않다면 말이야."

영원은 잠시 잘못 들었다고 생각했다. 하지만 환자복을 입고 태연히 리모컨을 돌리는 김보경을 보고서 헛웃음이 터졌다.

"회사 어음 만기일을 늦춰. 그럼 합의해 줄게."

거금을 들여 과일 바구니를 사 들고 찾아왔건만, 저쪽에서 도리어 무리한 요구를 해 왔다.

"다친 게 발목이 아니라 뇌야?"

"뭐야?"

"말이 되는 소리 해야지. 상식적으로 넌 내가 그 일을 해결할 수 있다고 보냐?"

그런 걸 좌지우지할 수 있는 사람은 단 한 사람뿐이었다. 김보경이 잔혹하게 웃었다.

"생각보다 멍청하진 않은가 보네. 그래. 진주양을 찾아가. 울며불며 그 남자 바짓가랑이를 붙잡든, 죽겠다고 자살쇼를 하든 책임져. 모든 게 다 그것 때문에 벌어진 일이니까."

"……"

"네가 그 남자를 움직이면, 나도 너를 다시 한 번 보도록 할게."

결국에 사과를 못 받아 주겠다는 어깃장이었다. 백운당에서 쫓겨나지 않으려면 김보경에게 용서를 받아야 했다. 누구보다 계모는 영원을 집에서 내쫓고 싶어 했다. 머릿속이 백지장이 되었다. 그 남자가 일하는 한신 본사를 모를 리는 없지만 애초에 만나는 것에서부터 장벽이 있었다. 아무나 만날 수 있는 남자가 아니다. 연예인보다 보기 힘든 세계의 사람이었다.

본사 1층 데스크로 가서 무작정 진주양을 만나러 왔다고 말하자 잡상인 같은 차림새에 여직원이 영원을 비웃었다.

"선약이 되어 있으신가요?"

상당히 거슬리는 말투였다. 데스크는 회사의 얼굴이었다. 백운당에서 기생들이 이런 식으로 일하면 계모에게 뺨 맞고 어디 가서 하소연도 못 할 거다.

"그렇게 가까운 사이였으면 내가 여기서 죽치고 있겠어? 직접 전화했겠지."

만약에 그 남자를 만나면 서비스 태만으로 당장에 이 여직원을 잘라 주겠다고 마음먹었다.

"약속 잡은 뒤에 찾아오세요."

"물어볼 수는 있잖아."

"아무나 만나실 수 있는 분이 아닙니다."

"만나 주면? 만나 주면 어쩔 건데?"

절대 잘하는 짓이 아니다. 아니야. 이건. 그러나 저질러 버렸다.

"구, 구두 주인이 찾아왔다고 전해."

직원은 짜증스러운 눈치였지만 비서실에 연결했다. 하지만 얼마 뒤, 상황은 역전됐다. 통화를 마친 여직원이 떨떠름하게 입가를 경련시켰다.

"잠시만 기다려 주십시오."

갑자기 무척 깍듯해졌다. 그것만이 아니었다. 영원을 위로 '모시고' 올라갈 직원이 내려온다는 거였다.

"층수만 알려 줘. 혼자 올라가도 돼."

대우가 아까와는 천지 차이였다. 너무 잘해 주니까 소심한 간이 더욱 콩알만 하게 졸아들었다.

세상에 공짜는 없었다. 받은 만큼 뱉어 내는 게 인지상정이었다. 그녀는 무일푼이었다. 혹시나 일이 잘못되어 목숨이 달아나는 불상사가 일어날까 조마조마했다.

사옥 28층은 본사 간부실로 이루어진 엄연히 사원들과 구분된 층수였다.

"이사님께선 현재 업무 중이십니다. 잠시만 여기서 기다려 주십시오."

몸매가 잘 빠진 여비서가 사옥 접대실에 그녀를 앉혀 놓고 떠났다. 직원을 얼굴 보고 뽑는지 하나같이 모델 못지않았다. 저렇게 예쁜 여자들하고 일을 하다 보면 가슴이 떨릴 때도 있겠지. 실제로도 재벌과 스캔들 내는 비서 출신이 많기도 했다. 문득 진주양의 연애사가 호기심을 당겼다. 그를 몇 명이나 거쳐 갔을지 궁금해졌다. 저 중에 그와 사적인 만남을 가져 본 여직원이 있을까? 무척 당차고 연애도 똑 부러지게 했을 거다. 말이나 더듬고 도망밖에 칠 줄 모르는 그녀와는 다르리라.

아무리 기다려도 진주양은 함흥차사였다. 홍보실 직원들은 바빴다. 붙잡고 묻고 싶었지만 누구도 그녀를 신경 써 줄 틈이 없었다.

꿔다 놓은 보릿자루처럼 영원은 찌그러져 있다가 엉덩이를 떼었다.

처음부터 이상했다. 이렇게 쉽게 만나 줄 리가 없는데. 벌써 3주가 지났다.

구두 주인에 대한 흥미는 진즉에 사그라지고도 남을 시기다. 형식상 인사치레는 해야 하니까 어쩔 수 없이 받아들였지만 일이 우선이겠지. 접대실을 빠져나오는 동안에도 아무도 그녀를 제지하지 않았다. 괜찮아, 이런 건 익숙하잖아. 되뇌는데도 진정이 되지 않았다. 부산스럽게 머리를 정리했다.

우뚝, 다리가 바닥에 붙었다.

주먹을 움켜쥐었다.

지하철 노숙자로 살다 겨울에 동사해도 여기는 안 찾아올 것이다.

사옥이 너무 컸다. 복도를 따라 걷다 보니 길을 잃었다.

문득 주위가 한적해졌다 싶어졌을 때는 어떤 커다란 문에 다다른 뒤였다.

개미 새끼 하나 얼씬거리지 않는 주변을 보고 누구도 이 방에 쉽게 접근하지 않으려는 걸 느꼈다. 방문 앞에는 차가운 비서가 한 명 앉아 있었다. 회사에 최고로 규격화된 것 같은, 사무적인 모습이었다.

눈이 마주쳤지만 영원을 제지하지 않았다. 마치 들어가라는 듯, 제 할 일을 한다.

이 문 너머에 누가 기다리고 있을지, 불길한 예감이 진동했다.

문은 아주 살짝 열려 있었다. 방에 조심스럽게 발을 들였다가 흠칫, 물러섰다. 블라인드가 쳐진 방은 어두웠다. 방에 진주양 혼자 앉아 있었다.

자로 잰 듯 정밀한 이목구비. 셔츠 깃에 빈틈없이 맞물려 있는 타이. 모범적이고 인텔리한 느낌의 쥐색 양복이 파격적이게도 몹시 섹시했다.

"신영원 씨?"

"내 이름을 알아?"

그는 의미 모를 웃음을 띨 뿐이었다. 데스크에서 신원 확인차 이름과 간단한 신상을 적은 것을 뒤늦게 떠올렸다.

진주양은 검은 가죽 소파에 다리를 꼬고 앉아 그녀를 맞이했다.

"앉아요."

필시 그녀가 바깥에서 멍청하게 두리번거리고 있을 때도 줄곧 이쪽을 지켜보고 있었던 거다.

"얌전히 기다렸는데, 오지 않아서."

영원은 작게 웅얼거렸다. 일부러 그런 게 분명하다.

"벼, 별로 할 말이 없다면 가고."

문득, 그와 눈길이 부딪혔다가 숨이 막혔다.

매일같이 그가 나오는 꿈을 꿨다. 야릇한 악몽에서 그는 매번 영원에게 똑같은 말을 되풀이했다.

그 꿈에서 그가 뭐라고 했더라?

슈트가 잘 어울리는 은밀한 관찰자는 영원을 옴짝달싹 못 하게 묶었다.

"당신이 제 발로 찾아오길 기다렸어요."

똑바로 겨눠 오는 저 눈빛의 의미를 알아 버렸다.

생명의 은인이라고 봐줄 거라 생각했다면 오산이다.

꼭꼭 숨어 있을 땐 언제고, 제멋대로 쳐들어와 정체를 밝히는 오만불손함이라니. 만나고 싶다고 만날 수 있는 사람이 아니다. 오만한 생명의 은인은, 그를 기다리게 한다는 게 어떤 건지 혼나야 할 필요가 있다.

종내는, 내 방식에 너도 길들여질 것이다.

【실종 5일째】

'사랑의 비밀은 일방적이 아닌 쌍방향이었다.'

장 경감은 엘리베이터 안으로 사라지는 진주양을 보다 섬뜩해져서 정신병원을 나왔다. 파주 정신병원에서 돌아왔을 때 시간은 어느새 밤 10시가 되고 있었다. 그는 사무실 앞에 차를 세워 놓고 습관대로 수첩에 실마리들을 끼적였다.

『1. 신해수가 실종된다.

2. 진주양은 신부가 돌아오지 않기를 바란다.

3. 신부가 실종되고 한 번을 모습을 드러내지 않던 진주양이 신영원을 보러 병원에 왔다.

4. 자매가 한 남자를 동시에 사랑했다.

5. 동생이 언니의 남자와 사통(私通)을 했다.

6. 어쩌면 언니는 그걸 알고 있었을지도 모른다.

7. 결혼식 직전 신부의 갑작스러운 실종 이유와 상관이 있다?』

'경찰이 신부를 찾지 못하게 해 줘요.'

두 자매 사이에서 그 남자는 무얼 한 거지?

한꺼번에 너무 많은 진실들이 몰려온 탓이다. 파김치가 된 그는 허름한 흥신소 문을 벌컥 열었다. 그를 반긴 건 수진이 아닌 제일 반갑지 않은 인물이었다.

"내가 여기를 다시 찾아오는 날, 네 손목에 수갑을 채울 거라 했지."

무테안경 뒤로 파충류의 그것처럼 냉혈한 눈빛, 구김살 없는 양복에 언제나 딱딱하고 단일한 패션.

현기영…….

장 경감은 신음했다.

"수사팀에 있어야 할 네놈이 왜 이곳에……."

"그보다 이것부터 설명하지?"

현기영의 손짓에 형사들이 장 경감에게 누군가를 끌어다 놓았다. 흥신소 직원이었다. 수사본부를 염탐하라 시켰던 직원은 형사들에게 덜미를 잡힌 채 고개를 푹 숙였다.

"죄송해요. 소장님."

장 경감은 눈을 감으며 난처한 표정을 지었다.

본청 형사과 과장실.

현기영은 카메라를 테이블에 내려놓았다. 그 안에 명백하게 찍힌 염탐의 흔적들…… 구차하게 변명할 필요도 없이 끝났다. 직원은 수사본부를 도촬하다가 현행범으로 그 자리에서 붙잡혔다. 서 유치장에 갇혀 있는데 불법 개인 정보 수집으로 철창신세를 질 수도 있고, 즉결 심판에 붙여져 벌금 몇만 원 물고 끝낼 수도 있었다.

바로 이 반갑지 않은 사내의 마음먹기에 따라.

"걔 할머니랑 살아. 벌금으로 깔끔하게 합의하자."

온정에 호소를 했지만 평소 얄짤없는 원칙주의자답게 씨알도 안 먹혔다. 현기영은 이 방에 장 경감을 묶어 둔 처음부터 지금까지 한 마디도 말을 안 꺼내었다. 소파 팔걸이에 팔등을 얹고 손가락을 까딱일 뿐이었다.

'여전히 딱딱하게 굴긴.'

이 자식이 반갑지 않은 이유엔 여러 가지가 있었지만 성미에 맞지 않는 인내심을 요구하는 게 가장 끔찍했다. 그와의 만남엔 항상 극도의 심리전이 뒤따랐다. 행동이 앞서는 자신과 달리 현기영은 핏속까지 냉철한 네고시에이터, 협상가 타입이었다. 불과 얼음. 개와 원숭이, 보기만 해도 피곤해진다.

한참을 침묵 끝에 현기영이 말했다. 하지만 사무소 직원의 거취와는 전혀 상관없는 이야기였다.

"신부가 결혼 직전에 실종됐어."

"……"

"경찰은 현재 단순 가출로 보고 있지."

"우린 그 얘기를 하던 게 아니었을 텐데."

"제 발로 걸어 나가는 모습이 찍힌 영상을 확보했거든. 통화 기록, 금융 거래 내역, 다 뒤져 봤는데 특별히 의심 갈 만한 정황도 없어."

장 경감은 비웃었다.

"극비 수사를 함부로 나불댈대도 되나? 한신그룹에서 가만히 안 있을 텐데."

현기영은 재미없는 낯짝으로 못 박았다.

"난 이걸 극비라고 말한 적이 없어. 한신그룹 일이라는 것도."

표정 관리가 안 되었다. 확신이 서지 않아 아직 신랑에게서 의뢰를 받아들이지도 않은 상태였다. 본의 아니게 그는 이미 사건에 깊이 개입되어 버렸다. 경찰은 그를 쉽게 풀어 주지 않을 것이다. 현기영은 단호히 몰아붙였다.

"네 의뢰인, 누구냐."

장 경감은 애써 무마하듯 마른 웃음을 지었다. 주특기인 능청을 떨었다.

"차라리 수갑을 채워."

"그러지 않을 거야."

"좋아하잖아. 내 손목."

장 경감이 철컹철컹, 소리 내며 손목을 들어 보였다. 현기영이 시건방지게 다리를 꼬았다.

"물론 널 범법자로 만드는 건 일도 아니야. 하지만 현행범으로 체포되는 건 예전 한 번으로 족하잖아?"

반갑지 않은 이유 두 번째. 현기영은 장영범을 너무나 잘 알았다. 어디를 후벼 파면 아픈지 손가락으로 짚을 수 있을 만큼, 그들은 뜨거웠다면 뜨거웠을 한 시대를 공유했다. 청춘을……

현기영은 단추를 하나 더 풀었다. 경찰 엘리트 출신이라는 자부심이 센 현기영은 자존심이 손상된 듯했다. 신부의 실종을 아는 건 한신그룹 주요 일가족과 검찰 몇몇과 본부 인력으로 압축된다. 의뢰인은 경찰의 더딘 수사가 못 미더운 한신가 사람일 수밖에 없다.

"꽤 신경 쓰이나 보지? 염탐당한 것이."

"한신그룹 사건이야. 위에서도 부담이 무척 크다고, 검찰 총장까지 나서서 우릴 닦달하고 있어. 그 사건을 내게 책임자로 맡기고 있는 거야."

"넌 신부가 걱정되지도 않냐?"

"내가 기도하는 건, 메리지 블루에 걸린 그 여자가, 순간적으로 저지른 일탈

하나에 얼마나 많은 사람들이 밤을 지새우며 고생하는지, 지금도 사라진 가족 때문에 전전긍긍하고 있을 진짜 도움의 손길을 받아야 하는 실종자 가족들이 자기 하나 때문에 얼마나 큰 불합리를 겪고 있는지, 자신의 철없는 행동을 깨닫고 조속히 집으로 돌아오는 것뿐이야."

혹여 윗선에 이게 알려져서 수사에 믿음을 주지 못하는 게 아니냐는 소리를 들을까 봐 여간 비위가 상하는 게 아니겠지. 총책임자라는 것이 윗선 눈치나 보면서 자기 안위만 신경 쓴다. 애초에 고작 가출 사건 하나에 검경 윗대가리들까지 들썩이며, 수사본부까지 차려진 것에서 얼마나 이 권력이 썩었는지를 보여 주고 있었다. 이 모든 건 가출한 신부가 한신그룹 며느리이기 때문이다.

"네가 그러고도 민중의 지팡이냐?"

"민중한테서 뺑뜯다가 파면된 네가 할 소린 아닌 것 같은데."

장 경감이 달려들어 멱살을 쥐었다.

"입만 산 새끼!"

"두 번 말 안 해. 또다시 본부 주변에 쥐새끼처럼 기웃거리면, 흥신소 간판 떼게 할 거야."

"알지도 못하면서…… 신부가 지금 어떤……."

신부가 왜 실종되었는지 알지도 못하면서. 신랑이란 작자가 얼마나 위험한 인물인지 파악도 못 하고 있으면서…… 그 신랑이란 새끼가 나한테 어떤 걸 의뢰했는지 아냐! 소리 되어 나오지 않은 말이 폭풍처럼 몰아쳤다. 신랑이 신부를 못 찾게 해 달라고 의뢰했다. 신랑은 처제와 내연 관계였고 신부는 사라졌다. 이건 단순 실종 사건이 아니었다. 심각한 치정 사건이 될 변수가 많았다. 신부가 단순 충동에 신랑을 떠난 줄 알고 경찰은 여유 부리고 있는데 만약 가출이 아니었다면……? 그 여자가 신랑에 의해 감금이라도 되어 있다면? 시신으로 발견되면? 어떻게 될 거 같아.

현기영이 장 경감을 거칠게 떼어 내며 물었다.

"모른다고? 넌 뭘 아는데."

알아. 내가 파주에서 뭘 보고 왔는데! 마음 같아서는 이대로 안 밝혀 엿을 먹이고 싶었지만, 배신과 공포로 떨고 있을지도 모르는 여자를 생각하자니 치가 떨렸다. 처제와 바람난 새끼. 신부를 찾지 못하게 해 달라고? 개새끼.

"뭘 아냐고!"

그러나 입이 떨어지지 않았다. 진주양이 제안한 검은 돈 가방에 가득 채워져 있던 현금 다발이 비루하게도 정의감, 양심, 용기도 앗아 갔다. 평생을 모아도 건질 수 없는 돈이다. 그런 큰돈을 아무렇게나 투척한 한신그룹은 검찰도 움직이는 동원력을 쥐고 있다. 그가 무엇을 할 수 있는가.

'뚜렷한 증거를 잡은 것도 아니면서.'

대다수의 실종 사건이 단순 가출에서 그치는 경우가 허다했다. 며칠 이내에 가족의 품으로 돌아오거나, 납치와는 상관도 없다. 신부의 실종이 신랑과 아무 연관이 없을 확률은 더 컸다. 개인적인 일탈에 그가 관여할 이유는 없었다. 간통이란 것이 감옥에 갈 만한 중죄가 아니라고 법이 인정했다. 간통죄가 폐지된 마당에, 신부는 무사히 돌아와 신랑의 바람을 묵인하고 한신가의 부를 누리든지, 이혼 재판에서 충분한 위자료를 얻고 새 인생을 시작할 수도 있다. 지금 그는 걱정을 넘어 오버를 하고 있었다. 너무 앞서 나갔다. 영웅 행세라도 하고 싶은 건가.

장 경감은 허탈함에 웃음을 삼켰다.

현실감을 되찾을 때다. 그에겐 죽어 가고 있는 아들이 있었다. 지금도 아들은 병상에 누워 하루하루 빚을 늘리고 있다.

그때였다. 똑똑, 노크 소리와 함께 문이 열렸다.

"이거 제가, 타이밍을 잘못 맞춘 것 같군요."

한신그룹 법무 팀 금배지를 단, 진주양의 사자(使者)가 보내졌다. 변호사가 느긋하게 방을 한 차례 훑더니 장 경감에게 그 시선이 머물렀다. 냉철한 눈빛은 짧게 경고하듯 장 경감을 지그시 눌렀다가 현기영에게 웃음기를 띠었다.

"제가 끼어도 되겠습니까?"

장 경감은 입술이 떨렸다.

원하든, 원치 않든, 길고 지독한 밤은 이미 시작되고 있었다.

변호사와 이야기를 나눈 현기영이 조금 짜증스럽게 그를 봤다. '의뢰인이 신랑이었어?' 하고 캐묻는 눈초리였다. 나온 그들은 악수를 나누며 인사했다.

"저희가 믿음을 드리지 못해서니, 할 말이 없습니다. 하지만 이런 식의 성급한 행동은 자제 부탁드립니다."

"부하 직원이 충성심에 저지른 일입니다. 이사님께서도 당혹해하셨고, 사죄 드리라고 하셨습니다. 그리고 하루속히, 신부를 찾아내 달라는 당부도."

현기영이 굳었다. 이 이상 말하지 않겠지만, 부담을 가지라는 짧고 굵은 질책이 현기영을 내리눌렀다. 성과도 못 내면서 언제까지 시간만 끌다간 지금 휘두르고 있는 지휘봉을 빼앗고 청장이 직접 나서게 될 것이란 암시였다. 현기영으로서는 간부로 가는 쾌적한 성공 가도가 달린 일이기 때문에 이번 사건이 무엇보다 중요했다.

장 경감은 끌려가듯 차에 태워졌다. 앞좌석에 변호사가 앉고, 뒷좌석 양쪽에서 남자들이 그를 도주하지 못하게 잡았다. 차가 출발하자마자 복부로 주먹이 날아들었다.

우……욱!

행선지에 도착할 때까지 차 안에서 두들겨 맞았다.

지하 주차장에서 위층으로 직접 연결되는 엘리베이터를 탔다. 한참을 어디론가 끌려갔다.

"대체 어디를 가는 거야."

사내들은 묵묵했다.

"도대체 여기가 어디냐고!"

약품 냄새가 후각을 자극했다. 씁쓸한 듯, 죽음 직전 퇴락해 가는 생명들이 내뿜는 '그곳'의 냄새는 한 번에 알아봤다. 장 경감의 아이가 입원해 있는 병원이었다. 왜…… 왜 이곳에. 말이 없는 사내들은 검은 옷을 입고 있었고 사형 집행관처럼 비장했다.

"뭘 하려는 거야⋯⋯."

불안해진 장 경감이 거칠게 반항했고, 사내들이 그의 입을 틀어막았다.

"아이는 잘못이 없어. 아이는 잘못이 없어! ⋯⋯우읍⋯⋯! 읍! 읍!"

장 경감은 어느 병실에서 억지로 무릎이 접혀 바닥에 이마를 박았다. 핏발이 선 눈을 부릅떴다. VIP 병실에도 어둠이 내려앉았다. 그때, 스위치 켜지는 소리와 함께 밝혀진 노란 스탠드 불빛이 어둠 속에 가려져 있던 사람을 드러냈다.

삐익. 삐익. 삐익.

호흡기 소리⋯⋯. 아이는 평행하고 규칙적인 호흡을 내리쉬며 천사처럼 잠들어 있었다. 그 탓이다. 아들 곁에 앉은 진주양이 순간 사탄으로 보인 착시는. 명품 슈트를 갖춰 입고, 깊은 생각에 잠겨 있는 그는 암울하며 과묵한 권력자의 모습을 하고 있었다. 잔혹한 본심을 정중한 옷 안에 감추고 더없이 인자하게 물어 온다.

"내 뒤를 캐고 다니셨다고요."

장 경감이 파르르 고개를 떨궜다.

"미, 미안합니다."

"그것도 모자라, 멍청하게도 경찰 쪽에 꼬리가 밟혔다고요."

아이는 무사해 보였다. 하지만 저 산소마스크를 빼앗으면 그만이다. 5분도 안 걸려 손과 발을 싸늘히 차가워지게 만들 수 있다. '그'는 능히 그렇게 할 수 있는 사람이었다.

"제가 많이 경솔했습니다. 그래서 말인데, 의뢰는 받아들이는 쪽으로⋯⋯."

"나를 간 봤습니까?"

헉, 장 경감이 고개를 쳐들었다.

"캐 봐서 구린 거 없으면 의뢰 받아들이고, 위험할 거 같다 싶으면 발 빼고⋯⋯. 내가, 당신 입맛 따라 저울질해도 되는, 그런 허접한 인간으로 보였습니까?"

비틀린 진주양의 눈길이 장 경감에게 와 닿았다. 두 시선이 허공에서 충돌했다.

"아니…… 아닙니다. 오해예요."

진주양은 느긋이 몸을 일으켰다. 이윽고, 표정 하나 변하지 않고 손을 뻗어 아들의 호흡기를 쥐었다. 채 5초도 안 걸린 일이었다.

"무, 무슨……."

진주양이 장 경감을 눈에 지긋이 담았다.

실패자에게 가차 없는 심판을.

배신자에게는 용서 없는 보복을.

심장이 파열할 듯이 첨벙거렸다. 들끓는 부정은 잔인한 선택 앞에서 통곡했다. 아아악! 제발……! 제발……! 제정신이 아니었다.

"제, 제게 방법이 하나 있습니다!"

장 경감은 순전히 살기 위해 말을 내뱉었다.

"기, 기왕 이렇게 된 거 경찰과 협력하는 척 수사를 방해하겠습니다!"

마스크는 살짝 들려 이슬아슬하게 아들에게 붙어 있었다. 진주양은 비웃었다.

"마지막 발악입니까?"

"……."

"구차하군요."

"그들보다 먼저!"

"……."

"먼저 신부를 찾아내겠습니다! 그래서 이사님께 산 채로 신부를 바치겠습니다!"

아들을 살리기 위해 남의 살인을 교사했다. 장 경감은 남자의 모든 것, 등, 어깨의 각도, 미세한 숨소리마저 집중했다. 하지만 그것을 비웃듯 진주양은 호흡기에 손을 대었다. 장 경감이 악에 받쳐 질러 댔다.

"어차피……! 아무도 신부를 찾지 못하게 하면 되는 거잖습니까!"

인간은 그렇게 추악해지는 것이다.

'경찰 쪽에서 신부를 못 찾게 하려면, 우리가 먼저 찾는 게 더 빠르지 않을

까요? 신랑한테 넘겨요.'

장 경감은 수진의 콧잔등을 펜으로 툭, 쳤다.

'넘기면…… 그다음은? 신부는 어떻게 될 거 같은데.'

신부가 돌아오길 원치 않는 인간이야. 신부가 그 남자한테 돌아가면 그 여자는 어떻게 될 거 같은데……?

댕…… 댕…… 댕…… 어디선가 12시 정각을 알리는 시계가 울려 대는 것 같았다. 누구보다 잘 알고 있다. 그 자신이 그렇게 말했었으니까. 낮에 나눴던 수진과의 대화가 아스라이 시계 소리와 한데 겹쳐졌다.

진주양이 까슬한 아이 머리를 훑어 내리며 눈을 감았다. 계산기를 두드린 남자는 손해 볼 게 없다 싶었는지 마스크에서 손을 떼었다. 식은땀과 눈물이 덜덜 턱 아래로 떨어졌다. 인생이 앞으로 이전과 같을 수 없을 거라고, 송두리째 흔들린 걸 예감한 순간 아이러니하게도 진주양은 처음으로 희미하게 웃고 있었다.

"그 회사 모토가 뭡니까."

"바, 바람나서 도망간 마누라, 보증 서 줬더니 토낀 친구, 길 잃은 개새끼까지. 돈만 주면 다 찾아 줍니다."

목을 뒤로 젖히며 주양이 나른히 명령했다.

"그럼 찾아내요. 여기서 찌질대지 말고."

그때부터였다.

죽느냐…… 죽이느냐……

12시의 시계 소리가 추격해 오듯 장 경감을 재촉했다.

댕! 댕! 댕! 댕!

바로, 죄책감의 소리였다.

<u>2</u>

【1년 전】

기이한 적막이었다. 똑딱이는 시계 소리는 긴 궤적을 그리며 온 방 안을 돌았다. 육중한 검은 가죽 소파에 앉은 주양을 휘돌아, 그가 표적처럼 시선을 겨누고 있는 영원에게 도착했다.

그와의 거리. 2미터 남짓.

그 존재감은 살이 떨릴 정도다.

"내 발로 찾아오길 기다렸다고? 그냥 가 버렸으면 어쩌려고?"

애써 떨림을 누르며 맹수의 우리 안에 발을 들였다. 소파에 엉덩이를 붙이는 일련의 행동을 그가 느리게 관찰하며 답했다.

"비상구, 엘리베이터, 모두 관계자 카드가 없으면 나갈 수 없습니다. 이곳 복도 구조는 어디를 가든 내 방으로 이어지게 설계되어 있죠."

날고 기어 봤자 남자의 손바닥 안이었다. 올 줄 알고 기다렸다. 놀림당했다는 사실에 기분이 상했다. 왜? CCTV로 찍지 않고. 속으로 꿍얼거리던 영원은 벽에 걸린 미술품 눈에서 초소형 카메라 렌즈를 발견했다. 그녀의 복잡한 마음을 읽은 주양이 능청스레 답했다.

"보안을 위해서라고 하죠."

감시당하고 있었다.

분명 접객실에도 저런 그림이 있었다. 지나쳐 온 복도에도.

구석에 짱박혀서 그를 기다리던 얼빠진 모습을 구경하며 얼마나 재미있었을까. 항의하고 싶은 마음이 굴뚝같았지만 찌질하게 입 다물었다. 이렇게 단둘이 마주 보고 있는 것만도 충분히 심장 판막이 너덜너덜했다. 지금쯤 목덜미가 새빨갛게 달아오르진 않았을까 걱정되었다.

문득 정수리 위가 조용해 고개를 드니, 남자의 시선이 메롱이 그려진 그녀의 후줄근한 티셔츠에 와 있었다. 근본 없는 영어 프린트를 그가 흥미롭게 본다. 영원은 부끄러워서 에코 백으로 가려 버렸다.

우습기도 하겠지. 적어도 그의 주변에 이런 유치찬란한 옷차림을 한 사람은 없을 테니.

한참을 그렇게 입을 잠갔던 주양은, 비로소 머릿속이 말끔히 정리되자 영원을 향해 곧장 돌진했다.

"송로버섯 좋아합니까?"

오성급 호텔의 전망 좋은 레스토랑이었다. 18석밖에 되지 않는 철저한 예약제로 운영되는 음식점이었다. 시간에 쫓기지 않고 여유롭게 식사를 할 수 있다는 장점이 있었다. 손님들은 대부분 외국계 비즈니스맨들이었다. 간간이 섞이는 잉글리시와 광둥어의 틈바구니 속에서 영원은 혼자만 동떨어진 옷차림이었다. 희끗희끗한 머리를 멋지게 빗은 지배인이 입구에서부터 에스코트해 주었다.

"이쪽입니다."

조용한 분위기에서 격식을 차릴 수 있는 구조는 훌륭했시만 까다로운 남자의 마음을 감명시키긴 못했다. 테이블마다 벽이 나뉘어져 있어 프라이버시가 확실히 보장되었는데도 그것으론 부족한지 진주양은 단독 룸을 잡았다.

후줄근한 티셔츠 차림인 것도 뻘쭘한데, 머리를 풀어 헤친 귀신의 등장에 담소를 나누던 손님들의 표정이 뜨악해졌다. 영원은 슬쩍 앞서 걷고 있는 주양의 눈치를 살폈다. 까딱없었다. 별로 남의 이목 따윈 신경 쓰지 않는 얼굴이었다. 슈트발을 제대로 자랑하며 걸어가는 그를 보다가 잘근잘근 머리카락을 씹었다. 괜히 비싼 데 데려와 기죽이는 그가 원망스러웠다.

룸에 앉아 그가 지배인과 코스 요리에 관해 상의했다.

"레드와인을 곁들인 저온 숙성 스테이크입니다."

잡생각에 기운 뺀 동안 정통 프렌치 코스 요리가 테이블에 올려졌다. 영원이 어색하게 나이프를 들었다.

"요리가 아니라 작품을 그려 놨네."

그와 한 테이블에서 마주 앉아 밥을 먹는 상황이 무척 긴장되었다. 입을 벌릴 때 하마 같이 보이면 어쩌지? 먹는 모습이 추잡하게 보이진 않을까. 숨결 하나하나 신경이 곤두섰다. 깨작거리고만 있자, 그가 부드럽게 웃으며 그릇을 앞으로 더 밀어 권했다.

"맛은 그 이상일 겁니다."

과연. 알알이 씹히는 재료와 부드러운 고기가 혀에서 눈 녹듯 사라졌다. 저 까다로운 남자 입맛을 사로잡은 곳이니 오죽할까 싶었다.

"맛있나요?"

"글쎄. 서양식은 잘 못 먹어 봐서. 이, 입구부터 되게 있는 체하길래 얼마나 대단한가 싶었지. 난 또, 이 정도 맛은 백운당 숙수도 흉내 낼 수 있겠어."

마음과 다르게 까칠한 감상평을 늘어놓았다. 가진 자의 여유라 이건가. 그는 기분 나빠 하지도 않고 오히려 그녀의 말을 경청해 주었다. 수긍한다는 듯 고개를 끄덕였다.

"백운당의 따님이라면 그럴 수 있죠. 아무래도 남들보다 음식 보는 눈이 엄격해지겠죠. 대한민국에서 그만한 곳을 찾기 어려우니까요."

"저기. 회사에서부터 묻고 싶었는데. 혹시 나…… 나를 알아?"

처음 그녀의 이름을 알고 불렀을 때부터 의아했다. 입구에서 직원에게 알려줬으니 그럴 수도 있다고 생각했다. 하지만 백운당의 딸이라는 걸 아는 건 다른 문제다. 그녀는 최혜란 사장이 어머니라고 말한 기억이 없다. 가슴이 두근거렸다. 혹시 그가 나에 대해 알고 있던 걸까?

"그럼 신영원 씨는 나를 압니까?"

일순 기습을 당하고 영원은 당황했다.

"나를 어떻게 압니까."

빠르게 눈알을 굴렸다.

"직원들은 그쪽을 왕자라고 떠받들어. 한신그룹이란 거대한 왕국의 왕자님."

"그리고?"

진주양은 잔잔하게 미소를 띠고 묻고 늘어졌다. 영원의 안면에서 차차 표정이 걷혀 갔다. 그가 무슨 의도로 이런 걸 묻는지 해독하기 어려웠다.

"평소 나에 관해 알고 있었습니까?"

직설적으로 물어 와서 가슴이 설렜다. 관심이냐니. 고백도 아니고. 그런 걸 묻는다면 나는 뭐라고 답해야 하는가.

"별로, 난 관심 없어."

그녀는 진실을 거짓말로 덧칠하고는 접시에 코 박았다. 마구 먹기만 했다. 어느새 땅거미가 내려앉아 도심의 야경이 경이롭게 물결쳤다. 하지만 진주양의 눈길은 떨어질 줄을 몰랐다. 영원은 안절부절못했다. 먼저 침묵을 못 견뎌 구걸한 건 영원이었다.

"그, 그만해. 난 남이 내 얼굴 자꾸 보는 거 안 좋아해."

밥 먹는 내내 그녀를 지켜보는 눈동자가 불편했다. 불안과 초조함에 가시방석이었다. 도대체 이곳에 데려온 남자의 의도를 알 수가 없다.

'목숨이 구해졌는데, 저녁 식사 정돈 대접하고 싶군요.'

오기 전 그렇게 말했었지만 과잉 친절이란 생각을 지우기 힘들었다.

그때, 주양이 반대쪽 소매의 커프스단추를 만지작거렸다. 4년 전 그가 소매 단추를 떼어 영원에게 적선했던 것을 연상시키는 행동이었다. 눈빛이 그것을 말하는 것 같아서 목이 탔다. 혹시 그가 나를 기억하는 게 아닐까. 그런 의구심에 주양이 불을 지폈다. 4년 전에 우리가 만난 것도 기억해? 묻고 싶었지만 겁이 났다. 기억하지 못한다고 할까 봐.

"……내가 백운당 딸인 걸 어떻게 알았어?"

영원이 조심스럽게 물음의 끄트머리를 밀어 넣었다. 그는 의뭉스러움을 유지했다. 혹시 4년 전 일을 그가 기억하고 있는가 싶어서 두근거렸다.

"나를, 혹시 나를……"

"일전에 본가 정원에서 마주치지 않았습니까?"

대화를 자르듯 말한 그가 미적지근하게 눈을 맞춰 온다. 특별한 감정이나 감상 따위 없는, 영원을 기억하지 못하는 눈이었다.

아.

김빠진 어깨가 무겁게 가라앉았다. 4년 동안 혹시 그가 그녀를 기억하지 않을까 전전긍긍했지만 멍청한 헛짓거리였다. 막상 백지처럼 그의 기억이 깨끗한 것을 확인하자 허탈감이 밀려왔다. 당연하다. 지나가던 길에 거지 하나를 봤고 불쌍해서 적선한 것뿐이었다. 그가 일일이 기억해 줄 만큼 특별한 사람들은 손에 꼽힐 정도일 거다. 아, 영원이 아는 사람 중에도 하나 있다.

'신해수.'

울컥 치미는 말을 삼켰다.

"그날은 우리 집엔 볼일이 있어서 왔던 것 같던데. 해수를 만나러 왔던 거야?"

"내가 신해수 씨를 만났다고 어째서 확신하죠."

"유명하다고, 해수 팬인 거."

"팬?"

"좋아하면 팬이지 다른 게 팬인가."

그는 대산물산 회장 못지않게 해수를 자주 찾는 사람 중 하나였다. 김 회장은 해수를 며느리 삼고 싶어서라 치고, 그렇다면 주양은? 단순히 연주가 좋아서였을까? 김 회장처럼 다른 마음이 있던 건 아니었을까?

주양은 턱을 문질렀다. 의외라는 얼굴이었다. 자신의 이미지가 사람들한테 그런 식으로 비쳐졌을 줄 꿈에도 몰랐다는.

"물론 신해수 씨의 연주 솜씨는 높이 삽니다만."

"……."

"신해수 씨의 장점은 그게 아니죠."

"그 계집애에 대해 퍽 잘 아나 봐."

"현명하게 스스로를 단속할 줄 아는 사람이에요. 처신 똑바로 하는 재능은 큰 선물이에요. 마음에 들어요."

이건 잔혹했다. 밥상머리 앞에서 그가 신해수를 칭찬하는 꼴을 봐야 하다니. 형벌이었다. 내리깐 눈과 함께 마음도 가라앉았다.

"같은 자매인데 성격이 판이하게 다르지 않아?"

나와 그 애. 영원이 도발하듯 주양을 봤다. 더 이상 대화는 이어지지 않았다. 쳐다보는 시선이 느껴졌지만 접시에 다시 코를 박았다. 비교하는 말로 귀에 딱지가 앉을 지경이다. 당신까지 보태지 마. 모든 대화가 기—승—전—신해수로 연결되는 상황이 거북했다. 연예 뉴스의 인터뷰와 같았다. 유명 연예인과 친분이 있는 사람을 데려다 놓고 그 유명 연예인 소식만 묻는 비참한 상황. 배 속이 허했다. 입 안이 미어터지도록 음식을 쑤셔 넣었다. 갑자기 돌변해 게걸스럽게 위장에 빵을 욱여넣는 영원을 주양이 말없이 관찰했다. 별나라에서 온 사람인 양 보고, 기이한 행각을 지켜본다.

역겹겠지. 비위 상하겠지.

어쩔 수 없잖아. 배가 고프다구.

이건 병이었다. 정신병. 지독한 결핍을 느낄 때마다 배 안에 뭔가를 채워 넣지 않으면 안 되었다. 평소엔 쥐꼬리만큼 먹다가 우울감이 밀어닥치면 폭식을 해, 자주 탈이 나곤 했다.

불현듯, 주양이 단독 룸을 잡은 이유가 차갑게 뇌에 끼얹어졌다. 그는 유명인이니까 아마도 알아보는 사람들이 많을 게 분명하다. 여긴 사업하는 사람들이 많이 찾아올 테니 일일이 만나면 인사하기 귀찮기도 하겠지. 무엇보다 지인이 합석한 여성이 누구냐고 궁금해하면 제일 곤란할 터였다. 같이 저급해지고 싶지 않다. 한데 묶이고 싶지 않다. 그의 진짜 속내였다. 이 모든 것이 이미지 추락을 방지하기 위함이었다.

아닌 척 포커페이스지만 역시 영원이 쪽팔린 거다.

영원은 먹던 걸 관두었다.

"집에 갈래."

소심하게 웅얼거렸다. 더는 여기 있고 싶지 않았다.

"이제 그만 먹는 겁니까?"

"왜? 내가 너무 많이 먹어서 비위가 상했어?"

의도치 않게 차갑게 목소리가 공기를 갈랐다. 영원은 이죽거렸다.

"서, 설마 대한민국에서 둘째가라면 서러운 한신그룹 후계자가 돈이 아까워서는 아니겠지."

시비조에 그가 이해할 수 없어 하는 반응이었다. 대화의 흐름이 일정치 않았다.

못난이도 이런 상 못난이가 없다. 괜히 그에게 화풀이를 하고 있었다. 똥판지같은 소리나 지껄이고. 후회가 밀려왔지만 사과하고 싶지 않았다. 그가 테이블을 박차고 일어나기 전에 본론을 어서 마쳐야겠다고 판단했다.

"생명의 은인인데, 소원 하나 들어주는 것 정도는 누워서 떡 먹겠지?"

느닷없는 요구에 그가 모호한 얼굴로 영원을 응시했다.

"이참에 능력 발휘 좀 해 봐. 당신만이 해결할 수 있는 일을 물고 왔으니까."

백운당에서 여직원들이 떠들던 걸 되짚어 보면 그는 생명의 은인에게 예우를 다하려고 했다. 복잡한 이해관계가 얽혀 있는 사안이지만, 빚을 완전히 탕감해 달라는 것도 아니고 잠시 기일을 늦춰 달라는 부탁을 못 들어줄 이유도 없다.

문제는 진주양이 예측 불허한 인물이라는 것이었다.

"대산물산에 기회를 줘. 어음인가 하는 거 말이야."

느닷없는 대산물산에 주양의 표정에 변화가 감지됐다. 다리가 후들거렸다. 그럴 줄 알고 이런저런 변명들을 준비해 놨다. 어째서 대산물산 건에 개입하느냐고 물으면, '찌라시가 퍼졌어. 어쩌다가 김보경을 다치게 했는데 그 망아지 같은 계집애가 나를 협박한 거야. 딱히 대산물산을 위해서 일하는 건 아냐. 아. 물론 찌라시도 내가 한 일이 아냐. 그건 분명히 알아 둬.' 지레 겁먹고 속으로 해명거리들을 차곡차곡 쌓아 두는데 그가 입을 뗐다.

"대화를 할 땐 눈을 마주쳐야 하는데 볼 수가 없어서야……. 그래서 그런가."

흔들림 없이 응시해 오는 표정은 차가운 인물화를 보는 것 같았다.

"당신. 무척 힘들어."

심장 어귀가 덜컥, 내려앉았다. 그를 화나게 했다. 이어 그 입에서 흘러나온 대답은 더 뜻밖이었다.

"그러죠."

얼빠진 당혹감이 스쳤다.

"뭐?"

"그렇게 하죠."

구차한 해명거리를 준비하고 있던 게 겸연쩍어질 정도로 단호했다.

"내 말 제대로…… 이해한 거 맞아?"

순순히 답해 줄 가벼운 사안은 아닐 텐데. 그야 김보경이 부탁했을 땐 머리채까지 잡았잖아. 진주양은 영원이 그를 찾아오기까지 했던 온갖 군걱정과 기우들을 쓸모없는 휴지 조각으로 구겨 버렸다.

다가온 손가락이 입술에 붙은 머리카락을 떼어 주었다. 흠칫, 놀라울 만큼 냉기 어린 체온이었다. 부드러운 손놀림. 입술을 스치는 손끝, 영혼의 바닥까지 훑는 눈빛에 부르르, 전신이 격랑에 휩싸였다.

"급할 거 없잖아요. 천천히 먹어요. 시간은 아주 많으니까."

모든 협상의 기본은 그라운드 장악이었다. 먼저 패를 까발리는 쪽이 지는 게

임. 그런 의미에서 진주양은 탁월한 포커페이스였다.

　그는 식사 내내 무척 정중했다. 백운당에서도 그녀한테 인간 대우를 해 주는 사람은 손에 꼽을 정도였다. 저것이 철저한 가면이라는 것쯤은 알고 있었다. 저 남자의 본성은 진즉에 파악 끝났다. 하지만 이게 그의 진심일지도 모른다는 기대감이 갈비뼈 안에서 몸집을 부풀렸다.

　목숨을 구해 준 은인이니까.

　따지고 보면 김보경과의 일도 그의 의도가 아니었다. 진주양은 철저한 매너 의식을 지닌 남자였다. 그는 절대 남에게 먼저 해코지하지 않는다. 먼저 김보경이 그의 심사를 건드렸고, 주양은 그래도 끝까지 예의를 지키려고 했다. 아까도 그랬다. 당연한 거 아닌가. 나 같은 인간하고 밥을 먹는 것이 몹시 쪽팔리겠지.

　그냥 그에게 심술을 부리고 싶었다. 그쯤 되면 짜증이 날 텐데 주양은 인내심도 길었다. 모난 성격이 힘들 텐데 그녀의 비위를 맞춰 주었다. 덕지덕지 심술만 가득하고 꼴같잖은 열등감에 두더지처럼 땅만 파는 영원에게 친구는 없었다. 그래서 더욱 그에게 이끌렸다. 뭐 하고 있는 거야. 병신 같은 계집애. 스스로가 더욱 형편없이 느껴졌다. 영원은 무언가 말하려고 입을 달싹이려다가 완전히 닫아 버렸다.

　해수는 어떻게 사람들한테 사랑을 받을까? 인색한 노인네들도 그 애랑 있으면 할아버지처럼 인자해지고 즐거워하는데, 영원은 가뜩이나 그녀를 싫어하는 사람들을 더 멀게 만드는 재주가 있었다. 사람하고 이렇게 진지하게 얘기를 나눠 본 적이 없어서 그런 걸까.

　해수라면 어땠을까? 아마, 야무진 계집은 이 천금 같은 기회를 놓치지 않고 주양에게 자신을 확실히 각인시켰으리라. 이번 기회로 끝이 아니라 다음번 데이트를 청해 올 수 있게 그의 마음에 자신의 향기를 일부분 남겨 뒀겠지. 자신이 얼마나 매력적인 여자인지를.

입맛이 떨어졌다. 비참한 상태로 이렇게 있고 싶지 않았다.

"진짜 집에 갈래."

커트러리를 테이블에 던져 놓고 힘없이 일어나는데 시야가 비틀거렸다.

뭐지. 아……. 갑자기 위장이 꼬이고 토악질이 치밀었다. 식은땀이 흘렀다. 아무래도 아까 먹은 음식이 잘못된 것 같았다.

"욱."

결국 속이 뒤집어졌다.

창백한 안색으로 파르르 눈을 떴다. 흐릿하게 눈을 뜨니 찬 수건이 이마에 대져 있었다. 침실이었다.

"몸은 괜찮으십니까."

호텔 객실 책임자가 옆에 와 있었다.

"기절하셨어요. 급체를 한 모양입니다. 의사가 다녀갔습니다."

무너지듯 쓰러지는 영원을 안아 들고 주양은 마스터키로 빈 객실 아무 곳이나 들어갔다. VIP 회원에게 주어지는 특권이었다. 화장실에서 토를 하다가 널브러진 것까진 기억났다.

영원은 주위를 둘러보았다. 객실 침실이었다. 직원 외에 아무도 없었다. 진주양은? 하고 물으려다가 힘없이 눈을 내렸다. 직접 들으면 더 비참해질 것 같았다. 그런 꼴을 봤는데 있을 리가 없다. 진저리가 났을 것이다. 대충 직원에게 떠맡기고 영영 가 버린 것이다.

직원이 링거가 다 주입될 때까지 더 누워 있으라고 하고 나갔다. 빈방에 홀로 누워 있으려니 비참함이 몰려왔다. 밤이 더 늦어지면 계모가 대문을 잠가 버릴지도 몰랐다. 집에 가야 했다.

부스럭, 호텔 특유 질감의 이불을 걷고 꾸물꾸물 기어 나왔다. 족쇄처럼 그녀를 붙잡아 두는 링거를 **빼**려고 이리저리 씨름하는데 방문이 열렸다.

직원일 거라고 생각했다.

"화장실에서 죽은 줄 알았어요."

영원은 멍하니 목소리의 주인을 돌아봤다. 주양은 반듯하게 채워진 넥타이는 어디론가 버려 버리고, 목단추 몇 개를 편하게 풀고 있었다. 워낙 경황이 없었다는 것을 방증했다.

"왜…… 왜 안 갔어?"

그가 의아한 듯 쳐다봤다.

"집에 가, 간 줄 알았어."

"거실에 있었어요. 신영원 씨가 링거 맞을 때까지 바깥에서 기다렸습니다. 제가 갔다고 생각했습니까?"

"으응."

"나를 파렴치한으로 여겼군요?"

신랄한 말에 영원이 퍼뜩 고개를 들었다. 그는 묘하게 웃고 있었다. 아마도 영원의 기분을 풀어 주려고 한 농담 같았다. 하지만 사실이었다. 부인하지 못한 얼굴이 빨개져서 커다란 눈만 깜박거렸다.

"그간 이런 일이 주기적으로 있었습니까?"

"응."

별 해괴한 꼴을 다 보인 것 같아 영원은 면목 없이 **뺨**을 긁었다. 갑자기 폭식을 하더니 토악질을 했다. 정상은 아닌 그녀를 주양이 심각하게 여겼다.

"벼, 별거 아니라니까? 식탐이 좀 심해져. 뒤룩뒤룩 옆으로 퍼지지 않은 거 보면 용하다나. 나는 먹어도 먹어도 배가 고파. 배에 거지가 들어앉았나 봐."

살이 안 찌는 게 당연했다. 먹는 족족 다 게워 내니까. 하지만 어쩔 땐 채워도 채워도 배가 고플 때가 있었다. 비가 오는 울적한 날이나 특히, 계모의 학대가 있는 날은 미친 듯이 위에 음식물을 쑤셔 넣어야 겨우 속이 달래졌다.

그가 다가와 영원이 팔에서 떼려던 테이프를 다시 정리해 주었다.

"의사가 영양 상태가 매우 부실하다고 진단했어요. 링거는 다 맞고 가죠."

팔의 연약한 살결 부분에 그의 손가락이 닿을 때마다 짜릿했다. 소매를 내려 주는 손길이 다정했다.

그래서 더 슬펐다.

링거를 맞고 힘없이 그를 따라 나오는데, 라운지 복도에서 마주 오던 누군가 가 알은체했다.

"하하. 진 이사!"

기업 간부쯤 되어 보이는 중년이 악수를 청했다.

"이번 부행장급으로 파격 승진한 거 축하해."

"전무님도 곧 영전하셔야죠?"

"자네가 밀어주기만 한다면야, 나는 든든하지."

옆에 있던 영원은 그에게 피해가 가지 않게 조금 떨어졌다. 주변에서 얼쩡 거리다가 괜히 눈에 띌까 봐 모르는 행인인 척 지나가려고 하는데 덥석 손목이 붙잡혔다. 꼼짝없이 얼어붙었다.

"누구신가?"

주양이 영원을 옆으로 끌어당겨 소개했다.

"일행입니다. 제가 개인적으로 감사한 분이라 식사를 대접했습니다."

"오. 그러시구만."

주양은 거리낌이 없었다. 전무가 떠나고서도 마찬가지였다. 그를 따라 엘리 베이터 앞에 섰다. 입을 꾹 다물어 버린 채 영원은 고개를 들지 않았다. 온 신 경이 그와 잇닿은 팔목에 쏠렸다.

그의 손이 여전히 그녀의 팔목을 붙들고 있었다.

엘리베이터는 25층에서 쉬어 갔다. 중국 단체 관광객들이 넘치게 밀려들었 다. 인파에 밀려 비틀대는 영원을 주양이 허리를 감싸서 중심을 잡아 주었다.

그의 행동엔 친절함과 배려가 깃들어 있었다. 하지만 철저한 계산하에 이뤄진 의식적인 행동일 뿐이었다.

분명 만족할 만한 식사였고, 비위도 맞춰 주었는데 갑자기 토라진 여자는 대 뜸 화를 냈다가 풀어지곤 했다. 무슨 생각을 하는지, 무얼 원하는지 읽기가 힘 들었다. 이번엔 어떤 게 마음에 안 드는지 시위하듯 고개를 푹 숙이고 있었다.

엘리베이터를 타지 않고 다음을 기다리는데 불현듯 영원이 입을 달싹였다.

"고…… 고마워."

주양이 개미처럼 기어가는 소리에 힐긋 눈길을 내렸다. 영원은 손가락을 꾸 물대면서 웅얼거리고 있었다.

"날 창피해하는 줄 알았어."

고개를 든 그녀가 눈을 맞춰 왔다.

"그 사람한테 날 소개해 줘서, 고마워."

새빨갛게 익은 얼굴이 사과 같았다. 고작 지인에게 자기를 소개해 줬다고 기 뻐하는 이상한 여자였다. 특별한 감상은 없었다.

하지만, 머리카락 사이로 보이는 눈동자가 조금은 반짝거린다고 생각했다.

'창피해하는 줄 알았다.'

얼굴이 불타올랐다. 심장은 주책맞게 벌렁거렸다. 룸을 잡은 것은 그저 조용 한 식사를 위해서였다. 아픈 그녀를 버리고 가지도 않았고, 그녀를 지인에게 당 당히 소개까지 해 줬다.

일행이라니. 영원은 일행이란 단어의 사전적 의미를 되짚었다.

함께 길을 가는 사람.

길을 걷는다고? 함께? 괜히 마음이 싱숭생숭해졌다. 아무 의미 없는 단어인 데도 그는 이렇게 또 한 번 그녀를 감동시켰고, 그녀는 또다시 그라는 바다에 서 허우적거리며 살 것이다. 짝사랑하는 남자한테 이런 말 하긴 그렇지만, 생각보다 진주양은 좋은 사람일지도 몰랐다.

위를 게워 낸 데다가 체기가 안 내려가서 머리가 어질어질했다. 급격히 피곤해져서 차에 올라탔다. 집으로 돌아가는 길, 우아한 육식 동물을 연상시키는 검은 세단 안에서 영원은 한 이솝 우화가 생각났다.

한 농부의 이야기였다.

"옛날에 농부가 있었어."

"······."

"농부는 길을 가다가 독사에게 공격받고 있는 독수리를 봤어. 독사에게 그대로 먹잇감이 될 뻔한 상황이었어."

주양은 조용히 이야기를 경청했다.

"그것을 보고 있던 농부는 독수리를 안타깝게 여겨, 독사를 목에서 떼어 주었어. 독수리의 목숨을 구했지. 하지만 먹잇감을 빼앗긴 독사가 복수심에 농부의 물통에 독을 흘려 놓은 걸 알아채지 못한 거야. 농부는 그대로 집으로 향했어. 길을 걷다 보니 목이 말랐고, 가지고 있던 물통을 떠올렸어. 물을 마시기 위해 입을 데려는 순간, 농부가 구해 주었던 독수리가 그 물통을 낚아채 갔어. 그리고 농부가 찾지 못할 곳에 버렸대."

영원은 희끄무레하게 미소 지었다.

"꼭. 우리 이야기 같다."

영원은 눈을 감았다. 영원은 그의 목숨을 구했고, 그도 오늘 영원을 구했다.

심장이 폭풍처럼 뛰었고 혈류가 빨라졌다.

올려다봤다가 그와 눈이 마주쳤다.

숨을 내쉴 때마다 심장이 간지러웠다. 순식간에 의지가 무장 해제가 되었다.

내내 말하려다가 타이밍을 못 잡았던 말들······.

입술은 의지를 배반하고 뱉어 버렸다.

"당신이 나쁘다고 생각하지 않아."

별채에서의 일이 내내 신경 쓰였다.

"그 여자가 먼저 막무가내로 매너 없이 굴었으니까."

주양이 영원을 빤히 보았다.

"그 여자가 먼저 잘못했으니까."

"……"

"당신을 할퀴고 흠집 내려 했으니까."

"……"

"그런데도 당신은…… 끝까지 신사적으로 참아 줬으니까."

뺨이 희게 떨렸다.

"혹시나 내가 그쪽을 나쁘게 소문낼까 봐 신경 쓰인다면, 그럴 필요 없다고. 나는…… 그쪽 편이니까."

고백과도 같은 말에 심장 박동이 산산이 부서져 내렸다. 영원은 그와 눈을 맞대었다.

갑자기 차가 굴다리로 진입했다. 어둠에 가려져 그가 어떤 표정을 지었는지 알 수 없었다. 하지만 분명한 것은, 그는 그녀를 응시하고 있었다. 꽤 오래.

깜빡 졸았던 것 같았다. 영원은 꿈속에서 그에게 사실 진짜 소원이 있다고 고백했다. 대산물산 따위가 아니었다. 그녀는 그에게 친구가 되어 달라고 했다.

그렇게라도 옆에 있을 수 있다면……

모든 걸 훌훌 털어 버리고, 계모와 두 딸들을 용서할 수 있을지도 모르겠다고 처음으로 생각했다.

태어나서 가장 행복한 하루였다.

해 뜨기가 무섭게 김보경에게서 전화가 왔다.

— 어떻게 그 남자를 구워삶은 거야?

소식을 들은 김보경은 영원에게 지금 당장 만나자고 제안했다. 하루 만에 상황이 역전됐다. 이제 안달 내는 건 그쪽이었다.

— 지금 압박이 바로 해결됐어. 기간이 연장됐다고! 대체 어떻게 그 남자

를……!

뚝. 귀찮아서 그냥 전화를 끊어 버렸다. 계속 전화벨이 울렸다. 약속대로 백운당에서 쫓겨나진 않겠지. 전화 코드를 뽑고 속 시원하게 돌아서는데 간만의 휴일에 잡지를 넘기던 신해수가 물었다.

"어제 어떻게 된 거야?"

"뭘?"

"밤 10시 다 돼서 들어왔잖아. 어머니한테는 일찍 잔다고 내가 거짓말했어. 어제 너 데려다준 차, 어떻게 된 거야?"

"누가 날 태워 줬는지가 궁금한 거겠지."

차가 아닌 차 주인. 양쪽으로 나뉘었던 잡지 페이지가 탁— 하나로 닫혔다. 신해수는 자못 심각했다. 무척 걱정된다는 표정으로 말했다.

"함부로 차 얻어 타지 마. 요즘 그런 외제 차로 여자 유혹하는 인신매매범들 많아."

싸늘하게 기분이 바닥을 쳤다. 상냥한 낯짝으로 항상 가르치려 들었다. 그러니까 인신매매범 말고 멀쩡한 남자는 날 태워 줄 리 없다 이거지. 완전히 무시하는 발언에 이를 갈았다. 그러나 보다 넓은 마음씨로 신해수를 봐주기로 했다. 영원의 얼굴에 순간 악질적인 마음이 스쳤다.

"누가 날 태웠는지 알면 기절할 텐데."

해수는 그마저도 귀엽게 봐주겠다는 듯 온화하게 웃었다.

"그래. 대체 누군데?"

"너도 되게 잘 아는 사람이야."

무료한 낯짝이 질투심으로 뭉개지는 광경을 보고 싶었다.

"진주양."

이날을 위해 이때껏 온갖 수모를 견뎌 온 것이리라. 화등잔만 해진 계집의 눈을 보자 엄청난 희열이 등줄기를 전율했다. 십 년 묵은 체증이 내려갈 것 같다.

"엄청 비싼 특급 호텔 가서 식사도 했어. 아까 전화통 불난 거 봤지? 그 사람이야."

"그분이…… 왜?"

"남녀가 호텔을 무슨 볼일로 갔겠어?"

삐기듯 주양과의 관계를 부풀리고, 여주인공을 괴롭히는 악녀처럼 통쾌하게 퇴장했다.

"멋대로 상상해 봐."

소식은 세 모녀에게로 신속하게 들어갔다. 백운당 사장실에서 영원을 뺀 가족회의가 열렸다.

"신영원이 베갯머리송사로 진주양의 마음을 움직였다 이거네?"

첫째 딸, 성원의 말에 최혜란이 과민 반응 했다.

"베갯머리송사는 무슨. 어디 그럴 주변머리나 되는 애니, 걔가? 그냥 식사 한 번 했다잖아."

그러나 성원은 듣지 않았다. 거대한 소파에 드러누우며 다시 봤다는 듯 감탄했다.

"휴! 그 말 병신. 능력 쩌네? 뭐지? 무슨 능력이지?"

영원이 그 진주양을 만났다는 것도 기겁할 일인데, 말도 안 되는 제안을 성사시켰다는 건 기적에 가까웠다. 어째서 진주양은 신영원에게 백마 탄 왕자가 되어 준 걸까. 성원은 미치도록 궁금했다.

"잡음 하나 없는 재벌 3세……, 애초에 판타지지. 어떻게 멀쩡할 수가 있어. 나고 자란 환경부터가 이미 딴 세계 사람인데. 게이 아니냐는 소문도 무성했잖아."

성원이 쐐기를 박았다.

"진 이사 취향이 그런 쪽 아니겠어?"

"그런 쪽?"

최혜란이 날카롭게 성원을 봤다.

"침대 위에서 과격한 플레이를 즐긴다든지, 아니면 미의 기준이 남다르다든지. 왜 페티시 중에 비곗덩어리 단 여자한테 성적 흥분을 느끼는 특이 케이스들 있잖아."

"그게 말이야, 막걸리야?"

말도 안 되는 헛소리에 최혜란이 진저리 쳤다. 주양을 대체 어디다가 갖다 붙이는가. 성원이 헛기침했다.

"세상은 요지경이라 그거지. 솔직히, 신영원 걔가 하고 다니는 꼴이 정신 사나워서 그렇지 때 빼고 광내면 볼만할걸? 엄마도 알잖아. 걔 머리카락 안에 감춘 얼굴, 해수 못지않게, 아니, 어쩌면 훨씬 더……"

"그만 못 해!"

최혜란이 딸의 말을 끊었다. 허억…… 허억…… 거친 숨이 방 안을 채웠다. 영원의 얼굴은 집에서 금기어처럼 여겨졌다. 숨겨야 할 때를 잘 아는 성원은 조용히 몸을 낮췄다. 주먹 쥔 혜란의 손에 핏줄이 돋았다. 분노의 화살이 둘째 딸, 해수에게 꽂혔다.

"뭐 느끼는 바 없니?"

최혜란이 사태의 중심에 있는 해수를 힐난했다. 해수는 팔짱을 끼고 앉아 침묵 중이었다.

"널 이해할 수가 없다. 그러니까 내가 판 깔아 줄 때 자존심 버리고 붙잡았어야지. 고상함은 진주양 같은 남자한테 먹힐 무기가 아냐. 그런 남자한테 달려드는 여자가 몇인 줄 아니? 구두 주인이냐고 제 발로 굴러 들어온 남자한테 아니라고 잘난 척하더니 꼴이 이게 뭐냐. 어째서 영원이 걔가 진 이사와 안면을 튼 건데!"

고집이 세서 아니다 싶으면 대쪽같이 제 뜻을 관철시키는 딸이었다. 지금도 자신은 잘못한 게 하나도 없다고 여길 것이다. 최혜란은 속병 나지 싶어 바깥으로 나갔다.

기회만 엿보던 성원이 그 틈을 타 해수에게 바짝 다가갔다.

"너 너무 자신만만해하는 거 아냐?"

성원의 말에 해수가 냉소했다.

"난 누구랑 달리, 남자 하나 잘 물어서 팔자 고칠 꿈 같은 거, 안 꿔."

쏴붙이며 해수가 성원을 봤다. 한 점 부끄러움 없다는 눈빛에 담길 때면 성원은 자신이 굉장한 속물이 되는 느낌이었다. 아닌 척 자신을 깔보는 계집에 분노가 치밀었다. 그러나 곧 무언가 떠올라 야비하게 어깨를 으쓱했다.

"너 말고 그 남자."

예상대로 멈칫, 해수가 동요했다.

"네가 꼬신다고 넘어오긴 한대냐?"

"천박한 용어 쓰지 마. 그리고 꼬실 마음도 없어."

"지금처럼 콧대 높게 굴면 재미없을걸?"

"……."

"그 남자, 연비 좋은 스포츠카야. 디자인도 새끈하게 잘 빠졌고, 마력도 빵빵해. 옆자리는 공석이야. 모든 여자들이 그 차에 올라타고 싶어 해."

"그래서?"

"백운당에서야 네가 세상 전부인 줄 아는 양반이니까, 엄마는. 오냐오냐 잘났다고 추켜세워 주지만, 바깥에선 넌 그저……."

"그 남자 발꿈치도 못 미친다고?"

되묻는 목소리 끝에 희미하게 노기가 서렸다. 해수가 정색하자 성원이 얼른 카멜레온처럼 얼굴색을 바꾸었다.

"나야 물론 네가 그 사람하고 결혼하기를 바라지. 알잖아. 신영원 그 계집애 완전 내 껌이었던 거. 걔한테 굽실대야 한다고 생각하면……! 어휴. 나는 별로 바라는 거 없어. 떨어지는 콩고물이나 받아먹으면서 가늘고 길게 사는 게 내 목표야."

성원이 해수의 손을 잡아 들어 지그시 손등에 자기 손을 포개었다.

"우린 공동 운명체야. 고깝게 듣지 말고 충심이니까 넣어 둬. 원래 꿀도 약이라면 쓰대."

해수는 그런 성원을 경멸스럽게 봤다. 도마뱀처럼 얍삽하고, 종잡을 수 없는 부류였다. 한배에서 나온 자매지만 긴장을 늦출 수 없다. 자신이 잘되길 바란다는 말이 진심이라는 건 알고 있었다. 다만, 잘되길 바라는 마음 한편에, 잘 안되길 바라는 마음도 공존한다는 것이었다.

해수는 혜란의 장점을 다 물려받았지만 안타깝게도 성원은 외모를 얻지 못했다. 장녀지만, 해수에게 인생을 건 엄마의 관심에서도 자연스럽게 멀어졌다. 언제나 우습게 남자들을 거절하는 자신이 건방지다고 느꼈을 것이다. 한 번 크게 당하는 걸 은근히 바란다는 걸 알고 있지만 해수는 모르는 척 외면했다. 어차피 떼어 낼 수 없다면 눈을 감는 수밖에. 더 이상 복잡해지고 싶지 않았다.

진주양의 문제도 같은 원리였다. 크게 달라질 건 없었다. 그녀는 귀를 닫고 제 갈 길을 가면 그만이다. 한심한 여자들이 부질없는 짓으로 시간을 허비하는 동안, 남자에 기대어 살지 않는 자주적인 삶을 이룩할 거라고 해수는 비장하게 마음먹었다.

차차 가족회의 내용이 희미해져 갈 즈음이었다. 머리를 말리다가 헤어 드라이기가 고장 났다. 영원은 새벽부터 일찍 백운당에 출근하고 없었다. 불행한 유년 시절로 성격이 삐뚤어졌지만 부지런한 아이였다. 가끔 이 애의 긍정과 천진난만함을 배우고 싶었다. 해수는 연민 어린 미소를 지으며 영원의 서랍을 뒤지다가 낯익은 무언가를 발견했다.

"이게…… 왜 여기에 있지?"

분명 이 구두는 그날 주양이 갖고 갔는데? 나머지 한 짝은 의문의 여자가 갖고 있어야 했다. 그런데 이게 여기 있다는 것은…… 해수는 구두를 떨리는 손으로 그러쥐었다.

'이 구두, 제가 한 달 전에 버렸거든요.'

'몇 번 안 신은 새 신발에 메이커니까, 아마 누가 주워서 신었을 수도 있어요.'

그때 엔진 소리가 멈췄다. 해수는 창밖을 봤다. 럭셔리한 광택이 흐르는 메르세데스가 집 앞에 서 있었다. 백운당에서 자주 봤다.

진주양의 의전 차량이었다.

주양이 차 밖으로 발을 내디뎠다. 마침, 점심밥을 먹으러 사가로 돌아오던 영원이 그를 맞닥뜨리고 멍해졌다.

"연락할 방법이 없어서 이렇게 찾아왔어요. 방해가 된 건 아니겠죠."

영원을 들여다보는 주양의 눈빛이 퍽 다정했다.

해수는 머릿속이 잠시 공황 상태에 빠졌다. 2층에서 해수는 마주 보고 있는 그들을 말없이 보았다. 왕자와 하녀. 절대 어울릴 일 없는 두 사람이었지만 붙여 놓고 보니 그럴싸했다. 성원의 우려가 비웃듯, 귓가에 쟁쟁했다.

'너 너무 자신만만해하는 거 아냐?'

대산물산은 이미 그 외에도 부실 채권을 남발해서 회생이 불가능했다. 결국 각 언론사와 뉴스에서 먼저 알아채고 발 빠르게 대산물산 건을 보도했다. 회사는 더욱더 경영난에 처했고 파산했다. 대산물산 김 회장은 단골이자 백운당의 주주였다. 직원들이 그 일로 백운당에도 문제가 생기는 게 아니냐고 뒤숭숭했다.

"사장한테 너 뭐 들은 거 없어?"

동료1이 직계 가족인 영원을 떠봤다.

"알아도 너한테는 말 안 해."

동료1이 머리를 쥐어박을 듯 주먹을 치켜들다가 후, 분노를 삭이고 돌아갔다. 안 그래도 점심을 먹으러 집에 가는 길이 심란했다. 백운당은 아버지가 일군 영원의 유산이었다. 백운당이 넘어가면 이제 어디로 가며, 어떻게 살아야 하지?

"연락할 방법이 없어서 이렇게 찾아왔어요."

그보다 예상치 못한 등장에 영원은 목석이 되었다.

"방해가 된 건 아니겠죠."

"여긴 어떻게……."

혹시 해수에게 조금 부풀려서 자랑질한 게 거기까지 소문이 퍼졌나. 겁을 집어먹은 얼굴이 허옇게 떴다.

"그냥 밥 먹었다고밖에 말 안 해, 했어. 정말이야."

"……?"

"내, 내가 해수한테 자랑한 거 따지려고 온 거 아냐?"

주양은 전혀 모르는 얼굴이었다. 영원은 아뿔싸, 얼른 화제를 돌렸다.

"그래서, 무슨 일이야?"

자라 보고 놀란 가슴 솥뚜껑 보고 뒤집어 자빠진다더니. 괜히 질겁해 다 나불거릴 뻔했다.

"그러고 보니 확인을 하지 않아서요. 의심하는 건 아니지만 확실하게 따지고 넘어가는 편이 서로에게 좋지 않을까요."

"뭘?"

"구두."

바람결이 머리카락을 스쳤다. 차분한 음성은 뒤 숲에서 시끄럽게 날리는 나뭇잎 소리를 제압하고 곧장 영원에게 흘러왔다.

"구두를 확인하고 싶은데."

"뭐, 문제 될 건 없지만."

영원은 머리를 긁적이고는 2층으로 올라갔다. 사라지는 여자를 지켜보던 주양은 거실 소파에 앉았다. 전화를 받았다. 양 비서였다.

— 드릴 말씀이 있습니다.

"뭡니까."

— 찌라시의 발화점을 찾았습니다.

"내가 궁금해한 건 그게 아닐 텐데요."

백운당이라는 건 이미 알고 덮은 일이었다. 양 비서가 뜻밖의 소식을 전했다.

— 기자 말로는 익명의 제보자한테 돈을 받고 찌라시를 샀다고 합니다. 근데 그 익명의 제보자가 아무래도 내부자가 아니냐는 게 기자의 추측입니다. 현장

감 있게 별채에서 있던 모든 말까지 생생하게 재연한 것을 봐서 직접 그 일을 목격한 사람은 분명한데, 그럼 별채 일을 아는 사람은 김보경을 포함한 신영원 딱 두 명으로 좁혀집니다. 얼마 전 백운당에서 있었던 조리 실수도 그렇고, 신영원이 기가 막힌 타이밍에 대산물산 일에 개입한 것도 그렇고, 그래서 드리는 말씀인데…….

주양은 천천히 전화를 끊었다. 신영원이 내려왔다. 어쩐지 그녀는 안절부절 못했다.

"찾았습니까?"

주양이 정중하게 물었다.

"이, 이상해. 분명히 서랍 안에 잘 숨겨 놨는데."

말끝이 불안정하게 흔들렸다. 주양은 느릿하게 눈을 떴다.

"그래서 못 찾았습니까?"

"구두가 없어졌어."

"그렇군요."

주양은 자리에서 일어나며 넥타이를 느슨하게 풀었다. 아니기를 바랐다. 양 비서의 우려가 단순 기우에 지나기를.

'그래서 드리는 말씀인데…… 그 신영원이란 여자, 덮어놓고 믿기엔 수상한 점이 한두 가지가 아닙니다.'

'구두 주인이라는 것도 확실하긴 할까요?'

"하하. 이거 일이 이상하게 꼬이네."

"……."

"마치 내가 거짓말이라도 한 것 같은 이 그지 같은 상황은 뭐지."

영원은 농담으로 상황을 풀어 보려 했지만 주양은 싸늘해져 있었다. 구두가 없으면 거짓말쟁이가 되는 것은 자명했다.

"그냥 넘어가면 안 돼? 설마…… 나를 못 믿는 건 아니지?"

주양이 다가오며 답답하게 채운 타이를 느슨하게 잡아당겼다. 영원은 뒷걸음질 쳤다.

"내가 그깟 걸로 거, 거짓말을 하고 있는 거겠어?"

능청스레 넘기려다 막다른 벽에 몰렸다. 숨이 훅, 치고 들어왔다.

그가 영원을 내려다봤다. 풋내 나는 어린 계집을 담은 눈동자가 섬뜩했다. 영원을 어두운 복도로 몰아세운 그가 나직이 경고했다.

"일주일이야."

"……."

"그 안에 찾아내야 할 거야. 구두."

장난이 아니었다. 그는 무척 진지했다. 구두를 찾지 못하면 네 목을 대신 가지고 갈 거야. 그렇게 경고하는 듯해서 영원은 얼른 세차게 고개를 움직였다. 한 발 물러선 주양은 언제 그랬냐는 듯 정중하게 넥타이를 고쳐 매고 떠났다.

호텔에서 베풀었던 친절과 다정함은 온데간데없었다.

"없어, 없어!"

방 안을 뒤집었지만 구두는 그림자조차 안 비쳤다. 도대체 구두가 어디로 갔지? 이를 초조하게 맞부딪혔다. 그와 약속한 날짜가 다가오고 두려움 속에 떨었다. 범인의 실마리를 잡은 것은 진주양과 약속했던 일주일을 하루 앞둔 날이었다.

사장실을 청소하던 영원은 소파 아래서 구두에 붙어 있던 금붙이를 발견했다. 천은 갈기갈기 찢겨져 있었다. 마치 구두를 가위로 싹둑싹둑 잘라 낸 것처럼…….

이렇게 집요하고 원한 서린 악의를 가진 이는 오직 이 방 주인뿐이었다.

영원은 으스러지게 금붙이를 쥐었다. 온 집 안을 헤집으며 계모를 찾아 댔다. 놀란 노 집사가 달려 나와 저지했다.

"아가씨!"

"계모가 구두를 숨겼어. 계모가 구두를 숨겼다고!"

"천천히 말씀해 보세요. 구두를 숨겼다니요!"

"나, 나를…… 거짓말쟁이로 만들었어! 내가…… 그 남자를 구한 걸 알지 못하게 하려고……. 그 사람이 나를 경멸하는 눈으로 보는데……."

숨이 턱 막혔다. 영원이 울부짖으며 외쳤다.

"이, 이렇게까지 할 필요는 없었잖아!"

노 집사가 영원을 막았다.

"계모가 그런 거야. 나는 거짓말쟁이가 되었어! 따질 거야!"

눈치 빠른 노 집사는 대략 상황이 어떻게 된 건지 파악했다. 그러나 영원을 향해 곤란한 얼굴을 했다.

"가서 어쩌시게요."

"막지 마!"

"그러다가 이 집에서 쫓겨나면요?"

완고한 목소리가 발톱처럼 날카롭게 할퀴었다. 영원을 보는 노 집사의 시선은 단호했다.

"현실을 받아들이세요. 아가씨는 더 이상 백운당의 아가씨가 아닙니다."

손끝이 가늘게 떨렸다. 목이 메어서 더 이상 눈물도 나지 않았다. 바짝 독기만 살아 있는 영원의 눈빛은 위력적으로 빛나고 있지만 아무런 위협도 안 되었다. 위엄을 박탈당한 동물원의 사자는 땅바닥 돌멩이보다도 위협적이지 않다. 티를 내지 않으려 노력했지만 역시 지켜보는 아랫것들의 눈은 무섭다. 나는 이제…… 동정해야 할 대상인가? 그래서 막 충고질해도 되는?

"그래서 당신은, 키워 주던 주인도 버리고 개만도 못하게 원수에게 고개 조아리나 보지?"

"……."

"고작 쫓겨나는 게 무서워서."

치기 어린 분노였다. 알량한 자존심이 남아 있다니. 스스로도 놀라운 참이다. 도움을 주려다 그야말로 봉변을 당한 노 집사는 흠집 난 자존심을 삼켰다. 일말의 가책이 맴돌던 눈빛에선 동정마저 메말랐다. 노 집사는 냉정하게 돌아섰다.

복도에 어둠이 내려앉았다. 영원은 홀로 남았다.

'우스운 것일 테지.'

우습지 않다면 이렇게 끊임없이 기만당할 수는 없다. 계모는 화가 나는 날이면 차디찬 다락방에 영원을 가둬 놓곤 했다.

'이래서 널 예뻐할 수가 없어!'

'널 보면 내가 아주 더러운 계모가 된 것 같아!'

계모의 폭력은 지속적이고 반복적이었다. 그러나 가장 견디기 힘든 것은 상냥함이었다. 상냥함. 착한 울림이 피가 응고되고 배를 움켜쥐게 했다. 신해수. 상냥한 여자. 해수는 언제나 기묘한 죄책감이 뒤엉킨 얼굴로 영원을 대했다.

'내가 원한 게 아니었어. 내가 의도한 게 아니었어······!'

뼈아픈 고해를 토해 내며 해수는 괴로운 눈을 똑바로 맞추고 영원의 동정심을 구했다. 자의가 아니었다고, 타인에 의해 어쩔 수 없이 했다는 듯이, 무고한 척 상냥한 죄책감으로 파르르 뺨을 떨구고서 영원을 부숴 갔다. 해수는 계모의 폭력이 있는 날마다 영원을 대신해 계모에게 항변했다.

'아버지 돌아가셨다고 이러면 안 되는 거잖아. 인간적으로!'

'그년이 그래?'

'제발!'

'엄마가 말 안 듣는 딸년 좀 혼냈기로서니, 그게 뭐가 문제라고.'

'딸? 정말 그렇게 생각해?'

'뭐야?'

'쟤가 엄마 딸이야?'

해수의 물음에 계모가 멈칫했다.

'엄마가 쟤 엄마야······?'

신해수의 목소리는 경련하듯 희게 떨렸다. 처절한 물음과 함께 달싹여지는 입술은 배려가 없었다. 차디찬 다락방 안에서, 영원은 오도 가도 못한 채, 계모의 침묵은 그토록 가혹하게 집행되어 왔다.

신해수의 상냥함에는 존중이 생략되어 있다. 만약 그녀가 영원을 존중했다면 그토록 큰 소리로 따지지 못했으리라. 존중 없는 친절이란 뿔로 매 순간 영원은 받쳐 죽었다. 그런 것은 터무니없는 폭력이었다. 오로지 당하는 사람만을 갈가리 찢어 부수어 대는. 마음에도 없는. 그래서 받아들이고 싶지도 않은 상냥함이 퍼부어지면 강렬한 부당함이, 내장을 고통스럽게 휘저었다.

도저히 한데 뒤섞일 수 없는 족속들이다. 종이 다른 생명체, 서로의 몸을 밀어 내는 물과 기름처럼 화해가 불가능하다. 하지만 어째서일까. 분노와 증오로 뒤범벅됐으면서도 기묘한 감정으로 술렁이고 마는 것은. 황폐해진 가슴에 더 이상 다른 감정이 낄 틈은 남아 있지 않을 터인데. 당혹스럽게도 고개가 숙여졌다. 정확히 기억하고 있다. 단어가 눈물로 되새겨진다는 것. 감성이 이성을 배반하는 걸까. 이런 것은 정말 불공정했다.

어째서 자신만 이렇게 고통스러워야 하는지 알 수 없었다. 어째서 자신만 외로워야 하는지, 일방적으로 눈가가 뜨거워지는 것이 싫어, 손바닥으로 지워 버렸다. 그러나 멈추질 않는 눈물에, 이내 얼굴을 완전히 가려 버렸다.

'착한 척하지 마.'

죽여 버리고 싶으니까.

영원은 경련하듯 마디마디 타들어 가 관절을 옹송그렸다. 게걸스러운 창자가 후벼 팠다. 신열이 살벌하게 들끓으며 희미한 의식 속에서 사지는 통곡했다.

시간은 흘러 약속한 다음 날이 되었다. 아랫마을에 갔다 오던 영원을 검은 양복을 입은 남자들이 둘러쌌다.

"신영원 씨?"

"누구야. 당신들."

"저희는 이사님의 지시로, 신영원 씨를 모시러 왔습니다."

"뭐야! 우읍……!"

억지로 태워지고, 끼이익―! 차체가 비틀거리며 빠르게 백운당에서 멀어졌다.

해수는 거문고를 뜯다가 띵! 줄이 끊어졌다. 날카롭게 두 동강 난 술대에 찍혀 손가락에서 피가 났다.

"신해수! 너 요즘 정신을 얻다 빼놓고 다니니! 정신 못 차려!"

스승인 조선정이 소리쳤다.

"죄송합니다. 스승님."

그녀는 매주 거문고 교습을 받고 있었다. 답지 않게 당황하였고, 조선정은 이미 심사가 상할 대로 상한 뒤였다.

"너 요즘 딴생각에 빠져 있는 거 같아. 집중할 수 있을 때 다시 찾아와."

스승에게 혼난 해수를 파트너인 판소리 명창이 다독였다.

"무슨 걱정거리 있니?"

해수는 혼란스럽게 이마를 쓸다가 거문고를 챙겨 나왔다.

처음부터 그러려고 했던 것은 아니었다. 우발적이었다. 정신을 차렸을 땐 사장실로 피해 와 있었고, 손에는 구두를 들고 있었다. 내가 왜 그랬지 하면서 자괴하던 그때, 혜란이 들어왔다.

'아직도 구두를 수거해 가지 않은 거야?'

구두를 보고 진저리를 친 최혜란이 가위를 가져와 구두를 마구 찢어 냈다.

'그만둬요!'

'너야말로 그 되지도 않는 위선 그만둬! 구두 주인이 네가 아니면 누가 되든 알 게 뭐야!'

사각사각, 가위는 서늘하고 거침없이 구두를 가로질렀다. 헤집어진 벌집은 쓰레기통에 던져졌다. 돌이킬 수 없게 되었다. 넝마가 된 구두를 가져와 누구도 발견할 수 없는 곳에 감췄다.

해수는 거문고 가방에 보관해 놓은 천 조각을 꺼내었다.

'일부러 그런 게 아니었어. 그럴 의도 따윈 없었어. 다시 돌려주려고 했어. 정말이야.'

틱—! 틱—!

라이터를 켰다.

넝마 끝에 불이 붙었다.

남은 마지막까지 불태워 버렸다.

처음부터 모든 건 내가 원한 게 아니었어.

……

…

그러니까 이게 다,

엄마 탓이야.

조명이 내려앉은 공간은 몹시 어두웠다. 깊숙이 방으로 들어가니 붉은 카펫이 깔린 거실이 나왔다. 타워 최상층에 펼쳐진 야경을 내려다보며, 주양은 어둠 속에서 이쪽을 등지고 서 있었다. 그의 손에는 와인 잔이 들려 있었다.

"이솝 우화, 좋아합니까?"

그가 돌아보지 않고 영원에게 물었다. 검은 양복의 남자들이 뒤에서 버티고 있어서 도망갈 수도 없었다.

"나는 우화를 굉장히 좋아합니다. 거기에는 삶이 녹아 있고, 그 어떤 드라마보다 선과 악이 뚜렷하게 구분되어 있기 때문이죠."

황금빛 조명 아래, 장엄한 얼굴은 드리워진 음영으로 옆선이 더욱더 깊어지고 날카로웠다.

"일례로, 제가 제일 좋아하는 이야기를 하나 소개해 드리고 싶은데."

양해를 구하듯 응시해 오는 눈빛이 짙었다. 숨이 막혀 영원은 머릿속에서 할 말을 잃었지만, 본능에 기대어 고개를 끄덕였다.

"마, 맘대로."

그가 와인 잔을 손끝으로 매만졌다. 빙빙 돌리면서 그가 천천히 이야기를 풀었다.

"한 농부와 독수리의 이야기예요."

"……."

"농부는 길을 가다 독사에게 공격받고 있는 독수리를 봤어요. 독사가 어찌나 집요한지, 단단하게 독수리의 몸을 칭칭 감고 목을 조여 갔죠. 독수리는 바닥으로 곤두박질쳤고 독사에게 그대로 먹잇감이 될 뻔한 상황이었어요. 그것을 보고 있던 농부가 독수리를 안타깝게 여겨, 독사를 목에서 떼어 주었습니다. 독수리는 다행히 살 수 있었고 농부는 마음이 뿌듯했어요. 하지만 독사가 복수심에 농부의 물통에 독을 흘려 놓은 것은 몰랐지 뭡니까. 농부는 그대로 집으로 향했어요. 길을 걷다 보니 목이 말랐고, 그가 가지고 있던 물통을 떠올렸습니다. 물을 마시기 위해 입을 데려는 순간, 아까 농부가 구해 주었던 독수리가 그 물통을 낚아채 갔습니다. 그리고 농부가 찾지 못할 곳에 버렸어요."

독수리가 은혜를 갚는 이야기였다. 아주 기분 좋은.

"내가 전에 차 안에서 해 줬던 이야기잖아."

주양이 고개를 저었다.

"아뇨. 이 이야기는 끝까지 들어 봐야 압니다."

결말에서 더 있다고? 그는 메마른 어조로 끝나지 않은 뒷이야기를 시작했다.

"몹시 추운 겨울이었어요. 농부는 길을 걷다가 눈 속에서 얼어 죽어 가는 뱀을 봅니다. 모든 죽어 가는 생명 앞에서 경건해지는 마음을 가진 착한 농부는, 독수리를 구해 줬던 것처럼 뱀도 품어 주었어요. 농부는 집으로 향했습니다. 굽이굽이 산길을 따라가는 동안 농부의 몸에서는 더운 땀이 풍겼죠. 얼음이 되었던 뱀은 농부의 체온에 서서히 녹았어요. 농부는 주머니에서 꿈틀대는 뱀을 꺼내 주었죠. 그는 기뻐했습니다. 뱀이 살아났으니까요. 그런데 그때, 뱀이 농부의 목덜미를 물었어요. 농부는 이해할 수가 없어요. 왜? 왜 나를 문 거야. 뱀의 사특한 눈과 마주쳤고 그 순간 알게 되었습니다. 아……. 이 뱀은 알고 보니 지난여름, 내가 독수리를 구하느라 떼어 냈던 그 독사였구나."

창백해진 손끝이 가늘게 떨렸다.

"농부는 전신에 독이 퍼졌고, 끝내 목숨을 잃었습니다."

주양이 영원을 돌아봤다. 짧지만 강력한 두려움이었다. 영원은 손가락을 구부려 냉랭해진 손끝을 감췄다. 그 모습을 지켜보던 주양이 느리게 덧붙였다.

"인간이 왜 검은 머리 짐승이란 소리를 듣는 걸까 생각해 봤습니다."

"……"

"그게 다, 함부로 친절을 베풀지 말란, 선조들의 뼈저린 교훈이 아니겠습니까?"

그가 말하는 검은 머리 짐승은 주양 자신이었다. 은혜를 원수로 갚은 배은망덕함.

"지금 이 순간, 나를 살린 걸 후회합니까."

그는 농부를 물어 죽인 독사였다. 그가 영원에게 와인을 내밀었다.

"마셔요."

와인의 핏빛 물결이 어딘가 위험하게 출렁였다. 독이 든 성배, 농부를 물었던 독사의 독이 저러했을까. 타락한 위험이 아찔했다. 안에 무엇이 들어 있는지 알 수 없어 영원이 주저하자, 그가 조소했다. 천천히 그녀를 향해 말을 내뱉는다.

"귀엽네."

"……"

"사람 경계할 줄도 알고."

남자의 친절한 면모가 설명할 수 없이 소름 끼쳤다.

그녀는 동물원의 사자. 그는 총을 든 포수.

이 남자의 본질은 사냥이다.

이보다 더 위험할 순 없었다.

검은 양복 남자들이 영원을 거실 소파에 눌러앉혔다.

"아, 아파! 멍청이들아! 나도 다리 있어! 내가 앉을 테니까……!"

주양은 거실 중앙에 놓은 당구대로 다가갔다. 아이보리 베스트가 바짝 채워진 뒤태는 곧고 우아했다. 소매를 위로 걷어 올린다. 힘의 증거처럼 손목에는 그와 닮은 시계가 채워져 있었다. 메탈의 브레게 시계가 노란 조명등에 반사돼 단단하고 힘 있게 빛났다.

그는 섬세한 눈길로 당구 스틱을 훑어 내렸다. 함부로 물건을 구입하지도, 자신의 것으로 취하지도 않는 사람의 습성이었다. 자신의 소유로 만들기까지 오랜 검증을 마친 뒤에야 기꺼이 가장 마음에 드는 것 중 하나만을 선택하는, 까다롭고 확고한 취향의 수집가. 아마도 저 스틱은 유럽 어딘가 출장을 다녀오던 도중에 단 한 개밖에 없는, 신중하게 고심해서 선택한 수집물일 것이다.

꼼꼼하게 물품을 살피는 남자의 얼굴에서 감정적 희비는 발견할 수 없었다. 고요하다 못해 건조했다. 아까, 한 마디의 허락도 없이 영원을 샅샅이 살펴 댔을 때도 저런 눈빛이었다. 사소한 말, 간결한 행동으로 그 사람의 뇌까지 스캔하고 분석하는 것. 그런 집요함과 뼛속까지 인이 박힌 치밀함.

"며칠 새 빠르게도 퍼졌더군요. 재계의 스캔들. 파산 위기에 처한 D물산 K양이 은행가 장손 J씨의 발목을 붙들다……."

그의 입에서 소문이 흘러나오자 머릿속이 백지장이 되었다.

"가십에 오르내리는 것 정도는 아무것도 아닙니다. 하지만 당신이 퍼트렸다면 문제가 되지."

검은 양복이 그녀 앞에 태블릿을 내려놓았다. 밝게 켜진 화면에 증권가에 나도는 찌라시 원문이 메일로 발송되어 있었다.

[D물산 K양은 얼마 전, 고급 한식당에서 J씨와 점심 약속을 했다. 평소 그녀와 데면데면하게 알고 지냈던 J씨는 K양의 부탁에 점심을 먹으러 갔다가, 무척 곤란한 상황에 처하고 말았다. K양이 다짜고짜 옷을 벗은 것. 집안 문제를

해결해 주지 않으면 소리를 지르겠다는 K양의 협박에 J씨는 성추행범이 될 뻔했다. 엄격한 집안에서 자란 자제인 J씨는 K양의 민폐에 빛나는 매너로 대처했다. 자신을 흠집 내려 한 여성을 신사적으로 달래서 집으로 돌려보내었다고 한다.]

"그러니까 궁금하다는 거야. 하필 내 생명의 은인이 대산물산의 어음 만기일 연장을 요구하고, 어째서 찌라시에 퍼진 얘기를 토씨 하나 틀리지 않고 똑같이 하는 걸까."

엘리베이터에서 그녀가 주양에게 위로랍시고 지껄였던 말들이 머릿속에서 선연하게 펼쳐졌다. 당신이 나쁘다고 생각하지 않아. 그 여자가 먼저 막무가내로 매너 없이 굴었으니까. 당신을 할퀴고 흠집 내려 했으니까. 그런데도 당신은…… 끝까지 신사적으로 참아 줬으니까. 누가 봐도 한 사람의 머리에서 나온 생각이었다.

"오해야. 누명이야! 다 어떻게 된 일인지 설명할 수 있어. 뭔가 단단히 꼬인 거야!"

"보통 소문은 악의적이기 마련인데, 지나치게 미화되었더군요."

"……"

"내가."

예리한 질문에 영원은 반박하지 못했다.

"그, 그건 사실은……"

"왜 그런 거짓말을 한 겁니까?"

그가 깔끔하게 말을 자르고 들어왔다. 단호한 얼굴을 보다가 영원이 분노했다.

"말하면 믿어 주긴 할 거고?"

분명 찌라시는 그날 일과 다르게 주양을 무척 잘 포장해 놓고 있었다. 더 분명한 건 그가 소문과 다르게 김보경의 목을 졸랐다는 거였다. 그리고 더더더 분명한 건 그 모든 사실을 제치고, 진주양이 영원을 범인이라고 굳게 믿기로 했다는 거였다.

그거 하나로 어떤 진실도 지금에 와선 무의미했다.

쭉, 눈물이 일직선으로 미끄러졌다.

"날 죽일…… 거야?"

바닥난 자존심이 후회되었지만 생존의 기로에서 사는 욕구가 먼저였다.

주양이 영원을 연민의 정이라곤 조금도 담기지 않은 눈으로 깔봤다. 자비는 없다. 죽는 거구나, 싶은 그때였다. 생각에 잠긴 듯, 입을 가리고 있던 그가 손바닥을 얼굴에서 치웠다.

놀랍게도 입술은 웃고 있었다.

"역시 특이해. 대놓고 죽일 거냐고 묻는 사람은 처음인데."

영원은 상황이 이해되지 않았다.

"추궁을 하려고 부른 게 아닙니다."

"뭐?"

"내가 아직 말을 안 했나?"

예상치 못하게도 험악해진 분위기를 누그러트리며 주양이 부드럽게 말했다.

"고마워요."

"뭐라고?"

"고맙다고요."

그가 당구대를 손끝으로 쓸었다. 초크 가루를 후, 하고 불어 날린다.

"오히려 고맙다는 인사는 내 쪽에서 해야 할 판이에요. 덕분에 임원들의 나에 대한 신뢰도가 0.7포인트 상승했어요."

"……."

"다 신영원 씨 덕입니다."

그가 자신만만하게 팔짱을 꼈다.

"고마워요. 멋대로 소설을 써 줘서."

무언가를 말하려고 입을 벙끗했지만 혼란스러워 아무 소리도 내지 못했다. 고맙다고 말하는 저것 역시 진심이긴 할까. 이제 도무지 저 남자의 의중을 따라잡을 수가 없었다.

그와 같이 있으면 평온하지 않다. 비단 자신이 그를 짝사랑하기 때문만은 아니다. 바로 이런 순간들 때문이었다.

진주양이란 남자를 도저히 종잡을 수 없게 만드는, 예측 불가능한 면모.

영원은 소파를 박차고 일어난다. 그로부터 주양은 계속 당구에 몰입 중이었다. 엄청난 집중력이었다. 영원은 굳은 채로 그에게 되물었다.

"고, 고맙다면 문제없는 거 아닌가? 이제 가도 되는 거 아냐?"

주양이 영원을 흘깃 일별했지만 철저하게 무시로 일관했다. 애써 태연하게 기다렸지만 초조함을 감출 수 없었다.

"갈 거야."

"……."

"집에서 걱정할 거야."

그녀는 현관문으로 걸어갔다. 검은 양복의 남자들 대여섯이 서 있었지만 아무도 그녀를 제지하지 않았다. 멋대로 집 안을 휘젓고 다니게 놔뒀다. 헛된 몸짓이라는 걸 알면서도 영원은 괜히 문을 당겨 보았다. 꿈쩍도 않는다.

"열어 줘."

"……."

"내가 한 게 아니야……."

영원은 쉰 목소리를 내었다. 하지만 소리는 목구멍 안에서만 맴돌다가 모래알처럼 바스러졌다.

"내, 내가 한 게……."

그에게까지 닿을 리가 없었다. 남자가 있는 곳에 갈 엄두도 못 내고, 그러면서 나갈 수도 없고. 그녀는 현관에 서서 펜트하우스 안쪽을 불안하게 기웃거렸다. 수 개의 방이 늘어선 복도에 어둠이 짙게 드리워져 있었다. 벽과 벽을 차단시키듯, 어디에도 밖으로 통하는 문은 없다. 곧장 돌아와 그의 곁에 섰다. 신영원이라는 인간을 잊은 것처럼 그는 팔까지 걷어붙이고 공이 늘어진 판을 면밀히 살피고 있었다.

소문을 낸 건 그녀가 아니었다. 자신이 의도하지 않은 상황에 두려움이 번졌다. 이게 끝은 아닐 것이다.

"열어 줘…… 열어!"

다급함에 그의 팔을 잡아당기자 그가 그녀의 손을 불쾌하게 쳐 냈다. 거부당한 채 그녀는 끔찍해졌다. 몇 걸음 뒤로 밀려난 상태로 눈을 크게 떴다. 떨려 오던 손의 경련조차 망연함에 고요해졌다. 숨이 턱, 막혔다. 더는 이곳에 있고 싶지 않았다.

"문…… 열어. 날 여기서 나가게 해 달라고, 이 망할 자식아!"

폭발해서 남자에게 달려들었다. 그의 손에서 스틱을 빼앗으려 했다. 알량한 완력으로 그를 당해 낼 거란 기대 자체가 바보 같은 생각이었다. 덥석 스틱을 잡기가 무섭게 폭풍 같은 거친 힘이 저항해 왔다. 그가 스틱을 뒤로 잡아뺐다. 무게 중심이 그쪽으로 끌리면서 전신이 그의 품으로 꼬꾸라지듯 넘어졌다.

아……!

그의 배 쪽에 머리를 들이박은 영원을 그가 한심한 듯 그녀의 어깻죽지 부분을 늘어지게 잡아 끄집어냈다. 뒤로 나자빠질 뻔했지만 스틱을 단단히 붙잡고 있었다. 그가 역으로 스틱을 앞으로 잡아당겼다. 황망하게 휘둘린 몸이 끌려갔다. 두 얼굴이 바짝 근거리에서 대어졌다. 눈동자끼리 맞부딪혔다.

"찌라시가 퍼진 다음 날, 김보경이 회사로 나를 찾아왔지."

낯선 눈빛이 뚫어 버릴 듯 영원을 겨눴다.

"바보 천치가 아니고서야 그 여자 스스로 자기 치부를 까발릴 리는 없고. 다만, 되레 그쪽에서 나를 의심해 오지 않겠어? 글쎄. 회사로 찾아와서는……"

"……"

"내 뺨을 후려갈겼어."

타앙— 팽팽하게 당겨진 신경 줄이 끊어졌다. 맥이 풀려 꼼짝할 수 없었다. 그가 스틱을 조용히 내려놓았다. 호흡이 후들거렸다. 이제야 본심을 보이는 것이다. 누가 봐도 불리한 입장이 되었다.

결국에는 이런 것일 줄 알았다. 나를 불러서 치욕을 되갚아 주기라도 하고픈 건가. 여자에게 매 맞은 값을 내게 혹독하게 되돌려 주려고. 이를 사리물고 붉어진 눈으로 그를 올려다봤다. 컴컴한 방 안에서 우뚝 선 남자의 존재는 위압적이었다.

"정말 아니야. 내가 아니야."

"……."

"나, 날 내보내 줘!"

제정신이 아니었다. 어떻게든 빠져나가야 한다는 일념이 머릿속을 지배했다. 허술해진 틈을 타 빠져나가려고 하다가 "잡아." 그 한마디 명령에 뒷덜미가 잡혔다.

"이거 놔!"

비좁은 현관문으로 다시 밀어 넣어졌다.

"아파! 놔아!"

검은 양복들에게 양팔이 포박당했다. 그 순간 실낱같던 이성도 끝을 봤다.

"놔아!"

곧바로 어깨가 잡혀 바닥에 눌렸다. 눈물 젖은 뺨이 카펫에 짓이겨졌다.

"아아악!"

영원이 벼랑 끝에 내몰린 심정으로 버둥거렸다. 남자들이 영원을 누르려고 했지만 발작적인 힘은 완강했다. 검은 양복, 수행원들이 고전했다. 가만히 그 꼴을 지켜보던 주양이 곁에 서 있던 수행원에게 손짓했다. 수행원이 주섬주섬 무언가를 벗어 주저하며 주양에게 건네었다. 그는 그대로 영원의 입 속에 그것을 쑤셔 넣었다.

영원이 일순 몸부림을 멈췄다.

입 주변이 가늘게 떨렸다.

올려다본 주양은 독재자처럼 몹시 잔혹했다. 비정하게 손가락에 깍지 끼고 앉아 그녀를 보고 있다.

재갈처럼 입에 물린 것은, 신던 양말이었다.

"내가 널 언제까지 인간적으로 대해 줄 거라고 생각해."

사나운 눈빛이 시야를 도려내었다. 혈맥을 얼어붙게 하고, 심장부에서 뻗어난 잔가지들을 부러트리는 파괴력이었다.

"사람들은 항상 내게 일정 수준 요구하는 게 있지."

"……."

"인간이 탐욕을 부리는 게 결코 나쁘다고 생각하진 않아."

진주양이 영원의 입에서 양말을 빼냈다. 숨이 토해 내지면서, 투명한 침이 길게 이어졌다. 허억……허억, 뇌관에서 파동이 일었다. 이명이 흐릿하게 둘러쌌다.

"돈이든, 직위든, 나는 해 달라는 대로 해 줄 권력을 갖고 있어. 금전, 힘, 섹스. 원하는 것을 뜯어내려면 있는 그대로 소문내기보다는 다른 모습으로 홀리는 게 보다 위협적이었겠지."

그깟 찌라시 하나 퍼진다고 주양이 움직이진 않는다. 주양의 호기심을 자극한 건 사실과 다른 찌라시 내용이었다. 그의 관심을 얻기 위해 일부러 소문을 미화해서 퍼트렸다고 오해하고 있었다.

"사실대로 실토하면 용서해 주지. 이러라고 누가 시켰지? 11일 오후 2시. 나를 찾아오기 전날, 김보경과 병원에서 접촉한 이유는?"

"……."

"아니, 그 전에 찌라시는 어떤 이유로 어떤 루트로 퍼트렸지?"

"……."

"별채에서 마주친 건 우연이었나?"

"……."

"그보다 구두 주인은 맞아?"

영원은 꿀 먹은 벙어리가 되었다. 진심마저 의심당하자 절망스러웠다.

"처음부터 의도적이었던 건가. 이러라고 누가 시켰어?"

한순간에 돌변한 남자가 빈틈없는 독선을 쏟아부었다.

"너, 원하는 게 뭐야."

속사포처럼 쏴 대지는 말들이 생각할 틈도 주지 않고 밀어붙여졌다. 추궁하듯 닿아 오는 눈길이 비참했다. 그는 광경을 한 치 흔들림 없는 시선으로 내려다보고 있다. 무엇을 말해도 믿어 주지 않을 단호함이었다. 영원은 볼록 튀어나온 바지춤에서 묵직함을 느꼈다. 혹시나 해서 갖고 있었다. 구두에서 떼어져 나온 금붙이였다. 이것을 들이밀면 결백을 입증할 수 있다. 하지만 그러지 않기로 했다. 차라리 그가 바라는 대로 거짓으로라도 원하는 걸 꾸며 대는 편이 덜 비참할지도. 투명한 물방울이 뺨을 베어 내듯, 일자로 가로질렀다.

"원하는 게 있다면, 들어주긴 할 거야?"

헛된 희망은 처음부터 꿈꾸는 게 아니었다.

"그래. 다 뻥이었어. 찌라시도 내 짓이구, 구두 주인이라 한 것도 가짜야. 도통 돈 있고 빽 있는 남자를 만날 수가 있어야지. 때마침 당신이 생명의 은인을 찾는다잖아. 주인이 안 나타나길래 내가 가로챘지."

그의 손끝이 그녀의 뺨에 닿았다. 뚫어지게 그녀를 응시한 채였다. 맹인이 활자를 익히듯, 그는 알량한 눈물의 무게감을 무감각하게 더듬어 왔다. 눈물 같은 것을 흘려 본 적이 없어, 슬퍼하는 사람을 이해할 수 없다는 태도였다.

'천박한 년. 넌 네 어미랑 똑 닮았어.'

계모는 체벌할 때마다 영원의 얼굴을 거울에 들이밀고 저주했다. 눈물 젖은 뺨이 흉하게 유리에 짓눌렸다.

'특히 이 눈! 봐라. 천박하다 못해 불길하지. 분명히 너한테는 죽은 네 어미의 망령이 따라다닐 거야.'

저주처럼 퍼부어지는 목소리에 정신이 아찔해졌다. 지그시 감았던 눈을 뜨자 거기 그대로, 주양이 서 있었다. 낭비라는 것을 모르는 듯, 경멸과 인생을 부정당한 채 살아가는 영원과는 삶의 위치가 다른 남자. 머리카락으로 얼굴을 반쯤 가려 놓고 살아가는 그녀를, 주양은 무슨 생각을 하며 볼까? 구질구질하다 못해 기분 나쁘겠지.

아무도 납득하지 못할 것이다. 아무도. 그녀의 삶을.

원하는 게 뭐냐고?

"사실…… 당신을 오래전부터 봐 왔었어."

그녀의 고백 같은 말에 주양은 비웃지도, 경멸하지도 않았다.

"오래전부터…… 이런 날을 기다렸지."

주변에서 얼쩡거리는 저의가 뭐냐고?

"복수를 해야 하는데……."

"……."

"처절하게 응징하고 싶은데."

"……."

"내겐 그럴 힘이 없어. 그래서 그 힘을 가진 당신에게 관심이 많았어."

그저…… 그를 좋아했다. 하지만 그는 지금 영원을 최악으로 취급하고 있다.

일을 이 지경으로 만든 계모는 지금 무엇을 하고 있을까. 해수를 자랑스러워하며, 자기 것들을 빼앗기고 무능하게 빌빌대는 영원을 비웃겠지.

일곱 살 이후로 영원에겐 엄마가 존재하지 않았다.

"복수할 거야."

금기어를 깨트리듯 영원은 내뱉었다.

"부숴 버릴 거야."

그러려면 진주양이란 남자가 필요했다.

"당신 같은 친구만 있으면 난 천하무적이야."

영원은 주양을 올려다봤다. 내가 왜 널 도와야 하냐는 듯 보는 주양에게 영원은 비웃듯 말을 박았다. 비틀리는 입술 위로 눈물이 스몄다.

"찌라시를 퍼트린 게 누군지 알아?"

몸속 독기가 혀끝에서 독처럼 번졌다. 가질 수 없다면, 다른 사람도 갖지 못하게 하겠다.

"최혜란 사장이야."

"……."

"내가 별채에서 있었던 일을 말한 사람은, 그 여자뿐이야."

"……."

"그 여자 말고 그 사실은 아무도 알지 못해."

주양은 영원을 보았다. 악의에 찬 영원을 보았다. 자신의 엄마를 일러바치는 영원의 처절한 얼굴을. 자신이 끌어내리지 못해, 끝내 부당한 신에게 벌하란 듯이 악을 써 대는. 그는 영원의 모습에서 깊고 오래된 증오를 읽어 냈다.

계모가 집에 들어온 그 순간부터 영원의 인생은 산산이 조각났다.

그녀가 죽어야 한다면, 그건 계모와 계모의 두 딸들에게 복수를 끝낸 뒤어야 했다.

한 사람을 미워하고 증오하기 위해 인간은 어디까지 악해질 수 있을까.

김보경과의 일이 있던 날. 사장실로 영원을 끌고 간 계모가 추궁했다.

'왜 거기에 있었던 거야. 그 안에서 무슨 일이 있었던 거야!'

'모, 몰라요. 정말 아무것도 몰라요.'

짜악―!

'말해!'

'정말 몰라요. 으흑. 아, 아무것도 못 봤어요! 아악……!'

영원은 한 번도 주양이 미웠던 적이 없었다.

사람들은 그에게 필요 이상의 도덕성과 사회적 신분에 어울리는 수준 높은 의무감을 지니길 요구했다. 한신그룹의 차기 후계자. 그는 겸손할 줄 알아야 하면서도 품의를 잃지 않아야 하고, 행실에서도 결벽적일 만큼 깨끗해야 한다.

사람들은 그가 재벌답지 않은 인간미가 있다고 했지만 영원은 한 번도 그렇게 느껴 본 적이 없었다. 그처럼 인간미 없는 사람이 또 있을까? 지금 그가 보여 준 본모습 때문이 아니었다. 별채에서 보여 준 폭력적인 모습 때문도 아니었다. 그보다 훨씬 전부터 영원은 그를 알고 있었다.

그러니까 그를 미워했던 적이 한 번도 없었다.

4년 전부터 그를 알고 있었으니까.

'그 여자가 옷을 벗었어요. 회사를 사, 살려 달라고, 그를 곤란하게 했다고요. 위로하는데 내, 내가 거기 있었어요.'

영원은 주양의 품위를 지켜 주기로 했다. 그건 주양에 대한 의리이자, 오롯이 그만을 바라봤던 지난 4년에 대한 갈채였다.

영원이 꾸며 댄 거짓말이 찌라시에 그대로 번졌다. 영원이 말한 사람은 계모뿐이었다.

범인은 계모였다.

예상대로 주양은 반응이 없었다.

"친구. 친구라……."

"……."

"우습군."

영원은 입술을 잘게 떨었다. 그 누구에게도 속마음을 드러낸 적이 없었다. 그녀는 숨죽이고, 숨만 쉬고 사는 존재였다. 영원이 비수처럼 가슴에 복수심을 키우고 살았다는 것은 계모도 모르는 일이었다.

빤히 그녀를 들여다보던 주양이 손을 뻗어 앞머리를 한 움큼 움켜쥐었다.

"먼저 안면부터 익혀야지?"

영원의 눈이 화등잔만 해졌다. 얼굴을 가리고 있던 머리칼이 확, 까뒤집혀 일그러진 광경을 드러내 놓았다. 머릿속이 빨갛게 채워지며 경고음이 찢어졌다. 천박한 년! 천박한 년! 계모의 욕설이 머릿속을 어지럽혔고 심장 박동이 치솟았다. 영원은 발작적으로 몸을 뒤틀며 손길을 거부했다.

"아악! 싫어! 보지 마!"

팔을 닥치는 대로 휘둘렀다. 자지러지는 손이 그의 뺨을 쳤다. 손톱이 살갗을 빠르게 긁고 지나갔고, 스크래치를 남겼다. 얼굴이 돌아간 그는 그 모양새로 굳어 있고, 영원도 올라간 손 그 상태로 정지했다. 영원은 겁에 질려 한 발짝 뒤로 물러섰다. 백금 같은 휘황한 조명이 그의 뺨을 찌르고, 그는…… 그는 손을 더듬어 자신의 뺨을 내리 만졌다. 피가 맺힌 생채기. 묻어나는 핏기를 그는 아무 말도 없이 바라만 보았다.

그녀는 침묵이 두려웠다. 그들은 눈빛으로 침을 뱉을 수 있기 때문이었다. 눈빛으로 경멸하고 혐오하기 때문이었다. 경험 없는 우둔한 자들의 공통점은 멍청한 실수를 여러 번 반복한다는 데 있었다. 그 끝을 알면서도 그날만 사는 생명체처럼 몹쓸 기대감을 품고 달린다. 현실은 이럴진대 사랑을 꿈꾸다니. 네 자신을 착각하다니.

그가 그녀의 얼굴을 보려 했을 때 꿈도, 사랑도 갈기갈기 찢어졌다.

계모가 저주라고 말했던 이마에 새겨진 흉터처럼.

영원의 얼굴을 본 남자들의 반응은 대부분 동일했다. 영원이 보내는 음탕한 눈빛에 몹시 경멸하고 혐오했다.

고상한 그도 영원의 눈빛을 보는 순간, 그녀와 살이 맞닿았던 순간마저 저주하며 치를 떨 것이다.

그 예언대로 감정 없는 모습으로 그녀를 보고 있는 그가 서 있었다.

"근데 어쩌지. 다른 건 다 되는데, 내가 친구는 필요가 없네."

겁에 질려 뒷걸음질 치려는 순간, 우악스러운 손바닥이 영원의 입을 덥석 쥐었다. 윽! 그가 영원의 얼굴을 바싹 당겨 붙였다.

"나는 밀당을 좋아하지 않습니다. 신영원 씨."

하관을 뒤덮은 손바닥은 흉기였다. 으스러질 것 같았다.

"한 번만 더 예고 없는 프러포즈로 내 마음을 들뜨게 하면, 그땐 격한 애정의 표시로 이 눈에……."

주양이 공포에 질려 방황하는 그녀의 눈가를 쓸어내렸다. 얇은 각막을 긁어내릴 듯 섬세하게 눈가를 타고 오르던 검지가 그대로 쑤시고 들어오려던 순간, 영원은 숨을 삼켰다. 속눈썹이 파르르 몸체를 떨었다.

손끝은 정확하게 망막 바로 앞에 곤두서 있었다.

"구멍을 내 줄 겁니다."

영원은 섬뜩해져서 그를 봤다. 생동감 없는 표정이 새까맣다. 진주양이 '날 것' 그대로라는 데에 의심의 여지가 없다. 어떻게 이 남자를 점잖다고 표현할 수 있을까. 이 남자의 우아함은 사람을 불안하게 만든다. 추종이란 단어보다 집요했고, 복수심보다 잔인한 면모를 지녔다. 존댓말이 예의가 바르게 느껴질 거라는 편견을 간단히 부수는 모습은, 언제 봐도 호러였다.

영원은 수행원들에게 질질 끌려 나갔다. 내팽개쳐지듯 바깥으로 내처졌다.

Rrrrr— Rrrrr—

휴대 전화가 아까부터 계속 울려 대고 있었지만 받지 않았다. 그냥 길가에 주저앉아 있었다. 들어주지 않을 거란 건 알고 있었다. 시답잖은 계집애 하나의 말을 들어줄 만큼 한가한 남자가 아니다. 오해 살 짓을 한 건 그녀였다. 눈물이 나진 않았다. 고작 이 정도에 눈물을 흘리기엔 눈물을 흘린다는 행위 자체가 사치스러웠고, 미움을 넘어 증오해야 할 사람들은 차고 넘쳤다. 악의와 교활함. 세상은 이보다 훨씬 잔혹했다.

Rrrrr— Rrrrr— Rrrrr— Rrrrr—

액정이 계속해서 반짝였다.

"여보세요."

— 너 어디야? 별일 없는 거지?

신해수.

나의 증오스러운 새언니.

계모와 더불어, 이 세상에서 나를 눈물 흘리게 하는 유일한 사람이었다.

주양은 와인 저장고로 내려갔다. 하나를 빼내 생산지가 적힌 라벨을 읽어 내려갔다. 신영원이 보여 준 복수심은 분명 놀라웠다. 그의 흥미를 끌어당겼다. 신영원은 가족에게 살의에 가까운 증오를 품고 있고, 그는 가족에게 살해당할 뻔했다. 가족과 살의란 점에서 그들은 공통분모가 있었다. 다만 입장이 반대된다는 것.

가족을 살해하고 싶어 하는 건 어떤 심정일까. 신영원을 이해하면, 그를 죽이고 싶어 하는 숙부 진두영을 좀 더 인간적으로 품어 볼 수 있을까. 그러나 그뿐이었다.

"신영원을 저대로 보내셔도 되겠습니까?"

양 비서가 걱정스레 다가왔다.

"그럼 죽입니까."

주양은 무표정하게 마개를 땄다.

"김 회장과 커넥션이 있을지도 모릅니다."

"김보경에게 협박당한 걸 겁니다. 보기와 달리 착실한 구석이 있어요."

주양이 그걸 알 줄 몰랐다. 양 비서가 신음했다.

"아시면서 왜……."

왜 진짜 구두 주인일지도 모르는 신영원을 몰아붙였냐……?

"그야말로 '일지도' 니까. 양 비서도 그래서 그 얘긴 쏙 빼먹고 내게 보고한 게 아닙니까."

양 비서가 송구스럽게 고개 숙였다.

"경솔했습니다."

"사과는 확신이 생겼을 때 해도 늦지 않아요."

"……."

"나 역시, 확신 없인 신영원에게 사과하지 않을 겁니다."

주양은 잔을 입가에 가져가며 대답했다. 문득, 손에서 끈기를 느꼈다. 손바닥을 펼치자 정체불명의 분홍색 물질이 끈끈하게 늘어났다. 입술에 발렸던 립글로스 잔여물이었다. 신영원의 입을 틀어막았을 때 옮겨진 것 같았다. 불쾌한 이물감을 주는 물질을 닦으려다가, 절묘한 우연에 립글로스 향을 조심스럽게 맡아 보았다.

'죽지 마! 죽지 마, 제발……!'

목소리는 흐릿하지만 향은 뚜렷하게 뇌리에 박혀 있다.

병원에서 가장 먼저 눈을 떴을 때 혀끝에 맴돌던 향이었다.

주양이 당혹스럽게 눈가를 매만졌다.

'그래. 다 뻥이었어! 구두 주인이라 한 것도 가짜야!'

제대로 얻어맞은 뒤통수가 뻐근했다.

"무도회?"

"왈츠 같은 거 추는 파티 말이야. 왕자한테 간택되려고 부잣집 딸내미들이 줄을 섰다지."

이틀 있으면 열릴 진주양의 32주년 생일 파티. 그것 때문에 백운당이 시끄러웠다. 여종업원들은 온통 다 그 얘기뿐이었다.

안 그래도 본가도 그 주제로 떠들썩했다. 계모는 해수에게 꽤 큰 기대를 걸고 있었다. 어제 가족회의에서 계모가 말했다.

'이건 절호의 기회야. 너희들이 상류 커뮤니티에 입성하게 될 첫 관문이 되겠지. 특히, 해수. 넌 꼭 진 이사와 춤을 춰야 해.'

그녀는 자신의 딸들에게 단단히 일렀다. 물론 영원은 논외였다. 그녀는 가지 않는다. 계모의 말이 곧 법이었다. 어째서인지 진주양은 초대장을 세 장을 보내왔지만, 영원에게 허락되지 않을 사치였다. 계모는 영원의 몫인 초대장을 사장실 책상 아래에 감췄다.

'네 건 없어.'

영원은 계모가 거짓말을 하는 걸 알면서 순종했다. 어차피 가고 싶지도 않았다. 그 남자 얼굴을 어떻게 봐야 하는지도 모르겠고. 아마 그 세 장 중 하나도 계모의 말대로 영원이 아니라 정말 계모의 것일 수 있다. 그 남자가 영원을 파티에 초대할 리가 없다.

백운당 직원들이 호들갑을 떨어도 영원은 어차피 못 갈 거라 그런가, 별로 현실감 같은 게 없었다. 파티를 하든, 거기서 그 남자의 '선택'을 받아 춤을 추든.

할 일 없이 뒷마당에서 농땡이 치고 있는데 매니저가 영원을 발견했다. 그녀는 계모의 충성스러운 개였다. 이러고 있는 걸 계모에게 일러바칠까 봐 바짝 졸았다. 매니저는 뜻밖의 부탁을 했다.

"별채에 사람이 부족해서 그런데, 잠깐 서빙 좀 도와줘요. 신영원 씨."

서빙은커녕 손님들 눈앞에도 띄지 말아야 하는 게 원래 영원이 해야 하는 일이었다.

"하지만 어머니가⋯⋯."

"최 사장님께는 제가 알아서 합니다."

계모는 영원이 백운당의 품격을 떨어트린다고 싫어했다. 서빙을 맡아 달라니. 이상한 일이라고 생각했지만, 땡땡이치던 것을 책잡을까 봐 죽은 듯이 따랐다.

매니저는 다과상을 들게 하고 영원을 방에 밀어 넣었다. 빨리 놓고 가야지. 그릇들을 내려놓고 고개를 드는데, 순간 가슴이 동요했다.

"양말이라도 또 먹은 얼굴이군요. 신영원 씨."

주양이 그녀를 내려다봤다.

방금 전까지 영원을 그렇게나 진저리 나게 뒤흔들었던 남자였다.

진주양이 좌식 의자에 기대어 느긋하게 영원을 바라봤다. 미지의 두려움이 마음속에서 고조되어 갔다.

"대체 이번엔 또 뭐야? 우리 사이에 용건은 끝난 걸로 아는데. 날 스토커 취급 하고 떨궈 낸 건 너야."

살쾡이처럼 바짝 털을 세우고 있는 영원을 주양이 아랑곳 않고 훑었다.

"평소 선호하는 옷 취향이 특별히 있습니까?"

"네가 그건 알아서 뭐 하게?"

"Haute couture? Pret A Porter?"

다짜고짜 외계어 같은 말들을 쏟아 내 영원을 당황케 했다.

"똑똑한 거 자랑해?"

"고급스러운 게 좋아요, 아니면 옷은 활동성이 편한 게 장땡입니까."

"옷은 뭐니 뭐니 해도 편한 게 최고지!"

"프레타포르테군요."

"잠깐, 뭐 하는 거야?"

그가 태블릿 화면을 눌렀다.

"색상은 강렬한 레드가 나을까요? 아님 블루가 좋겠습니까?"

영원이 대답하지 않자 그가 물었다.

"그도 싫으면 화이트?"

"지, 지금 뭐 하는 거냐고."

주양이 이번 S/S 컬렉션 의상들이 나열된 태블릿 화면을 보여 주며 선선히 답했다.

"사과를 하려는 겁니다."

"옷을 사 주겠다는 거야? ······왜?"

"'왜?'라는 질문을 '왜' 하는지 납득이 안 가는군요. 내가 난데없이 나타나, 바쁜 시간 쪼개며 그쪽에게 왜, 옷을 사 주려는 거겠습니까."

설마······

"기억이······ 돌아왔어?"

그가 답했다. 거의 기습적이다 못해 공격적인 어투였다.

"신영원 씨가 내 입술을 열심히 빨아 댔던 것, 말이죠."

민낯을 들킨 영원은 얼굴이 화르르 불타올랐다. 원색적인 말도 표정 하나 안 변하고 쏟아 내는 남자였다. 신영원 씨······ 그의 혀끝에서 굴림 되어 흘러나온 이름은 영원을 부르르 전율시켰다. 이 남자의 입을 통해 이름이 불려진다는 것은 굉장히 음란한 느낌을 주었다.

주양이 손목을 들추더니 시간을 가늠했다.

"1분."

영원이 머뭇대는 사이 시간이 지났다.

"방금 2초 지났습니다."

"뭐가?"

"사장단 회의에 참석해야 해서요."

그가 다시 드레스를 고르기 시작했다. 파티에 갈 때 입을 드레스일 것이다. 그 세 초대장 중 하나는 영원의 것이었다.

"소용없어. 난 파티에 안 가."

그의 움직임이 뚝 그쳤다. 그가 드레스를 선물해도 소용이 없을 것이다. 상관이 없어졌다. 다 포기했으니까.

피식…….

신랄한 비웃음에 영원의 등줄기가 뻣뻣해졌다.

"재밌어. 신영원."

"……."

"너는 성모 마리아쯤 되나 보지?"

그가 사나운 이빨을 다시 드러내며 영원에게 눈동자를 꽂았다. 영원은 동작을 멈췄다.

"최 사장으로부터 아침에 전화가 왔더군. 안타깝게도 셋째 딸은 감기에 걸려 참석하지 못하게 되었다고."

짓밟히면 짓밟히는 대로, 빼앗기면 빼앗기는 대로, 계모와 신해수에게 순순히 양보하는 순종성에 환멸을 느낀 것이리라.

"아니. 별로. 그냥 내가 양보한 것뿐이야."

자존심이 상해 거짓말을 해 버렸다. 영원은 이를 악물었다.

"어차피 그런 데 가 봐야 여자 주인공 들러리만 서 줄 게 뻔한걸."

그는 완벽하게 무표정이 되어 영원을 응시했다. 짧은 침묵이 지나고, 신랄한 목소리가 귓등을 베었다.

"맞아. 아무리 날고 기려고 해도 주인공은 정해져 있는 법이지."

영원은 싸늘하게 안면이 가라앉았다. 듣고 싶었던 말은 그게 아니었다.

주양은 미련 없이 일어났다. 나가려던 그가 멈춰 섰다.

"아까 양보 얘기가 나와서 말인데."

귀찮지만 군이 그녀에게 정정해 준다.

"틀렸어."

……뭐?

"양보가 아니야."

무슨 말을 하는 건가.

"양보는 더 가진 사람이 아랫사람한테 내리사랑 하는 거고, 네가 하는 건 도망이야. 너 같은 건 그냥 평생을…… 찌질하게 도망이나 치다가……"

그가 어두운 방구석을 가리켰다.

"구석에 짱박혀, 숨만 쉬고 살다 죽으면 돼."

한 인간으로서 다른 인간에게 어떻게 그런 말을 할 수 있는지, 영원은 믿기지 않은 얼굴로 주양을 보았다. 그는 인간애라곤 눈 씻고 찾아볼 수 없었다. 그녀를 경멸하며, 한심스러워하는 것마저 아깝다는 표정. 가차 없는 독설…….

그는 모두가 탐내는 황금 사과였다. 많은 여자들이 그의 관심을 갈구한다. 삶이 한 편의 영화라면 그는 그 영화의 남자 주인공이었다. 그리고 그에게는 그와 걸맞은 아리따운 여자 주인공이 붙겠지.

존재감 없는 엑스트라의 열등감 따위 그 알 바 아니었다.

영원은 모욕감에 달아올랐고, 굴욕에 떠는 엑스트라를 주양은 버리고 갔다.

싸움을 피하고 싶어 하는 겁쟁이일 뿐이다.

양보란, 패자가 하다 하다 도저히 못 이길 것 같으니, 최후에 갖다 붙이는 핑계에 불과했다.

하지만 역시 그렇게까지 아픈 곳을 후벼 팔 필요는 없었다. 영원은 기와집을 박차고 나왔다. 초대장을 사람들이 보는 앞에서 진주양의 면전에 던져 주리라 마음먹는데 계모가 바깥까지 나와 주양을 배웅하고 있었다. 그 옆에는 바늘과 실처럼 언제나 신해수가 따라붙어 있었다. 차 뒷좌석에 앉은 그는 얼굴이 잘 보이지 않았다.

하지만 해수를 향해 얇게 속삭이는 입술.

천천히. 천천히. 잠시 시간이 고인 듯, 그의 말에 멈춰 선 해수의 눈동자가 파문으로 일렁이더니, 곧 온순한 요조숙녀처럼 그녀는 조용히 수줍어했다.

앓는 이가 들끓듯 충동으로 마음이 심란해졌다.

'너 같은 건 그냥 평생을 찌질하게 도망이나 치다가, 구석에 짱박혀 숨만 쉬고 살다 죽으면 돼.'

어째서 그런 말로 자신을 흔들어 대는 걸까. 저렇게 신해수와 친밀하게 어울리면서. 포기도 맘대로 하지 못하게 만드는 그가 미웠다.

무도회 당일이 되었다. 아침부터 딸들은 분주해졌다.

"너, 만약에 그 남자가 너한테 청혼하면 어쩔 거냐?"

첫째 딸 성원이 해수에게 물었다. 해수는 단호하게 덧붙였다.

"어디 가서 그런 말 하지 마. 누가 듣고 비웃어."

"까고 있네. 진주양이 너한테 파티에 꼭 오라고 했다며? 명백한 '간택' 아니야?"

"그런 거 아냐."

"한신가 사람 되면 나 무시하기 없다?"

해수는 새초롬하게 눈을 내리뜰 뿐 완강하게 부인하지 않았다. 그런 계집을 보면서 영원은 속이 들끓었다. 변기를 솔로 빡빡 문질렀다.

'대체 진주양은 해수한테 뭐라고 한 걸까?'

단순히 파티에 오란 소리치고는 신해수의 얼굴이 너무 수줍어졌다. 그때, 성원이 영원의 방에서 달려 나왔다.

"엄마! 여기 있어! 해수가 신을 구두 필요하댔지!"

몰래 방을 뒤져서 구두를 빼내 왔다. 죽은 모친이 유산으로 남긴 구두였다. 아끼고 아끼느라 영원도 한 번도 신지 못했다. 고이고이 간직해 온 것인데 성원이 해수에게 갖다 바쳤다.

"음. 스타일이 해수 드레스와 딱 어울려."

계모가 모친의 구두를 해수에게 신겼다. 새하얀 발등. 빛나는 드레스. 너무 잘 어울렸다. 영원은 폭발했다.

"안 돼!"

해수를 밀어트렸다. 무서운 계모에게 눈을 부릅뜨면서 대항했다.

"이건 안 돼. 죽어도 안 돼. 엄마가 남긴 유품이란 말이야!"

어째서인지 계모는 죽은 망령이라도 본 사람처럼 얼어붙었다. 오래 유지되지 못했지만 해수의 발에서 성급하게 구두를 벗겨 던졌다.

"구두는 중요하지 않아."

계모가 단호하게 선을 그었다.

"가는 길에 숍에 들러 하나 사자."

안방으로 들어간 계모는 한참을 나오지 않았다.

"너 별채에 서빙 들어갔다며?"

영원은 등 뒤에서 들려오는 목소리에 굳었다. 외박하고 들어온 성원은 클럽 복장 그대로였다. 계모의 화냥기를 첫째 딸은 고스란히 물려받았다. 아쉬운 것은 외양이었다. 박색을 숨기려 화장을 덧칠했지만 호박이 수박이 되진 않는다.

"꺼져."

"언니라고 불러라."

"꺼지라 했지."

"네가 별채 손님한테 서빙을 한 거, 엄마한테 이를까?"

영원은 성원을 노려봤다.

"들어가고 싶어서 간 거 아니야. 직원이 가, 갑자기 배가 아프다고 했어. 거기 나밖에 없었어."

"그럴 리가. 우리 가게에 직원이 몇인데."

별채에서 만난 사람이 주양인 것까진 모르나 보다. 초대장을 전해 받았다는 사실도. 영원은 묵묵히 구두를 주워 화장실로 갔다. 하지만 성원은 옆에서 비위

거슬리게 빙빙 돌며 화를 돋웠다.

"네가 왜 별채에 들어갔을까. 너는 너 자신한테 이득이 되거나, 엄마가 시킨 일이 아니면 꿈쩍도 안 하는 말 안 듣는 애지."

남을 대신해서 서빙을 해 준 영원을 성원이 미심쩍어했다.

"알아낼 거야. 네가 왜 별채에 들어갔는지."

성원은 그녀를 괴롭히지 못해 안달이 난 계집이었다. 영원은 언제나처럼 무표정을 가장했다. 발끈할수록 의심을 사는 법이다. 영원의 싱거운 반응에 심드렁해졌는지 박색이 치맛자락을 질끈 밟고 떠났다.

"말 병신."

변기를 헹구던 영원은 어느새 멍해졌다. 저 호박이 들쑤시지 않아도 충분히 마음이 복잡했다. 새파랗게 벼려진 독설을 쏟아 내던 남자가 떠올랐다.

'너 같은 건…… 찌질하게…… 구석에 짱박혀…… 숨만 쉬다가…… 죽어.'

겁쟁이. 겁쟁이. 겁쟁이. 겁쟁이. 남자는 조금씩 조금씩 좀먹어 가듯 그녀를 괴사시키고 싶은 게 분명했다.

거울에 비친 모습을 새삼스레 확인했다. 그렇게 말해도 어쩔 수 없잖아! 그녀가 끼고 있는 건 실크 장갑이 아닌 빨간 고무장갑이었고, 손에 들고 있는 건 요술봉이 아닌 변기 닦던 솔이었다. 동화 속에서는 신데렐라가 왕자와 사랑에 빠지지만 현실은 동화가 아니다. 현실의 신데렐라는 그냥 평생을 허드렛일을 하다 병에 걸려 죽을 뿐이다. 원래 현실은 환멸스럽다.

화장실 청소를 끝내고 방에 들어왔다. 침대에 못 보던 선물 상자가 놓여 있었다. 그녀는 떨리는 손길로 상자를 개봉했다. 새하얀 드레스가 고급스러운 한지와 함께 담겨 있었다. 소재는 향기로웠고 무척 부드러웠다. 영원은 그것을 넋을 놓고 매만졌다. 모친이 유품으로 남긴 구두와 몹시 잘 어울릴 듯했다. 문제는 주인이었다. 얼굴…… 귀신 같은 머리카락에 가려 놓은 얼굴…….

드레스에 대한 모독이었다. 영원이 이것을 입는다는 것은.

"사장님은 아직 모르십니다."

그때 등 뒤에서 노 집사의 목소리가 들려왔다. 영원은 재빠르게 돌아봤다.

어둡게 버티고 선 노 집사가 선물 상자를 눈짓했다.

"아침에 인편으로 배달이 왔어요."

노 집사가 갖다 놓은 것이었다. 깊게 캐물어 오지 않아 다행이었지만, 노파는 뭔가를 짐작하고 있는 듯 보였다. 관여되고 싶지 않아 모르는 척했을 뿐.

"뜻밖인데. 어머니에게 일러바칠 시간은 충분했을 텐데 왜 그러지 않은 거야?"

"아가씨 스스로가 더 잘 알 테니까요."

영원은 움찔했다.

"과유불급. 지나친 것은 부족한 것만 못하다."

"……."

"백운당이 번창할 때도, 얼마 안 가 문 닫을 거란 시절에도, 유능한 많은 직원들이 가게 문턱을 거쳐 갔지만 그 오랜 세월 나 혼자 이 자리를 지킬 수 있었던 비결이 뭔지 압니까?"

노 집사가 영원을 노골적으로 보았다.

"자기 분수를 빨리 깨닫는 것."

"……."

"전대 사장님이 돌아가시고, 내가 사장 자리를 꿰차려고 욕심부렸다면 지금 여기 있을 수 있었을까요?"

"……."

"사람에겐 그에 걸맞은 자리가 있는 겁니다. 해수 아가씨가 저 안에 있고 아가씨가 화장실 청소나 하는 것처럼."

죽은 사람에 대고 다시 한번 확인 사살하는 격이었다. 찢어진 상처에 소금을 뿌려 대고 있었다. 영원은 눈물을 흘렸다. 노 집사는 냉정하게 뒤돌았다. 차갑게 등 돌리는 노파를 향해 영원이 외쳤다.

"진주양이 찌라시 퍼트린 사람을 찾고 있어! 나를 끌고 가서 쥐 잡듯이 묻더라고."

"……."

"궁금하지 않아? 내가 그 사람한테 뭐라고 했는지."

전혀 상관없는 이야기인데 노파는 어째서인지 꼼짝도 하지 못했다. 마치 굉장히 궁금해하는 사람처럼. 영원은 주양에게 했던 대로 똑같이 말했다.

"최혜란 사장이야."

"……."

"내가 별채에서 있었던 일을 말한 사람은, 그 여자뿐이야."

"……."

"그 여자 말고 그 사실은 아무도 알지 못해."

노 집사가 영원을 돌아봤다. 집에는 비밀 통로가 있었다. 백운당 사장실로 바로 이어지는 통로. 일제 때부터 백운당 사장만이 전대 사장으로부터 물려받게 되어 있는 그 통로는 여러 가지를 은닉하는 목적으로 사용되었다. 아버지와 계모, 영원, 그리고 노 집사만이 알았다. 찌라시가 퍼졌을 때 영원이 의심한 사람은 두 명이었다. 최혜란과 함께 이 집에 가장 오래 있었으며, 누구보다 그 사정을 꿰뚫고 있는. 심어지는 최혜란보다 집안 구조를 잘 아는.

"매번 훔쳐봤지?"

노 집사가 한순간에 뻣뻣해졌다.

"아들이 도박 빚으로 날린 돈이 꽤 된다지? 기자한테 받은 푼돈으로 살림살이는 좀 나아지셨나?"

노파의 뺨이 바들바들 떨렸다. 독기가 번져 가는 눈빛이 노파에 대고 잔혹하게 속삭였다.

"걱정 마. 아무한테도 이야기하지 않을 테니까."

"……."

"나 역시 원하는 건 '진실' 따위가 아니야."

계모가 집에 들어온 순간부터, 그녀의 인생은 산산이 조각났다. 정직함은 생존을 위해 버려야 할 도구다. 주양에게 거짓말한 것은 유감이었지만, 그 정도 거짓말은 계모와 그 딸이 준 상처에 비하면 아주 미세한 흠집에 불과했다.

번민하던 마음이 확실해졌다. 역시 파티에 가야겠다.

모두가 숍으로 출발하고 집이 텅 비었다. 영원은 오랜만에 거울 앞에 앉았다. 머리를 빗었다. 한참을 망설다가 유리 구두 위에 올라탔다.

두 여자가 부티크에서 수다를 떨었다.

"한신그룹 안에는 금융 그룹이 따로 있어. 금융 지주 회사인 한신파이낸셜 그룹이 그 예지. 우리나라 전체 국민의 50프로가 돈을 예금한다는 JK은행 있잖아? 바로 그 은행이 한신파이낸셜의 대표 계열사야. 그 한신파이낸셜그룹을 꽉 쥐고 있는 게 바로 진주양이지."

"한신그룹 후계자는 진두영이지. 엄연히 둘째 아들이 살아 있는데 손자까지 순번이 가겠니?"

"진두영이가 공식적인 후계자지만, 정작 한직으로 물러나 있는 신세인걸. 한신중공업이 한신에서 두 번째로 큰 계열사이긴 해. 하지만 JK은행을 따라잡을 순 없지."

"……."

"한신JK은행은 총 자산액이 천조가 넘는, 세계 20대 은행에 속해. 우리나라에서 제일 큰 은행이야."

"……."

"즉, 대한민국 돈줄은 다 그 남자 손끝에서 이뤄진다 이거야."

"……."

"그의 공식적인 직책은 한신파이낸셜 JK금융 경영기획팀 총괄 본부장이야. 하지만 몇 달 전에 부행장보에서 부행장급으로 승진하면서 상임 이사로 선임이 되었지. 그 뒤는 쭉 이사님으로 불리고 있어."

"본부장인데 왜 이사로 불리는 거야?"

"왜냐고?"

그의 별명이 대표 이사야.

"대표 이사, 한마디로 차기 회장님이시다…… 이거지."

"……."

"상임 이사도 이사는 이사니. 이사님이라고 불러도 뭐 누가 뭐라 할까. 구색도 맞겠다, 아부성 멘트로 그만한 적격은 없지. 그를 따르는 무리는 그를 이사님이라 부르고, 숙부인 진두영을 미는 사람들은 본부장이라고 부르고. 한신그룹 내에선 암묵적인 룰이야."

"……."

"그를 부르는 호칭으로 파벌이 나뉘는 거지."

JK은행이 한신그룹의 전신이라 해도 과언이 아닐 정도로, 그룹 총 자산의 50프로를 은행이 담당하고 있었다. 금융 지주 회사로 시작했으니 당연했다. 중공업, 화학, 호텔은 그에 비하면 아직 세 발의 피였다.

진주양 세력이 다 장악하고 있었다.

"한신그룹은 이사가 사장 파워를 능가한다는 말이 거기서 나오는 거야."

진 이사가 한신파이낸셜그룹을 꽉 잡고 있는 이상 삼촌인 진두영은 거저먹기 식으로 후계자가 될 수는 없을 것이다.

"너 얼마 전에 대산 2차 부도까지 떨어진 거 봤지. 난 김보경이가 그렇게까지 추잡하게 바닥 칠 줄은 몰랐다. 어떻게 몸뚱이를 들이미니?"

"……."

"김 회장이 명동 사채까지 끌어다 박은 모양인데, 밑 빠진 독에 물 붓기지. 경쟁업체들이 인수를 안 해 주면, 주식 휴지 조각 되고 대산은 공중분해 될 거야."

"근데?"

"그게 다 이 남자 손가락 하나로 이뤄진 거 아냐. 은행들에 공문 보내 모든 자금줄을 틀어막아 놓았단 소리가 파다해."

여자가 잡지에 실린 남자를 가리키기라도 하는 듯 말했다. 뭐? 이야기를 듣던 상대편 여자가 호들갑을 떨었다. 잠시 후 살롱 직원의 안내에 옆방에 있던 그들이 떠나고, 이제야 조금 조용해져서 해수는 눈을 떴다. 안대를 걷었다. 1인

1실로 프라이버시가 보장되는 고급 살롱은 미용실까지 끼고 있었다. 한 시간째 기계가 펌을 위해 돌아가고 있었다.

"젊음이 좋긴 좋아. 바쁘네요. 나도 10년만 젊었으면 노려 봤을 텐데."

들어온 조이스 최가 옆방 아가씨들의 이야기를 의식하듯 눈을 찡긋했다. 해수의 머리를 확인하며 다시 덮었다.

"예뻐지려면 고통은 감수합시다. 머리 되려면 30분은 더 있어야 할 거예요. 해수 씨는 내가 미는 사람인데, 내 옷에 어울리는 헤어를 아무거나 매치할 순 없지."

그녀가 옆에 있던 스탭에게 눈빛으로 지시하고 떠났다. '손 마사지를 해 드리겠습니다.' 하고 크림 통을 열던 직원을 저지하고 해수는 간이 책장에 꽂혀 있는 잡지들을 대충 들췄다.

"볼 게 이거밖에 없나요?"

직원이 곧바로 복도로 사라졌다. 고객의 취향을 고려해 뷰티 잡지만 고집하지 않고 경제와 정치를 아우르고 있었다. 어린 직원이 낑낑거리며 들고 오다 잡지 하나가 바닥에 떨어졌다. 유독 사람들이 많이 펼쳐 본 페이지인 듯 양쪽으로 넓게 벌어진 잡지는 한 남자를 담고 있었다.

"아, 죄송합니다."

그러나 해수가 한발 빨랐다. 직원이 당황해서 집기도 전에 해수가 먼저 손을 뻗었다. 머뭇대는 직원을 보내고 해수는 무릎에 올려놓은 잡지를 매만졌다. 신중하게 접근하듯, 조심스럽게 경계심을 풀지 않은 채 해수의 손끝이 남자의 얼굴에 닿았다.

차세대 리더를 소개하는 기사 면이었다. 경제지인지 화보인지 구분하기 어려웠다. 미남자는 블랙 소가죽 소파에 느긋하게 다리를 꼬고 앉아 인터뷰하는 기자를 응대하고 있었다. 앞으로의 증시 동향과 대한민국이 글로벌로 영향력을 넓히기 위해 나아갈 방향에 대해 다루려 한 거라면, 명백한 기자의 오판이었다. 글은 전혀 눈에 들어오지 않았다. 트렌디한 더블 단추의 네이비 슈트 안에 행커치프를 꽂고, 그는 남성미를 한껏 뽐내고 있었다. 스트랩 시계는 가죽 부분만 생로랑으로 맞추었다.

그야말로 유일하고, 독보적이었다.

우월함과 자신감을 전면에 부각하고 있다.

가진 자의 게으름 같은 것은 눈 씻고 찾아볼 수 없다. 단단한 슈트 안에 쓸데없는 감정들을 감추고서 흠잡을 데 없는 완벽성을 이루고 있었다. 두 개의 얼굴을 가진 미스터리한 인물처럼, 야누스적인 면모를 어둠의 저변에 감추고 있다.

해수의 눈길이 알 수 없이 짙어졌다. 남자의 모습에 꽂혀 있지만, 사진 속 남자는 그러한 시선에 연연하지 않는다는 표정으로 흔들림이 없었다.

도심지, 높은 주상 복합 타워 최상층 펜트하우스의 꼭대기.

수십 개의 테이블과 초대된 손님들로 붐볐다. 서빙 직원들은 날렵하게 그들 사이를 바람처럼 지나다니며 음료를 날랐다. 연주자들은 가벼운 클래식으로 손님들의 기분을 전환시켰다. 거창한 의미로 축하 파티라기보다, 인간들의 욕망을 충실히 집합해 놓은 사교 모임의 분위기를 띠었다.

사람들을 보던 성원은 불안하게 입을 달싹였다.

"왜 구두 안 뺏었어? 평소 엄마 특기잖아? 걔 반쯤 묵사발 내 놓는 거."

성원은 옆에 있는 혜란을 들쑤셨다.

"설마, 그 계집애 뒤에서 기분 나쁘게 뭔가 꾸미는 건 아니겠지?"

혜란이 날카롭게 딸을 쏘아봤다. 성원이 능청스레 딴청을 피웠다.

"아이고, 나는 그냥 굿이나 보고 떡이나 먹어야지. 오늘 뷔페 메뉴가……."

설마 제 주제에 파티에 오려는 건 아니겠지. 성원은 영원을 괴롭히지 못해 안달 난 사람처럼 입술을 잘근잘근 씹었다. 혜란은 어둡게 잠긴 눈으로 앞을 응시할 뿐 말이 없었다. 그녀도 영원의 반항에 꽤 놀랐을 것이다. 아버지가 죽고 죽은 듯이 눌려 살던 영원이었다. 처음으로 혜란에게 대들었다. 불길한 징조였다.

그사이 혜란의 시선이 주양을 향했다.

주양은 한쪽 벽면에 홀로 서 있었다. 그의 시선이 한껏 치장한 여자들 사이를 파고들었다. 양 비서가 다가왔다.

"이사님. 누구 찾으시는 분이 있습니까? 말씀해 주시면 방명록에서……."

"아니요. 됐습니다."

주양이 단상 쪽으로 걸어갔다.

"환영사 준비하세요."

행사 프로그램이 중반을 향해 달려갈 즈음, 한 여자가 대연회장 중앙 문을 밀고 들어섰다. 지각생에 당연히 사람들의 시선이 자연히 그곳으로 이끌렸다. 강렬하게 뒤흔드는 존재는 스포트라이트처럼, 몇 초 동안 온 사람들의 관심을 받으며 그들의 마음마저 사로잡았다.

"군계일학이군요."

한 남자가 탄식처럼 뱉었다.

"닭장 속에 그야말로 고고한 학 한 마리가 내려앉지 않았습니까?"

여자는 믿고 싶지 않을 정도로 아름다웠다. 새 신부처럼 순결함의 상징인 새하얀 시폰 드레스에 긴 생머리를 단아하게 늘어트리고서, 귀걸이와 목걸이, 화려하게 치장한 거기 있는 누구보다 찬란했다.

단 한 번, 단 한 번이라도 남자의 눈길을 잡을 수 있다면. 이곳에 자리한 모든 여자들의 한결같은 열망을 그녀는 해낼 것이다.

혜란은 그것을 아는 여자였다. 인생은 타이밍이고 기회를 찾는 자만이 스스로를 구한다는 것을.

"제 딸 해수입니다."

해수는 당당하게 앞으로 나갔다.

치밀하게 계산된 등장. 절묘한 타이밍, 계획은 성공적이었다.

사람들 속에서 해수는 누구보다 아름답겠지만, 단독으로 두고 봤을 때 더 가치가 있었다. 남자들이 죄다 그녀에게서 시선을 떼지 못했다. 그리고 마침내,

무거운 산 같은 남자의 시선마저 움직였다. 주양의 관심이 해수에게로 옮겨 박혔다.

만약 이것이 한 편의 영화라면, 해수는 명백한 여주인공이었다.

택시 한 대가 타워 앞에 멈춰 섰다. 값을 치른 영원은 조용히 택시에서 내렸다. 사람들이 힐끗힐끗 지나가는 영원을 쳐다보았다. 영원은 파티가 열리는 높은 타워에 다다랐다.

그 시각, 혜란은 해수를 왕비로 만들어 줄 남자 앞으로 데려갔다. 해수가 지나갈 때마다 여자들의 맹렬한 경계와 질투 어린 눈초리가 달라붙었다.

"환영사 정말 멋졌습니다. 예전부터 생각했지만 진 이사님, 혹시 스피치라이터를 따로 두고 계신 건 아니시죠?"

최혜란이 비교적 가벼운 농담으로 주양에게 접근했다. 눈살 찌푸려지게 노골적이지 않으면서, 한껏 사람의 마음을 고취시킬 수 있는 아부성 멘트였다.

"스피치라이터는 없지만, 말발 탁월한 비서들을 두는 것도 한 방편이죠."

주양이 능구렁이 같은 여인의 말을 노련하게 되받아쳤다. 최혜란이 해수를 앞으로 밀며 은근히 지시했다.

"해수야, 뭐 하니? 전해 드리고 싶은 게 있다 하지 않았니."

선물은 입구 앞에서 따로 받았다. 이름을 남기고 상납하는 것이 원칙이었다. 하지만 최혜란은 그렇게 하지 못하게 했다. 그녀의 방식이 경멸스러웠지만 해수는 생일 선물을 내밀었다.

"와인을 수집하신다고 얘기를 들었어요. 전문적으로 수집하신다면 제가 따를 게 없을 거 같고, 같은 술이라면 샴페인은 어떨까 해서 구입해 봤습니다."

단 한 번도 원하지 않았다. 동물원의 원숭이가 되는 것. 경멸하던 여자들처럼, 이 남자에게 여우처럼 꼬리를 쳐야 하는 현실. 그를 싫어하는 것은 아니지만 이런 방식은 싫었다. 모친인 혜란이 거문고 배우는 것을 못 하게 하겠다고

으름장을 놓지 않았다면 절대 오지 않았다.

해수는 주양에게 마음에도 없는 미소를 지었다.

"듀발 르로이예요. 값비싼 건 아니지만, 마음에 드셨으면 좋겠어요."

"……"

"무거우면서도 흐트러지지 않는 끝맛이 진 이사님 같더군요. 특히, 샴페인 병이……, 강렬하면서 정교한 검은 색상이 너무 잘 어울렸어요."

주양이 조용히 샴페인 병을 꺼내 들어 봤다. 라벨에서 생산지 정보를 확인한다.

"팜므 드 샹빠뉴. 프레스티지 뀌베군요. 1996년산은 와인 매거진인 스펙테이터에서 그해에 최고점 97점을 받은 영광의 술이었죠."

프레스티지 뀌베는 최고의 샴페인에게 붙는 칭호였다.

"아직 제 컬렉션에 없는 거네요."

주양이 보더니 간단히 답했다.

"귀한 걸 구하셨습니다. 아껴 마시도록 하겠습니다."

그가 손가락을 맞부딪히자 서빙 직원이 선물을 받아 갔다. 연회장 한편에 사람들이 들고 온 생일 선물이 한가득 쌓여 있었다. 직원은 그중에 하나쯤으로 던져 놓았다.

"그럼 즐기고 가십시오."

의례적인 인사를 덧붙인 주양이 그대로 떠났다. 최혜란은 당황했다. 생각지 못한 대우에 해수도 굳었다. 그는 그들에게 했던 것과 마찬가지로 다른 손님들을 상대했다. 마치 모두에게 공평하다는 듯이.

"뭐야. 이 썰렁한 반응은. 왜 벌써 가. 너한테 춤 파트너 되어 달라고 안 해?"

잔뜩 음식을 챙겨 온 성원이 캐물었지만 누구도 먼저 입을 열지 않았다. 어지러이 교란되는 기억 속에서 그의 목소리가 겹쳐졌다. 배웅하는 차 안에 앉아 그는 점잖게 말했었다.

'해어화…… 말을 하는 꽃이라. 여인이 그만큼 아름답다는 뜻이겠죠. 시아

165

버지가 며느리를 탐하게 할 정도로.'

그가 무슨 소리를 하려는지 알았지만 해수는 모르는 척 웃었다.

'해어화의 유례가 된 당나라 현종과 양귀비의 이야기군요.'

'백운당에 핀 해어화는 누구도 꺾을 수 없다고 하던데, 저는 사람들이 떠드는 얼굴 모르는 양귀비보다, 눈앞의 꽃이 더 아름다운 것 같군요.'

'⋯⋯.'

'언제 연주를 들으러 다시 들르겠습니다.'

낮게 속삭여지는 목소리가 심장으로 침투했다.

'기왕이면, 빠른 시일 내에.'

명백한 호감이었다. 그 말에 가슴이 떨렸었다. 얼굴이 붉어졌고, 그래서 그렇게 수줍은 목소리를 내었다.

'기회가 된다면, 얼마든지요.'

꼼짝도 않는 해수를 성원이 다그쳤다.

"분명 그때 관심이 있는 것처럼 굴었다며! 네 연주 꼭 듣겠다고 했다며!"

종잡을 수 없는 남자는 읽기 어려웠다. 그저 인사치레일 뿐이었던가. 해수는 허탈하게 웃었다.

"원래가 젠틀한 남자야. 그럼 면전에 대고 관심 없다고 하겠니?"

그렇게 애써 얼버무렸지만 호흡이 안정되지 않았다. 모친을 봤지만 혜란은 해수보다 더 싸늘하게 얼굴이 일그러진 채였다. 떠돌이처럼 사교장에 혼자 서 있는데, 비웃음을 담은 여자들의 원색적인 뒷말이 들려왔다.

"너 여기에 백운당 딸 온 거 알아?"

"그 거문고 명장 밑에서 수련한다는 애? 어때? 생긴 건 반반해?"

"생긴 거? 뭐 좀. 근데 외모 하나만 갖고 덤비는 시대는 지나지 않았니? 그 남자가 예쁜 여자가 부족해서 아무도 안 사귀는 거겠어? 나날이 발전하는 성형 기술 따라 요즘 화류계 물 죽여."

"거문고 배우는 것도 그래. 있어 보이려고 음악계에서 껍죽대나 본데, 우리 중에 악기 안 만져 본 사람이 어딨냐. 너 다음 달에 첼로 독주회 한다며?"

"말이 좋아 전통 한식 사업이지, 옛날로 치면 기생집 아니니? 어디 기생 딸
년 주제에 세손을 넘봐?"

"설마, 오늘 자기가 진 이사님하고 춤을 추는 주인공이라도 될 줄 안 건 아
니겠지?"

그제야 왜 이곳에 초대되었는지 깨달았다. 명백한 조롱이었다. 너 자신을 알
라……는 남자의 경고. 순간 주먹이 으스러지게 쥐어졌다.

"진짜 꼴좋더라. 진 이사한테 눈웃음을 살살 치다가 완전 까인 거."

"설마, 오늘 자기가 주인공이라도 될 줄 안 건 아니겠지?"

실컷 떠들던 여자들이 화장실을 가려고 나오다가 흠칫, 영원을 보고 멈췄다.
눈살 찌푸려지는 혐오스러움. 염색이란 걸 모르는 까만 머리카락을 귀신처럼
길게 풀어 헤친 음침한 얼굴. 허름한 옷차림새. 거울에 비친 모습은 구한말 여
자보다 더 촌스러웠다.

백운당의 '귀신'이라 불리는 기괴한 꼴 그대로였다.

"여기 보안 수준이 왜 이렇게 허접해졌어? 가드 불러야겠어. 저런 잡상인이
출입하게 두다니. 가자."

파티가 열리는 55층 타워 꼭대기. 영원은 홀 안을 들여다봤다. 자존심 세고
도도한 해수는 모욕을 씹어 삼키고 있는 듯했다. 상류층 멤버들 안에서 그녀는
완벽한 왕따였다. 우물 안의 공주는 우물 밖으로 나온 순간, 더 큰 세상 아래서
자신의 위치를 뼈저리게 깨닫는다. 보잘것없는 약소국의 공주 따위, 아무것도
아니다.

영원은 들고 온 쇼핑백을 봤다. 어미의 유품으로 남은 구두가 담겨 있었다.

정교하며 아름다운 구두였다. 오랜 세월이 흘렀어도 빛바래지 않은, 마법을
선사해 줄 것만 같던 어미의 구두…….

그 마법은 허상에 불과했고, 구두는 이제 쓸모없다.

그녀는 구두를 바닥에 내려놓았다. 볼품없이 큰 발은 구두로 들어가다 발뒤꿈치 부분에서 멈췄다. 발꿈치는 구두 뒤축을 넘어섰다. 아무리 쑤셔 넣어 봐도 들어가지 않는다. 몇 번이나, 몇 번이나 시도해 봤었다. 어두컴컴한 방에서.

하지만 구두는 그녀의 발에 맞지 않았다.

우습기 짝이 없는 운명의 장난, 이젠 환멸스럽지도 않다. 도대체 어디까지 나를 추락시켜야 만족할까. 다른 구두를 신을 수도 있었다. 하지만 어째서일까. 걷잡을 수 없이 어두워지는 마음이 영원을 집어삼켰다. 완성에서 단 하나만을 남겨 둔 순간, 그 끝자락에서 그녀가 확인한 것은 애초에 시작할 쓸모가 없던 시작들의 끝이었다.

지독하게 발을 욱여넣어도 꼭 맞는 주인은 따로 있다는 듯, 구두에게 허락받지 못한 여자라는 사실이 사형 선고처럼 내려졌다.

그녀는 이 구두의 주인이 아니다.

오직 신데렐라만이 그 구두의 주인이었듯이.

'맞아. 아무리 날고 기려고 해도 주인공은 정해져 있는 법이지.'

주양의 잔인한 음성이 그녀를 땅바닥으로 내동댕이쳤다.

그렇다면 누가 여자 주인공인가.

그 울분에 응답하듯, 연회장이 소란스러워졌다. 구석에서 모욕을 씹어 삼키고 있을 거라 생각했던 해수가 주양에게 빠르게 다가가고 있었다. 사람들의 시선이 몰렸고, 그것을 영원은 무표정하게 지켜봤다. 전혀 주눅 들지 않은 모습이 멋졌다. 믿기 힘들게도 해수는 주양에게 똑바로 내뱉었다.

"왈츠 한 곡 추시겠어요?"

웅성거림이 큰 연회장을 메웠다. 어처구니없는 얼굴로 모두들 해수를 봤다. 여기저기서 피식거림이 터져 나왔다. 예상대로 주양은 무안할 정도로 빤히 해수를 보고 있었다. 여자들이 속살대며 해수를 비웃었다.

"이건 아니잖아. 아무리 급할 대로 몰렸어도 그렇지, 먼저 춤을 청하다니……."

그의 대답이 늦어질수록 비참한 결말이 앞당겨질 뿐이었다. 눈에 띄게 해수의 낯빛이 굳어 갔다. 그러나 해수는 물러섬이 없었다. 더 한층 도도하게 반짝였다.

"보아하니 이 홀에서는 마땅히 춤출 만한 영애가 없으신 거 같아, 제가 쳐 드리겠다고 제안하는 거예요."

그 말에 여자들이 싸늘해졌다. 몰려다니며 뒤에서 자신을 헐뜯던 여자들에게 해수는 멋지게 펀치를 날려 주었다. 한신의 후광을 바라고 접근한다는 점에서 주양에겐 저 여자들이나 해수나 별반 다를 게 없다는 걸 일깨운다. 절대 당하고만 있지 않는다.

알고 있다.

해수가 어째서 저토록 빛이 나는지. 그녀가 갖지 못한 것을 다 얻어 내는지. 어째서 항상 해수한테 질 수밖에 없는지도. 해수는 확실히 빛나는 사람이었다. 그녀 스스로 그렇게 행동하기 때문이었다.

영원은 다른 여자들처럼 해수를 비웃지도 동정하지도 않았다. 그저 그늘진 이곳에서 거세게 몰아닥칠 운명을 예감했다. 이제 곧 뒤바뀔 판도를, 한 여자의 신화가 탄생하는 순간을 제대로 눈에 담았다. 그것을 아는 듯, 해수는 당당하기만 했다.

"왈츠가 아니라면."

줄곧 침묵하던 주양이 입을 떼었다.

"왈츠를 출 거란 사람들의 예상을 뒤엎고, 다른 춤을 춘다. 왈츠는 역시 너무 뻔해."

"……."

"뻔한 건……"

주양이 해수를 예리하게 더듬어 내렸다.

"재미가 없지."

넘겨주는 게 아니다. 빼앗기는 것이 아니다. 그저 그런 순간이 왔을 뿐이었다. 관객들이 배경을 채우고 있는 엑스트라들을 눈에 담지 않듯이. 남자 주인공이 여주인공의 친구에게 마음이 홀리지 않듯.

주양이 그렇게 신해수란 여자를 새로이 인식한 눈빛으로 본 순간, 주변에 있던 여자들의 얼굴이 썩어 들어갔다.

"폭스트롯 어떻습니까."

주양의 제안에 동의한다는 듯 해수가 말끔하게 미소 지었다. 그리고 이제, 해수는 자기 인생을 스스로 개척한 것이다.

신데렐라는 용감했기에 가능했고,

구두는 해수가 신었어야 했다.

깊이와 무게감이 있는 춤사위는 우아하며 품위가 있었다. 부드럽게 미끄러지는 동작. 원을 그리며 계속 돌고 돌았다. 우아한 춤이지만 미끄러지듯이 매끈한 스텝이 어딘가 끈적거리면서 퇴폐적이었다. 여자들의 질투와 부러움에 찬 시선들이 해수 곳곳에 꽂힌다. 이 순간만큼은 해수는 기생집 딸년도, 유부남을 꼬신 화냥년의 딸도 아니었다. 여왕이었다. 그 모든 것이 저 남자 하나로 가능했다.

시리우스는 어째서 다른 별보다 백만 배나 더 밝은가.

우리들은 순리 앞에서 의문을 제기하지 않는다. 그것은 '순리'이기 때문이다.

인생은 한 편의 연극이며, 작든 크든 무대 위에는 다양한 역할이 제게 주어진 범위를 벗어나지 않는다. 그걸 우리는 '주제 파악'이라고 한다. 연극에서 조역들은 절대 무대 중앙으로 나오지 않는다. 다른 이의 몫이기 때문이다. 마찬가지로 인생에도 주인공과 조연은 분명하게 나뉘어져 있다.

영원은 여주인공이 아니었을 뿐이다.

사람들은 해수와 있으면 언제나 해수에게 몰입했다. 영원은 해수 뒤에 달린 그림자처럼 그들의 시야에서 언제나 흐릿한 존재감을 부여잡았다.

이미 여러 차례 예고되었던 것을 믿고 싶지 않아 외면했다. 인정하고 싶지 않아 오기를 부리듯 덤볐다.

조연도 아니고 단역밖에 안 되는 그녀가, 여주인공을 꿈꿨다.

4년이었다. 4년. 그 긴 시간을 돌아 이제야 고백할 수 있을 거 같다.

그에게 하고 싶은 말이 있었다. 줄곧.

하지만 뻔히 예상되는 결말에 매번 주저했다.

지금 그 말을 고백하려 한다.

그가 듣지 못하리란 걸 알기에.

완벽한 한 쌍을 지켜보다가 영원은 조연이 무대를 퇴장하듯, 연회장을 돌아 나왔다.

나는 당신을……

당신을……

찢어진 가슴에서, 꾹 누르고 있던 말이, 내내 입 안에서 맴돌았던 말이, 풍선처럼 부풀다 기어이 눈물과 함께 터져 나왔다.

……사랑합니다.

해수의 모든 것을 빼앗고 싶었다.

1년 후.

「한신그룹 진주양 씨가 오는 5월 품절남이 됩니다. 상대는 요식업체 차녀 신해수 씨로, 세간에서는 또 한 명의 신데렐라가 탄생했다고 들썩이고 있습니다.」

「한신그룹 측은 신해수 씨가 국악을 전공한 아리따운 연주자이며, 1년간의 열애 끝에 두 선남선녀가 결혼에 골인했다고 전했습니다.」

「얼굴은 밝혀지지 않았지만, 관계자들의 말에 의하면 신부는 지성과 미모를 겸비한 여성이라고 합니다.」

「결혼식은 한신그룹이 소유한 한신호텔 웨딩홀에서 비공개로 열릴 예정이며……」

결혼식 직전,

신부는 실종됐다.

<u>3</u>

【실종 5일째. 22:00 PM】

'하느님은 찾고 있나? 이봐, 아가씨. 그분은 세상에 존재하지 않는다네.'

'오, 오지 마.'

오지 마아아아아아아아아─!

영원은 자다가 벌떡 일어났다.

"허억⋯⋯ 허억⋯⋯."

이마가 축축했다. 땀에 젖은 이마를 닦다가 손목에 감긴 붕대를 발견하고 꿈이 아니었다는 걸 깨달았다. 잔상은 집요하게 매달려 머릿속에서 그네를 탔다. 사람을 죽였다. 노숙자를 죽였다. 거스러미가 하얗게 일어난 입이 쉴 새 없이 빠르게 놀려졌다. 차라리⋯⋯ 죽었으면. 내가 죽었어야 했어. 그런 뒤에 주양에게 잡혀 병원에 다시 처박히고 며칠이나 시간이 흐른 걸까.

창백해진 이마를 부여잡고 팔목을 보는데 시야의 가시권 끝에 누군가가 잡혔다. 이 방에 그녀 말고 또 누군가가 있었다. 태엽이 멈추고, 심장 소리는 그녀의 통제력 너머에서 구덩이에 파묻혔다. 무언가가 쓸려 나가는 기분이 되었다. 이곳에 들어올 수 있는 접견인은 한정되어 있다.

누구일지는 뻔했다.

"시신은 잘 처리되었어."

주양은 소파에 깊숙이 앉아 있었다. 영원은 얼어붙어 꼼짝도 하지 않았다.

"그리고 아는지 모르겠는데……."

느릿하게 굴러오는 눈동자가 그녀를 숨 막히게 주시했다.

"신부가 도망을 쳤어."

그건 물음도, 추궁도 아니었다.

결론이었다.

슈트 안쪽 포켓에 손을 집어넣은 주양은 길고 유려한 만년필을 빼 들었다. 병문안 와중에도 서류에 사인을 멈추지 않는 남자는 섬뜩하리만치 태연함을 몸에 두르고, 조용히 균형을 깨트리고 있었다. 그는 지독한 어둠이었다. 삶과 죽음의 경계를 깨트리며 사탄의 위에 앉아 있는 남자.

자기가 정신병원에 처박은 여자의 병실이라는 것을 잊은 걸까. 어떻게 저토록 태연할 수 있는지 놀랍지도 않았다. 어째서 한 인간이 저런 모습을 할 수 있게 되었는지, 그녀는 알고 있었다.

"하루 24시간, 꽉 막힌 방에 있는 거. 어떤 건지 알아?"

퍼석한 마른 웃음이 단내와 함께 흘러나왔다.

"미쳐 돌아 버릴 것 같아……."

"……."

"차라리 날 죽여. 네가 자비롭다면…… 날 죽여 줘."

"집이 마음에 안 든다는 소리로 들리는군."

영원이 그를 죽일 듯이 노려봤다.

"집? 이게 내 집이라고! 날 어서 진짜 내 집으로 돌려보내 ㅈ……!"

탁!

그가 서류를 소리 나게 덮었다. 그녀에게 걸어왔다. 말이 채 끝내기도 전에 턱이 낚아채였다.

"네 집이 어딘데."

헉, 검게 이채가 이글대는 눈빛이 영원의 시야를 긁고 나타났다.

"너한텐 집이 없어. 알잖아."

영원은 호흡을 파르르 경련했다.

"네 집은 여기뿐이야."

그의 말이 끝나자마자 영원은 이를 악물고 그에게 달려들었다. 그걸 왜 네가 정하는데! 지독한 울부짖음이 그녀 안을 가르고 나왔다. 사람의 것이 아니었다. 그의 넥타이핀을 뽑았다. 정말 죽이겠다고, 죽이고 같이 죽어 버리겠다고 날카로운 장식품으로 목을 찌르려 했다. 간단하게 저지당했다. 힘겹게 받아 오는 숨을 도려내며 그의 손이 영원의 꿰맨 팔목을 으스러지게 움켜잡았다. 고통에 찬 비명을 씹어 삼켰다. 그가 팔을 잡아당겼고, 얼굴이 가까워졌다.

"나를 엿 먹이고 싶다면 좀 더 머리를 써."

"개……새끼."

붉어진 눈가에서 눈물이 방울져 내렸다. 이 남자에게 저주가 내리기를. 나와 똑같은 고통의 단두대에 올려지기를. 매일, 매일 기도를 한다. 연약하게, 여자처럼, 눈물을 흘려 대는 영원을 보고 주양이 엄지로 눈물을 닦아 주었다. 위로하는 어조는 비열하기 짝이 없다.

"울어야 할 사람은 나야. 네가 이런 식으로 나올 때마다 내가 얼마나 가슴이 철렁하는지 알아?"

"개, 새, 끼."

"원한다면 다시는 여기 발 들이지 않을 수도 있어."

협박과 다름없는 말에 그녀는 멈칫했다. 충성스러운 개, 노 집사는 주양에게로 갈아탄 지 오래였다. 병원에서 있으면 누구와도 대화를 나눌 수 없었다. 빨히 사람들을 눈앞에 두고 아무와도 이야기 나눌 수 없다는 것은 정말 돌아 버리는 일이었다. 오죽하면 이 남자가 반가울 지경이었다. 비참해서 억눌린 울음이 터졌다.

"너 나한테 왜 이러니."

"그럼에도 불구하고 네가 필요하니까."

고백 같은 말에 그 순간, 저주스럽게도 심장이 두근거렸다. 그가 그녀의 침대에 쇼핑백을 던졌다. 하얀 레이스 뭉치가 삐져나왔다.

웨딩드레스……

"선택지는 두 개뿐이야."

"……"

"정신병원에서 평생을 썩을 것이냐……"

"……"

"이 웨딩드레스를 입을 것이냐."

죽느냐…… 사느냐…… 결국에 이렇게 되리라는 걸 알고 있었다.

그가 "신부가 도망을 쳤어."라고 했을 때 그건 물음도, 추궁도 아니었다.

"네가 신해수가 되는 거야."

결론이었다.

【실종 7일째】

양치기 소년, 빨간 망토. 이들의 공통점은 늑대가 나온다.

그것도 아주 나쁜 늑대.

기본적으로 늑대는 잔인하다. 양이건 어린아이건 닥치는 대로 잡아먹으니까. 양들은 자신을 '선'이라고 간주하고, 자신을 잡아먹는 늑대를 손가락질한다.

'세상에. 어떻게 저런 '악'이 존재할 수 있지? 신은 벌 안 주고 뭘 하나 몰라.'

이런 비극적인 짝사랑이 어디 있을까. 그에 늑대들은 말한다. 양들은 모른다. 늑대가 자기들을 얼마나 사랑하는지. 양들이 사라지면 제일로 슬퍼할 종족이 늑대들이란 것도.

늑대는 양을 사랑한다.

그야,

"제일 맛있으니까."

장 경감은 저절로 잠에서 깼다.

"……."

늦은 오후였다. 잿빛 구름이 창가에 둥지를 트고 있었다. 갈비뼈가 욱신거렸다. 지독한 악몽에 식은땀이 겨드랑이에 찼다. 차갑게 식은 수건과 세숫대야. 침대맡에서 꾸벅꾸벅 졸던 수진이 잠기운을 몰아내다가 눈이 마주쳤다. 얼굴에 화색이 돌아왔다.

"정신이 들어요? 린치를 심하게 당했어요. 사무소 앞에 버려져 있던 걸 데리고 올라왔어요. 꼬박 하루를 잠만 잤습니다."

어쩐지 수진은 떨떠름한 얼굴이었다.

"전화가 왔어요. 한신에서 아이를 특실로 옮겨 갔다던데, 의뢰 받아들이기로 한 거예요?"

수진의 말을 듣고 장 경감은 식물인간 같은 모습으로 멍하니 넋을 놓았다. 꿈에서 늑대가 아이를 물어 갔다. 늑대 형상을 한 그림자가 병실에 길게 뻗어 나더니, 커다랗게 찢어진 아가리는 단숨에 아들 머리를 집어삼켰다.

더없이 인자한 얼굴로 늑대는 더 맛있는 양을 가져오라고 요구했다.

'그러니까 찾아내요. 여기서 찌질대지 말고.'

신부를 제물로 바칠 때까지 늑대는 아이를 돌려주지 않을 것이다.

아이는 인질이었다.

"신영원을 만나 봐야겠어."

장 경감은 어긋난 갈비뼈를 추스르고 옷을 챙겨 입었다. 최고의 주치의가 아들 곁에 있을 것이다. 특실에서 실시간으로 간호받고 있다고 생각하면 꿀꿀할 일도 없지 않은가. 파주로 가는 내내 머리를 빠르게 굴렸다. 우려스러운 상황을 긍정으로 뒤집을 돌파구가 필요했다. 그래. 그 여자. 신영원이라면 필시 나의 기대에 부응할 뭔가를 내놓을지도 모른다. 반신반의한 기대감이었다.

"그나저나, 놀라운데요. 형부와 처제의 통정이라."

수진이 모든 이야기를 전해 듣고 놀라움을 표시했다.

"엄청난 스캔들이네요. 근데 신영원한테 가 봐야 뭐가 나올까요? 소득도 없을 거 같은데."

신영원은 정신병원에 갇혔다. 둘이 어떤 내연 관계였건, 결승 지점에서 진주양은 신영원을 버리고 신해수의 손을 들어 줬단 소리였다.

"그런데 신해수는 도망쳤지."

"비위가 아무리 좋아도, 자기 여동생이랑 붙어먹은 남자를 받아 줄 여자가 어디 있겠어요?"

신부의 결정을 백번 이해한다는 듯 수진이 인상을 찡그렸다. 장 경감은 신문을 펼쳤다. 때마침 스포츠 신문 일면을 한신그룹 신데렐라 이야기가 차지하고 있었다. 판타지성에 힘입어 스토리는 연일 화제였다. 세상은 그저 밝고 허황된 면만 비추고 있었다.

하늘정신병원을 이틀 만에 재방문했다. 지방 시골에 위치한 외딴 병원의 복도는 유난히 길고 고요했다. 엘리베이터를 타고 수간호사를 뒤따라 특진 병동에 다다랐다. 입원실은 보안이 철통같았다. 장 경감이 신기하게 물었다.

"도대체 여긴 뭐 하는 뎁니까?"

"5호실이에요."

"5호실?"

차트를 품에 안은 수간호사는 냉정할 뿐 더 이상의 말은 삼갔다. 마침내 어떤 병실에 다다랐다. 입구를 지키고 있는 검은 양복 사내들. 무자비한 폭력이 있던 그날 밤 일이 갈비뼈의 고통으로 솟았다.

"어디가 불편하신가요?"

거친 숨을 몰아쉬고 있는 그에게 수간호사와 수진의 시선이 걱정스레 쏠렸다. 장 경감이 아무것도 아니라는 제스처를 취했다. 수간호사는 익숙한 듯, 자연스럽게 마지막 관문 앞에서 지문 인식을 했다.

"5555호실이에요. 저희는 그냥 편하게 '5호실'이라고 불러요."

반투명 문이 옆으로 미끄러졌다. 유리문이 열리자 순간 찌르는 듯한 눈부신 자극에 질끈 눈을 감았다. 벽과 바닥이 구분되지 않는 새하얀 방이었다. 병실은 한쪽 벽면에 설치된 매직미러 밖에서 안을 들여다볼 수 있었다. 살균 처리가 된 것 같은 섬뜩한 방에는 침대뿐이었다.

저 여자가 신영원인가…….

긴 머리를 풀어 헤친 신영원은 늘어진 시체였다. 온몸이 포박된 채로 엎어진 여자의 입에 재갈이 물려 있었다.

"심각한 인권 유린 아닙니까?"

"안 그러면 혀를 깨물고 자해를 하거든요."

수간호사가 익숙한 살풍경을 무덤덤하게 눈에 담았다. 너무 비정한 게 아닌가 싶었지만 이야기를 들어 보니 또 그렇지만도 않았다.

"얼마 전에 집도의를 공격하고 탈출 소동까지 일으켰어요. 워낙 중증 망상에 공격성까지 심한 환자라 불가피하게 묶어 놨어요. 진정제를 투여하는 것도 그때뿐이죠."

신영원은 병원에서 아주 골칫거리였다. 뻑하면 자살 시도에 의료진을 공격하기 일쑤였다. 환자의 보호자는 VIP여서 자그마한 실수도 용납하지 않았다. 통제되지 않는 환자와 병원을 통제하는 보호자라. 원장보다 저 여자 비위를 더 맞춰야 하는 직원들을 상상하니 웃음이 났다. 장 경감은 흔들의자에 앉아 뜨개를 뜨는 나이 지긋한 여인을 가리켰다.

"위험하다면서 저 간병인은 괜찮은 겁니까?"

"저분은 간병인이 아니라 본가에서 오신 노 집사님이세요. 전직 간호사 출신이라 링거도 다 저분이 놓아 주세요. 원장님을 제외한 모든 직원은 저 안에 접근이 허락되지 않고 있습니다. 환자가…… 낯을 많이 가려요."

최대한 신영원의 허물을 죽이고 말하는 모습이었다. 낯을 가리는 게 아니라 대책 없이 폭력적이라고 말하고 싶은 거겠지. VIP라 함부로 입에 담지 못하는 모습에서 애환이 느껴졌다. 그나저나 접근을 못 한다라…….

"그러니까 한마디로 우리도 거절당한 거네요?"

수간호사는 부정하지 않았다.

"죄송합니다. 접견인 명단에 없으시네요. 면회는 불가합니다."

경찰이 이미 이틀 전에 다녀가고 상태가 더 심각해졌다는 게 그들의 입장이었다. 환자에게 스트레스를 주면 안 된다는 뻔한 미명 아래, 공권력이 있는 것도 아니고 별수 없었다. 그러나 수확이 없던 것만은 아니다.

이로써, 신영원을 꼭 만나야 하는 이유가 생겼다.

진주양이 저토록 저 여자를 철통 보안하는 이유, 그것이 이번 신부 실종 사건의 열쇠가 될 것이다.

"솔직히 신해수가 신데렐라는 아니잖아요?"

집에 돌아가는 길, 운전대를 붙든 수진이 말했다.

"재벌하고 결혼만 하면 신데렐라인가? 한신그룹과 견주어 그렇다는 거지. 백운당이면 거의 웬만한 매출이 중소기업급이고, 신해수야말로 금수저였어요. 부잣집 딸내미들의 특권이라는 음악 전공에 모두의 사랑을 받고 자란 온실 속 화초."

"……."

"그에 반해 신영원은 신데렐라 그 자체였죠. 무서운 어머니와 두 언니들 밑에서 치여 사는 재투성이 셋째 딸."

"그걸 네가 어떻게 알아?"

"백운당에 괴물이 산대요. 하나는 '말을 하는 꽃'이고 다른 하나는 '얼굴 없는 귀신'."

"……"

"신해수와 신영원을 가리키는 말이래요. 같은 자매인데 누구는 꽃으로 불리고, 누구는 귀신으로 취급당하고."

마을을 탐문하면서 주워들은 정보가 꽤 쏠쏠했다. 유명한 이야기였다.

"신영원이 의붓언니 신해수에게 유감이 많았겠군. 동갑에 자매 사이니 비교는 이루 말할 수 없었을 거고."

언니의 남자와 정을 통했다. 제대로 된 자매라고 볼 수 없다.

"어느 글에서 본 이야기인데요. 신데렐라는 겉과 속이 다른 여자였대요."

"겉과 속이 달라?"

"생각해 봐요. 신데렐라는 계모의 모진 구박에도 질기게 버틴 독한 여자예요."

"……"

"게다가 마법사 할머니를 자신의 성공에 이용할 줄 아는 발칙한 여자였고, 자신의 신분 상승을 위해 유리 구두를 버리고 가는 치밀한 여자였죠."

"무슨 말을 하고 싶은 거야?"

"우리가 생각하는 신데렐라 판타지가 그렇게 로맨틱하지 않을 수 있다는 거예요."

백조의 우아한 모습 아래엔, 물에 빠지지 않으려고 미친 듯이 발버둥 쳐 대는 발악이 있다.

장 경감은 '진술 조서' 파일을 열었다. 본청에 잡혀간 날, 현기영의 책상에 허술하게 놓인 문서 몇 장을 몰래 바지 뒤에 꾸겨 넣었다. 참고인들을 불러다 타이핑 해 놓은 조서의 주인공은 마침 노 집사였다. 신영원의 병실에 유일하게 허락된 늙은 여인. 진술 내용은 '문답 형식'으로 상세하게 적혀 있었다.

『: 저는 집사입니다. 노 집사라고 불러 주세요.

: 노 집사님께선 최혜란 사장을 20년 가까이 보필해 오셨다구요?

: 제 원래 주인은 돌아가신 전대 사장님이십니다. 최혜란 사장님은 전대 사장님과의 재혼으로 집안사람이 되시고부터 모셨습니다. 세 아가씨들도 모두 제 손으로 키웠습니다.

: 그럼 집안 사정에 대해 누구보다 잘 아시겠군요. 평소 신랑과 신부의 교류가 자주 있었나요?

: 진 이사님은 신부님을 목숨처럼 아끼셨습니다. 그분처럼 차가운 분이 누군가를 사랑하게 되었을 때 주변에서 모두가 놀랐었죠.

: …….

: 둘은 완벽한 한 쌍이었어요.

: 혹 신랑에게 다른 여자가 있었다거나, 요 근래에 큰 실수를 해서 신부를 실망시켰을 가능성은 없습니까?

: (언짢아서) 방금 말씀드렸을 텐데요. 진 이사님은 신부를 목숨처럼 아꼈다고. 둘은 완벽한 한 쌍이었다고.

: 그들을 곁에서 내내 지켜보신 것처럼 말씀하시는군요.

: 제가 모르는 건 없습니다.

: 언론에서 말하길 굉장한 로맨스던데. 현대판 신데렐라의 탄생이라고……. 재벌가 왕자님과 처음에 신부가 어떻게 사랑에 빠졌나요?

: (웃음) 1년 전, 이사님의 32주년 생일 파티가 있던 밤이었습니다.」

그날 밤 모든 게 시작되었어요.

【1년 전】

퍼엉—! 퍼엉—!

폭죽이 망막을 하얗게 물들였다. 타워가 위치한 한강변, 불꽃 쇼가 사람들을 감탄시켰다. 밤하늘을 수놓는 환상적인 광경에 파티에 초대된 손님들이 모두 창가에 몰려들었다.

그 시각, 영원이 자리한 곳은 인적 없는 어두운 비상구였다. 계단에 혼자 쭈그리고 앉아 모친이 남긴 구두를 빤히 응시했다. 마법의 구두인 줄 알았던 것은 엉터리 환상이었다. 한낱 신기루에 불과한 저 불꽃놀이처럼.

'맞아. 아무리 날고 기려고 해도 주인공은 정해져 있는 법이지.'

삼류 코미디 같은 상황에 허탈한 웃음이 샜다. 싸구려 모조품 같은 건성 웃음은 곧 바닥나고, 얼굴엔 씻은 듯 무표정이 자리했다. 제일 가슴 아픈 건, 구두가 맞아서 파티에 갈 수 있었다 해도 달라지는 게 없을 거란 사실이었다. 자신이었다면 감히 주양에게 춤을 신청할 엄두도 못 냈겠지. 여자들 틈에서 찌그러져 있다 허무하게 돌아왔을 거다. 그걸 해수는 해냈다. 부정할 수 없는 명백함이었다. 영원은 오래도록 구두를 눈에 담다가 비상구를 떠났다.

구두는 챙겨 가지 않았다.

복도 모퉁이를 도는데 맞은편에서 누군가 가까워졌다.

"하여튼 신해수. 난 년은 난 년이야. 내숭 떨면서 재더니 여봐란듯이 다른 계집들 묵사발 만드는 것 봐."

낯설지 않은 불길함에 소름이 돋았다. 성원의 목소리였다. 영원은 종종걸음 치다가 야자나무 뒤로 숨었다. 살 떨릴 만큼 가까운 거리에서 계모와 성원이 팔짱을 끼고 눈앞을 지나갔다.

"이렇게 재밌을 줄 알았으면 신영원 데려오는 건데."

"영원이는 왜."

"구경시켜 줘야지. 지 주제에 진주양을 상대로 헛물켜는 게 가당키나 해? 걔야말로 병풍 노릇이 딱이야."

춤을 춘 건 해수인데 성원이 더 기고만장해서 떠들어 댔다. 저 호박이 그녀가 파티 장소에 와 있다는 걸 알면 일이 아주 재미있어질 거다. 영원은 전방을 초조하게 응시하다 다행히 테라스로 빠지는 샛길을 발견했다. 나무가 심어져

183

있는 친환경 옥외 테라스는 적막했다. 밤공기가 아직 쌀쌀한 탓이었다. 어두운 난간을 짚으며 걸음을 서두르다가 나무에 팔을 긁혔다.

"아."

팔등에서 피 몇 점이 몽글몽글 솟았다. 항상 조심스럽지 못한 행동거지가 문제였다. 누구와 비교되는 덤벙거림에 계모에게 언제나 꾸지람을 들었다. 아까는 빨리 돌아가야 한다는 조바심에 흡사 좀먹힌 사람의 행동이었다. 그녀가 가출을 해도 관심 같은 걸 쏟아 줄 사람은 남아 있지 않을 터였다. 이상했다. 집에 가 봐야 반겨 줄 식구도 없는데 왜 기를 쓰고 가려는 걸까. 영원은 무연히 걸음을 되풀이하다가 제자리에 붙들렸다. 그래. 도망치기 급급했다. 이 성을 빨리 떠나야 한다는 조바심이 턱 끝까지 차올랐다.

소름이 돋았다. 그리고 무서웠다. 결국 해내는 계집을 보았을 때 데자뷔를 느꼈다. 피는 못 속인다더니, 신해수는 아버지 꼬여 낸 소싯적 계모를 빼닮았다. 무력하게 뒤꽁무니 뺀 영원은 죽은 모친이었다. 남편을 빼앗기고 영원의 모친은 안방까지 내어 주었다. 피죽도 못 얻어먹은 창백한 얼굴로 눈감은 모친은 패배자였다. 모친의 전철을 영원은 그대로 밟고 있었다.

낯선 공간에 바람이 진동했다. 아득히 추락하는 빌딩 높이를 새삼 깨닫는데 이어지는 난간 끝이 주의를 잡아당겼다. 밤바람을 쐬고 있는 사람이 한 명 더 있었다. 빛과 어둠이 그려 놓은 윤곽이 부드럽게 이마에서 콧날로 떨어졌다. 어둠 속에서 그의 옆선은 더욱 뚜렷했다. 진주양이 바람결에 흐트러진 머리카락을 넘기다가 곁눈을 내렸다. 시선이 얽혔다. 심장이 오그라들었다. 남자는, 영원을 발견했으면서도 환영은커녕 인사조차 안 했다. 반길 만큼 가까운 사이가 아니라는 걸 알지만 생무시당하기 싫어 먼저 선수 쳤다.

"파, 파티에 온 거 아니야. 어머니가 심부름시켜서 어쩔 수 없이 온 거야."

정작 주양은 아무것도 묻지 않았다는 방관자의 표정이었다. 침묵이 겸연쩍었다. 서둘러 아무 말이나 지껄이려다 입을 확 다물었다. 시시콜콜 비위 맞추려는 꼬라지가 우습다. 이 남자가 뭐라고. 안 그래도 해수와 춤을 췄던 모습이 빙글빙글 뇌 언저리를 배회했다. 좋았어? 그 계집애랑 부둥키고 춤출 때 입이 아주 찢어지던데? 마음속으로 그를 미워하고 할퀴다가 관두었다. 그는 헤프게 입이 찢어지지도 않았고 영원은 그가 싫어지지도 않았다. 그냥 해 본 소리였다.

오히려 찢겨진 건 그녀였다. 슬퍼서 가슴이 찢어졌다. 그가 딴 여자랑 춤을 추고 있을 때 아무도 없는 비상구에 앉아 있었다. 제발 안 좋았다고 해 줬으면 좋겠다고 빌었다.

"근데 혼자 여기서 뭐 해?"

파티의 주인공이 왜 이런 외진 곳에 있는지 의아했다. 영원이야 주목받지 못하는 엑스트라니까 상관없다지만 그는 다르다. 지금쯤 둘이서 희희낙락하면서 핑크빛 기류를 풍길 거라 생각했는데. 대답이 없어 힐끔 곁눈질하자 그의 눈길이 허름한 그녀의 옷에 닿아 있었다.

"선물 전해 받지 못했습니까?"

"받았어."

"옷이 마음에 안 들었습니까?"

"아니."

"그런데?"

왜 파티에 안 왔냐고 묻고 있었다.

"오, 오겠다고 약속한 적 없어."

순간 그의 입술에 비릿한 감정이 긁고 지나갔다.

"재미있군."

얼핏 비웃는 것 같았다. 누군가에게 거절당하는 게 처음이라서 빈정이 상한 걸까. 아니면 그 구차한 거짓말이 우스웠던 걸까. 무엇이 되었건 영원이 그를 자극한 것은 확실했다. '나를 기다렸어?' 하고 묻고 싶었지만 미친 여자 취급 당할까 봐 잠자코 있었다.

영원에게서 시선을 거둔 그가 난간을 두 팔로 짚고 야경을 깊게 응시했다. 인간의 욕망이 밤에 가장 충실히 실현되고 있는 곳, 치열한 도심 야경이 멋지다. 금빛으로 수놓은 것 같은 야경과 거만한 먹이 사슬 피라미드의 정점. 마천루에 약동하는 소음을 누르고, 그 마천루의 꼭대기에서 매일같이 아래를 내려다보는 건 어떤 기분일까.

왕도 부럽지 않으리라.

"그거 압니까? 폭스트롯이 네발짐승의 걸음걸이를 흉내 낸 춤이란 사실."

"폭스트롯? 네가 아까 해수랑 춘 춤 말하는 거야?"

의외라는 듯 그가 봤다. 비참하게 둘을 지켜봤다는 사실을 알린 꼴이 되었다. 후회됐다.

"어렸을 땐 그게 의아했어요. 사람이 왜 짐승의 걸음걸이 따위를 따라 하고 싶었을까."

"……."

"잔혹한 본성을 꾸밈없이 드러내는 게 부러웠던 걸까."

"……."

"그것은 아마도, 인간이 점잖은 얼굴 뒤로 짐승의 욕망을 품고 있기 때문일까요?"

점잖음과 짐승 같은 욕망이라니. 누구보다 그와 걸맞은 말이었다. 그와 한 공간에 있는 것만으로 가슴이 흉포해졌다. 숨을 몰아쉬며 영원이 주양을 봤다. 그가 난간을 매끈하게 손끝으로 쓸며, 한 발…… 두 발…… 접근해 왔다. 그 대척점 끝에 서 있는 영원을 향해.

"당구 칠 줄 압니까?"

어둡고 퇴폐적인 야경을 배경으로, 문득 눈을 치뜬 그가 쾌락적인 미소를 지었다.

"본질만 알면 아주 쉬워요."

그제야 깨달았다. 이 마천루의 야경은 그가 가진 극히 사소한 부산물에 불과하다는 것을. 그에게 아무런 의미도, 감동도 주지 못한다는 것을. 지금 그가 관심을 쏟고 있는 것은 영원이었다. 쉽게 가질 수 있는 것보다 가질 수 없는 것에 더 가치를 둔다.

그 순간, 그를 더 사랑하게 될 것 같다는 예감과 더불어, 영원은 새삼 자신이 원하던 것이 무엇인지 깨달았다. 바로 이 남자에게 다 있음을. 힘과 권력, 자신이 원하는 이상향에 근접해 있는 남자라는 것을 실감한다. 그간 영원이 안 그는 백운당 내에서의 모습뿐이었다. 바깥에서, 아니, 그가 사는 세계 안에서의 그를 알고 싶어졌다.

강렬하게.

타워 펜트하우스. 54층 그의 집이었다. 어두운 조명이 내려앉은 공간은 몹시 어수선했다. 그 기묘한 정적 속에서 소리가 탁, 탁, 부딪히고 있었다. 붉은 카펫이 깔린 거실. 당구를 겨루는 두 여자 주위로 나른한 조명이 집중되고 있었다. 딱딱한 게 맞부딪히는 소리의 정체는 당구공이었다.

화려한 손 기술의 두 여자는 당구 프로 선수였다. 그러나 선수라기엔 복장이 몹시 외설스러웠다. 집으로 데려온 주양은 영원을 고급스러운 소파로 끌어가 앉혔다. 그때부터 시합을 쭉 관전했다. 와인 잔을 돌리며 마치 취미를 즐기듯, 여자들의 쇼를 지켜봤다.

"파티 아직 안 끝났잖아. 사람들이 기다릴 텐데 여기서 이러고 있어도 되는 거야?"

쉬—

그가 방해하지 말라는 표시로 검지를 세웠다. 영원은 입을 곧장 다물었다. 홀린 듯이 구경하다가 흠칫, 굳었다.

가슴을 훤히 드러낸 블랙의 이브닝드레스에 12센티의 높은 하이힐. 다른 한 사람 역시 가슴을 드러내었지만 더욱 파격적으로 치마가 속옷이 드러날 듯 짧았다. 그녀들은 가지각색의 자세로 당구를 쳤다. 당구대에 올라서 엎드리거나, 마치 모델처럼 포즈를 취하듯 공을 쳤다.

그제야 깨달을 수 있었다. 여자 선수들이 야한 옷을 입고 자극적인 포즈를 취하는 것. 오롯이 이 한 남자 때문이었다. 이 한 남자를 위하여, 프로다운 척 공에 집중하지만 어떻게든 섹슈얼한 매력을 보이려는 욕망을 감추지 않고 있다.

하지만 몇 이닝이 흐르는 동안에도 그는 꼼짝도 안 하고 시합에만 열중했다. 주양의 관심사는 공뿐이었다. 빠른 눈짓으로 공의 움직임만을 좇는다. 소파 끄트머리에 엉덩이가 눌어붙여져서 주양의 눈치만 살폈다.

그때 주양이 손가락을 쳐들었다. 당구를 치며 묘기하던 여자들이 시합을 멈추고 얌전히 거실을 나갔다. 거실 안에는 둘만이 남겨졌다.

그가 답답한 타이를 끌어 내리며 한 손에는 영원을, 한 손에는 잔을 들고 당구대로 갔다.

"계속 게임을 하는 겁니다. 둘 중 하나가 나가떨어질 때까지. 승부는 역시 거는 게 있어야 더 쫄깃해지지. 신영원 씨는 뭘 걸겠습니까. 난 맛있는 저녁을 대접하죠."

"어떻게 하는지도 모르는데?"

그가 갑자기 뒤에서 영원을 안아 왔다. 등이 가슴팍과 밀착되었다. 발밑이 꺼지듯, 심장이 스무 계단이나 무너져 내렸다.

"뭐, 뭐 하는 거야. 떨어져."

갑작스러운 습격에 심장이 널을 뛰었다.

"행운인 줄 알아요. 내가 직접 교습해 주는 경우는 없으니까."

스틱을 문지른 그가 바로 귓가에서 속삭였다.

"쥐어 봐요."

저주스러울 만치 섹시한 목소리였다. 달큼하게 취기 섞인 포도주 향이 영원마저 취하게 만들었다.

"잘 모르겠어."

그녀가 자신 없이 아무렇게나 손을 만들어 보이자 그가 손을 포개면서 변덕스럽게 재촉했다.

"아니, 아니. 그렇게 우악스럽게가 아니라 남자랑 사랑하듯이."

왜 이러는지 알 수 없었다. 술에 취하기라도 한 걸까. 평소보다 그는 경계가 느슨해진 것 같았다. 손끝이 가볍게 떨렸다. 그는 긴장한 영원의 어깨를 한 번 죄었다가 툭, 불거진 팔꿈치를 더듬고 마른 뼈가 잡히는 팔등을 타고 밑으로 가더니, 한 줌도 안 되는 손목을 그러쥐었다. 뒤에서 안아 온 채로 주양의 섬세한 손가락과 영원의 것이 가지처럼 얽힌다. 깍지 껴지는 손가락들. 옅은 흥분이 심장을 물들였다. 이윽고, 곱아든 그녀의 손끝을 하나하나 펴 내며 영원의 귓가에서 마침표를 찍었다.

"남자랑 섹스 해 본 적이 없습니까?"

순간 놀라서 주양을 올려다보았다. 사선으로 엉기는 욕망. 저열한 계산이 섞인 눈빛에 시선을 붙잡혔다.

"그런 반응 하지 말아요. 박고 싶어지니까."

노골적으로 찔러 오는데 서슴없다. 쐐기. 한마디로 그는 쐐기였다.

뭐……라고?

분위기가 금세 어색해지자 흠결 없는 미소로 그가 모든 걸 원위치시켰다.

"물론 당구공을 말입니다. 신영원 씨와 빨리 공을 쳐 보고 싶군요. 대체 무슨 생각을 하는 겁니까."

능청스럽게 그녀를 가지고 논다. 가출한 혼을 얼른 거둬들인 영원이 헛기침했다.

"돼, 됐어. 이제 그만할래."

빠져나가려 하지만 단숨에 제압당했다. 그가 느긋하게 그녀의 어깨 부근을 훑어봤다. 파들파들 떨고 있다. 힘껏 손을 움켜잡고, 영원에게 자세를 잡아 주며 그가 말했다.

"뭐든, 처음이 중요하지. 누구한테 배우느냐. 처음에 누구 손을 탔느냐."

그가 공을 조준하기 위해 허리를 숙이자 가까워진 얼굴이 바로 귀 뒤에서 어른댔다.

"이게 두뇌 싸움이거든요. 하지만 사실 굉장한 육체전이기도 하죠."

어느 순간에도 누군가와 이토록 가까이 있어 본 적이 없다. 맞닿은 몸에서 심장이 터질 것같이 뛰어 댔고, 그 진한 울림이 그에게까지 전이될까 곤혹스러웠다. 저항 한 번 못 하고 안겨 있는데 그가 입술을 귓전에 붙였다.

"어디로 튀어 나갈지 모르는 공에 집중을 하다 보면 볼일도 까먹어요."

"……"

"다리 사이에 힘이 들어가면서……, 입 안이 바싹…… 바싹……"

그의 숨이 영원의 귀에 닿아 있다.

"타들어 가곤 하죠."

진주양이 하얀 공을 타격했다. 이리저리 빠르게 구른 공이 판의 배열을 부산스럽게 흐트러트려 놓았다. 시선은 공의 움직임을 따라가고 있지만 온몸의 촉각은 오롯이 그를 향해 곤두서 있었다. 바싹 밀착된 어깨와 허리 때문에 엉덩이에 단단히 힘이 몰렸다.

마침내, 하얀 공이 다른 공과 충돌했다. 그가 속삭였다.

"당구에선 이걸 키스(Kiss)라고 하는데."

"……"

"이렇게 공과 공이 맞부딪혔을 때, 그 모양이 남자와 여자의 입술이 부딪혔을 때와 같다고 해서, 키스라고 부른다죠."

비스듬히 내리쬐는 의미심장한 숨결이 왼뺨을 어루만졌다. 입술이 가까웠다. Kiss…… 위험한 성적 욕망이 느껴지는 단어였다. 마치 점잖지 못한 얼굴이 그녀를 시험하고 있는 듯했다. 자, 이제 뭘 어쩔 거지? 나는 지금 아주 심심해. 나를 재미있게 해 봐. 영원은 도발에 숨을 크게 들이켜고 보란 듯이 내뱉었다.

"내가 뭘 알겠어? 네 말대로 나는……"

말끝이 희미하게 분노에 찼다.

"남자랑 자 본 적도 없는 초짜인데."

영원의 비아냥에 그가 진하게 입술을 당겼다.

"실망할 필요 없어요. 초짜치고 바디감이 꽤 좋으니까. 소질 있겠어요."

영원에게 스틱을 넘긴 주양이 그녀를 놔주었다. 당구에 소질이 있다는 건지 육체전에 소질이 있다는 건지 도통 불분명한 말이었다. 그러나 일단 합격인가. 자신한테 왜 이러는 건지 얼떨떨했다. 거울 앞에서 옷매무새를 가다듬으며 그가 산뜻하게 되물었다.

"저녁은 양식이 좋아요. 일식이 좋습니까."

"양……식?"

어렵게 선택하자 날카롭게 시선을 준 그가 답했다.

"그럼 일식으로 하죠."

처음부터 제멋대로 할 거였으면 왜 물어본 거야? 벽으로 걸어간 그가 민첩한 동작으로 수화기를 집어 들었다. 직통 전화를 넣어 음식을 주문하는 그를 다급하게 잡았다.

"사실 배가 별로 안 고파. 또 토할지도 모르고……."

그가 전화하다 말고 차갑게 돌아보았다. 영원은 그 눈빛이 시려서 숨이 멎었다. 움켜쥔 셔츠 뒷부분이 쭈글쭈글해졌다. 얼른 그의 몸에서 손을 떼었다. 얌전히 돌아가 소파에 앉는 걸 확인한 후에야, 그가 다시 상대편에게 입을 떼었다.

"정식 말고. 간단하게 배를 채울 수 있는 걸로. 우리 호텔에서 새로 론칭 들어갈 일식 도시락, 아직도 준비 단계입니까? 그럼 고등어구이가 들어가는 사바동을, 성게알을 올린 사시미로 대체하세요. 생와사비는 처음 먹는 사람한테는 역할 테니까, 강판에 갈지 말고 시중에서 파는 소스가 좋겠어요. 기노시타 선생이 50주년 기념으로 제작한 자개 새겨 넣은 옻찬합 기억합니까? 음식은 거기에 담습니다. 사케?"

돌아본 그가 앉아 있는 영원을 의미심장하게 훑어 내렸다.

"뜨겁게 데워서."

주양은 꽃이 핀 스시를 입 안에 넣었다. 애써 태연하게 기다렸지만 초조함을 감출 수 없었다. 영원은 마주 보고 앉아 불가해한 남자의 모습을 지켜봤다. 씹는 행위가 주는 쾌락은 섹스와 비견할 만하다고 한다. 인간은 음식으로 욕구를 충족한다. 먹는 순간에도 섹스를 하는 것이다. 하지만 식사하는 남자의 얼굴에선 미각이 주는 감동은 흔적도 찾아볼 수가 없다. 거의 기계적인 행위의 연속이었다. 그는 이 자리에 감흥을 느끼지 못하는 듯했다.

그가 던진 변덕은 극히 사소한 형태로 반전을 불러일으켰다. 위층에서는 여전히 파티가 한창이었다. 혀 안에서 녹아내릴 것처럼 굴던 해수가 기다릴지언데, 이 순간 그를 차지한 것은 배부른 부르주아도, 잘난 지식인들도 아니었다. 가장 낮은 곳에서 하찮은 취급을 받으며 몸체를 옹송그리고 있던 영원이었다.

도대체 여기에 앉혀 놓고 뭘 하는 거지. 사과라면 파티 초대로 끝난 거 아닌가? 파티에 오지 않아서 기분이 상한 거라면 더 이상하다. 그녀 따위는 관심 밖일 터였다. 설마…… 내가 신경 쓰인 건가.

잠시 지나가는 길에 눈길을 던지는 것뿐이라 해도 좋았다. 개미 콧구멍만큼이라도 그럴 가능성이 있다면 죽어도 여한이 없다.

"스시가 성에 안 찹니까?"

그가 붉은 냅킨으로 깔끔하게 입 주변을 닦으며 말했다.

"고객의 건강을 위해 양념 간을 줄이고 있습니다."

"원래 건강에 유난 떠는 것들이 담배 피고 밤늦게까지 술은 마시더라?"

영원은 비웃으며 초밥을 날름 입에 넣어 우물거렸다. 밍숭맹숭했다.

"맛없어."

"저염식이니까요."

"요즘 건강을 생각해서 사찰 음식이니 뭐니 하던데, 그런 거 따라 한 거야?"

음식은 간이 안 맞으면 형편없다고 생각하는 주의여서 영원은 결국 빈 젓가락만 빨다 내려놓았다.

"너네 회사에서는 어째서 이딴 도시락을 돈 받고 팔려는 거지? 그 가격에, 프리미엄이라는 이름까지 붙인 거면 타깃층부터 까다로운 입맛일 텐데."

"물론 까다롭겠죠."

"너는 이게 맛있다는 거야?"

"빈부 격차에 따라 인간이 우선시 두는 방점은 달라집니다. 가난한 사람은 지금 당장 사는 즐거움에 몰두하는 반면, 부가 쌓일수록 인간은 미래와 건강한 삶의 질에 가치를 두게 되죠. 먹는 즐거움…… 그게 부족한 사람들은 아니니까요."

언제든지 산해진미를 사 먹을 수 있는 부를 갖고 있는데, 음식이 뭐 대수라고 그렇게 안달 내나는 거다. 뭐, 그렇다면 어쩔 수 없고.

"그래도 이 새우는 좋아. 기름 범벅이 아니라 맛이 깔끔해."

다락방에 갇혀 있을 때는 굶주림에 눈에 뵈는 것이 없었다. 닥치는 대로 게걸스럽게 입에 쑤셔 넣었지만 원래가 미각이 예리하다. 미각의 발달은 유아기에 형성된다는데, 아버지가 살아 계시던 일곱 살 때까지는 좋은 것만 보고 먹었으니, 고급스러운 것도 이상한 게 아니었다. 백운당에 있다 보면 주방 숙수들에게 주워듣는 얘기도 많다.

그새 새우튀김을 다 씹어 먹은 영원은 젓가락을 빨며 주양의 것마저 탐냈다. 그는 새우에 별 유감이 없어 보였다.

"그거 안 먹을 거야?"

"먹고 싶습니까?"

"별로. 하지만 그냥 버리는 것보다 누구라도 먹는 게 환경 보호 차원에서 낫지 않을까?"

도도하게 고개를 쳐들지만, 새우튀김을 보고 군침 흘리는 영원에 그가 옅은 웃음을 흘렸다. 그가 접시를 앞으로 내밀었다. 어떻게 심술을 부릴지 알 수 없는 남자였다. 얼른 젓가락을 가져다 댔다. 괜히 민망스러워 핑계를 만들었다.

"혼자 사는 남자들한텐 새우가 안 좋대. 남자 정력에 좋거든. 오죽하면 비아그라가 아니라 새우그라라고 하겠어? 혼자 사는 남자는 밤이 괴로워질지도 모른다구."

빨리 치고 빠지려고 했는데 예상 밖의 난관이었다. 앗, 새우가 젓가락질에서 자꾸 엇나갔다. 살아 파닥거리는 것처럼 잡으려고 하면 할수록 젓가락을 통, 팅기고 도망쳤다.

"아, 이게 왜……."

문득, 새우가 위로 들어졌다. 그가 부드럽게 새우튀김을 젓가락으로 집어 올렸다. 포물선을 그리며 허공에서 뜬 새우가 탐스럽게 내려와 그녀의 그릇에 안착했다.

"고, 고마워."

그가 입술 끝을 비스듬히 쳐올렸다. 불장난을 모의하는 아이처럼.

"새우 먹고 곤란할 뻔했군요. 나처럼, 혼자 사는 남자는 밤에 말이죠."

조금만 방심하면 정신 줄을 놓는다. 정력이라니. 그를 상대로 무슨 소리를 지껄였는지 깨닫고 얼굴이 불타올랐다. 그가 잠시 자리를 털고 일어난 사이 영원은 눈을 깜박였다. 역시 또다시 주양과 식사하는 게 아니었다. 또 폭식을 할까 봐 얼른 젓가락을 내려놓았다. 침실로 사라졌던 그가 그녀의 무릎에 툭, 던졌다.

그의 쪽빛 타이였다.

"저번부터 보니 머리카락을 먹는 게 취미입니까? 묶도록 해요. 거추장스러워 보이니까."

영원은 머리카락 몇 가닥을 입 주변에서 떼었다. 치렁한 머리카락이 음식에도 빠져 있었다. 주는 건가. 파르르 눈꺼풀이 떨렸다. 타이에서 그의 향기가 났다. 그의 목에 하루 종일 걸려 있었을. 그의 체취가 묻어 있을 거다. 이거 집에 가져가도 되는 걸까? 그녀의 동전들이 잠들어 있는 보물함에 숨겨 놓고 싶었다. 금단추만 가지고는 아쉬웠다. 부드러운 실크 타이 감촉을 느끼고 있는데 문득 정신이 깨었다. 펄쩍 뛰었다.

"아, 안 돼! 싫어."

타이를 바닥에 던졌다.

"절대. 머리는 절대 안 돼."

"……."

"묶지 않을 거야."

그 누구에게도 보여 주고 싶지 않고, 그에겐 절대 보여 주지 않을 것이다. 그가 바닥에 패대기쳐진 타이를 보았다. 패대기쳐진 그의 친절이었다.

"신영원 씨 얼굴엔 흥미 없습니다."

주양이 삭막하게 찰랑이는 술잔을 둥글게 굴렸다. 흘려 뱉는 것 같지만 분명한 어조였다.

"하지만 자꾸 감추려고 하는 걸 보니……"

영원의 머리카락 안 감춰진 조형물을 위험하게 더듬어 내리는 시선이 깊었다.

"꼭 봐야겠다는 호기심이 드는군요."

서슬이 퍼런 말에 잘게 입술이 떨렸다. 농담 따윈 모르는 남자라는 걸 알기에 더 두려워졌다.

턱 밑까지 추격당한 것 같았다. 낯빛이 새파래지자 그가 우스갯소리였다는 듯 말했다.

"그거 압니까? 그 반응, 언제 봐도 재미있다는 거."

장난인가. 영원은 이미 화가 났다. 무심결에 던진 돌에 개구리는 맞아 죽는다.

"사람에겐 들키고 싶지 않은 비밀이 각자 하나쯤은 있어."

"……."

"네가 네 비밀을 내게 보여 주지 않을 계획이듯이, 나도 이 문제는 양보할 수 없어."

그녀의 말에 그가 데운 사케를 입가에 대고 영원을 직시했다. 그는 미묘한 표정이었다.

"말 더듬는 것, 컨트롤이 가능합니까? 방금, 말을 한 번도 더듬지 않았어요."

깍지 낀 손을 입술에 붙이고 그가 진지한 목소리로 덧붙였다.

"생각보다 어수룩하진 않은가 보죠."

그가 관찰력을 발휘해 그녀를 뚫어지게 봤다. 이 남자가 무슨 말을 하고 있는지 이해가 가지 않았다. 그러다가 욕임을 알아듣고 침이 뱉어진 것처럼 확 얼굴이 붉어졌다. 불리해지거나 당황스러워지면 말을 더듬게 된다. 말을 더듬는 것은 자의가 아니었다.

"너는 뭐 말짱한 줄 알아? 나도 욕할 수 있어. 누구, 누구는 그런 말 할 줄 몰라서 네 앞에서 쩔쩔매는 줄 알아?"

"내게 쩔쩔매고 있습니까?"

거추장스러운 질문들은 다 쳐 내고 그는 직선적으로 거리를 좁혀 왔다.

"아니! 아니야!"

"하지만 내게 쩔쩔매야 할 입장일 텐데요."

몇 번도 더 그녀의 마음을 들락거리는 날카로운 공격들에 정신이 혼미해졌다.

"내가 왜? 왜 너한테 쩔쩔매야 하는데?"

"당신의 니즈를 충족시켜 줄지도 모르니까."

"필요 없어."

"그게 복수라도?"

영원은 흠칫했다. 그는 진지해 보였다. 왜 갑자기 복수로 이야기가 흘러가는 걸까. 해수와 단란하게 춤까지 췄으면서. 영원은 흔들리는 마음을 다잡았다. 이제 그와는 더더욱 상관없는 이야기였다.

"도와줄 마음 없다고 딱 잘랐잖아."

"내게 줄곧 골난 이유가 거기 있었군요. 사과로는 부족했습니까?"

"그거야! 그때 네가 내 입에 야, 양말을……"

"양말을……?"

말해 입만 아플 거 같아 그냥 분을 삭였다. 뜻밖의 친절을 베푼다 했더니 목적이 있었다. 이것 때문에 그녀를 집 안에 불러다 저녁까지 먹이고 있는 거였다. 그나마 양말을 먹이는 게 아니라서 황송하다고 해야 하는 건가.

"처음이었어. 양말 맛 같은 거 알고 싶지도 않았는데. 너도 끔찍했을걸?"

"상상도 하기 싫군요."

"모욕은 수없이 당해 봤지만 단연 으뜸이었어."

"내가 죽일 놈입니다."

"내 복수에 네가 왜 관심을 가져? 최 사장한테…… 유감스러운 일 당한 적이라도 있어?"

"순수한 호기심이라고 하죠."

문답이 질주를 멈추고 잠시 숨을 골랐다. 보드라운 시선이 닿았다. 영원은 가만히 눈을 내리깔았다.

"화해하는 겁니까?"

믿을 수 없게도 평소에 남들에겐 가시 돋던 자존심이 그에게는 물렁물렁해졌다. 인간이 으레 갖는 자존감 같은 건 바닥을 뒹굴었다. 우물쭈물했다. 입술은 이미 오래전에 식은 분노의 찌꺼기를 토해 냈다.

  "다시는 양말 같은 거 안 집어넣으면."

  주양이 흔쾌히 응했다. 누구 분부라고. 인심 쓰듯 그녀 밥 위에 새우를 올려 준다. 어이가 없어서 그를 보았다. 몹시 잔혹한 고양이처럼 사람을 교활하게 어르고 달랠 줄 아는 표정이었다. 궁금했다. 그가 왜 복수에 발을 담그려는 건지. 순수한 호기심이라는 건 재미있어 보인다는 뜻일까?

  하지만 그가 무엇 때문에 그녀의 복수극에 동참하겠다고 선언했는지 관심 끄기로 했다. 그가 복수에 지대한 관심을 보인다는 것과, 그에게도 계모를 무너트리는 것이 필요해졌다는 것만 기억하면 되었다. 이유가 어쨌건 굿이나 보고 떡이나 먹으면 되었다.

  "이래 봬도 쓸모가 많을 거야. 백운당에 왔다 간 정재계 인사들을 쥐고 흔들 만한 내역들. 어디에 숨겨져 있는지 알아. 최 사장은 그걸 은밀하게 모으고 있지."

  쩔쩔맬 이유가 사라졌다. 더 이상 구걸하는 입장이 아니게 된 거다. 그녀도 패를 쥐고 있는 건 매한가지였다. 팔짱을 끼고 등받이에 기댄 채 거만하게 말했다.

  "대신 이쪽도 조건이 있어."

  "명확하게 해 놓는 게 좋겠죠. 말해 봐요."

  "우린 엄연한 파트너야. 한쪽한테 기우는 건 없어."

  "파트너?"

  "예를 들어…… 친구 같은 거 말이야."

  무모하게 쥐어짜 낸 목소리는 가여울 만큼 기어들어 갔다. 조건이라고 해서 얼마나 거창한 것을 들이밀까 집중했건만 친구라니. 꼭 저같이 소심한 요구에 그가 김빠진 헛웃음을 억눌렀다.

  "내가 말한 적 있습니까? 당신 힘들다고. 답이 안 내려지는군요. 신영원 씨는."

그런 소리 많이 들었다. 이유는 알 수 없지만 두서없는 정신머리 탓일지도 모른다고 여겼다. 때문에 사람들과 어울리는 데도 제약이 많았고, 대화의 핀트도 자주 어긋났다. 우울한 예감이 엄습했다. 그녀와 친구 되고 싶어 하는 사람이 없었다는 것. 그가 일언지하에 거절할까 봐 목이 탔다.

"할 거야 말 거야?"

"좋습니다."

믿기지 않아 눈이 등잔만 해졌다. 진짜일까 뺨을 꼬집고 싶었다. 친구가 되었다. 친구가. 매향이가 휴가를 마치고 백운당에 돌아오면 당장 자랑해야겠다.

"하지만 그 전에."

갑자기 치고 든 목소리에 잡생각을 몰아내고 그를 봤다. 어느새 남자의 시선은 동물을 닮아 예리해져 있었다. 먹잇감을 놓치지 않는 범처럼 주시해 온다.

"나 감당되겠습니까."

버릇없는 대산물산 딸을 길들이려 했을 때와 같은 눈빛이었다. 자칫 눈길이라도 피하면 저 신사다움을 벗어던지고 목줄을 틀어쥐려고 달려들 거다.

"나, 감당되겠습니까."

그가 한 자 한 자 끊어 재차 물었다. 주제에 감당할 재간이 있겠냐는 의구심이 현실이 되었다.

"나는……."

암담한 먹구름이 드리워지기 무섭게 동시에 그가 의자를 박차고 일어났다. 피하려 했을 땐 이미 늦었다. 성큼성큼 그녀에게로 걸어왔다. 돌연 멱살이 움켜잡혀 카펫에 패대기쳐졌다. 아! 엎어진 몸을 곧바로 일으키려 했지만 구두가 덮치듯 착지했다. 웃, 영원은 도로 카펫에 눌러졌다. 어깨가 지르밟혔다. 드러누운 채 흐트러진 숨을 뱉었다.

인상을 찡그리며 주양의 발목을 쥐었다.

"아, 아파."

그러자 완전히 짓밟아 놓겠다는 듯, 구두 굽이 어깨를 더 세게 쑤시고 들어왔다.

"과연. 구두 주인이면서 과감히 나타나지 않던 배포와, 사과의 의미로 파티에 초대한 내 성의를 짓밟는 용기가 쉬운 건 아니지. 그러면서 잔뜩 미련이 남은 얼굴로 입구를 기웃거리던 찌질한 미덕까지 갖추기란. 절대 쉬운 캐릭터는 아니야."

영원은 당황했다. 입구를 기웃거린 걸 알고 있었나. 빼도 박도 못하고 본심을 들킬 위기에 처했다. 짝사랑해 온 걸 들키는 순간 그에게 얕보이는 건 불 보듯 뻔했다.

"하악……! 거짓말쟁이. 친구라고 했잖아!"

"친구……? 친구라. 내가 아는 친구가 세상에 딱 두 종류인데."

"……"

"이 세계에는 친구 대신 오른팔과 왼팔이란 개념이 있어. 상하, 혹은 주종의 관계. 그러니까 친구에게 간청은 그렇게 하는 게 아니야. 무릎을 꿇어라. 내게 복종부터 해. 나는 눈 똑바로 뜬 친구를 둔 적이 없어."

창끝처럼 찔러 드는 고통과 더불어, 영원의 얼굴에 두려움이 부채꼴로 넓게 번져 갔다. 서늘한 턱을 보고 있자니 심장이 너덜거렸다. 그에게 친구란 복종을 약속받고 손가락 하나로 부리는 하인들에 지나지 않았다. '친구가 될 수 있느냐?' 가 본질이 아니다. '그를 감당할 수 있는가?' 이다. 영원은 질끈 눈을 감았다 떴다.

"다른, 친구는?"

친구가 두 종류라고 했다.

"나머지 하나는, 뭔데?"

그가 조용히 그녀를 주시했다. 먹잇감을 향해 낮게 포복한 짐승처럼. 흥분이 휘몰아쳤다. 빨리 이 상황을 빠져나가고 싶다는 생각뿐이었다. 빨리 이 상황을 빠져나가고 싶다고…….

그가 테이블 위의 음식을 다 쓸어 버렸다.

와장창!

팔목이 틀어잡혔다. 영원은 일으켜 세워졌다. 테이블에 그녀를 안착시키기가 무섭게 그가 얼굴부터 치고 들어왔다. 입 맞출 듯 바짝 거리가 좁혀졌다.

"45센티미터."

"……"

"사람과 사람 사이에 친밀함이 생길 수 있는 가장 좋은 거리."

맞닿은 숨결이 교차했다.

"섹스 프렌드."

빠져나갈 수가 없었다.

숨죽이고 남자의 눈빛을 마주하고 있자니 그의 본질이 다시금 되새겨졌다. 일종의 가학성이었다. 극히 사소한 부분까지 침투해 오며 쫓을 대로 쫓다가 수고로움을 더하지 않고 포획하는 것.

섹스 프렌드라니.

"네가 원하는 게 정확히 베스트 프렌드야, 섹스 프렌드야?"

그는 한 치의 죄책감 없이 내뱉었다. 조롱하는 투였다.

"복수는 핑계고, 내가 널…… 꼬시기라도 한다는 거야?"

"그럼 재미없고."

"네가 그렇게 말하고 있잖아."

해 주기 싫으면 말 것이지. 화내고 있지만 그가 조롱한 45센티미터는 그 모욕을 견딜 만큼 매력적인 거리였다. 그 이상으로 친밀하게 접근할 수 있고, 희박하다 해도 그를 무릎 꿇릴 가능성의 지푸라기라도 쥘 수 있는 관계. 문득, 그에게 섹스 프렌드를 원한다고 말한다면 어떤 반응을 보일까 궁금해졌다. 일반인 축에도 못 드는 남루한 계집애를 경멸하겠지. 영원은 가차 없이 내던져지리라.

"내가 원한 건 둘 다 아니야."

"복종도, 사심도 아니다?"

"악어와 악어새 같은 거야."

영원의 느닷없는 말에 그가 비릿하게 눈살을 찌푸렸다.

"악어와 악어새?"

"공생 관계 몰라? 악어는 강인한 동물이지. 악어새는 그에 비해 작고 초라해. 하지만 둘은 서로에게 이익이 되는 존재야. 놀랍게도 누구 하나에게 복종하지 않고 공존하며 지내지."

품위가 있는 관계라고 생각했다. '동물의 왕국'을 보면서 상상했다. 섹시한 갑옷을 두른 악어가 자신의 가장 연약한 부위이면서 가장 큰 무기를 믿고 맡기는 존재라니.

"당신은 아무것도 하지 마. 입만 벌리고 가만히 있으면 돼. 그저 그 날카로운 이빨만 내게 내어 줘. 나는 그 이빨로 내 명예를 회복할 테니."

해수와 춤을 추던 그의 모습이 떠올랐다. 완벽한 한 쌍이었다. 의심하지 못할 만큼 둘은 잘 어울렸다. 복수심이 더욱 불타오를 만큼. 이건 나 혼자만의 복수가 아니었다. 외롭게 죽어 나간 내 모친을 대신한 처단이고 응징이었다. 자신은 다르다. 절대 모친의 전철을 밟지 않을 거다.

그가 반박했다.

"악어가 이빨을 내줬다고 악어와 악어새가 친구라고 생각하면 곤란하지. 아이러니하게도 악어새는 살기 위해 악어의 입에 머리통을 들이밀고 있으니."

"그러나 분명한 건, 위험한 포식자 악어에게 유일하게 다가갈 수 있는 존재는, 악어새뿐이라는 거야."

한 번도 지지 않고 맞받아치자 당돌한 영원에 그가 재미있다는 표정을 지었다. 복종도, 사심으로 접근한 것도 아닌 제3의 존재는 그의 구미를 당겼다. 그가 오래도록 불가해한 눈초리로 영원을 보더니, 쾌씸한 듯 그녀의 이마를 툭툭 손끝으로 쳤다. 그렇게 행동하지만 상당히 즐기고 있는 표정이었다.

"좋아. 계속 그렇게 해."

"……."

"내가 너에 대해 답을 빨리 내리게 만들지 마. 네가 어려운 여자로 있는 한 내가 널 놓는 일은 없어. 그럼 우린 좋은 친구가 될 수 있을 거야."

"……."

"협력을 할지 말지는 앞으로 당신 행동에 따라 결정합니다. 신영원 씨. 알겠습니까? 당신이 나를 같은 편으로 만들기 위해, 어떤 노력을 기울일지 기대되는군요."

그는 영원을 시험하고 또 시험할 것이다. 상대가 거짓말을 하는지 진심을 말하는지, 적인지 동지인지, 본질을 꿰뚫려 들 거다. 그리고 그는 끊임없이 유혹해 올 것이다. 유혹에 넘어가면 영원은 그가 말한 대로, '섹스 파트너'를 요구하는 여자가 된다. 그럼 간단히 영원을 향한 관심이 식겠지.

그가 원하는 지점이 정확히 그것이었다.

흥미가 줄어드는 것. 시시한 여자임을 확인하는 것.

그러나 그것에 응해 줄 마음이 한 톨도 없었다. 할 수만 있다면 그에게 가장 비상식적인 여자로 남는 한이 있어도 그의 시선을 붙들고 싶었다.

각자 원하는 것을 줄 수 있는 파트너십, 은밀한 공모. 분위기는 몹시 좋게 흘렀다. 분명 그랬었다. 그와 술을 나눠 먹고 필름이 끊기기 전까지만 해도.

어째서 일이 그렇게 되어 버린 걸까. 그저 계모에게 복수를 하고 싶었을 뿐이었는데. 스탠드가 나뒹굴었다. 거실에 달뜬 신음이 이어졌다. 암전된 거실에서 헐벗은 두 육체가 뒤엉키고 있었다. 아악, 하악……, 영원은 끊어질 듯 희미해진 시야를 붙잡았다. 그의 얼굴이 보였다. 그는 눈가가 길게 찢어져 있었다. 깨진 살점에서 흐른 피딱지가 루비처럼 붉게 반짝였다.

쾌락보다 더 예술적이다.

'이래 봬도 쓸모가 많을 거야. 백운당에 왔다 간 정재계 인사들을 쥐고 흔들 만한 내역들. 어디에 숨겨져 있는지 알아.'

'네가 원하는 게 정확히 베스트 프렌드야, 섹스 프렌드야?'

'당신이 나를 같은 편으로 만들기 위해 어떤 노력을 기울일지. 기대되는군요.'

육체가 주는 쾌감에만 몰입했다. 깊게 뿜어지는 숨에서 피비린내가 짙었다. 그저 뜨거웠다.

현실인지 혼몽인지 정신을 잃었다.

다음 날 아침, 바람이 불었다. 밖이 비치는 하얀 속 커튼이 창가로 밀려들었다. 둥글게 부풀리기를 반복한다.

영원은 속이 메스꺼웠다. 순간 치미는 구역감에 욕실을 찾아 뛰어 들어갔다. 소화되지 않은 음식이 그대로 게워 내졌다. 머리가 깨질 듯이 아팠다. 양변기를 부여잡고 토를 하는 그때였다.

찰방거리는 물소리에 의식이 명료해졌다.

욕실에 누군가 있었다.

놀라서 돌아보자 욕조에 몸 담근 주양이 보였다. 주양은 완벽한 알몸이었다. 영원이 그만 다리에 힘이 풀려 주저앉았다. 멍청하게 있는 영원에게 주양이 젖은 머리를 넘기며 산뜻하게 묻는다.

"당신이 친구를 사귀는 법, 아주 놀랍더군요."

"무슨……."

"아주 인상적이었어요. 하지만 발뺌하면 곤란해."

그가 고개를 돌려 영원을 눈에 담았다. 순간적으로 영원은 비명이 씹어 삼켜졌다. 그의 한쪽 얼굴은 처참했다. 피멍을 덧칠한 것처럼 상처가 얼굴을 뒤덮고 있었다. 그가 경멸조로 쏘아붙였다.

"어젯밤 날 실컷 강간해 놓고, 모르쇠로 나오면 곤란하지."

강간?

……

내가?

"대한민국에선 성폭행을 '강간을 시도한 것'이라고 규정하고 있어요. 직접적인 성관계가 없어도 심리적으로든 신체적으로든 상해를 입히면, 이건 빼도 박도 못하고 곧바로 철컹철컹, 손목에 쇠고랑 차는 성폭력입니다."

"……."

"성폭행까지도 좋다 이겁니다. 근데 당신은 날 '강간' 했어요."

"……."

"남자가 여자한테 강간을 당했다고 어디 가서 쪽팔려서 이야기할 수도 없어요. 나의 사회적 지위와 위치, 내 커리어. 아마도 이제부터 내게는 여성에게 강간당한, 이란 수식어가 꼬리표로 따라붙겠죠."

"……."

"처음으로 좋은 친구가 생길 것 같다고 생각했는데……."

욕실에서 충격적인 말을 터트린 후, 두 사람은 거실로 나와 마주 앉아 있었다. 주양이 영원을 몰아붙였다.

"도대체 나한테 왜 그런 짓을 한 겁니까."

"……."

"듣고 있습니까?"

"……."

"이 일을 어떻게 책임질 겁니까. 신영원 씨."

굳은 목소리는 어제와 다르게 무척 냉정하게 영원의 이름을 불렀다. 채무자를 다그치는 사채업자의 경멸감과도 같았다. 적어도 친구를 대하는 모습은 아니었다. 하루 만에 끝난 바람, 그런 관계. 얼어붙은 입이 떼어지지 않았다. 무언가를 항변하려 했지만 기억이…… 기억이 하나도 나지 않았다.

단 하나도.

【실종 7일째】

첫 단추를 잘못 끼면 두 번, 세 번째에 아무리 잘해도 되돌릴 수 없다.

그 남자와의 관계가 그랬다.

쏴아아―!

영원은 샤워기 아래에 가만히 서 있었다. 머리칼을 짓누르며 쏟아진 물이 수챗구멍으로 빨려 들어갔다. 사람 하나 간신히 서 있는 2평 남짓 욕실. 모든 시설은 자해를 방지하기 위해 세심한 배려를 아끼지 않았다. 딱딱한 타일은 방수 쿠션으로 둘러쌌고, 천장에 달린 샤워기는 손에 닿지도 않았다. 안에서 잠그지 못하게 문손잡이 역시 반대로 되어 있었다. 칫솔도 없다. 이는 손으로 닦는다. 칫솔을 목구멍에 집어넣어 기도를 막으려 한 때부터 허락되지 않았다. 영원은 천장을 올려다봤다. 유리 거울도 없는 욕실에 그녀를 비추는 건 저 감시 카메라였다. 어느 곳에, 무엇을 하건 눈이 쫓아다녔다. 하루 일거수일투족을 감시당했다. 저 카메라 렌즈 너머 누군가 느긋하게 앉아 그녀를 응시하겠지. 누가 되었건 상관없다. 다만, 여자이기를 바랄 뿐이었다.

쏴아아―!

똑― 똑―

"아가씨, 들어갑니다."

바깥에서 문손잡이가 움직였다. 고무로 된 정량 컵에 노 집사가 샴푸와 바디 제품을 덜어서 주었다. 영원은 그걸로 매일 머리를 감고 몸을 씻었다. 처음엔 노 집사가 씻겨 주었지만 이젠 누가 몸에 손대는 것도 싫어졌다. 사람들이 미워졌다. 씻겨 주는 노 집사를 보다가 저도 모르게 주먹이 날아가 노 집사가 코피 터진 적도 있었다.

기억은 드문드문 끊겼다. 진정제 과다 투여 부작용이었다. 뇌가 스스로 제어가 안 되는 것이다. 다 씻고 나오자 노 집사가 몸을 큰 타월로 감싸 주었다. 영원은 물이 뚝뚝 흐르는 머리카락을 들었다. 창가에 꽃다발이 놓여 있었다.

"누가 왔다 갔어?"

천진한 물음에 노 집사가 조용해졌다. 매번 똑같이 질문하는 영원을 낯설어하는 표정이었다. 다른 세계에서 사는 사람을 보듯 혼란스러움이 가득하다. 이젠 포기할 때도 되지 않았냐고 묻고 싶은 건가. 노 집사가 사다 놓은 줄 알면서도 영원은 묻는다.

"그냥 물어봤어."

포기가 안 되는 것이다.

누가 그녀를 찾아와 주기를. 여기서 꺼내 주기를.

영원은 신해수가 되기를 간절히 열망한다. 그러나 신해수가 되길 바라는 열망이 커져 가는 만큼 병원을 탈출하고자 하는 반항심도 발톱을 드러냈다.

'선택지는 두 개뿐이야. 정신병원에서 평생을 썩을 것이냐. 이 웨딩드레스를 입을 것이냐. 네가 신해수가 되는 거야.'

신해수가 되기를 원하지만 진주양의 방식대로는 아니었다. 그 남자는 좀 더 애간장이 탈 필요가 있다. 영원은 새 환의로 갈아입었다. 다행스럽게도 이 환의에는 단추가 없었다. 단추를 잘못 꿰는 일 따윈 이제 일어나지 않을 것이다. 영원은 줄을 질끈 묶고는 침대로 기어들어 갔다. 어떻게 할지 이제부터 곰곰이 생각해 보기로 했다.

유명 연예인들이 포토 존에 서서 카메라 세례를 받았다. 포즈를 요구하는 기자들이 플래시를 마구 터트려 댔다. 화장품 론칭 쇼였다.

'신영원을 순순히 만나게 해 주지 않을 거 같은데, 어떡하죠?'

낮에 정신병원에서 돌아온 장 경감과 수진은 막다른 골목에서 길을 잃었음을 인정해야 했다. 이대로는 죽도 밥도 안 된다. 무작정 신영원만 바라볼 수 없었다. 장 경감은 결단을 내렸다.

'답이 막힐 때는 연산을 처음부터 다시 해 보는 거야. 그럼 공식에서 내가 놓쳤던 부분이 나와. 처음으로 돌아간다. 한신호텔부터 다시 시작해 보자.'

신부 실종 당일 결혼식이 열렸던 연회장. 한신호텔에서 최고로 비싸다는 임페리얼 홀이었다.

곳곳에 배치된 호텔 직원들이 안전하게 쇼가 끝나도록 통행을 관리했다. 임페리얼 홀은 2층에서 제일 깊숙한 장소에 있었다. 그는 보안이 산만해진 틈을 타 훌쩍 바리케이드를 넘었다.

한 번 빌리는 데 억 단위라서일까.

1년에 몇 번 행사가 있을까 말까 한 홀은 쥐 죽은 듯 조용했다.

평소엔 값비싼 물건들을 도둑맞을까 봐 잠가 놓는다고 들었다.

"화장실이 어디에 있나."

길 잃은 척 신부 대기실이 있는 복도에 다다랐다. 극비 수사라 그 흔한 폴리스 라인도 안 쳐져 있었다. 웬만한 단서들은 과학수사대에서 이미 수집해 가 허술한 상태였다. 만능키로 문을 딴 그는 대기실에 몰래 숨어들었다. 살그머니 문을 닫고 본격적으로 신부 대기실 구조를 파헤쳤다. 20평이나 되는 커다란 신부 대기실은 파우더 룸이 곁방 식으로 따로 붙어 있었다. 청소된 깔끔한 방은 그날의 긴박한 상황과는 다소 동떨어졌다.

지문이 남지 않도록 라텍스 장갑을 꼈다. 서랍을 열었다. 일시적인 공간이라 딱히 신부가 남기고 갈 만한 건 발견할 수 없었다. 다만, 웨딩드레스를 갈아입었을 것으로 추정되는 옷장 앞에 섰다. 손바닥 크기만 한 UV 랜턴을 비추었다. 파란 불빛은 눈에는 보이지 않는 미세한 흔적조차 잡아냈다. 쇼핑백이 놓였을 것으로 추정되는 공간에 흐릿하게 자국이 발견되었다.

'이 옷장에 미리 평상복을 보관해 둔 뒤에, 갈아입고 도주했다.'

장 경감은 신부 대기실을 나왔다. 신부가 빠져나갔을 경로를 그대로 따라가며 시뮬레이션 해 봤다. 임페리얼 홀은 호텔 2층이었다.

'2층을 빠져나오는 방법은 엘리베이터를 타거나, 1층 로비로 이어지는 계단을 이용하는 길 두 가지뿐이다.'

계단 옆에 붙은 에스컬레이터는 북적이는 하객들 통행을 수월하게 했지만, 올라오는 방향 하나여서 내려갈 때는 꼭 계단을 이용해야 했다. 신부는 2층 계단을 통해 로비로 내려왔다. 많은 사람들이 신부를 스쳐 갔다. 그러나 누구 하나 신부를 기억하는 이는 없다. 로비 중앙에 멈춰 선 장 경감은 천장을 봤다. 천장 곳곳에 보이는 감시 카메라들. CCTV 한 대가 로비를 순찰하다가 장 경감과 눈이 딱 마주쳤다.

카메라가 숨죽이며 장 경감을 담았다.

아무도 신부를 기억하지 못한다 해도, 그 순간 카메라만은 신부를 지켜보았다.

밤이슬이 채 가시지 않은 새벽이었다. 백운당 본가 대문이 조심스레 열렸다. 살그머니 빠져나온 사람은 푸르스름한 새벽 공기에 안면을 들이받으며 걸음을 재촉했다.

장 경감은 차 안에서 잠복하고 있었다. 대시 보드 너머로 빠짐없이 지켜보다가 문을 열고 나갔다. 앞길을 막아서는 낯선 방문자에 노 집사가 주위를 두리번거렸다.

"누구시죠?"

장 경감은 안심하라는 듯 두 손을 보였다.

"이상한 사람 아닙니다. 여사님께 신영원 씨 일로 여쭐 게 남아서. 아, 저는 이런 사람입니다."

지갑에서 명함을 꺼내 건네었다.

"흥신소?"

"전 그 단어를 별로 좋아하진 않는데, 고급 어휘로는 사립 탐정이라고들 하죠."

"그런데요."

"아직 언질이 없었나 보죠? 진주양 씨가 고용한 사람입니다. 현재 실종되신 신부님을 찾고 있죠."

실종된 신부를 찾고 있다는 설명만으로 모든 것은 충분해졌다. 그들은 시내에 위치한 유명 브랜드 24시간 커피숍에 자리를 잡았다.

"평소 이렇게 이른 시간에 출근하시는 겁니까?"

"출퇴근하게 된 지 얼마 안 됩니다. 그 전에는 상시 대기였죠. 영원 아가씨가 병원에 적응할 때까지 같이 먹고, 같이 입고, 같이 자고…… 무슨 뜻인지 아시겠죠?"

셀 수 없이 많은 자해 전력과 탈출 시도. 그나마 신영원이 의지하는 이는 노 집사뿐인 건가. 하지만 장 경감이 이렇게 그녀를 찾아온 건 다른 이유 때문이었다.

"진술 조서 내용을 봤습니다. '그날 밤'이란 말을 유독 강조하시더군요. 대체 그날 밤 무슨 일이 있었다는 겁니까?"

'진주양의 32주년 생일 파티가 있던 날 밤, 모든 것은 그날 밤에 시작되었다.'로 끝나 버린 진술 조서는 그를 잠 못 이루게 했다. 그것이 새벽같이 노 집사를 찾아온 이유였다.

"이미 형사님 앞에서 다 털어놨는데 거기까진 못 보셨나요?"

뒷내용을 모른다는 장 경감의 말에 노 집사가 의구심을 표했다. 급하게 훔쳐 오다 보니 손에 잡히는 대로 바지에 꾸겨 넣었다.

"제가 가지고 있는 자료가 거기서 딱 끊겼지 뭡니까."

노 집사는 어려울 거 없다는 얼굴로 뒷이야기를 해 주었다. 신해수는 그날 파티에서 주양과 춤을 췄다. 그들의 역사가 그날 밤에 시작되었다는 대수롭지 않은 내용이었다.

"신영원 씨도 그날 파티에 있었습니까?"

"영원 아가씨는 참석하지 못했습니다."

"왜죠?"

"감기에 걸렸으니까요."

"왜 하필 그날 감기에 걸린 겁니까?"

"왜 그렇게 영원 아가씨가 궁금하신 건지 먼저 여쭤도 될까요?"

숨결 하나 높아지지 않고 여인은 허를 찔렀다. 대화가 일순간에 막혔다. 예리한 혀에 걸려 넘어진 장 경감은 인중을 검지로 쓸었다. 어쩔 수 없다. 들통나느니 대놓고 떠보는 쪽이 유리했다.

"혹시 신영원 씨가 형부를 짝사랑했다는 소문 아십니까?"

노 집사가 미세하게 입매를 굳혔다. 동요하고 있는 심리를 장 경감은 빠르게 읽었다. 시간이 흐른 뒤에 노 집사가 헐거운 입을 열었다.

"무슨 그런 입에 담기도 망측한 얘기를."

"모르십니까?"

"모릅니다."

장 경감은 차분히 눈을 감았다 뜨며 고개를 끄덕였다.

"그러시군요."

자신이 신영원의 지독한 짝사랑을 넘어서 둘의 내연 관계까지 안다는 사실이 진주양 귀에 흘러들어 가면 그는 죽은 목숨이었다. 장 경감은 능청스럽게 시답잖은 관심꾼 역할을 자처했다. 몸짓과 말투를 가볍게 연극했다.

"마을에 소문이 짜하더라고요. 신랑 때문에 가출을 했네, 정신병원을 그래서 보냈네, 평소 언니를 질투했네."

"다 남 얘기 떠들기 좋아하는 사람들 헛소리죠. 백운당이 마을에서 제일가는 부자에, 폐쇄적이다 보니 촌구석 노인네들이 시기심에 입방아 찧기 일쑤입니다. 농촌이 원래 그래요. 남 일에 관심 많고, 타지인들 배척하고, 편 가르고. 아가씨가 정신병원에 가서 이상한 말이 떠도나 본데, 아가씨가 치료받는 건 망상성 치매 때문입니다. 신랑 때문이 아니라. 그만 일어나도 될까요? 제가 해 드릴 수 있는 이야기는 더 없을 듯싶은데. 한 번도 출근 시간을 어겨 본 적이 없어서요."

노 집사는 이 이상의 대화를 단호하게 거절했다. 숨기고 있는 게 많을 때 나오는 행동들이었다. 장 경감은 만족스럽게 수첩을 닫았다.

"폐를 끼칠 순 없죠."

그녀와 카페에서 헤어지기 전, 돌아서는 여자 등에 대고 소리쳤다.

"참, 좋으시겠어요. 아드님이 돈 많이 버셔서 미국으로 온 가족이 해외 이주하셨다면서요?"

노 집사는 걸음을 멈추지 않았다. 장 경감은 더욱더 웃음이 진해졌다.

"조만간 병원 다시 들르죠. 그땐 신영원 씨 컨디션이 오늘은 맑음이 되기를 기도하겠습니다."

신영원의 기분은 하느님도 어쩌지 못할 일이었다. 그녀의 기분은 누군가의 변덕이 부리는 마술이니까. 뒤도 안 돌아보고 사라지는 노파를 응시하다 문득, 장 경감은 도로로 시선을 던졌다. 못지않게 수상한 검은 세단이, 냄새를 여지없이 풍기며 길가에 세워져 있었다.

노 집사는 봄 코트를 여미고 빠르게 길을 재촉했다. 어느 순간 걸음은 천천히 속도를 늦췄다. 금세 높아진 해가 눈부셨다. 노 집사는 고개를 틀었다. 꽃집이었다.

꽃다발 하나를 품에 안고 언제나처럼 VIP 병동에 도착하자 간호사들이 산뜻하게 인사를 해 왔다. 지문 인식을 끝내고 병실에 들어갔다. 영원이 이미 일어나 침대맡에 조용히 앉아 있었다. 그녀의 뒷모습을 보다가 문득 길어진 머리를 잘라 줘야 할 것 같다고 생각했다. 코트를 옷걸이에 걸며 노 집사는 말했다.

"바깥은 벌써 여름이에요. 길 가다가 꽃이 너무 예쁘길래 아가씨 생각나서 사 왔습니다."

노 집사는 꽃다발을 영원의 무릎에 올려 주었다.

"보세요. 아가씨가 좋아하는 꽃이랍니다."

영원은 꽃다발에 관심을 보이는 듯싶더니 눈빛이 날카로워졌다. 쓰다듬던 손길이 돌변했다. 꽃을 미친 듯이 마구 쥐어뜯었다. 끔찍한 광경에 노 집사가 굳었다.

"그만……, 뭐 하는 거예요."

영원은 그것에서 그치지 않았다.

"하아……! 하아……!"

거친 숨을 내뿜으며 꽃을 짓이겼다. 노 집사가 영원의 어깨를 그러쥐었다.

"그만하세요!"

영원이 진저리 쳤다. 노 집사 손을 뿌리쳤다.

"노 집사가 아직 나에 대해 너무 모르네. 누가 그래. 내가 꽃 좋아한다고."

영원이 으르렁댔다. 풀어 헤친 긴 머리카락 사이로 눈빛만 형형해서 귀신 같은 몰골이었다.

"나는 꽃 싫어. 꽃이라면…… 치가 떨려."

"하지만 저번엔 꽃이 보고 싶다고 하셨잖아요."

"그래. 화분을 선물해 줬지. 근데 그걸로 내가 뭘 했지?"

동정심에 잠깐 흔들려 화분을 선물했다. 그걸로 손목을 그었다. 바로 일주일도 안 된 일이었다.

"내가 원한 건 꽃이 아니라 그걸 담은 화분이었어. 화분 사 달라고 했으면 의심했을 거 아냐."

노 집사는 한숨지었다. 아침부터 왜 이렇게 기분이 저조한 걸까.

"또 뭐 마음에 안 드는 일 있으셨어요? 아침진지가 입맛에 맞지 않던가요?"

"혹시 나 찾아온 사람 있어?"

노 집사는 말을 잃었다. 미친 여자처럼 날뛰더니 거짓말처럼 무관심해진다. 대화는 언제나 이런 식이었다. 끝을 못 보고 어긋났다. 영원은 조울증 환자 같았다. 급격히 기분이 나빠졌다 좋아졌다 종잡을 새 없이 돌변했다.

"아가씨를 찾는 사람이 어디 있겠어요."

그러나 변하지 않는 게 있다. 저 질문. 찾아온 사람이 있냐고 매일같이 똑같이 해 오는 질문. 대답은 한결같은데도.

"그냥 물어봤어."

영원은 언제 그랬냐는 듯이 얌전히 매트리스에 엉덩이를 붙였다.

"그래. 누가 나를 찾겠어. 사람이…… 흔적도 없이 사라졌는데, 수개월이 넘도록 안 찾을 수도 있지. 그래, 그렇고말고."

노 집사는 못 들은 척 꽃의 잔해를 주워 담아 쓰레기통에 버렸다. 형체를 알아볼 수 없을 만큼 찢긴 꽃을 보다 멍해진 영원을 다시 일별했다. 알게 해서는 안 되었다. 세상 밖의 누군가가 저를 만나고 싶어 한다는 것을.

오늘 아침에 영원을 만나겠다고 비장하게 선전 포고 하던 장 경감이란 작자를 떠올렸다.

'그날 밤에 대체 무슨 일이 있었다는 겁니까?'

무도회에 갔던 영원은 그날 결국 돌아오지 않았다. 노 집사는 조마조마하게 밤을 지새우며 영원을 기다렸다. 파티에 간 것은 최 사장에게 비밀이었다. 노 집사는 스스로 철저하다고 자부하는 사람이었다. 최혜란 사장에게 책잡힐 일을 만들고 싶지 않았다. 돌아오는 대로 경고를 해 주리라 마음을 먹었다.

그러나 영원은 아침이 돼서야 돌아왔다. 그녀를 본 순간 머리는 백지장이 되었다.

'그 남자가 이런 겁니까?'

그날의 대화가 귓가에 쟁쟁대었다. 갈피를 잃고 헤매듯 떨리던 영원의 입술.

'아니야. 내가 그랬어.'

'그분은 해수 아가씨와 춤을 췄어요. 사장님이 이 사실을 알면 가만있지 않을 겁니다.'

'정말이야. 아무 일도 없었어.'

영원이 주양을 짝사랑한다는 것은 알고 있었다. 이런 꼴을 당하고도 두둔하다니. 안 될 말이었다.

'아무 일도 없다고? 온몸을 멍투성이로 해 와서 아무 일도 없다고요?'

'글쎄, 신경 끄래도. 언제부터 날 걱정했다고?'

'그에게 놀아나고 있는 거예요. 그에게 속고 있는 거예요!'

길바닥에 뒹구는 쓰레기만도 못하게, 발에 차이는 돌멩이처럼.

'아가씨를 가지고 논 겁니다.'

얼마나 험악한 관계였는지 듣지 않아도 생생했다. 성한 곳이 없다. 여자들과 드잡이라도 한 것처럼 흰 피부 곳곳은 할퀴어져 있었다. 심지어는 은밀한 부위도. 아무런 대답을 하지 않았지만 느낄 수 있었다. 누가 봐도 강간은 영원이 당해 온 꼴이었다.

【1년 전】

"어젯밤 날 실컷 강간해 놓고, 모르쇠로 나오면 곤란하지."

욕실에서 충격적인 말을 터트린 후, 두 사람은 거실로 나와 마주 앉아 있었다. 주양이 영원을 몰아붙였다.

"도대체 나한테 왜 그런 짓을 한 겁니까."

"……."

"듣고 있습니까?"

"……."

"이 일을 어떻게 책임질 겁니까. 신영원 씨."

굳은 목소리는 어제와 다르게 무척 냉정하게 영원의 이름을 불렀다. 채무자를 다그치는 사채업자의 경멸감과도 같았다. 적어도 친구를 대하는 모습은 아니었다. 하루 만에 끝난 바람, 그런 관계. 얼어붙은 입이 떼어지지 않았다. 무언가를 항변하려 했지만 기억이…… 기억이 하나도 나지 않았다.

단 하나도.

여덟 시간 전.

'좋아. 계속 그렇게 해. 내가 너에 대해 답을 빨리 내리게 만들지 마. 네가 어려운 여자로 있는 한 내가 널 놓는 일은 없어. 그럼 우린 좋은 친구가 될 수 있을 거야. 신영원 씨. 알겠습니까? 당신이 나를 같은 편으로 만들기 위해, 어

떤 노력을 기울일지 기대되는군요.'

주는 대로 받아 마시다 테이블에 실신하듯 엎어졌었다. 와인 한 병을 몽땅 마신 것 같았다. 불현듯, 객실에 두런두런 울려 퍼지는 말소리에 영원이 깬 것은 밤 10시쯤이었다.

"그럼 지시하신 대로 일은 그렇게 처리하겠습니다."

희미하게 사람 목소리를 들었던 것 같다. 양 비서였다. 밤에도 업무 보고를 하는지 그는 주양의 지시를 받고 있었다. 주양은 맞은편에 앉아 잠이 깨는 쓴 커피를 마시고 있었다.

영원은 상체를 세워 흩어진 눈 초점을 모았다. 방금 전까지 두 사람이 바로 곁에 있었는데 거실엔 영원 혼자뿐이었다. 현재 시각 10시 20분.

잠결이었나.

주로 계모에게 복수를 할 방법들을 이야기했다. 주양은 영원이 쏟아 내는 말들을 인내심 있게 들어 주었다.

'최 사장에게서 다 빼앗을 거야. 집도, 절도 오갈 수 없는 처지로, 자존심마저 바닥나게. 그 여자한테 남는 것은 내게 꿇을 무릎밖에 없게 될 거야.'

'사과해야 할걸? 백운당을 제 목숨 줄처럼 부여잡고 안 놓는 여자니까.'

'거지꼴을 면치 못하게 해 주지. 구걸하게 할 거야.'

'내 가게에서 하녀처럼 부려 줄 거야. 처참하게.'

주로 그는 듣는 입장이었다. 백운당을 빼앗아서 사과를 받아 낼 거다. 애원하면 하녀로 부려 줄 거다. 허무맹랑하고 유치찬란한 복수극을 전혀 지루해하는 반응도 없이 아주 진중하게 경청했다. 잔인하다가도 저렇게 정중할 때 보면 그의 진짜 모습이 헷갈렸다.

"으……."

깨질 듯 아파 오는 골을 붙잡았다. 영원은 잠시 그대로 아이스 버킷에 있는 얼음을 아그작아그작 씹어 먹었다. 가까스로 가출했던 정신을 돌려놓고 그를 찾아 나서기 시작했다.

미로 같은 복도를 한참 따라갔다. 물소리가 가까워지는 어떤 방에 다다랐다. 욕실 딸린 그의 침실 같았다. 문지방에서 망설였다. 들어가도 되는 걸까? 개인적인 공간에 멋대로 침범하는 걸 극도로 치를 떠는 부류가 있다. 영원 역시 그러했다. 뭉그적거리던 그녀는 어색하게 금을 넘었다.

한 번 어기니 죄악감도 흐릿해졌다. 동굴을 탐사하듯 신중하게 방을 살펴보다 거울 달린 콘솔에 등을 부딪쳤다. 몇 가지 기초 화장품들이 있었다. 신기하게 보다가 그중 푸른 유리병이 눈길을 사로잡았다. 킁킁 냄새를 맡아 봤다. 그의 몸에서 나던 향과 같았다. 향기에도 제각각 이름이 있다던데 이건 뭐라고 부를까? 궁금했다. 회사 브랜드를 읽었지만 영어인 듯 영어가 아닌, 꼬부라지는 외국어에 힘 빠졌다. 그림처럼 머릿속에 박아 뒀다가 나중에 인터넷으로 주문해야겠다. 암기력 하나는 끝내주게 좋은 게 그녀의 유일한 특기였다.

새로운 하나가 보물함에 추가된다 여기니 설렜다. 영원은 샤워 부스 소리가 어느새 멈춘 것도 잊고 몰두했다. 주인 허락도 안 받고 유리병들을 만지작거리는데 욕실 문이 벌컥 열렸다. 놀라서 바짝 콘솔에 몸을 붙였다. 묻지도 않았는데 파블로프 개처럼 변명부터 찾아졌다.

"아무것도 안 만졌……."

새카만 눈이 무심하게 방문자를 직시했다. 그는 느린 동작으로 머리칼의 물기를 닦았다. 평소 딱딱하게 정돈되었던 까만 머리칼이 흘러내려 이마를 가리고 있었다. 앳된 모습에 가슴이 선득거렸다. 그것도 잠시였다. 물방울이 선명하게 파인 가슴 근육을 지나, 허리 아래 치골에 고였다. 최소한의 양해도 없이 그의 알몸을 맞닥뜨렸다.

영원은 황급히 시선을 피했다. 눈동자를 수직으로 바닥에 메다꽂았다. 머릿속이 아수라장이 되었다. 옷을…… 옷을……. 그 혼돈을 헤집고 그는 성큼성큼 그녀에게 걸어왔다. 그녀를 고문하는 행위였다. 자비심 없는 남자는 거침없이 코 닿을 거리에 당도했다. 그가 허리 숙이고, 가까워진 보디 워시 향이 숨을 간질인 순간 눈을 감았다.

미동 않는 공백 속에서 대기는 고요하고 더디게 흘러갔다. 아주 가까이 접근해 있다. 놀랄 만큼 가까이. 되었다 생각하면 아직도였다. 1초가 억겁을 지낸 듯 요원해졌다. 영원이 더 이상 참지 못하겠다고 몸부림치려는 순간 가운을 재빠르게 집어 든 그가 미련 없이 떨어졌다. 그제야 숨이 터졌다. 목욕 가운을 동여매고 평탄한 어조로 묻는다.

"술은 좀 깼습니까? 직원 시켜서 술 깨는 약 올리도록 하죠. 그거 먹고 좀 안정 찾으면 집에 가도록 해요. 차 대기시켜 줄 테니."

그는 방 옆에 있는 드레스 룸으로 들어갔다. 마음을 추슬렀을 땐 이미 그가 턱시도로 완벽하게 갈아입은 후였다. 잠을 자려는 게 아니라 다시 외출 준비를 한다. 고작 10시였다. 파티는 아직 끝나지 않았다. 샤워를 저렇게 자주 하니까 그한테서는 항상 청량한 향만 나는구나 싶었다.

드레스 룸에 따라 들어간 영원은 입을 벌렸다. 넥타이는 브랜드별 종류별로 구비해 놨고 손목시계만도 몇십 종류가 넘었다. 영원은 유리 선반 아래 있는 시계를 경이롭게 눈에 담았다. 그가 손목에 시계를 찼다. 그러다가 눈이 마주쳤다. 밀폐된 공간에 퍼지는 주홍빛의 은은한 불은 절로 숨죽이게 했다. 아까 봤던 그의 나신이 떠올라 애써 떨리는 목소리를 눌렀다.

"내가 술김에 헛소리 지껄인 건 아니지. 띄엄띄엄 기억이 안 나."

"한 입으로 두말하는 겁니까?"

"……내가 허튼소리라도 했어? 어떤 말?"

"인심도 후하지. 내가 시키면 뭐든 팔 걷어붙이겠다고 호언장담하지 않겠습니까."

뭐든, 이라는 대목에서 당황했지만 평정을 찾았다. 복수를 도와주는 대신 그도 그녀에게 뭔가를 요구하는 게 정당했다. 그래 봐야 계모의 정재계 인사들의 비리 장부일 게 뻔하지만.

"최 사장 장부라면 내 선에서 얼마든지 몰래 빼내 올 수 있어. 아무도 눈치채지 못하게 은밀히 처리할 사람이 필요한 거지?"

주양은 그녀에게 다가왔다. 그가 내민 건 행커치프였다. 영원은 의아하게 고개를 갸웃했다.

"지금은 이것부터."

접으라는 듯 조용히 대화를 잘라 내는 목소리는 비리 장부는 No라는 투였다. 하긴, 고작 백운당 하나 어쩌지 못할 남자가 아니다.

영원은 행커치프를 받았다. 한식당에서 일하면 테이블 냅킨을 일일이 다 접어야 하기 때문에 별의별 걸 다 접는 기술을 익힌다. 매일같이 몇백 석이나 되는 자리에 학을 접어 놓는 그녀였다. 하도 접다 보면 종이접기의 신동이 된다. 웬만한 건 눈대중으로 접을 수 있었다.

그러나 중요한 건 그게 아니었다.

"그럼 뭔데? 원하는 게 백운당 비리 장부일 거라고 생각했어. 정말 정치적인 이해관계와 상관없이 순수하게 복수만 궁금했던 거야? 너도. 하하. 어지간히 심심했나 보네. 그렇게 따분하다면 복수 방식을 네가 정해 보는 건 어때? 나는 선택 장애가 도졌는지 하고 싶은 게 많아서 잘 못 고르겠어."

순간 그의 눈빛이 번뜩인 건 착각일까?

"이를테면?"

"최고의 복수는 용서라는 말만 빼고 전부."

싱거운 복수는 복수가 아니다.

"차라리 너 죽고 나 죽고가 났지."

마치 햄릿처럼 말이야. 하지만 드라마를 너무 많이 봤다. 손에 피를 묻히는 건 딱 질색이었다. 입술을 삐죽이는데 긴 공백 끝에 그가 입을 열었다.

"그거 좋군요."

확성기를 튼 듯 유난히 도드라진 음성이 단숨에 고막을 가르고 들어왔다.

"당신 손으로 최 사장을 죽이는 것도 별미겠어. 그 피날레의 유일한 관객이 돼 보는 것도."

영원이 어색하게 표정을 관리했다.

"그러시든가."

장난이지만 농담이 심하다고 생각했다. 꼼지락대다가 행커치프를 그의 가슴 팍에 가져갔다. 조심스럽게 주의하며 모양 잡는데 문득, 엊그제 일이 떠올랐다. 배웅하던 해수와 차 안에 앉아 계집에게 뭔가 속삭여 주던. 그 말을 들은 해수 가 수줍게 얼굴을 붉혔다. 도대체 무슨 말을 했을까? 무슨 말을 했기에 그 도 도한 계집애가 낯짝을 붉힌 거지? 좋아한다고 말하기라도 한 거면 어떡해야 하 나. 그렇다면 지금 영원이 복수하겠다고 설쳐 대는 이 그림은 그에게 몹시 못 마땅할 터였다.

"내가 최 사장한테 복수해도 되겠어?"

충동적으로 던진 말이었다.

"미래의 장모가 될지도 모르는 사람인데. 네 말대로 내가 최 사장 망가트리 면 해수한테도 타격이 막심하잖아."

슬퍼할 거다. 마음만 슬플까. 걔 인생도 엄청 슬퍼질 거다. 계모는 그를 해 수와 이어 주고 싶어 한다. 해수도 분명 마다하지 않을 거고. 그렇다면 그 는……? 그는 어떻지? 어째서인지 가슴이 죄어들어 그녀는 저도 모르게 내뱉 고 말았다.

"해수…… 예쁘지?"

"……."

"남자들 다 그래. 해수라면 껌뻑 죽어. 막상 해수가 들이대니까 거부 못 했 던 거 이해해."

영원은 그가 아니라고 해 주길 바랐지만, 그는 긍정하듯 가타부타 말이 없었 다. 고집스러운 침묵이 황폐하게 마음을 짓눌렀다. 제멋대로 말들이 미어져 나 왔다.

"요구 말이야. 어차피 내가 들어줄 수 있는 건 한정될 테고, 가능한 범위 내 에서 네가 원하는 거라면 하나밖에 없을 거 같은데. 이를테면 이런 걸 부탁해 보지 그래? 해수가 좋아하는 음식, 취미, 자주 가는 곳이 어딘지."

입을 인두로 지져 버리고 싶었다. 신영원 멍청하긴. 부탁하지도 않은 향단이 노릇을 해 주겠다고 하고 있다.

"해수랑 결혼하면 내가 네 처제가 되는 건 알아?"

영원은 애꿎은 손수건 모양만 건드렸다.

"피차 껄끄러운 사이……."

무심결에 고개를 들었다가 끝내 가련한 말을 완성하지 못했다. 그가 그녀를 빤히 내려다보고 있었다. 한 마디 말도 못 하고 짓눌렸다. 뭔가에 쫓기듯 장황하게 늘어놓았던 영원을 그가 허리 숙여 눈을 얽었다. 그녀의 배 속까지 훤히 들여다보고 있는 듯, 조롱 섞인 태도였다.

"다 끝났나?"

부끄러움에 목덜미가 달아올랐다. 본심을 들킬 것 같아 숨이 가빴다. 샤워를 갓 끝낸 몸에서 코롱 향기가 코끝을 간질였다. 턱시도 안에 감춰져 있지만 육식 동물 같던 몸체가 성적 텐션을 끌어 올렸다. 기이한 두려움에 뒷걸음질 치다 턱, 허리가 잡혔다. 그가 훌쩍 그녀를 가슴께로 끌어당겼다. 두 몸뚱이가 한 몸처럼 밀착됐다. 주양은 늑장 피우지 않고 직진했다.

"살아온 환경도 종도 다른 두 개체에 대해 생각해 봤지. 말도 안 통하는 두 개체가 어떻게 약속을 하고 합의를 이행할까. 악어와 악어새가 과연 이상적인 파트너일까?"

"……."

"생각해 봐, 둘 사이에 약속 같은 건 없어. 지켜야 할 도리도."

"……."

"사실 악어는 이미 포식을 끝내고, 입 벌리고 배부른 휴식을 취하는 것뿐이야."

그의 손이 그녀의 귀밑을 파고들었다. 귓불을 지분대던 손끝이 옮겨 와 얼굴을 만지려 했다. 순간적으로 거리를 벌렸다. 그는 무안해진 손을 봤다. 얼굴이 보일까 봐 철벽 치는 그녀를 불쾌해하지 않았고 오히려 흥겨운 눈동자로 머금는다.

"그래서 악어새는 매번, 악어의 아가리에 머리를 들이밀면서도 잡아먹힐까 봐 전전긍긍이지."

악어새는 언제 잡아먹힐지 몰라 악어 앞에서 두려움에 떤다. 애초에 친구 따위가 가능할 리 없는 종들이었다. 지금 그녀가 그러하듯이.

그는 본능적으로 두려워하고 있는 영원의 속눈썹을 만지작거렸다.

"그만 떨어."

"무, 무슨 소릴 하는지 모르겠어. 갈래."

영원은 두렵게 쏴붙이고 나가려 했다. 간결하고 주저 없는 동작으로 그가 영원을 다시 옷장에 처박았다. 그가 그녀의 머리채를 움켜잡았다.

"아앗!"

풍성한 머리채가 우악스럽게 손가락에 휘감겨서 **빳빳**하게 뒤로 당겨졌다. 영원은 창백하게 숨을 허덕거리고 그와 시선을 마주했다.

"남자를 어떻게 움직이는지 알아?"

호흡이 무수히 떨렸다. 자극받은 듯 주양의 눈빛이 생생했다.

"눈을 맞춰. 참을 수 없다는 식으로. 이렇게 쥐새끼처럼 슬금슬금 간을 보는 게 아니라."

"……."

"십중팔구 그럼 넘어와. 충실한 관계는 그 뒤야."

"……."

"일단, 자**빠트**리고 보는 거지."

돌려서 말하는 법을 모르는 남자는 수직으로 그녀의 본심을 후벼 파는 쪽을 택했다. 그는 그녀가 원하는 바를 꿰뚫고 있었다. 그가 노골적으로 눈동자를 내리꽂았다. 그녀는 귀싸대기가 후려쳐진 것 같은 모멸감이 밀려왔다.

그는 똑똑히 일러 주었다. 그녀가 해야 할 일들에 대해서. 경고했었다. 공생의 관계를 넘지 말라고. 섹스 프렌드를 선택하지 않은 건 영원이었다. 그녀는 세상의 부당함에 대항하고, 그녀의 집과 가족의 행복을 **빼앗은** 계모에게 복수하기 위해 그에게 손을 벌렸다. 구걸하는 창녀처럼, 거지 적선해 달란 듯이. 그리고 지금 그는 그녀에게 온당한 대우를 해 주는 것이었다. 창녀처럼 엉덩이를 흔들라고 요구하고 있었다. 상황을 이렇게 끌고 온 것은 그녀였다.

"지금 우리가 몇 센티 가까이에 있는 것 같지?"

그가 나직이 물었다. 목소리가 떨려서 나왔다.

"45……센티?"

"15센티. 사람과 사람 사이에 친밀함이 생길 수 있는, 가장 좋은 거리인 45센티미터보다 근접해. 네가 말한 악어와 악어새의 거리야. 악어와 악어새는 오롯이 각자 필요를 위해 공생을 한다. 악어는 입 안의 거슬리는 찌꺼기를 청소하기 위해 악어새를 입 안에 들인다. 자아. 나는 그보다 더 근접한 거리까지 널 들였어."

"……."

"나는 허락했어. 내 가시권 안에서 멋대로 돌아다녀도 된다고."

'당신이 나를 같은 편으로 만들기 위해 어떤 노력을 기울일지 기대되는군요.'

그의 말엔 다중적인 의미가 내포되어 있었다. 복종을 바라면서도 그러지 않기를 바라는 배반적인 마음, 기대감과 우위 선점. 이미 영원이 그를 설득해야 할 위치가 된 것부터 그는 이 거래의 주도권을 쥐었다.

단박에 협상 테이블을 뒤집고 우위를 점령하는 남자는 가히 사업가다웠다. 그러면서도 떡밥을 아직 다 풀지 않았다. 그는 기회를 주겠다고 했지 아직 친구가 되어 주겠다고 하진 않았다. 또한 자신의 요구 조건도 드러내지 않았다. 아직 자기가 뭘 원하는지 밝히지 않았다. 표리부동한 면모는 비즈니스에 매우 능통했다.

"이제 너도 뭔가를 보여 줘야지?"

그녀에게 똑바로 시선을 떼지 않은 채였다.

"네가 원하는 게 뭔데?"

"그 전에 네가 진짜 원하는 것부터 말해야지."

내가 원하는 것? 내가 정말로 원하는 걸 말하면 들어주긴 할 거야? 드러내지 못한 것은 말하지 않은 것보다 말할 기회가 없어서였다. 전하지 못한 것은 고백하지 않은 것이 아니라, 고백하고 싶었던 남자와 사적으로 한 번도 엮일 수가 없었기 때문이다. 들키고 싶지 않은 게 아니라 들켜지지가 않았다. 그런데 이렇게 가까운 데서 보니 더없이 친절한 남자가 아닌가. 상냥하게도 직접 물어와 주고 있다. 좋은 기회였다. 다시없을 요긴한 순간이 될 것이다. 입술을 떼는 것은 숨 쉬는 것만큼 간단하고, 그녀는 너무도 오래 그 말들을 간직해 왔다. 진력날 만큼. 그래서 마음이 지쳐 나가떨어질 정도로.

건조한 입술은 지난 긴 여정을 마치듯 희미하게 몸체를 떨었다. 그러나 그녀가 선전 포고 한 것은 사랑 고백이 아니었다.

"그거 알아? 최 사장이 해수를 제 목숨처럼 아낀다는 것."

그를 놀라게 해 주고 싶었지만 안 되는 것을 억지로 욕심내면 체하는 법이었다. 이 남자에게 굴복하고 싶지 않다는 유치함도 한몫했다.

"복수의 방법엔 이런 것도 있어."

"말해 봐."

"복수 대상이 가장 사랑하는 사람을 망가트리는 것."

뻔뻔한 낯짝과 눈동자를 맞대다가 그녀는 나직이 도발했다.

"그 사람이 사랑하는 남자를 빼앗는 것."

"……."

"자매의 남자를, 빼앗는 것."

주양이 해수에게 매력을 느낀다면 그러라 하겠다. 해수가 그 없이 살 수 없게 된 순간, 그를 빼앗아 오면 되니까. 비뚤어진 사랑 고백이 애처로웠다. 독설을 내뱉는데 가시에 찔린 듯 가슴이 아팠다.

"하지만 나나 당신이나 그건 둘 다 원치 않는 일이잖아?"

정확히는 그가 원치 않는 일이었다.

"다행스럽게도, 나는 당신의 베스트 프렌드도 섹스 프렌드도 할 마음이 없어. 그러니까 요구 조건이나 빨리 말해. 눈앞에서 꺼져 줄 테니까."

"말했을 텐데."

그가 일축했다. 영원은 짜증스러웠다.

"하지만 그건 말장난……."

천천히 굳었다. 설마……

"나는 허튼소리 하지 않아. 누구와 달리."

그가 그녀의 제안을 받아들여 줬을 땐, 그만한 가치가 있었기 때문이다. 그리고 그 말은 곧 그만한 대가를 치러야 한단 소리였다. 한가해서 그녀랑 놀아 주는 게 아니다.

'당신 손으로 최 사장을 죽이는 것도 별미겠어. 그 피날레의 유일한 관객이 돼 보는 것도.'

그 순간 소꿉장난이 끝났음을 느꼈다.

"그건…… 살인이잖아."

"그래서 못 하겠다고."

"하지만 살인자로 낙인찍히면……."

"아니. 넌 최혜란을 죽이는 게 두려운 거야."

정곡을 찌른 그가 단도직입적으로 물었다.

"최 사장을 사랑하나?"

"장난해?"

"그럼 뭐가 문제지."

영원은 굳었다.

"복수란 교활하며, 냉정하고, 무서운 살의다. 복수 대상이 가장 중요하게 여기는 것을 상실시키는 살인 방법이지."

몰라서 훈수받는 게 아니었다.

"그, 그게 바로 백운당이잖아! 최 사장의 과거가 깃든 것. 최 사장의 정체성. 그 여자 인생을 걸고 쏟아부은 정성이 맺은 결실."

백운당을 빼앗는다. 이보다 완벽한 결말이 어디 있나. 그런 영원의 안일한 발상을 비웃듯 그가 말했다.

"복수를 완성시키겠다? 겨우 집에서 내쫓는 걸로?"

말문이 막혔다.

"빼앗아? 하녀처럼 부려 먹어? 시답잖은 어린애들은 이래서 성가셔. 복수를 도대체 뭐라고 생각한 거야."

"……."

"저녁 식사 때 우리가 먹은 그 스시, 왜 아무런 감동도 주지 못했던 걸까."

누구보다 잘 알고 있다. 영원이 먼저 형편없다고 욕했었으니까.

"간이 안 되어 있기 때문이야."

"……."

"복수도 그래. 간이 안 된 복수는 맹탕이야. 맛없는 복수는 아무 감동도 없어. 보람도 없이. 그저 갈팡질팡. 막연히 무언가 달라졌으면 하고 바라지만 그저 그뿐."

"……."

"사실은."

"……."

"하려는 의지가 없지."

주양이 영원의 정곡을 찔렀다.

"딱 네 복수가 그래."

"……."

"대의는 없는데…… 명분만 화려해."

주양이 그 장식만 화려한 초밥을 어떻게 처리했던가. 쓰레기통에 쓸어 버렸다. 마지막으로 대미를 장식하듯 그릇도 안에 같이 처박았다. 그 예언대로, 맛없는 식사가 차려진 테이블 앞에서 감동 없는 모습으로 그녀를 보고 그가 서 있었다. 대박 영화인 줄 알았는데 개봉해 보니 B급 영화였다. 실망한 관객의 모습이었다.

"신영원 씨 당신의 복수는 무척 흥미로웠어. 복수라. 그 어떤 드라마보다 선과 악이 뚜렷하게 구분되는 권선징악의 결말이지. 그런데 그 복수의 대상이 가족이라니. 너무 궁금했어. 과연 어떤 복수가 될 것인가."

문득 옆으로 고개를 돌린 그가 그들을 비추고 있는 전신 거울을 응시했다.

거울에는 영원의 처참한 꼴이 담겨 있었다. 귀신같이 헝클어진 머리, 떨고 있는 어깨, 차갑게 얼어붙은 입술.

순간, 쓰라린 낭패감이 주양의 표정에 스쳤다.

말로 내뱉는 것보다 그것은 더 노골적으로 심장을 관통했다. 영원은 비참하게 주먹을 쥐었다. 영원을 이 방에 데려온 것을 뼈저린 실수라고 생각하는 게 분명했다. 잠시나마 흥미를 가졌던 것마저도. 미학적으로도, 질적으로도 어울리지 않는다. 벽지의 재질과 가구의 배치도까지 관여한 그의 이 집에서 유일하게 정형화되지 않고, 그의 통제가 미치지 않은 기이한 결점이었다. 영원은.

"네 복수……, 나를 굉장히 실망시켰어. 기대했던 것보다 훨씬 시시한 신파였어."

조금도 아쉬워하는 기미 없이 주양은 돌아섰다. 볼일은 마쳤다는 듯, 퇴장을 선언하고 한순간에 차가운 얼굴색이었다.

영원은 꿰다 놓은 보릿자루처럼 서 있었다. 외출 준비를 하는 주양을 멍청하게 보기만 했다. 분명하게 경계선을 그은 그는 그녀에게서 완전히 관심을 거둔 것 같았다. 이쪽을 아예 무시한다.

"누구 멋대로."

지구의 중력이 온통 발밑에서 무너졌다. 그녀의 복수는 그를 실망시켰다. 기대했던 것보다 훨씬 시시한 신파였기 때문에.

실망? 내 복수가 시시해? 내 고통이 우스워? 그는 영원에게 그야말로 오물을 뒤집어씌웠다. 영원은 그에게 가서 따졌다.

"네가 뭘 알아?"

"적어도 복수가 아니라 투정이라는 것. 당신이 최 사장을 용서해 주고 싶어 한다는 것 정도는 알지. 복수심 같은 건 처음부터 존재하지도 않았어."

그가 턱시도 소매를 잠그며 차갑게 일갈했다.

그녀가 반박하지 못하는 건 그가 비웃고 독설을 퍼부어도 사실이기 때문이었다. 영원은 웃을 수 없었다. 그가 말한 복수의 종착역이 바로 패륜이었고, 더 비참한 것은 영원은 계모를 죽이지 못하리란 걸 제일 잘 알았다. 그때 깨달았다. 이 남자는 셰익스피어의 비극을 보듯 극적인 희열을 느끼고 싶어 한다는 것. 이 남자에게 영원의 복수는 그저 여흥에 지나지 않는다는 것을.

영원은 단순히 그의 장난감에 불과하다. 그녀의 복수는 그를 실망시켰으며 그것으로 그는 그녀에 대해 답을 내렸다. 폐기 처분 하기로.

후드득, 붉어진 눈시울에 눈물이 맺혔다.

"처음부터 이럴 생각이었지."

영원의 턱에 힘이 들어갔다.

"적당히 장단에 놀아나 주는 척하다가 이렇게 나가떨어지게……."

영원이 아무거나 잡히는 대로 집어 던졌다. 꽃병에서 떨어져 나온 장미꽃이 그의 가슴팍을 맞고 떨어졌다.

"처음부터 나를 진지하게 상대해 줄 생각도 없었으면서!"

그가 어처구니없다는 듯 봤다. 한심한 눈길에 눈물마저 막혔다. 뭔가 중대한 이유가 있을 거라 생각했다. 말 못 할 이유가 있어서 복수를 도와주려는 거라고. 그만큼 영원은 진심이었고 진지했다. 그러나 그는 정말 말 그대로 재미있을 거 같아서 복수극에 동참하려 했다. 심심풀이로. 장난으로.

말로 다할 수 없이 고통스러워, 속엣말이 날것 그대로 게워 내졌다.

"……이중인격자."

후드득, 붉어진 눈시울이 닭똥 같은 눈물을 떨궜다. 옳지 않다는 건 알고 있었다. 비정상적인 마음은 짓이겨야 마땅했다. 다만, 주체할 수가 없을 뿐이다. 감당이 안 된다. 그러니까 이 사랑은 주책인 것이다.

망연자실해 있는 그녀에게 그가 걸어왔다. 그가 무릎을 땅에 대었다. 고집스럽게 고개를 들지 않는 머리통을 끝내 자기 앞으로 끌어다 놓고 만다.

"하지만 사람들은 이런 내게 젠틀하다고 하지."

반박하듯 유감스러운 음성을 박아 넣은 그는 진실로 잔인했다. 영원은 그를 보지 않았다. 듣고 싶은 말이 없었다. 하지만 커다란 손바닥이 그녀의 머리를 천진하게 천천히 쓸어내렸을 때 눈물이 유감없이 후드득, 낙하했다. 마치 소중하게 다뤄 주는 듯한 행동에 심장이 바짝 당겼다.

"당신 말대로 난 이중인격자야."

주양이 말했다.

"그렇지만 분명 나는 젠틀하기도 해."

"……."

"하지만 이보다 불친절할 순 없지."

다정한 행동에 치솟았던 분노도, 후회도, 다 그의 손아래서 식어 내렸다. 사랑이라는 참된 감정을 살게 하는 것도, 사소한 한 마디로 해치워 버리는 것도 그였다. 모든 사실은 하나로 이어졌다. 그를 사랑해선 안 된다는 결론. 그럼에도 불구하고 도망칠 수 없도록 그는 그녀를 포위했다. 그리고 그는 또다시 짐작기 어려운 말들로 그녀를 다시 흔들어 대려 하고 있었다.

"아는지 모르겠지만……."

그가 눈매를 가늘게 떠 영원을 오래도록 음미했다. 시선은 빨아들이는 것처럼 깊고 정확했다.

"내 불친절함엔 한계가 없어."

"……."

"나는 얼마든지 네게 이보다 더 불친절해질 수가 있지."

그는 자신의 본질을 빌미로 그녀를 겁주고 있었다. 환희가 비명으로 불식간에 전락하는 순간을. 얼마든지 그렇게 그녀의 인생을 송두리째 부숴 버릴 수 있는 그의 본질을.

영원은 그의 위험성이 가늠되지 않았다.

그때였다. 어둠이 눈앞을 뒤덮었다. 코앞에 있었던 주양의 얼굴이 꺼진 듯 사라졌다. 암전이었다. 영원은 숨을 떨었다. 주양도 갑작스러웠는지 조금 동요했다. 둘은 바로 앞에 두고도 서로를 보지 못했다.

고급 주상 복합 타워에 느닷없는 정전이라는 상황은 어울리지 않았다. 도시 전체에 불이 나간 게 아니고서야. 바깥으로 나가려고 했다. 상황을 알아보려고. 일어나려던 그녀는 단단한 손바닥 힘에 그대로 눌러앉혀졌다. 그와 동시에 빨려 가듯 그의 품에 끌어당겨졌다.

228

"쉿."

뭐라 하기도 전에 일어난 일에 미처 반응하지 못하고 영원은 얼어 있었다.

"뭐…… 하는 거야."

"……."

"이거 놔."

주양은 그럴수록 더 단단히 그녀의 뒤통수를 눌렀고, 옥죄어 왔다.

"또 무슨 수작을 부리려고. 나를 갖고 놀았으면서……!"

"부탁이야. 이대로 있어."

입술이 주양의 목덜미 근처에서 갈피를 잃고 헤매었다. 상황을 인식하지 못한 머리가 뒤엉켰다.

그가 나를?

……자기 품에?

상상하기만 했던 일은 상상보다 더 비현실적인 형태로 거리낌 없이 가상을 찢고 나왔다. 그녀를 꼭 끌어안은 팔도, 뒤통수를 덮고 있는 그의 손바닥도, 뜨겁다. 뜨겁다 못해 그 안에서 부서질 것 같았다.

그의 입술이 귓불과 가까웠다. 변덕스러운 남자의 면모는 죽음의 오케스트라처럼 그녀를 롤러코스터 위의 천국과 지옥으로 끌어 올렸다.

흰 셔츠 깃에 묻어 있는 도착적인 체취와 살 내음에 현기증이 일었다.

그는 나쁜 남자였다. 옳지 못한 감정이란 걸 아는데도 거부하지 못하는 것은 그녀가 그의 말처럼 바보이기 때문일까. 영원은 기대듯이 남자의 가슴에 귀를 붙였다. 몸을 맡기고 있는 그의 품이 편했다.

사랑은 더 사랑하는 쪽이 지는 게임이라던가. 아마도 그는 쭉 그녀에게 형편없는 짝사랑 상대로 남으리라.

잠시 뒤, 자가발전으로 전구가 까불거리더니 다시금 드레스 룸에 환하게 불빛이 들어왔다. 물에 풀어진 듯 그녀는 눅진해진 눈을 깜박였다.

영원은 어색하게 그에게 안겨 있었다. 아쉬울 정도였다. 하지만 이제 깨어날 시간이다.

"이거 풀어. 집에 갈 거야."

풀려면 얼마든지 풀 수 있는 완력이었지만 연약한 척 바르작거렸다. 이상한
것은 그였다. 그녀를 품에서 놓아주지 않고 있다. 그의 시선이 살짝 새 뜬 문틈
으로 옮겨 갔다. 불현듯 벌떡 일어난 그는 재빠르게 문을 잠그고 귀를 대었다.
조용히 바깥 동정을 살피더니 리모컨으로 오디오를 켰다. 턴테이블을 돌아가면
서 룸에 신나는 음악이 번졌다. 그는 옷장을 뒤졌다. 내용물들이 닥치는 대로
쏟아져 나왔다. 무언가 쓸 만한 것을 찾고 있었다.

"뭐 하는 거야?"

그는 대답하지 않고 문득, 자신을 비추고 있는 거울을 쳐다봤다. 바닥에 떨
어진 수건을 대충 집더니 거울에 대었다. 그는 주먹으로 망설임 없이 유리를
내리쳤다.

악!

귀를 틀어막았다.

영원은 그의 갑작스러운 행동에 무언가 짐작이 가서 속이 울렁거렸다.

"뭐야. 바, 밖에 누가 왔어?"

말릴 엄두가 나지 않을 정도로 그는 신속했다. 그런 생활이 익숙한 사람에게
서만 볼 수 있는 노련함이었다. 비정상적인 행동을 보이는 그를 그녀는 지켜만
봤다. 깨진 거울 파편을 옷감에 둘둘 말아 손잡이를 만든 그는 바깥으로 나가
려다 아연해진 영원을 깨닫고 돌아봤다.

그처럼 나쁜 짓을 하고 살면 원한 사는 일이 많겠지. 가령, 빈집에 든 도둑처
럼 타깃을 찾아 몰래 숨어드는 도살자들.

"깬 거울은 왜 들고 나가?"

"……."

"그걸로 뭘 하려고?"

"……."

"죽일 거야?"

서슴없이 내뱉어진 물음은 그렇게 말한 당사자인 그녀 스스로도 놀라게 했

다. 물음은 혓바닥 아래 깊숙이 침전되어 떨쳐지지 않을 것처럼 무겁게 고였다.

그는 아무 얘기도 안 했는데 그녀는 이미 알고 있었다. 기정사실화된 것같이 흐르는 상황이 섬뜩했다.

직감은 본능에 의해 이루어졌다.

본능은 대체로 잘 들어맞는다.

그녀를 쳐다보는 그의 시선은 단호했다.

"네 눈엔 내가 뭐로 보이지?"

모호한 질문이었다. 그는 대답을 듣는 대신 무표정하게 잠금 판을 누르고 떠났다.

팅―

소리가 단단한 질감으로 그녀의 마음을 둔탁하게 되울려 쳤다. 문을 잠그면 적어도 바깥에서는 안으로 들어올 수 없다. 바깥은 지옥이어도 이곳만은 성역이었다.

영원은 닫히는 문 사이로, 조금씩 사라져 가는 그의 뒷모습을 지켜만 봤다. 그 뒷모습에서 영원이 본 것은 궁핍이었다. 평생을 그렇게 살아와서 손바닥에 자리 잡은 딱딱한 굳은살처럼 이제는 인이 박인.

그에게는 일상인데 이상하게 그것이 슬펐다.

그는 왜 나쁜 짓을 많이 하는 걸까.

나쁜 짓을 덜 하면 적이 줄어들 텐데.

그러면 이런 일도 없을 텐데.

그는 정말 나쁜 사람인가.

그가 다시 돌아온다면 묻고 싶었다. 문을 잠가 준 것은 어떤 의미였냐고. 혹시 아주 조금이라도 나를 걱정해 준 것이었냐고.

눈을 감았다. 아득한 겨울 눈보라처럼 눈꺼풀 안에 어둠이 불어닥쳤다.

시간이 얼마나 흘렀는지 알 수 없었다. 확실한 것은 단지 그가 돌아오지 않고 있다는 것뿐이었다. 참을 수 없어서 자리를 털고 일어났다.

끼익—

문은 경련하는 노인처럼 기이한 신음을 빚어내며 열렸다. 심장 박동이 가빴다. 영원은 문밖으로 숨죽이고 머리를 내밀었다. 실제로 비춰지고 있는 광경에 심장이 추락했다.

복도는 한없이 고요했다. 완벽한 암야였다. 기다란 복도에 유일한 빛은 그녀가 서 있는 욕실뿐이었다. 집어삼켜진 듯, 웅크린 어둠 속에 그녀는 홀로였다.

바다 동물의 몸속처럼, 동굴처럼, 복도는 괴괴한 적막감으로 가득 차 있었다. 영원은 드레스 룸을 나왔다. 깊은 내부를 걸었다. 사나운 고래에게 삼켜진 동화 속 주인공 같았다. 드레스 룸 발밑에서 수평으로 뻗어 난 빛도 얼마 걷자 끊겼다. 다행히 더듬더듬 벽에 의존하자 거실로 이어졌다. 거실은 창가에서 흐른 달빛에 푸르스름했다. 집이 너무 넓어서 어디가 어딘지 구분이 가지 않았다. 복도가 미로처럼 얽혀 있다. 그녀가 아는 곳은 처음 이 거대한 사탄의 아가리로 발을 들였던 현관문뿐이었다.

영원은 현관문으로 조심스럽게 접근했다. 차갑게 식은 손끝에 희미한 고통이 얼어붙은 듯 쑤셔 댔다.

달빛은 유유하게 발산되었다. 어슴푸레하게 보이지 않는 길을 탐색해 갔다. 현관문이 보였다. 이제 저기로만 가면 바깥으로 나갈 수 있다.

그러나 곧 그것이 제일 큰 실수였음을 눈으로, 귀로, ……발바닥에 질척이는 촉감으로 영원은 깨달았다.

한 발 내디뎠다. 발바닥이 차가운 소리를 내며 피 웅덩이 속에 담가졌다.

영원은 정신이 차츰 멀어져 갔다가 되돌아왔다. 황폐한 감각들이 칼날같이 쭈뼛 섰다.

달려든 손이 그녀의 발목을 낚아채듯 붙잡았다. 영원은 그대로 다리에 힘이 풀려 주저앉았다.

"끄……어……억."

'그것'은 피 웅덩이에서 태어난 시체 같았다. 발목을 쥐고 놓지 않았다. 영원은 비명을 내질렀다.

"내 다리 놔. 내 다리 놔. 내 다리 놔—!"

까아아악!

형언할 수 없는 모습이었다. 복부를 칼에 찔린 그것은 위장에서 피 찌꺼기를 토하며 그녀 위로 올라오려 했다. 뒷걸음질하던 심장이 맹렬하게 추격전을 벌였다. 피살당한 이성을 공포가 집어삼켰다. 숨통이 턱 막혔다.

죽는다.

죽는다.

"이거 놔아아아아!"

영원은 '그것'을 떼어 내고 왔던 길을 되돌아 도망쳤다. 일렁이는 룸 불빛이 바로 눈앞이었다. 미친 듯이 뛰었다. 문득 '그것'의 얼굴이 낯이 익었다. 주양을 지키던 경호원이었다. 주양이 입에 쑤셔 넣었던 양말 주인이었다.

등 뒤에서 절규가 터져 나온 것은 그쯤이었다.

아아아아아아아아아아아악—!

엄청난 비명 소리에 본능적으로 고개를 돌렸다. 서재가 있는 반대편 복도였다.

그녀는 서서히 뒷걸음질 쳤다. 그 방에서 도살자들의 기운이 느껴졌다. 흉포한 살기가 넘쳐 났다. 그녀는 얼른 룸에 숨었다. 옷장 속에 몸을 웅크렸다. 사지가 마디마디 뒤틀리듯 진정되지 않았다. 다리를 모으고 얼굴을 파묻었다. 죽어 가던 경호원의 모습이 파편처럼 각막을 찔렀다. 경호원이 칼에 찔리면, 그는 지금 누가 지키고 있지. 방금 전 그 비명 소리는 누구의 것일까. 설마 주양의 것은 아니겠지.

저 방에 있는 게 분명하다. 저 안에서 무슨 일이 일어나고 있는 걸까.

두서없는 질문들이 마구 섞였다. 실신하다시피 벽에 기대어 앉아 있었다. 식은땀이 등을 적셨고, 구둣발 소리가 가까워진 것은 꽤 시간이 흐르고서였다.

뚜벅뚜벅……

소리는 문 앞에서 멈췄다. 영원은 눈을 들었다.

끼이익…….

문이 천천히 미끄러지듯 열렸다. 주양을 처음 봤을 때 턱시도가 참 잘 어울릴 거라고 생각했다. 화이트와 블랙이 한데 어울리긴 어렵다. 그 조화로운 어울림이 멋진 턱시도가 저토록 잘 어울리는 남자가 또 있을까.

역시 그는 턱시도가 잘 어울린다.

뛰어야만 사는 본능도 잊고 심장 떨림도 그를 보고 멋지 않은가.

그는 얼굴을 피 칠갑 하고 있었다. 한 손에는 피 묻은 칼자루를 쥐고 있었다. 나머지 다른 손에는 와인 잔을 들고 있었다. 죽음과 쾌락이라니. 그런 순간에도 그의 턱시도는 순결하고 고결했다. 칼자루가 바닥에 던져졌다. 깨지는 소음을 낸 날붙이에는 누구의 것인지 모를 피와 살점이 붙어 있었다.

그가 와인으로 목을 축였다. 피를 갈구하는 흡혈귀처럼, 거침없이……

다 마시고 빈 글라스를 그가 등 뒤로 던져 깨 버렸다. 문득, 쥐새끼처럼 공포에 질려 숨어 있는 영원을 발견하고는 그의 눈빛이 찬찬히 그녀를 뜯어보았다.

아까 그 질문에 대한 해답을 찾는 듯했다.

'네 눈엔 내가 뭐로 보이지?'

그녀의 눈에 비친 그는 살인귀였다.

통증이 살을 저몄다. 수직 낙하하는 눈물은 소나기처럼 뺨을 짓물렀다.

더 이상 무슨 말이 필요한가.

'내 불친절함엔 한계가 없어.'

이런 감당 못 할 남자를 사랑하고 있다.

<u>4</u>

【실종 8일째】

"앞으로 여러분들과 동고동락하게 되실 사설탐정이십니다."

장 경감의 등장에 형사들이 술렁였다. 한신 변호사는 배려하는 것처럼 말했지만 일방적으로 통보하는 수준이었다. 경찰은 소문이 퍼질까 경찰청에 수사본부를 꾸리지 않고 서울 시내 상가 2층을 빌렸다. 평범한 사무실처럼 본부를 차려 놓고 철야 작업 중이었다.

"고작 삼류 흥신소 소장하고 합작이라……, 웃어야 하는 겁니까?"

현기영은 별로 놀란 눈치 없이 고개를 들었다. 이럴 줄 예상하고 있었다는 듯, 헐렁하게 웃는다. 변호사는 현기영과 눈을 똑바로 맞대었다. 괜히 한신에서 높은 수임료를 먹는 게 아님을 증명하듯, 변호사는 거침없는 독설로 형사들을 후려갈겼다.

"경찰이 고작 가출 사건 하나에 진을 빼니, 위에서 이런 지시가 내려오는 것 아닙니까."

어린애도 아니고 일일이 챙겨 줘야 알아먹습니까? 하는 투였다. 안 그래도 수면 부족으로 날이 설 대로 선 그들이었다. 분위기가 험악해졌다. 현기영이 치기 어린 형사들을 막았다. 변호사는 그 틈을 타 아랑곳 않고 제 할 말을 고집했다.

"저희 입장도 이해해 주시죠. 실종 수사에 뛰어난 기량을 갖추신 베테랑 형사였다고 들었습니다. 친분도 있다 하니 두루두루 형제처럼 지내면 좋으시겠네요."

십팔, 형제는 얼어 죽을. 장 경감은 어금니를 꽉 깨물었다. 고기를 사 주면서 살살 달래도 시원찮을 판에 밥상에 오줌을 갈긴 꼴이었다. 중간에서 입장만 곤란해졌다. 아침 댓바람부터 연락이 와 어딜 데려가나 싶더니, 겨우 이런 데뷔인가. 누구 하나 반겨 줄 이 없는 외로운 무대였다.

한신 변호사가 바쁘다고 덜렁 그를 놓고 떠난 뒤, 현기영이 다가왔다. 그에게 손을 내밀었다.

"기왕 이렇게 된 거 악수나 하자."

죄어 오는 손아귀 힘에 원한이 서려 있었다.

"네가 먼저 선 넘은 거니까 누구 탓할 거 없다. 그래. 같이 일해 보자. 아주 재미있을 거야."

현기영도 떠났다. 그는 혼자 남겨졌다. 몇몇 눈에 익은 놈들이 있었다. 한솥밥 먹던 동생들이었다. 외진 복도. 피곤에 전 후배가 CCTV 복사본을 팔 아래로 슬쩍 밀어 주었다. 경찰이 당일 채증한 호텔 로비 CCTV 영상이었다. 영장 없이는 내줄 수 없다고 거절당해 구하지 못했던 것이다.

"약속 지키는 겁니다. 수진이랑 미팅시켜 주는 거."

장 경감은 손바닥으로 놈의 뒤통수를 내리쳤다.

"알았어, 알았어. 이빨이나 닦고 나와. 그때처럼 또 그 몰골로 나오면 뒤진다."

"아, 진짜. 가오 안 살게. 애들 봅니다. 내 짬이 몇 년인데. 그땐 잠복 때문에 늦은 거고. 어쨌든 이거 비밀입니다. 현 과장 알면 나 죽어요."

236

증거를 잡으면 경찰이 먼저 발표하겠다고, 쉽게 말해 공을 가로채겠다는 약조를 받은 뒤에야 복사본을 넘겨주었다. 장 경감은 오랜만에 후배와 맞담배를 피웠다.

"수사는 어디까지 진척됐냐? 현 과장이 파주에 내려갔었다는데, 셋째 딸은 만나 봤어?"

"내가 그날 운전수 노릇 했잖아요."

무엇 때문인지 후배는 기가 막힌 얼굴로 고개를 살짝 비틀어 내렸다.

"망상 치매라는 게 골 때리는 병이더라구요. 치매라면 단순히 기억이 오락가락하는 정도에 그치는 줄 알았는데, 정신 분열까지 겹치니까 과대망상이라는 것도 한다지 뭐예요?"

"과대망상?"

"자신이 위에서 감시를 당하고 있다느니, 경찰이 지시받고 자신을 합법적으로 죽이러 왔다느니, 욕실에 감시 카메라가 있다느니. 확인해 보니 그런 건 없었어요. 오히려 환자 안전에 굉장히 신경 쓰고 있더라고요."

"위?"

"예전에, 뉴스 생방송에 갑자기 쳐들어와서 자기 귀에 도청 장치 있다고 한 사람 있었잖아요. 뭐 그런 거지. 자신이 특별하다고 믿고, 그런 자신을 정부에서 주요 인물로 감시하고 있다고 망상에 빠진 거야. 무엇보다 정신 분열이라 무슨 말을 하는지 말에 두서도 없고, 어눌하니 알아먹지도 못해서, 제대로 진술도 못 했어요. 뭐 기대하지도 않았고."

"신영원이 신랑을 짝사랑했다는 소문은 어떻게 생각해."

"마을 사람들 탐문하다 들은 거죠? 우리도 거 다 조사해 봤습니다. 뭐 앉아서 콧구멍이나 후비고 있는 줄 아시나."

후배는 별로 대수롭지 않게 여겼다.

"막상 물어보면 다들 직접 본 것은 없대. 한 다리 건너 옆집 여자한테 들었네, 또 그 옆집 여자는 마을 회관 총무 윤 씨한테 들었네, 윤 씨는 또 누구한테 들었네. 신빙성이 없어요. 신빙성이……."

"가출한 것은? 언니를 질투했다잖아."

"제정신이 아니라니까? 과대망상 환자라고. 빨가벗고 거리 활보하는 사람들 뉴스에서 못 봤어요? 태반이 정신 분열이야. 피해망상에 타인에게 적개심도 강하고, 또 남들에게 질투심이 많아진다고. 아무래도 가족이 가장 접근성이 쉬우니까 언니가 타깃이 될 수 있죠. 무엇보다 시골이 그렇잖아요. 남의 집에 숟가락 몇 개 놓는 것까지 시시콜콜 간섭하고. 안 그래도 마을과 교류도 안 하는 백운당을 고깝게 보는 시선이 많았는데 잘됐다 싶은 거지. 갑자기 그 집 딸이 정신병원을 가고, 재벌 사위 들이고, 배는 아프겠고, 욕은 해야겠고, 이러쿵저러쿵 얘기가 와전된 거예요. 설령 짝사랑을 했다 한들, 그 사랑이 그 여자한테 가당키나 한 겁니까?"

"그렇지?"

경찰도 같은 결과였다. 그러나 장 경감과 다른 점이 있다면 그들은 슈퍼집 양혜를 만나지 못했다는 것. 머리에 꽃을 단 미친 여자 말까지 들어 줄 여유도, 이유도 찾지 못한 것일 터다.

양혜는 마을에 떠도는 소문을 증명해 줄 유일한 목격자다. 그렇게 생각했다. 그러나 지금, 양혜가 장 경감의 발목을 잡는다. 양혜는 마을에서 유명한 미친 여자였다. 신빙성이 의심되었다. 만약 사실이 아니라면 신영원과 같이 정신도 온전치 못한 여자 이야기를 믿고 이 난장을 피운 게 된다. 후배 말은 일리가 있었다. 노 집사와 같은 맥락이었다. 신영원을 직접 만나 본 게 아니기 때문에 후배의 추론도, 자신의 추론도 장담할 수 없지만, 무엇이 끈덕지게 그를 물고 안 놓아주는 걸까. 신영원을 신부 실종에서 배제한다 해도, 그럼 신랑은 무엇 때문에 신부를 찾지 않는 걸까.

신부는 왜 사라진 걸까.

하나의 수수께끼를 풀면 다른 수수께끼가 그를 기다리고 있었다. 과연 그 끝에는 무엇이 기다리고 있을까.

흥신소로 돌아온 장 경감은 수진에게 보고를 받았다.

"예식장이 있는 2층은 당일 고객들 프라이버시 문제로 대부분의 카메라를 꺼 놨대요. 걔들도 골치 아파하더라구요."

장 경감은 땀에 전 양말 냄새를 맡다 진저리 쳤다.

"감히 누가 자기들을 감시하냐 이거지. 재벌들 하는 말이. 근데 하필 그게 문제가 될 줄 꿈에도 몰랐을 거야."

어우씨. 수진이 코를 부여잡으며 이어 설명했다.

"여담이지만 당일 예식이 있는 1~3시 사이에 호텔 입구에 검사대까지 설치했답니다. 워낙 하객들이 저명인사들이라 외부인 출입도 철저하게 통제했대요."

경찰이 채증한 CCTV 영상은 신부가 빠져나가는 모습이 찍힌 2층 대기실 복도 한 대뿐이었다. 신부 대기실에서 한 여자가 나오는 걸 목격한 보안 팀 직원의 증언과, 신부가 사라진 10분 사이를 종합해서 딱 한 명의 여자가 그 복도를 그 시간대에 지나갔다.

"더 웃긴 건요. 그녀가 신부라는 걸 알아낸 게 경찰이 아니라 한신그룹 경호 팀 직원들이었대요."

"경찰이 아니라고?"

"경찰들은 이미 다 차려 놓은 밥상에 숟가락만 올려놓고 있는 실정인 것 같아요."

하긴. 경찰이라고 한신의 경호 팀보다 나을 리 없다. 한신그룹 정보력은 이미 국정원을 능가했다는 소문까지 있으니까. 한신에서 아무 조치를 안 취한 게 아니라, 취하다가 자체적으로 해결이 안 되겠으니 밑져야 본전이라며 경찰에게 손을 벌렸겠지.

"대기실에 들어간 적 없는 여자가 거기서 나왔으니 당연히 신부일 수밖에 없죠. 예식 40분 전에 벌어진 일이라, 그야말로 미션 임파서블 영화 한 편을 찍었답니다. 그 인상착의대로 보안 팀 직원들이 호텔 전체를 뒤졌다니까."

"……"

"다행히도 1층엔 CCTV가 많아서 신부가 호텔을 빠져나가는 것이 잡혔어요. 호텔 로비에만 CCTV가 회전식하고 고정식 합쳐서 열네 대가 넘습니다. 그중에 신부가 잡힌 건 일곱 대인데 예식장이 2층이기 때문에 신부는 계단을 통해 1층으로 내려왔고, 로비를 통과해서 호텔을 유유히 제 발로 빠져나갔습니다.”

“그러니까 경찰이 괜히 단순 가출이라고 단정 짓는 게 아니란 말이지?”

“중간중간 직원들이 신부를 마주쳤어도 하객처럼 옷을 갈아입었으니, 알아보지 못하고 엇갈렸을 가능성이 큽니다.”

“10분 사이에 그 일이 다 일어날 수 있는 거야? 웨딩드레스가 무슨 내복 벗듯이 벗어 던질 수 있는 거였어?”

신부의 드레스는 어깨를 과감히 드러낸 오프숄더의 벨라인 타입으로, 까르띠에 보석으로 치장된 중량이 약 6킬로그램 정도 무거운 드레스다.

“신부의 체형에 최적화된, 지퍼 가공 방식의 실용적인 디자인입니다.”

“지퍼라면 혼자 벗을 수는 있겠군.”

“아무리 그래도 통상 완벽하게 환복하는 데 10분 정도가 소요됩니다. 여직원이 마지막으로 신부를 살핀 게 36분. 대기실 복도에 신부 모습이 찍힌 게 8분 뒤, 신부가 8분 사이에 웨딩드레스를 벗고, 다른 옷으로 갈아입고 빠져나갔다? 일정이 너무 타이트해요. 그 웨딩드레스는 코르셋이 필수입니다. 코르셋을 그 짧은 시간 안에 다 푼다는 건 상식적으로 납득이 안 갑니다. 뒤에서 누가 도와주는 사람이 있지 않고서야.”

“대기실엔 뱀 허물처럼 웨딩드레스만 널브러져 있었어. 구두 한 짝과 함께.”

“코르셋을 벗지 않았다면…… 가능하겠네요. 시간을 훨씬 단축할 수 있고, 위에 다른 옷을 걸치면 안 보일 테니까.”

“이 경우, 두 가지 가정을 세울 수 있어. 코르셋을 벗지 않은 이유. 코르셋을 벗을 새가 없었거나.”

수진이 날카롭게 눈빛을 빛냈다.

“벗을 필요가 없는 거죠.”

“다시 돌아올 마음이 있었던 거야.”

동생과 신랑의 치정을 알고도 묵인한 여자였다. 오롯이 돈과 야망을 위해서 선택한 결혼은 신랑이 아닌 한신그룹을 택했다는 그녀의 강렬한 의지를 엿볼 수 있었다. 그런 여자가 느닷없이 결혼식장에서 도망을 친다? 결혼은 장난이 아니다. 더군다나 결혼을 사랑이 아닌 수단으로 생각하는 마인드가 강한 재벌과의 결합엔 많은 것이 오고 가고 약속받았을 터였다. 그중에는 백운당도 빼놓을 수 없다. 그녀가 도망침으로써 뒤에 벌어질 일들을 가족들이 감당해야 한다면, 이번 가출이 신부에게 인생을 내던질 정도로 메리트가 있는 것이었을까?

굉장히 찜찜한 추론이었다. 잠깐 볼일을 보고 돌아오려 했다는 편이 훨씬 설득력이 있다. 코르셋만 입고 있는 상태면 웨딩드레스야 금세 다시 착용할 수 있다.

신부는 대기실에 있는 파우더 룸에서 평상복으로 갈아입고 나갔다. 하객인 줄 알고 바깥 직원들은 아마 신경을 쓰지 않았을 거고. 간발의 차로 신부가 사라진 걸 알았어도 일반인들 틈에 섞여 있는 신부를 알아채기란 불가능하다. 물론, 다시 돌아오려 했다는 가정은 무척 열린 가능성에 불과했다. 자신이 그려 놓은 범죄의 밑그림에 끼워 맞추려 하다 보니 자꾸 그쪽으로 의심이 뻗는 것이다.

처음부터 신랑을 용의선상에 올려놓는 건 중립적이지 않았다. 햇병아리도 하지 않는 수사 기본 철칙을 어기고 있는 건 알지만, 덧대어진 선입견은 무섭다. 장 경감이 독한 담배를 빼어 물었다. 진주양이 보인 일련의 행동들.

"몽타주는 딱 용의자인데."

찌든 담배 냄새로 입 안이 텁텁했다. CCTV 영상을 반복적으로 돌려 보는데, 아까서부터 신부 근처에 얼쩡대는 벨보이가 계속 눈에 거슬렸다. 벨보이는 한껏 멋 부린 여자 하객들 주변을 어슬렁거리다가 한 여자 뒤로 다가갔다. 치맛단 아래에 팔목을 슬쩍 집어넣었다. 손목시계 같았다. 전형적인 몰카범들이 쓰는 질 나쁜 물건이었다.

"어쭈, 이놈 봐라."

"뭐가요?"

"아니. 아무것도."

그는 다시 벨보이 옆을 지나가는 신부에게 집중했다. 문득 장 경감은 화면을 되감기 하고 정지시켰다. 다시 되감기, 정지. 다시 재생하고, 신부가 벨보이 옆을 스쳐 가는 그 순간 신부의 바짓단 밑에 삐죽하고 나와 있는 것.

"그래. 구두야……."

"네?"

"구두였어."

수수께끼를 풀면 또 다른 수수께끼가 기다리고 있다. 그러나 수수께끼는 언제고 해결되기 마련이었다.

지금껏 무엇이 끈덕지게 그를 물고 안 놓아주었는지 이제 알 것 같았다.

바로 이런 타이밍들이었다.

땀을 쥐고 참게 하는 이런 희열들.

신부는 사라지는 대신 대기실에 구두를 떨구고 갔다. 구두 한 짝을 흘리고 갔다는 신부는, 화면 안에서 두 쪽 다 신고 있었다.

CCTV상의 신부의 걸음걸이는 무척 안정적이다. 구두 굽이 10센티가 되고, 대기실에 한 짝을 두고 왔다면 균형을 맞추지 못했어야 한다. 옷을 미리 준비해 둔 철저함이니 신발도 준비했을 거라 생각했다. 구두를 한 짝만 들고 간 것은 상징적인 의미였을 거라고 추측했다. 그래도 생애 첫 결혼이었는데, 기억 속에 간직하겠다는. 하지만 신부는 구두를 '신고' 나갔다. '신부 대기실' 밖으로.

"물론 신부가 구두를 신었긴 하지만, 이게 그 구두라고 장담할 순 없어요."

"그러니까 확인이 필요해. 이 구두가 웨딩 구두인지, 아니면 여벌 옷과 함께 준비해 놓은 다른 구두인지."

"현재 이 화질로는 판독 불가합니다."

"아니, 방법이 아주 궁하진 않아."

장 경감은 화면 안의 벨보이를 아주 기특하게 두드렸다.

"이 새끼를 족쳐 봐야겠어."

바로 호텔로 찾아갔다. 형사 생활 청산한 지도 꽤 되는데 아직도 냄새를 못 버린 걸까. 장 경감의 얼굴을 보자마자 벨보이가 낌새를 눈치챘다.

"씨팔!"

튈 준비 하는 놈을 수진과 흥신소 남자 직원 기태가 막아섰다. 호텔 뒤편 으슥한 곳에 끌고 가자 벨보이가 무릎을 꿇었다.

"이거 호텔에 알려지면 나 모가지예요. 여기 아니면 갈 데 없단 말이에요!"

장 경감이 벨보이의 어깨를 친근하게 쥐었다.

"걱정 마. 내가 형사였다면 넌 철창행이지만, 지금은 그럴 이유가 없거든. 뭐 이쁘다고 그 새끼들 실적 쌓아 줄 일을 해?"

"약속할 수 있어요?"

"대신, 조건이 있어."

"뭔데요?"

장 경감은 느긋하게 까칠한 턱수염을 매만졌다.

"네 그 은밀한 범죄를 내게도 공유해 주지 않으련?"

뭉그적거리는 놈을 몇 번 더 족쳐서 시계를 빼앗아 냈다. 노트북에 연결해서 영상을 확인했다. 벨보이가 여자 다리를 찍을 때 신부가 바로 놈의 곁을 지나 갔다. 혹시 몰카에 신부의 구두가 찍히지 않았을까 싶었건만, 예상이 적중했다. 세상에 하나밖에 없는 구두였다. 다리가 빠르게 지나갔고, 근접한 위치에서 찍힌 영상은 신부의 구두를 선명하게 담아냈다. 분명 대기실에 남겨진 것과 같은 구두였다.

"역시, 소장님 예상대로 신부는 구두를 두 짝 다 신고 갔네요."

"어째서 구두 한 짝이 신부 대기실로 돌아올 수 있었던 거죠?"

남자 직원 기태가 의문을 표했다. 신부가 다시 호텔로 돌아왔나? 아니다. 그러기엔 보는 눈이 너무 많아. 구두가 신랑의 손에 다시 들어왔다는 건 중간에 신랑이 신부를 찾았다는 소리가 되는데.

그때였다. 호텔 시계탑이 댕…… 댕…… 정각을 알렸다.

12시 종이 울리자 신데렐라는 왕국을 도망쳐 나왔다. 왕자는 당장 사람을 시켜 신데렐라를 추격했지만 그녀는 이미 성을 떠난 뒤였다. 왕자는 구두 한 짝을 줍는다. 그녀가 흘리고 간 구두가 꼭 버림당한 자신의 처지 같았다. 왕자는 호소한다. 자신은 버림당한 거라고. 피해자라고.

하지만 어디까지나 이건 왕자의 변(辨)일 뿐이었다.

아직 신데렐라는 찾지 못했다.

"구두 한 짝이 대기실에서 발견되었다고 누가 그래?"

"경찰이……."

"아니지. 경찰도 그렇게 전해 들은 거겠지."

경찰이 단순 가출로 단정 짓는 건 모든 안정적인 정황 때문이었다. 신부는 제 발로 걸어 나갔으며, 칠백만 원 상당의 보석이 박힌 구두 한 짝을 챙겨 가는 약삭빠른 준비성까지 갖추었다.

현재 신부의 모든 은행 계좌는 추적을 당하고 있다. 가출엔 많은 자금이 필요하다. 현금이 바닥나면 구두에 박힌 보석을 팔 것을 예상하고, 전국 금은방과 전당포에 장물 수배를 돌린 상태였다. 그런데 신부는 구두를 신고 갔고, 그쯤부터가 신부가 증발한 순간이다. 호텔 이후의 행적이 전무하다. 인근 CCTV를 뒤져 봤지만 찾지 못했다.

"경찰이 한신 경호 팀이 다 차려 놓은 밥상에, 숟가락만 올려놓고 있는 게 사실이라면……."

말끝을 흐린 장 경감은 손가락을 소리 나게 맞부딪쳤다.

"사전에 모든 증거들이 조작되었을 가능성이 크다는 소리도 돼."

3일이란 시간은 증거를 감추기에 충분했다. 더욱이 가출이 아닐 수도 있다. 자금을 얻으려는 용도라면 조금이라도 더 비싸게 팔기 위해 흠집 나지 않게 했어야 한다. 그런데 신고 가다니. 구두를 두 쪽 다 팔아 치울 사람치고 무신경한 행동이다. 쇼핑백에 담아 가는 게 인간의 기본 생리였다. 즉, 팔려는 마음이 없었다.

신부는 구두 한 짝을 바깥 어디선가 떨어트릴 만큼 급박한 상황이었고, 그녀가 떨어트리고 간 구두를 주운 '신랑'이 대기실에 놓고 간 것처럼 거짓 연출을 했다.

무언가를 들키지 않기 위해 증거를 조작했다.

그리고 두 자매 사이에서 신랑은 치정 관계를 이루고 있다.

"신부는 가출을 한 게 아니야."

신부는 증발한 지점에서 이동 수단을 탔을 가능성이 크다. 택시 같은 거라든지. 아니면…… 우리가 모르는 제삼자의 개입이라든지.

"만약 신부가, 다시 돌아오려 했다면……?"

신부가 결혼식을 할 마음이 있었다면 자의로 이동 수단을 탔을 리가 없다. 예식까지 시간이 얼마 없으니까. 그러니까 타의에 의해 억지로 태워졌다는 가정이 더 근접하다.

"어쩌면 이 사건, 가출을 빙자한 납치 사건일 수도 있겠어."

벨보이에게서 더 뜻밖의 정보를 들을 수 있었다.

'어떤 기자가 몰래 신부 대기실을 염탐해서 한바탕 난리가 났어요. 삼류 언론 기자라던가. 그 남자가 왔다 가고 신부가 사라졌다느니 소란이 있었는데, 해프닝으로 끝났어요. 결혼식 무사히 잘 끝났고, 귀가 조치 됐대요.'

'기자? 너 이거 누구한테 들었어?'

'이 얘긴 아무도 몰라요. 나도 보안 팀 형님들한테 귀동냥으로 들은 거라. 경찰도 모를걸요?'

경찰이야 모를 수밖에. 신부 대기실에 왔다 갔다면 대기실 복도 CCTV에 잡혔어야 하는데, 그런 사람은 없었다. 직원 외에 누구도 왔다 가지 않았다. 벨보이에게 듣지 못했다면 자신도 깜박 속을 뻔했다. 영상도 조작한 건가?

전문가가 아닌 이상 맨눈으로 미세한 편집을 잡아내긴 힘들다. 게다가 움직이는 화면도 아닌, 정지된 채 텅 빈 복도만 비춘다면 이어 붙이기는 더욱 쉽다.

다행히 로비 CCTV에 기자가 잡혔다. 신부가 지나가고 몇 분 뒤쯤이었다. 아는 기자였다. 형사 시절, 신입 기자들이 사건 잡으려고 경찰서 숙직실에서 죽치고 있을 때 음료수를 사 주곤 했었다.

'한신그룹 결혼식 특종 잡으러 온 건가?'

신부 대기실에 들어갔었단 말이지…….

물어물어 기자가 근무한다는 언론사와 연락이 닿았다. 기자를 접촉하려 했지만 불가능했다.

"해외 이주요?"

— 로또라도 맞았는지 사직한다는 말만 남기고 떠났더라구요. 이쪽도 절차라는 게 있는데 다 무시하고, 엄청 어이가 없습니다.

어이가 없는 건 장 경감도 매한가지였다. 요즘 해외 이주가 유행인가? 노 집사 아들도 외국으로 이주했다더니, 이 집도? 야밤에 도주하듯 떠나야 할 이유가 뭐지? 전화 통화를 하다가 문득, 장 경감은 따가운 무언가를 느꼈다. 도로로 시선을 던졌다. 또 그 차였다. 새벽에 노 집사를 만났을 때 길가에 주차되어 있던 그 검은 세단이었다.

따라다니는 건가.

대체 진주양은 무엇을 숨기고 있는 건가. 자신을 믿지 못해 감시자까지 붙이는 건 너무했다. 장 경감은 주먹을 그러쥐고 차도를 가로질렀다. 검게 선팅 된 유리를 두드렸다.

"거 말로 합시다. 비겁하게 숨어 있지 말고 할 말 있으면 하라고!"

검은 세단이 갑자기 움직였다. 장 경감은 놀라서 엉덩방아를 찧었다. 앞으로 쏠렸던 차바퀴가 장 경감 쪽으로 갑자기 후진해 왔다. 그는 순간적으로 팔로 방어했다. 눈을 질끈 감았다. 자동차 뒷바퀴가 코앞에서 멈췄다.

"하아…… 하아…….”

부릉—!

차는 하얀 쪽지 하나를 던져 주고는 매끄럽게 도로를 빠져나갔다. 사람들이 웅성웅성 다가왔다.

"이봐요, 괜찮아요?"

장 경감은 쪽지를 주웠다.

『양평 향리저수지 부교 17』

위치였다. 무언가를 알리는.

【실종 9일째】

"소장님이 찾아보라던, 그 검은 세단 말입니다."

기태의 목소리가 낮잠을 파고들었다. 장 경감은 겹겹이 쌓인 피곤을 밀어내
며 눈을 떴다. 얼굴을 덮은 신문을 치우자 미행에서 돌아온 기태가 복잡미묘한
얼굴로 서 있었다. 장 경감은 부스스 몸을 일으켰다.

"어, 미안. 차적 조회 해 봤어?"

"하긴 했는데……."

말꼬리를 흐리며 기태가 밀착 카메라를 반납했다. 장 경감은 집요하게 자신
을 감시하던 검은 자동차를 조사해 보라고 시켰다. 쪽지 하나만 덜렁 던져 놓
고 가면 다인가. 확인하나 마나 진주양 쪽 사람일 게 분명했다.

"왜? 문제 있어?"

답을 미룬 기태가 단도직입적으로 물어 왔다.

"진주양. 어떤 사람입니까?"

역시 진주양인가. 대수롭지 않게 받아들인 장 경감이 카메라를 집어 들었다.
안에는 하루 동안의 진주양 행적이 빼곡히 담겨 있었다. 수사본부를 염탐하다
이미 걸린 신세였다. 얼굴 다 까발려진 놈에게 진주양 뒤나 캐라고 지시했다.

"미행하면서 봤을 거 아냐. 어떤 인간인지."

"평판하고 영 달라요. 원한 산 사람들이 제법 되나 본네요? 미행하는 사람이 우리만이 아니었어요."

"누가 또 미행을 했는데."

"남도 아닌, 그것도 가족이요."

카메라를 돌려 보던 장 경감의 손이 잠시 떨렸다.

"조회해 보니 그 차량, 소장님을 뒤쫓던 차와 소유주가 같았어요."

"……."

"진주양이 소장님을 미행한 게 아니었어요."

새삼스레 장 경감은 기태를 눈여겨 응시했다. 천천히 무언가 다가오고 있었다. 그러나 그게 무엇인지 분명하지 않았다. 반면, 또 분명하게 인지되었다. 무언가 다가오고 있음이. 포화는 단단한 먼지바람을 헤치고 기어 나왔다.

"한신중공업 법인 리스 차량으로 뜨던데요. 진주양 숙부 아닙니까?"

한 꺼풀 가려진 그 껍데기를 들추면 어디에나 추한 가족사는 있기 마련이다.

숲이 흐느꼈다.

구불구불한 국도를 달려 양평의 한 저수지에 바퀴를 세웠다. 장 경감은 담배 한 개비를 빼 물며 주변을 둘러봤다. 사방이 꽉 틀어막힌 호수는 몇만 평이나 되는 둘레가 무색했다. 귀신 나올 음산함에서 시체 썩는 내가 나는 거 같았다. 잿빛 먹구름은 소음을 뒤덮었고, 후…… 매캐한 담배 연기는 물안개에 집어삼켜졌다. 고여 있는 못. 안개는 잔잔한 물결 위를 간질이며 스멀스멀 주변으로 독처럼 퍼져 갔다. 한적함은 적막함을 불러왔고, 그 적막함이 괴괴하게 호흡했다. 비린내가 코끝을 시큼하게 적셨다.

장 경감은 수풀로 발을 내디뎠다. 이슬이 마르지 않아 바짓단이 금세 축축해졌다. 궂은 날씨에도 강태공들이 낚싯대를 길게 뻗어 놓고 있었다. 낚시터 관리자에게 쪽지를 보여 주었다. 관리자가 물가에 둥둥 떠 있는 다리를 가리켰다.

저수지를 반으로 가른 부교가에는 낚시꾼들 몇몇이 자리를 꿰차고 있었다.

"이 저수지에 부교는 저거 하나야. 17이란 건 열일곱 번째 자리를 뜻하는 거 같은데?"

관리자에게 인사하고는 부교로 향했다. 낚싯대를 걸어 놓고 낚시꾼들은 무연히 수면 위를 눈길로 걸어 다녔다. 하나같이 모자를 깊게 눌러쓰고 있었다.

철썩. 철썩.

갑판에 밀려든 물소리만 간간이 귓가를 조였다. 장 경감은 사람을 일일이 세었다. 열일곱 번째로 추정되는 자리로 다가가는 그때였다. 바로 옆, 뒤에 앉아 있던 낚시꾼들이 일동 기립했다. 순식간에 그를 덮쳤다. 부교의 무게 중심이 흐트러졌다. 물살이 흔들렸고, 발밑이 일렁거렸다.

"뭐, 뭐야!"

버둥거리는 장 경감을 낚시꾼들이 끌어 내렸다. 헉. 힘이 장사였다. 단순 백수들인 줄 알았는데 뱀 같은 눈빛들이 챙 모자 아래에 도사렸다. 팔을 비트는 손아귀 힘에 그들이 전문 경호원임을 깨달았다.

"어허, 쉬엄쉬엄 합시다. 뭔가 오해한 거 같은데. 글쎄, 이것 좀 놓고 말로……!"

"차가 많이 막혔나요?"

시장 바닥 같은 혼잡과 동떨어진 유쾌한 성량이었다. 경호원들과 뒤얽히던 장 경감은 목소리에 덥석 물렸다. 엉거주춤, 목소리 주인을 봤다. 열일곱 번 자리의 미남자는 유랑이라도 즐기는지 캐주얼한 아웃도어를 입고 있었다. 어깨 너머로 장 경감을 힐끗 보더니 한가로운 시선을 다시 호수로 던졌다.

"별로 안 놀란 얼굴이네. 아니, 별로 놀라기엔 내 꼴이 말이 아니게 한심한가."

장 경감은 현실 감각이 점차 뚜렷해졌다. 완성되지 못한 짧은 단어들이 혀끝에서 아지랑이처럼 증발했다.

한신그룹 전 후계자이자,

폐위당한 세자.

진주양의 숙부,

진두영…….

"조카 때문에 고초가 크시다고요. 장영범 씨."

"제 이름을 어떻게 아십니까."

"그게 우선은 아닐 텐데요?"

나무랄 데 없는 매끄러운 진행이었다. 조카의 덫에 걸린 장 경감의 상황을 진두영은 훤히 꿰뚫고 그를 단숨에 움켜잡았다.

혈육은 닮지 않았다. 한 번 엮이는 것만으로 진주양이 잊을 수 없는 숨 막힘을 선사하는 반면, 사내는 연장자다운 유연함을 간직하고 있었다. 하얗고 기름한 이목구비에 다갈색 눈동자. 그의 눈빛에선 살점을 베는 진주양 특유의 살의는 뻗지 않았다. 그러나 암울한 우수가 젖어 있었다. 어린 조카에게 왕좌를 빼앗기고 폐위당한 억울함. 진두영이 가볍게 손짓했다. 사내들이 그를 놔주고 제자리로 돌아갔다.

"제게 용무가 있습니까?"

장 경감이 외투를 바로잡으며 진두영을 노려봤다. 그를 미행하라 시킨 장본인인 진두영이 뻔뻔하게 웃었다.

"그 애가 무례를 범했다고 들었습니다. 걔가 워낙 떠받들어져 커서, 사람 보기를 개떡으로 알아요. 무례한 조카를 대신해 삼촌인 내가 사과드립니다."

"꽤 말이 길어지는군요. 에누리 없이 본론부터 꺼내 놓으시죠. 사과를 하려고 부른 게 아니잖습니까. 절 왜 미행한 겁니까? 아니."

"……."

"절 왜 초대하신 겁니까."

저들 세계에 자꾸 깊이 발을 담그는 건 좋은 현상이 아니었다. 저들은 상위 포식자였다. 자기 잇속 채울 때만 움직인다.

형태가 변했을 뿐이었다. 본질이 해결된 건 아니었다. 진주양에서 진두영으로 상위 포식자가 뒤바뀐 것이다. 그럼에도 장 경감이 이곳에 온 이유는 딱 하나였다. 실마리. 지푸라기라도 잡는 심정으로 안 떨어지는 발길을 억지로 끌고 왔다. 진주양의 독주를 막을 수 있는 자는 오롯이 저 남자뿐이었다. 신부 실종과 관련해 진두영은 그에게 해 줄 말이 있다.

"제가 맞춰 볼까요? 이번 신부 실종 사건과 관련해……."

장 경감의 말을 자르고 진두영이 말했다.

"납치 살인이라는 생각, 안 해 봤습니까?"

장 경감은 입이 안 떼어졌다. 진두영이 몸을 늘어트리고 의미심장하게 손가락을 깍지 꼈다. 장 경감의 생각을 그대로 꿰어 읽은 듯.

"지금쯤 신부가 살해되었다는 데에 내 손가락을 걸죠. 당신은?"

진두영이 빠르게 말을 가로챘다. 어디서 많이 들어 본 대화였다. 납치……
살인. 그저 심증일 뿐이었는데……. 소름이 내달리며 팔뚝을 할퀴었다.

서재에 오페라가 가득 울려 퍼졌다. 푸치니의 '나비 부인'이었다.

Con onor muore chi non può serbar vita con onore……

Tu? tu?

Piccolo Iddio……!

Amore, …… Non saperlo mai per te, pei tuoi puri occhi, muor Butterfly.

"날이 춥습니다."

양 비서가 등 뒤로 다가왔다. 주양은 테라스에 서서 표정 없이 물었다.

"양평 쪽 움직임은 어떻습니까."

"별다를 거 없습니다. 유배당한 처지에 뭘 어쩌겠습니까."

"유배당한 처지에, 우리가 가짜 신부를 내세워 결혼했다는 걸 알아내고, 경찰에 신고해 사태를 이 지경으로 만든 장본인입니다."

신부가 실종되고, 주양은 조용히 무마하려고 했다. 그런데 어떻게 알고 진두영이 신부가 실종되었다고 경찰에 수사를 요청했다.

"숙부가 나 때문에 먹은 똥이 꽤 되죠, 아마. 어떻게든 그 똥, 나한테 되먹이려고 혈안일 겁니다. 무슨 뜻인지 아십니까?"

"감시 24시간 풀가동하겠습니다."

고개 숙이며 보다 가까이 다가온 양 비서가 어깨에 가운을 얹어 주었다. 주양은 어두운 강을 내려다보았다. 차들은 빠른 속도로 새벽의 한강 위를 질주했다. 푸른 강물은 기억을 망각한 것처럼 고요히 잠들어 있었다. 죽음 같았다.

죽음이라. 사람을 죽인 적도 있지만 죄책감을 느낀 적은 없다. 폭력을 남용하거나 남을 해하는 데에 심취해 있는 것은 아니었다. 다가오는 폭력에 반격을 해 주다 보니 심심찮게 그래야만 하는 상황이 왔다.

세계는 그에게 고결하게 살 수 있는 권위와 특권을 쥐어 주었지만 한 번도 이 삶에서 안락함을 느낀 적은 없었다. 그는 자신이 깡패의 인생과 하등 다를 게 없다고 생각하는 사람이었다. 다른 집 자제들은 고결함을 지키고 있는지는 모른다. 그만, 그래서, 그이기 때문에 폭력이 생활에 익게 된 거라 해도 어쩔 수 없다. 억울함은 티끌도 못 느낀다.

그는 폭력이란 방식이 꽤 만족스러웠다.

권태로 뻑뻑해진 눈을 감았다 뜨자 스피커에서 한스러운 여자의 아리아가 더욱 극성맞아졌다. 나비 부인 제2장 2막 클라이맥스. 그가 제일 즐겨 감상하는 부분이었다. 남자에게 버림받은 여인을 할복이라는 폭력으로 이끈 비참한 사랑. 여자는 명예로운 삶을 살지 못할 바에야 명예로운 죽음을 택하겠다며 스스로를 찔렀다. 사랑을 폭력으로 되갚은 것이다.

그가 아는 사랑은 오직 하나였다.

예술사에서 많은 예술가들은 사랑보다 그 사랑이 주는 연민감에 젖어 죽어 갔다. 세상의 유명한 사랑 이야기는 대부분 비극으로 끝난다. 나비 부인, 로미오와 줄리엣, 팔리아치, 안나 카레니나, 글루미 선데이.

사랑은 폭력이다. 사랑은 폭력과 다르지 않다.

그러나 예외인 사람이 한 명 있었다.

'선택지는 두 개뿐이야.'

파주의 하늘정신병원에 찾아간 그날 주양은 여자에게 순결한 신부의 상징, 웨딩드레스를 던졌다.

'정신병원에서 평생을 썩을 것이냐……'

'……'

'이 웨딩드레스를 입을 것이냐.'

그녀는 절벽 앞에 서 있었다. 한 길 낭떠러지 아래의 깊은 바다를 상상하듯 응시한다. 뛰어내릴 용기가 나지 않았는지 조용히 눈물을 흘릴 뿐이었다.

'나는…… 병원에 남겠어.'

신부가 되느니 차라리 병원에서 썩어 가겠다. 주양은 그녀의 의도를 읽고 조용히 보다가 턱을 잡아 들었다. 그녀가 눈을 내리깔아 그의 시선을 피했다.

'머리 굴리지 마.'

주양이 낮게 속삭였다.

'그래 봐야 여기서 못 나가. 너 죽으면…… 네 송장 내가 거둬 갈 거야.'

그를 보던 그녀의 눈이 점차 커져 가더니, 절망으로 얼룩져 갔다……

무엇이 그를 이토록 폭력적으로 만드는가.

사랑이다. 그렇다면 사랑은 무엇인가.

사랑은 폭력이다. 충동이고, 파멸을 부른다. 사랑은 논리와 상식을 거스른다. 사랑은 분별력을 잃게 한다.

고로, 사랑엔 품위가 없다.

【1년 전】

부우우—

뱃고동 소리가 굵고 힘차게 바다를 가르고 나아갔다. 새벽 4시. 출항하는 선

박들로 인천항은 숨 가쁜 새벽을 열었다. 양 비서는 짐을 실어 나르는 인부들을 감시하며 담뱃불을 붙였다. 옆에 있던 수하가 곧바로 라이터를 꺼냈다. 퇴락한 니코틴 냄새에 섞여 코끝을 배회하는 바닷바람이 씁쓸했다. 32주년 생일 파티가 있었던 어젯밤, 작은 소동이 있었다. 그 탓에 양 비서는 새벽부터 인천항에 내려와 은밀히 일을 처리하고 있었다. 작업반장이 시계를 가리켰다.

"반까지야. 빨리 실어. 빨리! 이봐! 거기!"

관처럼 생긴 적하물을 운반하던 인부 둘의 스텝이 꼬였다. 그들이 넘어지면서 관이 엎어졌다. 양 비서가 조용히 수하에게 눈짓했다. 살짝 새 뜬 관 뚜껑 밖으로 내용물이 삐져나와 있었다.

사람 손가락이었다.

새벽이 옅어져 가고, 창유리에 창백한 달 한 점 안 걸려 있었다. 한강은 고요하게 물의 기척을 삼켰다. 푸르스름한 안개는 만물을 둘러싸 흐릿하게 그들의 흔적을 지워 갔다.

고요한 새벽이었다. 푸른 기운이 잠든 침실에 두 남자의 인기척이 어른거렸다.

"여기 선적 증명서와 선장 프로필입니다."

새벽 5시. 인천항에서 돌아온 양 비서는 54층에서 처리한 일을 보고했다. 주양은 비스듬히 테이블에 앉아 서류를 면밀히 검토했다. 나이트가운만 걸친 그는 선명한 어둠을 휘감고 있었다. 벌어진 나이트가운 사이로 흉근이 느슨하게 풀어져 있었다. 양 비서는 피딱지가 내려앉은 주양의 얼굴을 훔쳐보았다. 아직 푸른른 밤, 열린 커튼에서 미명이 찾아들고 있다.

바람이 불었다. 엿들어 온 바람은 이불 밖으로 내밀어진 여자의 발등을 간질였다. 검은 침대에 파묻혀 여자는 완전히 정신을 잃어 있었다. 그런 은밀함까지 주양은 양 비서에게 숨기지 않고 드러내 보였다. 머리끝부터 발끝까지 몸체는 곧고 아름다웠다. 그런 완결성에 얼굴에 난 파손당한 흔적은 오점이었다. 하지만 오히려 동물에게 할퀸 듯한 결함이 불건전한 냄새를 발했다. 여자와 주양의 얼굴에 난 흉터를 번갈아 보다 양 비서는 너무 오래 쳐다보는 게 아닌가 싶어 곧 눈을 내리깔았다.

주양이 서류 속 사진에 손끝을 가져다 댔다. 서류에는 중형급 선박을 찍은 사진 몇 장이 첨부되어 있었다. 양 비서가 알기 쉽게 설명했다.

"호성실업 소속 신라 41호입니다. 남중국해를 거쳐 종착지인 인도양으로 참치 조업을 나가는 원양 어선입니다. 중국 선원들을 모집하기 위해 상하이에 하선해 2박을 체류한다고 합니다. 통나무는 그때 대기하고 있던 우리 측 직원들에게 즉시 인계될 예정입니다."

사진을 넘겨 보며 주양이 물었다.

"이 배를 선택한 이유는?"

"호성실업은 중소 규모의 순수 어업 회사입니다. 당연히 어획량과 그해의 시세에 실적 변동 폭이 클 수밖에 없습니다. 6년 전부터 중국으로부터의 참치 어선이 점차 늘어나더니, 3년 전부터는 중국 정부에서 어선들에게 보조금을 뿌려 대면서 본격적으로 어업을 육성하기 시작했습니다. 경쟁에 따른 어획량 감소와, 맞물린 경제 둔화로 호성실업의 적자가 작년 대비 53프로 가까이 토막났습니다. 이사님께서 트롤선 서른한 척을 담보로 140억을 대출을 해 줬지만, 현재 이자만 간신히 돌려 막고 있는 실정입니다. 올해 11월 만기로 원금 상환이 가까워지고 있으나 그때 타격을 입은 것을 아직 회복하지 못하고 있습니다."

"배달 조건은?"

"원금 상환일 3년 연장과 1년간 이자 면제를 조건으로 '통나무' 배달을 약속받았……."

하지만 말이 채 끝나기도 전에 주양이 서류를 앞에 던져 놓았다. 양 비서의 눈꺼풀이 안경 너머에서 당혹스럽게 커졌다. 주양이 관자놀이를 꾹꾹 누르며 느긋이 말을 박아 넣었다.

"고작 통나무 운반에 우리 쪽 손해가 막심하군요. 이럴 바엔, 전문 브로커한 테 맡기는 편이 더 효율적이지 않았겠습니까? 중소 규모라지만 엄연한 기업인 데…… 조용히 해결할 수도 있는 일을 호성까지 끌어들여 일을 크게 벌인 데에 는 그만한 이유가 있어야 할 겁니다."

양 비서가 얼른 대답했다.

"단순 밀항이라면 껌값 좀 쥐어 주고 통통배에 맡겼겠지만, 냉동 시설이 필 요했습니다. 제대로 된 냉동고를 갖추고 있는 배는 멀리 나가는 원양 어선뿐입 니다."

'통나무'가 중국에 도착하기 전에 썩기라도 하면 곤란했다. 중국 공안이 발 견하기 전까지는 신선한 상태가 유지되어야 했다.

고심에 잠긴 듯, 침묵하던 주양이 손끝으로 팔걸이를 두 번 건드렸다. 납득 했다는 뜻이었다. 양 비서는 비로소 안심할 수 있었다.

"이 일을 알고 있는 귀가 몇이나 됩니까."

"호성실업 사장과 운반해 주는 배의 선장뿐입니다."

양 비서가 즉각 브리프 케이스에서 사진 파일을 꺼내 주양에게 주었다. 신라 41호 선장의 비리 포착 장면이었다. 그간 어획할 때마다 참치를 마흔 마리씩 야금야금 빼돌려 팔아 이익을 취하고 있었다.

"보시다시피 현찰에 탐욕스럽지만 만용을 부리진 못하는 사람입니다. 막말 로 그게 진짜 통나무든 사람 시체든 관여되고 싶진 않을 겁니다. 한신과의 연 계성은 전혀 모르게 해 뒀습니다. 사장 지인의 개인적인 용무쯤으로 압니다."

"밖으로 새어 나갈 확률은?"

"0.3퍼센트 미만입니다.

"그렇다면 저는 0.4퍼센트로 올려야겠군요."

양 비서가 다시 당황했다. 주양은 가차 없었다.

"호성실업 사장은 청년 시절, 청록교역 회장 밑에서 3년을 생활했습니다. 경 쟁사처럼 보이지만 둘은 꽤 막역했던 과거를 곱씹는 사이입니다. 그리고 청록 교역, 여긴 현재 한신중공업에 5,000톤급 배 세 척을 수주 맡기고 있는 회사입니다.”

한신중공업. 주양의 친삼촌이자 주양과 더불어 후계 구도의 한 축을 차지한 진두영이 사장 자리를 맡고 있는 그룹 계열사였다. 그런데 ‘통나무’ 배달을 맡은 호성실업 사장이 진두영과 거래를 두고 있는 청록교역 회장과 예전부터 아는 사이라니. 뱀의 아가리에 먹이를 넣어 준 것과 다름없는 꼴이 되었다.

양 비서의 얼굴에 짙은 낭패감이 스쳤다.

“진두영 사장과 친분으로 엮일 경우의 수는 생각지 못했습니다.”

“배달책을 잘못 선정했습니다.”

거침없는 주양의 지적에 양 비서는 심장이 덜컥, 했다.

“지금 당장 가서…….”

“늦었습니다.”

칼같은 어조였다. 그 단호함이 양 비서를 더욱 기죽게 했다. 초조해하는 양 비서에게 주양이 농담처럼 말했다.

“외국에서는 배의 속도를 낮춰야 할 때 ‘Ease Her’이라고 한다면서요?”

“…….”

“지금은 기다릴 때입니다. 해결하려고 번잡하게 동분서주하는 게, 남들 눈에 더 튀는 꼴이 될 겁니다.”

Ease Her(그녀). 외국에서는 배를 여자로 취급한다. 써니, 메리, 배의 이름을 여성스럽게 짓는 것도 그 이유다. 그러나 이율배반적이게도 여자가 배에 타면 재수가 없다고 한다. 바닷사람들은 여자가 불경한 사건을 끌어들일 거라고 생각하기 때문이다.

여자.

주양은 평소 지나칠 만큼 여자관계가 결벽적이었다. 치정 문제만큼 더러운 게 없기 때문이었다. 그것을 잘 아는 주양이 어째서 이번에는 여자를 끌어들인 걸까. 그것도 백운당 딸을.

백운당 최혜란 사장은 딸 장사로 팔자 고치려는 가장 기피해야 할 악수였다. 자기 딸과 주양이 그런 일로 엮였다는 것을 알면 그것을 빌미로 무언가 더 큰 것을 얻으려 들 것이다.

양 비서는 주양을 보았다. 완벽하게 준비하고 실행한 자신의 플랜마저 허점을 지적해 내는 상사의 철저함. 저토록 철두철미한 상사가 어째서…… 방에 여자를 끌어들인 걸까?

신영원과 어떻게 된 일인지 묻고 싶었지만 그럴 수는 없었다. 양 비서가 어젯밤에 마지막으로 두 사람을 봤을 때, 그들은 술을 마시고 있었다. 신영원은 만취해 테이블에 엎어져 있었다. 그때까지만 해도, 주양은 영원을 신뢰하지 않았다. 그녀를 철저하게 의심하고 앞으로 그들이 가야 할 실크로드로 향하는 배에 승선시켜선 안 되는 '여자' 로 간주하고 있었다. 주양이 욕실로 걸어가는 모습을 본 것을 마지막으로 양 비서는 방을 빠져나왔다. 그리고 지금 양 비서가 객실로 돌아오니 두 사람은……

"그래서, 알아보라는 것들은 다 마쳤습니까?"

생각에 잠겨 있는 양 비서의 귓전을 주양이 낮은 목소리로 노크했다. 얼른 신영원에 관한 것을 늘어놓았다.

"별달리 미심쩍은 점은 없었습니다. 특이하다면 초중고교를 졸업하지 않고, 홈스쿨링을 한 정도."

"……"

"사회성이 제로여서 백운당 안에서도 고문관으로 통한다고 합니다. 사장 딸이라는 프리미엄 때문에 붙박이 신세는 유지할 수 있는 모양이지만."

양 비서는 그러면서 책상 앞에 마지막 서류를 내밀었다. 아침에 신영원이 깨어나면 받아 놓을 서약서였다.

"혹시 모를 것에 대비해 서류에 사인을 받아 두려고 합니다. 4주 뒤에 산부인과 진료를 동행하고, 임신이 아니라는 게 확실시되면 그땐 이 일에 대해 문제 삼지 않겠다는."

"수고했습니다."

하지만 양 비서는 무엇 때문인지 뭉그적거렸다. 주양이 그 꼴을 흘깃 보았다.

"더 할 말이 남았습니까?"

"그럼, 얼굴 상처는 스토커의 성폭행 시도로 일단락하면 될까요……?"

"알리바이를 위해 그러기로 합의 보지 않았습니까?"

"이사님의 사회적 커리어도 있고, 성폭행보다는 성추행 쪽으로 가시는 게."

"이슈를 덮기 위해, 더 큰 이슈를 터트려라. 성추행은 너무 추잡합니다. 그리고 그 정도 스케일은 되어야, 검찰 쪽에서도 날 터치하지 못할 명분이 생길 겁니다."

검경은 이미 그들의 하수인이었다. 다만, 김 회장 아들이 살해된 것이 뉴스를 타게 되면 세간의 관심이 일 것이다. 망했어도 기업의 총수였다. 검찰은 수사를 할 수밖에 없을 것이고, 어느 정도 시나리오를 짜서 던져 줘야 그들도 편하다. 개인 프라이버시를 어떻게 파헤칠까? 그것도 한신 진주양의 사생활을.

물론, 성폭행을 당했다는 것은 선의의 거짓말이었다. 궁극적으로 모두가 행복해지면서, 가장 합리적인 결과를 낳을 방법. 하지만 차선일지언정 최선은 아니었고, 정답이지만 '완벽'하지는 않다.

……주양은 어째서 그녀와 동침한 걸까.

평소 상사답지 않은 무질서한 행동이었다. 군이 알리바이를 위해서였다면 다른 방법도 얼마든지 있다. 알리바이를 위해서 신영원과 동침했다? 믿을 수 없다. 그렇다면 이유는 오직 하나뿐이었다.

꼬리에 꼬리를 무는 질문의 끝에 이르러, 오롯이 하나의 혼돈이 비서의 머릿속을 어지럽혔다.

밤새 무슨 일이 있었던 건가.

도대체 신영원은, 어떻게 그를 함락시킨 거지?

양 비서가 주치의를 데리러 떠난 동안 주양은 영원을 봤다. 침대에 누운 여자는 죽은 것처럼 잠들어 있었다. 골드와 블랙으로 배치된 그의 강렬한 이 방에 가장 어울리지 않으면서 무엇보다 강렬하게 그의 주의를 잡아끌고 있었다. 그것은 그녀가 품위가 없기 때문이었다. 상식적이지 않기 때문이었다. 그녀는 계모를 증오하면서도 그리워하고 있었다. 사랑하기 때문에 폭력을 행사하고 싶은 것이다. 그것을 인정하지 않으려고 그녀는 소모적인 짓을 벌이고 있었다. 복수가 아닌 투쟁으로. 어리광 같은 투정으로.

여자가 앓는 소리를 내며 뒤척였다. 생각에 잠겨 있던 그는 그 소리에 정신이 들었다. 뒤척인 여자에게서 머리카락이 흘러내려 얼굴을 가렸다.

지도를 더듬어 가듯이 그의 손끝이 그녀의 얼굴 위를 배회했다. 관계 내내 울던 여자의 뺨에 말라붙은 눈물 길을 쫓았다. 그를 향해 달싹이던 입술이 참을 수 없이 새빨갛다.

새빨갰던 그녀의 복수심처럼.

4년이나 전, 비밀 모임에서 그런 이야기가 나왔다.

'경찰에 신고를 했던 모양이야. 최 사장이 셋째 딸을 그렇게 학대한다고 하더군. 그걸 입 막으려고 최혜란이가 짜바리들한테 돈깨나 먹였다지.'

주양과 부쩍 친해졌다고 믿던 L모 의원이 그런 말을 떠들어 댔다. 대산물산 김 회장과 L모 의원, 주양은 그 비밀 모임의 회원이었다. 김 회장이 파산하고 지금은 L모 의원과 둘만 남았지만, 그때까지만 해도 주양은 미국에서 석사를 갓 마치고 돌아온 새파란 사업가였다. 매월 마지막 주마다 갖는 비밀 모임은 단 세 명의 회원을 주축으로, 주로 돈을 불리고 조세를 회피하고 페이퍼 컴퍼니를 만드는 비자금 횡령에 관련했다.

'최 사장 그년, 그렇게 안 봤는데 독종이야. 만신창이로 학대할 줄 누가 알았냐고. 이 마을이 폐쇄적이잖아. 경찰들이 입만 닫으면 뭐, 사람 하나 죽여도 자살로 꾸미는 건 아무것도 아니지.'

'봐라. 딸년 시체 나와도 자살로 꾸며질 테니.'

L모 의원이 비밀리에 우스갯소리로 소스를 던져 주었지만 주양은 폭력에 무감했다. 타인의 고통에 공감하지 못했다. 흥미를 느낄 수가 없었다.

그때 그는 두 가지 가정을 내렸다. 신영원이 계모를 살해하거나, 계모의 폭력을 못 견뎌 집을 나가거나. 그런데 살인 사건이 일어나지도, 가출하지도 않았다.

책에서는 봤지만 스톡홀름 증후군을 실제로 보는 건 처음이었다.

4년 후, 신영원이 그에게 복수를 제안했을 때 오히려 놀랐다. 머리가 빈 멍청한 여자라고 생각했다. 때로, 복종은 자유보다 더 안락함을 느끼게 한다. 맞고 사는 것도 당연시 여기면 찌그러져 살 만하다. 그러나 모든 것은 치밀한 연기였나. 최혜란 몰래 키워 왔던 복수심이 경이로웠다. 그의 관심을 끌기 충분했다. 결국 새빨갛게 어린 계집애에게 그는 갖고 놀아졌다. 그건 복수도 뭣도 아니었다. 흐지부지한 미움과 갈팡질팡하는 애증. 사과를 받아 내겠다고, 집에서 내쫓겠다고. 복수의 이름을 빌려 쓰기엔 턱없이 모자란 분노.

복수는 폭주다. 순도 높은 폭력이라는 점에서 복수는 광기에 가까웠다. 복수엔 이성을 챙길 여유 같은 건 없다. 그녀는 단지 최혜란을 사랑하고 있을 뿐이었다. 우유부단한 햄릿도 복수를 원치 않았다. 그의 우유부단함은 강요된 복수에서 비롯되었다. 그녀의 복수를 충동질하는 유령은 누구인가.

그녀의 죽은 친모가 부리는 환영일까.

복수를 빙자한 사랑이라……

폭력을 당하면 폭력으로 되갚는 것은 적절한 방법이었다. 가해자를 사랑하는 피해자라니. 그녀의 방식은 납득할 수 없는 영역에 있었다.

'사랑이 뭐지?'

'사랑?'

'사랑을 압니까?'

'잘 알지. 사랑은 공기야. 삶이고, 우주고 세상이야.'

여자의 착각은 그에게 현기증을 불러일으켰다. 사랑에 특별한 것이 있다고 믿는 종족들은 종종 그에게 짙은 피로감을 주었다.

그가 아는 사랑은 오직 하나였다.

나비 부인 제2장 2막 클라이맥스. 남자에게 버림받은 여인을 할복이라는 폭력으로 이끈 비참한 사랑.

'근데, 아까 그 말…… 친구 해 주겠다는 거, 정말이야?'

대화 내내 쑥스럽다는 듯 부끄럽게 더듬거리던 얼굴이 새빨개졌었다. 터질 것같이 부풀었었다. 주양은 술이 깨는 독한 커피를 혀에 머금었다. 이해할 수 없는 영역 너머의 것들은 그의 호기심을 부르기도 했지만, 그를 불쾌하게도 만들었다. 좌절시키고 싶은 치졸한 욕망과 기이한 우월감이 오래 길들여 놓은 인내심을 좀먹어 갔다. 잔을 입가에 댄 채 여자를 직시했다. 커피 향을 음미하며 깊게 보자 여자의 얼굴이 덴 것처럼 붉어져 갔다. 적어도 계모에게 폭행당하며 살아온 그녀는, 폭력이 무엇인지 뼈저리게 아는 그녀는 좀 다를 줄 알았다. 당초 최혜란의 비밀 장부를 얻으려 했던 계획을 수정했다. 그보다 더 보고 싶은 게 생겼다.

그녀는 유리알처럼 연약해 보였고, 그는 그런 것 따윈 간단히 부술 수 있었다.

'복수를 도와주면 내게 뭘 해 줄 수 있습니까.'

그의 물음에 방황하듯 그녀의 입술이 벌어졌다.

'원하는 게 있어?'

'당신 손으로 최 사장을 죽이는 모습을 보고 싶군요.'

여자의 눈빛이 깡말랐다. 술기운에 이 모든 대화를 잊겠지만, 그 순간만큼은 눈앞에 있는 남자가 누군지 안 듯한 얼굴이었다. 정중하고 신사적인, 그녀가 오래도록 소중하게 짝사랑해 온 남자였다.

산다는 것은 폭력이었다. 하물며 누군가를 사랑하며 산다는 것이야……

그 또한 폭력이다. 충동이고, 파멸을 부른다. 사랑은 논리와 상식을 거스른다. 사랑은 분별력을 잃게 한다.

고로, 사랑엔 품위가 없다.

그런 의미에서 '폭력'은 오래 길들일수록 유용한 전술이었다.

상대방에게 두려움을 느끼게 하는 행위는 언제나 간단하고 일관적인 편이다. 폭력. 폭력의 참맛을 경험하면 대개는 알아서 고개를 수그렸다. 폭력을 아는 사람일수록 시기는 빨랐다. 그러나 간혹 폭력에 내성이 없는 것들, 폭력의 수위를 가늠하지 못하는 부류들은 유치한 치욕감을 떨쳐 내지 못하고 불복해 왔다. 반격을 가하는 것으로.

바로 여섯 시간 전, 이곳에서 있던 누군가의 죽음이, 한 살인이, 그러했다.

"당신 말대로 난 이중인격자야."

"……."

"그렇지만 분명 나는 젠틀하기도 해."

"……."

"하지만 이보다 불친절할 순 없지."

"……."

"내 불친절함엔 한계가 없어."

주양은 동화 속을 사는 여자에게 똑똑히 박아 주고 방을 나왔다. 정전이 휩쓸고 간 집 안은 곳곳에 비상등만이 미약하게 불을 밝히고 있었다. 타워 전체에 불이 나갈 정도로 허술하게 짓지 않았다. 54층 누전 차단기를 고의적으로 누르지 않는 이상, 이와 같은 어둠은 불가능하다.

미로 같은 복도를 하나씩 뒤졌다. 급할 것은 없었다. 거실에도 갔다 왔다. 현관 앞을 지키던 수행원들이 조용했다. 주양은 다시 돌아 넓은 복도를 따라 걸었다. 서재가 환했다. 그곳에 한 사내가 앉아 있었다.

"인간이 말이야. 돈에 환장을 하면, 제가 돈의 주인인지 돈이 제 주인인지 구별도 못 하더란 말이야."

대산물산 사장이자 김 회장의 망나니 아들 김인택이었다.

"확실히 인간은 믿을 만한 게 못 되는 종자야."

김인택이 어느새 그의 와인 바에서 꺼내 온 병을 길게 따르며 느긋하게 말을 뺐다. 주양은 맞은편 의자에 앉았다.

"직원들이 왜 코빼기도 안 비치는지 알아?"

그렇게 물으며 김인택이 짧게 코웃음 쳤다.

"내가 돈으로 샀거든. 네가 한신 황태자면 나도 대산의 황태자였어. 망했어도 내가 그 정도 동원력이 없겠어? 한신 식구들도 돈 좀 쥐여 주니까 별거 아니데. 주인도 팔아먹고. 영혼도 팔아먹고."

김인택이 매수해 놓은 직원에게서 받아 놓은 키를 손으로 빙빙 돌렸다.

"퇴근시키고 키 받아 놨어. 바깥으로 연락하려면 애먹을 거야. 너 하나 죽일 시간 정도는 되지."

주양은 손목시계를 봤다. 10시를 약간 넘었다.

"왜, 파티?"

주양이 침묵하자 능청스럽게 김인택이 대답했다.

"걱정 마. 어차피 너 저 방에서 한 년이랑 재미 보고 있었잖아. 신사답게 기다려 줬으니까, 이젠 나랑 놀아 줘."

김인택이 선선하게 웃으며 손을 까딱했다. 테라스에서 대여섯 되는 도살자들이 척척 발을 내디뎠다. 그중 하나의 손에는 전기톱이 들려 있었다.

"우리 영감이 감방에서 못 나올 거래. 내 여동생은 자존심이 뿌리까지 뭉개졌고, 우리 회사는 산산이 휴지 조각이 되었어."

"……."

"너는 내 원수야. 나는 오늘 너를 죽이고,"

김인택이 울음을 간신히 참는 듯 목소리를 토해 냈다.

"죽을 각오로 여기서 살아 나가려고."

한 놈이 전기톱을 당기자 와아아앙—! 거대한 소음이 방을 뒤흔들었다.

김인택이 웃었다.

"그러니까 걱정 말라니까. 오늘이 네 제삿날이 될 테니까."

'폭력'은 오래 길들일수록 유용한 전술이다.

죽느냐……

사느냐……

흠잡을 데 없이 깔끔한 결론을 도출해 낸다. 너그럽지도, 용서하지도 않는 그의 한결같은 취향처럼.

아비규환.

서재는 그대로 팔열지옥이었다. 지독한 피비린내에 휩싸였다. 흐……으악! 달려들고, 칼을 찔러 넣고, 한 사람에게 여러 명이 우글우글 달라붙었다. 아악! 흐악! 흐악! 살상 도구들이 쉼 없이 휘둘려졌다. 씨발! 그냥 아무 데나 쑤셔 넣어! ……차가운 살육이 전신을 흘러내렸다.

그에게도 고통은 있었다.

주양은 도살자의 머리를 유리 파티션에 처박았다. 꿍음과 함께 유리창이 거품처럼 산산이 부서졌다.

콰앙—!

그 도살자는 머리가 유리를 꿰뚫은 채 널브러졌다. 뒤이어 다른 한 명이 소리를 지르며 달려든다. 내리찍히는 단도는 주양의 가슴팍을 가까스로 스치고 빗나갔다. 주양은 손바닥으로 그대로 사내의 머리를 꺾어 책상에 눌렀다. 20센티는 되는 회칼이 목을 향해 파고들었다. 주양은 몸을 숙여 얼른 책상에 꽂힌 단도를 빼앗아 회칼잡이의 발등을 찍어 눌렀다. 회칼이 자지러졌다. 책상을 빠져나오다가 멈추지 않는 공격에 얼굴을 얻어맞아 몸이 뒤로 밀렸다.

회칼이 다시 파고들었다. 주양은 겨드랑이에 놈의 팔을 잡아 껴 당황한 손에서 칼을 빼앗아 그 칼로 그의 팔, 어깨, 목을 찔렀다. 순식간에 세 방을 맞은 놈이 피가 솟구치며 쓰러졌다.

피를 토하고 쓰러지는 놈을 집어 던지기가 무섭게, 발길질이 날아와 금세 주양은 어깨를 맞고 바닥으로 자빠졌다. 곧바로 일어나려 하지만 다시 발차기가 날아와 얼굴을 후려 맞았다. 뇌수가 흔들렸다. 비틀거리는 주양을 도살자가 일으켜 세웠다. 다시 주먹이 그의 얼굴에 꽂혔다. 주양은 놈의 허리를 잡아 벽에 밀쳤다. 다시 어디선가 날아오는 칼날에 곧이어 뺨을 베였다. 목덜미는 숨을 끊기 가장 적합한 장소였다. 그들은 때마다 회칼로 그의 목덜미를 노렸다. 주양은 칼잡이의 손목을 받아쳐 회칼의 방향을 틀었다.

공격은 사방에서 쏟아졌다. 놈의 속도를 계속해서 빠르게 눈으로 읽어 내면서 그는 칼을 받아쳐 냈다. 마침내, 마침표처럼 놈이 크게 칼을 꽂으려 팔을 높이 치켜든 순간, 그 손목을 잡아 위로 비튼 주양이 그대로 꺾어 버렸다. 도살자가 질기게 비명을 지르고 칼을 놓쳤다. 다른 손이 뒤로 넘어와 주양의 턱시도 어깻죽지를 잡고 놓지 않는다.

시팔!

다른 동료들에게 주양을 찌르라고 외친다. 행동이 어려워진 주양은 침실 천장에서부터 길게 늘어진 장식 전등을 놈의 얼굴에 비벼 눌렀다. 가열된 전구에 얼굴이 타들어 가고 아아아악! 비명이 자지러진 놈이 그를 놓았다. 그는 놈을 친구들에게 던져 주고 숨을 몰아쉬었다.

그들이 품 안에서 일제히 칼을 빼 들고 그의 주변을 하이에나처럼 배회했다. 하지만 주양에게 섣불리 다가서지 못했다. 예상외로 주양이 너무 잘 버텨서 당황한 눈치였다. 주양은 퇴로로 몰렸다. 김인택이 뒤에서 재촉하며 지랄해 댔다. 진창 같은 싸움이었다. 둔기로 맞아 찢어진 눈가에서 피가 비어져 흘렀다. 피가 끈적하게 고였다. 입술이 터졌고 광대뼈는 함몰된 것 같았다.

그에게도 고통은 있었다. 아픔이 살을 저밀 때 그는 자신이 인간임을 느꼈다.

도살자들이 주양을 점차 한 곳으로 몰았다. 유리로 된 창호에 등이 닿았다. 안전을 위해 강화 유리로 설계해야 했지만 이런 순간을 생각하지 않으면 안 되기에 일반 유리로 만들어 놓았다. 최후의 탈출로. 발아래는 54층 낭떠러지, 저승행이었다.

"마지막 유언이 있다면 말해도 좋아."

"담배 한 대 피울 수 있을까."

그 말에 김인택이 빈정대었다.

"하긴. 뭐라도 빨지 않곤 못 배길 거야? 급하긴 할 거야. 죽음이 턱 밑까지 추격해 왔으니."

김인택이 마지막 아량을 베풀어 테이블 끝으로 담배와 라이터를 밀어 주었다. 주양이 담배 한 개비를 물고는 라이터를 김인택 발치 아래에 던졌다.

"와서 붙여 봐."

김인택이 "이런 씨발 새끼가." 하면서 어처구니없다는 표정을 지었다. 주양이 유리창을 손등으로 두드렸다. 깨지기 쉬운 얄팍한 소리에 그들이 놀랐다.

"너네들 먹잇감으로 순순히 물어뜯길 거 같아? 내가 이대로 멋지게 자살하면 곤란할 텐데. 기껏 톱도 가져왔잖아?"

빈정대며 주양이 그의 손가락을 들어 현란하게 움직였다.

"필요할 텐데. 내 손가락."

이 집을 출입하는 건 다 그의 지문으로 통제되었다. 들어왔던 것처럼 조용히 그를 죽이고 나가려면 그의 지문이 필요했다. 그가 아니면 나갈 수가 없다. 손가락에 발이 달린 것도 아니고, 그가 여기서 뛰어내리면 그들은 경찰이 올 때까지 굴욕적으로 54층에 갇혀 있다가 현장에서 바로 체포될 것이다. 어이없는 콩트 같은 상황이었다.

"마지막 길인데, 그 정도 아량은 베풀어야지?"

김인택은 주양이 위협이 될 만한 것을 들고 있지 않은지 살폈다.

"추잡하게 굴지 마."

주양은 고개를 끄덕였다. 김인택이 다가와 담배 끝에 불을 붙였다. 최고급 마약도 이 담배 한 개비가 주는 짧은 휴식보다 지금을 더 로맨틱한 최후로 꾸며 주지 못할 것이다. 사막의 오아시스, 아프리카의 단비. 짧고 충만한 휴식이었다. 만약 그가 흡연가였다면.

"도둑놈처럼 몰래 왔다 가려면 내 손가락이 필요하다는 정보, 어디서 입수했습니까."

매캐한 연기가 넘실대었다. 주양의 시선은 허공에 고정되어 있지만 머릿속에서 계산이 빨리 오갔다. 내부에 프락치가 있다. 김인택은 의도적으로 화제를 딴 곳으로 돌렸다.

"펜대만 굴려서 그런가. 손가락도 계집애처럼 예뻐. 딱 약쟁이 그룹인데. 들어 보니, 담배랑도 격조한 사이라며?"

재벌 집 자제들이 마약을 안 하는 게 이상하다. 주양은 담배와도 안 친하니 기이한 놈으로 정평이 나 있었다. 그들은 주양에게 영혼이 없기 때문이라고 했다.

"어때. 죽기 전에 니코틴 처음 빨아 본 감상이."

쓴 연기가 그의 기도를 메웠다. 터져 나오려는 기침을 이로 담배를 힘주어 물어 억눌렀다.

"다시 피울 일은 없을 것 같아. 특히나 이 방에선. 자나 깨나 불조심합시다."

그 담배를 한 번 깊게 빨고는 콘센트 위에 떨어트렸다. 담배가 타들어 갔다. 불이 붙은 콘센트가 합선되면서 스파크를 일으켜 팡! 터졌다. 집 전체에 정전이 일었다.

"어떻게 된 거야! 콜록, 콜록."

매캐한 연기와 함께 커튼에 불이 옮겨붙었다. 순간 경보음이 타워 전체에 울렸다.

따르르르릉―!

사내들은 당황했다. 자동 분사기 센서에서 가루가 뿜어져 나와 불을 진압했다. 소화 가루에 기도가 막혀서 사내들이 흐트러졌다. 대열이 깨진 순간 주양은 넥타이를 느긋하게 풀었다. 산악인들은 죽지 않기 위해 많은 매듭을 고안해 냈다. 절대 풀 수 없는 매듭들. 그는 매듭을 짜면서 천천히 사냥 덫을 놓는 포식자처럼 김인택에게 다가갔다.

전기 합선 때문에 비상 전등까지 완전히 차단되어 분간이 가지 않는 어둠이었다.

"개자식이 술수 썼어! 창문! 환기시켜!"

의자가 집어 던져졌다. 유리창이 와장창창!! 부서졌다. 바람이 몰아치면서 커튼이 나부꼈다. 달빛에 침실이 어슴푸레하게 밝아졌다. 도살자들이 정신을 차려 주양을 찾았다. 바람에 실린 가루가 바깥으로 빠져나갔다. 흩날리는 가루 사이로 주양이 보였다. 그들이 안도하는 것도 잠시, 가루가 걷히면서 주양에게 인질로 잡힌 인택이 보였다. 두 팔목이 등 뒤로 결박된 김인택은 목이 졸린 채

잡혀 있었다. 인택의 넥타이를 고삐처럼 어깨 너머로 잡아당긴 주양이 바싹 얼굴을 붙였다.

"이제 이 게임은 나한테로 넘어왔어."

"……."

"말 잘 들어. 내 영화에서 엑스트라로 하차하고 싶지 않다면."

그에게도 고통은 있었다.

문제는, 고통을 느끼는 껍데기가 있을 뿐, 영혼이 없다는 거였다.

밤의 여왕의 세력 아래서도 고층 빌딩은 시리도록 환했다. 중심가에 우뚝 치솟은 마천루는 밤의 지배를 거부했다. 크리스털, 빛나는 성채는 오만하기 그지없다. 퇴근을 해서 대부분 불이 꺼져 있지만 점점 불 켜진 창가엔 늦은 밤이 되도록 치열하게 일하는 회사원들이 보였다. 빌딩 꼭대기에서는 호화로운 파티가 한창이었다. 비극을 예감하지 못하는 사람들이 내는 행복한 웃음소리가 클래식 선율에 묻혔다. 선율은 희미하게 바람에 섞여 아래층까지 흘러 내려왔다.

살짝 구두 뒤축을 움직이자 후드득, 깨진 유리 파편들이 54층 아래로 수직으로 부서져 내렸다. 현기증 날 만한 높이였다. 파편들은 끝없이 추락하고 있었다. 주홍빛 4차선 도로에 차량의 행렬이 아득히 보였다. 주양은 발밑에서 시선을 들어 삽시간에 암흑이 내린 펜트하우스를 마주했다. 도살자들은 긴장해서 주양과 그가 인질로 붙잡고 있는 그들의 물주, 김인택을 보았다. 초조한 낯빛에 만감이 교차하고 있다. 침묵에 먹힌 얼굴들이다. 자칫 발을 헛디디면 비극적인 일이 발생한다. 김인택이 주양과 같이 내일 아침 시신으로 발견되면 그들로서도 꽤 곤란했다.

상공에 부는 바람은 지면의 바람과 비교할 수 없이 셌다. 창이 위험하게 덜컹거렸다.

살 떨리는 긴장감을 끊어 낸 건 주양이었다.

"저 위에 CCTV가 보입니까."

다들 뒤돌아 천장을 주목했다.

"열 감지 센서가 부착돼 있습니다. 평상시 작동이 안 되다가 이 집에 갑자기 사람이 네 명 이상이 들어오는, 유사시에 불이 들어오죠."

"……"

"10분 이상 이곳에 있으면 센서가 작동되고, 지금쯤 1층 보안실에 보고되었을 겁니다. 당신들이 내게 위해를 가했던 순간, 이 빌딩의 모든 출입구가 폐쇄되었어. 보안 팀으로 그쪽 몽타주가 뿌려졌을 거고, 여기까지 엘리베이터로 5분. 5분 안에 모든 게 결판나야 할 겁니다."

"누구 맘대로!"

자기 넥타이에 목덜미가 붙잡혀 오도 가도 못하는 신세가 분한지 김인택이 심하게 반항했다. 주양이 바짝 귀에 입술을 붙여 속삭였다.

"진지하게 얘기하는 거니까 동생 말 잘 들어."

"……"

"그러니까 네 인생이 5분밖에 안 남았다는 건, 내가 널 끝까지 살려 두었을 때 5분이라는 거지, 2분이 될지, 20초가 될지 알 수가 없단 소리야."

넥타이를 손등에 몇 번 더 단단히 휘어 감았다. 주양은 주저하지 않고 창 아래로 김인택을 밀었다. 김인택이 현실감 없는 높이에 눈을 뒤집어 깠다. 주양이 김인택의 넥타이를 쥐고 있었지만 김인택은 창틀을 간신히 붙잡고 발광했다.

"으아악! 시팔! 시팔!"

54층의 위엄을 실감케 해 주고자 함이었다.

"버둥거리지 마. 자살로 생을 마무리하고 싶어?"

김인택이 소리칠 때마다 아슬아슬하게 몸이 중심을 잃었다. 주양은 자폭할 마음이 추호도 없었으니 이 손을 놓아 버리면 그만이다. 죽임당한 게 아니라, 죽임을 스스로가 한 게 될 수 있다는 걸 김인택은 알아야 했다. 자신의 목숨 줄을 누가 쥐고 있는지. 누구에게 복종해야 하는지.

위협이 잘 먹혀들었는지 다행히 김인택은 한층 풀이 죽었다. 누그러졌다.

"너네들 나한테서 조금도 눈 떼지 마. 이 새끼가 손 놓으면 바로 달려와서 날 잡아야 해! 어차피 나 저세상으로 뜨면 나머지 미수금 못 받아!"

"기생충은 숙주가 있어야만 살지. 숙주가 죽으면…… 자멸인가."

주양이 숙주의 목숨 줄을 손에서 놓으려고 겁을 주자 놈들이 꼼짝 못 했다. 슬며시 입술을 끌어당긴 주양이 찡그리듯 웃었다.

"쓸모없는 기생충들."

안달 내는 처지가 짜증스러운지 도살자 중에 참을성 없는 어린놈이 외쳤다.

"시발! 보초 서는 것들 믿고 이러나 본데, 걔들 뜀박질이 빠를 것 같아, 이 회칼로 네 내장 발라 주는 속도가 빠를 것 같아? 형님. 이러지 말고 저 재수 없는 새끼 입부터 다물게 합시다. 배때지에 깔끔하게 빵꾸 하나 내 주죠."

"가만히 있어."

"형님!"

"가만히 있으란 말 못 들었어!"

벌써부터 내분의 조짐을 보이는 건가. 주양이 비웃자 무리의 우두머리가 한 발 다가왔다.

"원하는 게 뭐야."

"그건 알아서 판단해."

"당신 말을 잘 들으면 되나?"

"내 영화의 엑스트라로 하차하고 싶지 않다면 말이야."

"협상을 원하는 건가?"

우두머리에게 꽂은 주양의 날 선 눈빛에 문득 건방지다는 감정이 일었다. 넥타이를 휘감은 손을 한 번 풀었다. 넥타이가 간격이 늘어나면서 김인택은 더욱 위험한 자세가 되었다. 찢어질 듯한 비명이 난무했다. 우두머리는 자신이 무엇을 잘못했는지 납득할 수 없는지 당혹스러워했다.

"또다시 협상이란 단어를 입에 올리면, 김인택 다음은 네 혀를 잘라 버릴 거야. 난 네 친구가 아니야. 다시 정중한 단어로 말해."

협상은 동등한 관계에서만 이루어져야 한다. 그는 하등한 것과 합의란 걸 할 만큼 넉넉한 심성을 소유하지 못했다. 여지를 주면 기어오르려는 게 잔챙이들의 습성이었다. 방금도 주양이 매달리고 있다고 착각하지 않았나. 협상이란 걸 제안해 오면서. 그는 제안을 하고 있는 게 아니었다.

"기회……를 주려는 건가?"

괜히 우두머리가 아닌 모양이었다. 사내, 째진 눈은 협상에서 재빨리 다른 단어로 정정했다. 흡족하게 변하는 주양의 표정을 살피면서. 그렇다. 그는 기회를 제공하는 것이었다. 협상이 아닌, 그들이 살 마지막 기회.

주양은 선선하게 대꾸했다.

"그러기 위해서 당신들은 내 말을 아주 잘 따라야 해. 안 그러면 가차 없이 내 영화에서 엑스트라로 하차시켜 버릴 테니까."

주양이 다시 김인택을 쥐고 위협했다. 엑스트라로 하차시킨다는 게 어떤 의미인지 보여 주듯이. 54층의 높이에 기가 질린 김인택이 숨을 헐떡였다. 엑스트라는 비참하고 끔찍하다. 인간이 죽음을 두려워하는 이유는 죽기 때문이 아니라 사라지기 때문이었다. 존재조차 남기지 않고 남들의 시야에서, 기억 속에서 사라지는 엑스트라만큼 인간을 두려움에 떨게 하는 인생도 없다.

"대체 당신이 찍고자 하는 영화가 뭔데."

우두머리가 물었다.

"슬픈 성장 드라마라고 하지."

주양이 비웃었다.

"정의의 사도인 주인공이 탑 꼭대기에 사는 악당을 무찌르는 영웅물이기도 해. 하지만 이 영화는 '슬픈'이 붙어. 왜? 주인공이 믿었던 같은 편에게 배반당하고 장렬히 전사하기 때문이지."

주양은 적절한 타이밍에 제안을 하나 던졌다.

"악당이 바로 이런 명대사를 날리기 때문이야."

"……."

"김인택 씨를 죽이는 분께, 십억 원을 지급해 드리겠습니다."

주양의 목소리는 되새기듯 메아리처럼 울려 퍼졌다.

"김.인.택. 씨.를. 죽이는 분께, 십.억. 원.을. 지급해 드리겠습니다."

순간 조용해졌다. 당사자인 김인택은 아직 사태를 깨닫지 못한 듯 멍한 모습이었다. 그러다가 차차 충격을 먹고 당황한 표정을 했다.

"미친 새끼. 뭐 하자는 거야?"

"인간이 말이야. 돈에 환장을 하면, 제가 돈의 주인인지 돈이 제 주인인지 구별도 못 하더란 말이야."

"뭐?"

"직원들이 왜 코빼기도 안 비치는지 알아? 내가 돈으로 샀거든. 네가 한신 황태자면 나도 대산의 황태자였어. 망했어도 내가 그 정도 동원력 없겠어? 한신 식구들도 돈 좀 쥐여 주니까 별거 아니네. 주인도 팔아먹고."

"……"

"……영혼도 팔아먹고."

김인택의 눈동자가 무수히 많은 혼란으로 일렁였다. 진주양이 바로 그가 했던 말 그대로를 외어 읊은 것이었다.

"내가 종교는 안 믿어도 유일하게 믿는 게 딱 하나가 있지."

"……"

"인간."

"……"

"인간은 확실히 믿을 게 못 되는 종자야. 하지만 내가 유일하게 사랑하는 것 역시 인간이지. 나는 진솔한 사람들을 좋아해. 본능에 충실하고 니즈가 분명한. 그런 사람들은 다루기가 쉬워. 그리고 네가 생각하는 것보다 세상은 야박하지."

김인택을 보며 신랄하게 쏘아붙인 주양이 일렬로 늘어선 사내들을 무감한 눈길로 쭉 훑다 불현듯 다시 제안했다.

"김인택 씨를 죽이는 분께, 십억 원을 지급해 드리겠습니다."

"말도 안 돼. 고작 십억에 뭘 하겠다고? 그깟 돈은 나도 줄 수 있어!"

비웃는 김인택에게 주양이 한 자씩 힘주어 발음했다.

"오십억."

눈이 커지는 김인택을 보며 또 판돈을 올렸다.

"백억."

"……!!!"

"내 재산이 얼마인지 확인될 때까지 올려 볼 수도 있어."

"……씹팔! 비열한 새끼! 뭐 하자는 거야!"

참지 못한 김인택이 소리를 질렀다. 뻣뻣해진 어깨가 가늘게 떨리고 있다. 초조한 기색이 확연했다. 그는 저들이 배신을 할까 봐 두려워하고 있다. 인간은 확실히 믿을 게 못 되는 종자야……? 하고 먼저 말한 것은 김인택이었다. 실제로 내부는 김인택이 원치 않는 방향으로 술렁이고 있었다.

김인택이 애원하는 눈으로 주양을 봤다. 주양은 여전히 김인택의 목숨 줄을 쥐고 있었다.

"걱정 마. 저들 손에 당신을 맡기지 않을 테니까. 대산의 황태자를."

전쟁을 치러도 적국의 왕은 왕이 목을 치는 법이었다. 뇌물 같은 거 먹여서 죽일 생각은 추호도 없다. 김인택이 턱에 힘을 주었다.

"알아. 넌 누구에게 손 벌리는 성격이 못 되니까."

"그래. 언제나 내 선에서 처리했지."

"……."

"근데 그거 아나."

"……."

"방금 막 5분이 지났어."

그때, 공허해지던 김인택의 표정을 사진으로 찍어 두고 싶었다. 간절히.

침실 문고리가 덜그럭거렸다. 밖에서 경호원들이 쾅! 문을 부수고 들이닥쳤다. 54층 허공에 바람이 불었다. 팽팽하게 틀어잡힌 넥타이를 쓸고 지나, 주양의 손목까지 이르렀다. 주양은 힘을 놓았다. 그의 손에서 스르르 넥타이가 빠져나갔다.

가볍고,

가볍게…….

슬로 모션처럼 느린 장면들. 김인택의 몸이 초고층 빌딩 낭떠러지 허공으로 기울었다. 사내들이 주양을 지나쳐 김인택을 잡으려 달려들었다. 경호원들은 주양에게 덮치듯 뛰어왔다. 잡아! 이사님! 다양한 이해관계가 엉킨 사람들이 내는 외침으로 내부가 팽창, 폭발했다.

흐트러진 옷깃을 다잡은 주양이 뒤돌았다. 김인택은 지면 위로 올라와져 있었다. 캑. 캑. 그는 목을 움켜잡고 안도의 기침을 터트렸다.

피떡이 된 김인택이 쓰러졌다. 주양은 검은 가죽 장갑을 끼고 김인택에게 다가갔다.

촤악―

김인택의 위로 물줄기가 퍼부어졌다. 얼음장 같은 물에 얼굴을 후려 맞은 그가 눈을 떴다. 한기는 뼛속까지 파고들며 그의 입술을 파랗게 색깔을 앗아 갔다. 온몸에 감각을 도난당한 채 간신히 숨만 쉬고 있는 남자 가까이에 주양이 앉자 그의 콧김이 거세졌다. 두려움에 떨고 있으면서 김인택은 꽤 끈질겼다. 경호원들이 이미 그를 잡아 여러 차례 심문했다.

움켜쥔 머리를 완전히 젖혀 들었다. 자백을 강요하는 음성은 차분했다.

"누구의 사주를 받았습니까."

김인택이 경멸스러운 눈빛을 숨기지 않고 퉤, 주양의 얼굴에 침을 뱉었다.

"내가 말할 것 같아?"

뺨을 닦은 주양은 주먹으로 김인택을 후려갈겼다.

"허억!"

다시 정중하게 되물었다.

"나를 곧바로 죽이지 않은 다른 저의가 있습니까."

김인택은 얼마든지 그를 죽일 기회가 있었다. 방에 여자와 있는 걸 알았으면서 곧장 덮치지 않았다. 방이 암전될 때까지 주양은 전혀 눈치채지 못하고 있었다. 침입자가 있다는 것. 단 한 번도 전례가 없는 일에 잠시 당황했다. 동요하지 않았다고 생각했는데 신영원에게 정신을 빼앗기고 있었다. 치명적인 실수였다. 김인택이 봐주지 않았다면 그는 죽임을 당했다.

"나를 곧바로 죽이지 않은 다른 저의가 있습니까."

납득되지 않는 일에 관대하게 넘어갈 줄 모르는 모습마저도 진저리 난다는 듯, 김인택이 이를 갈았다.

"넌 인간이 아니야."

"……."

"그러니까 가족도 널 버리는 것 아니겠어? 네가 공포스러워서, 공포스러운 네가 끔찍해서, 널 죽이겠다고!"

죽음을 목전에 두고 이성은 공포에 집어삼켜졌다. 김인택은 분개한 나머지 시급하게 자백을 하고 말았다.

"콩가루 집안도 이럴 순 없는 거지. 낄낄낄. 네 숙부 말이야, 진두영. 샌님으로 봤는데 의외로 냉정한 구석이 있더라? 아무리 탐욕에 눈이 멀어도 그렇지, 어떻게 제 조카를 죽이고 싶어 하는 나하고 편을 먹어?"

백운당에서 있었던 조리 실수. 예상대로 진두영과 김인택의 합작품이었다. 주양은 김인택을 무시했다. 처형 도구가 준비되었는지 양 비서가 주양을 봤다.

주양은 일어났다. 양 비서에게 칼을 건네받았다.

"원하는 답을 들은 이상 살려 둘 이유가 없지 뭡니까."

김인택은 벙어리가 되었다. 기세 좋게 퍼부어 대던 입술이 얌전히 다물렸다. 백열등에 반사된 회칼이 더욱 예리하게 번쩍이고 있었다. 김인택이 들끓는 침을 꿀꺽, 삼켰다.

"이, 이봐. 진짜야?"

"……."

"웃기지 마. 어이! 웃기지 말라고!"

"……."

"이거 처음하고 말이 다르잖아. 영화는 주인공이 악당을 무찌르는 거 아닌가?"

애써 공포심을 억누르고 있는 목소리가 딱딱했다. 주양이 무표정하게 회칼을 소매에 잘 닦아 내며 말했다.

"각본대로 가고 있어."

"어디가 각본대로 간다는 거야! 악당은 주인공 손에 죽는 거야!"

김인택이 소리를 쥐어짰다.

"나는 주인공이야! 너는 악당이고!"

주양은 김인택의 앞머리를 움켜잡았다. 단단히 착각하고 있는 사내에게 느긋하게 말을 박아 넣었다.

"아니. 나는 감독이야. 너는 악당이고."

김인택의 안면이 미라처럼 메말라 갔다.

가벼운 주둥이가 다물린 걸 확인한 주양은 걸음을 돌렸다. 그곳엔 악당을 무찌를 영화의 주인공이 있었다. 김인택만 심문받은 게 아니었다. 도살자들의 우두머리 역시 흠씬 두들겨 맞았다. 정신이 혼미한 우두머리의 귀에 대고 주양은 손가락을 맞부딪혔다. 우두머리가 흐릿하게 눈을 떴다.

"내가 아까 십억 주겠다는 말 기억합니까?"

"허억. 허억."

숨을 내쉴 때마다 길게 핏덩이가 침과 함께 고였다.

"내 말을 믿습니까? 나를 믿어요?"

우두머리가 겁에 질려 떨다가 고개를 끄덕였다. 그를 이렇게 무너트린 건 그의 발톱이었다. 그는 이미 발톱이 다 빠지고 없었다. 눈앞에서 믿기 힘든 느린 속도로 하나씩 하나씩 떼어지는 발톱을 보는 건 치밀하게 교육받은 기관의 스파이들조차 견디기 힘든 공포일 터다.

처음엔 고통에 정신없이 허우적대지만, 고통에 익숙해지면 차분하게 상황이 보인다. 자신을 고문하고 있는 사람들의 얼굴, 목소리, 신체가 당하는 폭력의 촉각. 공포는 그때 뒤따른다. 발톱이 없어진다고 죽는 게 아니다. 발톱은 시간이 지나면 자연적으로 다시 자란다. 하지만 발톱이 점진적으로 조금씩 발라지며, 촉각 하나하나가 곤두서고 몸서리쳐지게 느껴지는 순간, 진짜 고통은 육체가 아닌 불안과 공포로 나타나 정신을 붕괴시킨다.

그는 고작 발톱에 굴복했다.

주양은 우두머리에게 힘을 실어 주었다. 십억을 주겠다는 것. 그것은 진심이었다. 아직도 유효했다.

"사실 따지고 보면 당신과 나 사이엔 별로 유감이 없지 않습니까."

오롯이 한 사람 때문에 우두머리는 고통을 겪고 있다. 그 사람만 없으면 우두머리는 이 고통에서 해방될 수 있다는 희망을 심어 주었다. 주양은 우두머리에게 칼자루를 쥐어 주었다.

"됐어요. 이제 이 영화의 주인공은 당신입니다. 엑스트라에서 주연으로 파격 대우. 출연료는 십억입니다."

세상엔 범인과 그 범인을 움직이는 배후가 분명하게 정해져 있다. 그는 판은 깔아 두고, 장기말을 움직이는 사람이었다. 또한 그는 집행관이었다. 집행을 내리면 말단들이 사형을 실행한다.

주양이 할 일은 배우들을 지켜보는 것뿐이었다.

병법에 이런 말이 있다.

'차도살인.'

남의 칼로 죽여라.

피는 남의 손에 묻히는 것이었다.

……헉! 김인택이 파르르 굳은 뺨을 떨어 댔다. 전기가 오른 듯 김인택이 몸을 전율했다.

"씨…… 씨발!"

악에 찬 우두머리가 김인택을 정면에 가로막고 서 있었다. 그는 김인택의 배를 수차례 찔렀다.

어억. 어억!

벌집처럼 쑤셔진 김인택은 치명상을 견디지 못하고 수명이 다한 전봇대처럼 옆으로 스러져 갔다. 물 밖으로 나온 어류가 그러하듯 퍼덕거린다. 그런 와중에도 김인택의 눈동자는 똑똑히 주양에게 붙박여 있다.

"나를 곧바로 죽이지 않은 다른 저의가 있습니까."

주양은 다시금 물었다.

김인택이 거칠게 숨을 몰아쉬었다. 가슴이 들썩인다.

"곧바로 죽이지 않은 저의?"

"……"

"허억, 형이 잘 설명해 줄게. 개념아."

"……"

"넌 인간이 아니라서 이해를 못 하겠지. 하아……! 사람은 때론 진심만으로 목숨을 걸기도 해."

"……"

"미안하다. 사람들은 그 말을 듣기 위해 위험을 감수하기도 해. 결국 명줄을 재촉하는 우를 범하면서. 우욱."

김인택은 미안하다는 사과를 듣기 위해 왔다. '한신과 대산의 사이가 이렇게 틀어졌지만, 그래도 우리는 꽤 막역했잖아. 형과 동생으로. 그러니까 너는 나한테 미안하다고 해야 해.' 라는 걸 말하고 싶은가. 김인택이 주양을 보았다. 주양을 몹시 원망하고 있는 눈이었다. 낯익게 연상되는 또 다른 눈에 아연해졌다. 그로서는 이해할 수 없는 감정들이었다. 그래. 이 눈은 신영원에게서 봤던 것과 같았다. 계모에게 복수를 꿈꾸지만, 실은 복수를 꿈꾸지 않던. 신영원이 계모에게 원하는 것은 김인택이 주양에게 바라는 것과 다르지 않은 선상에 있었다.

미안하다…….

사람들은 그 말에 목숨처럼 집착을 한다. 결국 명줄을 재촉하는 우를 범하면서.

그러나 그는 김인택에게 미안할 짓을 하지 않았다.

"먼저 배신한 건 대산 김 회장이야."

"내 아버지가 배신한 건 네 삼촌 진두영이지, 네가 아니야. 그리고 너는 날,

죽이고 있지.”

“널 죽이는 건 내가 아니야. 널 이렇게 난도질한 건 너의 부하야. 십억에 팔린 그의 값싼 영혼이야.”

“하지만 네가 시킨 건, 맞지.”

“난 강요한 적이 없어.”

“나 말이야. 예전에 네가, 자기 얼굴을 똑바로 마주치지 못하는 걸 본 적이 있어.”

“…….”

“하아. 하아. 일본도. 꽤 마음에 들어 해서 선물했잖아. 그런데 왜 막상 받고 나서 칼집을 금세 닫아 버렸지? 검에 비친 네 얼굴을 보고 두려웠던 거야. 자기가 저지른 죄들을 마주한 것 같은, 기분이었겠지.”

“…….”

“그때부터였어. 네가 진심으로 좋아졌다, 인간적으로. 네게 인간적인 마음이 일말이라도…… 남아 있는 것 같아서!”

김인택은 덩어리진 피를 토하며 비웃었다. 긴 침묵 끝에 나온 건 주양을 몹시 동정한다는 어조였다.

“너…… 아직도 거울 볼 때 너 똑바로 못 쳐다보냐?”

주양은 갑작스러운 일격을 맞은 것처럼 동작을 멈췄다. 그를 상처 주고 싶어 안달 난 사내의 눈동자가 백열등 불빛을 받아 유리구슬처럼 번들거렸다. 없는 죄책감을 구체화시키는 눈동자를 마주하다가 잠시 할 말을 잃었다. 아니, 반박하지 못해 입을 다물었다는 게 솔직하다.

“권선징악, 인과응보. 이런 걸 말하고 싶은 건가.”

“넌 스스로 천벌을 받고 있는 거야.”

“하지만 어째서 지금 싸늘하게 죽어 가는 건 너지.”

죽어 가고 있는 건 김인택이었다. 이건 완벽한 권선징악의 결말이 아니었다. 최후엔 악역이 죽어야 한다.

그의 견고했던 표정이 어이없이 무너져 내리는 걸 주양은 지켜봤다. 도대체

이 남자는 무슨 꿈을 꾼 걸까. 권선징악, 인과응보. 이제 그 단어들은 전설이 된 지 오래였다. 그것에 집착하던 그는 지금 죽어 가고 있다.

주양은 복부에 자상을 입은 김인택의 배를 꼭 눌렀다.

"허으으. 윽."

"고작 일격에 이렇게 처참하게 꺾일 줄 알았지."

아까부터 자꾸 거슬리는 말을 멋대로 지껄이며 그의 인내심을 좀먹었지만 참았다. 김인택은 생각보다 꽤 많은 걸 알고 있었다. 그 점이 그를 흉포하게 만들었다.

"어째서 내가 거울을 똑바로 보지 못할 거라 생각하는 거지."

검을 재빨리 넣는 일련의 행동에서 주양이 검에 비친 자기 얼굴을 똑바로 보지 못해서라고 꿰뚫어 본 예리함은 꽤 놀라웠다. 하지만 그때 그가 빨리 칼집을 닫은 건 자기 얼굴을 똑바로 보지 못해서가 아니었다.

"그 일본도. 메이드 인 차이나더군."

주양이 복부 상처를 후벼 팠다.

"흐으악!"

뚫어지게 김인택을 직시했다.

"나는 매일 아침 일어나, 거울에 비친 내 자신을 꽤 자세히 확인하곤 해. 거울을 똑바로 보며 다짐하지. 어제는 정말 열심히 살았어. 오늘 하루도 뿌듯하고 보람차게 보내자."

주양이 손가락으로 복부 상처를 휘저었다.

"믿어져? 내가 보람차고 뿌듯한 삶을 살고 있다는 것이."

"흐……윽, 씹."

"이해해. 악인이 불행하길 바라는 마음."

하지만 당신들이 생각하는 것보다 나는 행복한 삶을 살고 있어. 그게 바로 네 생각보다 세상이 야박하다는 반증이지.

죽음이 가까워지고 있었다. 김인택이 힘없이 중얼거렸다. 피가 고인 입에서 마지막 유언이 흐느낌처럼 흘러나오려 했다. 주양은 김인택이 그의 찢어진 눈가로 손을 뻗는 걸 가만 놔두었다. 겉 부분만 응고되어 굳어 있는 생채기에 김인택의 손끝이 닿았다. 손은 주양의 상처를 후벼 파고 생채기를 다시 헤집어 놓았다. 붉은 피가 비쳤다. 주양이 약간 미간을 좁히지만 변화 없는 얼굴은 단조로웠다.

"네 핏속에는 파란 피가 흐를 줄 알았지."

김인택이 고해를 하듯이 피를 토했다. 죽기 직전, 모든 분노도 절규도 공포도 잠재워진다.

"너한테 형님 소리 듣는 게 좋았다."

"……."

"대 한신그룹 진주양이가 형님으로 받드는 남자……."

말끝을 흐린 그가 주양을 원망스럽게 응시했다.

"그게 어떤 건지 넌 몰라."

"……."

"흐윽……! 말 그대로 네가 쥐여 준 권력이니까."

"……."

"마치 내가 대단한 뭐, 라도 된 줄 알고 우쭐했었다. 바람 같은 거였는데."

김인택이 텅 빈 손바닥을 보다가 으스러지게 움켜잡았다.

"나를…… 정말, 혀, 형님으로 떠받들긴 했던 거냐? 단 한 번도 없, 었냐? 진심, 같은 건?"

그에게 저주 같은 말을 퍼붓다가, 이제는 주양을 잡고 필사적으로 애원한다. 자기 죽음에 정당성을 부여하고 싶은 것이다. 죽음이 가까워지고 있다. 그러자 이렇게 허무할 리가 없다고, 애원한다. 사람은 누구도 허무한 죽음을 당하고 싶지 않아 한다.

"뭐라고 말 좀, 해 봐……?"

김인택, 주양이 한때 형님으로 불렀고, 지금은 죽으려는 남자. 주양을 참 많이 좋아하고 의지했던 남자. 울음 가득한 눈에 물음을 가득 담고 수도 없이 묻는다. 왜 그런 거냐. 왜 나한테 이런 거냐. 우리 집에 왜……! 비정한 세계. 하

282

루하루가 전쟁을 치르는 듯한 세계, 내가 짓밟지 않으면 갈가리 찢겨 죽는 나의 세계.

미워하고 복수하고 싶어 하는 마음은 어떤 것일까. 가족에게 복수당한다는 것은 어떤 기분일까. 그리고 가족에게 살해당하는 사람의 최후는 어떤 표정일까……. 그의 말대로 자신 안에는 푸른 피가 흐르는지도 모른다. 그러니까 가족이 나를 죽이려는 이 순간에도, 이렇게나 비정해질 수 있는 거겠지.

주양이 죽지 않고 숨을 헐떡이는 김인택에게 고개 숙이고, 말을 박아 넣었다.

"빨리 죽어. 네가 오늘 죽어야 내가 내일을 살 테니까."

긴 침묵이 채워졌다. 기괴하게 일그러지는 김인택의 얼굴은 조부가, 삼촌이 느끼던 그 감정 그대로를 품고 그를 보고 있었다. 아이러니한 일이었다. 찌른 것은 다른 이들인데 김인택은 그를 혐오하고 있었다. 주양을 악인 보듯 보고 있었다. 그가 악역이라면, 악역 중에서 가장 비정한, 영화 속 공공의 적 정도가 될 것인가.

주양은 김인택을 내려놓고 도살자들을 돌아봤다.

십억을 대가로 김인택을 죽이는 것을 요구했던 자들이었다. 그리고 그들은 받아들였다. 하지만 김인택은 여전히 끈질기게 살아 숨 쉬고 있다.

종지부를 찍을 때가 왔다.

"깔끔하게 처리하세요."

하지만 도살자들은 주양이 보내는 신호에 머뭇거렸다. 기분이 급격히 언짢아져 흐트러진 머리칼을 넘겼다. 주저하는 사내들을 향해 주양이 겸양한 웃음을 지으며 눈을 치떴다.

"나만 쓰레기입니까?"

그들의 안면에 날카로운 두려움이 뒤덮였다. 주양은 조용히 우두머리의 손에 다시 칼자루를 쥐어 주었다. 돌아갈 길은 없다. 끝까지 내몰린 사내들이 더더욱 잔인하게 김인택을 몰아붙였다. 이제 인간적 양심은 무관했다. 동물 같은 살육과 잔혹한 응징뿐이었다. 돈도 필요 없고, 오롯이 살기 위한 발버둥

뿐이다.

주양은 방을 빠져나왔다. 뚜벅뚜벅, 이 일에 큰 책임을 물어야 하는 보안 팀장이 굳은 채 처벌을 기다리고 있었다. *그가 주양의 얼굴과 손을 뒤덮은 비릿한 피를 보고서 이를 악다물었다.*

주양은 뻐근한 어깨를 돌리며 인간미 없는 눈동자로 긴장한 옆얼굴을 더듬어 내렸다. 팀장이 침을 삼켰다. 권력에 굴복하고 알아서 익은 벼처럼 고개를 수그린다. 손에 묻은 피를 경고처럼 팀장의 셔츠에 발라 닦으며 물었다.

"나를 믿습니까?"

보안 팀장이 비위를 맞추듯 고개를 재빨리 숙였다. 주양이 그의 어깨에 힘을 실어 주었다.

"좋아요. 그럼 저들의 십억을 당신이 갈취하세요."

예기치 못한 명령에 주저하는 보안 팀장이 보였다. 일부러 질 나쁜 명령을 내렸다. 굴종은 확실히 시켜 놔야 한다. 보게 해 주겠다. 그들 앞에 있는 게 누군지. 모른다면 똑똑히 알게 해 주겠다. 진주양이, 내가, 어떤 새끼인지.

"사실 이 영화의 진짜 주인공은 당신이었어요. 저기 악당을 물리치고 안심하고 있는 주인공은 가짜예요."

어깨를 힘주어 쥐자 보안 팀장이 아연해졌다.

"당신이 본때를 보여 줘요. 그리고 알려 줘요."

"……."

"사람을 함부로 믿어서는 안 된다는."

"……."

"이 영화의 장르는 슬픈, 성장 드라마입니다."

이 영화는 '슬픈'이 붙어. 왜? 주인공이 믿었던 같은 편에게 배반당하고 장렬히 전사하기 때문이지.

연출, 각본, 감독. 진주양. 이 영화에 각색은 필요 없다. 주양은 각본대로 진행시켰다.

"분부…… 따르겠습니다."

일은 신속하게 잘 처리되었다. 처음 있는 일이 아니었다. 직원들은 심심찮게 벌어지는 일에, 심지어 타성에 찬 표정으로 비닐 자루에 시신들을 수거했다. 매뉴얼대로 착착 진행되었다. 다친 직원들도 병원으로 떠났다. 그들이 나가고 텅 빈 집 안은 적막했다. 주양은 테이블에 놓인 와인을 마시다가 침실 카펫에 눅진하게 눌어붙은 것이 피인지 와인인지 구분이 가지 않았다.

양 비서가 증거물인 칼자루를 주양에게 넘기고 인천항으로 떠났다.

그는 칼자루와 와인 잔을 하나 들고 어디론가 걸어갔다. 긴 복도를 지나는 동안 많은 목소리들이 뒤엉켰다.

사랑은 공기야. 삶이고. 우주고 세상이야. 넌 사랑을 몰라. 원하는 게 있어? 당신 손으로 최 사장을 죽이는 모습을 보고 싶군요. 그러니까 가족도 널 버리는 것 아니겠어? 네가 공포스러워서, 공포스러운 네가 끔찍해서, 널 죽이겠다고! 미안하다. 사람들은 그 말에 목숨처럼 집착을 하지. 결국 명줄을 재촉하는 우를 범하면서. 네 핏속에는 파란 피가 흐를 줄 알았지. 넌 인간도 아니야…….

침실에 다다라 발소리는 숨죽였다.

살육 전쟁으로까지 치닫던 소란에도 그곳은 여전히 희게 불빛이 새어 나오고 있었다. 도망치기에 충분히 긴 시간이 주어졌다. 그는 드레스 룸을 열었다. 걸려 있던 셔츠를 집어 피 묻힌 손을 닦아 내고, 얼굴을 씻어 냈다. 젖은 머리칼을 뒤로 쓸어 넘기면서 거울에 비친 얼굴을 응시했다.

너…… 아직도 거울 볼 때 너 똑바로 못 쳐다보냐?

주양은 거울에 비친 자기 얼굴을 똑바로 보았다. 피가 여전히 덜 씻겨, 얼굴이 붉다. 언제나처럼 그는 폭력을 똑바로 마주했다. 그가 폭력을 피하는 법은 없었다. 마주하지 못하는 것은 그를 보는 사람들이었다. 살점이 묻은 칼자루를 태연하게 들고 다니는 그를.

주양은 거울 속에 있는 또 다른 시선에 눈동자를 붙박았다.

두려워 옷장 안에 숨죽이고 있는 여자의 모습이 보였다. 여자는 덜덜 떨고 있었다. 어째서 도망치지 않았나. 이 꼴을 보기 위해서라면 그는 부끄럽지 않았다. 그가 여자에게 보여 주고 싶었던 것이 바로 이런 지점이었다. 사랑이 공기

고, 삶이고, 우주며, 세상이라던 여자는 지금 그의 꼴을 보고 어떤 말을 할 것
인가.

"내가 나쁜 겁니까?"

겁에 질린 새처럼 웅크린 영원이 후드득, 눈물을 떨어트렸다.

산다는 것은 폭력이었다. 하물며 누군가를 사랑하며 산다는 것이야……

마침내 그것을 깨달을 때 공기가, 삶이, 우주가, 너의 세상이 몸서리치게 폭
력적임을 느낄 것이다.

그가 손을 뻗었다. 영원은 본능적으로 얼굴을 팔로 가렸다. 버둥거리는 그녀
를 간단히 제압하고, 그가 그녀의 얼굴을 자신 앞에 끌어다 놓았다. 앞머리가
들리려 했다. 미친 듯이 반항했지만 역부족이었다. 그는 완력으로 그녀의 얼굴
을 들춰 냈다. 숨결이 파들거렸다. 속눈썹에 그의 손끝이 닿았다. 영원이 차가
운 체온에 놀라 움찔하자 남자가 금세 안면을 바꿨다. 강압적이던 남자는 그녀
가 또다시 버둥거릴까 봐 다정하게 위로하듯 쓰다듬어 주었다. 처음엔 강렬하
게 거부했던 그녀도 벗어날 수 없다는 걸 깨닫고, 사자에게 목덜미를 물린 사
슴처럼 얌전히 아래서 순응했다.

그는 콧날을 타고 내려가다 인중, 마침내 입술에 머물렀다. 자신 아닌 타인
의 낯선 손길이 닿는 것은 처음이었다. 처음 타인에게 얼굴을 까발렸고 내어
주었다. 침략, 혹은 강간을 당하는 숫처녀처럼 영원은 몸을 떨었다. 그는 저의
식민지인 양 그녀의 얼굴을 마음껏 침범했다. 두려움이 솟았다. 그가 매만지는
자리마다 무언가 새로 깨어나는 것 같아 혼란스러웠다. 문득, 탐색을 다 마친
주양이 묘한 얼굴로 웃었다. 배부른 사자처럼. 짧은 결론을 내었다. 의외라는
목소리였다.

"예쁘네. 더럽게."

그 말이 영원의 가슴에 비수로 꽂혔다.

알고 있다. 자신이 더없이 천박하게 생겼다는 것.

영원은 아프게 입술을 깨물었다. 예상했던 반응이지만 막상 들으니 상처가 되었다. 창고라니. 폐기 처분 하고 싶을 정도로 끔찍한 건가. 얼굴을 보자마자 그가 비친 즉각적인 반응은 무참했다. 한 톨의 거짓도 없는 진실 그 자체라는 걸 말하고 있다.

공개적으로 처형을 당하자 영원은 속이 들끓었다. 화가 치밀었다. 이렇게 태어나고 싶어서 태어난 게 아닌데.

"나도 알아……."

"안다고?"

"최 사장이 귀에 딱지가 앉을 정도로 얘기했어. 재수가 없는 눈빛이라고."

"……."

"차, 창녀 같다고."

해수 곁에 있으면 영원의 천박함은 더욱 빛을 발했다. 해수에게는 건드릴 수 없는 기품 같은 게 있었다. 수녀 같은, 우아함. 참을 수 없이 자존심 상하는 일이지만 영원은 엿볼 수 없는 성역이었다. 그녀를 보면 '구원'이 찾아졌다. 그에 반해 영원은 어딘가 불길하고 경멸감을 불러일으킨다. 계모는 아버지가 죽은 것이 영원이 재수가 없어서라고 했다. 영원의 엄마는 영원을 낳고 몸이 쇠약해져서 요절했다. 아버지가 실족사한 것도 산행 당일에 영원이 아파 다음 날로 예정이 미루어져서였다. 해수처럼 생겼다면 계모가 자신을 덜 혐오했을까. 그렇다면 이 남자의 눈에 그녀는 어떻게 비치고 있을까. 이마에 새겨진 저주처럼 천박한 눈빛을 가진 그녀를 보고 치를 떨리라. 두려웠다.

"갈 거야."

도망치려 하는데 목덜미가 잡혔다. 욕실 바닥에 패대기쳐졌다. 오뚝이처럼 일어나자 영원을 그가 도로 잡아 눕혔다.

"갈 거야."

발버둥을 쳤다. 안 놔주자 가슴팍을 마구 때렸다. 바르작거림밖에 안 되는 일련의 행동들을 그는 간단히 제압했다. 더 그악스럽게 되돌려 주었다. '갈 거야. 놔!' 두 숨소리가 폭발할 듯 치열하게 룸을 들썩였다. 영원의 반항이 그 안의 본성을 자극하는지 그가 흥분한 어조로 씹어뱉었다.

"왜 도망치는 겁니까. 내가 신해수에게 가는 게 싫지 않습니까?"

"이제 아니야. 다 필요 없어. 그, 그만할 거야!"

형편없이 목소리가 갈라졌다. 그는 그럴수록 그녀를 더욱더 집요하게 눌렀다. 눈앞이 흐려졌다. 남자의 몸 아래에 깔린 채 숨이 후들거렸다. 포기한 채 차가운 바닥에 머리를 뉘자 입이 딱딱하게 돌아갔다.

"왜 이래, 나한테……."

영원은 눈을 손등으로 가렸다.

"네 눈에도 내가 창녀 같지……?"

남자들이 결국에 찾는 건 꽃이다. 누구도 창녀에게 꽃다운 아름다움을 바라지 않는다. 백운당에서 소리 소문 없이 버림당하는 기생들을 보면 알 수 있었다. 창녀에게 애정을 느끼는 남자를 한 번도 보지 못했다. 그도 다를 게 없는 예쁜 꽃에 홀리는 평범한 남자였다.

이렇게까지 항복을 받아 내고 마는 그가 원망스러웠다. 속이 시원해? 내 입으로 치부를 들추게 해서.

바보스럽게도 이미 끝이 정해진 각본인데, 여기서 뭘 하는 걸까.

누구보다 그녀의 비참한 모습에 만족스러운 웃음을 지어야 할 남자인데 아무 반응도 돌아오지 않았다. 돌처럼 무거운 침묵만 이어졌다. 영원은 그제야 그의 얼굴을 똑바로 마주했다. 찢어진 살에서 다시 피가 번지고 있었다. 평소 대리석을 깎아 놓은 것 같던 냉정한 모습은 흐트러진 모양새로 버티고 있었다. 그의 정제되지 않은 숨결에서 난폭한 욕망을 읽었다. 그가 그녀와 자고 싶어 한다는 것. 그가 오늘 그녀를 보내지 않으려는 것을 깨달았다.

"계속 나를 경멸했잖아. 나를 좋아하지도 않으면서."

그렇게 말은 하면서도 심장의 두근거림이 거세어졌다. 웃지 못할 상황이었다.

"나를 우습게 보지 마. 나는 그런 여자가 아니야."

"그런 여자?"

"너도 내 얼굴을 보고, 내가 함부로 대해도 되는 여자 같으니까 이러는 거지? 아, 아까까지만 해도 나를 귀찮아했으면서."

시선을 내리깐 주양이 그녀의 입술을 응시했다. 두 얼굴이 맞닿을 것같이 가까워졌다.

"귀찮을 때는 내 심장이 멋대로 뛰지 못하게 겁을 주었으면서……."

입술이 아슬아슬하게 밀착되었다. 한 발짝 잘못 내디디면 부딪힌다.

"나쁜…… 나쁜 새끼."

다가온 그의 입술에 욕설이 집어삼켜졌다. 아주 짧게 입술끼리 부딪쳤다. 섬광이 터지듯, 아찔함에 순간 앞이 깜깜해졌다. 데워진 숨결과 함께 그의 입술이 밀려져 왔다가 떼어졌다. 짧은 키스의 여운에 숨이 가빠졌다. 이기적이게도 자신이 필요한 순간, 그녀의 심장을 다시금 쥐려 하고 있다.

"나를 좋아해?"

주양이 그렇게 묻는 그녀와 눈을 뒤얽었다. 그는 아주 가까웠다. 그녀의 어디가 그의 욕망을 부추겼나.

"나를…… 사랑해?"

뻔히 알면서 영원은 물었다. 그가 차갑게 비웃었다. 영원은 비참해졌다. 그러나 길게 흩어지는 숨소리…… 그의 말과 표정은 언제나 순서 없이, 예외도 없이, 그녀를 떨리게 했다. 가슴에 꽂히는 형태로, 언어로.

"널, 강간할 거야."

그가 영원의 물음에 답했다.

"나는, 널 강간할 거라고. 알겠어?"

폭력에 가까운 말은 사랑한다는 달콤한 언어보다 더 지독하게 영원에게 각인되었다.

사랑 따위가 아닌데. 어째서일까. 영원은 질끈, 눈을 감았다.

그것과 동시에 두 입술이 부딪혔다.

입맞춤은 심장의 파열 너머에서 완성되었다.

그가 사납게 그녀의 입술에 달려들었다. 성마른 침략이 영원을 집어삼켰다. 태풍이 폐허를 휩쓸고 가듯, 돌을 깎아 모양을 새겨 놓듯, 그녀를 훼손했다. 그와 코끝이 부딪혔다. 혀가 엉겨 붙었다. 폭격처럼, 살인처럼, 무자비하게 쏟아부어졌다. 강간. 언어가 주는 폭력성이 그녀를 마비시켰다. 뇌관에 불붙은 심장이 최고조에 이르러 파열했다. 불꽃이 다시 점화되었다. 터진 입 안에서 피 맛이 느껴졌다. 짐승 같은 격정. 두려워지는 키스에 거칠어지는 헐떡임이 그의 흉포함을 일깨웠다. 흥분과 키스가 몰아쳤다. 부드럽다가도 거칠게, 아래로, 아래로, 아래로…… 기어이 의식이 뒤집어질 것 같았다.

치마를 들춰 내고 맨다리를 벌렸다. 배려도 없어, 그가 처녀막을 가르고 들어왔을 때 진짜 그녀를 강간하려는 것을 알았다.

옷도 벗지 않은 채 그것부터 바짝 조였다.

"하아……!"

"앗. 아…….”

날카롭게 밀려들어 온 그가 그녀의 입구 틀에 꽉 짜 맞춰져 있었다. 맞물린 아래를 보며 그가 끝까지 넣었다 뺐다. 끔찍한 비명이 샜다. 그는 어딘가 독기 서린 얼굴이었다. 붉은 살점이 저며지도록 뜨겁고 단단한 것이 앞뒤로 짓이겼다. 고통스러워하는 그녀를 아랑곳 않고 움직였다.

"웃, ……하악.”

가랑이를 파고들 때마다 엉덩이가 움찔했다.

전위도 없는 섹스에 쾌감이 있을 리 만무하다. 한 번 파정이 끝나고 배가 뜨듯했다. 주르륵 번들거리는 것이 빠져나가는 느낌이 생생했다. 영원은 머리털이 쭈뼛 섰다. 그가 하체를 뒤로 빼내다가 눈이 마주쳤다.

영원은 그가 떨어지기만을 기다렸다. 고통이 끔찍해서 다시 견디지 못한다.

잔혹한 남자는 그녀의 마음을 읽고 반대로 했다. 입구에 걸려 있던 끄트머리를 다시 밀어 넣었다. 매끈하게 벌어진 곳으로 들어오는 느낌에 듣도 보도 못한 욕이 절로 나왔다. 그의 어깻죽지에 코를 묻었다. 땀에 번들거리는 몸. 뒤엉키는 육체.

"아프니?"

그녀의 얼굴에 그의 호흡이 부딪혔다.

"아파?"

주양이 체중을 실어 그녀를 깊게 휘저었다.

아……!

진저리 나는 쾌감에 영원은 목을 뒤로 한껏 젖혔다. 그의 어깨에 손톱을 꽂아 넣었다. 하얗게 불꽃이 터졌다. 계속해 대다 보니 진짜 하는 것 같아졌다. 마치 그와 그녀가 진짜 섹스라도 하는 것같이 뜨거워졌다. 참을 수 없어 치를 떨었다. 그도 혈색이 붉었다. 흥분한 건 그녀만이 아니었다. 강간이라고 하지만 진짜로 즐기고 있다. 둘 다 미쳤다.

주양이 비릿하게 웃자, 수치심을 억누르는 듯 암상하게 치켜뜬 눈이 그를 참았다. 굴복당하지 않는 남자를 만나고 겁에 질린 토끼 같은 모습이었다. 이해할 수 없는 반응이었다. 수치심을 느끼는 것은 이쪽이었다. 눈빛은 마주치는 것만으로 수치심을 새겨 놓았다.

여자가 힘을 주자 눈가가 저녁노을처럼 붉게 물들어 간다. 그는 입천장이 마르는 갈증을 느꼈다. 혓바닥으로 그녀를 핥았다. 복숭앗빛으로 물들어 가는 눈가가 참을 수 없이 달아 보였다.

"인생은 참 아이러니해."

"……."

"아이러니하게도, 미움 때문에 최 사장은 의도치 않게 너를 구하고, 너는 복수를 하겠다고 설쳐 댔지만, 실은 최 사장에게 평생을 감사해야 했지."

그의 손가락이 영원의 얼굴을 아프게 죄어 잡았다.

"정말로 어디로 끌려가 창녀가 됐을지도 모르겠어."

그는 간악하게 귀에 속살대었다.

하…… 하아.

덥수룩하게 흘러내린 머리카락 안, 가려져 있던 외모를 그가 꼼꼼히 살피며 내뱉었다. 조금 감탄을 하는 것처럼 보여 영원은 화가 치밀었다.

"너 내가 창녀 같……지?"

"……."

"나는 창녀, 가 아니, 야. 날 함부로 대하지, 마."

이를 악물고 끝까지 내뱉자 아래에 힘이 몰렸다. 조이는 기분에 견딜 수 없는지 그의 이마에 땀이 맺혔다. 그녀를 찢어발기듯이 가르고 들어왔다. 익숙하게 다리를 더 넓게 벌려 그의 허리를 감싸자 그가 비웃었다. 시선이 침투해 오는 걸 느꼈다. 감각과 열기가 냉각되었다. 눈으로 보고 혀로 단어가 도착했다. 비위생적인 접촉이었다. 눈과 눈, 시선과 시선으로 성교를 하는 것 같은 뒤섞임이었다.

"아니라고?"

"흑……!"

고상하지 못한 쾌락에 수치스러워졌다.

"내가 왜 너를 안고 있는 거라 생각해……? 너 같은 걸."

꾸역꾸역 다시 저를 밀어 넣으며 창녀가 아니라는 영원을 비웃는다. 달콤함 따윈 없었다. 오롯이 욕정과 욕망이 선명하게 충돌하고 있었다. 지금 안고 있는 여자에게, 면전에 대고 창녀라고 침을 뱉는 남자라니. 이렇게 젠틀할 수가.

너의 어디가. 어디가 젠틀하다는 거야. 미친 인간……들. 정신이 아득해졌다. 근육이 단단하게 일어선 상체가 그녀를 덮었다. 가슴이 짓눌렸고, 그녀의 심장이 으르렁대는 남자의 심장 아래에 포개어졌다.

미칠 것, 같았다.

능숙한 혀는 턱을 훑고 부드럽게 입 안 점막으로 밀려들어 왔다. 그가 그녀와 혀를 얽었다. 짙은 키스에 숨이 차올랐다. 심장이 아프도록 크게 뛰었다. 그가 무슨 말을 하려는지 알 것 같았다.

왜, 나도 죽이게……?

그가 스탠드를 켰다.

"인간은 점잖은 얼굴 뒤로 짐승의 욕망을 품는 존재지."

확, 어둠이 물러나고 코끝에서 그와 눈빛이 맞부딪혔다.

"네 눈엔 지금 뭐가 보이지."

"……."

"젠틀한 왕자? 살인자?"

그가 영원의 부푼 젖가슴을 움켜쥐었다.

"사랑……? 네깟 게 나를?"

낮은 신음이 혀끝에서 흘렀다. 그의 손가락이 젖꼭지 위에 얹어졌다. 곡선을 덧그려 내듯 아찔한 손길에 호흡이 치받혔다. 그가 살덩이를 움켜잡았다. 뼈를 파고드는 강한 악력이었다. 흉부로 딱딱한 철심이 느리게 밀고 들어오듯, 그가 정중한 미소를 아로새겼다.

"그래서 그 심장은 여전히 떨리시나?"

그녀는 비웃었다. 그가 일부러 거칠게 허리를 움직여 보복했다. 물린 것이 빠르게 연결되었다. 다쳐…… 사, 살살해. 찢어져! 더 이상 말을 잇지 못했다. 거칠게 놀려지는 허리에 어긋난 박자가 불협화음을 만들어 냈다.

헉, 헉.

비웃었던 것과 달리 심장 소리가 쿵. 쿵. 쿵. 전이되며 극심한 고통이 그녀를 점염했다. 물 밖으로 나온 고기처럼 심장 맥동이 펄떡펄떡 전율했다. 그도 느끼고 있다.

그녀가 진저리 치면서도 느낀다는 것.

코끝에 닿아 온 그의 숨은 무척 뜨거웠다.

고상한 거짓 뒤로 온갖 더러움을 묻히고 다니는 그를 향해 심장이 뛸 때면 이 사랑은 분명 기형일 거라고, 그렇지 않다면 이 남자의 본질을 알고도 사랑할 수는 없을 거라고 생각했다. 하지만 이렇게 그가 입술을 귓가에 밀착시키는 것만으로도 입김이 뜨거워지고, 속눈썹은 부끄러운 듯 가냘프게 떨린다.

"하아…… 집중해!"

딴생각에 빠져 있는데 그가 그녀의 가슴을 다시 움켜잡았다. 아무것도 생각나지 않고 오롯이 머릿속은 하얗기만 했다. 이대로 죽을 것 같다. 그가 그녀를 접착될 것같이 비비고 안고 뒹굴었다. 다리를 벌리고 그가 다시 안으로 삽입했다. 전혀 부드럽지 않은 물림이었다.

"아……!"

"그러니까 아프다고 말해."

그가 말을 도중에 끊어 내고 다시 물었다.

"내가 널…… 살려 둘 거 같아?"

그의 찢어진 눈가에서 흐른 피가, 그녀의 쇄골에 고였다.

"잊어. 내일 확인할 거야."

이 짓도, 나도, 안 잊으면 너도 그 새끼 꼴 나는 거야. 끝도 없이 범하려는 그와 받아 내기 바쁜 그녀는 끊어 내지 못한 열락의 중간에서 서로의 욕정을 더듬었다. 허벅지 안쪽이 마비되어 파르르 떨렸다. 잊는다고, 알았다고, 그러겠다고 애원하는데도 놓아주지 않았다. 핏물이 다시 그의 턱 아래서 땀과 섞여 떨어졌다. 선을 긋고 쇄골 아래로 나아갔다. 쇄골이 피눈물을 흘리는 것 같다.

"사람을 죽여 본 적이 있나?"

숨이 찼다. 뜨거운 손바닥, 부푼 젖가슴. 손바닥 열기만으로 영원은 범해졌다.

"나는 살인을 사랑하듯이 하지. 네가 말하는 사랑에 이런 것도 포함된다면, 몇 번이고 널 사랑해 주지."

"……."

"너를 열렬하게 도살해 버리고 싶다."

"……."

"한 번만 더 내 주변에서 얼쩡대."

그것은 서슬 퍼런 위협이었다. 이것은 사랑인가? 아니면, 심장이 떨리기 때문에 사랑이라고 착각한 공포인가. 그는 지금 그것을 일깨워 주려는 것이었다.

사랑과 폭력은 한 끗 차이라는 것을.

"너야말로 언제까지……."

그러면서도 발정 난 것처럼 비벼 대고 있는 부위가 쓰라렸다. 한계에 다다라 허리를 뒤틀었다.

헉!

"그만 강간하라고!"

그를 처음 만난 날이 떠올랐다. 그는 그때, 20대 후반의 새파란 사업가였다. 자살하려는 내게 적선하듯 금박 단추를 던져 주었다. 관람료였지만, 나는 너무 찬란하고 예뻐서 그것을 주머니에 감춰 뒀다. 그녀가 가진 것 중 가장 값비싸고 귀중한 것이었다.

그것을 영원은 한동안 상의 주머니에 지니고 다녔었다. 심장과 맞닿은 곳에. 심장에서 가장 가까운 곳에.

그 사람과 똑같은 단추를, 심장 가장 가깝게 맞닿은 곳에…….

"집중하랬지……!"

용암처럼 끓어오르듯 그가 말을 박아 넣었다. 영원은 눈을 부릅뜨고 그를 봤다. 황금빛 조명이 녹아내려 남자의 눈동자와 일체되었다. 영롱하게 번진다. 영원은 섬세하게 뻗은 그의 까만 속눈썹 아래서 지워지지 않는 죽음을 보았다.

황홀한 죽음, 퇴폐적인 죽음, 선연한 죽음.

진주양이란 남자가 살아가는 세계. 비정한 세계. 먼저 짓밟지 않으면 갈가리 찢겨 죽는 그의 세계. 그녀의 눈물인지 그의 피인지 구분이 가지 않았다. 까맣고 무저갱 같은 남자의 심연을 엿본 것 같아…… 심장이 아려 왔다.

주양은 끊임없이 영원을 강간했다.

"아아!"

송두리째 훔쳤다.

송두리째 그는 훔쳐 갔다.

송두리째 그녀는 훔쳐졌다.

1년, 2년, 3년…… 4년 전부터.

언제 자연스럽게 그 마음이 흠모라는 걸 깨달았는지 기억도 아득한 시간들이었다. '흠모'. 기쁜 마음으로 공경하며 사모함. 다르게는 신음할 음(欽)에 그릴 모(慕). 님을 그리며 신음하다. 그녀의 사랑은 '한탄'이고 '탄식'이며 '그리움' 이었다.

엄마와 아빠와 함께 행복했던 집. 죽어 가던 엄마의 마지막 숨결이 묻어 있는 백운당. 멋대로 우리 집을 점거해 버린 그 모녀들을 내쫓겠다고. 이 남자를 이용해서 내 지난날의 행복을 되찾고 말겠다고. 가련하게 죽어 버린 엄마를…… 엄마를 위해서…….

하지만 아득하니 잡혀지지 않는 단어에, 스스로를 속이고 있는 듯, 더 이상 다짐의 말을 완성할 수 없었다. 어째서일까. 목구멍에 가시가 박힌 듯 말이 채 나오지 않아 영원은 눈물 나는 얼굴을 가려 버렸다.

다 이 남자 때문이다.

수치, 흠집 난 영혼. 용서되지 않는 지난 세월.

사랑을 아냐고 물었다. 그래. 나는 사랑을 안다.

뜨겁다 못해 지독한 것이 사랑이다.

사랑은 간사하다.

사랑은 비열하다.

사랑은 비겁하다.

너를 향하여.

너 하나 때문에…… 내가.

사랑에 눈이 멀어……

피를 토하며 죽어 간 모친의 죽음 따윈 나 몰라라 하게 만드는 것이 사랑인 것이다.

"얼마나 미운 줄 알, 아……?"

네가……. 주양은 입술을 달싹이는 여자를 내려다봤다. 거친 몸짓에, 처음이라 아플 텐데도 신음 한 번 안 내고 기어이 참아 내는 여자는 증오스럽게 그를 보고 있었다.

"미워 죽, 겠어……."

미워 죽겠다는 말과 달리 그를 한층 더 꽉꽉 껴안는다.

"할, 수만, 있다면, 널 딴 년한테, 줘, 버리고 싶어!"

그는 드레스 룸에서 한 번 끝내고 침실로 끌고 와 두 번 더 했다.

그는 손끝을 더듬어 툭 불거진 그녀의 눈알을 만졌다. 두렵게 표류하던 동공이 눈꺼풀 아래 지워지고 속눈썹이 하나로 합쳐졌다. 손길은 눈썹을 배회하다 왼쪽 이마 윗부분으로 거슬러 올라갔다. 4센티 정도의 칼로 그어진 흉터가 이음매가 고르지 못하게 말라붙어 있었다. 숙녀에게 꽤 큰 상처지만 흠결을 느끼지 못했다. 도리어 노예의 표식 같아 음란한 상상을 불러일으켰다. 그보다 배는 압도적으로 불경스러운 외모에 희석되었다.

그가 손을 떼자 그녀의 눈꺼풀이 다시 밀려 올라갔다.

그를 두려워하면서도 그를 피하지 않고 있다.

그는 여자에게서 느껴 오던 위화감의 정체를 진즉 깨닫고 있었다. 그녀는 그를 동정하고 있었다. 그를 동정하고 있다는 눈빛에 건방짐을 느꼈다.

그래서 폭력으로 엉망진창 만들어 버리고 싶다.

영원은 그의 가학심을 불러일으켰다.

울부짖게 만들고 싶었다. 잔혹하게.

그는 더 거칠게 거칠게 그녀를 가졌다. 아프다고 울부짖음이 나올 때까지 지겹게 문지르고 문질렀다.

살인 같은 섹스.

하지만 여자는 덜덜 턱을 경련하면서도 물러서지 않았다. 때문에 그의 흥분이 가라앉지 않았다.

강간하고 있는 것은 그인데 어째서일까……

"사랑해."

다른 여자한테 줘 버리겠다가도 또 사랑한다고 한다. 여자의 한 서린 고백에 강간당하고 있는 기분이 들었다. 너한테 환장해 있는 년들한테 너를…… 줘 버리고 싶어. 끊임없이 귀 고막에 박힐 때마다, 사랑해. 사랑해…… 그 말이 박힐 때마다, 심장이 조였다.

"네가 사랑을 어떻게 알겠어. 나쁜 새끼."

그는 그게 어쩐지 화가 나서 사납게 입을 틀어막으며 혀를 문질렀다. 주양이 위협적으로 목소리를 낮추었다.

"그렇게 잘난 년, 얼마나, 사랑을 잘 알아서."

그러면 또 그녀가 주양을 보았다. 새삼스러울 게 없다는 눈으로. 주양을 보았고 그렇게 주양을 보았다.

"알아."

……지금도 이렇게 보고 있으니까.

그 순간 그는 깨닫는다.

강간당하고 있는 것은 그녀가 아니라, '그'라는 것을.

다음 날, 알 수 없는 용어들이 쏟아져 나왔다. 주양의 법무 팀이 영원을 처음부터 무섭게 겁주었다.

4주 후에 임신이 아님을 확진받는다. 임신이 되어도 아이는 유산한다. 혹시나 어제 일이 기억이 나도 어디에도 발설하지 않겠다는 서약서입니다. 발설이 되면 법적 조치가 취해질 것입니다. 협박과 강요와 같은 서약서였다. 영원은 소파에 앉혀진 채 그녀에게 성폭행당했다고 주장하는 남자를 바라보았다.

"정말 기억을 아무것도 못 합니까?"

영원은 주양의 입술을 주목했다. 한결같이 무미건조한. 앵무새처럼 영원은 대답했다.

"몰라. 아무것도."

"나를 성폭행했다는 자각은 있습니까?"

기억이 나지 않으니 대답할 수도 없다.

"술을, 술을 너무 많이 마셔서. 몰라. 나도 왜 그랬는지."

몇 번을 물었어도 대답은 한결같았을 것이다. 기억이 나지 않았다. 정말이었다. 단 하나도 기억이…….

지장을 찍는 걸 확인하고 나서야 남자는 자리에서 일어났다. 옆을 지나가면서 그가 팔에 걸친 슈트 재킷이 영원의 팔뚝을 스쳤다. 본능적으로 몸이 반응해 얼굴이 붉어졌다. 지난밤 그녀를 감쌌던 스킨 향이 익숙했다. 귓불을 발갛게 물들이며 눈이 감기려는 순간, 그가 걸음을 멈추고 손을 뻗었다. 맹금류의 그것처럼, 엄지 손끝이 영원의 속눈썹을 빠르게 문질렀다 떨어졌다.

"어설퍼."

영원은 눈을 부릅떴다. 경고하듯 그가 짧게 영원을 일별했다. 거짓을 지적한 그는 그대로 수행원들을 이끌고 방을 떠났다.

홀로 남아 영원은 어깨를 웅크렸다. 어설퍼, 나지막이 움직이던 입술…… 얼굴이 빨갛게 터지려고 했다.

기억 못 할 리가 없다.

잊을 수 있었을 리가 없다.

그녀에게 수치스러운 온갖 구정물 같은 말을 쏟아 내고, 그녀의 음부를 핥고, 비벼 댔던 입술이었다.

내내 그 입술만 보였다.

젠 스타일로 모던하게 꾸며진 접대실은 쥐 죽은 듯 고요했다. 대산물산 김 회장은 뜨거운 찻잔을 입으로 가져다 대었다. 그러나 예리하게 올라간 눈초리가 곧 찻잔 위를 넘어 맞은편에 앉은 남자를 주시했다. 주양은 비명과 살육이 빗발치는 전장에서 표리부동한 장수 같은 모습이었다.

혓바닥의 뜨거움처럼, 가시처럼, 그는 이 방에 돋아 있었다. 주양의 방문은 예정에 없던 것이었다. 모든 갑작스러운 것은 불길하다. 김 회장은 주양의 얼굴을 뒤덮고 있는 상처가 그러하다고 생각했다.

"자네, 신수가 별로 좋지 못하구만."

그 말에 주양이 어두운 눈을 들어 김 회장을 담았다. 주양의 얼굴에는 울긋불긋 단풍이 펴 있었다. 왼쪽 광대를 뒤덮은 퍼렇고 시뻘건 상흔은 간밤에 치렸던 전투에서 얻은 흔적임을 암시해 주고 있었다.

"궁금하십니까?"

"내가 알아야 할 일인가?"

김 회장은 현재 검찰 조사를 받으며 자택에 구금 중이었다. 문밖에 형사들이 지키고 있었다. 그는 내일부터 강도 높은 조사를 위해 수감될 예정이었다. 경찰에선 기업 회장에 대해 최후의 예의를 지켜 주고 있었다. 약은 노인네가 그의 눈치를 살펴 대고 있지만 주양은 봐줄 생각이 눈곱만치도 없었다. 시치미를 떼는 노인네에게 그는 친절히 일러 주었다.

"아드님이 어제, 제 안방에서 칼부림을 일으켰습니다."

"무슨 소린가. 인택이는 지금 중국에 있네."

"문서상으론 중국에 체류하고 있는 걸로 되어 있지만 한국에 있었습니다. 절 죽이고 빠져나가려고 알리바이를 치밀하게 준비해 놨더군요."

노인네와는 상관없는 일인지, 그의 동공이 마구 뒤흔들렸다.

"중국에…… 있지 않다고? 그럼, 내 아들은 지금 어디 있고 자네 혼자 온 거야. 어디…… 어디에."

"중국으로 돌려보냈습니다. 엄마 배 속에서 나올 때 그 모습 그대로, 태고의 상태로."

그악스럽게 울어 대며 자궁에서 나올 때 묻은 피로 온몸을 범벅을 한 채. 주양은 무료하게 손목을 들춰 시계를 봤다. 새벽에 양 비서가 '통나무'를 운반시켰으니 중국에서 지금쯤 슬슬 연락이 올 때가 되었다. 뭔가 짐작 가는지 노인네가 휙 주양을 노려봤다.

"내 아들을 어떻게 한 거야."

"설마 행불자 처리야 되겠습니까. 중국 공안이 우리나라 경찰들보다 나을 겁니다."

"진 이사! 네 이놈!"

"명동에서 사채를 끌어다 쓰셨다구요? 요새 한류다 뭐다 하더니 사채 시장까지 차이나 머니가 어마어마하게 풀렸다더군요. 중국 흑사회 애들과 관련되지를 말았어야지. 그러니까 타국에서 허무하게 비명횡사하는 게 아닙니까.”

“네 짓인 걸 내가 모를 줄 알아? 그 앤 중국에서 죽은 게 아니야. 한국에서 네가……!”

쾅—!

찻잔이 소리 나게 놓아졌다. 잔을 상에 내리꽂은 주앙이 어제, 피범벅 된 눈초리로 인택을 봤던 그대로 김 회장을 처다봤다. 김 회장이 기세에 눌려 입을 다물었다. 주앙은 천천히 찻잔에서 손을 들었다. 도기 파편이 손바닥에서 부스러져 떨어졌다. 찻잔은 누르는 힘에 네 조각으로 깨져 있었다. 연한 손바닥에 희미하게 그어진 금이 비치더니, 점차 그 모습이 뚜렷해졌다. 살갗에서 굵은 핏물이 뚝뚝, 비어져 나왔다. 금세 주앙의 손이 많은 양의 피로 뒤덮였다.

“격식 차려서 점잖게 말해 준다고, 제가 장유유서나 지킬 샌님으로 보이십니까?”

“……”

“딸랑 서신 한 장으로 끝낼 수도 있는 일에, 직접 배웅까지 나와 줬으면, 고맙다는 인사는 없어도 염치는 찾아서라도 챙겨 놨어야지.”

“……”

“애초에 한신을 상대로 무모하게 굴지만 않았어도 이런 불상사는 일어나지 않았을 게 아닙니까. ……4년 전에.”

4년 전 일을 들먹이는 주앙에게 김 회장이 대로했다.

“내 배신 덕에 자네 입지도 넓어졌어! 진두영이를 밀어내고 자네가 인정받을 기회를 만들어 주지 않았나!”

“기회를 만들어 줘?”

주앙이 차게 웃었다.

“사냥할 때 포수가 먹잇감 찾아오는 거 봤나. 당신은 내 사냥개야. 개면 개답게 먹이나 물어 와.”

“이…… 쳐 죽일……!”

“원래 사냥개는 사냥이 끝나면 삶아 먹고, 고아 먹고, 남은 뼈는 새로 산 사냉개한테 개밥으로 던져 주는 겁니다. 나는 싹수부터 노란 종자는 상대하지 않습니다. 특히 배신자는."

주양에게서 변치 않을 확고한 의지를 읽었는지 김 회장이 공허해졌다. 하얗게 질리다 못해 죽어 간 제 아들처럼 핏기가 빠져나간 것 같다. 체면을 무릅쓰고 김 회장이 가려는 주양의 다리를 부여잡았다. 다 죽어 가는 목소리가 퍽이나 애처로웠다.

"아들이 한 일은 용서해 주게. 이 의원하고 자네가 오래전부터 머리 굴린 거 내가 모를 줄 아나? 따지고 보면 우리 집안이 이렇게 된 것도 다 자네 계략이지 않나. 아들 목숨값으로 대신 갚았다 치고……."

"따님한테 아직 얘기 못 들었습니까?"

"뭐?"

"이건 따님이 본사로 찾아와서 날린 제 뺨값이었습니다. 눈에는 눈, 이에는 이. 따님이 날린 뺨값은 오빠인 김인택 사장이 대신해서 받았으니, 이제 그 김 사장이 씹창 낸 제 얼굴값은 아버지인 회장님한테 받으면 되겠군요."

김 회장이 굳었다. 아직 끝난 게 아니었다.

"내일부터 영장실질심사 들어가신다고요. 서울지검 구치감 밥이 그렇게 맛나다 하더군요. 교도소 들어가면 인편으로 안부 전하겠습니다."

"……."

"그 전까지 잡수고 싶으신 것, 보고 싶으신 것, 다 즐기십시오. 황천길 건너면 다시 못 누릴 호사니."

김 회장과의 단판을 마치고 주양이 방을 나섰다. 손에서 핏물이 후드득 떨어졌다. 양 비서가 응급 처치를 하려고 휴지를 들고 달려오다가 주양의 저지에 막혔다. 문득, 주양의 눈길이 그들을 배웅하러 나온 어린 메이드에게 멈췄다. 그의 피 흘리는 손을 보고 아연해하던 어린 메이드가 주양과 눈이 마주치고 얼굴을 붉혔다. 메이드가 고개 숙이자 내려트려진 앞머리가 길게 얼굴을 가렸다.

"왜 그러십니까."

양 비서가 물었지만 주양은 대답하지 않고 그대로 자택을 나왔다. 봄비가 차에 오르는 그의 목덜미를 축축하게 적셨다. 차가 출발하자마자 앞에 앉은 양 비서가 안도하는 어조로 말했다.

"김 회장도 그렇고, 신영원 씨 건도 그렇고, 잘 해결된 것 같아 다행입니다. 신영원 쪽이 제일 골치 아픈 문제였는데, 하필 어제 일을 전혀 기억을 못 해 주다니. 여러모로 운이 좋았습니다."

주양은 대답하지 않고 무의미하게 지나쳐 가는 차창을 응시했다. 젖은 목덜미를 더듬자 아직 여운이 가시지 않은 따뜻한 봄비가 엉겨 붙어 있었다.

볼륨을 높였다. 오페라 '사랑의 묘약'이 차 안에 울려 퍼졌다.

Domani avranno termine, domani mi amerà……

Esulti pur, perfida!

Domani m'amerà, la perfida! Esulti pur la barbara

……La ra la ra!

내일 나를 사랑하게 될걸.

나를 비웃고 있지만, 너는 내일 나를 사랑하게 될 거야.

나를 비웃고 있지만.

……라, 라, 라. 라.

어쩐지 그 온기가 달갑지 않다고 그는 생각했다.

영원은 곧장 집으로 돌려보내졌다. 몇 날 며칠 동안 침대에서 나오지 않았다. 계모는 해수가 대외적으로 주양과 핑크빛 기류를 뿜어서 기분이 좋았다. 평소라면 가차 없을 아프다는 핑계를 넘어가 주었다. TV에서 대산물산 아들이 중국에서 변사체로 발견되었다고 떠들다가 더 큰 이슈에 묻혔다. 혹시 무슨 일이 일어나는 게 아닌가 걱정했지만 아무 일도 일어나지 않았다. 인터넷 어디에서도 한신 진주양 석 자는 찾지 못했다.

깨끗하다.

당연히 그날 일을 잊지 못했을 거란 걸 알면서도 남자는 그녀를 찾아오지 않았다.

시간이 흐르자 모든 게 아득해졌다. 그 밤, 그녀와 그 사이에 있었던 난폭한 정사조차 마치 작위적인 한 편의 꿈처럼 비현실적으로 느껴졌다. 혹시 상상은 아니었을까. 짝사랑이 너무도 지나친 나머지 미친 게 아닐까 하고.

하지만 분명하게 몸에 남아 있다.

이렇게 아직도 새겨져 있다.

격렬하고 치열했던, 몸 곳곳을, 그가 난자했던 흔적들이.

그를 다시는 만날 수 없을 거라 생각했다.

다시 만나게 되기 전까지.

<u>5</u>

【실종 9일째】

철썩…… 철썩…….

저수지 물살이 고요했다. 장 경감이 떠나고 진두영은 짧게 휴식을 취했다. 별안간 눈 뜬 그가 주양을 찾았다.

"주양이는 지금 뭘 하고 있지?"

옆에 서 있는 수하가 답했다.

"신영원 씨가 계신 병원에 방문한 뒤로 칩거 중이십니다."

진두영이 웃으며 미간을 쓸었다.

"걔도 참, 한결같단 말이야. 참 한결같이…… 나를 끓어오르게 만들어."

"장영범, 그자가 우리 뜻대로 움직여 줄까요?"

진두영은 낚싯대를 길게 늘어트려 놓았다. 찌가 흔들렸다. 진두영이 팽팽하게 당긴 줄을 끌어 고기를 낚았다. 이거 봐! 갓 잡아 올린 고기가 싱싱하게 파닥였다. 크나큰 크기에 진두영이 만면에 대소했다.

"대어를 낚으려면 장타를 쳐야 하지. 물때를 읽으면서 인내하다가 바닷물이 만조로 무르익기 직전, 9회 말 투 아웃에 잡아 올리는 대어는, 그 맛이 대단하다지?"

진두영이 가늠하는 눈길로 물고기를 쓸며 조카 주양을 떠올렸다. 손아귀에 자연스럽게 힘이 들어갔다. 대어가 살려고 발버둥을 쳐 댈수록 힘은 더더욱 물고기를 옭아맸다. 몇 번 몸부림치던 고기는 숨이 멎어 몸을 늘어트렸다.

"개도 맞으면 문다는데, 하물며 나 진두영이가 가만히 있을 순 없지."

혼잣말하듯 흘려보내는 음성엔 광기에 가까운 노여움이 머물렀다.

"우리가 미끼를 던졌으니 입질이 올 거야."

끼이이이이이이이이익—!

구불구불한 산길이었다. 자동차 한 대가 술에 취한 것처럼 비틀댔다. 위험 천만한 곡예 운전이었다. 도로를 무자비하게 쓸어 버렸다. 계기판 주행 속도는 120킬로미터를 넘어서고 있었다.

'납치 살인이라는 생각, 안 해 봤습니까?'

장 경감은 운전대를 꽉 쥐었다. 파고들듯 손톱이 날을 세웠다.

'나는 지금쯤 신부가 살해되었다는 데에 내 손가락을 걸죠. 당신은?'

장 경감은 액셀을 밟았다.

부우웅—!

최대 속력으로 차가 앞서 나갔다.

30분 전, 폭탄 발언에 장 경감과 진두영은 서로를 바라봤다. 마치 장 경감의 생각을 그대로 꿰어 맞춘 듯이 되물어 오고 있다. 그는 식은땀이 맺힌 목덜미를 쓸었다. 조심스레 진두영을 향해 입을 떼었다.

'⋯⋯그 말을 뒷받침할 증거라도 있는 겁니까? 당신들 권력 싸움에 날 이용하려는 거라면⋯⋯.'

두려워하는 장 경감을 진두영이 안심시켰다.

'고민하지 말아요. 의심은 필요 없습니다. 그가 어떤 사람인지 아직도 판단이 필요합니까?'

그렇게 속삭이며 회유하는 진두영에게서 장 경감은 낯익은 누군가의 환영을 보았다. 진주양이었다. 닮지 않았다 여긴 둘은 닮았다. 그들은 똑같은 부류였다.

사람 잡아먹는 식인 늑대.

진두영은 녹음 파일 하나를 밀어 주었다.

'이게 도움이 될 겁니다.'

부우웅―!

최대속력으로 차가 앞서 나갔다. 한적한 숲길, 자동차 한 대가 느리게 서행했다. 핸들을 틀어 거칠게 앞차를 추월했다. 미친 듯이 속력을 밟아 대는 발이 불안정하게 후들거렸고, 운전대를 쥔 손에 흥건히 땀이 고였다.

정상이 아니었다. 진주양. 논리가 통하지 않는 남자인 줄은 알았지만 사람 목숨도 초지일관 파리 목숨 취급 할 거라곤. 그 점잖던 모습 그대로 뭐든 시원시원한 남자였다. 진두영이 넘긴 녹음 파일에는 엄청난 대화가 담겨 있었다. 대화 내용을 계속해서 의심해 보았다. 몇 번이고, 몇 번이고, 반복해 돌려 보았지만 한 가지 결론에 도달했다.

"당신네들은 뭐가 그렇게 쉬운 거야."

잇새로 씹어뱉었다. 미쳤다.

그때였다.

숲에서 노루 한 마리가 튀어나왔다. 얼른 브레이크를 밟았다.

끼이익―!

타이어 소음이 산자락을 뒤흔들었다. 장 경감은 숨을 몰아쉬다 고개를 들었다. 유리 너머에 미동 없는 노루가 죽은 듯 웅크리고 있었다. 그러나 곧 귀가 쫑긋하더니 노루는 반대편 숲으로 깡충깡충 뛰어 들어갔다. 십년감수했다.

"제길!"

동물 하나 죽이는 것도 이렇게 살이 떨리는데…….

흥신소로 돌아오자 수진이 기다리고 있었다. 차에서 내리는 그를 수진이 서둘러 맞이했다.

"진두영이 왜 만나자고 한 겁니까?"

장 경감은 외투 안주머니에서 녹음기를 꺼내 던져 주었다. 수진이 녹음기를 틀며 뒤따라왔다. 냉장고에서 냉수를 꺼내 벌컥벌컥 들이켜고 장 경감이 입을 닦으며 지시했다.

"그 대화 내용 진위 여부 확인해 봐."

"대체 뭐가 들어 있는데요? 사람 죽인 고백이라도 들은 얼굴이네요?"

수진이 장난스럽게 웃으며 녹음기에 집중했다. 녹음된 말소리가 고스란히 그들 귓가에 되풀이되었다. 아드님이 어제, 제 안방에서 칼부림을 일으켰습니다. 내 아들을 어떻게 한 거야. ……사냥할 때 포수가 먹잇감 찾아오는 거 봤나. 당신은 내 사냥개야. 개면 개답게 먹이나 물어 와. 눈에는 눈, 이에는 이. 따님이 날린 뺨값은 오빠인 김인택 사장이 대신해서 받았으니 이제 그 김 사장이 씹창 낸 제 얼굴값은 아버지인 회장님한테 받으면 되겠군요. 수진이 장 경감을 응시했다. 천천히 지워져 가는 표정…… 이내, 그 끝에 기괴한 두려움이 돋아났다.

"이거, 우리한테 불똥 튀는 거 아니겠죠."

그도 이번만은 확실하지 않았다.

아니,

이젠 무엇도 자신할 수 없었다.

영원은 멀거니 침대에 앉아 창살 쳐진 밖을 보았다. 해가 지고, 해가 뜨고, 해가 지고, 다시 해가 뜨기를 수일…… 아무도 찾아오지 않았다. 그녀는 멍하니 뒤돌아봤다. 맨발로 걸어가 종이를 주웠다.

『대성기획 ‘사람 찾아 드려요’
장영범
서울특별시 영등포구 여의도동 ○○○번지
tel. 000—0000 mobile. 010—0000—5959』

작고 네모난 명함을 스치듯 보는데 노 집사가 얼른 손에서 **빼앗아** 갔다.
“그냥 흘린 거예요.”
예민한 반응에 무안해진 영원이 코웃음 쳤다.
“돈 떼먹고 도망친 놈이라도 있어?”
노 집사는 아무것도 아니라며 구겨서 가방에 챙겨 넣었다. 노 집사는 영원의 반응을 세심하게 살폈다. 다행히 영원은 금세 심드렁해져서 침대로 기어들어 갔다. 곧장 어둠이 내려앉고 노 집사는 어디론가 전화를 걸었다.
“네. 네. 물론입니다. 지시하신 대로 하고 있습니다. 일전에 명함을 주고 갔는데 흥신소 사람인가 봐요. 어떻게 알았는지 어제 제 번호로 전화가 왔었어요. 상태가 어떠냐고 묻더군요. 대충 둘러대긴 했는데 아무래도 좀 곤란하게 굴지 않을까요? 그 남자한테 이곳에 접근하는 것에 대해 확실히 경고하는 게……. 제가 대처하는 것도 한계가 있으니까요.”
노 집사는 한층 은밀하게 목소리를 죽였다.
“제 생각에는 뭔가를 알아낸 게 아닌가 싶습니다. 자꾸 아가씨께 관심을 주는 걸 보면. 아뇨, 자고 있습니다.”
노 집사가 조심스럽게 돌아봤다. 영원이 잠들어 있는 걸 확인하고는 병실을 나갔다.

"자길 찾는 사람이 바깥에 있다는 걸 알면…… 아가씨, 가만있지 않을 겁니다."

노 집사의 목소리가 완전히 자취를 감추고, 방에 어둠이 내려앉았다. 침대는 조용했다. 가슴께까지 이불을 올려 덮고 영원은 고른 숨을 내쉬며 잠을 잤다. 색— 색— 완곡한 숨소리였다. 밤은 자비롭게도 고통과 번뇌를 매장시켰고, 어느 순간부터 영원은

눈을 떠,

그 어둠을 똑바로 응시하고 있었다.

【1년 전, 영원 26세】

바로크풍 분수대였다. 깨끗하고 투명한 물이 바닥을 쉼 없이 적시고 있었다. 하얀 파라솔이 씌워진 카페 테이블에 앉아 주양은 진 회장을 바라봤다. 갑작스러운 호출에 예정된 스케줄을 취소하고 본가에 왔다. 북한산의 정기를 물려받은 경치 좋은 부촌 한가운데였다. 얼마 전 증축을 끝낸 본가에서 회장은 요양을 하고 있었다. 로즈마리 차향이 그득했다. 정원에서 짧게 티타임을 가졌다.

"요즘은 개들 보는 재미로 살아. 쟤들은 내가 가라 하면 가고, 오라 하면 올 줄밖에 모르거든."

헥헥 혀를 길게 빼던 개들이 진 회장이 공을 던지자 득달같이 튀어 나갔다. 나이가 들고 회장이 부쩍 적적해했다. 스위스 왕실 족보가 있다는 버즈니 마운틴 독 두 마리를 안겨 주었다. 휠체어에 앉은 진 회장 주변으로 집사를 포함한 고용인 다섯이 대기 중이었다.

"오늘이 김 회장 아들 사십구재라며."

진 회장의 물음에 주양이 답했다.

"김 회장은 교도소에 있고, 막내딸이 혼자 치른다고 합니다."

"애비는 빵에서 말년을, 아들은 타지에서 비명횡사, 그 집안도 참 겹겹이 흉사가 겹쳐. 네가 얼굴이 그래 가지고 온 게 언제지?"

뜨거운 차를 후후 불며 진 회장이 주양을 살폈다. 핏기는 거의 가셨지만 광대 부분은 아직 푸르스름했다. 의사가 2~3일 정도면 수월하게 낫는다고 했다. 불가피하게 4년 동안 안 쓴 월차를 한 번에 몰아서 자택 근무를 했다. 주양이 답했다.

"딱 49일째입니다."

진 회장의 얼굴에 음영이 드리워졌다. 노인은 미동도 하지 않았다. 주양은 양심의 가책 없이 빳빳이 고개를 들 뿐이었다. 진 회장이 애써 평온하게 입을 떼었다.

"자식 먼저 보낸 심정은 나도 잘 알지. 옛정도 있는데 마지막 인사치레는 해 줘라. 뒷말 나오지 않게."

많은 것을 말하지 않았지만, 많은 말을 한 것 이상으로 의미가 있었다. 주양이 그러겠다는 듯 살짝 고개 숙였다. 잠시 뒤에 주양의 삼촌인 진두영이 합류했다. 상기된 얼굴은 희소식을 안고 붉었다.

"좀 늦었습니다."

"지각생 주제에 늦은 게 자랑이다."

"경하드립니다, 회장님. 집안에 후손을 하나 더 보게 되었습니다."

공개적인 고백에 일순 테이블에 모호한 긴장감이 돌았다. 희비가 엇갈렸다.

진두영은 서늘한 미소를 품었고, 진 회장은 침묵을 지켰으며, 주양은 입가에 댄 찻잔을 천천히 내려놓았다. 진 회장이 "아들이냐?" 하고 물었다. 진두영은 한 차례 머뭇거렸지만 대답은 확고했다.

"아들일 겁니다. 반드시."

악착같은 집념이 누덕누덕 기워진 허름한 미련이었다.

"대주주 나부랭이들이 안 그래도 너 벼르고 있는 거 알지."

진두영이 고개 숙였다.

"불효가 막심합니다."

"내가 너 내 아들이니까, 동정심 때문에 그 자리 유지시키는 거야. 이번에도 꽝이면, 너한테 회장직 못 넘겨."

딸은 회장에게 제비뽑기의 꽝과 같은 의미였다. 아들에 대한 회장의 집념은 회사 사랑만큼이나 대단했다. 남아선호사상이 뼛속까지 박힌 보수적인 노인이었다.

왕좌를 걸고 회장이 못 박자 진두영이 더욱 긴장했다. 그는 이번까지 합하면 네 번째였다. 숙모의 나이도 있고 세 번째까지 다 딸이라서 포기할 줄 알았건만 또 애를 가졌다. 그 집념만큼은 칭찬해 줘도 모자라다. 불굴의 의지에 박수를 쳐 주고 싶을 정도였다. 이번이 정말로 마지막이었다. 진두영이 다음 왕좌를 차지할 수 있는 마지막 기회. 진 회장이 기력이 쇠진해 인상 쓰더니 손을 흔들었다.

"둘 다 그만 꺼져. 피곤해."

집사가 회장의 휠체어를 밀고 사라졌다. 스케줄을 취소하고 온 거라 일이 밀렸다. 주양이 일어나는데 침착한 목소리가 발길을 붙잡았다.

"3일 뒤에 있을 형님 제사 때문에 부르신 거니."

주양이 천천히 진두영을 돌아봤다. 벌써 아들을 가진 양, 진두영은 호기롭게 의자에 앉아 있었다.

"다른 건 무정한 양반이어도, 먼저 죽은 첫째 아들 제사는 자기 귀 빠진 날보다 챙기시는 분이잖니."

한층 여유를 부리듯 눈길이 온화하게 주양을 어루만졌다. 부처 같고 보살같이 인자한 모양새였다. 진두영과 소소하게 일상을 공유할 만큼 친분을 나눈 기억이 없다. 주양이 최대한의 예의만 갖추고 돌아서는 그때였다.

"나는 가끔 널 보며 상상해. 형님이 네 나이였다면, 지금의 너 같았을까?"

평상심을 가장한 목소리는 기회를 놓치지 않고 주양의 배 속을 긁어 댔다. 고작 열 살 차밖에 안 나는 다 큰 조카를 걱정하는 삼촌의 심정으로, 진두영이 입가에 쌉싸름한 자조를 곁들였다.

"네 아버지시다. 이번 제사엔 친척들 앞에서 슬픈 기색 정돈 내비치는 게······."

"죽은 김인택이 이상한 소리를 지껄이던데."

칼같은 어조가 도 넘는 오지랖을 잘라 냈다. 김인택. 죽은 망자의 이름에 진두영이 안면에 흙빛을 뒤집어썼다.

"방금······."

마치 들어선 안 되는 걸 들은 사람처럼 경직됐다. 주양은 조소했다. 자신이 싸지른 똥을 감당 못 하고 스스로가 친 덫에 걸린 꼴이었다.

"김인택이 무슨······ 얘기를 했다는 거냐."

그러나 거기까지였다. 주양은 진두영을 끝 간 데 없는 깊은 수렁으로 빠트려 놓고 발을 떼었다.

"삼촌이 묻는데 돌아서? 어디서 배워 먹은 예의야!"

가려는 어깨를 진두영이 험악하게 움켜잡았다. 피어오른 초조와 불안에 음성이 높아졌다. 주양이 어깨를 내리누른 손을 싸늘하게 훑었다.

"생일에 죽으라고 사람을 보내? 것도 예의는 아니지."

차가운 일갈에 진두영이 손끝을 움츠러트렸다. 단독으로 김인택 혼자 그런 일을 벌였다고 처음부터 생각하지 않았다. 가족끼리 화합하고 화해해도 제 인생에 볕 들 날이 올지 미지수인데, 회장이 살면 얼마나 더 산다고 그런 무모한 짓을 하다니. 진두영은 너무 성급하다. 언젠가 저 성급함에 제 발목을 붙들릴 날이 올 것이다. 예상을 단 한 번도 엇나가지 않는 모습으로 진두영은 그를 실망시켰다.

"이러면 나도 재미없어."

매서운 눈초리가 진두영을 겨누었다.

"고작 그 정도에 벌써 밑천 다 떨어지셨나?"

"······."

"좀 더 기발하게. 창의력을 짜내. 내가 당신한테서 흥미를 잃지 않게. 너무 빨리 질려 버려서, 당신을 무 썰듯 싹둑 잘라 내지 않게 하란 말이야."

주양이 표정 하나 변하지 않고 진두영을 인두질했다. 비난이 아닌 설득하는 어조에 부처님 가운데 토막 같던 진두영도 일그러졌다. 주양의 시선은 진두영을 해체시키듯 했다. 낱낱이 알몸까지 스캔했다. 진두영이 그 시선에 무의식적으로 마음을 들키지 않으려 숨을 크게 들이켰다.

작고 응축된 그것은 처음엔 그저 티끌 같은 불안함이었을 것이다. 야금야금 자기 자리까지 치고 올라오는 존재에 두려움이 엄습했을 거고. 질투는 이젠 자기 스스로도 제어하지 못하게 된 졸렬함으로 전락해 버렸다. 유순해 보이는 저 겉껍질에서 한 꺼풀만 벗겨 내도 놀라울 정도로 검은 속내가 들끓고 있다. 싫다는 게 아니었다. 그는 인간다운 것을 좋아했다. 가지각색, 천연색 무지개같이 다양한 빛깔의 감정들은 주양이 태어날 때부터 갖지 못하고 나온 부분이고, 그들을 관찰함으로써 자신의 부족함을 만회했다. 방해하면 용서하지 않지만 진두영은 그 이상의 가치가 있었다.

그러니 아직은 아니었다.

"김인택을 사주한 게 한 가족이라고 떠들 마음은 없습니다. 내 얼굴에 침 뱉기니까. 하지만 회사 갖고 분탕질하다 신문에 대문짝만하게 나면, 그야말로 불효입니다."

"……."

"해 줄 때 새겨들으세요. 조카의 충고를."

완벽하게 패색이 짙어진 진두영을 놔두고 주양이 물러났다. 돌계단을 내려가는데 진두영의 사람이 마주 올라왔다. 사내는 주양을 지나쳐 진두영에게 무언가 귓속말로 전했다.

"범오사 성철스님이 오늘 조계사 간부 회의에서 돌아오셨답니다."

그들이 대화하다가 멈춰 있는 주양을 의식했다. 주양은 못 들은 척 걸음을 재촉했다.

"범오사에 뭐가 있습니까?"

차에 올라타며 양 비서에게 물었다.

"갑자기 범오사는 왜 물으십니까."

"요즘 진두영이 하루가 멀다 하고 범오사에 출근 도장 찍는데. 가까운 곳도 아니고, 두 시간 거리의 사찰을 이틀 연속으로 찾아가야 할 이유가 뭡니까."

"범오사 스님과의 면담이라면 뻔하지 않습니까?"

주양은 심상하게 답을 맞혔다.

"아들 점지."

"더 파 봐야겠지만 숙모님이 아들 낳을 비책을 찾은 게 아닐까요?"

양 비서의 말에 미간을 쓸며 주양이 미끈하게 입술을 꿈틀거렸다. 궁지에 몰리면 쥐도 고양이를 문다더니.

"그 범생이가 약은 수를 다 쓰고. 어지간히 똥줄이 탔나 보군요."

아직 성별이 정해지지 않은 태아를 아들로 바꿔 보기라도 하겠다는 건가. 발전된 문명도 어쩌지 못하는 것을, 무슨 수로 바꾼단 말인가.

"스님의 부적? 그깟 종이 쪼가리로 뭘 할 수 있겠어요."

하지만 양 비서는 모든 경우의 수를 염두에 두었다.

"꼭 그렇게만 보실 건 아닌 것 같습니다. 법무법인 다무 얘기 유명하잖습니다. 꼴통 아들 오수 끝에 사법 시험 붙인 거. 그 집도 삼고초려 끝에 그 스님한테 시주해서 됐다고 합니다. 또, 김 차관 댁 불임 딸이 10년 만에 후손 이은 것. 그것 역시 그 스님 부적 덕이라고 합니다."

"숙모님 올해 나이가?"

"서른여덟 되신 걸로 알고 있습니다."

"아직 애 하나는 충분히 더 생산할 수 있는 나이군요."

주양이 앞좌석 양 비서의 뒤통수를 보았다. 우드득, 우드득, 목 관절을 풀며 말했다.

"정말 아들이라도 덜컥 낳으면, 그거야말로 닭 쫓던 개, 낙동강 오리알 짝 나는 게 아니겠습니까?"

아들을 낳는다고 못 뺏을 왕좌는 아니지만, 기왕이면 예쁜 길로 꽃가마 타고 가는 게 그림이 좋다. 주양은 그렇게 말하며 무의식적으로 타이에 손을 가져다 대었다. 습관이었다. 위치를 바로잡다가 어렴풋한 기시감에 습격당했다. 특이할 것 없는 평범한 타이였다. 그러나 그는 조용히 타이를 들어 봤다. 브루넬로 쿠치넬리의 체크 패턴 타이는 심해와 같은 푸른빛을 띠고 있었다.

쪽빛······.

그때 그 '넥타이'였다. 주양은 덧그리듯 엄지로 타이 끝부분을 한 번 쓸었다. 향기만큼이나 깊게 박혀 있다. 그러자 한 여자의 목덜미가 떠올랐다. 하얗고 보드라워 보이는 목덜미······, 그녀가 이 쪽빛 타이로 머리를 동여매면 어떨지 상상해 봤다. 이 실크 소재처럼 머리카락도 부드러웠다. 그가 다가가 손으로 타이를 풀자 머리카락이 폭포수처럼 흘러내렸다. 허리를 덮는 긴 머리카락은 손가락 사이에서 놀았다. 고개를 숙여 향을 맡아 보지 않아도 알고 있다. 코끝에 머리카락의 관능이 짙게 배어 있다.

마침내 여자가 그를 돌아봤다. 여자 얼굴이 드러나려는 순간, 주양은 타이를 반사적으로 꽉 움켜쥐었다. 더 이상의 진행을 막듯. 영상은 급속히 허물어졌고, 향기와 체취는 빠르게 자취를 감췄다.

그는 현실감을 되찾았다. 주양은 피가 통하지 않게 타이를 쥔 손바닥을 폈다. 미처 제어하지 못한 힘에 마디마디가 하얗게 질려 있었다.

조수석 양 비서와 백미러로 눈이 마주쳤다.

"병원 검사 결과 나올 때 되지 않았습니까?"

주양의 물음에 양 비서가 흐릿한 기억을 더듬었다. 4주에 임신이 아님을 확진받기로 한 걸 떠올리고 답했다.

"신영원 씨, 그날 병원에 나타나지 않았습니다. 직원이 몇 번 백운당에 찾아갔지만 이리저리 도망을 다녀서. 골머리를 썩고 있다고 합니다."

비서는 대수롭지 않게 말했다가 굳었다. 백미러로 보스의 날 선 눈초리가 정면으로 들이박았다. 정색하는 눈빛이 매서웠다.

"죄송합니다."

"이번 주 안으로 해결 보세요."

영원은 샤워를 끝냈다. 세면대 거울을 쓱쓱 닦았다. 뿌옇게 서린 김을 지우자 음산한 얼굴이 서 있었다. 여자는 온몸을 '불행'으로 휘감고 있는 듯했다. 무겁게 푹 젖은 미역 줄기 같은 머리카락이 안면을 덮고 있었다. 한 움큼 머리카락을 들추자 감춰 놨던 얼굴이 제 모습을 보였다.

평범한 얼굴이었다. 무료하기 짝이 없는 표정을 짓고 있는. 영원은 오늘은 왜인지 새삼스레 자기 얼굴을 뜯어봤다. 새침하게 치켜 올라간 눈동자는 불만이 가득했고, 샤워한 기가 남은 홍조 어린 뺨과 입술은 한층 발그레했다.

그냥 그저 그런데 주양은 왜 그런 말을 한 걸까?

몹시 이 얼굴이 마음에 드는 듯 감겨 왔던 목소리가 의아했다. 회로 신경 마디마디가 찌릿찌릿해질 만큼.

'최 사장이 정말 널 망가트리려 했다면 방법은 얼마든지 있었어.'

조롱에 가까운 말엔 만족감이 짙게 배어났다. 주양은 이 얼굴을 오래도록 뜯어봤다. 무언가 전과 달라진 걸까? 시간이 흐르자 그저 무표정한 눈동자가 변질되어 갔다. 여자는 처음엔 담담하게 거울을 응시하고 있었다. 그러나 번들거리더니 기름져진 동공이 전보다 음탕해졌다.

왈칵. 경멸이 그대로 영원 안에서 돌았다. 나른하게 젖은 눈매는 어딘가 타락해 있었다. 취기 오른 듯 상기된 뺨과 쓸데없이 더 천박해진 눈동자가 묘하게 반짝였다. 꽤 질 나쁜 표정을 짓고 있지 않은가. 그때, 얇은 입술 끝이 비열하게 치솟았다. 거울 속의 여자는 영원을 비웃는 듯했다.

'밝히는 년.'

어디선가 환청이 들렸다. 영원은 순간 깜짝 놀랐다. 흥분을 가라앉히고 얼른 욕실을 나왔다. 발밑이 후들거렸다. 그녀는 타월에 얼굴을 파묻었다. 옆으로 고개를 돌렸다. 전신 거울에 그녀가 비쳤다. 영원은 타월을 던져 거울을 덮어 버렸다. 같은 일의 반복이었다. 영원은 평소대로 괴상망측한 눈을 머리카락으로 가렸다.

"하아……하아……."

주양이 뭔가 단단히 착각한 게 분명하다. 그날은 유독 밤이 어두웠으니까. 이런 눈동자를 보고 아무렇지 않은 게 이상하다. 아니, 이미 후회하는지도 모른다. 영원이 커튼을 쳤다. 이른 새벽 창밖에 양복 입은 남자가 집 주변을 배회했다. 주양이 그녀를 죽이려고 보낸 사자였다. 벌써 일주일째였다.

한 달여간 안심하고 있었다. 그런데 어느 날 갑자기 찾아와서 같이 좀 가자고 잡아끌기에 눈치챘다.

그날 있었던 살인을 알고 있는 사람은 영원뿐이었다. 눈엣가시 같겠지. 이제 모든 일이 정리가 되고 그녀를 처리하려는 거다.

완전 범죄를 달성하기 위하여.

영원은 겁에 질려 얼른 짐을 쌌다. 원래라면 백운당에 일찍 출근해서 동전을 주웠겠지만, 오늘은 멀리 가야 할 곳이 있었다. 그 중요한 일과를 다 제치고 그녀가 가려는 곳은 범오사였다. 더 웃긴 건 신해수의 부탁이라는 거였다.

'이미 한 달 스케줄이 꽉 차 있어서 시간 빼기가 힘들 것 같아서. 내일 당장 가 달란 부탁 아니야. 너 시간 널널할 때. 네 마음 내킬 때, 내 대신 스님한테 좀 갔다 와 줄래? 대신에 네가 탐냈던 노란 원피스 줄게.'

엊그제 신해수가 알랑거리면서 부탁했다.

범오사는 차로 두 시간 거리에 있는 사찰이었다. 해수의 거문고 스승이 불교 신자인데 거기 여스님과 막역했다. 해수 스승은 그 여승의 장아찌가 아니면 밥을 먹지 않는다나. 재주는 곰이 부리고 돈은 왕서방이 챙긴다더니. 까탈스러운 입맛 덕에 수고는 영원이 다 하게 생겼다. 이번에도 늘 그래 왔듯이 해수인 척 조용히 받아 오기만 하면 되었다. 물론 맨입으로 좋은 일 해 줄 마음은 없었다.

'부탁 하나 들어주면.'

영원이 소심하게 바르작거리며 말했다. 계모가 무서워 신해수의 뒤치다꺼리를 다 해 줬지만 이번은 싫었다. 그걸 아는 해수도 만만치 않은 걸 깨달았는지

난감해했다.

'네가 부탁이라고 하니까 긴장되는데?'

'그 사람이 너한테 뭐라고 했는지 알려 주면 대신 가 주지.'

'그 사람?'

'네 남편 만들 거라고 새엄마가 노래 부르는 진 이사 말이야.'

해수가 얼굴을 붉혔다. 마음이 차게 식고 피가 거꾸로 솟았다. 이젠 사양도 안 한다 이거지. 견딜 수가 없어져서 다시 집요하게 캐묻고 말았다.

'그날 봤어. 그 사람이 너한테 뭐라고 했어?'

그가 파티 초대장을 전해 주러 왔던 날, 차 안에서 해수에게 뭔가를 속삭이던 모습이 내내 신경 쓰여서 근질거렸다. 수줍어하는 해수의 얼굴. 계속 궁금했다. 도대체 무슨 말을 했을까?

해수가 가만히 있었다. 말해 주는 것을 망설이고 있다. 그 침묵조차 가증스러웠다. 영원은 세게 주먹을 그러쥐었다. 혹시 눈치 빠른 신해수가 영원의 짝사랑을 알아챌까 봐 조마조마했다. 영원은 그 침묵을 참지 못하고 소리쳤다.

'아! 됐어! 알려 주기 싫으면 말아. 그냥 궁금했을 뿐이야! 재수 없게 네가 얼굴 붉히길래……'

'예쁘댔어.'

영원은 뻣뻣해졌다.

'꽃보다 예쁘대. 내가.'

'……'

'그 사람…… 나한테 마음이 없진 않은 거지?'

붉어진 얼굴로 동조를 구하는 신해수를 지켜보다가 증오스러워졌다.

꽃이 싫었다. 왜 꽃을 짓밟고 다녔느냐고 누군가 이유를 찾아다니면, 이렇게 대답했으면 좋겠다. 그저, 그저 꽃이 증오스러웠을 뿐이라고. 태어나기를 증오하도록 만들어졌으니, ……평생 증오하게 되었을 뿐이라고.

영원은 외출 준비를 끝냈다. 생리대를 챙길까 말까 고민했다. 달력을 보았다. 2주나 늦고 있다.

대체 생리를 왜 안 하는 거지……?

검은 차량 행렬이 조촐한 산사의 아침을 깨웠다. 한신 오너 일가와 각 계열사 장을 맡고 있는 사장단 예순여 명이 사찰에 속속들이 도착했다. 평소 한자리에 모이기도 힘든 인사들이었다. 그들은 하나같이 검은 복장을 갖춰 입었다.

상차림이 끝났다는 신호가 오고 얼마 안 있어 범오사 주지승이 경내로 들어왔다. 진 회장은 이 사찰에서 가장 큰 어른인 주지보다 더 늦게 도착했다. 수행인들의 부축을 받고 진 회장이 법당에 앉고서야 식이 거행되었다.

탁탁탁탁탁. 탁— 타라라락.

목탁 두드리는 소리와 불경 외우는 소리가 규칙적인 음을 만들었다. 노승의 염불이 경내에 엄숙하게 퍼졌다.

"나무대비관세음…… 원아조동법성신…… 아약향 …… 나모라 다나다라 …… 옴 살바 못자모지 사다야 사바하……."

급하지도 느긋하지도 않은 목소리였다. 묵직한 울림이 틈을 안 내 주던 진 회장의 심금마저 무너뜨렸다. 팔순 가까이 돼서도 눈빛만큼은 형형한 노인이었다. 진 회장은 위패에 적힌 이름 석 자를 보고 기어이 눈시울을 붉혔다.

향나무 위패에 붓으로 쓴 이름.

亡子 진준영.

이름 앞에 덧붙인 한자는 '망자'라는 뜻이었다. 주양의 아버지이자 진 회장의 장자, 故 진준영의 제사였다. 진 회장은 노쇠한 몸을 끌고 비서의 부축을 받으면서 죽은 혼에게 끊임없이 절을 올렸다.

모두들 숙연하게 임하는 가운데 주양은 홀로 풍경 울리는 산사의 밖을 응시했다.

"어쩜. 눈물 한 점 안 보이는 것 봐."

뒤에서 친척들이 수군거렸다.

"아무리 일면식 없는 아비라도 감정이 안 느껴지나?"

"에이. 애비가 애비 같겠어?"

촛대 위에서 넘실대는 수십 개의 불덩이들. 머리 네 개 달린 신들은 성난 도깨비 형상을 하고 있었다. 삼존 불상은 나란히 앉아, 여섯 개의 눈알로 서늘히 주양을 주시했다.

네 죄를 알고 있다는 듯.

인간의 검은 심연을 들여다보며 압도했다.

탱화들은 어김없이 그를 매질하고 훈계했다.

나무관세음보살마하살 나무대세지보살마하살…… 천수경이 점차 고요한 법당 안을 에둘러 쌌다. 나모라 다나다라 야야 나막알약 바로기제 새바라야 모지 사다바야. 참회하고 또 참회하오니, 마음이 사라지고 죄업 또한 같이 사라지네. 죄와 마음이 사라져서 두 가지 모두 사라지면 이 경지를 참회라 하나이다.

마음을 달리하면 있던 죄도 씻겨진다니.

현자의 가르침을 어리석은 인간들이 알아들을 턱이 없다. 저 또한 현실성 없는 개소리였다. 인간에게 '탐욕'을 갖지 말란 것과 '욕망'을 꿈꾸지 말라는 것만큼 멍청한 소리가 또 있을까. 참회한다고 죽어 극락정토에 가닿을 수 있다고 믿는가. 불교에서는 지은 업은 수십억 년이 흘러도 다른 생에서도 반드시 되돌려 받는다고 한다.

그러나 알 게 무언가. 있을지 없을지 모르는 죽음 다음의 생 같은 것. 인간에게 바로 이곳이 극락인데. 탐욕으로 건설된 성에서 극락을 맛볼 수 있는데.

재가 끝난 뒤 남자고 여자고 할 것 없이 한신 일가들이 진 회장에게 90도 직각으로 인사를 했다. 진 회장은 기업 총수가 아닌 조직폭력배의 우두머리 같았다. 부처에 절을 한 지 10분도 안 되어서 저들은 속세로 돌아가 또다시 남을 짓밟을 것이다. 불교에서 행하지 말라던 살생과 투도하여 지은 죄로 저렇게 극락을 얻어 갈 것이다.

회장은 일가의 배웅을 받으며 떠났다. 긴장이 한층 풀렸는지 그들이 담아 두고 있던 말을 속사포처럼 쏟아 냈다.

"곧 초상 치를 준비하라더니, 웬걸. 10년은 더 누릴 것 같은데?"

"진 회장이 후계자 자리를 언제까지 공석으로 둘까."

"진두영 사장 있잖아."

"진두영은 오너가 되기엔 많이 유약하지. 천출의 핏줄이라 그런가 회장을 전혀 안 닮았어."

"그렇게 따지면 죽은 장남도 외탁했지. 애가 골골했잖아. 근데 그 장남한테 태어난 진주양이 진 회장을 빼다 박았으니, 웃긴 일이지."

"유전자가 한 대에 걸러 나타난다는 걸 입증하는 셈인가."

"진 회장도 대책 없긴. 손자를 왜 태어나게 했나 몰라. 대 이을 아들이 없던 것도 아니고."

"시팔. 괜히 후계 구도만 복잡해져서 우리만 힘들어지고. 뭐, 결과적으론 진 이사가 태어난 게 한신그룹 50년 미래를 내다봤을 때 잘된 일이 되었지만. 아니, 진 회장이 선견지명이 있던 건가?"

담배를 구둣발로 지진 그들이 법당을 돌아 나가려다가 주양을 마주쳤다.

"지, 진 이사."

주양은 마루에 앉아 있었다.

"그게…… 우린 진 이사가 떠난 줄 알고……."

주양은 조용히 손가락을 입술에 대었다. 바람결에 풍경이 흔들렸다. 그들의 목소리가 풍경 소리를 막았다. 입을 다문 그들이 짓궂게 된 상황을 얼버무리고 떠났다.

"그, 그럼 우린 갈게."

피차 서로가 불편해질 이야기라면 덮어 두는 것도 센스였다.

풍경이 멈췄다. 주양은 자리를 뜨지 않았다. 애초에 그의 관심사는 풍경 소리가 아니었다. 불당 안이었다. 주지승이 안에서 누군가와 이야기 나누고 있었다.

"회장님께서 처사님에 대한 걱정이 말이 아니십니다."

주지승의 우려에 진두영은 고개를 들지 못했다.

"다 제가 부족한 탓입니다."

"원이 욕이 되는 순간 괴로움은 처사님을 집어삼킬 겁니다."

"아비가 자식을 갖고 싶은 게 욕입니까? 전 살려고 발버둥 치는 겁니다."

며칠 전 본가에 찾아와 숙모의 임신 소식을 전해 왔다. 아들이라고 호기롭게 장담하던 것과는 다르게 조급한 얼굴이었다. 주양은 느긋하게 문가에 기대어 앉아 대화를 엿들었다.

"이번에 아내가 아이를 가졌는데, 아들이 아닐까 봐 염려됩니다, 스님. 저번에 말씀해 주셨던 극귀상을 가진 관상이란 거 말입니다. 상대가 가진 관상의 도움을 받아 운명을 거스를 수 있다는……."

처사가 극심한 스트레스로 수척해지기에 노승이 허튼소리를 했다. 절박한 사람에게 불을 지핀 게 아닌가 싶어 노승은 조금 후회됐다.

"그런 관상은 배우자의 기가 세야 합니다. 하지만 처사님은 기가 약하시니, 잡아먹힐 게 분명합니다. 처사님께는 처사님의 부족한 부분을 메꿔 줄 분이 필요합니다. 그런 분은 희귀할뿐더러 찾는다 해도 처사님과의 궁합도 맞아야 하는데. 그런 여자를 어디서 찾는단 말입니까?"

"찾기만 하면, 가능하단 소립니까?"

"바늘구멍에 낙타 넣기입니다. 포기하십시오."

"그럴 수 없습니다! 저는 반드시 아들을 낳아야 합니다."

이미 가진 게 넘치는데 더 갖기 위해 욕심을 부린다. 노승은 화가 났다.

"인연을 억지로 엮으려 하면 지금 손에 쥐고 있는 다른 인연까지 잃는 수가 있습니다. 지금의 아내와 인연이 끊길 수가 있어요!"

관상에 극귀상이라는 것이 있다. 관상이 너무나도 좋은 나머지 상대의 운명까지 바꾼다. 만약 처사가 극귀상을 만난다면 그건 지금 부인이 아닌 다른 여인이었다. 아들을 낳게 된다면 다른 여인의 태를 빌려야 한다. 아내에게 크게 상처 주는 행동이었다. 크게 꾸짖어서라도 욕심을 떨쳐 내길 바랐으나 진두영이 깨달은 건 노승의 바람과 달랐다.

"혹시, 이미 아시는 거 아닙니까? 그런 여자를……?"

한순간 노승의 머뭇거림을 진두영은 거칠게 잡아챘다.

"그게 누굽니까. 그게……!"

노승이 헛기침을 했다. 목소리를 높이던 진두영도 단숨에 문가를 봤다. 주양이 일어났다. 전화 통화를 하느라 못 들은 척 안주머니에 폰을 넣으며 나타났다.

"큰 소리가 나서……, 무슨 일이 있습니까?"

주양의 등장에 진두영은 뻣뻣해졌다. 눈도 마주치지 않으려 했다. 노승에게 차후 다시 찾아뵙기를 약속하고 진두영은 얼른 계단을 내려갔다.

버스 정류장에서 또 택시를 탔다. 산속까지 기어들어 와 108계단을 오르니 땀이 비 오듯 범벅이었다. 평소 저질 체력이 고스란히 드러났다. 영원은 범오사 일주문에서 숨을 골랐다. 주머니에 동전이 가득해 두 다리가 무거웠다. 택시 기사가 가관이었다. 동전밖에 없다고 오백 원짜리로 거슬러 줬다. 그마저도 잘못 계산할 수 있었다. 백 원짜리가 섞여 있을 수도 있었다. 안 그래도 번호판을 외워 놓았다. 만약에 천 원 한 장 비면 택시 협회를 고소해 버릴 거다.

오면서 줄지어 선 검은 옷 사내들을 지나쳐 왔다. 남자들은 날카롭게 영원을 살피다가 위협적이지 않은 걸 알았는지 관심을 껐다. 따분한 사찰이었다. 무슨 돈으로 유지되나 평소 의아했는데 오늘따라 연이어 고급 차들이 빠져나갔다. 중요한 행사가 있었나 보다.

일주문을 지나 마지막 층간을 앞두고였다.

남자 둘이 계단을 마주 내려왔다.

"최 원장이 이번 출산은 포기하는 게 좋겠다고 합니다."

두 사람은 심각하게 무언가 이야기를 나눴다. 나이 지긋한 중년의 말에 젊은 남자가 심각해졌다.

"그 정도입니까."

"임신 중독은 중반에 접어들면서 서서히 나타납니다. 세 번에 걸친 출산으로 자궁벽도 많이 약해졌고, 노산이라 목숨을 잃을 수도 있습니다."

"아내는 지난번보다 몸이 산뜻하다는데요."

"아들 욕심은 사모님이 더 크신 거 아시잖습니까. 무리하고 계십니다."

중년은 한참이나 어려 보이는 남자한테 존댓말을 썼다. 둘은 상하 관계가 명확했다. 영원은 눈길이 젊은 남자 쪽에 자연히 고정되었다. 보기 드물게 고상해 보이는 미남자였다. 그는 이제 서른 초중반으로밖에 안 보였다. 하얀 얼굴은 귀티가 흘렀고 색소 옅은 다갈색 눈동자가 금세 상처 입을 것 같아 보였다. 서책만 파는 조선 시대 선비가 딱 그의 이미지였다.

"김 부장도 성철스님처럼 내가 추해 보입니까."

하얀 얼굴의 말에 김 부장이란 중년의 얼굴에 순간 안타까운 표정이 스쳤다.

"성철스님 말씀은 괘념치 마세요. ……다만, 사모님이 어쩌실지. 결국에 씨받이를 구하자는 건데. 장인 되시는 태평양 일보 사주마저 돌아서면, 비빌 언덕 하나를 더 잃게 되는 셈입니다."

"성철스님은 의중에 둔 여자가 있긴 한 모양입니다. 사찰에 오는 불자 중 하나일 텐데. 잘 살펴보세요."

계단이 폭 1미터 정도밖에 안 되는 돌계단이었다. 셋이 지나기엔 협소했다. 영원은 양손에 반찬 통까지 낑낑대고 동전 개수를 헤아리고 있었다. 올라가다가 하얀 얼굴과 부딪혔다. 동전 아홉 개가 사방으로 흩어졌다. 충돌한 하얀 얼굴은 잠시 주춤했지만 무심히 갈 길을 떠났다. 충돌하고 사과도 안 한 것까지는 좋다 이거였다. 계단 아래에 있는 동전을 주우려고 손을 뻗는데 하얀 얼굴의 구둣발에 차인 동전이 몇 계단 아래로 굴러떨어졌다. 108계단은 끝도 없이 이어졌다. 영원은 화가 머리끝까지 솟구쳤다.

"야!"

그들에 대고 삿대질했다. 그들은 설마 자신들을 그렇게 부르는 줄 모르고 이야기에 여념이 없었다.

"거기! 당신 말이야! 당신!"

그제야 몇 계단 내려간 남자 둘이 돌아보았다.

"사람 치고 그냥 가기냐?"

영원은 무례한 하얀 얼굴한테 외쳤다. 계단 아래에 지키고 있던 장정들까지 소란을 듣고 달려왔다. 덩치 큰 남자 하나가 대략 내용을 파악하고 다가왔다.

"저랑 말하시죠."

"난 저 인간한테 말했는데. 넌 뭐야?"

"저희 쪽에서 먼저 실례는 했지만, 함부로 저 인간 이 인간 할 분이 아닙니다."

영원은 웃었다. 꼴에 경호원이라고 두둔하긴. 저런 인간들 하루에도 열댓 번도 상대하는 게 그녀 직업이었다. 목에 깁스하고 다니는 꼬락서니가 꼴불견이다.

"돈 좀 있으면 사람 치고 그냥 가도 되는 거야?"

영원이 이죽거렸다.

"그게 싫었으면 먼저 예의를 지켰어야지."

"서로 반말 찍찍 내뱉지 맙시다."

"나잇살 처먹고 버릇없는 것도 자랑이라고."

쥐방울만한 영원에게 덩치가 쓴소리하려는 그때였다.

"그만하세요."

조금 분위기가 험악해지자, 하얀 얼굴이 나섰다. 그가 다가왔다.

"미안합니다. 길도 좁은데 내가 무례했어요."

부드러운 생김 그대로 무척 다정한 어조였다. '나 배운 사람이야.' 라고 티를 내는 모습에 주눅이 들었다. 이런 부류들을 많이 겪어 봤다. 웃는 얼굴 뒤로 칼을 숨기고 있는 자들이었다.

"잃어버린 돈이 얼마죠?"

선심 쓰듯 물으며 그가 머니 클립에서 수표 한 장을 **빼냈다**. 솔직담백하게 돈으로 해결 볼 심산이다. 오백 원짜리 아홉 개면 벌써 사천 원이 넘는다. 그러면 새벽 일찍 일어나 하루 종일 발에 땀나도록 뛰어도 못 구하는 액수다. 돈 아끼려고 해수가 택시 타라고 쥐여 준 돈으로 불편하게 시내버스에 끼어서 두 시간을 왔는데. 영원은 입을 앙다물었다. 속물로 취급당하는 거 같아 부아가 치밀었지만, 견물생심. 처음 보는 백만 원짜리 수표에 사고가 얼어붙었다. 진심일까. 이렇게 큰돈을 아무렇지 않게? 영원은 하얀 얼굴을 의심했다. 말간 눈빛에 남자 얼굴이 일순 붉어졌다. 영원의 시선을 하얀 얼굴은 다르게 해석했다. 그는 부끄러워했다. 무례하게 군 것도 모자라 스스로 자기가 갑질을 하고 있다는 걸 느낀 것이다.

하얀 얼굴은 얼른 돈을 넣고, 동전을 주웠다. 중간중간 덩치들이 안절부절못했다. 몇 번이나 사장님이라며 돌아가시라고 말렸다. 하얀 얼굴은 손에 흙을 묻혔다.

"내가 잘못한 일이니까 내가 해결해요."

고지식한 남자였다. 꿋꿋이 마지막 동전 하나까지 자신이 주웠다. 영원은 얼른 주우려다가 다가온 손과 얽혔다. 놀라 얼른 손길을 피했다. 과민 반응에 그가 예의상 웃어 주었다.

영원은…… 그 얼굴에서 어렴풋이 주양을 보았다. 속이 울렁거렸다. 길에서 만난 타인인데. 이 정도면 병도 중증이다.

하얀 얼굴이 뭐라고 불렀지만 영원은 벌떡 일어나 돌아보지 않고 뛰어갔다.

"쯔쯧. 정신 빠진 년. 어른을 봤으면 인사부터 해야지!"

영원은 장아찌를 받으러 여스님이 있는 곳에 왔지만 그녀는 없고, 도리어 땡중을 만났다. 만나면 잔소리로 귀찮게 하는 노인네였다. 생각보다 시간이 지체돼 비구니가 예불 드리러 간 모양이다.

"또 심부름인 게야?"

땡중이 손에 든 반찬 통을 못마땅하게 봤다. 영원이 듣는 척 마는 척 목이나 긁자 죽비로 그녀를 때렸다.

딱!

"아! 왜 때려!"

영원은 어깨를 맞고 찡그렸다.

"젊은 놈이 왜 가는귀가 먹었어! 머리를 귀신 산발하고 다니니 그렇지. 기차

327

화통을 삶아 먹었나, 목청은 또 왜 그리 크누. 따라오너라."

땡중이 뒷마당으로 영원을 데려갔다. 장아찌를 장독에 익혔다. 중간중간 마주친 불자들이 땡중을 보고 몹시 공손히 합장했다. 땡중은 의아할 정도로 꽤 덕망이 높았다. 이 절의 제일 높은 주지승이라나 뭐라나. 땡중이 가는 길에 계속 버럭 성을 냈다.

"앞으로 네 스승에게도 일러야 할 것이야. 밥반찬 얻어 가려거든, 시주를 지금보다 곱절은 넉넉히 하라고. 허구한 날 반찬 타령이야. 여기가 무료 급식소도 아니고."

그까짓 거 얼마나 한다고. 짠돌이. 땡중은 영원을 해수로 알고 있었다. 스승에게 아부 떨기 위해 해수는 자신이 매번 반찬을 대령하는 척했다.

"그리고 너는 다리 밑에서 주운 자식이냐? 말만 한 처녀 꼬라지가 옹색해. 그래서 시집은 가겠니?"

"그놈의 단정, 단정, 단정, 내가 자기 딸도 아닌데 웬 참견?"

영원이 꿍얼대자 주지승이 혀를 끌끌 찼다. 그러나 애틋함이 담긴 목소리였다.

"너는 관상이 좋으니 말만 좀 곱게 하면 좋을 것이다."

장독에서 취나물 장아찌를 퍼 주며 땡중이 말했다. 영원은 비웃었다.

"눈이 삐었수? 산속에 틀어박혀 살더니, 심미안이 조선 시대에 머무르셨나? 관상 따라 인생 풀리면 난 벌써 재벌가 시집 열두 번도 갔겠네."

"너는 네 못된 심보 때문에 팔자를 빌어먹고 있어. 본디 아주 귀한 관상을 타고났어."

땡중이 이상한 소리를 지껄일 때면 짜증이 났다. 저번에는 남자 복이 있다고 하지를 않나. 주머니 털어서 사주팔자 봐 달라고 할까 봐? 어림없다. 요즘 중들은 배가 불렀다. 깊은 산중에 파고들어 가 도나 닦을 것이지. 무당도 아닌 주제에 무당인 척, 부적도 써 주고 관상도 봐 주고. 그의 말대로 귀한 팔자인데 이러고 사는가? 남자 복? 26년 인생 동안 남자들이 다 그녀를 지뢰밭처럼 피해 다녔다. 무슨 소리.

영원은 보자기로 반찬 통을 단단히 여몄다. 땡중이 영원의 얼굴을 유심히 살폈다. 허리를 꾸벅 숙이고 팽 하니 돌아섰다. 그런 영원을 보면서 그가 혼잣말했다.

"얼굴에 도화살이 피었으니, 원든 원치 않든 피곤해지겠구나. 향기가 좋은 꽃에 수벌들이 꼬이는 건 자연의 이치요. 한바탕 악악대야 상욕상투가 끝나겠구만. 쯧쯧."

영원은 사찰에 오면 꼭 하는 일이 있었다. 탑돌이였다. 탑을 백 번 돌면 소원이 이뤄진다는 전설이 있다.

'신해수가 언젠가 큰코다치게 해 주세요.'

매일 같은 패턴이었다. 이번에도 그렇게 빌려고 했는데 심보 때문에 인생을 말아먹고 있다는 땡중의 말이 괜히 신경을 쿡쿡 쑤셨다. 남을 미워하는 데 힘을 소진하기 싫어졌다. 자신을 위해 기도하기로 했다. 가는 길에 바닥을 훑는 것도 잊지 않았다. 사찰은 사람들이 많이 다니니까 분명 떨어트린 동전이 많을 거다. 바닥을 흡입하듯 노려보았다. 그러다 홍예다리 아래 개울을 만났다.

개울 바닥에 동전이 반짝거렸다.

주양은 한적한 길을 따라 내려가다가 홍예다리 부근에서 섰다. 주차할 곳이 마땅치 않아 아래에 차가 있었다. 양 비서와 한적한 돌담길을 따라 내려가는데, 어디선가 풍경 소리가 울렸다. 주양은 20분 전 노승과 나눴던 대화를 회상했다.

'내가 남들과 다르게 태어났다 하여 세상을 등질 필요도 없고, 나 자신을 미워할 필요도 없습니다. 출생은 삶 전체로 보자면 극히 작은 요소일 뿐입니다.'

노승은 해탈의 경지에 오른 듯 말했다. 어쭙잖은 충고가 가소로웠다.

'이런 팔자 좋은 곳에 앉아 그런 얘기, 누구들 못 하겠습니까.'

노승은 그의 눈동자에서 불신과 날카로운 감정을 보았다.

'지옥이 따로 있는 게 아닙니다. 스님. 바깥은 이미 사람이 살 곳이 못 된 지 오랩니다. 부처의 진리도 좋지만 세상 돌아가는 사정도 읽으시지요.'

주양은 노승에게 충고를 되돌려 주고는 그대로 돌아섰다. 느긋하게 뒷짐을 진 노승이 먼 산을 향해 대화했다.

'가는 길에 까마귀를 만나겠구려. 좋은 징조요. 예로부터 까마귀는 길 잃고 헤매는 사람에게 길 안내를 한다는 설이 있다오.'

주양이 노승을 돌아봤다. 한낱 어린 짐승인 주양에게 그는 또 한 번 충고했다.

'한 치 앞을 모르는 게 사람 인생이라오. 그 까마귀가 어디로, 누구에게 안내해 줄지 아직 모르지 않는가.'

주양은 빠르게 그 말을 무시했다. 길을 잃었다는 말을 하고 싶은가. 말은 감사하지만 성미가 피하고 도망치는 것과는 거리가 멀었다. 다가온다면 맞서겠다. 정공법이 그의 특기였다.

홍예다리 건너에 동백나무 한 그루가 서 있었다. 그가 멈춰 선 것은 까마귀 때문이었다.

노승의 말이 귀 언저리에서 다시 재연되었기 때문이다.

'가는 길에 까마귀를 만나겠구려.'

정말 시커먼 까마귀가 나무에 앉아 그를 맞이했다. 까마귀는 부리에 나뭇가지를 물고 있었다. 까마귀가 고개를 갸웃댈 때마다 가지 끝에 달린 붉은 동백꽃이 위태로이 흔들렸다. 까마귀가 푸드덕, 하늘로 날아올랐다. 꽃이 툭, 다리 아래 개울에 떨어졌다. 몸을 피신시키지 못하고 물살에 등 떠밀린다. 주양은 돌아다니는 꽃을 눈으로 좇았다. 꽃부리가 걸렸다. 누군가의 발끝에서.

시선을 들었다.

그 순간, 주양의 눈동자가 동요하며 일렁였다.

'좋은 징조요. 예로부터 까마귀는 길 잃고 헤매는 사람에게 길 안내를 한다는 설이 있다오.'

'그 까마귀가 어디로, 누구에게 안내해 줄지 아직 모르지 않는가.'

영원은 차가운 개울에 발을 담그고 있었다. 난데없이 다가온 꽃을 신기하게 바라보는 모습은 천진했다. 그에게 그녀는 다람쥐나 고슴도치, 그런 작은 동물 과를 연상시켰다. 애초에 그와 종이 달랐다.

달리 방법이 없다는 건 그가 더 잘 알았다. 진즉부터 길을 잃고 있었다. 그에 게는 치명적인 결함이 있었다. 남들은 이해하기도, 납득할 수도 없는 부분들이 었다. 태어나자마자 그는 혼돈을 껴안고 나왔고, 그것은 그를 남들과 구별 짓게 만들었다.

싫고 좋음이 뚜렷한 건 편리한 생활이었다. 난폭한 친절. 단순하게 선택하기 로 결정하고서야 비로소 찾아온 평화였다. 그런데 그는 지금 막다른 골목에 갇 힌 기분이 들었다.

신영원, 저 여자로 인하여…….

수풀 사이사이로 바람이 번져 하울링을 일으켰다. 거친 물살 같았다. 그의 세계를 흐트러트리기로 작정하고 달려드는. 고개를 든 그녀가 주양을 발견하고 뻣뻣해졌다. 본능이다. 영원이 그를 보고 몸을 움츠리는 것은.

심장이 뻐근하게 반응했다. 불쾌감 비슷한 저림이 걷잡을 수 없이 증식했다. 주양은 천천히 그녀에게 다가가며, 다시 한번 자신과 그녀는 종이 다르다는 걸 확인한다.

악어와 악어새.

그들에게 공생은 불가능했다.

탑을 백 번을 돌며 영원은 소원을 빌었다.

'그에게 닿게 해 주세요.'

개울에 발을 담그는데 꽃이 떨어졌다. 고개를 쳐든 그곳에 주양이 있었다.

진짜 눈앞에 그가 나타났다.

운명처럼.

화사한 꽃이 핀 나무. 햇볕을 쬐고 있는 자연들. 모든 것이 한순간에 증발할 신기루일 거라고 생각했는데……, 영원을 조용히 응시하던 주양이 다리를 내려왔다. 손을 뻗어 그가 꽃을 물에서 건졌다. 상념에 잠긴 듯 꽃을 손안에서 굴리던 그가 허공을 봤다. 역광이 눈부셨다.

그는 불보다는 얼음이었고, 빛보다는 어둠에 가까웠다.

그럼에도 그는 태양이었다.

그를 보면 불행도 잊어버렸다.

그를 처음 만난 그 크리스마스 겨울, 영원은 죽으려고 몽유병 환자처럼 떠돌았고, 지금은 이토록 아름다운 풍경을 눈에 담을 기회가 주어졌다. 그날 목적을 이뤘다면 맞이하지 못했을 봄이었다. 어느새, 주양의 눈길이 꽃에서 그녀에게 올라앉아 있었다. 봄의 정취가 물씬 풍겨 나는 그런 한 장의 사진 같은 장면이었다. 그녀는 다시 한번 자신의 마음을 깨달았다.

그를 동경하고,

우러러보고,

닮고 싶고,

가져 보고 싶고,

그를 처음 봤던 그날부터 쭉…… 그가 닿을 수 없는 태양 같아서,

그녀는 슬펐다고.

콧잔등에 알알이 땀이 맺혔다. 양손에 보자기를 낑낑 짊어지고 산사를 내려오는데 차 한 대가 부드럽게 그녀 곁에 섰다. 엠블럼이 박힌 외제 차였다. 창문이 갈라진 틈으로 양 비서가 얼굴을 비쳤다.

"어디까지 가십니까. 태워다 드리죠."

개울에서 주양은 그대로 등을 돌려 떠나 버렸다. 단 한 마디의 인사도 없이. 반가움보다 망설임이 찾아왔다. 고개가 자연히 뒷좌석으로 옮겨 갔다. 안을 볼 수 없게 검게 처리한 뒷좌석. 주양이 앉아 있을 거다. 그의 허락이 떨어진 일인지 조심스러웠다. 영원은 사양하려다가 양손에 든 반찬 통을 확인했다. 매번 빈 택시가 한 대씩은 대기해서 안심했는데 설상가상, 택시는커녕 개미 새끼 하나 찾아보기 힘들었다. 산중 입구에는 먼지만 돌아다녔다. 버스 정류장까지 족히 20분은 더 걸어야 하는데. 하긴, 의심의 여지조차 필요 없는 일일 거다. 지금 이 비서의 친절도 주양의 통제 아래서 지휘된 것일 테니.

"그럼 버스 터미널까지……."

곧장 운전석에서 기사가 내렸다. 트렁크에 짐을 옮겨 주려는 걸 꿋꿋이 사수했다. 뒷좌석에 올라타다 중간에 주양을 보고 흠칫했다. 그는 서류를 보고 있었다. 영원은 장아찌를 고이 품에 안았다. 차는 부드러운 시승감으로 앞으로 밀려 나갔다. 분명 '그날'에 대해 협상하려 할 텐데 주양은 가타부타 말이 없었다. 참지 못하고 대체 나를 언제 죽일 셈이냐고 묻고 싶었다. 입이 근질거렸다. 젖은 치맛단에서 물이 뚝뚝, 떨어져 차 카펫을 그대로 더럽혔다. 신경 쓰여 영원은 몸을 불편하게 들썩였다. 반찬 통에도 코를 킁킁대 보았다. 냄새가 새는 것 같기도 하고. 그냥 해 준다는 대로 할 걸 그랬다. 이것저것 불결하게 여길까 봐 안절부절못하는데 주양이 서류를 내려놓고 운전석에 지시했다.

"병원으로 가죠."

간이 오그라들었다. 일순, 인적 드문 항구나 새우잡이 배, 그런 게 아니라는 걸 깨닫고 영원이 날카롭게 주양을 향했다.

"어디 아파?"

그와 영원 사이에 존재하던 거리감이 빠르게 좁혀졌다. 화들짝 놀라는 음성에 그가 고개를 틀었다. 근 한 달여 만에 눈과 눈이 뒤얽혔다. 오랜만이야……. 영원은 속마음으로 그렇게 인사했다. 덧붙여, 이젠 눈빛만 봐도 그가 무슨 생각을 하는지 알 수 있을 것 같았다. 삭막한 눈빛에서 읽을 수 있었다. 병원에 가게 될 이는 영원이었다.

시내에 있는 한 병원에 왔다. 대기실 소파에 앉아 기다렸다. 손에 땀이 쥐어졌다. 함부로 입을 놀려서는 안 될 것 같은 엄숙한 분위기였다. 접수를 끝낸 양 비서가 투명 용기를 받아 왔다. 여기에 소변을 받아 오라고 한다.

"왜?"

"검사를 해야 한답니다."

"무슨 검사?"

"몸에 이상이 있는지 없는지를 검사로 알 수 있답니다."

"나 아픈 데 없는데."

"그냥 하는 겁니다."

"그러니까 무슨 검사?"

양 비서는 묵직하게 입에 자물쇠를 걸어 잠갔다. 그녀의 손에 컵을 욱쥐여 주었다. 그다지 호락호락하지 않은 사내였다. 영양가 없는 모든 질문들은 너무나 유연하게 쳐 냈다. 과연 진주양의 사람이었다.

"근데 왜 그 사람은 안 와?"

영원은 주변을 두리번거렸다. 낯선 공간에 뚝 떨어트려 놓고 코빼기도 비치지 않는다. 당연히 뒤따라올 거라고 예상했는데. 병원 건물 지하 주차장에 차를 세워 놓고 기다리는 건가.

"여기 있기 싫어. 나갈래."

"검사받으셔야 합니다."

"기분 나쁘다고."

"검사받으셔야 합니다."

"그 사람은……?"

"안 오실 겁니다."

"왜?"

영원은 끊임없이 캐물으며 축 개업이 붙여진 커다란 거울을 봤다. 양 비서가 목석처럼 서 있었다. 거울에 비친 그는 무슨 말을 어떻게 해야 하는지 잠시 오류가 난 듯했다. 긴 고심 끝에 꺼내진 말은 기껏 초상권을 들먹이는 얘기였다.

"이런 곳에 얼굴 비치면 안 되시는 분입니다."

양 비서는 무뚝뚝하게 덧붙였다.

"이런 곳이 어떤 곳인데?"

양 비서는 계속되는 질문에 지친 표정을 만들었다. 대충 영원의 성격을 파악한 듯했다. 그녀를 우습게 보고 방치했다.

병원 대기실에 클래식 음악이 흘렀다. 배부른 여자들이 돌아다녔다. 쓸모없어져 폐차장에서 폐기 처분을 기다리는 기분이었다. 영원은 꼼지락대다가 얌전히 화장실로 갔다. 하의를 벗지도 않은 채 칸막이 안에 앉았다. 어수선한 환경에 마음 편히 오줌이 나올 리 만무했다. 갑자기 끌려와 뭘 하는 건지 어안이 벙벙했다. 가만히 멍때렸다. 1분이 2분이 되고 10분이 지체되자 간호사가 문을 두드렸다.

"산모님. 배뇨 끝나셨나요?"

여자 화장실에 남자인 양 비서가 들어오지 못하니 대신 온 거다. 안에서 반응이 없자 간호사가 나갔다. 바깥에서 작게 양 비서와 대화를 나누는 게 들렸다.

"종종 산모께서 불안함을 느낄 때가 있으세요. 보호자께서 다정한 말로 다독여 주시는 게 어떨까요."

보호자? 양 비서가? 이름도 모르는 저 사내가? 그게 아니라면 그녀의 보호자는 누구인가. 주양? 영원을 혼자 병원에 버려두고 고고하게 차 안에서 검진 기록이나 기다리는 남자? 지금 이 느낌은 뭐라 설명해야 덜 비참해질까. 영원은 잠금장치를 풀고 나가려고 했다. 차가운 변기 위에 한시도 더 앉아 있고 싶지 않았다. 하지만 막상 일어나도 발길이 떼어지지 않았다. 손이 문고리에서 천천히 미끄러졌다.

그 뒤에 이어지는 걸음 소리.

여자 화장실이었다. 얼굴 팔려 가면서 친히 행차해 줄 리 없는 남자다. 아니라고. 그러나 무시하기엔 무척 발소리가 흐트러짐이 없었다. 주양은 걸음에 철벽을 채우고 칸막이 앞에 섰다. 걸쇠가 걸리지 않은 문이 끼익 벌어졌다. 영원은 맨바닥에 쭈그리고 앉아 무릎에 얼굴을 파묻고 있었다. 그가 텅 빈 용기를 확인했다. 저음이 무섭게 파고들었다.

"왜 일을 복잡하게 만드는 거야."

영원은 묻는 말에 딴소리를 내뱉었다.

"배 속 태아는 재산 상속이 인정되지 않는다는 거 알아? 상속권을 받았다 하더라도 출생해야만 상속이 가능해. 법적으로도, 생명으로도, 인정하고 있지 않단 소리야."

"왜 이러고 있냐고 물었어."

"그것들이 사유를 하고, 공감을 하고, 사랑을 하고…… 죽는 순간에도 자신이 소멸할 거란 것은 알까? 죽음을 알까? 그냥 점일 뿐이야. 영혼도 없는 껍데기."

그가 침묵했다. 영원이 올려다보았다.

"그렇게 귀찮은 짐짝 취급 하지 않아도 된단 말이야. 애를 빌미로 득 볼 마음 없어. 아이 같은 거 안 가졌어. 내 몸이니까 내가 알아."

"……"

"조금 쉽게 설명해 주면 다 알아듣는다구."

이게 뭘 하려는 것인지 당연히 알고 있다. 서러워 눈물이 떨궈지는 것조차 진저리 났다.

"무시하지 마."

"……"

"나는 개돼지가 아니야."

영원은 그에게 투명 용기를 집어 던졌다. 플라스틱 컵이 그의 몸을 맞고 떨어졌다, 아무렇게나 바닥을 굴러다녔다. 바닥 친 그녀의 자존심처럼. 아무 설명도 없이 오줌이나 싸라고 하면 싸 오는 개돼지가 아니야. 구제역에 걸린 돼지 취급 하지 말란 말이야. 최소한의 설명을 해 줘야 했다. 달랑 아랫사람 붙여 보내서 그녀를 무시하게 만들지 말고.

설명해 줘도 멍청해서 알아먹지도 못할 테니까 설명은 대충 생략해도 된다는 그런 식의 태도.

본데없이 자랐지만 누가 자신을 싫어하는지, 무시하는지 정도는 구분 가능하다. 그리고 생판 남인 그의 비서한테까지 깍두기 취급 받을 정도로 잘못한게 없었다. 비서가 그녀를 깔본다면 그건 주인인 주양이 그녀를 하찮게 취급했기 때문이었다.

전적으로 주양의 탓이다.

그가 바닥에 있던 용기를 조심스럽게 들어 올렸다. 영원은 옷자락을 꽉 쥐었다. 진정이 되지 않았다.

"일어나."

영원이 가만히 있자, 쾅! 그가 칸막이를 내리쳤다. 거칠어진 그가 코끝에 호흡을 겨누었다. 전부터 억누르고 있던 화가 폭발한 듯했다.

"정중하게 사람을 보내면 똑바로 상대해. 도망치고 숨으니까 이쪽도 과격하게 나오게 되잖아."

며칠간 그녀 주변을 배회하던 건 병원 검진 때문이었다. 서약서에 그런 조항이 있던 걸 깜박했다. 그랬지. 그러나 지금 와서 알 게 뭔가.

"소리치지 마. 무서우니까!"

영원이 울부짖었다. 그가 분노를 삭였다. 몇 가닥 내려온 머리칼을 뒤로 넘기며 차갑게 명령했다.

"나와. 신영원."

"그렇게 귀찮으면 해치워 버려. 그때 그 사람처럼. 너 그런 거 잘하잖아."

"못 할 거 같아?"

영원의 턱을 움켜잡아 그가 똑똑히 말을 박았다. 망가트리고 싶어 미치겠다는 듯 응시해 온다. 한 달 새 그에게 무슨 일이 있었는지 모르겠다. 영원은 분에 못 이겨 몸이 벌벌 떨렸다. 눈시울이 새빨갰다. 닭똥 같은 눈물을 쥐어짜 내면서도 암상하게 눈을 치뜬 그녀에게, 그가 살벌하게 경고했다.

"내가 나쁜 자식인 거 새삼 몰랐다는 식으로 보지 마. 나를 정중하지 못하게 만든 건 너야."

"너는 내가 밉지?"

그가 물음에 침묵했다.

"내가 밉지?"

"……."

"죽여 버리고 싶지?"

"……."

"그래서 애한테 복수하는 거지?"

그의 눈동자에 작게 파동이 일었다.

"애는 없어. 애는 없어……."

애는 없다. 그건 그도 알 것이다. 애의 여부 따위와 상관없이 그냥 그녀가 싫은 거다. 잔인하게 짓밟아 주고 싶은 거다. 화풀이를 하는 거다. 그가 죽이고 싶은 건 애가 아니라 그녀였다. 그녀가 싫어서, 진짜 있는지 없는지도 모르는 애한테 잔혹하게 구는 것이다. 마음속으로 그녀를 수십 번도 죽였으리라.

생각지도 않았는데 갑자기 몰아붙여서 놀란 탓이다. 오한이 몰려왔다. 주변이 너무 추웠다. 상실감이 넘치면 몸살이 난다는데 일종의 그런 걸까. 그녀가 주양에게 느끼는 건 분노인데 심장이 딱딱해져 갔다. 속에서 불길이 터지는 게 아니라 차갑게 화석이 되었다. 공포였다. 겁에 질려 그녀는 잔뜩 움츠렸다. 아직 준비되지 않은 일에 완전히 패닉이 된 얼굴이 백지장이었다. 임신이라니…… 그런 거 생각도 안 해 봤는데. 공포는 가짜 분노를 삽시간에 얼려 버렸다.

"나도 네가 미워."

주양은 몇 번이고 되뇌는 영원을 봤다. 그가 영원의 손등에 그의 손을 포개었다. 바르작거리는 영원을 제압한 주양이 그녀의 손에 투명 용기를 쥐여 주었다. 영원은 그가 뭐 하는 건가 눈물로 더러워진 얼굴로 멍하니 쳐다봤다. 그가 영원의 손을 둥글게 말아 용기를 우드득, 형체 없이 구겨 버렸다. 영원에게서 한 번도 눈을 떼지 않은 채였다.

"천만에."

그가 나직이 답했다.

"나는 누구를 미워할 만큼 감정을 쏟지 않아. 널 좋아하지도 않지만……, 미워하지도 않아."

어느새 전신을 휩쓸던 태풍 같은 떨림이 멎어 있었다. 갈비뼈를 가르고 철심이 박혀 들어오는 듯했다. 그가 달라붙는 시선을 피하듯 곧바로 일어났다.

"검사는 다음에 하죠. 그쪽 마음이 준비가 되면 그때."

굳이 덧붙여 줄 필요 없는 부연 설명들이었다. 오롯이 영원을 위한 해명이었다. 그녀를 납득시키기 위한. 그녀를 위로하기 위해. 그 정도까지 기대하지 않았는데. 돌아서려는 그의 바짓단을 붙잡았다. 그가 멈추었다. 영원이 힘겹게 입술을 달싹였다.

"혼자서 못 일어나겠어."

고르고 고른 말이 기껏 그거였다. 한심하다는 거 안다. 주양은 가지가지 한다는 식으로 돌아봤다. 그러나 아까처럼 위압적이고 무서운 느낌은 없었다.

그의 눈빛만 보면 그가 무얼 생각하는지 알 것 같았다. 그가 무섭게 굴지만 속마음은 그렇지 않다는 걸. 꽤 착한 구석이 있어서 손길을 뿌리칠 정도로 야박하진 않다는 것도. 영원은 결국에 그가 들어줄 거라는 것도 이제 알았다.

그가 움직였다. 막상 기어오른 거 같아 영원은 학대 습관처럼 방어 자세를 취했다. 그는 영원 앞에 목을 숙였다. 영원을 향해 조용히 말했다.

"얌전히 팔 감아."

그가 허리를 굽히고 있었다. 도도한 남자가 그러고 있는 것이 기묘해서 가슴이 간지러웠다. 영원은 그가 변덕을 부리기 전에 얼른 그의 목에 팔을 감았다. 떨어질세라 꽉 안았다.

그가 영원을 안아서 밖으로 나오자, 비서가 당황해서 달려왔다.

"제가 하겠습니다."

영원이 놓치지 않겠다는 듯 그의 옷에 코를 더 파묻었다. 주양은 그걸 보다가 저지했다. 그가 제스처를 취하고는 영원을 안아 차에 태웠다.

"다음 주에 제주도 백혈병 어린이 자선 행사 일정이 잡혀 있습니다. 회장님께서 꼭 참석하시라고 당부하셨습니다."

"회장님 심기가 요즘 불편해 보였는데 이유가 뭡니까."

"얼마 전에, SNS에 올라온 글이 문제 되지 않았습니까?"

"SNS?"

"거문고 명장인 조선정 선생이란 여자인데, 평소 소문난 한식 마니아랍니다. 이것저것 사회 비판으로 제법 젊은 대학생들한테 인기가 높습니다. 며칠 전에 한신호텔을 저격한 글을 올렸습니다. 대한민국을 대표하는 한신호텔에 한식당이 없는 게 말이 되냐면서 댓글로 비아냥거려서 한신호텔 책임자가 사과문을 올렸고, 현재 대한민국 최초로 외국인들을 위해 특급 한옥 호텔을 지을 예정이라 식당이 이전하는 중이라고 해명했습니다."

"이번 자선 행사 초청 명단에서 빼도록 하세요."

태풍 뒤에 평화가 찾아왔다. 차는 언제 진저리 나는 싸움이 지나갔냐는 듯, 평화롭게 버스 터미널로 향했다. 영원은 멍하니 떠다니는 흰 구름을 좇았다. 구김 한 점 없이 화창한 봄의 끝 무렵이었다.

조선정이라. 익숙한 이름이다.

해수의 거문고 스승…… 하다가 영원은 입술을 깨물었다.

배가 살살 아팠다. 막혔던 생리를 하려는 걸까.

그들은 그녀를 버스 터미널에서 내려 주었다. 입구까지 짐을 들어 준 비서가 명함을 꺼내 건네었다.

"조속히 연락 바랍니다."

병원 검진……. 영원은 창백하게 식은땀을 흘리며 고개를 끄덕였다. 양 비서는 누추한 버스 터미널을 훑고는 미련 없이 돌아서며 시계를 보았다. 지금 돌아가면 회의에 늦지 않을 것이다. 빠르게 걸음을 떼려는 순간이었다. 철퍼덕, 등 뒤에서 나무통이 옆으로 엎어지는 소리가 났다. 이상한 느낌에 그가 천천히 뒤를 돌아보았다.

"……신영원 씨?"

죽어 가는 사람들이 피를 철철 흘리며 비명을 내질렀다. 병원 응급실은 만원이었다. 의사가 베드에 누운 영원을 살폈다. 의식이 없었다. 환자가 언제부터 이런 겁니까? 주양을 대신해 병원까지 영원을 데려온 양 비서가 더듬더듬 대답했다. 갑작스러운 복통…… 혼절. 급작스럽고 짜증스러운 상황이었지만 똑바로 설명해야 했다.

"보호자분?"

의사의 재촉에 양 비서가 정신 차렸다. 막연히 다른 단어가 떠오르지 않았다. 몇 번 주저하다 결국 내뱉고 말았다.

"임신…… 임신 중일 수 있어요."

주양은 응급실 바깥 의자에 앉아 있었다. 양 비서가 입원실로 환자를 옮기고 돌아왔을 때 주양은 뭔가 딴생각에 빠져 있었다. 좀처럼 보기 힘든 얼굴이었다.

"안에 들어가 계시지 않고요. 이사님?"

비서는 당혹스러웠다. 좀 당황한 듯 보이는 상사의 모습이 낯설었다. 비서가 불렀지만 주양은 반응하지 않았다. 그는 머릿속이 하얬다. 그의 귓가에 비서의 목소리가 의미 없이 메아리쳤다.

'이사님.'

'이사님.'

'……정신 차리세요, 이사님.'

1년이 지나, 신부가 실종되고, 처음 장 경감을 만나러 백운당으로 향하는 차 안에서, 주양은 문득 그날 일을 곱씹어 보았다.

정신이 나갔다는 말의 의미를 주양은 그날 처음 배웠다. 정신이 반쯤 나갔다.

영원만이 아니었다. 주양도, 그런 주양을 보던 양 비서도. 그때, 그들은 각자 무언가에 잡혀간 것은 아니었을까? 귀신 같은 것에 홀려서…….

그렇지 않고서는 설명이 불가능한 일들이었다.

【실종 10일째】

누구도 자신에게 불행이 닥칠 거라고 미리 알고 사는 사람은 없다.

인간은, 그저 견디는 존재이다. 불행한 일이 닥친 후 수습하는 존재이다. 과거에 자신이 저지른 잘못이 지금의 불행이 있게 한 것은 아닌지, 후회하는 존재이다.

진주양은 과연 '후회'란 것을 알까?

진두영이 넘긴 파일에는 김인택을 살인했다고 시인하는 주양의 음성이 녹음되어 있었다. 처음엔 김인택이 누군지 몰랐다. 수진이 인터넷 검색을 했고, 대산물산 사장이라고 포털에 떴다. 그의 프로필에는 태어난 날과 죽은 날이 같이 있었다. 1년 전에 중국 상하이에서 피살당해 세상을 떠들썩하게 한 장본인이었다.

누구도 얘기하려 하지 않았다. 엇갈린 상념이 제각각 자리를 찾아 갔다. 배열을 맞추고 차분히 이성이 돌아왔다.

"진주양이…… 김인택을 살해했다니."

장 경감이 입을 힘겹게 떼자 수진이 심각하게 턱을 쓸며 말했다.

"언론에선 그쪽 마피아들과의 마찰 때문이라고 나오는데, 이 얘기가 사실이라면 엄청난 파장이 일겠는데요."

"대산물산이라. 그럼 이 녹음 파일에 나오는 노인이……."

"김인택의 아버지, 대산 김 회장이겠죠."

"한신이 대산물산을 파산시켰다는 게 헛소문이 아니었어. 진주양이 대산물산 김 회장의 아들을 살해했어. 신부는 납치되었고. 진주양은 납치된 신부를 가출한 양 숨기기 급급하고. 왜겠어?"

"경찰이 신부를 찾겠다고 원한 관계 들쑤시고 다니면, 자신의 살인이 드러날 테니까?"

아귀가 척척 들어맞았다. 이제야 풀리는 실마리에 장 경감이 오랜만에 흥분했다.

"김 회장, 회사 부도나고 옥살이하지 않나?"

"출소했습니다."

"벌써?"

"작년에 대선 끝나고, 올해부터 새 대통령이 취임하지 않습니까? 대통령 취임을 기념해 이번 3.1절에 경제인들을 대거 특별 사면 했답니다. 김 회장도 그 중 하나고요."

"결혼식 두 달 전에 출소를 했단 말이지."

기가 막힌 타이밍이다. 그 정도면 납치하기에 충분한 계획을 세울 수 있는 시간이다. 감옥에서부터 자기 아들을 죽인 진주양에게 칼을 갈아 왔을 테니.

"김 회장 소재 파악해."

그가 외투를 집어 들었다.

"신부 실종 사건의 유력 용의자, 진주양이 아니라 김 회장이야."

세상사는 하나의 원이다. 돌고 돌아 결국 그 원의 시작점으로 돌아오게 되어 있는. 한 남자가 시작한 악연은 원을 완주하게 되는 순간 다시 스타트를 끊게 될 것이다. 이번 출발 주자는 살해당한 아들의 아버지였다.

아버지는 원수의 신부를 납치했다.

【실종 10일째】

시곗바늘이 여러 번 테두리 원을 완주했다. 중천에 걸려 있던 해가 지상으로 떨어지고, 장 경감은 도시 외곽을 달렸다. 검은 강물 위로 헤드라이트 불빛이 스쳤다. 만반의 준비가 끝났다. 김 회장의 저택에 미리 애들이 잠복 중이었다.

장비를 준비시켜 놓고 장 경감이 도착하기만을 기다렸다. 개인적인 용무를 보고 오느라 장 경감은 현장으로 뒤늦게 출발했다. 김 회장이 신부를 납치한 게 맞다면, 저택 안에 신부가 있는지 확인해야 했다.

저택을 눈앞에 두고도 그는 집을 그대로 지나쳤다. 저택에서 멀리 떨어진 곳에 차를 주차해 놓고, 근처에 서 있던 밴에 탑승했다.

"상황은?"

장 경감이 차에 올라타자, 안에는 이미 요원들이 꾸려져 있었다. 수진이 의자 하나를 엎어 놓고 테이블처럼 썼다. 김 회장 저택의 도면을 펼쳤다.

"김 회장의 집은 강 상류와 맞닿아 있습니다. 그 목적대로 집이 요새입니다. 앞면은 커다란 상류 강으로 가로막혀 있고, 도로와 맞닿아 있는 정문은 길이 1.5킬로미터, 높이 5미터의 담으로 둘러싸여 있습니다."

장 경감도 오면서 담을 지나쳤다. 구렁이같이 길고 거대한 담이 끝도 없이 이어져 있었다.

"대지 300평에 저택만도 100평. 수영장이 딸려 있고, 요트 선착장까지? 캬. 망해도 삼대라더니. 팔자 좋네."

장 경감이 감탄했다. 낮 동안 주변을 탐문해 본 다른 직원이 브리핑을 이어받았다.

"저택은 일반인들이 전혀 접근할 수가 없었습니다. 입구에 경호원 두 명이 배치되어 있고, 세 명이 정원을 수시로 교대 순찰 돕니다. 집에는 일하는 아주머니가 세 명인데, 밥과 청소 담당 한 분이 상주하고 있고 두 명은 출퇴근입니다. 안에서는 전혀 사람 인기척이 안 느껴지고요."

장 경감은 망원경을 받아 바깥을 염탐했다. 야간에도 선명하게 주변을 담아내는 적외선 망원경이었다. 초록빛 시야에 정문 입구가 보였다. 건장한 경호원 둘이 무전기를 들고 서 있었다. 담장 위를 살펴봤지만 본채는 키 큰 나무들에 가려 있어 집 안을 들여다보는 데 한계가 있었다. 가지 사이로 문득문득 보이는 창문들은 불이 꺼진 상태였다.

"하루 종일 저 상태란 말이지. 비집고 들어갈 틈이 없겠군."

장 경감은 미간을 찌푸렸다. 수진이 고개를 끄덕였다.

"네. 다만, 낮 2시쯤에 식료품과 생필품이 배달되었습니다. 하지만 배달원은 들어가지 못하고요. 입구에서 물품 박스만 내려놓고, 경호원들이 일일이 체크한 뒤에 물품을 들여보냈습니다."

"음식이 들어가는 걸 보면, 안에 사람이 있긴 한 것 같은데."

장 경감이 턱을 쓸며 수진을 봤다.

"배달된 물품 중에 여성용품은 없었나?"

장 경감의 물음에 수진이 눈을 빛냈다.

"역시…… 신부가 안에 있다고 생각하시는 겁니까?"

"제일 의외인 곳이 제일 안전한 곳이지."

김 회장은 부인 없이 혼자 살고 있었다. 딸은 진즉에 독립했다. 만약 안에 신부를 가둬 놓고 있다면 생리대라든지, 전에 쓰지 않던 여성용품이 필요할 것이다. 사전에 준비를 해 놓았든, 어떻든.

"배달할 때 물품 목록이 있는데, 배달원에게서 확인한 결과 여성용품은 없었어요."

그렇다고 신부가 저 안에 없다고 단정 지을 수는 없다. 집 안에는 김 회장 이외에는 아주머니 세 분이 일했고, 출퇴근이 가능한 아주머니가 두 명이나 되었다. 얼마든지 신부의 물건을 조달할 가능성을 배제하긴 힘들었다. 물론, 신부가 저 안에 있다는 것은 어디까지나 경우의 수였다.

보통, 피해자를 자신과 동떨어진 곳에 떨어트려 놓는 게 유괴범들의 일반적 습성이었다. 범인은 자신이 범인이기 때문에 의심을 사는 것에 굉장히 민감하게 반응한다. 때문에, 미리 살해를 해 놓고 마음껏 거리를 활보하며 가족에게 금전을 요구하는 경우가 다반사다. 유괴는 영리 충족이냐, 원한이냐로 나뉘는데, 이 경우 돈이 목적은 아니니 문제는 피해자였다. 피해자가 살아 있냐는 것이다. 영리가 목적인 유괴는 금전 요구 때문에라도 피해자를 살려 두지만, 원한은 목적이 피해자가 아닌, 피해자의 가족을 향한다. 그들에게 고통을 주려 납치하고 바로 죽이기도 한다. 증거를 인멸하기 위하여.

김 회장이 두 달을 칩거하는 것이 수상했다. 저 집에 뭘 숨겨 놨기에 틀어박혀 안 나오는 거지?

"이웃 주민들 탐문은?"

"김 회장이 가끔 강에 요트를 정박해 놓고 낚시하는 것 말고는 딱히……. 이웃 주민들하고 왕래가 없어요. 하루 중에 낚시 빼곤 칩거래요. 이대로 계속 잠복할까요?"

"아니. 무의미해. 두 달 동안 틀어박힌 양반이야. 언제 나올 거란 보장이 없어."

"우리가 만나고 싶다고 만날 수 있는 쉬운 인물도 아니고요. 방법이 없다고요."

"저 집에 들어가야지."

곁에 있던 기태가 물었다.

"어떻게요? 정식으로 초인종 누르고 그 안에 신부가 있냐고 물어볼 수도 없잖아요."

그때 수진이 기태의 머리를 쥐어박았다.

"언제 우리가 절차 지키면서 일했어? 합법, 불법 따져 가며 어떻게 일할래?"

역시 수진이었다. 수진이 경찰 시험 때려치우고 흥신소에서 일하는 이유는 단 하나였다.

"경찰은 용의자가 안에 있어도 정식으로 영장을 받아야 쳐들어갈 수 있지만, 우리는 그러지 않아도 된다는 거지."

장 경감은 시니컬하게 웃으며 행동 개시했다.

"장비 챙겨. 잠입한다."

"예에!?"

기태가 소리를 질렀다.

장 경감이 놀라서 얼른 기태의 입을 막았다. 밤이라 강은 쥐 죽은 듯 조용했다. 돼지 멱따는 소리에 도리어 들통날 판이었다.

"안마. 귀청이 찢어질 뻔했잖아!"

"으아읍. 퉤퉤. 소장님. 제정신이세요?"

"엄살 피우지 마. 그래 봐야 강 건너는 것뿐이야."

그들은 강 쪽 도로에 서 있었다. 김 회장의 저택은 커다란 상류 강을 끼고 있었다. 담장이 있는 곳이 아닌 반대편 강이 있는 쪽 도로에선 저택이 그대로 보였다. 문제는 집 사이에 큰 강이 가로막고 있었다. 웬만한 좀도둑놈은 들어가지도 못하는 요새로 불리는 이유가 거기에 있다.

"담을 넘는 건 경호원들 때문에 불가능해. 그리고 담장 곳곳은 CCTV도 많고, 넘는 순간 비상경보가 울리고 경찰이 들이닥치겠지."

김 회장의 집 입구는 이미 경호가 삼엄했다. 그러나 완벽한 밀실은 없다. 이 집의 최고 장점이자 단점이 바로 이 강이었다. 강이 있는 쪽은 경비가 상대적으로 허술했다. 강을 넘을 수만 있으면 얼마든지 보안은 뚫는다. 문제는……

"대체 이 강을 어떻게 건너게요? 강폭이 몇 미터인지 아세요? 밤이라 보트 타면, 모터 소리에 옆 동네까지 다 깨요. 우리가 남파 간첩도 아니고, 최정예 UDT 대원도 아니고. 헤엄칠 건 아니죠?"

간곡히 부탁하는 기태를 수진이 치고 지나갔다.

"네 덩치는 장식이냐? 흥신소에서 제일 커다란 게, 몸은 제일 사려요. 그래서 셜록 홈즈 발바닥이나 쫓아가겠어?"

수진이 고무줄로 질끈 머리를 동여매며 말했다. 어느새 그녀는 스쿠버 다이빙 복장으로 갈아입은 후였다. 길고 잘 빠진 그녀의 몸매가 그대로 드러났다.

"누나, 제가 동경한 건 탐정이라고요. 도둑이 아니라!"

"탐정? 소장님. 순진한 애 데리고 사기 친 겁니까? 우리가 하는 게 탐정 일이라고?"

수진이 절레절레 고개를 저었다. 기태는 해명해 달라는 얼굴로 장 경감을 보았다. 장 경감은 먼 산을 응시했다.

그때, 산속에서 환한 점이 움직였다. 자동차 헤드라이트 불빛이었다. 곡선으로 꺾이지는 어두컴컴하고 외진 도로를 차 한 대가 달리고 있었다. 신형 코란도가 점차 이쪽으로 다가왔다. 장 경감은 기태의 머리를 눌러 풀숲으로 몸을 숨겼다.

코란도 운전자가 천장 조명을 켰다. 내부가 환하게 보였다. 여자였다. 달걀형 얼굴에 머리를 한껏 뒤로 묶은 포니테일. 20대 중반에서 30대 초반 사이의 미인. 장 경감은 자동차가 지나가는 2~3초 안에 여자의 인상착의와 얼굴을 빠르게 파악했다. 직업병이었다. 이런 계통 일을 하다 보면 평상시에도 관찰 훈련을 하게 되어 있었다. 이 늦은 밤에, 이런 외딴 도로는 보통 불륜을 저지르는 커플이 이슥한 모텔을 찾기 위해 다녔다. 여자 혼자 차를 끌고 다니는 건 몹시 이례적이라 인상 깊게 봤다. 차가 그대로 쌩— 하고 지나갔다.

무전이 울렸다.

지—지지직.

— 여기는 빅터. 여기는 빅터. 들리십니까.

장 경감이 무전기에 대고 교신했다.

"오냐."

— 현재 위치, 목표 지점에서 2킬로미터 떨어진 건물 5층입니다. 시야 깨끗하고 전파 이상 무. 스탠바이 합니다.

수진과 기태 이외에 망을 보게 한 나머지 직원 두 명이었다. 김 회장 자택 근처에 공사 중단된 폐건물이 하나 있었다. 직원 두 명을 그곳으로 미리 보내었다. 한 명은 높은 지대에서 저택 정원을 감시하게 하고, 다른 한 명은 김 회장 댁 보안 직원들의 무전기를 주파수 맞춰서 도청하라고 시켰다. 그들이 뭔가 침입자의 낌새를 눈치채거나, 위에서 어떤 지시가 내려오는지 알아야 그보다 먼저 저택을 빠져나갈 수 있었다. 더욱이 정원에서 마주치지 않기 위해선 저들의 동선을 파악해 놔야 했다. 흥신소는 돈과의 싸움이었다. 장비가 좋을수록 의뢰받은 일의 성공률이 높아진다.

"소장님. 아무리 생각해도 이건 무리수예요. 밤이고, 상류라서 아래 물살이 얼마나 험한데요. 누나 죽으라고 등 떠민 거 후회하지 말고 그만둬요."

"지리적으로 따지자면, 여긴 상류가 아니라 상류에서 중류가 되는 지점이야. 경사가 급하지도 않아. 강폭이 넓어 유속이 빠르지도 않을 거야. 그리고 지금은 시기적으로도 아주 적절해. 지난해부터 날이 가무는 바람에 수위가 많이 낮아졌어. 한풀 기세가 꺾였을 거야. 승산 있어."

그러는 사이 수진은 수중 라이트와 산소통을 짊어 멨다. 검은 물속에서 방향을 잃지 않게 해 주는 다이브 나침반도 잊지 않고 챙겼다. 장 경감이 겁먹은 기태의 어깨를 잡았다.

"쟤가 우리 흥신소 일당백이잖아. 수영 전국 체전 금메달. 무에타이 4단. 그 스펙에 눈 돌아서 쟤 신림동 시절부터 영입하려고 고시원 바라지를 얼마나 했는데. 이 정도 강은 껌이지."

스쿠버 다이버 장비를 완벽하게 착용한 수진이 천천히 물속으로 입수했다. 수진이 출발하고 그들은 서둘러 구명조끼를 착용했다. 얼마 뒤, 강 건너편에서 신호가 왔다. 손바닥으로 막았다 떼었다 하며 손전등 빛을 깜박거렸다. 무사히 도착했다는 수신호였다. 뒤이어 주변에 아무도 없으니 건너와도 된다는 시그널이 보내졌다.

장 경감과 기태는 미리 공기를 주입시켜 놓은 고무보트에 올라탔다. 노를 저어 가면서 강을 건넜다. 중간 부분부터는 물살에 떠밀리려 했다. 케이블을 연결한 권총형 석궁을 쏘았다. 지면에 박힌 화살을 수진이 빼서 나무에 단단히 맨다. 그들은 줄을 잡고 안전하게 보트를 땅에 대었다.

고무보트를 산 뒤쪽에 숨겨 놓고서 저택에 잠입했다.

김 회장의 요트 선착장에서 현장 지형을 살피기로 했다. 어디로 가야 CCTV를 피할 수 있는지 파악하는 게 우선이었다. 기태와 수진이 카메라를 챙겼다. 수진이 캠코더를 켜서 긴박한 현장을 담아냈다.

"의미 없는 것은 없어. 사소한 단서 하나가 사건의 실마리가 될 수 있으니까 놓쳐선 안 돼."

흥신소 일의 반은 관찰이었다. 장 경감은 정원 CCTV에 얼굴이 남지 않게 작업복 옷깃을 높이 세웠다. 마지막으로 모자를 깊게 눌러쓰며 그들에게 손짓했다. 준비를 마친 그들은 본채 건물로 접근했다. 저택으로 들어갈 침입구가 될 만한 곳을 찾기로 했다. 수진이 오랜만에 프로페셔널한 모습인 기태를 턱짓하며 놀렸다.

"하여튼 포즈는 1등이야."

기태는 집 주변 이곳저곳을 찍어 내기 바빴다. 장 경감이 웃었다.

"몸 쓰는 데 어설퍼서 그렇지, 사진 하나는 기똥차게 잘 뽑는다니까. 어린놈이 앵글이 좋아. 불륜 의뢰의 80퍼센트는 사진이 먹고 들어가는데 모텔 들어가는 사진, 나오는 사진, 얼굴 각도마다 희로애락은 또 얼마나 절묘하게 잘 잡는지. 아주 감탄했어."

그때, 5층 건물 관측소에서 블루투스 무전기 이어폰을 통해 전해 왔다.

— 10시 방향에서 보디가드 한 명 접근.

기태가 무전을 듣지 못하고 사진 찍는 데 열중해 있었다. 장 경감이 기태의 뒷목을 낚아채서 건물 뒤로 끌고 들어왔다. 그들은 얼른 각자 몸을 숨겼다. 그때, 기태가 당황한 목소리로 그를 불렀다.

"소, 소장님."

장 경감은 기태를 보았다. 기태가 텅 빈 손을 떨고 있었다. 손에 있어야 할 카메라가 없었다. 카메라는 잔디에 떨어져 있었다. 정원을 순찰 중이던 보디가드가 접근해 왔다. 보디가드는 휴대용 플래시 불빛을 강가에 비추었다. 고요할 뿐이다. 장 경감은 카메라를 떨리는 눈으로 응시했다. 보디가드가 계속 앞으로 전진했다. 그렇게 두 발자국만 더 걸어오면 카메라를 밟는다. 그러면 발각될 것이다. 그들은 숨을 죽였다. 보디가드가 카메라 바로 앞에 선 그때였다. 놈의 무전기가 울렸다. 보디가드가 짧게 답했다.

"그냥 들짐승인 것 같다."

보디가드는 교신한 뒤에 가려고 발을 틀었다. 그때 강에서 물고기 소리가 났다. 놀란 보디가드가 순간 뒤돌았고, 기태가 바닥에 떨어트리고 간 카메라를 건드렸다. 오작동한 플래시가 터졌다.

번쩍—!

빛에 놀란 보디가드가 소리를 쳤다.

"침입……!"

그와 동시에 수진이 달려 나갔다. 매끈한 다리로 보디가드를 돌려 찼다.

"허억!"

놈이 균형을 잃고 무너졌다. 하지만 여자가 당해 내기에 그 덩치가 너무 벅 찼다. 보디가드가 수진의 발목을 잡아 바닥에 패대기쳤다.

"……!"

수진이 땅을 구르며 비명을 속으로 삼켰다. 보디가드가 주먹을 내리꽂으려는 그때, 기태가 놈의 등을 덮쳤다. 머리채를 뒤로 한껏 잡아당겼다. 놈이 비명을 지르려고 하자 입을 틀어막았다. 그리고 전기충격기로 목덜미를 지졌다.

드드드드드—

하지만 놈의 머리털을 쥔 기태도 같이 감전되었다.

드드드드—

둘 다 기절했다.

긴 침묵이 흘렀다. 수진과 장 경감은 순식간에 일어난 어이없는 모습에 서로를 응시했다. 수진이 경악하는 눈빛으로 말을 건넸다.

'소장님. 얘한테 사용법 안 알려 주셨어요?'

장 경감도 빠르게 보디랭귀지 했다.

'전기 통할 땐 상대방 잡으면 안 된다는 건 상식 아냐?'

보디가드를 물리친 건 가상한 일이지만, 뭐 이런 놈이 다 있나 싶었다. 장 경감은 경호원을 묶어서 놈의 친구들이 보지 못하는 어두운 곳에 가둬 놨다. 기태도 다른 놈들에게 발각되지 않게 요트 안에 눕혀 놓고 천으로 덮었다. 돌아갈 때쯤엔 깨어나길 바랄 뿐이었다.

그들은 놈의 주머니를 뒤졌다. 열쇠가 나왔다.

"어디 열쇠일까요?"

수진이 목소리를 죽이며 물었다.

"현관 열쇠는 아닐 거야. 정문은 보안 때문에라도 디지털 도어 록이나 지문

인식으로 해 놨을 거야."

"창고가 있던데. 저택 뒷문으로 이어지는. 거기는 아닐까요?"

열쇠의 쓰임은 수진의 추측대로 창고가 맞았다. 그들은 저택 뒤편으로 갔다. 자물쇠를 따고서 집 안에 몰래 침입했다. 아주머니들이 일하는 세탁실과 부엌이 바로 나왔다. 그때, 잠에서 깬 아주머니가 나와 물을 마셨다. 그들은 테이블 아래에 숨었다. 아주머니가 떠난 걸 확인하고 거실로 나왔다. 수진의 손에는 캠코더가 들려 있었다.

'난 1층을, 넌 2층을 수색한다.'

서로 수신호를 보내고 2층 계단 앞에서 갈라졌다. 장 경감은 1층 침실로 살금살금 다가갔다. 김 회장이 없었다. 침실 창문만 휑하니 열려 바람에 펄럭거렸다. 장 경감은 다른 방으로 건너갔다.

이번엔 서재였다. 역시 없다. 무심결에 나가려다가 그는 다시 서재를 돌아봤다. 서재 벽을 손바닥으로 훑으면서 벽면을 두드려 보았다. 바깥에서 보았던 실평수에 비해 서재가 작게 느껴졌다.

장 경감은 벽면을 노크하면서 귀를 대었다. 그러다가 유난히 구별되게 눈에 띄는 벽면을 발견했다. 인테리어를 아날로그풍인 벽돌로 해 놓았다. 그는 한쪽 벽에 귀를 대었다. 어디선가 바람이 새어 들어왔다. 이 벽 뒤편에 공간이 있는 것이다.

그는 벽돌을 눌러 보기도 하고 만져 보기도 했다. 벽에 걸려 있던 장식품을 옆으로 틀었다. 그리고 잡아당겼다. 지그재그로 배열되어 있던 벽돌들이 빠지면서 하나의 문이 되었다.

삑.

블루투스 이어폰이 울렸다.

— 여기는 빅터. 포지션 확인 바랍니다.

장 경감이 대답이 없자 다시 교신해 왔다.

— 빅터. 빅터. 소장님?

장 경감은 이어폰을 눌렀다.

"김 회장 1층 서재. 혼자다."

― 안에서 뭔가 수확이 있습니까?

장 경감은 감탄하며 눈앞의 광경을 봤다. 그의 동공에 주홍 빛이 반사되어 일렁였다. 심장이 두근거렸다.

"비밀 지하실을 발견한 것 같다. 오버."

지하실로 통하는 비밀 통로였다. 통로는 은은하게 주홍빛 불이 밝혀져 있었다. 김 회장은 이 안에 들어간 건가? 이런 저택에 비밀 지하실이라니. 신부를 이곳에 가둬 놓았다면 경찰이 집을 수색해도 절대 발견할 수 없으리라.

그때, 안에서 사람 말소리가 들렸다.

"Non! Je ne regrette rien.(아니요! 난 아무것도 후회하지 않아요!)"

누군가 외쳤다.

김 회장?

"Balaye pour toujours.(영원히 쓸어버렸다구요!)"

아니,

여자 목소리다.

"Je reparas a zero.(난 처음부터 다시 시작할 거예요.)"

……신부?

장 경감은 비밀 통로로 천천히 발을 들였다. 상대를 붙잡고 들어 달라는 호소력 짙은 목소리. 비명 같기도 하고, 외침 같기도 했다. 불어 따윈 알지 못했다. 하지만 그 말을 알아들을 수 있었다. 여자의 외침은 마침내 절정에서 터져 올랐다.

"Car ma vie, car me joies. Aujourd'hui, ca commence avec toi."

내 삶과, 내 행복은,
이제부터 당신과 함께 시작될 거예요.

"에디뜨 피아프……."

프랑스의 전설적인 샹송 가수였다. 지금 듣고 있는 말소리는 'Non, je ne regrette rien(난 아무것도 후회하지 않아요)'의 노래 가사였다. 그것은 아래로 내려갈수록 확연해졌다. 샹송은 오래된 레코드판에서 은은하게 흘러나오고 있었다. 들리는 듯, 마는 듯 희미하게. 기다란 벽돌 통로는 하나의 진공관이 되어서 노래를 공명시켰다.

그것은 '절망'이었다. 그녀의 어두운 기억 밑바닥에 가라앉은 후회였다.

영원은 창백한 발끝을 응시했다. 어느 순간 영원은 백운당 사가로 돌아와 있었다. 움직일 때마다 나무 바닥이 정겹게 삐거덕거리던, 나뭇결이 그대로 느껴지는 전통식 마루 위였다. 낮이었지만 좁고 기다란 복도는 햇살이 들어오지 않아 그늘져 있었다. 그리운 집이었다. 영원은 이게 꿈이란 것을 알고 있었다. 몇 번이고, 몇 번이고 반복되는. 그리하여 그녀가 이제부터 어디로 갈 것이며, 이 복도 끝에 누가 있는지도 훤히 꿰뚫고 있었다.

꿈속에서도 거문고 현 소리는 정갈했다. 그녀는 어느 방 앞에 섰다. 문을 열자 나른한 공기가 휘어 감았다. 햇살이 내려앉은 방에서 한 여자가 거문고 현을 뜯고 있었다. 한복을 곱게 차려입은 뒤태가 기품이 있었다. 해수는 돌아보지도 않고 못 박았다.

"나 그 사람하고 결혼할 거야."

나. 그. 사. 람. 하. 고. 결. 혼. 할. 거. 야. 영원은 해수가 할 말을 미리 알고 입 속으로 따라 읽었다. 이다음 대사도 영원은 알았다.

"곧 내게 청혼할 거 같아."

"곧 내게 청혼할 거 같아."

영원의 말에 해수가 돌아보았다. 해수는 기묘한 눈빛으로 영원을 보았다. 묻고 싶은 게 많아 보였지만 해수는 관두었다. 영원은 가만히 해수를 응시하다 말을 덧붙였다.

"그 남자는 널 사랑하지 않아."

해수가 자신만만한 어조로 받아쳤다.

"날 사랑하지 않는 게 아니라, 누구도 사랑할 수 없는 남자인 거지."

그가 사랑하지 못하는 건 해수 잘못이 아니었다. 그의 마음가짐에 따라 상황은 얼마든지 변화할 수 있다는 걸 강조하며 해수는 거문고 줄을 갈았다. 영원은 간신히 입술을 뗐다.

"관둬."

"도와주지 않을 거면 잠자코 있어."

"그런 결혼이 잘될 것 같아?"

말이 끝나기도 전에 해수가 거문고를 벽에 집어 던졌다.

우당탕—!

해수가 벌떡 일어서서 영원을 노려보았다. 해수가 신경질적으로 받아쳤다.

"네가 뭔데 나한테 충고질이야."

"미쳤……어?"

"빼앗긴 사람이 잘못이야. 자기 걸 지키지도 못하고 빼앗긴 주제에…… 누구한테 감 놔라 배 놔라 참견이야."

"나는 널 위해서……!"

"닥쳐! 나는 너와 달라!"

해수가 달려들어 영원을 넘어뜨렸다. 위에 올라타고 악귀 같은 모습으로 목을 졸랐다.

"으…… 억……."

"나를 비난하지 마. 왜 나는 그러면 안 되는 건데. 더 나쁜 짓을 저지르고 뻔뻔하게 잘 사는 사람들도 있어. 심지어는 신의 이름으로 학살을 저지르고도 용서되지. 신의 이름으로…… 그 모든 일들이 납득돼. 내 인생엔 내가 신이야. 내 인생은 내 마음대로 할 권리가 있어! 나는…… 최고가 될 거야. 기생집 딸년 소리 따위 아무도 하지 못하게 만들 거야!"

영원은 숨이 넘어갈 것처럼 껄떡였다. 눈알이 뒤집어 까였다.

"그렇게 할 수만 있다면…… 몇 번이고 몇 번이고…… 빼앗을 거야."

이내, 참지 못하고 해수가 뺨을 어그러트렸다. 일그러진 눈가에 눈물이 차올랐다.

"설령, 그게 허울뿐인 신부라 해도."

거기까지였다. 영원은 꿈에서 깼다. 죽을 것 같던 질식감과 함께 눈물이 관자놀이로 쭉, 선을 그어 내렸다.

"하, 하아……."

다시 정신병동으로 돌아왔다. 영원이 침대에 누운 채 고개만 돌렸다. 체리나무로 깎아 만든 십자가 벽걸이가 바로 시선에 걸렸다. 십자가가 왜 이런 곳에 걸렸는지 알 길이 없다. 십자가는 이 절망 가득한 정신병동까지 잊지 않고 주님의 은총을 내려 주었다. 자유를 강탈당한 영원을 눈앞에 두고도 온갖 유세를 부렸다.

신해수의 상냥함엔 배려가 없었다. 일방적이고 통보되어 오기까지 하는 상냥함엔 언제나 무슨 일이 있어도 자기 신념을 따르겠다는 아집이 묻어 있었다. 남의 기분 따위와 상관없이, 상냥함이란 얼굴을 두르고 상대의 살점을 도려냈다. 그 독선적인 태도가 마치 신의 의지와 같았다.

네팔에 지진이 덮쳤을 때, 전 세계가 충격에 빠졌다.

가난하지만 욕심부리지 않고 아주 작은 것에도 감사하는 마음으로 사는 나라. 만약 신이 존재한다면 어째서 그들을 택한 걸까. 그들에게 잘못이 있다면 신앙심이 너무 깊었다는 것이다. 기도에 재앙으로 응답해 줄 거라고는…….

그것이 신, 당신의 뜻입니까? 그 물음에 대답할 수 있는 이는 아무도 없었다.

신에게, 독재자라고 할 수는 없기 때문이었다.

신은 일방적으로 통보할 뿐이다. 그것에 순응하는 것은 바보 같은 짓이었다.

장 경감은 비밀 통로를 천천히 내려갔다. 말소리는 끊임없이 들려왔다.

아니요! 난 아무것도 후회하지 않아요.
그것은 대가를 치렀고, 쓸어버렸고, 잊어버렸어요.
난 과거에 연연하지 않아요.
사랑들을 쓸어버렸고,
그 사랑들의 전율도 전부 쓸어버렸어요.

장 경감의 입술에서 신음처럼 짧은 말이 흘렀다.
"에디뜨 피아프……."
프랑스의 전설적인 샹송 가수였다. 그것은 아래로 내려갈수록 확연해졌다. 샹송은 오래된 레코드판에서 은은하게 흘러나오고 있었다. 들리는 듯, 마는 듯 희미하게. 기다란 벽돌 통로는 하나의 진공관이 되어서 노래를 공명시켰다.

난 처음부터 다시 시작할 거예요. 내 삶, 내 행복은, 이제부터, 그대와 함께 시작될 거예요……!

음악이 돌아간다는 것은 누군가 안에 있다는 소리였다. 김 회장은 저 안에 신부와 있는 건가. 대체 이 비밀 통로는 어디로 이어지는 걸까.
'복수를 위해 지하 감옥이라도 건설해 놓으셨나? 김 회장.'
복도 끝에 문이 있었다. 따뜻한 빛이 그 틈새로 새었다.
노랫소리는 문 너머에서 흘러나왔다.
장 경감은 안을 훔쳐봤다. 그곳은 지하 감옥도 음산한 실험실도 아니었다. 방은 복층 구조로 장 경감이 서 있는 곳이 2층이었다. 나선형 계단 아래에 서재와 책상이 있었는데, LP판이 주인 없이 혼자만 돌아가고 있었다. 장 경감은 문을 벌컥 열어젖혔다.

김 회장은 이곳에서도 보이지 않았다.

장 경감은 계단을 내려가 방 중앙을 차지한 마호가니 책상 옆 레코드 기계를 멈췄다. 노랫소리가 뚝 끊기자 정적이 이상할 정도였다.

이 방은 김 회장 욕망의 집합체였다.

남자들이 으레 혼자만의 시간을 갖기 위한 장소였다. 그의 취미 생활과 모든 취향들이 곳곳에 묻어났다. 서재엔 책들이 빼곡했다. 그 책장 곳곳에 세워 놓은 액자들엔 유명 국회 의원, 기업 회장들과 악수하는 사진이 담겨 있었다. 대통령 표창장과 경영인협회에서 받은 영광스러운 상패들. 전형적인 과시형 인간이었다. 그러나 남들에게 완벽하게 공개된 위층 서재가 아닌 이렇게 혼자만의 비밀 방을 만들어 전시하는 형태는 그의 소심함을 엿보여 주기도 했다.

그가 이어폰에 대고 수진과 교신했다.

"김 회장, 2층에 없나?"

수진에게서 답이 왔다.

— 2층 없습니다. 더 살펴본 뒤 내려가겠습니다.

'대체 노래는 틀어 놓고 어디로 내뺀 거지?'

장 경감은 책상에서 작은 액자를 들어 올렸다. 단란한 가족사진이었다. 장 경감에게도 가족사진이 있던 시절이 있었다. 아들에게 사고가 나기 전에, 아내가 그를 떠나기 전까지.

김 회장 자택에 늦게 도착한 이유는 아들 때문이었다. 낮에 갑작스러운 응급 상황으로 병원으로 달려갔다. 이미 의사들이 아들 병실로 뛰어 들어가고 있었다. 장 경감은 안으로 들어가지 못하고 복도에서 주저앉았다. 알고는 있었다. 더 이상 붙들고 있는 건 무가치한 일이라고. 하지만 받아들이는 게 어려웠다. 잠시 뒤, 수습하고 나온 담당의가 그를 발견했다. 아들을 보지도 못하고 굳어 있는 장 경감에게 의사가 말했다.

'잠시 저체온 쇼크가 왔습니다. 다행히 위험한 고비는 넘겼습니다.'

그제야 장 경감은 안도했다. 특진 병동 의료진들이 신속하게 체크해서 위기를 모면했다.

'기도에 가래가 잔뜩 껴서 석션으로 빼냈고, 약물 투여했으니 안정될 겁니다.'

담당 교수실로 가서 이야기를 더 나누었다. 담당의가 현재 아들 상태를 자세히 설명해 주었다.

'아시다시피, 뇌사는 식물인간과 달리 자발 호흡이 불가능합니다. 산소 호흡기로 억지로 연명하고 있지만, 사실상 뇌의 기능이 완전히 정지했다고 봅니다. 앞으로도 이런 일이 자주 반복될 겁니다. 다음번엔 심정지가 올지도 모르고, 기존 심부정맥이 악화돼 준비할 새 없이 떠나보내게 될 수도 있습니다. 오늘은 운이 좋았어요.'

'제가 뭘 어떻게 해야 하는 겁니까.'

장 경감의 물음에 의사가 침착하게 또래의 어린 환우들을 이야기했다. 수술만 하면 뛰어놀 수 있음에도 그러지 못하는 실정이란 것.

'통상적으로 뇌사 환자의 경우 장기 기증으로 연결해 주는 게 일반적입니다만, 장기 기증에도 골든 타임이란 게 있는데 아드님의 경우 그마저 많이 놓쳤습니다. 가능한 부분이 몇 개 없을 테지만, 마음의 준비를 하시는 게 좋겠습니다.'

뇌사 상태로 몇 년을 버틴 것만도 기적이었다. 마음이 갑갑해져서 그는 김 회장의 책상에 기대었다. 이미 알고 있었다. 문제는 마음이었다.

'마음의 준비를 하라고?'

자식의 죽음에 준비가 될 부모가 어디 있나. 10년 동안 누워 있다가 기적적으로 깨어났다는 외국 사례 같은 것만 눈에 들어오는 심정을 의사 따위가 알까. 멀쩡히 걸어 다니는 건 바라지도 않았다. 그냥 눈을 떠서 시선이라도 마주쳤으면 했다. 딱 한 번이라도. 딱 한 번⋯⋯.

장 경감은 넋 놓고 있다가 책상다리를 건드렸다. 발등에 버튼 같은 것이 눌려 깜짝 놀라는데, 갑자기 책장 뒤가 열렸다.

감춰져 있던 비밀 금고가 드러났다.

"왜 이 생각을 못 했을까."

포기는 이르다. 여기서 비밀 은닉 장소라면 분명 구린 것들이 많을 터였다. 그중에는 한신 진주양과 관련된 것도 포함될 것이다.

장 경감은 바지춤에 달린 스프레이 통을 빼 들었다. 키패드에 스프레이를 뿌리자 자주 누르는 숫자에 지문이 묻어났다. 숫자는 앞에서부터 34589로 이루어진 숫자 배열이었다.

'문제는 이게 몇 자리 숫자 조합이냐는 건데.'

이대로 다섯 자리도 어렵지만 요즘 추세로는 여섯 자리 숫자 배열일 가능성이 컸다. 장 경감은 34589를 눌러 봤다. 당연히 실패였다. 김 회장 소재를 파악하면서 김 회장의 여자관계, 생일, 전화번호, 이메일 아이디나 비밀번호부터 몸무게까지 모두 파악해 놨다. 그는 이어폰으로 직원에게 김 회장의 주민등록 뒷자리와 휴대 전화 번호를 불러 보라고 시켰다. 나름대로 여섯 숫자 조합으로 853394를 눌렀지만 또 틀렸다.

"아씨……."

이제 마지막 기회였다.

장 경감은 턱을 문지르며 방을 배회했다. 김 회장은 치밀하며 의심이 많은 사람이었다. 요새 같은 집에 칩거하는 점. 과도하게 많은 경호원들. 자기 안위에 굉장히 걱정이 많았다. 마치 누군가에게 죽임당할지도 모른다는 두려움에 갇혀 사는 사람의 행동 패턴을 보였다. 실제로도 그를 죽일 만한 사람들이 여럿 있다. 일례로 그는 진주양과도 척을 지고 있지 않나.

그렇다면 그런 사람들은 보통 자신이 억울하게 죽임당할 것을 대비해 가족들에게 무언가를 남겨 놓게 된다. 대비책을 마련해 놓는다는 소리다. 아내는 일찍이 사별하고 아들마저 죽었다. 가족이라곤 딸뿐인데, 소문으론 딸과도 금이 간 지 오래란다.

그는 블루투스 이어폰으로 수진과 무전했다.

"비밀 금고 번호를 딸과 공유하기엔 부녀 관계가 너무 나빠. 하지만 자신이 죽어도 딸이 쉽게 알 만한 뭔가로 해 놨을 거야."

— 딸의 생일일까요?

딸의 생일과 3495는 전혀 관계가 없는 숫자다.

— 딸 전화번호, 자주 쓰는 사이트 비밀번호는 어떤가요.

방을 배회하며 장 경감이 다급하게 외쳤다.

"아니, 아니야. 그렇게 단순하게 생각해선 안 돼. 딸 직업이 뭐지?"

그러다 그는 마호가니 책상에 나란히 놓인 화분 두 개를 발견했다. 김 회장 같은 인물이 답지 않게 감성 떨며 꽃을 키울 리가 없다. 제각기 다른 꽃이었다. 데이지와 해바라기…… 뭘까.

장 경감은 책장에 꽂힌 수백 권의 책들을 살피다가 정작 중요하게 책상 위에 놓인 책을 뒤늦게 발견했다.

〈꽃, 그 신기한 수학〉이라는 제목이었다. 경영이라든지, 온통 돈 버는 방법에 꽂혀 있는 김 회장 취향에서 유일하게 동떨어진 주제였다. 누가 봐도 김 회장의 책이 아니었다. 또, 보란 듯이 책상 위에 올려놨다. 딸이 이 방에 들어왔을 때 쉽게 알아챌 수 있게.

그는 책등 아래 하얀 면을 쓸었다. 검은 유성 매직으로 '청진고등학교 2학년 4반 김보경'이라고 쓰여 있었다. 오래된 책이었다. 10년도 더 된 것 같은.

책장을 넘기자 오래된 접착 부분이 쪼개져 있어 곧바로 페이지가 펼쳐졌다. 꽃잎과 '피보나치수열'에 관한 내용이었다.

김 회장이 친절히 파란 펜으로 밑줄을 그어 놓았다.

『혹시 꽃잎이 피보나치수열을 닮아 있다는 것을 아는가? 피보나치수열이란, 앞의 두 수의 합이 다음 수가 되는 수의 나열을 뜻한다.

0, 1, 1, 2, 3, 5, 8, 13, 21, 34, 55, 89, ……

1+1=2가 된다. 2+3=5가 되고, 3+5=8이 된다. 5+8=13

이와 같은 수의 나열이 꽃잎에도 적용된다는 놀라운 사실! 대부분 꽃잎들을 세어 보면 꽃잎은 피보나치수열 개수대로 자란다. 데이지는 13장의 꽃잎이, 나팔꽃은 3장, 아이리스는 5장, 기생초는 8장이다. 더 재미있는 사실은, 이 피보나치수열이 씨앗의 개수에서도 나타나고 있다는 것! 데이지의 씨는 34-55, 해바라기는 34-55-89의 배열을 따른다.」

　장 경감은 책상에 놓인 데이지와 해바라기 화분을 확인했다. 데이지는 34-55, 해바라기는 34-55-89.

　……34589

　장 경감은 키패드에 두 꽃의 공통 숫자부터 차례대로 34-55-89를 눌렀다.

　띠릭.

　금고 잠금장치가 곧장 풀렸다. 장 경감은 희미하게 웃었다.

　'기업 회장쯤 되니까 금두꺼비 정도는 들어 있겠지? 뭐, 그걸 훔치겠다는 건 아니지만. 후훗.'

　금고를 힘차게 열었다. 그리고 당황한 장 경감이 금고를 샅샅이 훑었다. 금고 위 칸을 손으로 더듬었다. 거액의 상품권 뭉치나 골드바라도 나올 줄 알았건만, 텅 비어 있었다. 고작 문서 파일 하나가 손에 딸려 나왔다. 몇 장 되지도 않는 종잇장이 허망할 정도였다.

　"뭐야. 이게 다야?"

　장 경감은 촉박한 시간에 일단 한 장씩 다 증거로 남겨 놓기로 했다. 분명 진주양과 관련되어 있을 거다. 되는대로 휴대폰에 다 찍어 저장했다.

　김 회장 저택을 빠져나왔을 때, 수진이 망을 보고 있었다.

　"2층도 다 뒤져 봤는데 없었어요. 방에 틀어박혀야 하는 거 아닌가요?"

　"신부 흔적은?"

　"신부는 이곳에 오지도 않은 것 같습니다."

　"그래. 만약 데리고 있다 해도 이곳이 아닌 다른 곳에 가둬 놨겠지."

　요트 선착장으로 돌아가는 그때였다.

　"으아아아아악……! 흐아악!"

　기태의 비명 소리가 찢어졌다. 그들은 기태를 눕혀 놨던 요트 안으로 들어갔다. 어느새 깨어난 기태가 뒤로 자빠져 벌벌 떨고 있었다. 장 경감이 기태의 입을 틀어막았다.

"이 새끼야, 미쳤어?! 아주 그냥 동네방네 떠들어라!"

"그, 그게 아니라 저, 저기……."

"뭐!"

요트 안에는 아무도 없었다. 그러나 뭔가를 요트에 묶어 놓은 듯했다. 줄이 팽팽하게 당겨져 있었다. 기태는 그걸 끄집어 올리려고 했었는지 말을 잃었다. 장 경감이 수진과 함께 밧줄을 당겼다.

"어우. 뭘 매달아 놓은 거야."

엄청난 무게였다.

"이 정도면 거의 상어 수준인데요?"

모래주머니라도 매달아 놓은 걸까. 수진과 그것을 배 갑판으로 끌어 올린 순간, 축 늘어진 뭔가가 정체를 드러냈다. 순간 놀란 그들은 뒤로 물러났다.

……사람이었다.

장 경감은 얼른 달려가 엎어진 사람을 앞으로 돌렸다. 목에 손을 대었다.

"김 회장이에요."

곁에 앉은 수진이 말했다. 장 경감도 그제야 시신의 얼굴을 확인했다. 붙들고 있던 김 회장의 팔뚝을 손에서 놓쳤다. 분명하게 느껴졌다.

"죽었어."

심지어 시체는 아직 따뜻했다.

투약은 매일 아침, 점심, 저녁마다 이루어졌다. 노 집사는 매일 정시에 간호사에게 약과 물컵을 받아 영원에게 건네었다. 영원은 캡슐을 받아서 먹었다. 약을 삼켰다는 걸 확인시키기 위해 영원은 입을 아— 하고 크게 벌렸다. 노 집사는 철저하게 혀 밑바닥까지 들어 보라고 했다. 혀 아래를 들췄다. 아무것도 없었다. 영원은 노 집사가 돌아서는 그때 자는 척 이불 속에 기어들어 갔다.

영원은 입을 벌렸다. 음흉하게 웃으며 캡슐을 뱉었다. 아랫니와 입술이 닿는 공간에 캡슐을 숨길 거라곤 생각지 못했을 거다. 손을 뻗어 매트리스 아래를 더듬자 휴지 뭉치가 손끝에 만져졌다. 캡슐에서 털어 낸 흰 가루들을 차곡차곡 모아 두었다. 가루만 따로 털어 내고 캡슐 껍데기는 증거 인멸을 위해 삼켰다. 그간 모아 둔 게 꽤 되었다.

언젠가 이걸 쓸 날이 올 거다.

"아가씨. 일어나세요."

노 집사였다. 매트리스 사이에 얼른 휴지 뭉치를 쑤셔 놓고 일어났다.

"왜?"

"여름이라 금세 옷에서 냄새가 나요. 환의를 자주 갈아입어야겠어요."

영원은 두 팔을 벌렸다. 노 집사가 머리 위로 환의를 끄집어냈다. 영원은 벽에 걸린 십자가를 응시했다. 오랫동안 뚫어지게 보자 중앙에 작은 구멍이 있다는 걸 발견할 수 있었다. 점 같기도 하고, 눈 같기도 했다.

초소형 카메라가 부착되어 있었다.

경찰이 카메라를 발견할 수 있었을 리가 없다. 신의 이름으로 저질러지는 죄악을 신도 모르는데 형사 나부랭이들이 어떻게 알까.

영원은 배를 쓰다듬었다. 전에는 어땠는지 기억나지 않았다. 원래 이렇게 가벼웠던가. 전에는 있었지만 이제는 텅 빈 배였다.

아무것도 담겨 있지 않았다.

"아기를 가진다는 건 어떤 거야? 노 집사는 알아?"

물음에 노 집사가 잠시 딱딱해졌다. 영원은 헛헛한 배를 쓰다듬었다.

"내가 제일 용서할 수 없는 게 뭔지 알아?"

인간이 신의 소유물이라면, 어떻게 살 것인지는 오롯이 내 소유다. 나는 내 인생의 신이다. 내 인생은 내 마음대로 할 권리가 있다.

나는 신이다.

"그것들이 내 인생을 멋대로 재단해 버렸다는 거야."

신의 이름으로…… 그들을 심판하겠다고. 영원은 노 집사를 보고 금세 얼굴을 풀었다.

"돈 떼먹은 사람은 찾았어? 그 흥신소 말이야."

노 집사가 대답하지 않고 영원의 환의를 갈아입혔다.

"좋은 소식 있음 좋겠네."

영원은 간만에 웃을 수 있었다. 노 집사가 떼인 돈을 찾을 즈음엔, 영원은 이미 이곳을 탈출하고 없을 터였다.

【1년 전, 영원 26세】

영원은 희미하게 눈을 떴다. 천장을 보다 눈을 내리자 주양의 옆얼굴이 들어왔다. 그는 VIP 병실 한편에 마련된 소파에 앉아 있었다. 블라인드 쳐진 실내는 어두웠다. 깊게 상념에 잠긴 주양의 날카로운 옆얼굴에 그늘이 드리웠다. 어떻게 되었는지 기억나지 않았다. 양 비서가 버스 터미널에 그녀를 내려 주는 것까지는 생생했다. 그 뒤로 필름이 끊겼다.

"머리가 아파."

영원이 쉰 소리를 내자 주양이 돌아봤다. 부스스 상체를 일으켰다. 손등에 커다란 링거 바늘이 꽂혀 있었다.

"나 왜 이런 거야? 왜 갑자기……."

배가 아팠다. 타들어 가듯이 창자가 비틀렸다. 무엇인가가 무너져 내리는 고통이 아래서 뜨뜻하게 느껴졌다.

"내가 왜……."

주양은 대답하지 않았다. 그저 알 수 없는 표정으로 그녀를 볼 뿐이었다. 영원은 분위기가 이상해서 말끝을 흐렸다. 막연한 두려움이었다.

"내, 내가 왜……."

문득 그녀 안에서 송곳 같은 의심이 뛰어나왔다.

지금은 배가 아프지 않다.

어째서 배가 아프지 않은 걸까.

그리고 그를 믿을 수 없다는 것.

그는 믿지 못할 인간이라는 것도.

이 기나긴 침묵에 대해 영원은 해명이 필요했다.

"나한테 무슨 짓을 한 거야."

영원이 정색하며 물었다. 주양은 가만히 그녀를 응시했다. 가끔 그가 저런 얼굴을 할 때면 그의 머릿속이 궁금해졌다. 무슨 생각을 하는지, 무얼 보고 있는지. 닿을 것 같았는데 갑자기 그가 다시 낯설게 느껴지는 시간, 지금 그가 들여다보고 있는 것은 누구일까.

그녀일까?

……그 자신 안의 괴물일까.

어째서 그는 불안을 부추기며 말이 없는가.

풀들이 붙잡아 오는 손가락처럼 영원의 하얀 종아리를 스쳤다. 바람이 불어와 들판을 쓸고 갔다. 향긋한 풀 냄새는 노래하듯 짙어졌다. 영원은 항상 지름길을 통해 이곳으로 놀러 왔다. 활엽수가 빽빽하게 그늘을 드리운 숲을 벗어나면 너른 들판이 눈앞에 펼쳐진다. 무성하게 자란 풀들은 허리춤까지 뒤덮었다. 멀쩡한 길이 있었지만 영원은 들판 속을 헤쳤다. 푸른 물결을 보면 몸을 던지고 싶은 기이한 충동에 시달렸다.

영원은 들판을 빠져나와 쉬지 않고 양재슈퍼까지 달렸다.

"하아…… 하아……."

무릎을 짚고 거친 숨을 내뿜었다. 슈퍼라곤 늙은 노인네가 운영하는 여기 하나밖에 없었다. 아이스크림을 집어 계산했다.

"쭈쭈바는 하나에 천 원이여."

어처구니없는 얼굴로 영원이 주인을 노려봤다.

"어이, 할멈. 저번엔 팔백 원이었잖아."

"이년이 어따 눈깔을 치떠?"

"눈을 떠야 할 건 할멈이고. 앞이 어두워? 계산은 똑바로 하라구."

"더러운 계집애. 그려. 팔백 원이여."

천 원을 내어 이백 원을 거슬러 받았다. 의도한 것인지 아닌지 모르지만 이 노인은 가끔 바가지를 씌웠다. 어쩔 땐 오백 원에 받을 때도 있는데 물론 그땐 영원은 아무 말 없이 값을 치렀다. 아무튼 영악한 노인네였다. 초여름. 찌는 더위에 슈퍼 평상 위에 뻗고 말았다.

"언니, 베트남이 뭐야?"

양재슈퍼 손녀, 양혜가 인형 놀이를 하고 있었다. 평상에 누운 영원은 파란 하늘을 응시하며 쭈쭈바를 빨았다.

"나라 이름이야."

"나라?"

고개를 갸웃하더니 다시 묻는다.

"언니 집보다 멀어?"

"북한보다도 멀지."

양혜가 놀랍다는 표정을 지었다. 근데 얘는 북한이 어딘지 알긴 할까? 유일하게 영원이 똑똑한 척할 수 있는 인물이 양혜였다. 마을에서 흔한 말로 '꽃 꽂은 미친년', '모지리' 등으로 불렸다. 그리고 영원은 백운당의 '얼굴 없는 귀신'이었다. 미친년과 귀신의 조합이라니. 썩 훈훈하진 않다. 양혜가 주변을 두리번거리더니 그녀의 귀에 속삭였다.

"실은 우리 오빠 장가갈 거래."

은밀한 속삭임에 코웃음이 쳐졌다.

"신부 만나러 베트남 갔다더니 기어이 국수 마네?"

"국수?"

"이제 너한테도 널 구박할 올케가 생긴다는 소리야."

양혜의 오빠는 노인만 가득한 이 마을에서 가장 프레쉬한 총각이었다. 그래 봐야 마흔다섯 살 노총각일 뿐이지만. 매향을 짝사랑해 끊임없이 소심한 추파를 던졌지만 무참하게 깨졌다. 가난한 남자는 백운당에 입성하지 못한다. 돈이 많다고 드나들 수 있는 것도 아니다. 백운당은 그런 곳이다. 돈이 있다고 방석 깔고 앉을 수 있는 곳이 아니라서 더 특별한 곳. 특권층만을 위한 아방궁. 그런 사내들을 발아래 깔고 지배하는 가장 크고 화려한 꽃이 매향이었다.

그나저나 베트남 여자는 몇 살일까. 나이 어린 꽃다운 신부겠지. 파렴치한 놈. 인간은 어째서 결혼을 해야 하는 걸까. 그것은 그녀가 주양을 흠모하는 것과 같은 이치인 걸까. 그는 지금 뭘 하고 있을까. 제 얼굴처럼 잘 빠진 몸매를 슈트 안에 차려입고서 자기 세계와 긴밀하게 연결된 사람들 사이에서 잘나 빠진 인생을 즐기고 있겠지.

범오사에서 돌아오고 며칠이 흘렀다. 그 뒤로 쭉 마음이 심란한 상태였다. 불현듯 현실을 깨닫자니 실소가 다물어졌다. 영원이 그 남자를 흠모하는 것은 노총각이 어린 신부를 탐하는 것과 진배없다. 파렴치한 짓이었다.

그날의 기억이 밀려오면서 영원은 의식의 밑바닥으로 보내졌다.

탕!

링거대가 옆으로 쓰러졌다. 주삿바늘이 연결된 손등에서 바늘을 분리해 내던졌다. 영원은 들숨과 날숨으로 흉포하게 가슴을 들썩였다.

"나, 나한테 무슨 짓을 한 거야."

정색하며 차갑게 그를 노려봤다. 불안하게 그는 말이 없었다.

"설마 애, 애를 어떻게 한 건 아니겠지."

영원이 배를 감싸 쥐며 덜덜 떨었지만 주양은 뻔뻔하게 쳐다볼 뿐이었다.

"네 아이야. 나와 네 아이라고."

"왜 울지?"

주양은 이해할 수 없다는 얼굴이었다. 영원은 주양을 혐오하듯 봤다.

"진심이야?"

"너야말로 제정신인가. 내 아이를 낳아서 뭘 어쩌려고."

그가 낮은 어조로 속삭였다. 진심으로 되물으며 다가왔다. 그것은 이질감이었다. 감정이 없는 남자의 섬뜩한 표정. 구조적으로 다른 존재에 영원은 겁이 났다. 곧장 의사가 그들 사이를 가르고 들어오면서 일단락되었다.

"장에 탈이 났네요. 요사이 심하게 스트레스받는 일 있었나 봐요? 임신이요? 피 검사 결과 임신의 소견은 없습니다. 생리는 스트레스 때문에 호르몬 변화가 오면 그럴 수 있어요."

차트를 대강 넘겨 보던 의사가 레지던트들을 이끌고 바람처럼 사라졌다. 그러나 병실에 커다란 구덩이가 패어 돌이킬 수 없게 된 후였다. 영원은 꼼짝하지 않았다. 그 괴괴한 분위기를 먼저 깨부순 건 주양이었다. 옷장으로 간 주양이 영원의 옷을 꺼내 침대에 올려놨다. 환자복을 입은 영원을 훑으며 내뱉는다.

"갈아입고 나오도록 해요."

마치 방금 전까지 무슨 일이 있었냐는 듯 태평한 모습이었다. 그가 등을 돌렸다. 영원이 거칠게 입을 놀렸다.

"만약에, 만약에 내가 진짜 네 아이를 가졌으면 어떻게 할 생각이었어?"

발소리가 문지방에서 멈췄다. 영원은 고개를 떨궜다. 그와 눈을 마주칠 수 없을 것 같았다. 어떤 대답이 나올까 두려웠다.

드르륵— 쾅!

열렸던 문이 도로 닫혔다. 빠르게 걸어오는 구둣발 소리. 몸이 돌려지면서 주양과 시선이 얽혔다. 그가 영원의 떨리는 동공과 눈빛을 뒤섞었다. 영원의 뺨에는 방금 전 흘리다 만 눈물 찌꺼기가 그대로 남아 있었다. 그가 영원의 뺨에 묻은 눈물을 엄지로 꾹 누르더니 혀에 옮겨 맛을 음미했다. 아주 천천히, 신중하게. 그러면서 영원을 깊게 봤다. 비정하기까지 한 영원의 모습에 그가 나직이 속삭였다.

"그 찌라시, 최 사장이 퍼트린 게 아니던데."

갑작스러운 말에 영원은 멈칫했다.

"그걸 알면서 너는 나한테 거짓으로 고자질했지."

찌라시는 노 집사가 팔아넘긴 것이었다. 계모가 그러지 않았다는 걸 알면서 미워서 거짓말을 했다. 한번 당해 보라고. 그 뒤로는 일이 유야무야 넘어갔고 주양은 누구냐고 더 이상 묻지 않았다. 모른다고 생각했다.

그가 무엇을 말하려는지 알았다.

영원의 비겁한 본심.

"어설픈 머리로 수작 부리지 마."

경고를 내리박는 목소리가 분명했다.

"나는 아주 나쁜 새끼라…… 봐주는 법을 모르거든."

그가 저열한 영원의 속마음을 향해 검게 눈동자를 떴다. 아이를 뱄다면 찢어 긁어냈으리라. 그가 영원의 어깨를 치고 갔다.

영원은 뺨에 떨어진 차가운 감각에 화들짝, 놀라서 깼다. 뜨거운 날씨에 녹은 쭈쭈바가 국물을 뚝뚝 흘리고 있었다. 시간이 얼마나 지났지? 산만한 정신을 수습하고 휴대 전화 시계를 봤다.

"헉."

점심시간이 끝나 간다. 다 빨아 먹은 쭈쭈바를 쓰레기통에 버리고 일어났다. 곧 저녁 타임이 될 것이고 손님이 몰려오면 눈코 뜰 새 없이 바빠진다.

신발을 구겨 신는 그때였다. 검은 자동차 넉 대가 빠르게 시골길을 지나갔다. 백운당을 향해서.

영원은 먼지를 일으키며 사라지는 차 뒤꽁무니를 의아하게 눈으로 좇았다.

백운당에 뭔 일 있나?

서둘러 가게로 돌아오자 백운당이 시끄러웠다. 동료들이 삼삼오오 모여 있었다. 영원이 그들에 대고 외쳤다.

"이상한 차들이 들어오던데. 대체 무슨 일이야?"

동료1이 미간을 좁혔다.

"빨빨대고 어딜 싸돌아다니는 거야. 네 할 일은 끝내고 농땡이 피우는 거겠지."

"닥치고 무슨 일인지나 설명해."

"두 달 동안 유럽 투어 갔던 매향이 돌아왔어."

곁에 있던 동료2가 설명했다. 영원이 빠르게 보았다.

"매향이 지금 백운당에 있다고?"

"여행이 더 길어질 줄 알았는데. 사실 김 총리 애 낳아 주러 갔다는 소문이 있었잖아."

김 총리는 이미 요직에서 물러난 재야의 인물이지만, 현존하는 한국 정치 실세였다. 매향은 그의 총애를 받았다. 하지만 애라니. 동료1의 시답잖은 소리에 다른 동료가 펄쩍 뛰었다.

"미친. 그게 말이 돼? 두 달 만에 애를 어떻게 만드냐? 그 전부터 임신이라도 했다는 거야?"

"맞아, 맞아. 식당에 보는 눈이 몇인데. 산달 임박한 임산부를 몰라볼 리가 없지."

순진한 반응 일색에 동료1이 혀를 끌끌 찼다. '이렇게들 세상 물정을 몰라서야.' 하는 한심 가득한 표정이었다.

"한복의 장점이 뭔지 알아? 임신을 해도 모른다는 거야. 잘나가던 기생이 돌연 휴직하고 외국으로 떠나. 그리고 난데없이 두 달 만에 컴백. 이상하지?"

"그야 그렇지만."

"매향이 김 총리 말고 다른 손님 수발드는 거 난 못 봤어."

오늘따라 손님들이 더 많은 이유가 있었다. 두 달간의 긴 휴가를 끝내고 매향이 돌아오는 날이었다.

매향이 누군가. 백운당의 가장 크고 화려한 꽃이었다. 백운당 기생들도 매향이라면 한 수 접어 들었다. 그녀 앞에선 군기가 바짝 들어가 발걸음도 사뿐히

했다. 계모 다음으로 백운당 직원들을 두려움에 떨게 하는 게 바로 매향이었다. 한가락 하는 기생들도 매향 앞에선 설설 기었다.

영원은 헐레벌떡 백운당 연못으로 달려갔다. 시원한 여름 향기가 안면으로 불어닥쳤다. 보기만 해도 가슴 풀리는 탁 트인 백운당 중정 연못. 그곳에 자리한 취향각. 누각 위에선 상차림이 벌써 진행 중이었다. 열 명은 족히 되는 관료들이 상에 둘러앉아 있었다. 기생들이 호사스럽게 손님을 접대했다. 기름진 음식과 시원한 술. 풍광에 먼저 취하고, 술맛이 기가 막혀 다시 취한다는 백운당. 왕도 부럽지 않다. 그중 매향이 술 따르는 인물은 좀 더 특권층일 수밖에 없는 것이 이 바닥 생리였다.

영원처럼 구경 온 누군가가 옆 사람과 수군거렸다.

"새파랗게 어린 양반이네. 이제 사십 줄 조금 넘겨 보이는데. 누구길래 저 매향이 친히 술까지 따라?"

매향 옆에 깐깐해 보이는 남자가 앉아 있었다.

"파란 지붕에서 일한대."

"청와대?"

신참 기생들이 입을 떡 벌렸다.

"대통령 비서실장이야. 대통령 빽 등에 업고, 원님 덕에 나팔 불겠다 이거지."

매향이 뒤에 김 총리가 있다는 건 다 아는 사실이었다. 간도 크네, 저 양반. 영원이 어깨를 으쓱하고 돌아서려는 그때였다. 매니저가 모여 있는 직원들을 해산시켰다.

"뭐 합니까! 일들 해요! 일들!"

구경거리를 뺏긴 직원들이 입을 삐죽대며 뿔뿔이 흩어졌다. 영원도 별채 청소를 하러 갔다.

오후에 남는 자투리 시간에는 꽃들을 옮겨 심기로 했다. 별채 후원에 작은 화단이 있었다. 아버지가 돌아가신 후 아무도 가꿔 주지 않아 방치된 채였다. 영원은 힘을 줘 퍽퍽 모종삽으로 흙을 퍼냈다. 겨우내 화분에 옮겨 담았던 꽃들을 다시 땅으로 되돌려 주는데 인기척이 기와집을 돌아서 왔다.

"지금 심는 거 무슨 꽃이야?"

하늘하늘한 한복을 입은 해수가 거문고를 등에 메고 다가왔다. 발을 디딜 때마다 치맛자락으로 꽃신이 머리를 내밀었다. 귀하신 몸께서 이렇게 누추한 곳까진 어인 일이신가. 기분이 잡쳤지만 시비 걸지 않기로 했다. 입만 아팠다.

"거문고 교습 시간 아냐?"

"음. 취소됐어."

"그럼 다른 스케줄은? 딴 데 가서 놀아. 너 좋다는 애들 많잖아."

싫은 소리에도 아랑곳 않고 해수가 변죽 좋게 화단에 엉덩이를 붙였다. 어쩐지 심심해 보였다. 아. 그런 건가. 스케줄이 없는 건가. 왜지? 이유를 끝까지 추적해 낸 영원이 발칙하게 입매를 꿈틀거렸다.

"아하. 백운당 진짜 꽃께서 귀환하셨지. 이거 해어화 체면이 말이 아니네. 매향이 오자마자 바로 찬밥 신세라니."

조롱 섞인 야죽거림을 듣고서도 해수는 별로 아쉽지 않다는 무표정이었다. 자존심에 타격받길 원했건만, 심드렁한 반응에 기운이 빠졌다. 오히려 역공을 당한 건 이쪽이었다. 해수는 당당하게 꾸밈없는 모습으로 소신을 밝혔다.

"난 기생이 아니니까."

영원의 표정 귀퉁이가 썩어서 나가떨어졌다.

"손님들한테 연주는 하지만, 기생으로서는 아니야. 어디까지나 예인으로서 사명을 다한 것뿐이야. 사람들 귀를 즐겁게 해 주는 게 내가 성취감을 얻는 방법이고."

똑 부러지는 대답이 해수다웠다. 자기표현을 똑바로 할 줄 알고 언제 어디에서나 당당함을 잃지 않는 해수의 모습은 영원에게 거북스러운 질투심을 내보이게 했다. 이래서 꽃이 싫다니까. 영원은 퍽퍽 삽을 쑤셔 넣었다. 그러나 곧 관두었다. 혈기를 이기지 못하고 기분을 표출할수록 비루해지는 건 영원이었다. 그녀는 마음에 대고 확인 사살 했다.

'그냥 사실대로 인정해. 부럽다고. 너도 저렇게 살고 싶다고.'

꿈은 사치였다. 백운당에서 태어나고 고작 백운당 반경 안을 벗어나지 못하는 하류 인생에게 무언가를 이루고 성취감을 느낀다는 행위는 가당치도 않은 혜택이다. 영원이 할 수 있는 건, 겨우 허드렛일이나 하고 가끔 화단에 꽃을 심는 걸로 한을 푸는 것뿐이다. 어차피 딱히 잘하는 것도 없었다.

"좁아터진 화분보다는 화단이 숨 쉬긴 편하겠지."

해수가 영원의 혼잣말을 듣고 미간을 찌푸렸다. 자유로운 새가 철장 안의 새를 이해하지 못하듯이. 모종삽을 쥔 영원의 손에 힘줄이 돋았다. 해수가 삽을 빼앗으려 했다.

"어차피 올해 안에 죽을 텐데 하지 마."

"넌 남자들한테 그렇게 꽃 받아 내고 어디다 두냐?"

해수가 당황했다.

"바로 쓰레기통 직행이지? 꽃도 생명이야. 놔."

영원은 심술을 부리며 괜히 해수를 민망하게 만들었다. 오늘로서 여기도 끝이었다. 혼자만의 공간이라 좋아했는데 이렇듯 불청객이 난입했으니. 사사건건 부딪히는 계집이 짐스러웠다. 파헤친 화단을 놔두고 공구를 챙겨 떠나는데 누군가와 충돌했다. 영원은 발딱 일어섰다. 계모였다.

계모가 양미간에 주름을 잡았지만 대한민국 최고 한식당 사장답게 그녀는 냉철한 사업가의 면모를 드러냈다. 그녀는 혼자가 아니었다. 뒤에 손님을 대동하고 있었다.

"인사드려라. 진 이사님이시다."

영원은 긴장한 채 바위가 되었다. 꼿꼿해져서 고개를 들지 못했다. 해수가 주양을 알아보고 벌떡 일어섰다.

"오늘 오신다는 손님이……."

"대체 이게 무슨 꼴이라니?"

계모가 영원의 더러운 꼴을 쏘아봤다. 뺨도, 유니폼 치맛단도 흙으로 지저분했다. 해수가 영원이 곤란해질까 봐 해명했다.

"아, 영원이가 짬 내서 꽃을 심고 있었어요. 기특하게도."

듣기 싫다는 눈초리로 계모가 단번에 해수의 말을 자르고 들어왔다.

"좀 씻어야겠다. 저녁 장사 준비하려면 그 꼴로 돌아다닐 순 없잖니?"

살뜰히 챙겨 주는 것처럼 보이지만, 스산하게 찍어 누르는 음성이었다. 뒤에 있어서 주양이 표정을 보지 못할 거라 생각하는 모양이었다. 말하는 목소리 톤과 영원을 보는 눈빛이 사뭇 달랐다. 시키는 일도 제대로 못해 내는 주제에, 누굴 닮았는지 궁상은 혼자 다 사서 떠는 꼴이야? 파편이 생생하게 날아들었다. 영원은 고개 숙였다. 언제나 계모 앞에서 한없이 작아졌다.

곱게 손을 가슴에 댄 계모가 주양을 별채로 안내했다.

"그럼, 이쪽으로 가시죠."

주양과 눈이 마주쳤다. 그의 눈길이 모래알이 꼬질꼬질하게 낀 영원의 손톱에 닿았다. 영원은 얼른 손을 치마 뒤로 감췄다. 백운당에는 귀신이 산다. 얼굴이 없는 귀신이. 사람들은 수군거렸다. 그 유명한 백운당 셋째 딸, 얼마나 지지리 못났는지 그 어미가 제 딸을 헌신짝 취급 한다지 뭐야? 계모의 미간에 내 천자를 새겨지게 만드는 못난이가 바로 영원이었다. 계모의 냉대를 봤으니 이제 그도 알겠지. 그녀가 집에서 어떤 취급을 받는지. 어떤 위치인지.

영원은 집안의 '수치' 였다.

그가 무심하게 영원을 스쳐 갔다. 절대로 닿을 수 없는 사람인 게 더더욱 선명하게 찔러서 그녀는 한참 동안 자리를 뜨지 못했다. 예전이 좋았다. 멀리서 쳐다보기만 했을 때는 몰랐다. 때가 꼬질꼬질하게 낀 손이 이토록 부끄러운 것이란 것을.

감히 탐내서는 안 되는 남자다.

다시 현실로 돌아왔다.

재투성이 하녀…….

해수의 손가락이 거문고 줄 위에서 현란하게 노닐었다. 최혜란은 잠시 두 사람만 별채에 두고 자리를 비운 상태였다. 열심히 연주하던 해수는 무심결에 주양을 건너봤다. 평소 냉철하게 이지가 선 눈빛이 더 깊어져 있었다. 심각하게 무언가 상념에 빠진 것 같았다. 해수는 괘를 손바닥으로 눌러 소리를 죽였다. 귀로는 듣고 있지만 주양의 정신이 딴 곳에 팔려 있는데 더 이상의 연주는 무의미했다. 그는 소리가 멈춘 것도 알아채지 못했다. 해수는 직사각형의 검은색 돌 접시를 봤다. 주양의 눈길이 나란히 플레이팅 된 새우튀김에 붙박여 있었다.

딴 곳에 정신 팔려 있다고 생각한 그가 말문을 연 건 그때였다.

"누가 그러더군요. 혼자 사는 남자는 새우를 먹어선 안 된다고."

해수가 웃음이 새려는 입술을 억눌렀다.

"이상한 논리네요."

"백운당 새우튀김은 얼마나 맛있어서 그랬나, 봤습니다."

"그게 무슨……."

"우리 회사에서 출시한 도시락이 형편없다고 초장에 욕을 하더군요."

주양은 그렇게 쏘아붙이며 술잔을 들이켰다. 그는 조금 화가 난 것같이 보였다. 대체 어떤 간 큰 인간이 진주양의 면전에 대놓고 비평을 할까. 아연했다.

"진 이사님 앞에서 주름잡을 정도면, 음식 평론가겠죠?"

해수가 애써 분위기를 달래 보려 했지만 주양은 입을 자물쇠로 걸어 잠갔다. 그는 묵묵히 이강주를 따라 마셨다. 기분이 저조해 보였다. 해수는 거문고를 무릎 위에서 치우며 주양에게 몸을 틀었다.

"그래서 어떠세요?"

그제야 주양이 고개를 들어 해수를 응시했다. 오늘 처음이었다.

"백운당 새우튀김, 인정할 만한가요?"

생각지 못했다는 듯 해수를 보던 주양이, 젓가락을 들어 튀김을 한 입 베어 물었다. 튀김의 바삭함과 부드러운 새우의 식감을 느리게 혀에서 굴리며 음미했다. 문득, 그가 희미하게 입매를 휘었다. 그렇게 말한 당돌한 누군가를 떠올리기라도 했는지.

"우리 회사 도시락보다…… 맛있네요."

소박하게 미소 짓는 남자의 모습. 방금 전까지 화가 난 게 아니었나. 해수는 혼란스러웠다.

주양은 30분도 채 안 돼 자리에서 일어났다. 그가 구두를 막 신는 그때였다. 기와집 모퉁이를 돈 최혜란이 뒤늦게 별채에 도착했다. 가려는 그를 발견하고는 서둘러 달려왔다.

"어째 벌써 일어나세요."

안 놓아주는 손님들을 뿌리치고 왔는데, 혜란은 전전긍긍했다. 해수는 풍성한 한복을 갈무리하며 옆을 지켰다. 구둣주걱을 걸어 놓은 주양이 삭막한 낯바닥으로 별채 후원을 감상했다. 전통 한옥과 멋들어지게 어울리는 소나무들이 굽이굽이 뻗어 났고 물레방아가 덜커덩, 물줄기를 따라 냈다. 연못에서 팔랑대는 잎사귀들. 기와를 머리에 인 처마가 햇빛을 차단했다. 점심부터 손님들이 몰려와 정신없이 바빴는데 어째서인지 별채만은 한가롭기 그지없다. 동떨어진 다른 세계처럼.

"여름이군요."

주양이 천천히 입을 열었다. 최혜란이 조용히 맞장구쳤다.

"네. 벌써 여름이네요."

매미가 울어 댔다. 파란 잎사귀들은 그물망을 이루어 햇살을 부드럽게 잘랐다. 수풀이 우거진 정원을 감상하던 주양이 대뜸 말했다.

"가게 손을 보셔야겠습니다."

생뚱맞은 지적에 최혜란이 조금 장난스럽게 미소를 내보냈다.

"지난주에 정원사를 불러 다듬었는데. 금세 수풀이 무성해지네요."

"좋은 곳입니다. 중요한 시기고."

혜란이 '중요한 시기'라는 경고성 멘트에 주양을 봤다.

"그게 무슨……."

"김 회장하고 멀리하시는 게 좋을 겁니다. 이 가게, 계속 손질하고 싶으면."

주양의 눈길이 곧장 직진해 왔다. 그 안에 소용돌이치는 흉포함을 감춘 채였다. 꺾일 줄 모르는 그의 성미대로 구태여 겸손 떨려 하지 않는 솔직한 모습이었다.

적당히 자기 힘을 과시할 줄 아는 남자다. 예상치 못한 경고를 맞닥뜨리고 최혜란은 머릿속에서 오작동이 일었다. 주양은 최혜란이 충분히 되새김질할 수 있게 느긋하게 그녀의 페이스에 맞춰 주었다. 이번엔 삭막한 비즈니스 말고 개인적인 취향에 관한 이야기였다.

"저 화단엔 데이지를 심는 게 좋겠습니다. 김 회장님이 데이지를 좋아하셨죠. 데이지 꽃말이 '희망'이라든가. 출소하시고 재기를 염원하는 바람으로."

주양이 짧게 말을 던지고 발을 내디뎠다. 최혜란은 정원 구석에 듬성듬성 어설프게 꽃이 심긴 화단을 보다가 해수와 얼른 그의 뒤를 따랐다. 차가 사라질 때까지 허리를 펴지 않았다. 해수가 참지 못하고 최혜란에게 물었다.

"옆에서 제가 얼마나 무안했는지 아세요? 사람을 불러다 놓고 그냥 가게 만들었잖아요."

주양은 꽤 오래 기다렸다. 바쁜 사람을 불러다 놓고 최혜란은 다른 방에서 다른 손님들 시중을 들었다. 청와대 비서실장이었다. 기업이란 갈대처럼 정권이 바뀔 때마다 순응해서 실리를 따져야 했다. 어디 한 곳을 지지한다고 하는 것은 몹시 위험한 행동이었지만, 한신그룹이 현재 한국당 이중모 후보를 민다는 건 기정사실화하는 분위기였다. 같은 한국당 소속인 비서실장은 당내에서도 주양과 파벌이 나뉘었다. 그들은 사이가 좋지 않다. 그걸 알면서 보란 듯이 최혜란은 주양을 제쳐 두고 비서실장의 시중을 들었다. 부와 권력을 쥔 자들은 아주 사소한 것에서 빈정이 상하기 마련이었다. 오늘 최혜란의 행동은 마치 불벼락 맞길 바란 사람이었다.

"무슨 변명이라도 해 보세요. 사장님, 어머니!"

최혜란은 주양이 사라진 길을 예리하게 쳐다봤다.

"속을 드러내지 않는 인물은 들쑤셔서 화내게 하는 수밖에."

해수는 어처구니가 없었다.

"일부러 화를 돋운 거라고요? 대체 왜요? 그리고 김 회장님 말은 또 뭐죠?"

"말 그대로 까불지 말란 경고겠지. 그 짝 나고 싶지 않다면."

최혜란은 조바심이 들끓었다. 저 시린 낯짝은 좀체 익숙해지지가 않는다. 비집고 들어갈 틈을 안 내주었다. 그는 무엇이든 건성이었다. 곁을 내주지 않으면서, 적당히 상대하다가 적당한 타이밍에 치고 빠진다. 나름 자신하는 관심법도 저 남자한테선 무용지물이 되니 원. 대산 김 회장이 잘려 나간 이런 때일수록 줄을 잘 잡아야 한다. 어느 줄에 서야 하는지 고민되었다. 비서실장은 80퍼센트 넘어왔지만 문제는, 저 진주양이다. 도통 속내가 읽히지 않았다. 괜히 진주양 쪽에 헛물켜다가 비서실장을 놓치면 입지가 좁아진다.

최혜란을 지켜보던 해수는 피곤한 기색을 지우고 내일 일정에 집중하기로 했다. 확실하게 다짐받았다.

"이번 주 내내 저 스케줄 빼요. 스승님하고 제주도 기행 있어요. 딴소리 마세요."

"잠깐. 며칠부터 며칠까지라고 했지?"

절대 허락하지 않을 것처럼 굴더니 최혜란이 적극적으로 나섰다. 날짜를 말하자, 최혜란이 머릿속에서 빠르게 계산기를 두드렸다. 표정에 일순 전구가 반짝 켜진 건 착각일까. 혜란이 손끝을 까딱였다.

"그래. 알았다."

수락하는 목소리가 호쾌했다. 그녀의 긍정이 불안했다. 뒤에서 어떤 수상한 일을 꾸밀지 모르지만 해수는 놔두기로 했다. 최혜란이 해수의 발길을 붙잡았다.

"참, 오 마담이 왔다 갔는데, 범오사 쪽에서 은밀히 네 사주를 부탁했다더라."

"제 사주를요?"

"아마 어느 집에서 너랑 자기 아들 궁합 좀 봐 달라 했나 보지."

오 마담은 유명한 마담뚜였다. 범오사 성철스님 역시 한 번도 뵌 적은 없지만, 법력이 뛰어나다는 소문을 귀에 딱지가 앉도록 들었다. 내로라하는 국회 의원이고 연예인이고 한 달 넘게 줄서야 만날 수 있는 대단한 분이라고.

"누군지도 모르는데, 함부로 제 정보 주다가 곤란한 일에 엮이기라도 하면 어쩌려고요."

"한신 진 회장의 첫째 아들, 그러니까 진 이사 아버지 말이다. 요절한 뒤로 쭉 범오사 성철스님에게 재를 맡기고 있다."

해수는 새로운 사실에 조금 놀랐다. 그 집이 불교 신자인 걸 알았지만 범오사와 인연이 닿을 줄은 꿈에도 몰랐다.

"며칠 전에도 진 회장 일가가 다녀갔대. 성철스님 눈에 들면, 한신 진 회장한테 네 이야기가 귀띔이 될 수도 있잖니. 며느릿감으로. 그 양반 말이라면 진 회장이 그래도 듣는 시늉이라도 하는 모양이야."

하지만 해수의 표정이 어두워졌다. 최혜란이 딱딱하게 어깨를 굳힌 해수를 붙잡았다.

"너 안색이 왜 그러니?"

범오사는 해수에게도 낯설지 않은 사찰이었다. 최혜란은 해수가 스승의 반찬을 나른다는 사실을 몰랐다. 손에 물 한 방울 안 묻히고 키운 딸이었다. 가뜩이나 거문고 배우는 것도 못마땅히 여기는데, 스승 반찬 시중까지 알면 거문고를 두 쪽으로 쪼개 버릴 거다. 매번 영원에게 부탁한 것엔 혜란의 레이더망을 피하기 위한 이유도 포함됐다. 그러나 해수의 머리가 복잡하게 뒤엉킨 원인은 그게 아니었다.

"며칠 전이라면 정확히 날짜가……."

"글쎄. 자세한 날짜까지는 모르지만 지난주였겠지."

지난주. 영원이 범오사에 다녀갔던 주다.

해수는 완전히 방전된 걸음으로 최혜란을 지나쳤다. 설마 둘이 거기서 마주치기라도 한 건 아니겠지.

간다는 소리도 없이 멀어지는 딸을 보다 최혜란이 직원들에게 화단을 가꾸라고 지시했다.

해수는 정처 없이 걸었다. 어느새 백운당 한 바퀴를 돌아 제자리로 돌아와 있었다. 직원들이 치마를 걷어붙이고 호미로 화단의 돌을 걸러 내고 있었다. 최혜란은 추진력이 좋았다. 몇몇 직원이 모여 투덜거렸다.

"제길. 이 땅은 후원에서 잘 보이지도 않는다고 버려둔 땅 아니었어? 최 사장은 갑자기 화단은 왜 가꾸라는 거야."

"왕자님이 뒤뜰이 허전하시다잖아."

"진 이사가? 꽃에 취미를 둔다는 얘긴 못 들었는데. 이젠 하다하다 버려진 화단까지 참견이야?"

"난들 아냐."

해수는 화단에 관심을 두던 주양을 떠올렸다. 도대체 갑자기 화단을 왜? 정말 김 회장 때문일까? 비스듬히 발길을 돌렸다. 미처 다가오던 사람을 감지하지 못하고 불시에 맞닥뜨렸다. 해수가 주춤 뒷걸음질했다. 어둠을 뒤집어쓴 눈앞의 '존재'가 쏘아붙였다.

"너까지 그런 얼굴 하지 마. 귀신이라도 본 표정. 기분 나쁘니까."

백운당의 새카만 귀신.

영원이었다.

영원이 입으면 세련된 개량 한복도 촌스러운 구한말풍이 되었고, 얼굴을 덮어 버린 두터운 머리카락은 답답함과 불길함을 더했다. 영원이 주변을 기웃거렸다.

"그 사람은…… 갔어?"

해수가 의아하게 눈썹을 휘어 올렸다.

"네가 그게 왜 궁금해?"

"나, 난 뭐 궁금해하면 안 돼?"

영원이 당황해 말을 더듬었다.

"아파트 옥상에서 사람이 추락해도 콧방귀 뀌는 게 너잖아. 남한테 관심 갖는 게 이상해서."

해수는 영원을 유심히 살폈다. 세상에 불만이 가득 차서 심드렁한 표정이 이전과 다를 바 없었다. 관심 가져서 안 된다는 법은 없지만 그게 영원이라면 역시 이상하다. 무엇이 의심스러워서……? 스스로에게 자문해 봤지만 딱 답이 안 떨어졌다. 불가능한 일이었다. 그 남자의 고상한 취향에 부합하기에 영원은 몹시 남루하다. 그러나 마냥 불가능한 것도 아니다. 혜란의 세뇌에 깨닫지 못하고 있지만, 영원은 남자를 흘리는 외모를 갖고 있었다. 딱히 경쟁심을 느낀 적은 없지만 마음 한구석에 얹어진 돌덩이처럼 신경 쓰이곤 했다. 주양이 그녀의 얼굴을 봤을까? 설마 그날 둘이 마주친 건 아니겠지? 그런 우연이 쉽진 않잖아. 아닐 거야. 해수가 긴 침묵 끝에 입을 뗐다.

"좋아하니?"

생각지 못하게 영원이 당돌하게 눈싸움을 밀어붙였다.

"그렇다면?"

해수는 허를 찔린 기분이었다. 영원이 직접적으로 맞받아칠 줄 몰랐다. 해수가 영원을 타일렀다.

"겉모습만 보고 혹했나 본데, 보기와는 많이 다른 남자야."

"새삼스레 뭘."

"스캔들 한 번 없던 거 보면 모르니? 그런 사람은 둘 중 하나야. 치밀하거나, 취향이 까다롭거나. 언니로서 충고하는데, 그 사람은 가망 없어."

"맞아."

"뭐?"

"가망 없어. 내가 그 사람을 좋아한다고 해도 그 사람이 날 좋아하겠어, 우리가 사귀기를 하겠어?"

빤히 해수를 들여다보는 눈동자가 유리알같이 깨끗했다. 그대로 해수를 흡수해 담아냈다. 영원은 어수룩해 보여도 예리한 눈치를 갖고 있었다. 다년간 최혜란의 학대 속에서 꽃피운 능력이었다. 해수는 비겁한 속마음을 들킨 것 같아 몸을 사렸다.

"뭘 정색이야."

"……."

"널 사귀겠지."

영원이 시니컬하게 응수했다. 해수는 침묵했다. 영원이 딱히 부정하지 않는 해수를 보고 칫, 빈정 상한 표정을 지었다.

"짜증 나. 본전도 못 찾았네."

영원이 언제 그랬냐는 듯 무심해졌다.

"난 단순 무식해서 그런 타입 별로야. 따지고 재는 남자들. 복잡해서 싫어. 오히려 난 그 남자가 널 마음에 둔 거 같던데?"

해수는 자연히 얼굴이 붉어졌다.

"바쁜 와중에도 잊지 않고 꼬박꼬박 얼굴 비추잖아. 그 인간이 너 아니면 여기에 무슨 볼일이 있겠어?"

단순 심술이었나. 그를 좋아하기라도 하는 것 같은 뉘앙스를 풍긴 것은. 영원은 세상만사 귀찮은 얼굴로 귀를 쑤시고 갔다.

그런 생각을 하고 있는 줄은 꿈에도 몰랐다. 거짓말을 하는 것 같아 보이진 않았다.

백운당 여종업원들 모두가 그를 왕자라고 부르며 그에 대한 판타지를 공유했다. 그를 향한 호감엔 그의 재력과 부수적인 것들이 따랐다. 해수도 그런 일환으로 그를 마음에 둔 것이었다. 그를 사랑한다거나 하는 게 아니다. 이런 게 사랑일 리 없다. 적어도 주양이 먼저 해수 자신에게 무릎 꿇기 전까지 그녀가 그에게 마음을 주는 일은 없을 것이다.

'얼마든지 좋아할 수 있는 남자지. 그 남자를 싫어할 여자는 없을 거야.'

해수는 이 상황의 의미를 합리화했다. 영원이 걱정되는 것뿐이라고. 그는 아주 위험한 남자였다. 영원에겐 버거운 상대였다. 자신도 그를 앞에 두면 긴장해서 발가락 끝이 저려 오는데, 영원은 갈기갈기 찢겨진 채 버림당할 거다.

백운당은 오늘도 성황이었다. 오후가 되고, 저녁 장사 준비로 가게는 숨 가빴다. 영원은 동료들과 어제 아침 드라이 맡긴 한복을 기생들에게 배달했다. 동료1과 애들은 옷걸이를 밀고 기생들 방으로 갔다. 한옥 한 채에 따로 마련된 분장실이었다. 그들은 서로의 장신구를 구경하고 머리를 만지기 바빴다. 국악 팀이 다른 한쪽에서는 목청을 틔우려고 목을 가다듬고 있었다. 악기를 닦기도 했다. 정신이 하나도 없었다. 한복을 두고 가려는데 기생 두 년이 그들을 불렀다.

"야, 너희들 이리 와 봐."

기생들에게 찍히면 가게 생활 하기 불편했다. 동료들은 찍소리도 못 하고 따랐다.

"언니. 애들 데려왔어요."

5평짜리 안채에 난다 긴다 하는 기생 대여섯 명이 모여 있었다. 치마폭을 넓게 퍼트리고 허리가 짧은 저고리를 걸친 기생들은 한 떨기 꽃 같았다. 동료들이 쭈뼛쭈뼛 그들 앞에 섰다. 기생들이 둘러앉아 그들을 지켜봤다. 애들은 바짝 졸아 두리번거렸다. 영원은 그러거나 말거나 창호문에 기대어 정원을 내다봤다. 이번에 계모가 비싼 돈 주고 영입했다는 신입이 말문을 뗐다.

"얘들이야? 어우, 촌티. 빈티. 싼티."

모두들 그 신입 기생에게 설설 기는 분위기였다. 신입 주제에 웬만한 고참 대우를 받고 있었다. 회원제 텐프로에서 실력을 인정받았다는 계집이었다. 저 계집이 관리하는 고객들도 꽤 된다지. 계집이 백운당으로 옮겨 오면서 그 고객들도 끌어왔을 테니 계모가 굉장한 대우를 해 줄 게 불 보듯 뻔하다. 사장까지 뒤를 봐주는데 어느 직원이 그녀에게 함부로 대할까. 신입 기생이 고개를 빳빳이 쳐드는 것도 당연했다.

"오늘 내가 아주 중요한 손님을 모시기로 했거든? 너희들이 한 벌씩 입고 워킹 좀 해 줬으면 좋겠어. 패션쇼처럼 말이야."

2주 전에 한복 가게에서 사람이 왔다. 새로 맞춘 한복이 온 날이었다. 오늘 장사에 어떤 한복을 입을지 고르려는 거다.

"아이씨. 옷걸이를 해도 좀 반반한 애를 데려왔어야지."

"패션의 완성은 얼굴인데 영, 태가 안 나네."

기생년들이 한복을 입은 동료들에게 시비를 걸었다. 가뜩이나 따까리 취급에 불만이 많았기에 동료들은 욱했지만 "참아, 참아. 여기서 잘리고 싶어?" 하고 서로를 다독였다. 영원은 은둔자답게 무신경하게 멍하니 서 있었다. 하든지 말든지 동떨어져서 목을 벅벅 긁고 있는데 텐프로와 때마침 눈이 마주쳤다.

"야! 너 와 봐."

그러자 동료들이 절절매며 만류했다.

"아이, 쟤는 안 돼요. 쟤는 지뢰야. 건드리면 터져요. 그냥 저희로 하세요."

"쟤가 최 사장 딸이지? 이리 와 봐. 애."

영원이 '뭘 봐?' 하는 식으로 눈썹을 휘어 올렸다. 텐프로가 목청을 열고 깔깔거렸다.

"재밌네. 내 말 잘 들으면 장신구 하나 줄게."

"필요 없어."

영원이 단칼에 잘랐다. 모자라 보여도 백운당 사장 딸이었다.

텐프로가 영원의 성격을 받아 주었다.

"장신구 말고 그럼 뭐가 좋은데?"

영원이 망설이다가 텐프로 입술을 흘낏거렸다.

"너 입에 바른 거, 그거 어디 거야?"

"립스틱? 프랑스 제품이야. 국내에 안 팔아."

텐프로가 긴 손가락으로 화장대에 있는 립스틱 하나를 집어 들었다. 영원에게 흔들었다.

"내가 원하는 거 들어주면 줄게."

영원이 손을 뻗으려 하면 확 다시 가져갔다.

"내 말 잘 들으면."

누구의 말도 잘 듣는 건 싫었지만, 립스틱이 탐났다. 내내 사고 싶었지만 돈이 부족해 립글로스로 만족하던 차였다. 하지만 역시 귀찮다.

"싫어."

영원은 거절했다.

"립스틱 갖기 싫어?"

"갖고 싶어."

"근데 왜?"

"그냥 그럴 기분이 아니야."

해 줄 듯 말 듯 밀당하는 영원에 텐프로가 기분을 잡쳤는지 입술을 짓씹었다. 악랄함이 스쳤다.

"너 내놓은 자식이라며?"

영원이 눈을 치켜떴다. 본 성깔을 드러낸 텐프로가 비웃었다.

"최 사장한테 딸 대접도 못 받고 빌빌댄다는 거 파다해."

"입 닥쳐."

"얼마나 글러 먹게 생겼음 얼굴을 가려."

"낯바닥에 손톱 자국 새겨 줄까?"

"구경 좀 하려 했는데, 비싸게 굴긴. 상판에 금칠이라도 했냐!"

"죽여 버릴 거야!"

영원이 달려들었다. 분노가 임계치를 넘어 버렸다. 텐프로의 머리채를 쥐기 무섭게 말리려는 직원들이 몰려들었다. 기생들과 바깥에서 지켜보던 국악 팀, 동료들까지 합세해 서로 불이 붙어 다들 아귀다툼으로 번졌다.

"야 이! 기생년들! 유세 떠는 거 눈꼴시었는데 잘됐다! 퉤! 퉤!"

그간 기생들에게 싸였던 분노를 동료들이 터트렸다. 기생들도 지지 않았다.

"까아아악!"

창호문이 부서지고, 영원이 텐프로와 함께 풀밭을 굴렀다. 텐프로 위에 올라타 영원이 미친 듯이 싸대기를 날렸다. 하지만 곧 전세가 역전되었다. 드센 힘에 아래에 깔렸다. 영원은 머리를 보호했다. 무력하게 얻어맞기만 했다. 텐프로가 머리에서 뒤꽂이를 뺐다. 비열하게 날카로운 날붙이를 영원을 향해 높이 치켜든 그때였다.

"뭐야!"

텐프로가 자기 손을 낚아챈 누군가를 돌아봤다. 곧 사색이 되었다. 하나둘, 싸움을 멈췄다. 순식간에 상황이 진압되고 모두들 눈치를 살폈다. 카리스마를 겸비한 고참 기생들이 서 있었다.

그들의 선봉에 선 여자.

"이건 또 어디서 굴러먹다 온 개뼉다구야."

그녀가 손에 들고 있던 곰방대로 텐프로의 턱을 쳐들었다.

백운당에서 핀 꽃 중에서 가장 향기 짙은 매화꽃……

정교한 곡선을 그리고 있는 붉은 입술.

서늘하게 훑어 내리는 눈매.

고요하게 경고하는 음성엔 범접할 수 없는 위엄이 서려 있었다.

"여긴 내 구역이야. 멋대로 설치고 다니지 마."

백운당의 화중왕, 매향이었다.

계집은 자존심이 있어 쉽게 굽히지 않았다. 몇 번 매향에게 악악대다가 고참 기생들에게 머리채가 잡혀 끌려 나갔다. 구경꾼들이 물러가고 정원이 소강상태에 들었다.

매향이 마루에 영원을 앉혀 놓고 뜨거운 수건을 할퀴어진 목덜미에 대 줬다. 풀이 엉겨 붙은 머리카락과 얼굴에 묻은 흙들을 닦아 줬다. 영원이 손길을 피했다.

"내가 백운당 딸이라고 콩고물 얻어먹으려는 거라면 꿈 깨."

매향이 황당하다는 듯 웃었다.

"뭐라고?"

영원은 무릎을 모아 품에 끌어안았다.

"아, 아무도 날 안 좋아해. 동정 따윈 필요 없어."

세상을 거부하는 영원에 매향이 애틋한 얼굴을 해 보였다. 매향의 손길이 야생 동물을 다루듯 조심스럽게 닿아 왔다. 뺨을 지나 머리카락을 귀 뒤로 넘긴다. 영원이 주춤했다. 이내, 어깨를 늘어트리고 얼굴을 맡겼다. 매향은 처음 이 백운당에 왔을 때부터 그랬다. 편견 없이 영원을 대했고 유일하게 그녀에게 말을 섞어 주는 사람이다. 백운당의 퀸이 백운당의 추녀에게 내려 주는 관심이라니.

그러나 둘은 외로움이란 동의어로 묶여 있었다. 세상에 혈육 하나 없는…….

매향이 영원의 입술에 촉촉한 뭔가를 덧칠했다.

"웬 거야?"

"외국 간 기념. 첫눈에 알아봤지, 네 입술에 어울릴 거라고. 가져. 네 거야."

매향이 영원에게 립스틱을 쥐여 주었다. 외제였다. 아까 그 못된 기생년 것보다 훨씬 값나가고 색감과 발림성도 훌륭했다. 그 늙은이에게 받은 돈으로 산 걸까? 그 늙은이를 만나지 않았으면 좋겠는데. 좀 핼쑥해 보이는 모습이 안타까웠다. 아이를 낳아 주고 왔다는 소문 같은 게 사실일 리가 없다. 매향은 자존심이 강한 여자였다. 매향이 곰방대를 뻐끔 빨았다.

"내가 없던 새에 백운당이 아주 시끄러웠다던데?"

"김 회장이 망했어. 백운당 젖줄이 말랐으니 최 사장이 다른 끈을 잡으려고 혈안이지."

"해수가 진주양의 간택을 받았다며? 그년, 내숭 떨 때부터 알아봤어. 내가 장담했었지? 꼬리 아홉 개는 숨긴 구미호라고. 유력한 후보는 역시 진……."

매향이 우스갯소리로 말을 잇다가 눈에 띄게 굳은 영원을 발견했다. 영원은 아무렇지 않은 척 어깨를 으쓱해 보였다.

"엊그제도 해수를 보고 가더라구."

"그 남자한테 마음 주지 마."

매향이 영원을 꿰뚫어 보았다. 영원은 꼼짝도 안 했다.

"네가 산 채로 씹어 먹힐까 봐 그래."

매향이 동생 같은 영원의 머리를 쓰다듬었다. 누구에게도 마음을 들키지 않았다고 자부했는데. 매향의 예리함은 피할 수 없는 건가.

"씹어 먹혀?"

"소문에 의하면 그 남자, 인간이 아니래……."

매향의 서늘한 어조 끝자락에 긴 여운이 남았다. 영원이 헛웃음을 삼켰다. 그런 남자와 동침을 했다. 아이를 가진 줄 알고 미래를 고민하기도 했다. 인간이 아니면? 그럼 괴물이냐? 농담에도 영원이 우울 모드를 풀지 않자 매향이 어깨동무했다.

"오랜만에 드라이브시켜 줄까?"

"집안일 끝내고 짐 싸려면 잠자는 시간도 빠듯해."

"짐?"

매향이 의아하게 봤다. 영원이 한숨 쉬었다.

"내일 제주도에 가기로 했어."

다음 날 아침이 되었다. 세 자매는 차에 올라탔다. 계모가 두 딸의 수발을 들라고 영원도 딸려 보냈다. 해수의 거문고 스승은 계모가 따로 리무진 서비스를 보낸 상태였다. 운전기사가 알아서 편안하게 공항으로 모실 거다. 극진하게.

제주에 도착해 렌터카를 받을 때까지는 평탄했다. 예약해 둔 호텔로 향하는데 문제가 터졌다.

"예약이 전날 취소됐다고요?"

"성수기라 금세 방이 찼어요. 숙박은 불가능하십니다."

해수는 당황했다. 스승이 곧 도착하면 호텔부터 찾을 거였다. 어떻게 된 일이지? 옆에 있던 성원이 심드렁하게 외워 뱉는 듯한 대사를 흘렸다.

"어쩔 수 없네. 제주에서 힘 좀 쓰는 높으신 양반한테 도움받는 수밖에. 제주에 한신호텔이 그렇게 유명하다네?"

꿍꿍이가 낀 얼굴에 해수의 얼굴이 일그러졌다. 최혜란에게 은밀히 지령을 받고 온 성원이 명함 한 장을 꺼냈다.

"부탁이나 해 보자."

"어머니 짓이야?"

성원은 혜란에게 언질받았던 대로 뻔뻔하게 통화 버튼을 눌렀다. 그리고 해수에게 넘겼다.

"뭐 하는 거야! 전화를 걸면 어떡해!"

그사이 양 비서에게 곧바로 연락이 이루어졌다. 어쩔 수 없다는 듯 전화받는 신해수의 모습이 가증스러웠다. 영원이 그 모습을 어둡게 지켜봤다.

양 비서는 전화 통화를 끝내고 어두운 복도를 따라 걸었다. 복도를 빠져나오자, 15미터짜리 인공 암벽이 사방을 에워쌌다. 아파트 4층 높이의 아찔한 벽에 매달려 주양은 기하학적인 모양의 홀드를 짚었다. 조금씩 고지를 향해 낮게 포복하듯 벽을 타고 올라갔다. 몸이 열기를 내뿜어 댔다. 잔뜩 부푼 등 근육에 구슬땀이 송골송골 맺혔다. 주양이 암벽을 오르는 동안 아래서 양 비서가 PC 화면을 넘기며 사업 진척을 보고했다.

"한국당에서 대선 출마 선언을 한 후보들은 총 여덟 명으로 압축됐습니다. 7월에 있을 당 예비 경선에서 1차로 몇 명 간추리고, 9월쯤에 단독 후보를 정하겠다고 합니다."

12월 대선이 코앞이었다. 아주 중요한 시기였다.

"재미있군요."

주양이 답했다.

"보통 당 예비 경선으로 최후의 1인을 정하는데, 9월에 다시 후보를 가려낸다?"

"현재 여당을 향한 국민의 불신이 하늘을 찌르는 가운데, 그 불신을 잠재우기 위해 이번 대선 후보는 국민 경선을 통해 정하겠다고 합니다."

"국민 경선?"

"투명성을 강조하려고 나름대로 자구책을 고한 거겠죠. 모바일 투표, 혹은 서울에서만 단적으로 인기투표를 치러서 후보를 가리겠다는 소리 같습니다. 광고 효과도 꽤 높을 것 같습니다. 국민을 위한, 국민에 의한, 선진적인 정치를 보이겠다 이거죠."

한마디로 국민 눈길을 사로잡을 서커스였다. 주양이 홀더에 오른발을 얹고 숨을 참았다. 힘주어 이동했다.

"우리 쪽 선수 상태는 지금 어떻습니까."

"이중모 후보, 선호도 80퍼센트가량으로 현재까지는 여론 조사에서 압도적입니다."

"다른 후보들과 견주어 그 경쟁력이 뭐라고 판단합니까."

"독립투사의 후손으로 검찰 수장의 자리까지 오른 점, 보수의 껍데기만 두른 현 정치에 염증을 느낀 국민들에게 진짜 보수 애국자로 시원한 사이다를 선사한 점으로, 김한식 전 총리의 후광을 입고 당내 입지도 탄탄합니다."

현재 여당인 한국당은 파벌이 두 개로 나뉘어 있었다. 현직 대통령의 사람들과, 과거 선진적인 정치로 이름을 떨쳤던 김한식 전 총리의 사람들이었다. 김한식 전 총리는 은퇴 후 뒷방으로 물러난 것처럼 보이지만 여전히 대한민국 정치의 실세였다. 주양은 그런 김한식의 사람을 밀고 있었다.

"이 후보가 당 예비 경선에서 다른 후보들을 제치고 간단히 승리할 거라고 점쳐집니다."

"당내 경선 승리나 하자고 우리가 그 막대한 돈을 쏟아부은 게 아닙니다. 최종 목표인 대선에서 고꾸라지면 말짱 도루묵입니다."

정치 인생이 고꾸라지는 이유는 대개 엇비슷하다. 비리, 여자, 혼외자, 말실수. 대선 후보가 선행이 아닌 더러운 일로 남들 이목 끌어서 좋을 건 없다. 티끌 하나라도 상대편에게 내줘서는 안 되었다.

"안 그래도 이 후보가 '그 건'으로 고민이 많은 듯합니다. 어제 전화가 왔길래……."

"……."

"백운당 압수 수색 시나리오를 넌지시 귀띔해 줬더니, 흡족한 반응을 보였습니다. 김 회장을 감옥에 보낸 것만으로는 안심이 안 되는 모양입니다."

이중모는 김 회장에게 꽤 유감이 많은 사람이었다. 자기 목숨 줄을 제삼자가 틀어쥐고 있는 상황에서 발 뻗고 잠을 자는 게 더 이상한 일이었다.

숨이 한계까지 턱턱 막혔다. 오버행 구간이 나왔다. 경사도 90이 넘어서 허공에서 거의 늪듯이 매달려야 하는 구간이었다. 그는 로프를 고정시켜 놓고, 잠시 쉬었다. 미끄럼 방지를 위해 초크 가루를 손에 잔뜩 묻히고 다시 홀더를 잡았다. 주양은 한계를 모르는 것처럼 다시 위로 향했다.

"……김 회장은?"

"검찰 조사 이후 교도소에 수감되고서 조용합니다. 패를 쥐고도 왜 행사를 안 하는 건지. 아예 처음부터 그런 '파일'이 존재하지 않은 건 아니었을까요?"

그건 아닐 것이다. 김 회장하고 최혜란이 여우 같은 족속들이어도 그럴 땐 찰떡궁합이었다. 분명 '파일'은 있다. 김 회장이 패를 쥐고도 옴짝달싹 못 하는 이유는 단 하나.

"계획에 브레이크가 걸린 거겠죠."

주양의 말에 양 비서가 의아해했다.

"누가 제동을 걸었단 겁니까?"

"동업의 단점이 뭔지 압니까? 인간은 배신을 하게끔 프로그래밍 되어 있는 족속들이라는 겁니다. 교도소 밖에 있는 동업자가 혼자 독식할 수 있는 빅 찬스를 놓칠 리가 없죠."

문제가 생긴 거겠지. 끈 떨어진 연을 붙들고 있을 이유가 없다. 양 비서가 말 끝을 쳐올렸다.

"최혜란이 혼자 다 먹으려고 욕심을 부리고 있다?"

주양이 고개를 끄덕였다.

"대선쯤 되어서 청와대에 딜을 시도하려고 할 겁니다."

양 비서가 웃었다.

"늙은 여우가 큰코다칠 일을 벌이고 있군요."

"그 파일이 상대 진영에 넘어가기 전에 먼저 우리가 선수 쳐야 해요. 괜찮은 검사 하나 섭외해서 백운당 비리 좀 흘려 줘요."

"검사를 움직이지만, 자신이 조종당하는 줄 모르게끔 말이죠?"

"우리는 최대한 이 건에 관여되지 않은 것처럼 보여야 해요. 검사는 성과에 급급해서 자발적으로 백운당을 뒤져 줄 겁니다. 압수 수색 들어가면 소문만 무

성하던 그 비밀 금고도 털리겠죠. 여럿 목숨 줄 쥐고 흔들 비밀 금고가 백운당에 숨겨져 있다면서요?'

그렇게 말하다가 주양은 생각지 못한 누군가의 얼굴이 단단히 의식을 움켜 잡았다. 뻣뻣해졌다. 홀더를 놓치며 암벽에서 떨어졌다. 비서가 놀라 달려왔다.

"이사님!"

미리 걸어 둔 로프가 팽팽하게 당겼다. 주양은 허공에 붕 떠 있었다. 비서에게 손을 들어 괜찮다는 표시를 보였다. 주양은 줄을 타고 아래로 내려왔다.

"압수 수색 때, 우리가 그 파일을 몰래 빼 올 방도나 생각해 놓으세요."

양 비서가 건네주는 수건으로 목덜미 땀을 닦으며 주양이 빠르게 지시했다.

"회장님보다 먼저 공항으로 출발합니다."

"비서라 해서 별거 없을 줄 알았더니, 한신 비서는 다르네! 스위트 층으로 잡아 주고."

방에 들어오자마자 성원이 호들갑을 떨었다. 베란다로 달려가자 시리도록 푸른 바다 전경이 드넓게 펼쳐졌다. 6층 아래에 푸른 수영장이 내다보였다. 하얀 파라솔이 씌워진 선베드가 유럽의 어느 휴양지처럼 늘어서 있었다. 밤에 야외 카페로 멋질 것 같았다. 들뜬 성원과 달리 해수는 짐을 풀며 걱정을 늘어놓았다.

"성수기라 방이 없다잖아. 괜히 비서님한테 부담 지워 드린 게 아닌가 싶어."

제주 한신호텔에서 세 개밖에 없다는 오션 스위트룸을 두 개나 잡아 줬다. 객실마다 욕실 두 개에 침실만 세 개였다. 객실 두 개 중 하나는 세 자매가 쓰고, 다른 하나는 조선정 선생에게 배정되었다.

사서 걱정하는 해수를 보고 성원이 혀를 끌끌 찼다.

"다 뒤에서 진주양이 조종하는 거야. 비서가 무슨 힘이 있어. 그리고 신영원, 넌 첫날인데 벌써 늘어지면 어떡해? 차 트렁크에 짐 더 있으니까 가져다 놔."

신성원이 차 키를 영원의 발치께에 던졌다. 온갖 심부름으로 영원은 이미 파김치가 되었다. 그러나 악기가 아직 차에 남아 있었다.

"딜리버리 서비스 부탁하자."

신해수가 내선 전화를 들자 성원이 확 빼앗았다.

"벨보이 돈 들어. 쟤 하는 일도 없는데 놀릴 거야? 밥값은 해야지. 자자, 네 그 성질머리 더러운 선생 기다려. 호텔 바뀐 것 때문에 날 섰잖아. 빨리 가자. 신영원 넌 와서 옷 정리도 끝내 놔라?"

허튼 생각 할 새 없이 성원에게 정신없이 등 떠밀려 해수가 사라졌다. 그들이 뷔페를 먹으러 3층으로 내려가고, 영원은 주차장으로 나왔다. 마지막 거문고를 들고 엘리베이터에 올랐다. 어깨에 짊어 멘 악기가 무거웠다. 확 이거 들고 튀어 버릴까? 이를 가는 그때였다.

"임원 전용 엘리베이터 이용 안 하시고요."

닫히려던 문이 확, 재차 벌어졌다. 귀에 익은 목소리가 엘리베이터를 비집고 들어왔다.

"회장님 슬로건이 뭔지 압니까? 절대복종입니다. 가뜩이나 임원들, 배에 비계 껴 다니는 꼴 싫어 물갈이 벼르고 계시는데. 새파랗게 어린 놈이 벌써부터 전용, 전용 그러면, 주인 행세하려 든다고 안 좋게 보입니다."

사람 키 높이만 한 거문고에 영원은 수월히 가려졌다. 양 비서를 대동하고 주양이 바로 코앞에 섰다. 의도치 않게 거문고 뒤에 몸을 숨기게 되었다.

엘리베이터 문이 닫혔다. 조용해졌다. 그때 딸꾹질이 목젖을 치고 올라왔다. 양 비서가 뒤돌았다. 영원을 발견하고 그가 조금 놀란 표정을 지었다. 영원은 거문고 뒤에 숨으며 몸을 움츠렸다. 주양은 무표정하게 선 채로 돌아보지 않았다. 밀폐된 엘리베이터 안에 감도는 긴장감과 적막감. 영원은 계속 딸꾹질이 나는 입을 틀어막았다. 보통 사람이라면 으레 궁금해서 뒤를 돌아볼 법도 한데, 주양은 아무 감정이 없는 사람처럼 꿈쩍하지 않았다.

띵!

어느새 층수에 다다랐다. 3층에서 그들이 내렸다.

영원은 엘리베이터에 혼자 남았다.

주양은 묵묵히 걸었다. 양 비서가 눈치를 살피다가 해수 일행 이야기를 했다.

"오늘 아침에 연락이 왔습니다. 곤란한 처지가 되었다고. 시답잖은 일이라 판단해 말씀드리지 않았습니다."

주양은 차갑게 잘라 냈다.

"일일이 보고할 필요 없습니다."

양 비서는 무안해졌다. 오늘 진 회장과 점심 약속이 있었다. 3층 호텔 다이닝 라운지. 주양이 멈추었다. 그의 시선 끝에 신해수가 닿았다. 뷔페를 먹고 가는 길인 듯 신해수와 신성원의 얼굴에 만족스러운 포만감이 가득했다. 주양의 시선은 그러나 다른 곳에 머물렀다. 신해수 일행 외에 중년 여성이 뒤따랐다. 여자는 쪽 진 머리에 여름 개량 한복을 입고 우아하게 걸었다. 60대 초반의 여자는 몹시 깐깐해 보이는 낯바닥을 하고 있었다.

"못 보던 얼굴인데."

"거문고 명장 조선정 선생……, 아."

양 비서는 당황해 말을 도중에 멈췄다. 주양이 칼같은 어조로 양 비서의 말을 되짚었다.

"설마, SNS에 대고 한신그룹 명성에 똥칠한 조선정 선생은 아니겠죠."

양 비서가 말을 잇지 못했다. 오늘 밤에 있을 자선의 밤 행사는 무척 중요했다. 백혈병 어린이를 위한 자선 행사에 재능 기부라는 명목으로 많은 유명인들이 초대되었다. 초청 명단에서 저 여자는 필히 빼라던 주양의 당부를 잊지 않았다. 한신호텔 홍보실 담당자에게 연락을 취해 놓았는데. 설마 신해수 일행에 섞여 있을 줄이야. 신해수가 조선정 선생의 제자였던가? 거기까진 파악하지 못한 양 비서는 당혹스러웠다. 오다가다 진 회장이 조선정 선생을 보기라도 하면…….

정작 주양은 조용했다. 그는 불벼락 같은 호통을 치는 상사가 아니었다. 두껍게 쌓이는 침묵에 양 비서는 더욱 낭패스러웠다. 그러나 예상과 다르게 주양은 느긋하게 목을 풀며 물었다.

"조선정 선생 방이 몇 호실이죠?"

"2006호입니다. 왜 그러십니까."

"만약 내가, 오늘 자선의 밤에 조 선생을 초청한다면, 회장님 뚜껑이 열릴까요. 안 열릴까요?"

비서는 순간 잘못 들었다고 여겼다. 상사가 농담하는 줄 알았지만 그는 무척 진지했다. 물은 이미 엎질러졌고, 주워 담을 수 없다면, 태연하게 바닥을 닦아 실수처럼 보이지 않게 해야 한다. 주양은 나지막이 지시했다.

"초대된 기자 명단 간추려서 보고 올리세요."

자선의 밤이 열리는 가든파티 장소였다. 백혈병 어린이를 위한 기부 행사답게 입구에 커다란 모금함이 배치되어 있었다. TV에서나 보는 거부들이 흰 봉투를 찔러 넣고 파티에 참석했다. 해수가 주변을 둘러봤을 때, 이미 도착한 조선정이 얼큰하게 취해 있었다. 두툼하게 턱이 접힌 한신호텔 사장과 주양도 보였다. 카메라를 든 기자들이 그들 앞에 진을 쳤다. 한신호텔과 불화가 있은 지 얼마 안 됐는데 한신호텔에서 주최하는 자선의 밤에 참석했다. 기삿감이 될 만한 일이었다. 조선정은 기자들에게 둘러싸여 담담히 인터뷰했다.

"엄, 뭐랄까. 돈과 명성을 떠나 저는 기본이 되어야 한다고 생각합니다. 우리 한국 호텔에 한식당이 없다는 건 말이 안 되죠! 가슴이 너무 아팠어요. 대한민국을 대표하는 재벌이 솔선수범하지 못하고 있다는 것에. 무늬만 사회지도층의 허울을 쓴 게 아닌가 싶었습니다. 하지만 몇 시간 전에 그 이미지가 180도 완전히 바뀌었습니다. 저는 첫인상으로 사람의 됨됨이를 봅니다. 그런 의미에서 진주양 씨는 굉장히 스페셜한 사람입니다."

조선정이 한신호텔 책임자, 그리고 주양과 산뜻하게 눈을 마주쳤다.

"제가 제주도에 있다는 소식을 듣고, 굳이 초대를 해 주셨지 뭐예요. 정중하게 제 방까지 찾아와 자선의 밤에 재능 기부를 해 달라고 허리를 굽혀 오는데, 다른 재벌들과 다르게 소탈하고 진솔한 모습에 반했습니다. 재벌에 대한 편견을 깬 모습에 감동을 받았어요. 이렇게 뜻 깊은 자리에 제가 재능 기부를 할 수 있게 초대해 주신 진 본부장님께 감사의 말씀 드립니다."

카메라 플래시가 터졌다. 조선정을 가운데 두고 주양과 한신호텔 책임자가 양쪽을 차지했다. 완벽한 화해 구도는 내일 아침 멋지게 포털에 도배가 될 터였다. 기사 마지막 줄 하단엔 한신호텔과 조선정의 화해를 주양이 주도했다고 빼먹지 않고 쓰일 것이다. 더불어, 매년 오너 일가가 개인적으로 주최하는 백혈병 어린이들을 위한 기부 선행을 대중들에게 알리는 광고 효과도 노릴 수 있다.

해수는 멋지게 포마드로 머리를 넘긴 주양을 멀리서 응시했다. 나쁘게 말하면 무서운 기회주의자지만, 그게 또 굉장한 매력 포인트인 남자다. 저런 남자는 어떤 연애를 할까. 그를 여왕처럼 발아래 두고 굴리는 것을 상상해 봤다.

그 어떤 우월감보다 짜릿했다.

인터뷰가 끝나고 해수는 주양에게 다가갔다.

"얼마 안 되지만 저도 기부했습니다. 초대해 주셔서 감사해요, 이사님."

해수는 화기애애한 가든을 둘러보았다. 한신에서 이런 자선 행사까지 할 줄은 몰랐다.

대뜸 주양이 유머 섞인 말을 던졌다.

"이번엔 두 사람 다 감기입니까?"

그가 잘 손질이 된 미소를 지었다. 잡지 모델 같은 모습에 잠시 뇌 회로가 갈피를 잃었다. 해수는 금세 정신을 되찾았다. 감기는 최혜란의 거짓말이었다. 영원이가 괜히 무도회에서 누를 끼칠까 봐. 오늘은 해수가 거짓말을 했다. 두 사람에겐 그들이 초대되었다는 말도 꺼내지 않았다. 해수가 주양에게 웃으며 센스 있게 유머로 받아쳤다.

"그럴 수도 있구요."

성원에게 자선의 밤에 간다는 건 말했지만 으레 해수만 가는 줄 알고 신경 껐다. 최혜란이 해수에게만 무한정 애정을 퍼부을 때도 두 사람에게는 공평하게 몫을 나누려고 노력했다. 오늘만큼은 그러고 싶지 않았다. 이런 곳까지 와서 자매들 뒤치다꺼리를 할 기분이 아니었다. 고상한 사람들 틈에서 여유를 만끽하고 싶었다. 이렇게 말이 통하는 사람과 이야기를 나누는 게 얼마 만인가.

"이사님은 보기보다 정이 많으신 것 같아요."

"어떤 부분에서?"

"초대장이요. 매번 제 가족까지 신경 써 주시고."

"······그게 이상한 건가요?"

"보통은, 영원이까지는 신경 쓰지 않거든요."

해수는 결국 항복했다. 부정하진 않겠다. 해수가 그에게 정말 묻고 싶은 말이 이것이었다. 절대 같은 선상에 설 수 없는 주양과 영원이 자꾸 연결되는 것만 같은 의구심을 해갈하고 싶었다.

"그래서 정이 많다고 말씀드린 거예요. 영원에 대한 소문을 모르지 않으실 텐데."

순간 주양의 눈빛이 날카롭게 그녀를 짓눌렀다.

"그 말은, 신영원 씨가 남들에게 등한시당해 왔으니, 내게도 차별받는 게 당연하다는 뜻입니까?"

그는 때로 감당할 수 없을 만큼 직설적이었다. 해수 스스로도 깨닫지 못했던, 은근히 영원을 무시해 오던 그녀의 위선을 건드렸다. 해수는 발 빠르게 굳은 표정을 수습하고 말했다.

"그런 뜻이 아니라. 그 애는 격식 따지는 공식적인 자리에 익숙하지도 않고······."

"연장 감기에 걸려 못 왔으니 별로 상관없지 않습니까."

주양은 그렇게 대화를 끊었다. 무심하게 와인을 들이켰다. 흥미를 잃은 눈빛을 보다 해수는 초조했다. 내내 신경 쓰이던 것을 이 기회에 묻기로 했다.

"영원이가 이사님과 호텔에서 식사를 했다고 하던데. ……김보경 씨 일은 어떻게 감사의 말씀을 드려야 할지."

"목숨을 빚졌는데 이제 와 치사하게 공치사받고 싶진 않군요."

"목숨이요?"

해수는 모르는 척 물었다.

"구두 주인이었어요."

솔직한 답변에 해수는 놀라지 않았다. 구두를 없애 버린 것이 그녀였으니까. 베갯머리송사 이야기가 내내 뇌 언저리에서 거슬렸다. 구두의 주인. 생명의 은인이라는 건 알지만 그날 무슨 일이 있었는지, 이후로는 아무 일도 없었는지.

"그 이후에 만난 적 있으세요?"

하지만 거기서 멈췄어야 했다.

주양이 해수를 똑바로 직시했다. 요철같이 맞물리는 섬뜩한 표정이었다. 조금의 생동감도 없는 동공은 그녀 안에 불쑥 침입해, 서늘하게 심장을 훑고 가는 저승사자의 손길 같았다. 들키고 싶지 않은 속내를 파고드는. 1초가 한 시간같이 흘렀다. 조선정이 "얘. 해수야!" 하고 불러 흐름을 끊지 않았다면, 꼴사나운 모습을 보일 뻔했다.

해수는 강렬하게 수축된 긴장감으로 다리가 풀렸다. 주양을 지나 비틀거리는 걸음으로 조선정에게 갔다.

"날 좀 부축해 다오."

조선정이 손등을 내밀며 해수에게 몸을 기대었다. 다시금 주양을 찾았지만 자리에 없었다. 정원 어디에서도. 껄끄러웠던 것이 풀리지 않은 채로 놓쳐 버렸다. 조선정이 휘청거리며 술 냄새를 풍겼다.

"오늘은 취해야겠어. 나 말리지 마라. 웃기지도 않아. 증말."

조선정의 눈빛이 방금 전 카메라 앞에서와는 다르게 스산했다. 백혈병 어린이를 위한 자선 행사에 야유를 퍼붓고 싶어 못 참겠다는 표정이다. 조선정이 한신에 유감이 많은 이유를 알고 있었다. 같은 스승 아래서 동문수학했던 거문고 인간문화재 장인이 조선정의 친구였다. 진 회장의 첫째 부인. 조선정은 친구가 진 회장만 만나지 않았더라도 그렇게 허무하게 죽지 않았을 거라고 했다.

조선정이 꼬부라지는 혀로 혼잣말을 중얼거렸다.

"금쪽같던 아들이 백혈병으로 죽을 줄은 몰랐을 거야."

"……백혈병이라뇨?"

"그 독재자도, 어린애들만 보면 죽은 자기 아들 생각에 눈시울이 붉어진다는구나."

해수는 탄식을 삼켰다. 그래서 진 회장이 매년 백혈병 어린이를 위한 모금을 하는구나. 아들을 위해. 하지만 스승이 취해서 뭔가 착각한 것 같았다.

"첫째 아들이면, 진 이사님의 아버지인데……, 아니에요. 뭔가 잘못 아신 것 같아요."

아이라니. 유학생 시절에 병을 얻었다고 들었다. 창창했던 스물 초반에. 그 말에 조선정이 비릿하게 썩은 웃음을 풍겼다.

"그건 세간에 알려진 사실이고. 실제론 훨씬 어렸지."

고등학생 때 사고라도 쳤나, 해수의 머릿속에 짓궂은 상상이 덧칠되어 억누르느라 혼났다.

"대체 진 이사님 아버지가 몇 살 때 돌아가셨는데요?"

조선정이 냉소적으로 술을 마셨다. 나이를 전해 듣고 해수는 그대로 얼어붙었다.

"열세 살."

영원은 시계를 불만스럽게 바라보았다. 10시가 되어 가도록 신해수가 깜깜무소식이었다. 화려하게 화장을 찍어 바를 때부터 알아봤어야 했다. 날카롭게 신경이 곤두섰다. 예상 가는 지점이 있었다. 주양이 엘리베이터에서 내린 층수는 3층. 해수 일행이 영원을 빼놓고 간 곳도 3층이었다. 그 순간에 운명처럼 둘이 만나지 못했으리란 법은 없다. 범오사에서 주양과 재회했을 때 세상이 손바닥만 하다는 걸 절실히 느꼈으니까. 시계를 거의 잡아먹을 듯이 노려보고 있자 성원이 의욕 없이 대꾸했다.

"해수 오늘 늦어. 어쩌면 못 들어올지도 몰라."

"못 들어……온다고?"

"자선의 밤인가 뭐시깽이에 초대받았대."

침대 헤드에 기댄 성원이 책자를 넘기며 말했다. 영원은 입을 꽉 다물었다.

"그거랑 못 오는 거랑 무슨 상관인데?"

"굶주린 고양이가 생선 가게를 그냥 지나치나."

"해수가 고양이라는 거야? 생선은 누군데?"

영원이 세모꼴로 눈에 각을 세웠다. 그런 영원을 빤히 쳐다보던 성원이 별안간 피식, 힘 빠진 소리를 내며 침대에 늘어졌다. 점잖지 못한 표정으로 전부 설명되었다. 주양이었다.

"신체 건강한 남녀가 밤에 술을 나눠 마시다 보면 사고가 불명확해지고, 한창 물올랐겠다, 장소는 때마침 호텔이네? 아아. 하늘이 감응하지 않고는 두 번 다시 없을 기회지."

어쩌면 주양이 굶주린 고양이고 생선이 해수일 수도 있다. 신사의 탈을 쓰고 머리끝부터 발끝까지 부도덕한 남자였다. 그는.

"거기 어디야?"

"아서라. 우리 같은 찌꺼기들은 민폐니까 방구석에 잠자코 있어야 해. 잠깐, 찌꺼기? 스스로 비하할 필요 없잖아. 내가 말했지만 은근 기분 나쁘네."

혼자 말하고 혼자 떠드는 성원을 보다 못 참은 영원이 소리쳤다.

"그래서 왜 초대한 건데!"

"아우씨. 너는 가나다라 설명 길게 늘어놔야 알아먹어?"

"빨리!"

"실리도 챙기고, 명분도 찾고, 두 마리 토끼를 다 잡겠다는 심산이지, 그 남자. 한신이랑 조 선생이랑 관계가 좀 껄끄러웠잖냐."

영원은 벽에 기대어 주저앉았다. 상심해서 듣는 둥 마는 둥 했다. 해수의 전화 한 통에 바로 방을 대령했다. 주양은 누구에게나 정중했고, 그것은 곧 공평함을 의미했다. 그의 원칙이 영원에게는 예외였다. 그녀한테만은 차가웠다. 볼 꼴 못 볼 꼴 다 본 20년 차 부부도 그보다는 인색하지 않을 거다. 성원이 이어폰을 크게 틀고 노래를 흥얼거렸다. 돼지같이 생긴 게 멱따는 소리 같았다. 영원이 "시끄러워!" 하고 베개를 집어 던졌다.

"너만 이 방 써? 에티켓 좀 지켜!"

옆에 있다 괜히 돌 맞은 성원이 황당해했다. 배를 잡고 영혼 없는 웃음소리를 냈다.

"하. 하. 하. 하. 네가 에티켓 운운하니까 쫌 웃긴다?"

"하고많은 방 중에 여기서 뭉개는 이유가 뭐야. 제길."

스위트룸이라 방이 여러 개였다. 각자 한 방씩 차지해도 되었다. 그리고 여긴 영원의 방이다. 성원이 귀에서 이어폰을 빼며 침대 아래로 발을 내렸다.

"수발들어 줄 사람이 너밖에 없잖니."

뻔뻔하게 발가락으로 옷을 집어 영원에게 던진다.

"가서 이거나 빨아 와."

"여기서 빨래를 어떻게 해?"

정작 빨래를 안 한다는 생각을 못 하는 영원이었다. 몸에 밴 하녀 근성 탓이었다.

"호텔엔 손님 전용 셀프 세탁실이 마련되어 있어."

"그렇게 살고 싶냐?"

"내일 해변 패션은 그 옷으로 정했어. 집에서 매일 엄마한테 구르다 간만에 풀어 주니까 심심해서 그러나 본데. 가서 옷이나 빨아."

영원은 씩씩대면서도 몸에 밴 하녀 근성 때문에 말을 잘 들었다.

"참, 여기 귀신 나온다는 소문 있더라."

영원은 성원의 장난에 움찔했다.

빨래 더미를 트렁크 가방에 싣고 방을 나왔다. 1층 안내 데스크로 내려가자 컨시어지가 혼자 자리를 지키고 있었다. 영원은 방 키를 보여 주며 이 호텔에 어떤 혜택들이 있냐고 물었다.

"오션 스위트룸은 상위 1프로를 위한 객실로, 연회비 3억의 소수 회원들만 이용할 수 있는 실내 수영장을 즐길 수 있습니다."

영원은 심드렁했다. 어릴 적 물에 잘못 빠진 트라우마 때문에 깊은 물이 두려웠다. 얕은 개울 정도는 상관없지만, 허리 위까지 차오르는 물이라면 치가 떨렸다. 구역질이 나고 식은땀이 흐르면서 몸이 뻣뻣해져서 말을 안 들었다. 기억이 안 나는 어릴 때부터 그랬다. 구체적으로 어떤 경우인지는 모르나 어떤 트라우마가 작용한 거 같았다. 그다지 신통치 않아 원래 계획대로 셀프 세탁실로 가기로 했다.

"셀프 세탁실은 서쪽 별관으로 가시면 이용하실 수 있습니다."

시계를 보니 시간이 너무 늦다.

"그 세탁실 지금 이용할 수 있을까?"

컨시어지가 고객 응대용 미소를 그리며 물론이라고 답했다.

코인 세탁실은 사우나, 수영장, 헬스클럽 등이 모여 있는 피트니스 별관에 있었다. 본관을 나와 정원을 가로질러 코인 세탁실에 도착했다. 터덜터덜 옷가지가 든 가방을 끌고 갔다. 속옷과 일반 옷을 구별해 세탁기를 돌렸다. 가만히 기다리는데 신경질이 났다. 왜 그러는지 알기 싫었다.

우웅. 첨벙. 우웅. 첨벙.

세탁기 소리가 고단하게 이어졌다. 세탁실에 그녀 혼자 앉아 있는데 공기가 싸늘해졌다. 순간 영원은 문을 봤다. 이상한 소리가 들렸었다. 잠시 뒤, 아무 소리도 안 들려서 영원은 벽에 등을 기대었다. 경계를 늦추는 순간 또 이상한 소리가 고막을 뒤적였다.

'여기 귀신 나온다는 소문 있더라.'

영원은 세탁이 끝나자마자 옷가지를 얼른 둘둘 말아 걸음을 서둘렀다. 통상 호텔의 영업시간이 10시가 끝이라는데 지금은 10시 4분이었다. 폐관했을 텐데 이 시간까지 돌아다니는 건 귀신밖에 없을 거다. 코너를 도는 그때였다. 어두운 복도에 검은 그림자가 불쑥 눈앞을 가로막았다. 영원은 비명도 못 지르고 주저앉았다.

우당탕탕!

호텔 안내판이 쓰러졌다.

"뭔 소리야!"

사람들이 달려왔다. 영원은 긴장을 풀었다. 직원들이 아닌 까만 양복을 입은 경호원들이었다. 그리고 길목을 가로막았던 검은 그림자의 정체.

"신영원 씨?"

양 비서였다.

호텔 직원들이 허리를 굽혔다. 양 비서가 뭐라고 지시했다.

"보안을 어떻게 하는 겁니까. 이사님이 계십니다. 매월 둘째 주 월요일은 휴무라 하지 않았습니까?"

"저 그게, 몇몇 부대시설들은 규정에서 포함되지 않고 있습니다."

안일한 대처에 양 비서가 인상을 찡그리다 영원을 봤다. 그가 얼른 표정을 풀었다.

"죄송합니다. 안 다치셨습니까?"

영원은 귀신 소동을 일으킨 장본인이었다. 뻘쭘해서 얼른 자리를 털고 일어났다.

"여기 불이 너무 어두운 거 아냐? 놀랐잖아."

그런데 그가 여기에 있는 걸까? 양 비서가 방금 주양이 있다고…….

"어디 가시는 길입니까?"

양 비서가 적극적으로 영원에게 다가왔다. 여기까지 와서도 하녀 짓을 한다고 말하기 부끄러워 주변을 둘러봤다. 몇몇 시설들이 층수마다 안내판에 적혀 있었다. 사우나, 골프, 스파, 뷰티숍, 피트니스, 수영장. 달밤에 수영할 리는 없고 사우나나 스파에 있을까?

"수, 수영을 하려고."

영원은 그들을 따돌리기 위해 거짓말을 했다. 수영장 따위 발도 담그기 싫지만 어쩔 수 없는 선택이었다. 양 비서는 잠시 멈칫하더니,

"아. 그러십니까."

껄끄러운 표정을 지었다. 영원은 무시하는 거 같아서 골드카드를 보여 줬다.

"나도 카드 있어!"

도금된 카드 키가 골드바같이 번쩍거렸다.

"연회비 3억의 소수 회원들만 이용할 수 있다며? 당신 상사한테는 고맙다고 전해 줘. 이런 호사를 언제 또 누려 보겠어."

직원에게 수영장 위치를 물어봤다. 영원은 당당하게 프런트에서 사물함 키를 받아 여자 탈의실로 들어갔다. 뒤에서 직원이 양 비서와 무언가 이야기하는 거 같지만 신경 끄기로 했다.

수영복 따위 없어서 수영장으로 갔다. 전체적으로 어두웠다. 어두운 데다가 물 가까이 가는 것만도 구역질이 날 것 같아서 돌아가려는데, 천장이 감동스러워 그녀도 모르게 안으로 발을 들였다. 유리로 된 천장에 밤하늘이 그대로 쏟아졌다.

선베드가 딱 일곱 개밖에 비치되지 않은 1퍼센트 고객들만을 위한 수영장이었다. 프라이버시 때문에 선베드마다 기둥을 세워 놨다. 채도 낮은 조명은 어둡지만 은은하게 푸른 수영장 물결을 비추었다.

아까 정원을 지나오면서 화려하게 꾸민 사람들을 봤다. 성원이 한 말대로 '자선의 밤'에 초대된 셀럽들인 모양이었다. 영화 시상식에 참가라도 하듯, 구두부터 그들이 지닌 귀중품까지 불우과는 멀어 보이는 세계의 사람들이었다. 해수가 그런 이들과 식사를 하고, 자연스럽게 어울리고, 한데 섞인다는 것 자체가 대단했다. 계모는 그런 순간들을 위해 해수를 철저히 교육시켜 왔다. 어디에 내놔도 손색없다. 반면에 영원은 모습이 아닌 꼬라지라고 불러야 마땅했다.

어두운 수면 위에 영원의 얼굴이 비쳤다. 주머니에 손을 넣어 매향에게 선물받은 립스틱을 꺼내 봤다. 수영장 가까이 얼굴을 대었다. 엄마 립스틱을 몰래 훔친 꼬마처럼, 영원은 조심스럽게 입술에 발라 봤다. 강렬한 레드의 선명한 발색이 입술을 매혹으로 물들였다.

머리카락을 걷어 냈다. 그러나 흠칫 굳었다. 눈동자……

천박한 피를 물려받은 눈동자……

영원은 처참한 현실을 깨닫고 손으로 물을 마구 휘저어 흩트려 놓았다. 그때, 물줄기가 크게 일어나고 물속에서 뭔가 솟구쳤다.

남자의 젖은 몸이었다. 영원은 눈이 커진 채 일순 정지했다. 주양이 젖은 머리카락을 쓸어 넘기고, 거친 숨을 몰아쉬며 영원을 봤다.

영원은 무릎을 바닥에 댄 채 굳었다. 눈앞에 있는 상황이 믿기지 않았다. 주양도 물속에 몸을 담그고 영원을 주시했다. 그의 호흡이 점차 차분해졌다.

그렇게 마주치지 않으려고 했건만……

그의 눈길이 영원의 얼굴에 닿아 있었다. 하얀 이마, 눈, 코, 붉게 칠한 입술…… 영원의 이목구비를 오래도록 더듬어 내렸다. 머리카락이 흘러내리고서야 영원은 얼굴을 드러내고 있다는 걸 깨달았다. 새파랗게 질린 영원이 다시 얼굴을 가리려는데 그보다 먼저 주양이 손을 뻗었다. 저지당한 채 얼굴이 끌려갔다. 키스할 것처럼 그가 맞대었다.

그 순간, 숨이 멎었다. 그가 영원의 입술에 엄지를 대었다.

알 수 없는 혼잣말을 중얼거리며 그가 입술을 꾹 눌렀다. 그녀를 깊게 응시한 채였다. 엄지 끝이 그대로 지나가며 립스틱을 지워 버렸다. 뜨겁게 뭉쳐 있던 피가 한꺼번에 심장에서 쓸려 나가는 탈력감에 다리 힘이 풀렸다. 그는 날렵한 몸동작으로 바닥을 짚고 물속을 빠져나갔다. 영원은 정신을 차렸다. 부끄러움에 입술을 옷소매로 비볐다.

"뭐, 뭐야. 갑자기. 얼마나 공들여 칠한 건데."

아주 찰나일 뿐인데, 입술에 아직 그의 온기가 남아 있는 듯 화끈거렸다. 수건을 꺼내 그가 머리를 닦았다. 헐벗고 있는 상체가 아름다웠다. 수상 스포츠 마니아들이 입는 기능성 블랙 반신 수영복이 그의 육감적인 하체를 더욱 도드라지게 했다. 점잖게 양복 안에 숨겨 놓은 몸은 야수였다. 검은 베스 가운을 몸에 걸치고 그가 끈을 묶었다. 물병을 챙겨 나가려 했다. 자신 때문일까? 무슨 벌레 취급 하듯 자리를 뜨려는 모습에 영원은 부아가 치밀었다. 그렇게까지 할 건 없잖아? 영원이 그의 팔목을 붙잡았다.

"됐어. 가도 내가 가."

그녀라고 만나고 싶은 줄 아는가. 피하려고 했는데 이렇게 된 거다. 사람 무안하게 하는 재주는 정말 타고났다. 그렇게 싫다는 티 팍팍 내지 마. 나도 마주치지 않으려고 노력했어. 왜 나만 숨어야 해? 왜 나만 널 피해야 하고 네 눈치를 살펴야 하는 건데? 영원은 차마 내뱉지 못한 원망을 삭이고 돌아섰다. 수영장 바닥에 물이 흥건했다. 얇은 조리 슬리퍼가 엇갈렸다. 중심을 잃고 영원이 넘어지려는 순간이었다.

"아……!"

자빠질 뻔한 영원을 그가 잡았다. 옷깃이 잡힌 채 배가 그에게 밀착됐다. 영원은 수영장 허공에 기울어져 있었다. 그와 시선이 맞물렸다. 그의 눈빛이 강렬하게 멋대로 심장을 후벼 파고 들어왔다. 영원의 심장이 널을 뛰었다. 발아래는 수심 깊은 물이었다. 영원이 불편하게 몸을 뒤척이며 그의 가슴을 밀었다.

"가, 갈 거야. 빨리 일으켜 줘."

그는 가만히 있었다. 영원의 멱살을 쥐고 있을 뿐이었다. 시간이 흐르고 영원은 그가 무얼 하려는지 깨달았다. 그가 갈등한다는 것. 영원을 구해 줄지 말지 갈등하고 있었다. 황당함과 더불어 영원은 상처 입었다.

"뭐 하는 거야."

"널 구해 주면?"

무슨 소리를 하는 건지 알 수 없었다. 그가 무표정한 얼굴로 반문했다.

"넌 이대로 돌아가, 내가 조금은 좋은 사람일지도 몰라……, 멋대로 상상하겠지."

조금도 틀리지 않은 예측이 갈비뼈를 힘껏 파고들었다. 쿵, 심장이 무너졌다.

"네가 스스럼없이 나를 대하는 것, 조금도 나를 무서워하지 않는 것. 나를 과도하게 의식하는 것까지."

귓가에 새살대면서 그가 영원의 멱살을 으스러트릴 듯 쥐었다.

"난 그게 싫어."

음성은 단호하게 뇌수를 쳤다. 진저리 나도록 귓가에 쟁쟁거려 정신을 차릴 수가 없었다. 역시 엘리베이터에서 모른 척한 거였다. 영원이 버둥대자 그가 다시 한 번 힘껏 옷을 거머쥐었다.

"좋은 행동이 아냐. 내 신경을 무척 거스르고 있다고."

명령조에 영원은 입이 멋대로 돌아가 지껄이고 말았다.

"왜, 내가 네 신경에 거슬리는데?"

하아…… 하아…….

날숨이 빠르게 나왔다 흩어졌다.

"내가 거슬리는 이유가 있을 거 아냐……?"

날카로운 지적에 주양은 가만히 입 다물었다. 주변에서 알짱대지 말라는 확실한 경고. 그러나 이전과는 좀 다른 협박이었다. 고운 정이든 미운 정이든 정이 든다는 건 무서운 것이었다. 영원이 계모에게 애증을 품고 있듯이, 누군가가 눈에 밟히고 거슬린다는 것은 지겨운 정의 시작이다. 무관심한 남이라면 일일이 반응할 필요 없잖아? 왜 이렇게 곤두서 있어? 그렇게 묻고 싶어서 가슴이 쿵쾅댔다.

주양이 멱살만 간단히 잡은 채, 무표정하게 눈을 맞대었다. 그가 그녀의 눈동자에 이는 기묘한 떨림을 읽었다. 내려다보는 표정이 무서웠다.

"말했을 텐데. 다 잊으라고."

그날 밤의 여운이 아직 영원의 눈동자에 남아 있었다. 무참한 살인, 난폭했던 키스. 그들을 휩쌌던 짐승 같은 섹스. 영원이 힘겹게 입을 떼었다.

"너, 너 같으면 그게 간단히 잊혀지겠어?"

"잊지 않으면 넌 죽어."

두려웠지만 원망스러운 마음에 억지를 부렸다.

"……시, 싫어."

기억을 지워라. 눈에 띄지도 마라. 이젠 유난스러운 네 비위까지 맞춰야 해?

"싫어!"

영원의 목소리가 쩌렁쩌렁하게 수영장 천장과 기둥을 타고 공명했다. 그들의 볼일은 그날 밤 끝났다. 범오사야 그렇다 치고, 제주도까지 와서 그들은 엮일 이유가 없다. 질질 끌고 있다고 생각하는 거다. 그녀 자신 때문에. 그러나 그렇게 말해도 소용없다. 무리한 명령이었다. 그녀는 고개 숙였다.

"안 잊혀진단 말이야……."

억울했다.

"그걸 어떻게 잊어. 너도 못 잊겠으니까 나한테 지금 짜증 내는 거잖아."

신경 쇠약에 걸린 환자처럼 매일 밤마다 격정은 그녀의 심장을 두들겨 댔다. 내장이 뒤집히는 숨 막힘이었다. 그렇게 간단히 잊혀질 거였으면 그를 좋아하지도 않았다.

쥐 죽은 듯 조용해서 영원이 고개를 들었다. 영원의 표정에 두려움이 돋아났다. 주양이 화가 난 얼굴로 그녀를 쏘아보고 있었다. 검은 눈동자에 붉은 노기가 서려 갔다. 그가 얼굴에 저토록 감정을 드러내는 건 처음이었다. 심지어 인간적으로 느껴질 정도였다. 그것은 반대로 건드려선 안 되는 것을 영원이 건드린 거다. 덜덜 떨며 애써 남자의 팔목을 쥐었다. 발버둥 쳐도 빠져나갈 수 없었다. 그는 영원을 놓아 주지 않았다.

"나 수영 못해. 여, 여기서 손 놓으면 너 이거 살인이야."

죽을 거야. 나를 죽일 거야…….

"날 죽이려는 의도로 받아들일 거야. 놔아……! 흐윽……. 그냥 내가 일어날 테니까 바닥에 놓으라고!"

"네가 원하는 게 그거야? 사는 거?"

잠시간의 정적.

"그럼 난 너 안 살려."

믿을 수 없게도 주양이 손을 놔 버렸다. 영원은 물거품 속으로 빨려 들어가듯 사라졌다.

풍덩―!

그가 죽어 가는 영원을 수면 위에서 감정 없이 응시했다. 팔다리가 나무토막처럼 경직돼 꼼짝도 할 수 없었다. 일어날 수가 없었다. 극심한 공포로 홍채가

조여들었고,

어김없이 숨 막힘은 찾아왔다.

"열세 살."

해수는 전신이 **뻣뻣**해져서 조선정을 돌아봤다. 평범한 이야기를 풀어놓듯, 조선정은 대수롭지 않게 와인 잔을 빙글빙글 돌리며 말했다.

"아들이 죽기 전에 정자를 채취했대. 냉동 보관 했다가, 아들 죽고 나서 대리모 자궁에 인공 수정 했다는 거야. 물론, 불가능한 건 아니지. 실제로 불임 부부 사이에서 그렇게 태어나는 애들도 있고. 하지만 이건 케이스가 달라. 부모도 모르게 태어난 자식이라니. 인조인간도 아니고 너무 그로테스크하잖아."

조선정의 믿을 수 없는 말에 해수가 얼굴을 일그러트렸다. 주마등처럼 주양의 지난 행동들이 스쳐 지나갔다. 그에게는 가끔씩 남들에게 없는 위화감이 느껴졌다. 보통 사람하고 다르게 많이 침착한 구석이 있었다. 아예 감정 자체가 없는 사람처럼.

"태생적 환경이 이래서 중요한 거야. 스스로가 얼마나 허무하게 느껴지겠어. 부모의 사랑이 아닌, 인위적으로 필요에 의해서 만들어진 인간이라니."

조선정의 말을 들으니 진주양이란 남자가 이제 이해가 갔다. 그의 결여된 본질을 이제야 납득할 것 같았다.

그럴싸한 껍데기를 두르고 안은 텅 빈,

그는 '인조인간' 이었다.

<u>6</u>

【실종 10일째】

"으아아아아아악……! 흐아악!"

기태의 비명 소리가 찢어졌다. 장 경감과 수진은 요트 안으로 들어갔다.

"저, 저기!"

기태가 어딘가를 손가락으로 가리켰다. 요트에 뭔가를 묶어 놓은 듯했다. 수진과 그것을 배 갑판으로 끌어당긴 순간, 축 늘어진 뭔가가 물속에서 올라왔다. 장 경감과 수진은 순간적으로 뒤로 물러났다.

……사람이었다.

장 경감은 얼른 달려갔다. 엎어진 사람을 앞으로 돌려 목에 맥을 짚었다. 맥박이 뛰지 않는다.

"김 회장이에요."

수진의 말에 그제야 시신의 얼굴을 확인했다. 그들이 그토록 찾던 김 회장이었다. 장 경감은 맞닥뜨린 상황에 침을 삼켰다.

"죽었어."

심지어 시체는 아직 따뜻했다.

"여기 뭘 쥐고 있는데요?"

수진이 플래시로 김 회장의 손을 비췄다. 김 회장은 죽기 전 무언가를 꽉 움켜잡았는지 주먹을 쥐고 있었다. 직감이었다. 이건 중요한 거다. 장 경감이 김 회장의 손을 펼치려고 했다.

도통 굳은 주먹이 풀리지 않아 고생하는 그때였다.

"저쪽에서 무슨 비명 소리가 났는데?"

기태의 비명을 듣고 경호원들이 달려왔다. 장 경감은 수진과 기태에게 먼저 가라고 눈짓으로 지시했다.

"소장님."

"가!"

주저하던 수진이 기태를 데리고 수풀로 사라졌다. 장 경감은 미련하게 시신의 주먹을 펼치려고 했다. 비닐 팩에 USB가 동봉되어 있었다. 김 회장이 마지막으로 남긴 무언가라면 필히 가져가야 했다.

"이쪽이야!"

경호원들이 간발의 차로 가까워졌다. 장 경감은 마지막 혼신의 힘을 다해 김 회장의 손목을 내리쳤다. 비닐이 손에서 완전히 빠져나왔다. 장 경감은 USB를 빼앗아 도망쳤다.

강을 건너자 망루에서 내려온 직원들이 도로에 차를 대기시켜 놓고 있었다. 그들은 얼른 그곳을 빠져나갔다.

밴 안은 죽음 같은 분위기에 휩싸였다. 장 경감과 수진, 기태 세 사람 다 망연자실했다. 정황을 알 리 없는 나머지 직원들이 앞좌석에서 그들 눈치를 봤다. 기태가 입을 뗐다.

"신고해야 하는 거 아닙니까."

수진이 소리쳤다.

"미쳤니? 지금 신고하면 우리가 그대로 독박 쓰는 거야!"

"하지만 경호원들이 김 회장 시신을 봤을 거예요!"

장 경감이 기태를 막아섰다.

"그건 수진이 말이 맞아."

"소장님!"

"경찰이 거기 왜 갔냐고 추궁할 텐데, 명분이 없어. 그리고 우린 무단 침입이라고."

그 말에 기태도 딱히 별수가 없는지 잠잠해졌다. 수진이 장 경감에게 물었다.

"자살한 걸까요."

장 경감은 말을 아꼈다. 자살이라. 못 할 것도 없지. 김 회장은 보트에 고정시킨 밧줄로 자신의 목을 묶어 물속으로 투신했다. 목에 올무가 씌워져 있었다. 발에는 사람 얼굴 크기 되는 묵직한 돌을 매달아 시체가 물 위로 뜨지 않게 했다. 가정을 해 보자면, 스스로 얼마든지 연출할 수 있는 죽음이다. 하지만 어째서 '그렇게' 자살을 한 거지?

또 '왜' 자살을 한 거고?

"신부를 죽였을까요?"

만약 자살이 맞다면 장 경감의 생각은 수진과 정확히 일치했다.

"신부를 죽였을 확률이 크겠지. 원한에 의한 살인 케이스들 중 대다수 용의자들은, 복수를 끝내고 마지막에 투신하는 일이 비일비재하니까."

의도치 않게 신부를 죽였거나 의도해서 신부를 죽인 뒤, 허탈감 혹은 자괴감에 자살을 택했을 거다.

'그도 아니면…… 살해당했거나.'

장 경감은 떨리는 손을 다잡으며 머리를 흔들었다. 물속에 있었음에도 시신이 따뜻했던 것과 근육이 이완되는 중이었던 점으로 미루어 죽은 지 한 시간도 안 된 시체였다. 그렇다는 건 그들이 저택에 침입할 때, 혹은 그동안에 김 회장을 처리했단 소리다.

'대체 누가? 우리가 저택에 있을 때 또 다른 누군가도 함께였던 걸까?'

그럴 순 없다. 요트 안에는 기태가 있었다.

만약 누군가 있었다면, 누구에게도 들키지 않고 빠져나가기란 불가능했다.

그러나 곧 그는 고개를 내저었다.

저택에 침입할 때 그들이 쓴 방법을 다른 누군가도 쓰지 않았으리라고는 자신하기 어려웠다. 그리고 설사 다른 침입자가 있었다 해도 그 은밀한 흔적을 어떻게 찾아낼 것인가가 관건이었다.

하지만 그 시각, 예상치 못한 일에 놀란 나머지 장 경감이 간과한 것이 있었다. 도로의 CCTV였다. 경찰은 차량 번호판을 추적했다.

장 경감이 흥신소에 도착했을 때는 이미 형사들은 수갑을 챙기고 그를 기다리고 있었다.

장 경감은 파김치가 돼서 집에 도착했다. 어스름한 골목에서 사내 둘이 접근해 왔다.

"장영범 씨?"

한 사내가 다가오며 바지 뒷주머니로 손을 넣는 게 보였다. 업무적인 자세, 익숙한 기운. 장 경감은 그 모든 것들이 낯설지 않았다.

"야심한 시각에 꼭 그런 데서 기어 나오냐…… 으윽!"

불식간에 그들에게 잡혀 장 경감은 담벼락에 머리가 처박혔다. 그에게 수갑을 채운 형사가 관등 성명을 댔다.

"청진경찰서 조재권 경사입니다. 장영범 씨. 당신을 김정길 회장 살인 용의자로 체포합니다. 당신은 진술을 거부할 수 있고, 지금부터 하는 모든 발언은 법정에서 불리하게 사용될 수 있으며, 변호인을 선임할 권리가 있습니다."

장 경감은 저항하지 않고 담담하게 지시를 따랐다.

취조실은 형사 출신인 장 경감에게 놀이터였다. 형사들이 이것저것 증거를 들이대며 그를 신문했다. 장 경감은 느긋하게 의자에 몸을 기댔다.

"장영범 씨가 김 회장 저택 안으로 들어가는 걸 본 목격자가 있어요."

"목격자?"

"김 회장 딸이 그 시각, 도로를 지나다가 차량을 발견했대요."

그럴 리가 없는데. 문득, 김 회장 집으로 잠입하려 할 때 강변도로에서 마주쳤던 코란도 차량의 여자를 떠올렸다. 나이 스물 후반에서 서른 초중반 사이. 포니테일머리에 미인형. 그녀가 김보경이었나.

김 회장 집으로 가려면 그 도로를 통하지 않고서는 안 되었다. 그 말인즉슨, 김 회장 집에 방문했던 이들은 모두 그 도로 CCTV에 찍힐 수밖에 없었다.

"내가 김 회장을 살해했다는 증거는 없어."

"김 회장 보트에서 당신의 지문을 발견했어요."

안일한 수법이었다. 웃음만 나왔다. 긴급 체포는 48시간은 묶어 둘 수 있다. 정확한 증거를 잡아 검사에게 적어도 36시간 내에 구속 영장 신청을 해야 할 테니 꽤 빠듯할 터였다.

"물론 발견했겠지. 요트 아래에 가라앉아 있는 김 회장 시신을 끄집어 올린 게 나니까."

"김 회장이 요트 아래에 있다는 건 어떻게 안 겁니까? 그 집엔 왜 들어간 거죠?"

"난 범인이 아니야."

"글쎄요. 그건 증거가 말해 주겠죠."

"김 회장 같은 거물이 죽었으니, 똥줄이 타는 건 이해해. 작은 시골 마을에서 꽤 큰 사건이겠지. 위에 보고서는 올려야 하고, 사건 경위서에 나름의 성의를 보였다는 걸 자네들도 피력해야 할 테니까."

"장영범 씨. 사건과 상관없는 사담은 사양하겠습니다."

"압박감에 무리하게 날 잡아 온 거지? 이해해. 아마도 당신이 궁금한 건 내가 왜 그곳에 있었냐는 거겠지."

"장영범 씨!"

"김 회장 죽음과 연관이 있는지 없는지."

그들은 이미 아는지도 몰랐다. 장 경감이 범인이 아니라는 것쯤은. 김 회장이 죽은 시각과 CCTV를 통해 그와 수진이 요트 선착장으로 뛰어 들어간 시간들을 조합해 보면 나올 것이다.

장 경감이 수갑 채워진 두 손을 책상에 올리며 형사에게 허리를 숙였다.

"발상의 전환을 해 봐. 나도 목격자인 거야."

김 회장이 죽던 그 시각, 그 장소에 장 경감이 있었다. 최대한 피력해서 유리하게 빠져나가는 수밖에 없었다. 어떻게든 형사들에게 그도 목격자라는 이미지를 심어 줘야 했다. 장 경감은 시계를 보면서 시간을 벌기로 했다. 그들이 직접적인 증거를 들이밀지 못하는 걸 보면 자신이 살해했다는 증거 역시 못 찾았단 거다.

신문은 아무 성과 없이 12시간이 흘렀다. 2차 심문이 시작되려는 때였다. 그때 형사과장이 오더니, 형사와 이야기를 나눴다.

"나가시죠. 조사 끝났습니다."

형사가 허탈하게 한숨 쉬며 수갑을 풀어 줬다.

"김 회장 사인이 밝혀졌나? 자살이야? 타살?"

형사는 대답하지 않았다. 취조실을 나가자 현기영이 기다리고 있었다. 원수는 외나무다리에서 만난다더니. 장 경감은 삐딱하게 인상을 찡그렸다. 경찰서 복도에서 둘은 마주 보고 섰다.

"여기 너희 본청 관할도 아닌데, 웬일이냐?"

"누구 때문이겠어?"

"내가 풀려난 게 네 덕분이라는 거야?"

"대체 왜 이런 일에 휘말린 거야?"

현기영이 짜증스럽게 다그쳤다. 장 경감은 마음이 이상해졌다. 마치 장 경감이 범인이 아니라고 확신하는 투였다. 사고 치고 다니는 말썽쟁이를 혼내는 투. 서로 사이가 안 좋지만 누구보다 서로에 대해 잘 알았다. 장 경감은 이상한 상황에서 뜻밖의 우정을 확인하는 계기가 되어 우스웠다.

현기영이 딱딱하게 말했다.

"위에서 지시가 내려왔어. 널 풀어 주라는."

"내가 왜 그 현장에 있었는지 안 물어보는 거 보니, 뒤에서 이미 높으신 양반들끼리 쇼부 쳤나 보군."

"청장부터 검찰 총장까지 전화 명령 하는데 쟤들이 무슨 빽이 있다고? 뭐 그것 때문만은 아니고, 시체에 타살 흔적이 없어. 전형적인 목맴사야."

시신의 부검이 벌써 끝난 것이다.

"목맴사라면 폐에 물이 차 있어야 할 텐데?"

"부검했고 폐에서 물이 나왔어."

살해당한 뒤에 물에 담가진 거라면 숨을 쉬지 않았을 테니 기도까지 물이 넘어갈 일은 없다.

"호흡 곤란이 올 때 물을 많이 들이마신 거야. 정황으로 따져도 자살이 맞아."

"구체적으로 납득시켜 봐."

"김 회장이 경영 압박으로 우울증을 앓았대. 교도소에 있을 때도 수시로 의사에게 약을 처방받았다더군."

"위장 살인일 가능성은?"

"배에서 김 회장 자필 유서가 발견됐어. 필적 감정해서 맞았고, 딸 김보경도 김 회장 필체가 맞다고 인정했어."

"김보경과 김 회장은 사이가 나빴어. 왜 하필 그날 김 회장을 만나러 온 거지?"

"며칠 전부터 집에 좀 들르라고 했대. 이 핑계 저 핑계 대고 피했는데, 딸과 마지막 시간을 보내고 싶었나 봐."

특이 케이스이긴 하지만 평소 낚시를 좋아했다는 김 회장이니까.

본인 시체가 유실되지 않게 밧줄로 몸을 묶어 물에 뛰어들어 자살하는 사람들이 종종 있었다. 아마, 그날 딸에게 전화한 것은 딸이 발견해 주기를 원해서였는지도 모른다. 장 경감은 문득, 금고에서 발견했던 문서가 생각났다. 그것을 전해 주려 했던 의도는 아니었을까. 손에 쥐고 있던 USB.

그러나 경찰은 아무것도 모르는 눈치였다. 당연했다. USB는 자신이 훔쳤으니까. 현기영이 예리하게 촉을 세웠다.

"왜, 김 회장이 살해당했을 거라고 추측할 뭔 건덕지라도 있나?"

말하지 않아서 그렇지, 현기영도 장 경감이 그곳에 왜 갔는지 굉장히 수상쩍게 여길 것이다. 신부 실종 사건과 맞물려 있을 거라고…….

장 경감이 딴 곳을 보자 현기영은 포기한 듯 한숨을 내쉬었다.

"대체, 왜들 네게 이렇게 공을 들이는지 알 수가 없군."

진주양의 힘이었다. 김 회장이 자살했다면 그건 진주양 때문이다.

"날 봤다는 목격자 말이야."

"어. 마침 저기 오네."

현기영이 복도 끝을 가리켰다.

"김보경, 김 회장의 막내딸."

형사들과 어디론가 가는 여자가 보였다. 아버지의 부고를 듣고 울고 있었다.

"저 여자가 김보경이라고?"

장 경감은 뭔지 싶었다. 김 회장 저택으로 가던 길에 마주친 여자가 아니었다. 분명 그 여자는 긴 생머리를 하나로 묶어 한껏 뒤로 넘기고 있었지만 김보경은 단발이었다. 그럼 그 여자는 누구지? 그냥 아무도 아니었나? 현기영이 혀를 찼다.

"딸이 마약 복용으로 추방당하게 생겼는데 살고 싶었겠어? 나였어도 자살했을 거야."

"그게 무슨 소리야?"

"쟤, 미국 시민권자야. 곧 추방 명령 떨어질 거야."

"추방?"

"회사는 망해, 아들은 도박으로 돈 다 탕진하고 타지에서 비명횡사, 딸은 상습적으로 마약에 손을 대."

"마약을 제조라도 했대?"

"아니. 몇 차례 투약했나 봐."

마약을 판매한 것도 아니고 단순히 매수했다고 추방하는 건 심했다. 보통은 몇 번 정도는 집행 유예로 봐주기도 했다. 삼진 아웃의 기회가 주어져야 하는 게 아닌가. 의아했지만 남의 개인사에 신경 쓸 여력이 없었다. 장 경감은 흥신소로 빨리 돌아가고 싶었다.

장 경감이 떠나고 현기영은 담배에 불을 붙였다.

"여기 금연입니다. 과장님."

현기영이 후배를 노려봤다. 눈치 없는 후배가 입을 다물었다.

"뭔가 수상해. 분명 경찰이 신부를 찾는 일인데, 우리만 따돌림당하는 기분이야."

"신랑과 장영범 사이에 모종의 거래가 있다는 말입니까?"

신랑만 해도 그렇다. 일반적인 상식에서 너무 벗어나고 있다. 반쪽을 잃은 사람치고 너무 잰다. 보통 체면 불구하고 경황없이 맨발로 달려와 경찰에게 사정해야 하는 거 아닌가? 사랑하는 여자인데.

"장영범 뒤 좀 밟아 봐. 실시간으로 나한테 보고해."

현기영이 재를 툭툭 털었다.

"어디를 싸돌아다니는지, 누구와 접촉하는지. ……신부 실종 사건에 왜 개입된 건지."

흥신소로 돌아오자 수진과 기태가 눈물 바람으로 달려왔다.

"경찰들이 한 차례 와서 쑤시고 갔어요."

"잘 해결된 겁니까?"

서로가 앞다투어 물었다. 골이 아파 일단 얼음물부터 손짓했다. 기태가 빠릿빠릿하게 대령했다.

"김 회장의 사인은 자살이야."

"그럼 신부는요?"

수진이 되물었다. 장 경감도 그게 걱정이었다. 정말 신부를 살해하고 박탈감에 목을 맨 건가? 경찰에서 이미 부검까지 끝난 걸 가지고 왈가왈부하긴 그렇지만, 찜찜한 게 한두 개가 아니다. 일이 너무 일사천리로 진행되는 거 같다. 짜 맞춘 것처럼.

장 경감이 수진에게 물었다.

"참, 내가 넘겨준 USB는?"

"암호가 걸려 있어서 푸는 데 좀 시간이 걸렸어요."

그들은 김 회장이 남긴 USB를 열었다. 폴더 이름은 '대외비'였다. 동영상 파일이었다. 수진이 파일을 클릭했다. 지지직— 화질이 안 좋은 어둑한 화면이 나왔다. 처음엔 한 중년이 술을 마시고 있었다. 간간이 말소리 같은 것들이 들렸다. 고급 일식집이나 한정식집으로 추정되었다. 잠시 뒤에, 중년 남성의 방으로 한 여종업원이 들어왔다. 성추행은 자연스럽게 이루어졌다. 여종업원에게 서슴없이 어깨동무를 한 중년이 그녀에게 술을 먹였다. 테이블이 엉망진창이 된 건 그때였다. 여종업원이 반항하다가 도망을 쳤다.

영상은 거기서 뚝, 끊겼다. 장 경감은 마땅히 결론을 찾지 못하고 양미간을 구겼다.

"이게 다야?"

"화질 높일 순 있는데. 영상 속 남자 누군지 알아볼까요?"

짜증이 밀려와 장 경감은 소파에 털썩 앉았다. 김 회장이 죽는 순간에 과연 이걸 그토록 필사적으로 남기려 했던 걸까? 장 경감은 휴대폰을 뒤적였다.

"김 회장 금고에서 문서가 나왔어. 내가 사진으로 일일이 다 찍어 놨거든?"

그 비밀문서를 확인하면 뭔가 실마리가 잡힐 듯했다. 장 경감은 샅샅이 문서를 읽어 내려갔다. 내용을 확인할수록 그의 안색이 안 좋아졌다. 장 경감이 휴대폰을 손에서 내려놓자 답답한 마음에 수진이 빼앗아 액정을 봤다. 내용은 이러했다.

"5년 전 백운당 연못에서 여종업원 하나가 빠져 죽는 사건이 발생했다. 시신은 종아리와 팔등에 상처들이 한가득했다. 한겨울, 썩은 연꽃 줄기들이 팔다리에 얼기설기 얽혀서 빠져나올 수가 없었던 것으로 추정했다. 형사들은 사인을 실족사로 마무리했다. 하지만 뒤에서 흘러나온 이야기에 따르면, 여종업원은 자살 직전 백운당 손님에게 성추행을 당했다고 사료된다. 바로 L모 의원이 한국당 정책위의장이었던 시절의 일이다. 당시 L모 의원은 우리나라 권력 실세라는 한국당 출신 김한식 전 총리의 신임을 얻고 있었던 터라, 그 일이 터지면 대선에도 걸림돌이 될 게 뻔했다. 그는 독립투사의 후손이라는 배경을 등에 업고 깨끗한 정치인이라 호평받고 있었다. 토사구팽당할 거란 두려움이 있었고, 사건을 덮으려 했다. 그에게 성추행을 당한 여종업원은 다음 날 새벽, 백운당 연못에서 엎어진 채 물에 둥둥 떠서 시체로 발견되었다. 문제는 여종업원을 성추행했다는 게 아니라 여종업원 위에서 최음제 성분이 나왔다는 것이다. 최음제 중 한 종류인 감마 하이드록시 뷰티르산⋯⋯."

"일명 '물뽕'이라고 하지. 데이트 강간 할 때 많이들 쓰인다는 마약이야."

장 경감이 말했다. 수진은 천천히 다시 읽어 갔다.

"L의원은 오래전, 군대 현역 시절 다리에 총상을 입어서 후유증이 심했다. 그는 진즉부터 지인의 추천으로 양귀비를 조금씩 맛보다가 마약에 심취하게 되었다고 한다. 정치인에게 마약 스캔들이 까발려지면 치명적이기 때문에 사건을 덮어야 했고, 대산 김정길 회장에게 도움의 손길을 뻗쳤다. 다행히 백운당 최혜란 사장이 경찰에 돈을 찔러 줘 그 여종업원 죽음을 실족에 의한 질식사로 마무리 지었다. 그리고 그 즈음이 한신그룹 장손 J모 씨가 김 회장과 L모 의원을 갈라놓은 시점이다."

파일은 거기서 끊겼다. 뒷내용은 없었다. 백운당, 여종업원, 김 회장, L모 의원⋯⋯ 그리고 한신그룹 J모 씨. 진주양. 그러니까 원래 L모 의원과 김 회장이 짝짜꿍했는데 백운당 여종업원이 죽은 사건 이후 주양의 등장으로 둘은 갈라졌다. 진주양과 김 회장 사이에 있는 한국당 L모 의원.

장 경감이 생각날 듯 안 날 듯 하는데 기태가 불쑥 의견을 제시했다.

"L모 의원이 누군지 알아내는 게 어때요?"

수진이 기태를 봤다.

421

"알아내서?"

"김 회장의 죽음을 밝혀내야죠. 소장님은 김 회장이 타살당했다고 의심하는 거잖아요."

장 경감은 그때까지 한 마디도 하지 않고 있었다. 기태가 채근했다.

"소장님. 빨리 뒷조사 시작하죠!"

김 회장을 잘 아는 동시에 진주양의 도움을 받은 같은 편. L모 의원, L모 의원, L모 의원……

"이렇게 넋 놓고 있는다고 해결되는 것도 아니잖아요! 소장님!"

장 경감이 신경질적으로 기태에게 윽박질렀다.

"너 지금 사태 파악 안 돼? 우리 뭘 알아 버렸는지 아냐고!"

지켜보던 수진이 혼란스러운 표정으로 다가왔다.

"L모 의원이 누군데요?"

"검찰 총장 출신에 독립투사의 후손. 그리고 김 총리 파벌에 있었던 사람은 한국당에 딱 한 사람뿐이야."

5년 전, 한국당 정책위의장이었던 사람. 이중모 의원. 그리고 지금,

"이 나라의 대통령이야."

그 순간 모두가 패닉에 빠졌다.

처음엔 진주양이 신부를 살해했을지도 모른다는 의심을 했다. 하지만 곧 김 회장이라는 새로운 용의자가 나타났고, 김 회장은 싸늘한 주검이 되어 발견됐다. 김 회장이 죽는 순간까지 지키려 했던 USB에는 이 나라에서 제일 높으신 양반의 추악한 이면이 담겨 있었다. 장 경감에게 '김인택 살인 음성 파일'을 건네고, 김 회장에게 다가가게 빌미를 제공한 건 진두영이었다.

진두영이 원하는 건 무엇인가. 신부의 죽음과 이게 무슨 상관이라고. 자신은 그저 주양을 자극하려는 미끼인가?

장 경감은 초인종을 눌렀다. 딱딱하게 검은 정장을 차려입은 고용인을 따라 내실로 안내되었다. 진두영이 창가에 서 있었다.

지금 장 경감이 도움을 청할 사람은 한 명뿐이었다.

"김 회장이 어젯밤 죽었습니다."

장 경감이 먼저 말문을 뗐다. 진두영은 조금 침묵한 뒤에 말했다.

"김 회장이 욕심을 부린 건 사실이지. 그는 죽어 마땅한 사람이에요."

【실종 11일째】

진두영은 잠시 생각에 잠긴 듯하더니 입을 떼었다.

'금성회'라고 들어 봤어요? 일명, 비자금 조성 모임의 줄임말이죠.

"나, 김 회장, 이중모. 이 셋을 주축으로 시작했어요. 페이퍼 컴퍼니를 만들어 돈을 굴리고, 주식을 풀어 개미들 잡다 족치고, 그 돈은 자연히 정치권에 흘러들어 갔죠."

"……."

"그 즈음이었어요. '그 사건'이 터진 것이."

그렇게 말하는 진두영은 몹시 착잡한 표정이었다.

"백운당에서 스물두 살 여종업원이 자살을 했죠. 지저분한 성추행 때문에. 게다가 마약 스캔들이라니. 그 동영상을 빌미로 김 회장이 이중모 의원을 손아귀에 틀어쥐었어요. 김 회장은 날 빼고 둘이 세탁방을 돌려 이익금을 더 많이 나눠 가지자고 회유했죠. 이중모 의원이 굴리던 막대한 자금이 실은 김한식 전 총리의 비자금이었거든요."

김한식 전 총리라니. 여기서 언급되는 모든 인물들이 뉴스에서나 보던 까마득한 세계의 사람들이라 현실인지 아닌지 분간이 되지 않았다. 김 회장이 이중모를 협박한 뒤에, 그럼 어떻게 됐지? 장 경감의 표정을 본 진두영이 고개를 끄덕였다.

"그래요. 김 회장의 협박에 못 이겨, 이중모가 날 토사구팽한 거예요."

재미로 시작한 돈놀이였다. 한신의 차남 진두영을 원하는 상류 모임은 얼마든지 있다. 문제는 그게 진 회장 귀에까지 들어갔다는 거였다. 진 회장은 고작 3선 국회 의원과 대산물산 김 회장 따위에게 토사구팽당한 두영을 한심해했다. 그리고 또 그 즈음이었다. 존재감 없이 살던 조카, '주양'이 유학을 마치고 돌아온 것이.

"주양은 판세를 뒤엎었어요. 진 회장의 눈에 들기 위해 내 실책을 이용하기로 한 거죠. 이중모 의원을 설득해서 자신을 '금성회'에 넣어 달라고 청탁했어요. 김 회장의 팔다리를 묶어 놓을 수 있다면서."

진두영의 무능함이 진 회장에게 더 까발려진 셈이 된 것이다.

"무능력하게 쫓겨난 내 자리를 주양이 차지하고 들어왔어요. 진 회장은 주양을 눈여겨보게 되었죠. 후계자로서의 재목 같은 거랄까? 주양은 능력을 인정받아 1년 만에 파격 승진을 하게 되고, 한신을 빠르게 장악했습니다."

그리고 5년이 흐른 지금 한신의 지원을 받아 이중모는 대통령이 되었다.

"하지만 그 김 회장이 호락호락하진 않았을 텐데요. 진주양의 회원 가입을 반대하지 않았나요?"

"아뇨. 주양은 자신의 매력을 아주 잘 파악하고 이용했어요. 난 애 딸린 유부남이었고, 그 앤 딸 가진 재벌가라면 누구나 탐낼 미혼 남성이었으니까."

김 회장이 진주양을 사위로 탐냈다? 친해지기 위해 그의 가입을 허락한 것이다. 자신의 딸이 한신그룹 며느리가 된다면 그보다 더한 횡재는 없다. 덫인 줄도 모르고 덥석 문 격이다.

이번엔 진두영이 물어 왔다.

"김 회장이 신부를 납치했을 거라고 생각합니까?"

장 경감은 이제 어떤 것도 확신할 수 없었다. 5년 전, 여종업원이 연못에 빠져 질식사했다. 그리고 김 회장은 여종업원과 유사하게 물속에서 죽었다. 물과 질식사. 마치 오마주라도 한 것처럼 빼다 박아 있다. 김 회장은 그 일에 줄곧 죄책감이 있었던 걸까. 아니면…… 그와 비슷하게 살해당한 걸까.

뒤에 문제는 생각하지 않기로 했다.

"신부가 죽었다는 것에 손가락을 건다는 말…… 진심입니까?"

김 회장이 자살을 했건 타살을 당했건 장 경감에게 중요한 문제가 아니었다. 중요한 건 신부였다. 신부는 살아 있나? 좀처럼 신부의 행방을 찾을 수가 없는 상태였다. 신부가 살해당한 것처럼 장 경감을 흔들었던 진두영은 뭔가를 알고 있는 게 분명하다.

그때. 아기 울음소리가 났다. 유모로 보이는 여자가 강보에 아기를 안고 왔다. 진두영이 아기를 달랬다.

"예쁜 공주님인가요?"

장 경감이 어색한 분위기를 바꿔 보려고 묻자 진두영이 날카롭게 그를 봤다.

"뭔 거 같습니까."

"네?"

"아들인 것 같습니까? 딸인 것 같습니까?"

이 대목에 그게 중요한 건가?

"뭐, 딸인 거 같기도 하고, 아들인 거 같기도 합니다."

아기가 금세 잠잠해졌다. 진두영이 하던 얘기를 마저 진행시켰다.

"신부가 납치당했다는 데서부터 다시 시작하죠."

장 경감이 얼른 수첩을 펼쳤다.

"순전히 제 추측입니다만, 신부는 예식 당일, 잠시 바깥에 나갔다 돌아오려는 도중에 납치된 것 같습니다."

"……."

"여기서 중요한 게 하나 있어요. 신부가 갑자기 예정에 없이 바깥에 나갔다는 것. 누군가에게 연락을 받고 나갔다는 건데. 그렇다면 이 연락한 사람이 누구일까 하는 것입니다."

신부의 휴대 전화 통화 내역을 확인해 보니, 결혼식 직전에 누군가와 통화를 한 흔적이 남아 있었다. 축하 메시지였을 수도 있지만 유독 이상한 번호였다.

"공중전화."

요즘 시대엔 공중전화를 찾아서 전화 거는 게 더 힘들다. 자신의 신원을 밝히고 싶지 않은 사람이라면 몰라도.

그렇다면 왜 신원을 밝히고 싶지 않아 했을까.

"신부는 결혼식 당일 꽤 곤란한 전화를 받은 것 같습니다. 그렇지 않고서야 식 올리기 한 시간 전에 다 갖춰 입은 웨딩드레스마저 벗고 나갈 수는 없지 않습니까?"

그때 진두영이 장 경감의 말을 자르고 들어왔다.

"신부는 협박 전화를 받았습니다."

장 경감은 돌이 되었다.

"그걸 어떻게 아십니까?"

"신부 실종 사건 최초 신고자가 납니다."

신고자가 진주양이 아니라고? 당연히 진주양인 줄 알았는데. 하지만 말이 되었다. 진주양은 신부를 찾지 않길 원하는 남자다. 굳이 경찰까지 개입시켜 일을 크게 벌일 이유가 없다. 한신의 정보력은 국정원과 맞먹는단 소문이 있다. 이미 모든 사실을 알면서 한신은 경찰에게 그런 사실을 고지하지 않은 거다. 신부의 가출을 연출해야 하기 때문에.

진두영은 아무렇지 않게 커피를 마시며 말했다.

"주양이와 사돈처녀의 내연 관계도 알고 있어요."

어이지는 연타. 장 경감은 꼼짝도 하지 않았다. 진두영이 느긋하게 장 경감을 봤다.

"사돈처녀가 억울하게 병원에 갇혀 있는 것도……."

그가 커피 잔을 내려놓으며 말했다.

"신부가 살해되었을 거란 것에 내 손가락을 걸 수 있냐고 물었죠."

진두영이 설핏 웃었다.

"신부는 그럴 수밖에 없는 운명입니다."

"……."

"'그'가 그렇게 하기로 결정했으니까."

"……."

"그때 죽지 않았어도 오늘 죽을 거고, 오늘 죽지 않으면 내일 죽을 겁니다."

"……."

"바로, '그'가 그렇게 하기로 결정했으니까."

"……."

"신부는 납치된 게 아닙니다. '도망'을 친 겁니다. '그'에게서."

"……."

"사돈처녀…… 아니, 영원이를 직접 만나 본 적 있습니까? 그녀가 왜 5호실에 갇혀 있는 줄 압니까?"

진두영이 몰아치듯 장 경감에게 캐물었다. '영원이……' 마치 무척 가까운 사이인 듯한 부름이었다. 신영원이 5호실에 갇힌 이유. 진두영은 마지막 쐐기를 박았다.

"'그'가 그렇게 하기로 결정했으니까."

진두영은 반쯤 미친 사람처럼 웃었다. 장 경감은 왠지 간담이 서늘했다.

"당신 역시 단순히 선택된 게 아닐 거예요. 하나에서부터 열 가지, '그'의 손바닥 아래서 우리는 장기말처럼 움직이고 있는 겁니다. 당신, 이 사건에 발을 들인 이상 쉽게 빠져나가진 못할 겁니다."

진두영의 말이 굉장히 섬뜩하게 다가왔다, 덫에 걸린 느낌이 들었다. 진두영은 품에 안긴 자신의 아기를 보았다.

"난 그놈이 얼마나 욕심이 많은 놈인지 잘 알아요. 그는 하나만 선택해야 하는 상황에서 두 개 다 가질 방법을 고안하는 놈입니다. 보세요. 신영원을 버리고 신해수와 결혼을 했으니."

필요한 여자와 비즈니스 결혼을 했다. 그리고 사랑하는 여자를 놓아주지 않고 가둬 놓았다. 장 경감이 떨리는 입을 열었다.

"신영원 씨와 친하셨나요?"

"이 아이 말이에요. 아들이에요."

진두영은 딴소리를 했다. 그는 아이에게 정신이 팔려 있었다. 잠든 아이의 뺨을 안타깝게 쓸어내리며 속삭이듯 말했다.

"그녀의 진가를 먼저 알아본 건 나였습니다."

몹시 슬픈 목소리였다. 진두영과 눈이 마주쳤다. 장 경감이 그의 눈동자에서 본 것은 분노였다. 단순히 왕좌를 빼앗긴 데서 오는 것이 아닌, 그 이상으로 처절한 패배감이 덧칠되어 있었다. 어째서 화를 내는 걸까. 무엇에 저토록 비열한 분노를 억누르고 있는 걸까. 분위기가 심상치 않았다.

마치…… 질투 같았다.

여자를 빼앗기고 자존심에 금이 간 남자의 절규.

진두영의 집을 나오자 검은 세단 세 대가 장 경감을 기다리고 있었다. 거뭇거뭇하게 선팅 된 내부는 보이지 않지만 주양이라는 걸 장 경감은 직감했다.

'그런 영원이를 버리고 신해수 씨와 결혼을 했으니, 주양이는 자격이 없는 놈이에요.'

차창이 내려갔다. 장 경감과 주양은 서로를 응시했다. 감정을 읽을 수 없는 얼굴이었다. 저 남자를 볼 때면 아득한 블랙홀에 빨려 들어가는 듯한 숨 막힘이 밀려왔다. 공포, 그리고 먹먹한 어둠.

무슨 생각을 하는지. 어떤 세상에서 살고 있는지.

신영원과 신해수, 그 둘 사이에서 저 남자의 본심은 도대체 어디를 향해 있는가.

【1년 전, 영원 26세】

덜덜 떨며 애써 주양의 팔목을 쥐었다. 발버둥 쳐도 빠져나갈 수 없었다.

"네가 원하는 게 그거야? 사는 거?"

잠시간의 정적.

"그럼 난 너 안 살려."

믿을 수 없게도 주양이 손을 놔 버렸다. 영원은 물거품 속으로 빨려 들어가 듯 사라졌다.

풍덩—!

영원은 물에 빠졌다. 그가 죽어 가는 영원을 수면 위에서 감정 없이 응시했다. 팔다리가 나무토막처럼 경직돼 꼼짝도 할 수 없었다. 숨을 헐떡이며 버둥대었지만 주양은 그녀를 구해 주지 않았다.

'이대로 죽어 버려.'

영원은 그의 바람을 전해 받았다. 죽길 원하는 거다. 통나무처럼 몸이 뻣뻣해졌다. 어느 순간 삶의 의지를 잃었던 것 같다. 영원은 발버둥을 멈췄다. 수면 위로 주양의 얼굴이 넘실댔다. 흐릿한 잔상은 표정을 읽기 힘들었다. 그것은 감정이 없는 맨얼굴이었다. 어떤 죄책감도 느끼지 못하는. 위협당할 줄 알면서 달려든 나는 불나방인가. 그렇다면 이제 죽는 건가.

시작을 했지만 사랑을 끝내는 법 같은 건 배운 적 없다. 사랑을 받아 본 기억조차 없으니 타인을 사랑하는 것도 기적이라고 여기며 살아왔다. 그런데 어쩌면 이건 사랑이 아닐지도 몰라. 죽는 순간에 마음이 속삭였다. 상대를 괴롭히는 일방적인 사랑은 집착일 뿐이다. 그런 감정을 알고 있다. 사랑이 아닌 집착을. 사랑을 빙자한 폭력을.

기도가 꽉 조이는 공포가 얼핏 과거 기억과 맞물렸다. 영원은 물속에서 허우적대고 있었다. 누군가 영원의 머리를 물속에 처박아 넣었다. 살려 달라고, 살려 달라고 버둥거리는데도 죽으라고, 죽으라고 뒤통수를 눌렀다.

'흐……악! 우……욱.'

그리고 돌부리 같은 것에 이마를 부딪혔다. 피가 염료처럼 느리게 퍼져 나갔다. 영원은 완벽하게 과거 기억을 더듬었다. 번져 가는 피를 생생하게 떠올리는 그때였다.

"하악!"

영원의 머리가 물 밖으로 꺼내졌다. 헤엄쳐 온 주양이 영원을 수영장 밖으로 밀어 올렸다. 영원은 간신히 위로 올라와 천장을 보고 숨을 돌렸다. 물기를 뚝뚝 흘리면서 주양이 차갑게 영원을 내려다봤다.

"신영원 씨. 다음번에 내가 당신을 구해 주는 일 따윈 없을 거야."

송곳 같은 말이 영원의 갈비뼈를 찔렀다. 너는 나와 절대 어울릴 수 없어. 그렇게 단정 지었다. 다시 숨 쉬기가 힘들어졌다.

주양이 떠났다. 진정이 좀 되었을 때 영원은 주섬주섬 일어났다.

수영장을 나왔지만 방 카드가 푹 젖어 쓸 수 없게 되었다. 조리 슬리퍼도 어디선가 흘려 한쪽은 맨발이었다. 이 꼬라지로 꼬치꼬치 캐물을 성원을 맞닥뜨리기 싫었다.

호텔 정원 벤치에 앉았다.

'그건 누구였을까?'

과거에 누군가 그녀를 죽이려고 했다. 물속에 머리를 처박아 넣고 죽으라고 저주를 퍼부었다. 기억을 되짚어 보았지만 두통이 깨질 듯 몰려와서 관뒀다.

대체 그게 무슨 기억일까. 그건 누구였을까. 영원이 이마의 상처를 더듬는 그때였다. 동네 양아치 같은 놈들이 둘러쌌다.

"실연이라도 당하셨나?"

"아주 바람직한 모습이네. 아가씨."

그들이 젖어 속이 완전히 비치는 영원의 옷을 훑어 내렸다.

주양은 샤워 꼭지를 닫았다. 샤워를 마치고 거실로 나와 양주로 입가심했다. 야경이 펼쳐진 호텔 최상층은 멋졌다. 하지만 유리에 비친 그의 모습은 한심했다. 그렇게까지 할 필요는 없었다.

요즘 필요 이상으로 화내는 이유는 오직 한 여자 때문이었다. 얼마 전, 백운당에서도 그랬다. 제일 먼저 그 구석에서 화단을 가꾸고 있는 영원을 발견한 건 그였다. 저도 모르게 그곳으로 발길이 갔다. 그가 발길을 옮기니 최혜란도 따라왔다.

시선이 먼저 그곳에 쏠렸다. 그럴 이유가 없는데. 굳이 화단 이야기를 언급한 것도 그랬다. 여러모로 그의 삶에 개입되는 것 같아 조심하려 하는데 다시 수영장에서 마주한 영원은 그의 속을 뒤집어 놓았다. 주양은 주먹을 쥐었다. 엄지손가락이 따가웠다. 수영장에서 그녀를 끄집어낼 때 할퀴어진 모양이다. 피가 비쳤다.

띵동—

객실 초인종이 울렸다. 이 시각에 올 사람은 양 비서뿐이었다. 숙모가 임신한 아이가 아들인지 딸인지 판별할 때가 되었다.

주양은 문을 열었다. 뜻밖에도 양 비서가 아니었다.

"너무 늦은 시각인가요?"

흘러내린 머리카락을 귀 뒤로 넘기며 해수가 수줍게 그를 봤다.

"들어오시죠."

주양은 해수를 안으로 들였다. 해수는 주양이 묵는 객실을 둘러봤다. 그녀는 상상도 할 수 없을 만큼 고급스러웠다. 하지만 어디에도 눈 댈 곳은 없었다. 그가 문을 열어 줬을 때 해수는 심장이 공격당했다. 그는 맨몸이었다. 방금 샤워를 했는지 벗은 가슴팍에 수건으로 아래만 둘러 났다. 물기가 그의 가슴을 타고 흘렀다. 해수는 얼굴을 붉혔다.

"옷 좀⋯⋯."

주양은 날카롭게 해수를 봤다. 그를 찾아온 이유는 다분히 의도적이었다. 주양은 기분이 바닥을 쳐서 일일이 해수에게 젠틀하게 대해 줄 수 없었다. 그는 무뚝뚝하게 방으로 가서 맨몸에 가운을 걸쳤다. 거실로 나가자 해수가 소파에 자리를 잡고 있었다. 주양은 테라스가 내다보이는 테이블에 앉았다.

"그래서, 이 늦은 시각에 무슨 일이시죠?"

"자선의 밤이 끝날 때까지 돌아오지 않으셔서요. 내일 서울로 가신다고 들었어요."

"휴가를 온 게 아니니까요."

"저도 급하게 일정이 잡혀서 내일 떠나야 할 것 같아요."

"비행기표는 구하셨고요?"

"남는 좌석이 있겠죠."

"그럼 내일 저랑 같이 이동하시죠."

해수는 통 큰 그의 제안에 놀랐다. 한신은 전용기가 있다고 들었다.

"폐를 끼칠 순 없어요."

"어차피 혼자 타기엔 자리가 많이 널널합니다."

본래 전용기는 유럽이나 미주 출장에만 이용되었다. 제주까지 끌고 오는 건 많이 낭비였다. 그럼에도 전용기를 끌고 온 것은 진 회장 때문이었다. 진 회장이 한 번 움직이면 주치의를 비롯하여 간호사들이 포함된 전담 팀이 대거 이동해서 전용기는 필수였다. 그런 진 회장이 제주도에 남기로 하면서 자리가 텅 비었다.

"아…… 회장님은."

"한 달 정도 휴양하신다고. 회장님께서 이번 자선 모임이 몹시 흡족하셨나 봅니다. 근래에 언제 한번 회장님 모시고 백운당에 가게 될 것 같아요."

둘 사이에 짧은 침묵이 흘렀다. 비행기는 사설이고 실은 본론이 따로 있는 모양새였다. 주양은 얼음을 띄운 양주를 마시며 해수의 속마음을 읽었다. 밤늦은 시각에 찾아온 이유. 은밀한 속내. 품평을 하자면 신해수는 최상급이었다. 남자의 입장에선 매력적인 여자였다. 백운당 딸이 아니었다면. 전에 같았다면 어쩌면 몇 번쯤은 장단에 못 이기는 척 놀아 줬을지도 모른다.

주양은 문득 생각을 되짚었다. 전에 같았다면? 마치 지금은 안 된다는 투였다. 전과 달라진 게 무엇이기에?

주양이 답답한 마음에 테라스로 고개를 돌렸다. 7층 객실에서 정원이 바로 내다보였다. 주양은 미간을 찌푸렸다. 쫄딱 젖은 한심한 꼴의 영원이 방에 돌아가지 않고 있었다. 뭘 하는 거지?

아니나 다를까. 혈기 왕성한 놈들이 영원에게 접근했다.

"얼마 전에 아버님 재가 있었다고 들었어요. 마음이 아프실 것 같아서…….
스승님께 의도치 않게 이사님에 대한 이야기를 전해 들었는데,"

해수는 조심스럽게 주양을 위로했다. 그러나 주양의 귀에는 아무 말도 들리지 않았다. 놈들이 영원에게 시비를 걸었다. 악악대며 대드는 영원을 주양은 아연하게 보았다. 자기 몸집의 두 배나 되는 사내의 팔을 그녀가 물었다. 대체 뒷감당을 어떻게 하려고 저러는 거지? 앞뒤 재지 않고 들이박고 보는 저 성격이 황당하면서도 위태로워 눈이 갔다.

"전 그런 편견 없어요. 이사님이 어떻게 태어났고, 사람들이 이사님을 보고 뭐라 수군거리건 중요하지 않아요. 그저 이사님 어깨가 외로워 보여서…….

범오사에 갔던 날, 병원에서는 더 어이가 없었다. 혼자 이상한 오해를 해서 사람을 파렴치한으로 몰아붙이고는 사과 한 마디 없었다. 그러다 또 금세 풀이 죽어서 슬금슬금 그의 눈치를 살폈다. 그래. 고슴도치였다. 위험이 다가오면 가시를 바짝 세우는. 그러나 그것이 두려움 때문이란 것을 그는 알고 있었다.

눈을 뗄 수가 없었다.

또 무슨 사고를 칠지 몰라서.

절대 구해 주지 않기로 했는데 구해 줘야 할 상황이 왔다. 그는 스님이 한 이야기를 떠올렸다.

'좋은 징조요. 그 까마귀가 어디로, 누구에게 안내해 줄지 아직 모르지 않는가.'

때맞춰 그를 시험하듯 일어나는 상황이 초조해졌다. 주양은 할퀴어진 엄지손가락을 빨았다. 혀끝에서 피 맛이 강하게 느껴졌다. 피는 비려야 하는데 이상하리만치 달콤했다. 오래도록 피를 혀끝에서 굴린 주양은 결국 해수에게 일렀다.

"용건만 간단히 할까요?"

해수가 굳었다. 주양의 시선은 바깥에 붙박여 있었다. 그는 이미 옷 갈아입을 준비를 하고 있었다.

양아치들이 영원을 음흉하게 훑어 내렸다. 보아하니 얼굴도 험상궂은 게 여자 구경도 못 해 본 놈들 같았다. 영원에게까지 와서 추근거리는 것을 보면. 영원은 짜증이 나서 머리카락을 만졌다. 젖은 머리가 뭉쳐서 얼굴을 온전히 가려주지 못했다.

"여자가 궁하면 술집을 가. 여기서 양아치 짓 하지 말고."

영원이 그들을 노려봤다.

"뭐야?"

"목에 두른 돼지비계나 빼고 다녀. 돼지 목살에 금목걸이 찬다고 네가 쇠고기보다 비싸지겠냐? 퉤."

그들이 혈압 오르는 뒷목을 잡았다.

"이 가스나 말본새 봐라."

영원은 조심스럽게 화단에 있는 돌을 주워 들었다. 치한 취급을 당하자 놈들이 성질을 냈다. 머리채를 잡히자마자 놈의 비곗살을 이빨로 물었다.

"아아악!"

놈이 자지러졌다. 영원의 얼굴을 때리려는 건지 두껍고 큰 손이 올라갔다. 맞는다. 영원이 질끈 눈을 감는 그 순간, 누군가 그 손을 저지했다. 영원은 위기의 순간에 그녀를 구해 준 왕자님을 봤다.

"그만두시죠. 여럿이서 여자 하나 데리고 뭐 하는 겁니까."

왕자는 얼굴이 하얗고 잘생긴 남자였다. 영원이 기다린 왕자는 아니었다.

"내가 임 전무님을 좀 아는데, 아들 교육을 아주 형편없이 시켰군요."

그들은 자선회에 참석한 한신그룹 간부 자식들이었다. 진두영을 알아본 그들이 도망치듯 떠났다. 두영이 얼른 영원을 살폈다.

"괜찮아요?"

그녀는 한신그룹이란 소리에 반짝반짝했다가 두영의 얼굴을 확인하고 실망했다. 두영은 당혹스러웠다. 한 번도 한신 일가인 것을 뽐낸 적은 없다. 그러나 우러러볼 만하지 않나. 그를 보고 누군가 대놓고 실망스러움을 내보인 건 난생처음이었다.

"도와준 건 고맙지만 신경 쓰지 마."

"하지만……."

"혼자 있고 싶어."

영원은 어딘지 잔뜩 풀이 죽어 있었다. 쫄딱 젖은 상태라 더 처량해 보였다. 상처 입은 여자를 놔두고 갈 만큼 무정하지 않았다. 두영이 가지 않자 영원은 스스로 움직였다. 얼마 못 가서 제자리에 주저앉았다.

"이런, 다리를 접질렸군요."

영원은 그의 부축을 받아 얌전히 벤치에 앉았다. 새파랗게 질려 덜덜 떠는 그녀를 보다가 그가 자신의 남방을 벗어 걸쳐 주었다.

"손에 낀 결혼반지 보니 유부남 같은데, 아내가 퍽이나 좋아하겠어. 오지랖이 태평양이네. 모르는 여자 따위 어떻게 되든 상관없잖아?"

백운당에서 워낙 자주 보던 풍경이라 남자의 친절이 경멸스러웠다. 아내가 있으면서 뒷구멍으로 어린 여자들에게 추근대던 남자 손님들. 이 남자는 취향이 좀 특이한 모양이었다. 아무도 만지고 싶지 않아 하는 영원에게 추근대는 걸 보면. 영원의 시니컬한 반응에 두영이 웃었다.

"버릇없다는 소리 이번엔 듣기 싫어서요."

"우리가…… 구면이야?"

두영은 두 번째 당황했다. 범오사에서의 만남을 그녀는 기억하지 못했다. 자신은 어떤 자신감으로 당연히 알아볼 거라 생각한 걸까? 사실 제주도에 도착했을 때부터 두영은 영원을 알았다.

'성철스님에게 연락이 왔습니다. 아들 낳아 줄 여자를 찾았다고 합니다.'

낮에 김 부장에게서 연락을 받고 차에서 내리는데 주차장이 시끌벅적했다. 여자 셋이 휴가를 온 듯했다.

'야! 신영원! 짐 조심히 들어. 내 아가들 기스 나면 다 네 책임이야.'

일행인 듯 곁에 있는 여자가 영원에게 소리쳤다. 그때 영원의 이름을 알았다. 영원은 짐을 낑낑대며 짊어지고 갔다. 그는 영원이 짐을 내린 차 트렁크 아래서 동전을 주웠다. 특이한 외양, 긴 머리카락…… 범오사에서 만난 동전 아가씨였다. 두영은 속으로 반가웠다. 그때 영원이 놓고 간 백 원을 아직 보관하고 있었다. 혹시나 범오사에서 다시 만나면 돌려주려고 했는데. 그녀는 어디서도 보이질 않았다.

혼자만 기억하고 있었다니, 지갑 안에 있는 백 원이 민망해지는 순간이다.

"어쩌다가 이런 꼴이 된 거죠?"

"남자한테 차였어."

두영은 세 번째로 당황했다. 아무렇지 않게 그런 비참한 말을, 그것도 처음 보는 사람한테 서슴없이 말할 줄이야.

머리카락 때문에 표정을 볼 수 없는 게 아쉬웠다. 영원이 어떤 심정인지 가늠하기 힘들었다. 슬픈 걸까? 그때 영원이 자괴하듯 고개를 푹 숙였다. 젖은 머리카락이 아래로 쏠렸다. 곧은 콧날과 깨끗한 뺨, 문득 생각과 다르게 그는 그녀가 아름다울지도 모른다고 생각했다.

아, 영원이 돌연 탄식했다.

"나 있지."

대뜸 영원이 입을 뗐다.

"기억난 거 같아. 당신."

영원이 두영을 똑바로 보았다. 영원은 긴 머리카락을 풀어 헤치고 있었다. 미관상 좀 꺼려지는 모습이지만 두영에겐 그런 선입견이 없었다. 두영은 이미 홀린 듯 그녀에게 손을 뻗고 있었다. 머리카락은 원래부터 길게 풀고 다녔을까. 눈을…… 보고 말할 수 있다면 좋을 텐데.

하지만 호기심은 오래가지 못했다.

"내 동전 훔쳐서 뭐 사 먹었어?"

"……"

"이 도둑놈아."

두영은 정신이 번쩍 들었다.

"……나 말이에요?"

영원이 불신에 찬 눈빛으로 두영을 노려봤다.

"집에 돌아와 세 보니 분명 백 원이 비었어."

"엄연히 따지면 내가 훔친 게 아니라, 그쪽이 놓고 간 거죠."

"난 칠칠맞게 돈 안 흘리고 다녀."

칠칠맞게 돈 흘리고 다닌 걸 본 게 오늘까지 합해 두 번째였다. 범오사에서 한 번, 낮에 주차장에서 한 번.

"내가 열심히 불렀는데. 기억나지 않나 보죠? 가져가라고."

영원은 곰곰이 되짚어 보았다. 그러고 보니 이 남자한테서 주양의 얼굴이 떠올라 도망치듯 달아났던 것 같다. 기분 나쁘게 약간 닮았다. 하나하나 뜯어보면 전혀 아닌데 전체적인 분위기가 어딘가 비슷했다.

"한신그룹 사람이라며?"

아까 양아치들과의 대화에서 눈앞의 이 남자가 한신중공업 사장이라는 걸 들었다. 거기다가 같은 진씨. 친인척이나 아마 사촌쯤 되나 보았다. 주양을 알 겠지?

"이제 내 말 믿겠어요? 백 원짜리에 도둑놈 소리 들을 위치는 아니라는 거."

"나도 거기 아는 사람 있다 뭐."

진두영은 영원의 말을 흘려들었다. 대한민국에서 한신그룹 밑에서 밥 벌어 먹고사는 직원만 삼십만이었다. 몇 다리 건너 하나씩 있을 수 있다고 생각하는 듯했다.

"남자한텐 어쩌다 차인 거예요? 참, 매너도 없군요."

그가 쫄딱 젖은 영원의 한심한 꼴을 훑어봤다.

"그러는 댁도 썩 훌륭해 보이진 않아. 쫓겨난 차림이잖아."

영원이 특유의 빈정거리는 웃음을 지으며 족집게같이 집어냈다. 두영은 영 원과의 대책 없는 대화에 잠시 잊고 있던 일이 떠올랐다. 아내와 말다툼을 했다. 임신 때문에 아내는 극도의 스트레스를 받고 있었다. 이번엔 반드시 아들이어야 한다는 중압감, 대를 이어야 한다는 의무감, 시아버지에게 인정받아야 한다는 부담감, 아무것도 해 주지 못하는 남편으로 인해 깊게 곪아 있던 원망이 임신 우울증으로 표출됐다.

어째서 잘 알지도 못하는 사람에게 이런 말까지 들어야 하는지 알 수 없었지만, 두영은 누구보다 영원이 편안하게 느껴졌다. 심지어 아내보다도. 아마 잘 알기 때문일 것이다. 다시는 만날 일이 없으리란 걸 알기에. 안심이 되는 거다.

"어떤 사람이 있어요. 아무리 노력해도 쫓아갈 수 없는 사람. 심지어 그는 내 가족이에요. 어떨 거 같아요?"

"가족? 최악이네. 나도 그 심정 알지."

어디까지 알아들었는지 모를 그녀는 무턱대고 두영의 말에 옹호부터 하였다.

아버지는 엄격하셨다. 그는 아직도 아버지가 너무 무서웠다. 그런데 그 애, 주양은 달랐다. 두영이 세상에서 가장 무서워하는 아버지 앞에서도 흔들림이 없었다. 아버지는 언제나 그 애한테는 한 수 져 주었다. 뭐든 잘해 내니까. 주양과 아버지 사이의 유대는 두영이 끼어들 수 없는 견고한 벽이었다. 사람을 끄는 카리스마란 것.

리더의 덕목이란 아량이라고 여겼다. 아랫사람을 따뜻하게 품는 인간애. 하지만 그 애를 보면 또 리더에게 그런 건 필요 없을지 모른다는 회의감도 든다.

사람들은 기본적으로 주양에게 끌렸다. 인간적인 구석이라곤 한 톨도 없는 냉혈한에게.

순진했던 시절, 한때나마 그 애를 이길 수 있는 유일한 부분이 바로 자신의 인간적인 면이라고 생각한 적이 있었다. 하지만 그건 나약함을 감추기 위한 변명이었다.

인간애는 두영의 약점이 되었다.

"걘 괴물 같아요. 죽을 만큼 쫓아가야 간신히 따라갈 수 있을까 말까. 그런 점이 날 미치게 해요. 아내도 부족함 없이 자란 사람이라, 내 패배감을 이해하지 못해요."

영원은 잠자코 듣다가 어떤 사람이 연상됐다. 괴물로 비유되는 능력자. 어디서 많이 들어 본 이미지였다. 영원은 잠시 두영의 이름을 다시 외워 보았다. 진두영, 진두영…… 아. 그래. 어디서 들어 봤다 했더니. 주양과 승계를 두고 다툰다는 그의 숙부였다. 한신의 자선 행사가 있으니 일가족이 총출동했을 거다.

좋아하는 남자의 숙적이라니. 영원은 당혹스러웠지만 조심스럽게 그를 떠봤다.

"그래서……? 그를 미워해?"

온화하기만 했던 진두영이 미세하게 변화를 보였다. 그런 자신이 끔찍하게 싫다는 듯, 괴롭게 얼굴을 일그러트린다. 그가 어깨를 으쓱하며 답했다.

"……죽이고 싶을 만큼?"

곧 아무렇지 않은 듯 웃었지만 영원은 심각했다. 주양을 죽이고 싶어 하는 이 남자. 그러나 영원은 비난할 수 없었다. 두영에게서 자신을 엿봤기 때문이다. 해수를 죽도록 질투하는 자신. 잘난 것들은 2등의 서러움을 모른다. 심지어 영원은 2등조차 아니다.

"나도 알아. 그런 기분. 패배감."

"……."

"누구한테 털어놓아도 동정밖에 더 받겠어? 아니면 속 좁다고 욕이나 먹지."

두영은 웃었다. 자신을 이해하는 영원에게 뜻밖의 공감대를 느꼈다. 역시 사람을 외모로만 차별하지 않기를 잘한 것 같았다. 두영은 영원에게 호감을 느꼈다.

"이만 가 봐야겠어요. 들어 줘서 고마워요."

지이이잉— 지이이잉—

휴대 전화가 울렸다. 아내를 보필하는 수행 비서였다. 또 히스테리를 부린 것이다.

"아내가요? 알겠어요. 지금 가요."

진두영이 떠나고 영원은 힘겹게 다리를 떼었다. 집질린 발목에 기의 제자리 걸음 하다시피였다. 얼마 못 가 가로막혔다. 익숙한 체취가 앞에 버티고 섰다.

주양이다.

가려는데 그가 팔목을 붙잡았다. 말없이 아프도록 팔목을 죄어 온다. 이제는 모르는 사람이었다. 영원은 그걸 무연히 내려다보았다. 더 이상 그를 괴롭히고 싶지도 않았다. 그녀는 지쳤고, 그는 그녀를 죽이려고 했다. 영원은 잔혹하게 그의 손가락을 하나씩 하나씩 떼어 냈다. 냉담한 거부. 주양의 손끝이 차갑게 굳었다. 영원은 쩔뚝거리면서 그를 지나쳤다.

몇 발자국 못 도망가 세찬 힘이 그녀를 돌려 세웠다. 영원은 간신히 꾹꾹 눌러 담았던 감정이 튀어나왔다.

"죽어도 미안하다 사과 못 하지?"

"……."

"왜 나왔어? 아, 양심의 가책?"

영원은 실컷 조롱했다. 아무리 냉혈한이어도 미안하긴 할 터다. 여자를 그런 식으로 밀어트리고 간 것.

그는 대답이 없었다. 영원은 끝까지 잘난 척하는 그가 미웠다.

"내가 너 때문에 무슨 꼴을 당했는지 알아?"

신발 한 짝은 어디에 잃어버려 찾지도 못한다. 가고 싶었지만 다리가 아파 꼼짝도 할 수 없었다. 한 짝 남은 조리를 벗어 그에게 던졌다.

"내가 얼쩡댄 거 아니야. 나는 그냥 제자리에 가만히 있었는데 네가 나타난 거야! 너야말로 얼쩡대지 마! 나도 짜증 나니까! 아……!"

갑자기 그가 그녀를 어깨에 둘러멨다. 인적 드문 정원 벤치에 그녀를 내려놓았다.

"무슨 꼴을 당했는데."

그가 따져 물었다.

"나한테 했듯이 가랑이를 벌리고, 이번엔 옷을 받았나?"

그가 영원이 걸치고 있는 낯선 남자의 옷을 들어 보였다. 진두영이 걸쳐 준

옷이었지만 말할 수 있을 리가 없다.

"아, 아니야! 그 옷은!"

"하지만 나한테는 그랬지."

대항할 수 없는 언변이었다. 논리적인 말발에 이미 말려들어 영원은 대꾸할 힘을 잃었다. 분명 잘못한 사람은 그인데 그녀가 추궁당하고 있었다. 상황이 바뀐 게 아닌가 싶다. 방금 전만 해도 끝까지 화가 치밀어 올라 절대로 말 같은 거 섞지 않을 거라고 다짐했는데. 머리가 멍청해졌다.

"왜, 왜 너는 나한테 매번 함부로 말하는 거야? 우린 아무 사이도 아니야. 내가 어떤 남자를 만나건 너한테 추궁당할 이유 없어."

"지금 내게 몹시 화가 난 듯한 음성이군."

눈물이 날 것 같아서 영원은 입을 앙다물었다. 더 이상 대답하지 않겠다는 듯 시위하자 그가 더 집요히 파고들었다.

"이젠 눈빛도 나를 미워하고 있어."

"그래. 너 같은 남자는 딱 질색이야."

영원이 억지를 부렸다. 그의 눈이 미묘하게 가늘어졌다.

"너 같은…… 겉과 속이 다른 남자는…….'

영원은 서러워서 닭똥같은 눈물을 떨궜다.

"미워. 너를, 후회해."

눈물과 함께 말이 비어져 나왔다. 속에 담고, 억누르다 못해 진심까지 내보였다. 후회한다는 말엔 많은 의미가 담겨 있었다.

그가 완전한 무표정이 되었다. 달변가답지 않게 말도 잃었다.

영원은 체념했다. 다 끝난 거야. 이제 다 끝났어. 그는 가 버리고 우리가 엮일 일은 없겠지. 시작도 그녀가 먼저 했으니 끝도 그녀 혼자만 내면 되는 거였다.

예상과 달리 그가 가지 않고 버텼다. 그녀의 발 언저리에 시선을 내릴 뿐이었다. 더러운 맨발은 그다지 특별한 점이 없었다. 이제 끝났으니 가면 되는 건데 그도 영원도 꼼짝하지 않았다. 영원은 발목이 아파서라며 속으로 변명했다.

하지만 그는?

그가 천천히 손을 뻗었다. 영원은 흠칫했다. 그가 영원의 발을 그러쥐었다.

"뭐, 뭐야."

닿아 오는 딱딱한 손가락의 뼈 마디마디와 발을 감싸는 온기. 심장이 발에 달린 것처럼 발바닥 혈관들이 쿵쿵 뛰어 댔다. 자신의 신을 벗은 그가 그 신을 영원에게 신겨 주었다. 땅에 한쪽 무릎을 대고 그 위에 흙이 묻은 영원의 발을 딛게 했다. 섬세한 손길이고 정중한 자세였다.

영원은 꼼짝도 하지 못했다. 물론 그를 붙잡을 수도 없었다. 그는 할 일을 끝 내자 맨발이 돼서 휘적휘적 호텔 안으로 사라졌다. 너무도 순식간에 벌어진 일 이라 뒷모습만 멍하니 보았다.

아빠 구두를 훔쳐 신은 것처럼 큰 신발을 질질 끌고 방에 도착했다. 곧장 들 어가지 않고 문 앞에 서서 신기하게 구두를 내려다보았다. 어떤 의미일까. 그 나름대로 화해하자는 제스처였을까?

평소엔 남들을 혓바닥으로 갖고 노는 남자였다. 논리정연한 것 빼면 시체인 남자가 말문을 잃었던 모습이 눈에 선했다.

"진짜 사과라곤 할 줄 모르는 남자네."

구두로 때우려는 남자가 괘씸하다는 투였지만, 말과 달리 구두를 품에 꼭 안 았다. 얼굴이 빨갰다.

등 뒤에 구두를 감추고 문을 열었다. 성원이 잠도 안 자고 강시처럼 두 눈 시 퍼렇게 뜨고 있었다.

"어딜 싸돌아다니는 거야. 손은 왜 또 빈손이고. 내 트렁크랑 옷은?"

"아……."

깜박했다. 코인 세탁실에서 끌고 나오고서 행방이 묘연했다. 아무래도 잃어 버린 것 같았다.

"그게 얼마짜린데!"

성원이 길길이 날뛰었다. 해수가 저조하게 조용히 하라고 경고하고서야 잠 잠해졌다. 자선의 밤에 갔다 왔다면서 기분이 안 좋아 보였다. 영원은 괜히 찔 렸다. 임자 있는 남자와 바람을 피운 불륜녀의 심정이 이럴까.

휙, 제 방 침대에 들어가 누웠다. 누가 훔쳐 갈까 봐 구두를 꼭 끌어안았다.

"야! 미친년아. 씻고 누워!"

성원이 뭐라 뭐라 떠들었지만 눈을 감았다. 내일 재미있게 놀려면 일찍 자 둬야 한다.

아침이 되자 해수가 바쁘게 영원을 깨웠다. 느닷없이 짐을 싸야 한다고 말했 다.

"어머니 긴급 호출이야."

"백운당에 무슨 일 있어?"

해수는 초조한 안색이었다. 어찌 된 일인지 상황 설명은 않고 잠이 덜 깬 그 녀를 잡아 일으켰다.

"성원 언니는 여기 스승님과 남고, 영원이 넌 나랑 돌아가야겠다."

서울로 돌아갈 시각이 너무 이르게 찾아왔다.

주양과 양 비서가 공항에 들어섰다. 양 비서가 시간을 확인했다.

"지금쯤, 백운당 압수 수색 들어갔을 겁니다. 최 사장 정신이 한바탕 뒤집어 졌겠는걸요?"

"섭외해 놓은 검사 믿을 만합니까?"

주양이 물었다.

"강골 검사로 유명한 사람입니다. 최 사장 특기인 뇌물, 향락 그런 것과 거 리도 멀구요."

"우리가 배후에 있다는 사실은 당연히⋯⋯"

"모르게 해 뒀습니다."

누구도 믿을 수 없다. 압수 수색을 담당하는 검사조차 그들의 존재를 몰라야 했다. 소문 무성하던 최혜란의 비밀 금고가 열릴 때다. 그곳에 김 회장이 꿍쳐 놓은 이중모 의원 대외비 동영상이 있을 터였다. 비서실장 쪽으로 흘러들어 가기 전에 선수 쳐야 했다.

주양은 검사대 없이 공항 VIP 통로로 지나가며 말했다.

"김 회장 파일 반드시 빼내 와야 합니다. 검찰 내부에서도 눈치채지 못하게 진행하세요. 아, 그리고."

주양이 멈춰 섰다. 의아한 얼굴로 손목시계를 확인했다.

"비행기 시간 다 됐는데, 진두영 사장은 탑승하지 않는 겁니까?"

본래 숙부 내외가 함께 떠나기로 했었다.

"회장님과 제주도에서 며칠 더 요양하기로 했답니다."

뻔한 수법에 주양이 웃었다.

"하지만 그것은 거짓말이고 역시⋯⋯ 병원에 간 게 아닙니까."

지금쯤 검사 결과가 나왔을 것이다. 양 비서가 말끝을 흐렸다.

"아들인지 딸인지 알아볼 때가 되었으니까요. 서울 병원은 아무래도 듣는 귀가 많아서⋯⋯"

"살려고 저렇게 발버둥을 치는데 모르는 척하는 것도 예의가 아니죠. 아이 성별, 알아보도록 하세요. 화룡점정. 마지막 점 하나를 찍읍시다."

잘 훈련된 스튜어디스의 안내에 따라 비행기에 탑승하고 보니 이미 먼저 와 있는 사람들이 있었다. 신해수가 일어나 그에게 인사했다. 그러나 주양의 의식을 붙잡은 사람은 해수가 아니었다. 해수 옆에 얼떨떨한 얼굴로 붙어 있는,

"가족 한 명 더 태워도 될까요?"

영원이었다.

기내에 어색한 기운이 감돌았다. 스튜어디스가 자연히 무릎을 꿇고서 한층

낮은 자세에서 주문을 받았다.

"티를 준비해 주세요."

주양이 먼저 주문하고 해수도 같은 것을 달라고 했다.

영원은 어제 일로 아직 주양과 있는 게 어색했다. 해수를 흘깃했다. 영원과 달리 도도하게 눈을 내리깔고 있다.

'실은 자기도 처음이면서.'

해수는 이런 특권에 익숙하다는 듯 고고하게 행동했다. 음료를 나눠 마시며 두 사람 사이에 어려운 말들이 오고 갔다. 기업 용어들이었다. 영원은 끼어들 틈도 없었다. 해수는 대학교수라는 과외 선생에게 배운 대로 경제 용어와 나라 전반의 상황들에 대해 아주 능숙하게 말하며 그와 자연스럽게 섞였다. 잠자코 대화를 지켜보던 영원이 끼어들었다.

"한신중공업에서 이번 크루즈 사업 유치했지 아마?"

대화가 중단되었다. 해수는 미간을 찌푸렸다. 영원이 아무것도 모르면서 끼어든다고 여기는 모양이었다.

"돈을 빌려 갔는데 지금까지 꼴아 박은 돈도 회수 못 한다면서?"

주양의 시선이 영원에게 쏠렸다. 영원은 아는 상식을 자랑했다.

"이래서 금산 분리를 해야 한다는 거야. 자칫 은행이 계열사 돈 대 주다가 망하기라도 하는 날엔, 은행에 저금한 서민들 돈이 공중으로 날아가게 되는 거잖아."

정부에서는 금융 그룹이 자회사에 투자하는 것에 민감했다. 혹시 회사에 투자했다가 망하면 은행에 저금한 서민들 돈이 없어지는 거니까. 그것을 막기 위해 금산 분리를 추진해야 한다고 과거 말들이 많았다.

"뭐, 국회에 포진해 있는 한신그룹 장학생들이 오죽 많아? 그런 일은 일어나지 않겠지만."

그가 빤히 영원을 쳐다보았다. 생각보다 경제에 해박한 영원이 흥미로운 듯했다. 영원은 얼른 시선을 피했다. 해수는 영원에게서 시선을 떼지 않는 주양을 보다 초조함에 물잔에 손을 가져갔다.

"아……."

영원이 급히 일어났다. 물컵이 쓰러져서 그녀의 다리를 적셨다. 영원은 해수를 노려보았다.

"너 일부러 그랬지."

해수는 당황했다.

"아니. 그게 아니라……."

"넌 항상 그래. 다른 사람이 너보다 주목받는 꼴은 못 보지."

스튜어디스가 와서 테이블을 정리해 줬다. 양 비서가 다가와 주양에게 전화를 붙여 주었다.

"본사입니다."

주양이 전화 통화를 핑계로 떠났다.

쏘아붙인 영원도 화장실로 갔다. 고급스러운 통로를 쭉 따라가다 보니 이상한 회의실이 나왔다. 영원은 테이블을 건드려 봤다. 기내다 보니 위험하게 움직이지 않도록 바닥에 고정된 불편한 구조였다. 꿈적 않기는 의자도 마찬가지였다.

"대체 화장실은 어디 있는 거지?"

물기를 짜내려고 했는데 막상 긴장이 풀리자 오줌이 마려웠다. 그러나 화장실은 못 찾고, 발을 동동 구르다 반짝이는 금속 물체를 발견했다. 매 같은 눈썰미로 오백 원짜리 동전임을 맞췄다. 영원은 서둘러 테이블 아래로 기어들어 갔다.

"돈이 좀만 모이면 성형외과 갈 수 있을 것 같은데 말이야."

혼자 시시덕거렸다. 학이 그려진 동전을 신나게 줍고 무릎걸음으로 후진하는 그때였다. 회의실 문이 닫혔다. 누군가 들어왔다.

"검사 결과는 어떻게 되었습니까."

목소리의 주인은 주양이었다. 그는 영원의 존재를 아직 눈치채지 못한 듯, 상석 의자에 앉았다. 그가 다리를 꼬았다. 영원은 숨을 틀어막았다. 그의 긴 다리가 그녀와 근접했다.

"아들입니까? 딸?"

전화 너머로 대답이 돌아왔다. 이어지는 침묵. 어쩐지 그가 웃고 있을 것 같다.

'일단 숨죽이고 있다가 그가 나가면 그때 나도 나가야겠다.'

살금살금 뒤로 물러나려는데 불쑥 그가 다리를 뻗었다. 순간 영원의 심장이 정지했다. 그녀의 얼굴까지 다다른 구두가 뺨에 닿았다가 그녀의 목줄기를 훑고 내려갔다.

"예쁜 사촌 여동생이 하나 더 늘어나겠군요."

나른하게 젖은 목소리는 테이블 아래에 숨은 쥐새끼를 알고 있었다. 오백 원을 쥔 손이 굳은 채 허공에 떴다. 새가슴이 벌렁거려 손에서 놓치고 말았다. 밝은 곳까지 굴러간 동전이 바로 주양의 의자 옆에서 엎어졌다. 상체를 기울여 동전을 줍는 그의 손이 보였다.

"축하는 내가 아니라 삼촌 내외께 해 드려야죠. 요즘 아버지들은 딸 바보라는데, 딸이 넷이나 되니 얼마나 경사입니까."

테이블 밖으로 쭈뼛쭈뼛 나가자 주양이 영원을 기다리고 있었다. 전화 통화를 하며 그가 영원을 응시했다. 어제 있던 일이 자꾸 떠올라 어색했다. 시선을 피했다. 어서 오백 원짜리를 돌려주지 않는 그가 의아했다. 쓸 일도 없을 텐데 말이다. 도, 돌려줘. 내 거야. 영원은 자신 없는 모습을 하다가 아무 말도 못 꺼냈다. 오백 원을 포기하는 수밖에 없겠다.

터덜터덜 테이블 모서리를 지났을까. 뒤에서 잡아끄는 힘이 팔뚝에 달라붙었다. 영원은 그대로 끌려가 주양의 무릎 위에 앉혀졌다.

주양은 전화 통화를 멈추지 않고 진하게 영원과 아이 컨택을 했다. 시선으로 내내 애꿎은 바닥만 흡입하다 간만이었다.

"내 성미 잘 알잖아요. 난 기다리는 걸 아주 싫어합니다."

그녀에게 하는 말처럼 들렸다. 영원은 심장을 억누르며 그를 봤다.

"증권가에 풀리는 게 그림상 좋을 것 같군요. 회장님 귀에 자연스럽게 흘러들어 가면 금상첨화고요."

그는 영원의 눈동자에 자신이 담긴 걸 확인하고서야 동전을 돌려주었다. 손

바닥에 오백 원이 얹어졌다. 오백 원어치 값엔 다시는 눈을 피하지 말란 경고
도 함께였다.

영원은 회의실을 나왔다. 요의도 잊고 어느새 홀려서 유령처럼 자리로 돌아
오니 해수는 아무 말이 없었다. 도대체 그 방에서 무슨 일이 있었는지 망연하
기만 했다.

좌석에 드러눕자 비행기는 금세 공항에 도착했다.

백운당에 죽음의 그림자가 드리워져 갔다. 백운당은 밀실 정치의 주요 무대
였다. 털어서 나오는 것은 먼지가 아니라 대한민국 핵심 인사들이었다. 검사 나
부랭이가 설칠 수 있는 레벨이 아니다. 하지만 어디에나 꼭 예외가 되려는 애
들은 있는 법이었다.

"요즘도 애들 바깥으로 돌립니까?"

강규웅의 화살이 맞은편에 앉은 최혜란을 향했다. 초반부터 날아오는 변화
구가 아닌 직구에 최혜란은 당황했다. 서울지검 특수1부 부장검사 강규웅. 백
운당 압수 수색의 선봉장을 맡은 이였다. 그는 진즉부터 비리의 온상인 백운당
을 손보길 벼르고 별렀다. 그 시작을 성매매로 열어 보겠다는 건가.

"시대가 어느 땐데 감히 출장 서비스를 하겠어요?"

"그러셔야 할 겁니다. 대한민국 최고 한식당이라는 자부심이 있지, 백운당
이 강남 룸살롱들이나 할 법한 짓은 아닌 말이죠."

강규웅과 최혜란이 서로의 발톱을 감추고 화기애애 미소를 띠었다. 그런 최
혜란을 보는 강규웅의 시선에 경멸감이 깔렸다. 껄껄 목젖을 드러내던 강규웅
이 테이블에 사진 몇 장을 올려놨다.

"세태가 많이 변하고 있습니다. 그런 거 하다 잘못 걸리면, 10리도 못 가서
발병 납니다……?"

사진에는 고객의 차를 타고 가는 기생들 몇몇이 담겨 있었다. 성매매의 증거

였다. 하지만 상대는 최혜란이었다.

"물론, 저희는 품격을 지향하는 한정식집이죠."

그녀는 눈 하나 꿈쩍 안 하고 끝까지 미소를 잃지 않았다.

"자체적으로 막고는 있습니다만, 직원이 퇴근 후에 고객과 따로 연락을 주고받는 것까지 일일이 확인하라는 건 사생활 침해죠."

"말은 그렇지만 VIP에 한해 접대하잖습니까."

"서로가 좋아서 그랬다는데, 그걸 경찰 쪽에서 성매매라고 단정 지으면……할 말이 없습니다."

뻔한 거짓말에 강규웅 검사는 너털웃음을 내보였다.

"그렇습니까?"

"손님들은 저희만 믿고 쉬다 가는데 이 정도도 저희 선에서 해결 못 하면 백운당 체면이 안 섭니다."

최혜란이 주섬주섬 뭔가를 내밀었다.

"모쪼록 잘 부탁합니다."

손때도 타지 않은 자동차 키였다. 1억대 벤츠. 성매매는 절대 없다고, 직원과 고객의 개인적인 친분이라 할 땐 언제고 최혜란은 강규웅에게 뇌물을 건네었다.

"아직 서류에 잉크도 안 댄 새 차입니다. 명의자 칸에 검사님 성함만 박히면 완벽할 텐데."

"이러고도 무사할 것 같습니까?"

"그날 건에 관해서만 압수 수색 영장 청구해 주시고, 다른 날들에 관해서는 영장 기각해 주세요."

최혜란은 압수 수색이 들어올 거라는 걸 모르고 당했다. 검찰이 수집해 간 자료는 백운당 매출 내역이었다. 하필 그 시기에 접대한 이가 청와대 대통령 비서실장이었다. 경찰이 압수 수색 해서 매출 살피다 걸리면 개박살 나는 거다. 위에서 알아서 처리해 주겠지만, 이 정도도 처리 못 하면 고객들의 신뢰가 떨어지게 된다. 자체적으로 해결해야 했다. 하지만 강규웅은 꽉 막힌 인간이었다.

"대통령께서 임기가 1년도 안 남았고 레임덕 왔겠다, 뭐, 뿌리까진 못 뽑아도 가지 정돈 칠 만하지 않겠습니까."

"검사님."

"백운당에 말을 하는 꽃이 있다고 하더이다. 이름이 뭐라더라…… 김 회장님이 유난히 예뻐하던……. 아, 그래. 해수라든가."

유일한 약점이 건드려진 최혜란은 이미 표정 관리 능력을 상실했다.

"그러고 보니 최 사장님 영애 이름하고 같습니다?"

"갑자기 그 애는 왜……."

"중늙은이보단 20년 젊은 내가 낫지 않습니까?"

최혜란은 크게 숨을 들이켰다. 그 뒤에 나올 말을 들으니 귀를 틀어막고 싶었다.

"누가 침 바르기 전에 내가 그 애를 한번 품어 봐야겠습니다."

해수가 제주도에서 돌아와 짐을 풀자니 노 집사가 문을 노크했다.

"실례하겠습니다."

"들어와요."

노 집사는 어딘가 수척해 보였다. 해수도 어젯밤에 연락을 받아 자세히는 알지 못했다. 최혜란이 꽤 다급한 듯했다.

"어머니는 어디 계시죠?"

"현재 백운당 상황 아시죠?"

"어머니요."

"안 그래도 사장님께서 보자고 하십니다."

해수는 심상치 않은 기운에 벌써부터 가슴이 답답해졌다.

그날 저녁, 최혜란이 여독도 풀지 못한 해수를 사장실에 불러 앉혔다. 백운당에 검찰이 들이닥쳤다더니 수습하기 어려운 일인가. 해수는 마음의 준비를 단단히 했다.

"검사가 뭐라고 하던가요?"

최혜란은 최대한 말을 아꼈다. 잠시 후 최혜란이 내뱉은 말은 상상 이상이었다.

"검사가 네 머리를 올려 주고 싶다는구나."

해수는 머리가 멍해졌다. 그 뒤에는 헛웃음이 터졌다.

"전 기생이 아니에요."

"비유가 그렇다는 거지."

심각한 최혜란의 모습에 해수도 점차 미소를 잃어 갔다. 해수는 주먹을 으스러지게 쥐었다. 목소리에 어느새 날이 섰다.

"그걸 저한테 말하시는 이유가 뭐죠?"

최혜란 선에서 마무리할 수 있는 문제라면 굳이 딸까지 기분을 더럽힐 필요가 없다. 딸에게까지 비참함을 공유시키는 이유는 단 하나뿐이었다.

해수는 벌떡 일어났다.

"듣지 않은 걸로 하죠."

"앉아."

"어머니는 이미 결정을 내리신 거잖아요. 지금 저더러……."

해수는 차마 자기 입에 담기도 싫어 말을 끊었다. 최혜란이 백운당을 지키기 위해 무슨 짓이든 할 여자라는 건 진즉부터 알고 있었다. 그게 딸을 팔아먹는 일일지라도. 최혜란은 비정한 어미다. 하지만 그렇다 해도, 그녀에게 지금 요구하는 건……

"상놈의 새끼. 처음부터 원하는 게 여자였으면 말할 것이지, 어디서 되지도 않는 검사 행세야?"

더 격앙돼서 부들부들 떨었다.

"좆까지 마. 내가 너를 그런 놈한테 거저 먹이려고 이때껏 고이 키운 줄 아니?"

최혜란이 자신의 마음을 헤아려 달란 듯 해수에게 호소했다. 해수는 믿기지

않았다. 그래도 최혜란을 믿고 싶었지만,

"하지만 어쩔 수 없잖니. 너도 알다시피……."

결국에는 이런 거다. 최혜란은 딸을 바치기로 결정한 거다.

대선까지 이제 반년이었다. 현 대통령은 임기 초기부터 힘을 못 쓰고 있다. 이런 때야말로 윗선 눈치 보지 않고 작업할 적절한 시기였다. 정말로 해수를 원하는 건지, 아니면 거절할 명분을 찾으려고 딸 해수를 운운한 건지. 둘 중 어느 쪽이든지 간에 중요한 건, 최혜란은 그 검사의 폭주를 멈출 수 없다는 것이다.

이미 체념해 버린 최혜란을 해수는 망연자실해서 봤다.

"그러니까 내가 누누이 말해 왔잖아."

"무슨 수를 써서라도 진주양을 내 걸로 만들라는 거요?"

"넌 내가 경멸스럽지? 하지만 그렇다고 네 출신이 바뀌는 건 아니야. 어쨌거나 넌 기생집 딸이다. 세태가 변했다지만, 여자 팔자 뒤웅박 팔자라는 거 아직 유효해. 남자 잘 문 년이 더 잘 사는 세상이야."

"예. 어련하시겠어요. 유부남 꼬드겨 남의 가정 파탄 내고 이 자리까지 올라오셨으니 좋으시겠어요."

"넌 안 좋았어? 나만 좋자고 한 일이야?"

"어머니가 한 일이 내 인생까지 관여되고 있다고요!"

쾅!

해수는 사장실을 뛰쳐나왔지만 그래 봐야 백운당 후원을 헤매는 것뿐이었다. 세상은 그녀를 착하게 살지 못하게 만들었다. 기생집 딸년. 보이지 않음에도 자신을 구속하는 신분을 벗어나려고 노력해도 돌아오는 건 야유였다. 기생의 딸은 기생이 되는 게 순리라는 듯, 끝내 자존감마저 허락해 주지 않는 삶이 진저리 나게 싫었다.

해수는 식사를 하는 주양을 떨리는 눈길로 지켜봤다. 며칠이 흘렀다. 그간 숙고한 결과 해수는 주양을 초대할 수밖에 없었다. 며칠 전 비행기를 얻어 탄 사례는 핑계였다. 그녀에게 중요히 해결할 문제가 껴 있었다.

"청탁입니까?"

다짜고짜 초대하더니 뜨거운 눈길을 보내는 해수를 주양이 간파하고 물었다. 백운당은 현재 몹시 힘든 경영 위기에 처했다.

"네. 청탁입니다."

"그렇다면 뇌물이 있어야겠군요. 한 끼 식사 대접으로 때울 건 아닐 테고."

"예. 뇌물은 따로 있습니다."

주양이 궁금하다는 눈빛을 해 보였다.

식사 내내 젓가락 소리 한 번 내지 않던 남자는 품위로 무장한 듯했다.

전통의 에르메네질도 제냐 블랙 슈트 안에 더 보수적인 남자들만이 선택한다는 던힐의 셔츠를 차려입은 남자라니. 반면 소매 끝자락에 달린 시계는 위블로였다. 카레이서들이 사랑하는 스포츠 워치. 타임키퍼. 보수적인 동시에 섹시할 정도로 개방적인 조화였다. 두 개의 성향을 동시에 갖고 있다는 점에서 남자는 특별하다.

거기에 더해, 이 남자를 더욱 특별하게 만드는 건 저 태도에 있었다. 자기를 휘감고 있는 명품들은 사치품이 아니라 그저 확고한 기호이며 자기만족의 취향일 뿐이라고 말하는 듯한 저 무심한 태도.

남들의 시선에 얽매이지 않고 즐거움을 만끽할 줄 아는 여유는 아무나 갖지 못한다. 그런 세계에서 자란 그녀이기에 감히 말할 수 있었다.

한 번도 그를 사랑해 본 적이 없다. 그는 사랑하기 어려운 남자다. 그러나 거듭 느낀다. 셔츠 깃에 빈틈없이 맞물린 저 타이를 그녀의 손으로 풀어 주고 싶다.

내내 눈길 한 번 주지 않던 주양이 그제야 본격적으로 해수를 봐 주었다.

"슬슬 청탁 내용을 들어 볼까요?"

심장이 격동했다. 신사적인 훌륭한 매너, 그러나 무엇보다 그녀를 더 몸 달아 하게 만드는 것은 저 눈빛이었다. 모든 걸 불가항력으로 만드는 섹시함.

우월한 수컷의 눈길이 해수의 얼굴에서 목을 훑고 내려가 가슴에 머물렀다. 옷고름을 쥐고 있던 해수의 손끝이 잘게 떨렸다.

"저를 안아 주세요."

기어이 옷고름이 풀렸다.

찰나의 시간이 억겁같이 흘렀다. 그 순간 오만 가지 생각과 감정과 번뇌가 두 사람을 스쳤다.

주양은 건조하기 그지없는 표정으로 해수를 볼 뿐이었다.

"밑도 끝도 없이 해괴한 청탁이군요."

늘상 있는 일이라 그런가. 그는 놀라지도 않았다. 갑자기 옷고름 퍼포먼스를 펼친 해수를 보며 주양이 비꼬는 어조로 말했다.

"자신이 그렇게 대단한 여자라고 생각합니까?"

백운당을 살려 보겠다고 아등바등하는 것은 이해했다. 그렇지만 이 모녀는 그를 너무 우습게 보는 게 아닌가 싶었다.

"저는 지금 제 모든 걸 내던진 겁니다."

"그게 아니면 날 너무 과대평가하고 있거나."

"어느 검사가 이사님의 여자를 건드릴 수 있을까요?"

그를 건드린다는 것은 한신에 도전한다는 뜻이었다. 주양은 조용히 웃었다. 그가 용납할 수 없는 것은 그게 아니었다.

신해수는 그를 과대평가하고 있다. 그의 인내심은 그리 깊지 않다.

"몇 달 전 김보경이 당신과 똑같은 짓을 했었죠. 그때 어떻게 했는지 압니까?"

당연히 해수는 모른다. 비참한 꼴을 당했겠지.

주양이 마침표를 찍었다.

"난 신해수 씨가 싸구려는 아니길 바랐습니다."

해수의 얼굴이 무참히 깨졌다.

Rrrrr— Rrrrr—

"실례하죠."

주양이 상의 포켓에 손을 넣었다. 일단 신해수를 제쳐 두고 전화부터 받았다.

"무슨 일입니까."

— 이사님께서 일단 아셔야 할 것 같아 전화드렸습니다.

양 비서였다.

— 진두영 사장이 결국 씨받이를 구할 것 같습니다.

짐작했던 일이다. 임신한 아기가 아들이 아닌 게 판별 났다. 두 눈 시뻘게져 못 할 것이 없는 심정일 터다. 그러나 의외이기도 했다. 사랑해서 한 결혼은 아니어도 숙모에게 의리를 지키는 남자였다. 그런 무리수를 둘 거라고 생각하진 않았는데.

"아들을 낳는다는 보장도 없을 텐데요."

— 범오사 성철스님께서 점지해 주신 여자입니다. 아들 낳아 줄 관상을 가진 여자랍니다.

아들을 낳아 줄 관상? 허무맹랑한 이야기를 믿을 만큼 절박하다는 증거겠지.

"숙부님은 어디 계십니까."

— 지금 그곳으로 가고 있습니다.

백운당으로 온다고……?

양 비서가 그 궁금증을 해결해 주었다.

— 그 여자가…… 백운당 딸이라고 합니다.

주양은 단박에 눈앞의 해수와 시선이 얽혔다.

영원은 이마를 훔쳤다. 빨래가 산더미였다. 여름도 되고, 커튼과 이불 다 갈아야 했다.

백운당은 현재 발칵 뒤집어졌다. 검찰에서 찾아와 여기저기를 이 잡듯이 뒤지고 갔다고 직원들이 불안해했다. 가뜩이나 김 회장이 망하고 불안정해진 가세였다. 직원들 사이에 검찰에서 이번 타깃을 백운당으로 잡았다는 뜬소문이 돌았다.

'성매매가 걸린 거겠지.'

'엄연히 성매매가 금지인데, 버젓이 기생들이 몸을 팔아 댔으니 꼬리가 잡힌 거지.'

검찰 조사 때문에 최혜란 뒷바라지하느라 노 집사도 집을 비우기 일쑤였다. 집에는 영원 혼자였다. 때문에 평소 본가 출입문을 잘 닫아 놓지 않곤 했다.

삐거덕—

문소리가 났지만 이불보를 너느라 미처 확인하지 못했다.

"잠시 실례하겠습니다."

갑자기 낮은 음성이 귓가를 간질였다. 영원이 덜컥 겁을 집어먹고 돌아봤다.

"이번에도 내가 기억 안 난다고 하는 건 아니겠죠."

이 무슨 기이한 운명인가.

뜻밖에 아는 사내였다. 그 역시 그녀를 보고 반가워했다.

진심으로 그녀를 보고 해맑게 웃는 남자는 진두영이었다.

【실종 13일째】

'그런 영원이를 버리고 신해수 씨와 결혼을 했으니. 주양이는 자격이 없는 놈이에요.'

진두영의 집을 나오자 검은 세단이 장 경감을 기다리고 있었다. 거뭇거뭇하게 선팅 된 내부는 보이지 않지만 주양이라는 걸 직감했다. 차창이 내려갔다. 장 경감과 주양은 서로를 응시했다. 감정을 읽을 수 없는 얼굴이었다. 저 남자를 볼 때면 아득한 블랙홀에 빨려 들어가듯 숨 막힘이 밀려왔다.

지금까지 본 이 남자에 대한 이미지는 어둠이었다. 블랙홀같이 숨 막히는 공포. 그리고 뒤따르는 먹먹한 어둠. 무슨 생각을 하는지. 어떤 세상에서 살고 있는지. 신영원과 신해수, 그 둘 사이에서 저 남자의 본심은 도대체 어디를 향해 있는지.

분명 나쁜 인간이다. 하지만 어째서일까. 머리와 의지가 따로 노는 것은.

숙부 진두영이 주양에게 내보인 질투심 때문인가.

'영원이를 직접 만나 본 적 있습니까?'

사돈처녀를 친근하게 부르던 모습.

'그녀의 진가를 먼저 알아본 건 나였습니다.'

그 안타까운 눈빛과 어조.

승계 구도를 향한 경쟁심이 아니라 어째서 치정으로 번지는 듯한 뉘앙스를 풍기는가.

이제까지는 진주양에 대해서만 집중해 왔다. 당연한 악역이 처음부터 등장해 줬으니 사건의 실마리는 쉬워 보였다.

'모든 근원에 이 남자의 악행이 있다.'

그런데 진두영이 등장했다. 그리고 진두영이 내비친 욕망은 이 사건에서 예상치 못한 반전이었다.

이미 충분히 이상해져 버렸다. 신부는 결혼식 당일 사라졌고, 신랑은 그 신부가 돌아오지 않길 바라고, 처제와는 내연 관계에 있었으며 정신병원에 가둬 두었다. 그리고 숙부는 조카 진주양과 한 여자를 사이에 두고 삼각관계를 이뤘을 수도 있다. 이런 말도 안 되는 상황에 상식적인 행동들을 바란다는 것이 더 웃기다. 걷잡을 수 없이 기괴한 상황이 되었으니 진주양도 그렇게 반응할 수밖에 없던 것은 아닐까.

머릿속에서는 나쁜 인간이라고, 나쁜 인간이라고 외치는데 무언가 더 있을 것만 같은 기분이었다.

아무리 최악에 악질적인 인간이라 해도 맥락 없이 범죄를 저지르진 않는다.

천만번 양보한다 치면, 사람을 죽인 연쇄 살인마조차 그 죄악의 근원엔 어릴 적 학대를 받아 온 트라우마가 있다.

그렇다면 이 남자에게도 어떤 변명거리가 있는 건 아닐까?

실종된 신부를 찾지 않으려 하고, 사랑하는 여자는 병원에 가둬야만 했던 이유. 그런 사정.

"타시죠."

장 경감은 수행인의 안내를 받아 검은 차에 올라탔다.

"출발하세요."

진주양의 명령에 차는 그들을 태우고 매끄럽게 움직였다.

차는 어느 비포장길에서 멈춰 섰다. 세 대의 차량 중 한 차량에서 경호원들이 내려서 차를 감쌌다. 혹시나 바깥에서 촬영이 될 수도 있다 이건가.

"제가 직접 찾아뺐어야 하는 건데, 죄송합니다."

장 경감은 주먹을 그러쥐었다. 일단 의뢰인인 만큼 중간 보고는 거쳐야 할 과정이다. 하지만 왜 오늘인가. 그것도 왜 하필 진두영의 집 앞에서 맞닥뜨린 건가. 진두영은 주양의 적이었다. 진두영과 자신이 내통했다고 오해하고 있는 건 아니겠지. 저번처럼 병실에 끌고 가서 무자비하게 아이를 인질로 자신을 짓밟는 건……

"아이 일은 유감입니다."

몹시 정중한 목소리를 두르고 주양이 말했다. 장 경감은 이를 악물었다. 역시 아이를 가지고 또 협박하려는 거다. 이판사판이라는 결심이 굳었다.

"내가 진 이사님의 돈을 받고 일한다지만, 서로 입장 정리를 하는 게 좋겠어요. 이런 식으로는 더 이상……"

"아이, 돌려드리죠."

장 경감의 말을 자르고 진주양이 들어왔다. 순간 믿기지 않았다.

"방금 뭐라고……."

"장 경감님의 아이. 예후가 별로 좋지 않다는 소리를 담당의한테 들었습니다."

의사는 장기 기증을 권유했다.

"한 입으로 두말 같은 거 안 합니다. 아이, 돌려드리죠."

생각지도 못했다. 진주양이 이런 아량을 베풀 거라고는.

"왭니까?"

"기뻐할 줄 알았는데요."

"기뻐하기 전에 왜 그런 결정을 하게 되었냐가 더 중요하겠죠."

장 경감이 주양에게 휘둘리는 건 아이가 9할이었다. 아이는 장 경감에게 채워진 족쇄였다. 아이만 사로잡혀 있지 않다면 그는 당장이라도 진주양의 뒤통수를 치고 진두영에게 빌붙을 수 있다. 아이를 돌려받으면 운신의 폭이 넓어지겠지. 이 순간, 장 경감이 무엇보다 원하는 게 그것인데 지금 순순히 그걸 해 주겠다고?

"아아, 무슨 뜻인지 잘 알겠습니다."

장 경감은 비열한 남자의 결론을 눈치 빠르게 도출했다. 진주양은 진두영에게 자신이 모든 걸 들었다는 걸 이미 파악하고 있다. 진두영인지 자신인지, 이쪽에 설지 저쪽에 설지 선택하라는 것이었다.

간 보려는 거다. 진두영을 택하면 바로 자신을 김 회장처럼 만들어 버리겠지. 분노가 치밀어 어금니를 악다물었다. 진주양은 여러모로 믿음직스럽지 못한 파트너지만, 분명한 건 절대 적으로 돌려선 안 되는 부류다. 진두영보다 진주양이 그는 더 무서웠다.

"원본입니다. 복사본 없습니다."

장 경감은 주양에게 USB를 내밀었다. 김 회장의 동영상과 김인택 살인 녹음 파일이 담겨 있다. 이것보다 더 확실한 충성은 없을 거였다. 개자식.

진주양이 USB를 천천히 받았다. 기분 탓인지 살펴보는 눈빛이 어쩐지 무관심해 보였다.

"이게 장영범 씨가 말한 입장 정리입니까?"

"숙부님과는 어떤 거래도 없었어요. 그러니 괜한 오해는……"

"어설픈 건 그때나 지금이나 여전하네."

애초에 이딴 걸 획득할 마음이 없었다는 듯 주양이 차창 밖으로 USB를 휙 버렸다.

"지금 무슨, 그게 어떤 건데 그렇게……!"

"그래서 내가 김 회장을 죽였답니까? 숙부가."

장 경감은 굳이서 말하지 않았다.

"아님, 당신 생각이?"

가차 없는 성미답게 진주양은 단도직입적으로 쳐들어왔다. 정말로 관심사가 USB 파일이 아니었다는 투였다. 순수하게 신부 실종 의뢰의 중간 보고를 들으러 온 거였다. 이미 빈정 상한 남자는 집요하게 캐물었다.

"이런 식으로는…… 그다음엔? 무슨 말을 하려다 만 겁니까."

아이를 빌미로 협박한 게 아니었어? 그럼 왜 아이를 돌려준다고 한 거야. 언제 죽을지 모르는 아이와, 그 애 때문에 열심히 사는 홀아비가 불쌍해서라는 말은 믿을 수 없었다. 진주양이었다. 이 남자가 그럴 리가 없다. 혼란스러웠지만 질문에 대답부터 했다.

"이, 이런 식으로는 더 이상 수사를 진행할 수 없습니다."

어쨌거나 김 회장이 위장 살인이 의심되는 죽음을 맞은 건 사실이다. 진두영은 자신이 주양이 쳐 놓은 덫에 걸린 거라고 했다. 모든 것이 주양의 계획이며 그의 손바닥 아래서 장기말처럼 모든 이들이 놀아나고 있다고.

"이런 식?"

"우리가 같은 편이라는 확신이 필요합니다."

껄끄러운 마음가짐으로 의뢰인을 대하는 것이 싫었다. 혼선을 빚어 이도 저도 안 될 거다. 장 경감이 그를 믿을 수 있어야 했다. 확신이 필요했다. 이 남자가 내게 해가 되지 않을 거라는 확실한 보증. 그리고 신부 실종에 얽힌 진실.

"내게만은 진실을 털어놔 주십시오."

피식. 주양이 비웃었다.

"진실?"

"대체 어떤 일이 있었던 겁니까."

어떤 일이 사건의 수면 아래에 가라앉아 있는가. 장 경감이 이를 악물고 물었다.

"왜 하필, 나였습니까."

"말했을 텐데. 특출난 재주에, 큰돈 앞에서 겸손해질 수밖에 없는 절박한 이유가 있는 당신이 마음에 든다고."

"그건 이유가 되지 않아! 세상 사람 중 돈 앞에서 절박하지 않은 사람은 없어!"

"지켜야 할 게 있는 사람은 책임의 무게를 견뎌 내지. 무엇이든 찾을 수 있다고 장담한 건 당신이었어."

진주양이 압도하듯 장 경감을 깊게 들여다봤다.

"난 그 말을 믿었을 뿐이고."

장 경감은 흔들리는 눈으로 그를 봤다. 믿었다고? 나를? 이런 남자가 믿음이란 단어를 입에 담아 주는 것이 황송할 정도였다.

"장영범 씨. 진실에 너무 집착하지 말아요."

주양이 친절히 하나씩 되짚어 주었다.

"세상에 진실 같은 건 없어. 보이는 것에 따라 카멜레온처럼 제 색깔을 바꾸는 게 진실이야. 진실을 대체 누가 판단하지?"

"……."

"설령 내가 진실을 말했다 치면, 내 입에서 나오는 그것들은 진실인가? 당신은 진실로 받아들일 수 있을까?"

진실과 거짓을 따지는 건 무의미하다. 방금 전 아이를 돌려주겠다는 주양의 순수한 제안도 장 경감은 의심하고 곡해했다.

"하지만 믿음은 달라."

그 어둠 같은 숨 막힘은 여전한데 남자가 내뱉는 말들에 깊은 슬픔이 숨겨져 있는 듯했다.

"당신은 해내야 해. 나는 후회하고 싶지 않으니까."

주양은 자신을 믿었고 그래서 자신이 실패하면 주양은 후회하게 된다.

진주양의 본심이 뭔지 알 수가 없었다. 그에 대해 좀 더 알고 싶었다. 그러면 이 신부 실종 사건에 가까이 다가갈 수 있을 것 같았다.

대관절 무엇을 후회하고 싶지 않다는 걸까.

후회라는 단어는 이미 돌이킬 수 없는 상황이 왔다는 뜻이다. 돌이킬 수 없다는 건 전제에 무언가가 있다는 거였고.

역시 어떤 피치 못할 사정이 있는 거다. 말할 수 없는 비밀이 있어서……

그때였다.

띵동—

메시지가 떴다. 노 집사의 휴대폰 번호였다.

버튼을 누른 순간 실낱같던 기대가 곤두박질쳤다.

[살려줘]

공포스러운 글자들이 벌레처럼 뒤엉켰다.

"안색이 안 좋군요. 무슨 일이라도 있습니까?"

주양이 볼까 봐 장 경감은 얼른 화면을 껐다. 심장이 파열할 듯 쿵쾅대었다.

노 집사?

아니. 그 노인네가 SOS를 칠 리 없다.

'신영원'이다.

진주양이 베푼 온정에 그도 인간이라고 믿고 싶었다. 잠시 흔들렸었다. 악인에게도 어쩔 수 없는 사정이 있었을지 모른다고.

하지만 신영원은 아직 정신병원에 갇혀 있었다. 그녀를 가둔 건 눈앞의 이 남자였다.

그래.

진실은 중요치 않다. 눈앞에 있는 게 진실이니까.

그러니 그럴 리가 없다.

이 남자에게 그래야만 하는 사정 따위 있을 리가⋯⋯.

장 경감은 다시 차갑게 마음을 닫아 버리기로 했다.

영원은 철창이 쳐진 창문 밖을 멀거니 응시했다. 그녀의 손에는 휴대 전화가 들려 있었다. 노 집사는 수면제를 탄 오렌지주스를 먹고 기절하듯 잠이 들었다. 가진 모든 걸 쏟아부었다. 매트리스 아래에 있는 하얀 가루들은 더 이상 남아 있지 않다.

다행히 노 집사는 암호 장치가 있는 스마트폰이 아니었다. 스치듯 명함에서 본 폰 번호 뒷자리를 떠올리는 건 아주 쉬웠다. 뒷자리에 5959가 들어간 번호를 찾아서 메시지를 보냈다.

메시지를 보냈다는 것조차 남지 않게 삭제 버튼을 눌렀다. 휴대폰을 노 집사의 외투에 집어넣고 침대로 돌아오기가 무섭게 괴물의 하수인들이 들이닥쳤다.

"샅샅이 뒤져!"

그들이 쳐들어오자마자 체리나무 십자가 벽걸이를 살폈다. 초소형 카메라에 젖은 물휴지가 찰싹 달라붙어 있었다.

"제길! 카메라를 막아 놨어!"

영원은 모르는 척 이불 속에 있었다. 이불이 확 걷어졌다. 검은 양복의 하수인이 영원을 위협했다.

"나와!"

"놔아! 놔아!"

"미친 계집! 대체 무슨 짓을 한 거야!"

"아무 짓도 안 했어. 모르는 일이야!"

"이사님은 너 같은 거 안중에도 없어. 살려 두고 있는 것만도 감사히 여기라고! 네가 언제까지 안하무인으로 나올 수 있을 거 같은데!"

"아아아아아악!"

수상한 낌새를 보이면 저들이 그녀에게 다시 재갈을 물릴 거다. 진정제를 과다로 투여해서 몸을 가누지 못하게 할 것이었다. 평생 그렇게 만들어 버릴 수도 있었다.

"노인네는 완전 맛이 갔는데요?"

흔들의자에 앉아 졸도한 노 집사를 그들이 툭툭 쳤지만 반응이 없었다. 그들은 주변을 둘러보다가 별다른 수상한 점을 발견 못 했는지, 그만 포기했다. 실책을 상부에 보고하고 싶지 않은 건 그들도 마찬가지였다.

"한 번만 더 장난치면, 디데이는 더 빨라질 거야."

영원은 몸을 떠는 척하다가 그들이 완전히 떠나고 서늘하게 웃었다.

디데이라……. 디데이는 이미 그들이 원하든 원하지 않든 빨라졌다. 자신이 그렇게 만들었으니까.

분명 신부의 실종을 수상하게 여기는 사람이었다. 어떤 음모가 이 사건에 숨어 있는지 경찰조차 짐작하지 못하고 있다. 하지만 그 흥신소 장영범이란 사람. 노 집사에게 집요하게 자신을 만나게 해 달라고 했다 들었다. 만나기만 하면…… 그럼 모든 게 끝난다.

물론 그 사람을 믿는 건 아니다. 하지만 아주 작은 균열에 둑은 무너지는 법. 그렇게 조금씩 조금씩 틈새를 벌려 나가다 보면 언젠가 기회가 올 거다.

분명 여기서 탈출할 수 있을 것이다.

【실종 15일째】

장 경감은 이틀째 흥신소에만 틀어박혀 있었다. 경찰 감시가 붙어서 옴짝달싹할 수 없었다. 저번 김 회장 사건 때문에 현기영이 꼬리를 붙었다. 인간이란 한시도 가만히 있지를 못하는 동물이다. 감시가 잠시 소홀해질 기회를 기다렸다. 형사 생활을 할 때 가장 힘든 게 잠복이었다. 보통 점심밥을 먹고 나른한 잠이 쏟아지는 2~3시쯤이 그 타이밍이다.

"잡아!"

놈들이 느슨해진 틈을 타 장 경감은 흥신소를 탈출했다. 피우던 담배를 야유하듯 놈들에게 던져 주었다. 쫓아오려는 놈들을 기태와 수진의 차가 가로막았다.

끼이이익—!

부우우웅—!

"미꾸라지 같은 자식!"

놈들이 땅에 대고 화풀이하는 게 백미러에 보였다. 장 경감이 신나서 핸들을 때렸다.

"하하하! 이 장영범 아직 죽지 않았다고!"

드디어 신영원에게 달려가게 되었다. 무슨 짓을 해서라도 이번에는 신영원을 만날 것이다.

늦지 않았기를 바랄 뿐이었다.

영원은 째깍째깍 시계 초침 소리에 집중했다. 메시지를 보내고 이틀이 지났지만 무소식이었다. 설마 멍청하게 메시지를 다시 보내는 짓은 하지 않았을 거라 믿는다.

노 집사는 아직 폰을 확인하지 못했다. 수면제 과다 복용으로 죽다 살아났다. 그때 죽어 버렸으면 좋았을 텐데. 간신히 의식을 차리고 병실에 입원 중이었다. 현재 5호실엔 영원 혼자뿐이었다. 노 집사가 모든 사실을 알고 돌아오면 말짱 도루묵이다. 장영범이란 작자는 대체 언제 와 줄까.

'올 거야. 아니, 당신은 꼭 와야 해.'

하루, 이틀, 확신은 불투명해져 갔다. 이미 진주양에게 매수되었나. 기약 없

는 기다림에 심신은 지쳐 갔다. 초조하게 물어뜯은 손톱이 엉망이었고,

째깍째깍째깍째깍째깍째깍째깍째깍째깍째깍

초침 소리에 온 신경을 곤두세우느라 피가 말라 갔다.

차들이 꼬리에 꼬리를 물고 이어졌다. 장 경감은 속이 타들어 가는 심정으로 시계를 확인했다. 앞길에서 접촉 사고가 났다. 파주 병원까지 두 시간 거리였다. 그런데 시간이 지체되고 있었다. 일단 그는 신영원을 어떻게 만날지 생각해 봤다. 정식으로 면회를 요청하면 보기 좋게 거절당할 거다. 그렇다고 병실 문 앞을 지키고 있는 검은 양복 무리를 뚫을 순 없다. 대체 어떻게 신영원을 만나지?

"염병!"

병원에 불을 질러 버릴 수도 없고. 화풀이하듯 핸들을 내리치는 그때였다.

웨에에에에에엥―!

빨간 소방차 두 대가 사이렌을 울리면서 장 경감을 먼저 추월했다.

"어디에 화재가 크게 났나 본데?"

사람들이 웅성거렸다. 정신병원이 있는 방향이었다. 길은 꽉 막혔고, 불길한 예감은 장 경감을 꼼짝 못 하게 꽁꽁 묶어 맸다.

그녀는 살점이 떨어져 나가는 것도 모르고 손톱을 물어뜯었다. 비릿한 피 맛이 아픈 기억을 재생시켰다.

'나 그 사람하고 결혼할 거야.'

또 그 꿈이었다.

그 말을 끄집어내었던 순간.

그것은 '절망'이었다. 그녀의 어두운 기억 밑바닥에 가라앉은 '후회'였다.

'그 남자는 널 사랑하지 않아.'

그녀도 모르는 게 아니었다. 아주 잘 알고 있었다. 매일 밤 그 문장과, 그 순간을 되새김질하며 괴로워했다. 하지만 자신의 인생은 자신 마음대로 할 권리가 있다. 그래서였다. 그토록 당당하게 통보할 수 있던 것은.

'할 수만 있다면…… 몇 번이고 몇 번이고…… 빼앗을 거야.'

원래가 상냥함이란 배려 없이 행해지는 것이다. 친절이란 이름을 두르고 타인에게 자기 친절을 일방적으로 통보하는 것이 상냥함이다. 남의 기분 따위와 상관없이. 그렇기에 때로, 상냥함은 상대에게 살점을 도려내는 고통을 맛보게 한다.

"불이야! 불이야!"

바깥에서 사람들이 달아나는 소리가 5호실까지 전해져 왔다. 병원 전체에 화재경보가 울린 걸 막 들은 그때였다. 천장 스프링클러가 터지면서 갑자기 물이 쏟아졌다.

쫘아아아악—!

물줄기가 환의를 걸친 전신을 적셨다. 갑작스러운 긴급 상황이 어리둥절했다. 그녀는 맨발을 끌고 소리가 들리는 문으로 걸어갔다. 화재 시 병동 문은 자동 개방되게 설정됐다. 5호실도 마찬가지였다.

운명의 장난처럼 바깥세상은 그녀에게 활짝 문을 열어 주었다.

"탈출이다! 우리가 병원을 점령하는 거야!"

미친 환자들이 마구 날뛰어 대고 있었다. 물먹은 형광등이 스파크를 일으키며 터졌다. 병원 전체가 순식간에 암흑으로 뒤덮였다. 뛰쳐나온 환자들로 병동 복도가 아수라장이 되었다. 병원 시스템에 불만이 많았던 환자들은 갇혀 있는 다른 환자들까지 탈출시켜 줬다.

"뭐 하는 거야? 멍청하게 있지 말고 빨리 나와!"

그녀는 막상 탈출 기회가 주어지자 주저했다. 기적이 눈앞에서 벌어지면 어느 인간이라도 두려울 것이다. 환자들은 통제를 벗어났고 폭동을 일으킨 환자들이 병원 직원들을 몰아내기 시작했다. 그녀가 발끝을 움직였다. 천천히 5호실 바깥으로 발을 내디디는데 간호사들이 스쳐 지나갔다.

"316호 환자가 라이터를 주웠대요! 스프링클러에 불을 갖다 댔다나 봐!"

"그래서 불이 났다는 거야, 안 났다는 거야!"

"환자들 다 뛰쳐나와서 1층 통제 불능이에요! 인원 요청 들어왔어!"

그녀가 병원에 갇히는 데 일조한 간호사들이었다. 바깥세상을 맞이한 두려움은 금세 분노로 치환되었다. 좁은 감옥에 갇혀 죽기만을 기다렸었다. 하지만 희망의 끈을 놓지 않은 건, 용서가 되지 않았기 때문이다. 그들을 심판대에 올리고야 말겠다는 복수심. 그것이 의지를 가까스로 일으켰다.

스스로가 믿기지 않을 만큼 커져 가는 이 분노가 때로 양심 없이 느껴질 때도 있었다. 하지만 그건 잠깐이었다. 이기적인 유전자 탓인지 한 푼도 손해 보고 싶지 않은 마음이 불쑥불쑥 치밀어 올랐다. 왜 그러면 안 되는 건데. 더 나쁜 짓을 저지르고 뻔뻔하게 잘 사는 사람들은? 심지어는 신의 이름으로 학살을 저지르고도 용서가 되지. 과거에 저지른 잘못으로 무작정 당하기만 하는 것은 바보 같은 짓이야.

실은 그녀는 후회 같은 거 하지 않았다. 할 수만 있다면…… 몇 번이고 몇 번이고 또 빼앗고 싶었다.

도망치려던 그녀는 병실 앞에 걸린 표찰에 멈춰 섰다. 5555호실. 입원 환자란에 조롱하듯 당연하게 박힌 이름.

신. 영. 원.

그녀는 표찰을 죽일 듯 노려보다 벽에서 떼어 쓰레기통에 버렸다.

그게 '그녀'가 내린 최후의 결정이었다.

【1년 전, 두영】

바람은 가는 곳이 길이다. 길을 잃지도, 헤매지도 않는다.

하지만 사람은 다르다.

"간신히 임신을 했으나 이번에도 딸인 게지."

노승은 진두영의 비통한 심정은 전혀 고려하지 않고 말로써 확인 사살을 했다.

"왕후장상의 씨는 따로 없다지만 왕후가 될 관상은 따로 있소이다. 그 처자는 왕후의 관상을 타고났으나, 사주가 좀 셉니다."

두영이 원하는 것을 이뤄 줄 여자의 사주를 노승이 내밀었다.

"지지(地支)에 인(寅), 신(申), 사(巳), 해(亥)를 모두 갖추었으니, 사맹격(四孟格), 왕이 될 사주입니다. 사주에 천기가 가득하나 이런 귀격 사주는 대운과 불운이 파도처럼 휩쓰니. 좋은 집안에서 좋은 대접 받고 자라면 귀한 사람이 될 것이고, 그렇지 못하면 반드시 손에 피를 묻힐 사주입니다."

피를 묻힐 사주…….

"한 번 칼을 뽑으면 무슨 일이 있어도 끝장을 봐야 하는 성격입니다. 칼에 묻은 피를, 피로 씻어 내는 사주란 말입니다."

그런 여자를 자신이 감당할 수 있을까? 노승도 진두영의 얼굴에 드리워진 의구심을 발견했는지 착잡해했다.

노승은 툭 까놓고 솔직하게 말해 주고 싶었다. 재복과 더불어 많은 걸 타고났지만 왕의 재목은 아니라고. 이 모든 건 아마 그 남자 탓이겠지. 조카라는 남자. 진두영의 거뭇거뭇한 눈에서 초조함이 읽혔다. 언제 빼앗길지 모르는 자리에 앉아 아무것도 할 수 없는 비참함. 둘 다 비슷한 대운을 타고난 사주에 관상 또한 귀상인데 두영은 기운이 약했다. 뱀의 혓바닥 앞에 선 쥐처럼 주양의 위세에 잡아먹히고 있었다. 이 사내는 타고나길 그 남자에게 모든 걸 **빼앗길** 운명이었다.

다만, 지금껏 버틴 이유는 진두영의 어머니인 신 씨와 인연이 깊었다. 첩이 아들을 낳은 것에 평생을 고통스럽게 살았던 여인. 잘 부탁한다고 당부했던 것을 저버릴 순 없었다.

"처사님. 왕후를 아내로 맞이하면 그 남편은 제왕이 될 게 아닙니까. 여자 팔자가 뒤웅박 팔자라는 것은 몰라서 하는 소리입니다. 남자야말로 큰 그릇을 가진 아내를 맞이해야 기지를 발휘할 수 있습니다."

"……"

"사주불여상(四柱不如相)이라. 사주가 아무리 좋아도 좋은 관상만 못합니다. 사주는 한날한시에 태어나도 누구는 재벌이 되고 누구는 거지가 되지만, 상은 귀할 사람, 천할 사람 정확하게 얼굴에 씌어 있습니다."

"……"

"소승, 이제껏 타고난 관상을 거스르는 사람을 보지 못했습니다."

왕의 재목을 가진 사맹격 사주에 왕후의 관상이라. 분명 귀한 분이 될 것이다. 그 여인의 관상이 처사의 위기를 돌파하는 데 도움이 될 것이다. 설령 **빼앗** 길지언정 마지막 희망이라면 이 남자에게도 기회를 주어야 한다고 생각했다. 결과가 어떻게 되든. 사람의 욕심이란 채워지지 않는 우물 같아서 끝을 보지 않고는 받아들이지 못한다.

"하지만 그 전에 아셔야 할 게 있습니다."

그제야 진두영이 고개를 들어 노승을 보았다.

"무엇입니까."

"그 여인을 만나게 되는 순간, 지금 아내와의 인연이 끊어지게 될지도 모릅니다."

노승은 제일 중요한 대목을 마지막 순간에 풀어놓았다. 희망의 끈을 놓지 않은 탓이다. 두영이 욕심을 내려놓기를. 사람의 도리를 선택하기를. 아내와의 세월에서 길을 찾기를.

진두영은 종이를 무연히 응시했다. 마흔이 다 되도록 딸을 셋이나 사탕처럼 줄줄이 낳아 준 아내를 저버리는 일이다. 쉽지 않을 것이다. 하지만 노승의 바람과 달리 두영의 선택은 망설임 없이 종이였다. 여자의 사주가 적힌 종이를 네모나게 접어 품에 넣고 그는 나갔다.

인간의 연약함을 한탄하며 노승은 눈을 감았다.

두영은 뒤도 돌아보지 않았다. 이미 선택해 버렸으니 그렇게 하기로 마음먹었다. 이 순간에도 수많은 번민이 교차해 시간을 되돌릴 수 없을까 한없이 다리가 후들거렸다. 지금이라면, 되돌릴 수 있다. 그러나 그는 되돌리지 않을 것이라는 걸 누구보다 잘 알았다.

사찰을 등지고 얼마쯤 걸었을까. 노승이 내린 경고가 뼈에 깊게 새겨 박혔다.

'난 자업자득이란 말이 있다고 믿소. 당신이 한 선택에 벌을 받을 거요.'

숲에서 불어닥친 바람이 그를 위태롭게 흔들었다. 거침없는 바람이 부러웠다. 그는 땅에 박힌 그림자였다. 이러지도 저러지도 못하는, 없는 바람 앞의 등불이었다.

【1년 전, 영원 26세】

"이번에도 기억 안 난다고 하는 건 아니겠죠."

바람에 하얀 천들이 펄럭였다. 줄에 널린 빨래들에서 깨끗한 냄새가 풍겨 났다. 해 질 녘, 울타리 주변에 속한 모든 광경들이 뱅글뱅글 돌았다. 대단한 서

프라이즈도, 훌륭한 감정적 재회도 아니었지만 영원은 충분히 말문 막힐 만했다.

"당신은……."

"여기 살았어요?"

뜻밖이라는 감정이 밴 진두영의 목소리가 뒤따랐다. 놀란 건 그도 마찬가지인 듯했다.

"여긴 어떻게 찾아온 거야?"

"하하. 재미있네요. 우연이 계속 겹치는 게."

진두영이 반갑게 인사를 청하려다 상대의 반응을 인지하고 굳었다. 영원은 바짝 경계하는 자세를 취했다. 스토커 취급 그 이상도 그 이하도 아니었다. 진두영이 어찌할 바를 몰라 재빨리 해명했다.

"아뇨, 그쪽을 따라온 게 아니라."

"집은 어떻게 알았어?"

"그게 사실,"

"초인종 소리도 못 들었어."

"눌렀지만 반응이 없었어요. 본론만 말하죠. 여기 혹시 신해……"

"나가."

진두영이 놀라서 그녀를 봤다. 영원은 불신감을 감추지 못했다.

"나가."

"신영원 씨."

"내 이름도 알아?"

영원은 식겁했다. 피가 발밑으로 빠져나가는 기분이었다. 아차! 하는 순간이었다. 뒤로 물러나다가 발밑에 놓은 빨래 바구니를 깜박했다. 물체에 닿은 발이 중심을 잃고 기우뚱 옆으로 쏠렸다. 엎친 데 또 덮친 격으로 아득한 빈혈까지 겹쳐 왔다. 잠깐! 진두영이 그녀를 잡으려다가 같이 딸려 왔다. 시야가 뿌옇게 일그러졌다. 지구 자전축이 기울어진 듯, 갑자기 세상이 거꾸로 뒤집어졌다. 다리와 다리가 복잡하게 얽혀 두 사람은 풀밭에 엎어졌다. 숨 막힘보다 무겁게 덮쳐 오는 진두영의 몸이 영원을 더 당혹스럽게 눌러 왔다. 위를 점령당한 채 그와 눈이 맞대어졌다.

"미, 미안해요."

진두영은 급히 일어나려다가 그대로 멈췄다.

영원의 얼굴을 본 유순한 눈동자는 처음엔 혼란스러운 감정을 감추지 못했다. 잔뜩 헝클어진 결정체는 차차 현실감을 되찾아 가며 커다래졌다. 놀란 감정이 들불처럼 번져 가는 게 느껴졌다. 기묘한 떨림이 이는 표정은 익숙한 반응이었다. 경멸, 혐오, 충격. 영원은 순간적으로 얼굴을 더듬었다. 가림막이 사라진 안면이 헛헛했다. 일어나려 했지만 진두영이 비켜 주지 않았다. 이성이 가루가 되어 날아가 버렸다. 천박한 년! 천박한 년! 계모의 성화가 저주같이 퍼부어졌고, 시야가 빨갛게 피로 물들었다. 심장이 파열될 것 같았다. 영원은 손을 더듬어 주먹만 한 돌을 집었다. 그대로 진두영의 머리를 내리찍었다. 진두영은 두 개골을 강타하는 충격을 이기지 못하고 뻗었다.

"난 이제 죽었다."

일은 저질러 버렸고 손쓸 수 없게 되었다. 수습은 불가능하다.

본가를 찾아온 것을 보면 분명 계모의 손님일 테지. 높으신 양반을 돌로 내려쳤으니 그녀는 이제 산 목숨이 아니라 해도 무방했다.

"저 인간들이 계속 기다릴 텐데."

영원은 대문 밖을 염탐했다. 진두영이 대동하고 온 수행원들이 차를 대기시켜 놓고 삼엄하게 경비를 서고 있었다. 간간이 손목시계를 보는 것이 진두영이 나오길 기다리는 모양새다. 일단 이 남자를 깨우는 게 우선이었다. 영원은 일단 수레에 진두영을 앉혀서 땀을 뻘뻘 흘리며 집 안까지 끌고 갔다. 대충 거실 카펫에 눕혀 놓고 그의 재킷을 벗겼다. 얼음과 수건을 준비해 간호해 주었다. 빨리 깨어나길 빌면서.

계모가 들이닥치기 전까지 무사히 깨어나야 하는데, 잠깐 기다린다는 게 너무 노곤해서 잠이 들었다. 부스럭 소리에 눈을 떴다. 어느새 깬 진두영이 전화통화를 하고 있었다. 양복 상의의 한쪽 팔을 끼우며 그가 수행원에게 안부를 전했다.

"좀 이야기가 길어질 것 같아요."

그가 손에 들고 있는 휴대폰은 영원의 것이었다.

"미안. 깼어요?"

진두영이 깨어난 영원에게 햇살 같은 웃음을 건네었다. 저것은 침 뱉기 전에 상대를 안심시키려는 페이크일까? 그가 빌려 쓴 휴대폰을 주인에게 돌려주었다.

"휴대폰 좀 썼어요. 생존 신고 너무 오랫동안 안 해 주면 바깥에 있는 직원들이 문 부수고 들이닥칠지도 몰라요."

영원은 불안하게 동공을 움직였다. 왜 내게 웃어 주는 거지? 온갖 생트집을 잡아 나무에 거꾸로 매달아 놔도 시원찮을 텐데.

"머리는 괜찮아, ……요?"

갑작스러운 존댓말에 그가 멍한 얼굴을 했다. 영원은 슬금슬금 눈치를 살피며 부탁했다.

"고…… 고소하지 마요."

점점 목소리가 주눅 들었다. 이미 김보경 때 사고를 쳐서 계모에게 경고를 하나 받은 상태였다. 옐로우 카드 두 장이면 퇴장이다.

남은 심각해 죽겠는데 진두영이 웃음을 터뜨렸다. 어느 대목에서 그를 웃긴 건지, 뭐가 뭔지 도무지 감이 안 잡혔다. 돌로 맞아 머리가 이상해진 게 분명했다.

진두영이 감정을 추스르며 고개를 저었다.

"흠흠. 초인종도 안 누르고 들이닥친 내 잘못이 컸어요. 신경 쓰지 마요."

"그 말은……."

"고소 안 해요. 맹세해요."

이게 다 신성원 때문이었다. 얼마 전에 술 취한 신성원이 술김에 초인종을 부수는 바람에 눌렀음에도 소리가 나지 않았던 것이다.

앞에서 입발림 말을 하고 뒤에서 비열하게 뒤통수칠 인간으로는 안 보였다. 영원은 의심의 눈초리를 풀고 내심 속으로 안도했다. 금세 의기양양해져서 책임 비율을 정확히 꼬집었다.

"뭐, 남의 집에 불쑥 찾아온 그쪽 과실도 어느 정도는 있지."

"그렇다고 다시 반말하라는 건 아닌데."

비열하게도 진두영이 갑자기 얼굴색을 바꿨다. 얼마든지 널 흔들 약점을 틀어쥐었다는 듯 목소리를 심각하게 깔았다. 영원은 그에 과도하게 움찔했다. 시시각각 달라지는 그녀의 반응에 진두영이 대소했다. 장난이었다. 후, 누가 한신가 사람 아니랄까 봐. 완전 샌님인 줄 알았는데 능구렁이였다. 사람을 손바닥 뒤집듯 가지고 논다.

"이분은 누구죠?"

그가 가족사진 속 해수를 발견했다. 계모와 해수가 긴 소파에 앉아 있고 뒤에 성원과 영원이 서 있었다. 네 여자 중 예뻐서 외모로 단연 돋보이는 해수였다. 영원은 입을 삐죽였다.

"해수. 내 호적상 언니야."

해수라는 말에 어째선지 진두영이 심각해졌다.

"역시 이분이……."

영원은 심드렁해졌다. 그러고 보니 진두영은 왜 우리 집을 찾아왔지? 해수 손님인가? 아무렴 어떤가. 신해수를 추종하는 세력 중 하나라고 생각하니까 관심이 식었다.

"올해 나이가 어떻게 돼요?"

"해수? 스물여섯 살인데."

하지만 그가 돌아본 건 영원이었다.

"아니요. 신영원 씨요."

영원은 생각의 지표를 잃었다. 이제껏 순수한 호기심은 모두 해수의 몫이었다. 해수를 아는 사람들에겐 영원에게까지 관심을 뻗어 줄 여력이 없었다. 이미 해수의 향기에 흠뻑 취해 온통 해수만 머릿속에 가득했으니까.

어째서 제 나이 따위를 궁금해하는 건지 의아했다.

"동갑이야."

꼬치꼬치 캐물으면 고소한다고 마음을 바꿔 먹을까 봐 순순히 답해 줬다. 그가 새삼스레 까마득한 나이 차를 깨닫는 듯했다.

"어리네요."

어딘가 심경이 복잡해 보였다. 부러워서 그런 건가? 아직 싱그러움이 마르지 않은 젊음이? 이해했다. 한신가라는 위세 등등한 집안에서 태어나 그간 얼마나 많은 특권을 누려 왔을까. 한 살 한 살 나이를 까먹는 게 미치도록 안타까울 것이다. 그래도 액면가만 따지자면 이 남자도 무시 못 했다. 빈말이 아니라 진두영은 진짜 젊어 보였다. 삼십 대 후반이라는 게 믿기지 않는 상큼함을 갖고 있는 남자였다. 하얀 얼굴에 색소 옅은 다갈색 눈동자. 선비같이 유해 보이는 얼굴이다. 주양과는 좋은 의미에서 달랐다.

"야…… 큰일 났어!"

현관문을 벌컥 열어젖히고 신성원이 들이닥쳤다. 영원과 진두영은 굳었다. 성원이 느닷없이 낯선 남자를 거실에서 맞닥뜨렸다. 영원은 잔뜩 긴장해서 촉각을 곤두세웠다. 진두영이 오늘 있었던 일을 입 뻥끗할까 봐 간이 졸아들었다. 진두영을 맞닥뜨린 성원은 잠시 일별한 뒤 금세 관심을 껐다. 낯선 남자가 거실에 와 있는 것보다 더 급한 사안인지 영원에게 '큰일'을 빠르게 전했다.

"해수가 옷을 벗었다. 별채에 진 이사 왔거든? 해수가 옷고름 풀었대."

"그게 무슨 소리죠?"

그 말에 언성이 높아진 진두영이 갑자기 끼어들었다. 그가 믿을 수 없다는 얼굴로 성원에게 한 발짝 다가갔다.

"누구요? 누구한테 뭐를 해요?"

"고매한 척은 혼자 다 하더니 이런 법이 어디 있나!"

성원이 배신감에 치를 떨었다. 그러다 문득 진두영에게 "혹시 진 사장님 아니세요?" 하고 관심을 돌렸다. 진두영이 다급하게 성원의 어깨를 잡고 채근했다.

"무슨 소리냐고요!"

사나운 고함 위로 생뚱맞게 옥구슬 같은 웃음소리가 덧칠됐다. 영원이었다. 한바탕 웃음을 쏟아 낸 그녀가 배를 잡고 터져 나오는 즐거움을 억눌렀다. 모두가 동작을 멈추고 그녀를 돌아봤다. 실성했냐는 듯 보는 성원의 저 호박 같은 얼굴이 영원은 갑자기 귀여워 보였다.

"신해수가 옷고름을 풀었다고?"

영원은 마른 웃음을 삼키며 소파에 늘어졌다. 올해 들어 최고의 유머이자 최고의 결말이었다.

"그랬단 말이지. 그 신해수가. 그 사람 앞에서 옷을 말이지."

영원은 마음속으로 정중히 고인의 명복을 빌었다.

신해수는 이로써 끝났다. 그 사람은 영원이 잘 안다. 어쩌나. 진주양이란 남자는 몸뚱이로 해결 붙이려는 여자를 최고로 경멸하는데.

영원은 느긋하게 목욕을 끝내고 잠자리에 들었다. 그녀가 잠자기 전에 의식처럼 하는 행위가 있었다.

"이게 어디 갔지?"

서랍이 열려 있었다. 별채에 저금통을 숨기지 못한 뒤로 쭉 보물들을 서랍에 보관해 왔다. 한데 몽블랑의 우아한 금색 단추가 사라졌다. 보물 상자에 주양이 준 오백 원은 있는데 금단추만 없어진 게 이상했다. 영문을 알 길 없다. 단 한 명, 의심 가는 사람이 있긴 했다.

늦은 저녁, 고위 관직들의 접대가 한창인 백운당으로 사람들을 헤치고 들어갔다. 마침 계모와 해수가 주양을 배웅하고 있었다. 입구 가로등 아래서 그들을 지켜봤다.

"참, 전해 드릴 것이 있어요."

신해수가 저고리에서 알록달록한 복주머니를 꺼내어 주양에게 건네었다. 불길한 예감이 실려 왔다.

"저희 직원이 주웠다고 하더라구요. 혹시 잃어버리지 않으셨나 해서요."

주양은 복주머니에 든 것을 손바닥에 털어 꺼내었다. 정교한 돈을새김이 그려진 몽블랑 단추였다. 바로 영원이 잃어버린. 눈앞이 시뻘게졌다.

그가 떠나자마자 영원은 혼자 있는 해수에게 다가갔다.

"누가 멋대로 내 물건에 손대래."

다짜고짜 와서 따지는데 놀란 기색도 없이 신해수가 받아쳤다.

"네 물건이 아니지. 진 이사님 물건이지."

신해수는 적반하장으로 무척 당당했다. 오히려 영원에게 도둑 누명까지 씌웠다.

"내가 얼마나 놀랐는지 알아? 네가 훔친 물건, 사고 안 일어나게 내가 자연스럽게 돌려드린 거야."

"후, 훔친 거 아니야. 주운 거야!"

"그날 일로 별채 출입은 금지된 걸로 아는데, 대체 저건 언제부터 가지고 있었던 거야?"

해수 말대로 김보경과의 일이 있고 별채 출입이 금지되었다. 저 단추는 그보다 훨씬 전인 4년 전에 주양이 영원에게 선물한 것이었다.

영원이 울부짖으며 엉망진창이 돼서 해수에게 달려들었다.

"안 돼, 그건 안 돼! 진짜 그건 안 돼……!"

"신영원!"

돌연 어디선가 나타난 성원이 영원을 떼어 놓았다.

"미쳤어! 앞으로 해수가 누가 될 줄 알고!"

바닥에 패대기쳐진 영원이 하얗게 얼굴이 떴다. 안 돼. 안 돼……. 멍청하게 되뇌는 영원을 두고 두 사람이 실랑이를 했다.

"얘한테도 말해 주자."

"언니. 아직 대외비란 말이야."

"됐네요. 이미 대세는 기울었어."

두 사람의 말을 이해하지 못하고 영원이 물었다.

"뭐가 기울었다는 거야?"

성원이 팔짱을 끼며 아직 현실을 직시하지 못하고 있는 영원을 가련하게 보았다.

"해수는 한신그룹의 여주인이 될 거야. 진 이사가 해수의 고백을 받아 줬대. 둘이 정식으로 교제한대."

청천벽력 같은 소리가 떨어졌다.

"뭐? 하…… 하지만 옷고름을 풀었…… 그럼 차였을 텐데."

"얘 뭐래니?"

성원은 자기가 해수인 듯 기고만장해져서 떠들어 댔다.

"한신중공업 사장 진두영 알지? 진주양 숙부. 내일 그분한테 직접 인사시킬 거래."

눈앞이 뿌예졌다. 입 안이 까맣게 타들어 갔고, 근사했던 이 밤과 밤하늘에 떠 있는 별들이 저주스러워졌다.

모든 일에는 원인과 결과가 있다. 행동에는 반드시 반응이 뒤따르기 마련이다. 만약 어떤 인물에게 특정 행동을 했고, 특정 반응을 끌어냈다면, 그건 그 인물이 가진 고유의 가치관이 된다.

한데 김보경과 신해수는 똑같은 행동을 했지만 다른 반응을 이끌어 냈다.

그렇다면 주양에게 있어 김보경과 신해수의 차이점은 무엇일까.

답은 하나다.

신해수니까.

신해수, 니까.

인생이 초콜릿 상자라면, 내가 집은 초콜릿은 아주 쓴 초콜릿이었을 거다.

달콤하기 짝이 없는 모습으로,

늘 내 뒤통수를 쳤다.

2권에서 계속

*12*시의 신데렐라

1판 1쇄 찍음 2022년 11월 1일
1판 1쇄 펴냄 2022년 11월 10일

지은이 | 백우시
펴낸이 | 정 필
펴낸곳 | (주)뿔미디어

기획·편집 | 박경희 권자영 김산혜 성다영
표지 디자인 | 우 물

출판등록 | 2002년 9월 11일 (제1081-1-132호)
주소 | 경기도 부천시 소향로 17, 303(두성프라자)
전화 | 032)651-6513 **팩스** | 032)651-6094
E-mail | scarlets2012@hanmail.net
블로그 | http://blog.naver.com/dahyangs

값 11,000원

ISBN 979-11-6895-925-5 04810
ISBN 979-11-6895-924-8 04810(세트)